文學研究叢書·古典詩學叢刊

滄海月明珠有淚

驚豔李商隱

李昌年 著

目次

前言（代序）…… 1
一、詩人簡介 …… 1
二、編年詩選 …… 5
001 富平少侯 …… 5
002 無題（八歲偷照鏡） …… 8
003 初食筍呈座中 …… 11
004 隨師東 …… 12
005 謝書 …… 15
006 天平公座中呈令狐令公 …… 17
007 贈宇文中丞 …… 20
008 贈趙協律晳 …… 21
009 過故崔兗海宅與崔明秀才話舊因寄舊僚杜趙李三掾 …… 24
010 宿駱氏亭寄懷崔雍崔衮 …… 27
011 夕陽樓 …… 29
※柳枝五首有序 …… 31
012 柳枝五首其一（花房與蜜脾） …… 35
013 柳枝五首其二（本是丁香樹） …… 36
014 柳枝五首其三（嘉瓜引蔓長） …… 37
015 柳枝五首其四（柳枝井上蟠） …… 39
016 柳枝五首其五（畫屏繡步障） …… 40
017 重有感 …… 41
018 曲江 …… 44
019 病中早訪招國李十將軍遇挈家遊曲江二首其一
（十頃平波） …… 46

020 病中早訪招國李十將軍遇挈家遊曲江二首其二
（家近紅蕖） …… 49
021 及第東歸次灞上，卻寄同年 …… 50
022 安定城樓 …… 52
023 回中牡丹為雨所敗二首其一（下苑他年） …… 55
024 回中牡丹為雨所敗二首其二（浪笑榴花） …… 57
025 東南 …… 60
026 十一月中旬至扶風界見梅花 …… 62
027 馬嵬二首其一（冀馬燕犀） …… 64
028 馬嵬二首其二（海外徒聞） …… 66
029 玉山 …… 70
030 蝿 …… 74
031 荊山 …… 76
032 任弘農尉獻州刺史乞假歸京 …… 78
033 詠史 …… 79
034 無題二首其一（昨夜星辰） …… 83
035 無題二首其二（聞道閶門） …… 86
036 賦得雞 …… 87
037 幽居冬暮 …… 89
038 春日寄懷 …… 91
039 落花 …… 93
040 寄令狐郎中 …… 96
041 漢宮詞 …… 98
042 北齊二首其一（一笑相傾） …… 100
043 北齊二首其二（巧笑知堪） …… 101
044 瑤池 …… 103

045 漢宮 …… 106
046 華嶽下題西王母廟（神仙有分） …… 108
047 華山題王母祠（蓮花峰下） …… 109
048 過景陵 …… 111
049 海上 …… 112
050 四皓廟（本為留侯） …… 115
051 海客 …… 118
052 五松驛 …… 120
053 四皓廟（羽翼殊勳） …… 122
054 送崔玨往西川 …… 123
055 夢澤 …… 127
056 深樹見一顆櫻桃尚在 …… 128
057 晚晴 …… 130
058 高松 …… 132
059 端居 …… 134
060 宋玉 …… 135
061 楚宮（複壁交青瑣） …… 138
062 贈劉司戶蕡 …… 140
063 北樓 …… 144
064 亂石 …… 146
065 潭州 …… 148
066 楚宮（湘波如淚） …… 151
067 木蘭花 …… 153
068 楚吟 …… 154
069 贈田叟 …… 155
070 陸發荊南始至商洛 …… 158

071 鈞天 …… 160
072 杜司勳（高樓風雨） …… 161
073 贈司勳杜十三員外（杜牧司勳） …… 164
074 李衛公 …… 167
075 流鶯 …… 169
076 柳（為有橋邊） …… 172
077 九日 …… 174
078 野菊 …… 177
079 哭劉蕡（上帝深宮） …… 180
080 哭劉司戶蕡（路有論冤謫） …… 183
081 哭劉司戶二首其一（離居星歲易） …… 184
082 哭劉司戶二首其二（有美扶皇運） …… 186
083 對雪二首其一（寒氣先侵） …… 187
084 對雪二首其二（旋撲珠簾） …… 190
085 題漢祖廟 …… 193
086 蟬 …… 195
087 青陵臺 …… 199
088 辛未七夕 …… 202
089 七月二十九日崇讓宅讌作 …… 204
090 昨夜 …… 207
091 夜冷 …… 209
092 西亭 …… 210
093 臨發崇讓宅紫薇 …… 212
094 王十二兄與畏之員外相訪，見招小飲，
時予以悼亡日近，不去，因寄 …… 214
095 七夕 …… 218

096 宿晉昌亭聞驚禽 …… 219
097 井絡 …… 223
098 杜工部蜀中離席 …… 227
099 北禽 …… 230
100 壬申閏七夕題贈烏鵲 …… 233
101 二月二日 …… 234
102 初起 …… 236
103 寫意 …… 238
104 夜雨寄北 …… 240
105 即日 …… 243
106 柳（曾逐東風） …… 246
107 柳（柳映江潭） …… 248
108 憶梅 …… 250
109 天涯 …… 251
110 梓州罷吟寄同舍 …… 252
111 蜀桐 …… 255
112 籌筆驛 …… 256
113 重過聖女祠 …… 261
114 韓冬郎即席為詩相送，一座盡驚。
他日余方追吟「連宵侍坐徘徊久」之句，有老成之風，
因成二絕寄酬兼呈畏之員外二首其一（十歲裁詩） …… 266
115 韓冬郎即席為詩相送，一座盡驚。
他日余方追吟「連宵侍坐徘徊久」之句，有老成之風，
因成二絕寄酬兼呈畏之員外二首其二（劍棧風檣） …… 268
116 正月崇讓宅 …… 270
117 南朝（地險悠悠） …… 273

118 南朝（玄武湖中） …… 275
119 齊宮詞 …… 281
120 景陽井 …… 282
121 詠史 …… 284
122 吳宮 …… 286
123 隋宮（乘輿南遊） …… 287
124 隋宮（紫泉宮殿） …… 290
125 風雨 …… 295
126 錦瑟 …… 299
三、未編年詩選 …… 307
127 無題二首其一（鳳尾香羅） …… 307
128 無題二首其二（重幃深下） …… 312
129 無題（相見時難） …… 317
130 無題四首其一（來是空言） …… 322
131 無題四首其二（颯颯東風） …… 327
132 無題四首其四（何處哀箏） …… 332
133 有感（非關宋玉） …… 335
134 謝先輩防記念拙詩甚多，異日偶有此寄 …… 337
135 驪山有感 …… 342
136 龍池 …… 344
137 賈生 …… 347
138 王昭君 …… 350
139 牡丹 …… 351
140 離亭賦得折楊柳二首其一（暫憑樽酒） …… 356
141 離亭賦得折楊柳二首其二（含煙惹霧） …… 358
142 關門柳 …… 359

143 李花 …… 361
144 百果嘲櫻桃 …… 363
145 櫻桃答 …… 365
146 嘲櫻桃 …… 366
147 櫻桃花下 …… 367
148 高花 …… 368
149 和張秀才落花有感 …… 370
150 破鏡 …… 372
151 鸞鳳 …… 374
152 微雨 …… 376
153 細雨（瀟灑傍迴汀） …… 378
154 細雨（帷飄白玉堂） …… 379
155 霜月 …… 381
156 月 …… 382
157 城外 …… 384
158 淚 …… 386
159 嫦娥 …… 390
160 春雨 …… 393
161 鴛鴦 …… 396
162 寄遠 …… 398
163 暮秋獨遊曲江 …… 400
164 代贈二首其一（樓上黃昏） …… 402
165 代贈二首其二（東南日出） …… 404
166 東阿王 …… 405
167 涉洛川 …… 407
168 日射 …… 409

169 為有 …………………………………… 411
170 宮妓 …………………………………… 413
171 宮辭 …………………………………… 415
172 北青蘿 …………………………………… 418
173 憶匡一師 …………………………………… 420
174 樂遊原（向晚意不適） …………………………………… 421
175 樂遊原（萬樹鳴蟬） …………………………………… 425
176 謁山 …………………………………… 426
177 贈勾芒神 …………………………………… 427
178 涼思 …………………………………… 429
179 曉坐 …………………………………… 432
180 池邊 …………………………………… 434
181 春風 …………………………………… 435
182 春日 …………………………………… 437
183 春光 …………………………………… 438
184 滯雨 …………………………………… 440
185 花下醉 …………………………………… 441
186 一片（一片瓊英） …………………………………… 443
187 一片（一片非煙） …………………………………… 445
188 有感（中路因循） …………………………………… 447
189 復京 …………………………………… 450
190 渾河中 …………………………………… 452
191 韓碑 …………………………………… 454
四、詩藝評價…………………………………… 465

前言（代序）

一、出版緣起：鳥啼花落人何在

高二暑假偶然翻閱《唐詩三百首》，讀到「春蠶到死絲方盡，蠟炬成灰淚始乾」「身無彩鳳雙飛翼，心有靈犀一點通」等詩句時，就對李商隱浪漫的情感、華麗詞藻和優美的譬喻有驚豔之感。大三時特別選修汪中老師的「李商隱詩」，在老師吟誦時的抑揚頓挫聲中，除了被李商隱的愛情詩所吸引之外，也對他在詠物抒懷的作品中的身世之感、沉淪之痛，淒然生悲，同時還對他詠史論事的政治詩中的憂國傷時之懷，感觸良多。

可是多年來參考古人的箋注與近人的賞析之後，察覺某些說法值得商榷，甚至有厚誣古人之嫌；因此深感有必要釐清許多被誤導甚至被扭曲的觀念，還給詩歌與詩人比較清晰的原貌；遂於十多年前，在大學開設「李商隱詩」課程，精心挑選出近 200 首詩歌，逐篇注釋語譯，除做為正式教材之外，同時作為高雄市古典詩學會、高科大樂齡大學與進修學院之講義。近年來幾經研究之後，自覺對李商隱的詩歌有了更進一步的認識，遂將舊時文稿加以斟酌修訂，正式付梓；除了懷有野人獻曝之忱以外，更藉此表達對汪老師的追念之意。

二、無題寄情：楚天雲雨盡堪疑

李商隱的無題詩，大多是以對於愛情的苦心追求與春心的終歸幻滅為基本型態。由於大量採用時空跳接、性別對換的手法，再加上許多興象豐美的精采譬喻，苦心鍛鑄錘鍊的遣詞用字，寄託著不便言明的深情苦衷，因此營造出縹緲朦朧、綺麗瑰妍的特殊風格；儘管相當撩人情懷，引人入勝，卻也往往過於艱深晦澀，容易讓人走火入魔，從而形成所謂「玉谿詩謎」的障礙。因此，歷來許多學者為了探析本事，解開詩謎，殫思竭慮地窮搜極討，旁徵博引，幾乎達到「上窮碧落下黃泉」的地步。他們執著的精神，固然令人感佩，詳盡的注釋，固然惠我良多；然而也往往流於史料的鋪排堆砌，背景的穿鑿附會，以至於常會有截章斷句以釋意時或有可通之處，但在串解全詩時卻又出現前後矛盾、扞格不通的窘狀。

因此，基本上筆者對於〈無題〉諸篇的解讀，盡量避免前人詳於勾稽史料以求知人論世，卻又難免明察秋毫而不見輿薪的缺失；改採根據文本以意逆志的方式來串解詩義，擬測詩情。

三、詠史抒懷：一生襟抱未嘗開

李商隱除了以華詞麗藻留下大量令人蕩氣迴腸的愛情詩篇之外，又以其高才健筆揮灑出不少議論精闢、見解獨到的史論名篇，充分流露出讀書人感時憂世、寓慨於諷的深悲隱痛，因此不僅冷峻犀利的批判令人動容，沉摯蘊藉的諷喻也發人深省。尤其他往往能獨具隻眼地抓住舊典中一個細節來覃思精求其中隱含的深義，而後以生花妙筆稍加點染，就能有另闢蹊徑的廣闊天地讓他馳騁奇思，揮灑才情，因此他的詠史詩別具辛辣而警策的勁道，贏得前人極高的評價。

在他總計兩百餘首的七絕中，詠史就有四十八首之多，足以反映出詩人除了憧憬於純真的愛情而寫了大量綺麗的詩篇之外，他還極度關心政治，因此才會議論歷代的興衰成敗之跡，寄託自己難以施展的抱負。如果說愛情詩燃盡了義山的膏血，輝映出義山九死而無悔的心魂；那麼詠史詩便貫注著義山全部的熱誠，展現出精闢而又超卓的識見。唯有把握義山詩作中這兩大主題，才能對詩人的性靈和志趣有一個比較完整的認識。

四、等待知音：碧海青天夜夜心

由於義山早在一千二百多年前就擅長使用象徵、隱喻、暗示等含蓄手法，再加上時空交錯、意識流宕、虛實相涵、意象疊映、感官刺激等複雜技巧，以及擁有鎔裁典故而能翻出新意，櫽栝舊句而能脫胎換骨，融合神話而能意在言外，以及抒情詠史皆能動人心魂的驚人才思，所以他的許多詩篇都能煥發出七寶樓臺般金碧輝煌的氣象，渲染出西天彩霞般瑰奇絢麗的色澤，籠罩著蓬萊仙境般縹緲飄忽的雲靄，閃幻著鏡花水月般清虛空靈的幽光，因而具有特別能撥動讀者心弦的神祕魅力。即使我們未必讀得懂他幽眇如謎的騷心，但是在孤燈伴讀下，或是小酌微醺時，在明月軒窗旁，或是午夜夢迴時，不妨披衣而起，緩步微吟，或者掩卷遐思，閉目冥想：

珍美的錦瑟演奏出如怨如慕、如泣如訴的幽音古調……縹緲的夢境中有蝴蝶蹁躚的舞姿……哀切的子規聲裡有杜宇悽愴的心魂……碧波蕩漾的滄海上有珍珠晶瑩的淚光……遙遠的藍田山下有美玉溫潤的煙靄……以及明月清輝下詩人憔悴的身影裡飄出惆悵憂傷的嘆息……。

光是這些如夢如幻的聲光意象，就足以使人目迷神搖，恍惚如醉了。它們會在某一個萬籟有聲的靜夜裡悄然湧上心頭，又飄然消逝而去，讓你隱約領悟到生命情境中的神祕、淒美、孤獨與蒼涼；也讓你為短暫的人生中沉重的悲劇宿命，和綺麗的意象中涵蘊的哀傷本質，有時困惑徬徨，有時豁然開朗，有時沉醉癡迷，有時惆悵清狂，從而領略到豐富而深刻的審美情趣，並獲得心靈上尋幽訪勝的滿足與悅樂。

義山的〈錦瑟〉哀歌，早已帶著他的愛戀、他的執著、他的追求、他的希望、他的失意、他的幽怨、他的哀傷，他的迷惘，連同他「虛負凌雲萬丈才，一生襟抱未曾開」（崔玨〈哭李商隱二首之二〉）的無窮遺恨，隨著藍田玉煙飄逝而去了；但是他永不幻滅的春心，仍然在一千多年的詩壇裡閃爍著清瑩的淚光，氤氳著芳潔的煙嵐，飛舞著曼妙的姿影，啼泣著斑斑的碧血，既使人黯然神傷，也使人悠然神往。

崔玨在同首詩中又說：「鳥啼花落人何在？竹死桐枯鳳不來！」義山真如翩然而逝的彩鳳、從來不得深眠美夢的孤鶴，只留下清怨絕倫的〈錦瑟〉哀歌，還在人間苦候著靈犀相通的千古知音……。

李昌年　謹識　於國立高雄科技大學

一、詩人簡介

李商隱（812－858），字義山，號玉谿生，又號樊南生，唐朝懷州河內（今河南省沁陽縣）人，祖輩時遷居鄭州滎陽（今屬河南）。

李商隱與李賀一樣，都是唐室遠房宗親，但是年代久遠之後，家境早已沒落而相當貧寒。高祖曾任美原縣令，曾祖曾任安陽縣尉，祖父曾任邢州錄事參軍，父親李嗣曾任殿中侍御史。商隱出生時，李嗣任獲嘉縣（今河南省獲嘉縣）令。幼時隨父親李嗣遊宦浙江達六年之久，九歲喪父，乃扶櫬而歸，困窘到「四海無可歸之地，九族無可依之親」。除喪後，「傭書販舂」之餘，引錐刺股，奮勉向學，以求取功名，振興家門為急務。曾追隨堂叔習古文、書法，奠定深厚古文基礎。十五歲左右，學道於王屋山的分支玉陽山。

十六歲左右，以〈才論〉〈聖論〉（今不存）得到士大夫的讚賞。文宗大和三年（829）獲天平軍節度使令狐楚的賞識，辟為幕府巡官，親自傳授駢文章奏的訣竅，並令諸子與之同遊，可謂知遇恩重；故商隱於〈謝書〉云：「自蒙半夜傳衣後，不羨王祥得佩刀」。大和七年（833）首次應舉，落第，習業於京師。八年，為兗海觀察使崔戎掌章奏；九年再度應舉受挫，似曾有重返玉陽之行。開成二年（837），經令狐楚及其子綯的大力獎譽和引薦而進士及第，然尚待吏部銓敘才能任官；是年冬，令狐楚卒，遵楚命代為起草遺表，並隨楚喪返長安。由此可見李商隱早年與令狐家族恩義深重之一斑。

李商隱一生宦途崎嶇，只能長期棲身幕府，輾轉漂泊，完全沒有機會獨當一面去實踐政治理念。茲羅列其簡歷如下，以清眉目，節省參考時翻檢之勞：

＊開成三年春，應博學宏辭科，先為考官所取，復審時遭所謂「中書長者」排擠而落第，遂投入涇原節度使王茂元幕下掌書記，

備受賞愛，後來進而成為王之女婿。

＊開成四年，終於通過吏部銓敘，正式授官為祕書省校書郎。後因故離開，補弘農縣尉；未幾，為了搶救冤獄而得罪觀察使孫簡，於是在〈任弘農尉獻州刺史乞假歸京〉詩中發出「卻羨卞和雙刖足，一生無復沒階趨」之嘆而辭官，適逢姚合取代孫簡，諭使留任。

＊開成五年，由於河陽節度使李執方的資助，得以由濟源舉家遷居長安。

＊武宗會昌元年（841）離弘農尉，前往華州周墀幕下。

＊會昌二年，以書判拔萃入等，授秘書省正字；後因母喪居家。

＊會昌四年，移家永樂，曾自述此時「遁跡丘園，前耕後餉」，遂「渴然有農夫望歲之志」。

＊會昌五年春，應從叔李舍人之招，前往鄭州；後與家人居於洛陽，十月重官秘書省正字。

＊宣宗大中元年（847），桂管觀察使鄭亞辟為支使兼掌書記。

＊大中二年，離桂北歸，冬返長安，選為盩厔尉。

＊大中三年十月，武寧節度使盧弘止辟為判官而至徐州。

＊大中五年，盧氏病卒，罷徐幕。春夏間妻王氏卒。曾上書求助於令狐綯而補太學博士，後又應東川節度使柳仲郢之聘，冬至梓州。曾被派往西川任推獄，旋歸東川。

＊大中九年（855）隨柳氏返京。十年初，抵長安，充鹽鐵推官。

＊大中十一年仍留原任，遊江東。次年罷官，還鄭州，不久病逝。

綜觀商隱在世四十餘年，歷憲、穆、敬、文、武、宣六宗之世，值晚唐多故之秋，除了閹寺擅權、藩鎮跋扈令人憤慨之外，政黨傾軋的鬥爭之激烈，更加令他寒心。商隱儘管有心扭轉這種不正常的形勢，卻因曾受屬於牛僧孺黨的令狐氏栽培，竟然成為敵對的李德裕集團中王茂元的女婿，因而被視為「放利偷合，忘義負恩」的小人而拒絕往來；當時士林也鄙視他，以為「詭薄無行」而共同排斥他。在兩派勢同水火之下，注定了他仕途坎坷的命運，從此他必須飽受在政爭中得勢的牛黨的排擠而備嘗屈辱。

平心而論，商隱雖有用世之志，卻無朋黨政爭之意，因此他對於兩黨既無偏私的門戶之見，亦無依附以求榮之意，可惜無端捲入政爭漩渦而無法逃避，也無從施展抱負，於是只好把滿腔難以言宣的家國之感、際遇之悲、身世之嘆，藉助於香草美人的比興手法而形諸筆墨，因此形成抑鬱蒼涼的感慨和包蘊密緻、沉博絕麗的詩風。

李商隱的詩歌以七律成就為最高，其它各體詩也多有名篇警句，往往令人驚豔。整體而言，他善於鎔鑄歷史典故和神話傳說，通過比興象徵手法，構成豐富多彩的藝術形象。除了有些旨趣細密幽微，甚至晦澀難解而有「玉谿詩謎」之稱的作品之外，雄深渾厚的風格和蒼涼沉鬱的感慨，頗得杜甫的神髓；穠豔瑰麗的藻繪和奇幻詭譎的想像，則盡傳李賀心法。

李商隱詩作的題材非常豐富多元，除了不少感懷身世之作能令讀者戚然心動之外，悼念亡妻的〈七月二十九日重讓宅讌作〉〈辛未七夕〉〈七夕〉〈正月崇讓宅〉等篇讓人泫然欲泣，追憶故友的〈哭劉蕡〉〈哭劉司戶蕡〉〈哭劉司戶二首〉等作也令人感慨悲憤。

他的詠史詩能見人之所未見，言人之所未言，如〈富平少侯〉〈南朝〉〈北齊二首〉〈籌筆驛〉〈隋宮〉〈馬嵬〉〈詠史〉〈賈生〉〈龍池〉〈東阿王〉〈涉洛川〉等，都能以矯健凌厲的史筆表現出獨到的慧見；以時事入詠的篇章如〈隨師東〉〈重有感〉〈曲江〉等，也能體現憂國憂民的情懷。仔細審讀他的政治詩篇，可以充分領略到詩中議論縱橫，奇趣橫生；而且鞭辟入裡，爽利無匹，簡直令人拍案叫絕。

他的詠物詩同樣精彩可觀，如〈蝶〉〈蟬〉〈流鶯〉〈野菊〉〈牡丹〉〈柳〉〈李花〉〈鸞鳳〉〈破鏡〉〈鴛鴦〉〈深樹見一顆櫻桃尚在〉等篇章，兼用擬化和雙關的技巧，加入奧妙的想像和真摯的情感，達到物我兩化、渾融無跡的勝境；即使純然詠物而別無寄託的〈微雨〉〈細雨〉〈霜月〉，以及只是紀錄交遊酬酢的詩篇如〈初食筍呈座中〉〈百果嘲櫻桃〉〈櫻桃答〉〈送崔珏往西川〉〈寄令狐郎中〉〈夜雨寄北〉等，也都清新可諷，真情可感。

除了〈柳枝五首〉〈病中早訪招國李十將軍遇挈家遊曲江二首〉〈春雨〉〈落花〉〈錦瑟〉等與愛情相關的詩篇令人讚賞之外，他的〈無題〉諸作，更是寫得如怨如慕，如泣如訴，格外動人情腸；而且意境迷離惝恍，風格瑰奇幽眇，最難以疏解，也最受世人矚目，因此元好問〈論詩絕句〉說：「詩家總愛西崑好，獨恨無人作鄭箋。」儘管如此，千百年來，李商隱的詩歌始終像璀璨的夜空中那顆耀眼而神祕的星辰，永遠散發出最迷人眼目、也最盪人心魂的特殊光華。

在詩歌的長河中，李商隱與杜牧齊名，號為「小李、杜」；又與溫庭筠齊名，號稱「溫、李」。宋代楊億、劉筠等人極為推崇商隱，刻意模仿他繁縟穠艷、華辭密典的詩風，號為「西崑體」。

商隱除了是詩壇奇才之外，也是文壇健將。他的散文見解深刻，筆鋒犀利，風格勁峭，有銳不可當的氣勢；駢文則典雅華麗，宏博深奧，被奉為四六文的金科玉律。當時商隱與溫庭筠、段成式各以穠艷相誇，由於三人都排行第十六，因此號為「三十六體」。後商隱自訂其駢文集為《樊南四六甲乙集》，從此「四六文」正式成為駢文之代稱。

《全唐詩》存其詩三卷，經學者輯佚後共計六百餘首。

二、編年詩選

001 富平少侯（敬宗寶曆二年，826）

七國三邊未到憂，十三身襲富平侯。不收金彈拋林外，卻惜銀床在井頭。彩樹轉燈珠錯落，繡檀迴枕玉雕鎪。當關不報侵晨客，新得佳人字莫愁。

【詩意】

即使有七個諸侯國聯手造反，再加上三個外寇在邊境不斷侵擾（按：七國，借喻割據自雄的藩鎮而言；三邊，殆指吐蕃、党項與回紇等邊患而言），這些令人煩惱憂慮的事卻從來都沒有掠過他的心頭。他才不過十三歲，卻已經繼承富平侯的爵位了。射向樹林裡的黃金彈丸，他捨得拋棄而不加以回收；可是安置在井頭的銀製轆轤架，不可能會丟失，他反而特別愛惜而記掛不已。他要求工匠打造出幾十丈高的燈柱，周圍環繞著幾萬盞的華麗燈燭，在幾十里外都可以看到千萬顆明珠正在交錯爭輝的絢麗景象。他所用的服飾器物，都極其華貴講究，尤其喜愛雕鏤有精美圖案的玉石環抱著的檀木枕頭。替他看守宮門的人不肯為清曉時就想要上殿奏事的大臣通報，因為他最近得到一位名叫莫愁的美女……。

【注釋】

① 詩旨—本詩大約作於敬宗寶曆二年（826）詩人十五歲時，旨在諷刺敬宗年少之憨愚荒唐，屬於託古諷今之作，亦即題面雖似詠史，內容卻與題面無直接關聯；詩中典實甚至有張冠李戴之情

形，藉以暗示諷諭之用心。

② 詩題—漢時張安世封富平侯，數世有寵於皇室；《漢書・五行志第七》載漢成帝劉驁（51 B.C. －7 B.C.）常微行出遊，「與富平侯張放俱稱富平侯家人，過陽阿主作樂，見舞者趙飛燕而幸之。」詩人特加「少」字，代指十五六歲即登基即位之唐敬宗。

③ 「七國」句—七國，本指漢景帝（劉啟，188 B.C. －141 B.C.）時造反之吳、膠西、楚、趙、濟南、淄川、膠東七國，後為周亞夫所平定；此處代指唐代藩鎮而言。三邊，本指戰國時秦、趙、燕三國與匈奴鄰接之邊境，或漢朝時常遭外敵侵略之幽、并、涼三州；此處代指外寇而言，尤指唐時吐蕃、回紇、党項等邊患。未到憂，憂國之念從未到其心頭也。

④ 「十三」句—十三，極言襲爵時之年少；此暗指唐敬宗李湛（809－826）登基時年僅十六（824）。

⑤ 「不收」句—拋於林外之金彈轉眼即失而竟不收，此極寫其奢侈；《西京雜記》卷四載：「韓嫣好彈，常以金為丸，所失者日有十餘，長安為之語曰：『苦飢寒，逐金丸。』京師兒童每聞嫣出彈，輒隨之，望丸之所落，輒拾焉。」

⑥ 「卻惜」句—安置於井頭不致丟失者卻深惜而掛記不已。此與上句對比，極形其愚蠢可笑。銀床，汲取井水所用之銀製轆轤架。

⑦ 「彩樹」句—彩樹轉燈，喻高聳之燈柱周圍環繞著繁麗之燈燭；唐末五代時人王仁裕（？－956）所撰《開元天寶遺事・卷下・天寶下》載韓國夫人於上元夜燃百枝燈樹，高八十餘尺，豎於高山之上，百里之外可見，光明奪月。又唐人張鷟《朝野僉載》卷三記睿宗李旦（662－716）嘗於元宵作燈輪，高二十丈，飾以錦繡金銀，燃五萬盞燈，遠望如花樹。珠錯落，喻燈燭如明珠交錯爭輝。

⑧「繡檀」句—繡檀迴枕，可能指有精美雕鏤之圖案迴環在周邊之檀木枕頭。鎪，音ㄙㄡ，刻鏤之意；玉雕鎪，殆形容檀木枕頭雕鏤得精美而有光澤，有如玉雕一般。按：腹聯二句極言其器用珍玩之奢華。

⑨「當關」句—當關，守門人。侵晨客，代指清曉時即欲上殿奏事之人。不報侵晨客，側寫敬宗往往連夜遊蕩玩樂，不親政務，《資治通鑑·卷二四三》說他「游幸無常，暱比群小，視朝月不再三，大臣罕得進見。」

⑩「新得」句—莫愁，代指美人；梁武帝〈河中之水歌〉：「河中之水向東流，洛陽女子名莫愁。」《樂府古題要解》云：「石城有女子名莫愁，善歌謠。」以「莫愁」回應首句之「未到憂」，暗示憨愚之無愁天子終將有內亂外患之憂，騷心深曲可玩。

【評解】

01 何焯：此詩刺敬宗。漢成帝自稱富平侯家人，三四言多非望之濫恩（按：此解可議），反靳不費之近澤。（《義門讀書記》）

02 胡以梅：起句言侯之興豪，別無所憂，惟事遨遊，以不當憂而憂之，有一種少年紈袴憨致在言外（按：此說有誤，詩人之意尤重於指出當憂而竟不知憂）。第二雖直寫其侯號，而亦兼用張放之國戚耳。三四言既不收金彈，卻肯惜銀床乎？四是反語（按：此說可議）。五六舉室中珍玩珠燈之富麗，玉枕之精巧，枕下既承新寵，血脈相通，以言少侯之無愁，有餘味。妙在雙借「莫愁」以結之，收拾通篇。此是高手作法異人處。（《唐詩貫珠串釋》）

03 錢謙益：此言富平侯少年襲封，樂不知節，如韓嫣之棄金彈，淮南之飾銀床，以致珠燈之錯落，玉枕之雕鎪，皆倚其富貴也。末言新得佳人如莫愁之美，而當關不敢報客，是又極形淫樂以諷之

耳。（《唐詩鼓吹評注》）

04 姚培謙：第三句，當愛惜者不知愛惜也；第四句，不必眷注者偏勞眷注也。……此詩應作於武宗時，色荒禽荒之隱慮，不敢明言，而託詠於富平少侯。開口七字，足當「痛哭」一書。七國，喻藩鎮多逆命；三邊，喻回紇吐蕃為西北患，語不虛下。（《李義山詩集箋注》）

002 無題（文宗大和元年，827）

八歲偷照鏡，長眉已能畫。十歲去踏青，芙蓉作裙衩。十二學彈箏，銀甲不曾卸。十四藏六親，懸知猶未嫁。十五泣春風，背面秋千下。

【詩意】

八歲時，她已經懂得偷偷地攬鏡自照，為自己畫上秀麗而修長的黛眉（按：以女子美麗而早慧，表示自覺稟賦優異）。十歲到郊外踏青時，已經學會採擷芙蓉的花葉來裝扮自己的衣裳（按：以女子善自修飾，表示自己品德芳潔）。十二歲時，她苦練彈箏的技藝，撥絃用的銀指甲幾乎不曾卸下（按：表示自己勤習詩賦文章）。十四歲時，她已經有了綽約的風韻，被規定要深居於閨房之中，連關係最親近的男性親屬都一律迴避而不能相見，她的心理就產生了對美滿婚姻的憧憬，同時也懷有待嫁女兒心的惶恐（按：以女子之幽閉深居，擔心良緣未至，透露詩人出唯恐青春蹉跎，遇合難期的隱憂）。如今她十五歲了，當春風襲來時，她只能獨自背對著鞦韆哭泣，完全沒有遊戲的心情（按：以女子憂慮錯過婚姻，表達詩人無法掌握自身前途的徬徨苦悶）……。

【注釋】

① 詩旨—義山年少早慧，攻讀甚勤，雖渴求仕進，然出身寒微，故有此憂慮遇合之作。

② 詩題—《玉谿生詩集》以「無題 1」命名之十七首作品大抵可分三類：其一是明顯有寄託者，其二是直賦本事而無寄託者，其三是寄託在有無之間者。其中尤以第三類之旨趣最難辨析，蓋以為有寄託，卻又難以指實為具體之某人某事某物；以為應無寄託，卻又覺意蘊深婉，包藏細密，彷彿其中有訴不盡之身世、說不盡之寓意，因此引來歷代箋釋家見仁見智之獨斷別裁而聚訟經年，難成共識。本詩屬於第一類明顯有寄託者。

③ 「八歲」二句—以女子美麗而早慧，表示自覺稟賦優異。

④ 「十歲」二句—踏青，春天郊遊。衩，衣裙兩旁開叉處。芙蓉句，化用〈離騷〉：「製芰荷以為衣兮，集芙蓉以為裳，不吾知其亦已兮，苟吾情其信芳。」除表示妝飾之美，也象徵情操高潔。

⑤ 「十二」二句—箏，相傳為蒙恬所造，戰國時流行於秦地之樂器；唐宋教坊之箏為十三弦，以寸餘長鹿骨爪撥弄。銀甲，以銀作指甲，演奏時套上，使絃音更加清亮。

⑥ 「十四」二句—藏六親，藏於深閨，迴避關係最親近之男性戚屬。懸知，揣想得知；此描寫擔心期望落空之待嫁女兒心。

⑦ 「十五」二句—背面，背向、背對。古時女子十五許嫁，詩中女子則前途未卜，憂愁煩悶，故無心為鞦韆之戲，乃獨向春風而泣。

【補註】

01 義山雖有十七首〈無題〉詩，但以「無題」二字名篇，並非始於義山，《全唐詩》中就有不少〈無題〉詩，中唐盧綸有一首七律〈無題〉，與義山同時之李黨領袖李德裕也有一首五絕〈無題〉；

唯不論就數量之多、藝術成就之高與影響層面之廣而言，義山可謂「無題」詩之泰山北斗罷了。

【評解】

01 吳喬：才而不遇之意。（《西崑發微》卷上）

02 張謙宜：樂府高手，直作起結，更無枝語，所以為妙。（《絸齋詩談》卷五）

03 何焯：高題摩空，如古樂府。　〇每於結題見本意。　〇亦有不盡之妙。（《李義山詩集輯評》引）

04 姚培謙：義山一生，善作情語。此首乃追憶之詞。迤邐寫來，意注末兩句。背面春風，何等情思，即「思公子兮未敢言」之意，而詞特妍冶。（《李義山詩集箋注》）

05 馮浩：〈上崔華州書〉：「五年讀經書，七年弄筆硯」，《樊南甲集・序》「十六著〈才論〉〈聖論〉，以古文出諸公間。」此章寓意相類，初應舉時作也。（《玉谿生詩詳注》）

06 紀昀：獨成一格，然覺有古意，古故不在形貌音響間。……無題諸作，有確有寄託者，「來是空言去絕蹤」之類是也；有戲為艷語者，「近知名莫愁」之類是也；有實有本事者，如「昨夜星辰昨夜風」之類是也；有失去本題而後人題曰無題者，如「萬里風波一葉舟」一首是也；有失去本題而誤附于無題者，如「幽人不倦賞」一首是也。宜分別觀之，不必概為深解。其中有摘詩中字面為題者，亦無題之類，亦有此數種，皆當分晰。（《玉谿生詩說》）

003 初食筍呈座中（文宗大和三年，829）

嫩籜香苞初出林，於陵論價重如金。皇都陸海應無數，忍剪凌雲一寸心？

【詩意】

幼嫩的籜葉，包藏著清香柔脆的新筍，才剛剛從竹林中採掘而出，就送到宴席中來，它在於陵地區的價值有如黃金一般貴重。想必在物產豐饒，山珍海錯難以數計的皇都裡，應該不忍心只為了滿足口腹之欲而剪伐它原本可能長成凌雲翠竹的筍心吧？（按：似乎透露出唯恐日後遭到摧殘而未能青雲直上的隱憂）

【注釋】

① 詩題—於某顯宦宴會中初次品嘗嫩筍之美味，遂於席上賦詩呈獻之意。本詩託物寄懷，抒發少年凌雲之心志，然遭遇剪伐之深憂亦流露筆端，可與前首〈無題〉「八歲偷照鏡」參讀。

② 「嫩籜」句—籜，筍殼。香苞，指筍殼所包覆之嫩筍，狀如花苞。

③ 「於陵」句—於，音ㄨ。於陵，古地名，漢代有於陵縣，唐時為長山縣（今山東省鄒平縣東南），鄰近兗州（今屬山東省）。馮浩《玉谿生詩詳注》引《竹譜》云：「般腸實中，為筍殊味。」並注云：「般腸竹生東郡緣海諸山中，有筍最美，正兗海地也[1]。」

④ 「皇都」句—皇都，指長安。陸海，馮浩注引《漢書・地理志》：「秦地有鄠杜竹林、南山檀柘，號稱陸海，為九州膏壤。」換言之，是說長安附近為物產豐饒的膏腴之地，有如海之無所不出；一說陸海，兼言陸地與大海所產之物而言。

⑤ 「忍剪」句—寓有日後遭到摧殘而未能青雲直上之隱憂。凌雲寸

心，借徑寸之嫩筍長成凌雲之翠竹，寄託少年之凌雲壯志。

【補註】

01 馮浩以為本詩作於兗海觀察使（治兗州）崔戎幕中，時當大和八年（834），詩人二十三歲；劉學鍇《李商隱詩歌集解》則以為作於大和三年（829），義山十八歲。

【評解】

01 姚培謙：此以知心望當事也。須知三千座客中，要求一個半個有心人絕少。（《李義山詩集箋注》）

02 屈復：流落長安者可痛哭也。（《玉谿生詩意》）

004 隨師東（文宗大和三年，829）

東征日調萬黃金，幾竭中原買鬥心。軍令未聞誅馬謖，捷書惟是報孫歆。但須鸑鷟巢阿閣，豈暇鴟鴞在泮林？可惜前朝玄菟郡，積骸成莽陣雲深！

【詩意】

為了東征盤據在渤海灣邊上不肯服從中央的叛將李同捷，朝廷每天都要籌措天文數字的黃金，來應付各路遠征軍的需索，幾乎把中原地區的財富全都掏空榨光了，才能換取他們短時間裝模作樣的提振士氣。他們軍紀渙散，沿路騷擾百姓，卻從來沒有聽說君王下達誅殺（不服從指揮的）馬謖以儆效尤的軍令，反而只傳出各路將領吹噓擄獲敵酋、虛報戰功以求豐厚賞賜的漫天謊言。其實只要有才幹、有魄力，決心維護王室威望的宰相在朝廷坐鎮指揮，哪裡容得下各鎮將帥據地為王，為禍天下呢？最令人痛心的是：在古代百姓可以安居樂業的玄菟郡（按：指唐朝時的滄州、景州地區），在經過烽火蹂躪之後，遍地屍骨早已交相堆疊成一望無際的髑髏莽原了！放眼望去，只見濃厚的愁雲慘霧，低低地籠罩著那一大片血腥的土地……。

【注釋】

① 詩旨—本詩意在感慨朝廷坐視節度使狂妄抗命，據地自雄，且內無慎謀能斷之良相，外有虛矯貪財之驕兵，致使江淮殘破，生靈塗炭。

② 詩題—隨，通「隋」；隋師東者乃借古諷今，實即唐師東征之意。敬宗寶曆二年（826）三月，橫海（治所在今天津市西南滄州市附近）節度使李全略卒，其子副大使李同捷未經朝廷任命，即擅領留後從事（按：相當於繼承其職位），朝廷不敢過問。文宗大和元年（827）五月，以李同捷為兗海（治所在今山東兗州）節度使，同捷抗命。八月，命諸道兵進討，竟沿途騷擾，兵勢糾結，江淮地區歷盡浩劫；當時諸將往往謊報戰功以邀厚賞，朝廷則竭力奉之，饋運不給。直至文宗大和三年（829）四月，才終於斬殺李同捷。

③ 「東征」二句—東征，指由朝廷下令討伐盤據在滄州、景州一帶之李同捷而言。買，以財物賄賂。鬥心，戰鬥意志、士氣。《舊唐書・列傳第九十三・李全略傳》載：「時（討李）諸軍在野，朝廷特置供軍糧料使，日費寖多。兩河諸帥每有小捷，虛張俘級，以邀賞賚，實欲困朝廷而緩賊也；繒帛征馬，賜之無算。」

④ 「軍令」句—此謂軍令不嚴之可憂。誅馬謖，斬殺不聽號令、擅自行動之將領；《蜀志・諸葛亮傳》：「亮使馬謖督諸軍在前，

與（張）郃戰於街亭。謖違亮節度，舉動失宜，大為郃所破。亮拔西縣千餘家還於漢中，戮謖以謝眾。」

⑤ 「捷書」句—此謂虛報戰功以邀賞之可鄙。報孫歆，謂虛報斬獲敵將之戰功；《晉書・杜預列傳》載杜預領兵伐吳，王濬先謊報斬得東吳都督孫歆首級以邀功，後杜預活捉孫歆而還，王濬遂成笑柄。

⑥ 「但須」句—此謂只須宰輔得人，一切亂事自可平定。鸑鷟，音ㄩㄝˋ ㄓㄨㄛˊ，鳳凰類神鳥。阿閣，四面有屋棟及簷霤之樓閣，原為王者所居，此代指朝廷。鸑鷟巢阿閣，喻賢臣在朝，宰輔得人。

⑦ 「豈暇」句—此謂豈容奸醜割據，為禍天下。暇，通「假」；豈暇，哪能假借、豈能容得下。鴟鴞，借喻奸醜之輩。泮，古代之學校；泮林，古代學宮旁之水池與樹林。鴟鴞在泮林，語出《詩經・魯頌・泮水》：「翩彼飛鴞，集於泮林。食我桑葚，懷我好音。」本意是譬喻淮夷之歸化，然此處借指藩鎮割據州郡。

⑧ 「可惜」二句—玄菟，古郡名，位於今遼寧省東部、吉林省南部與韓國北境；然此處指滄州等地。積骸成莽，謂屍橫遍野，髑積骸疊，形同煉獄。陣雲深，指戰雲密佈，形勢可憂。

【評解】

01 潘畊：「鸑鷟」四句，極言人君當任賢圖治，不必遠事招懷。……夫李同捷據滄洲，自當進討，非煬帝生事外夷比。然諸將玩寇邀賞之罪有不可逭者，此故假隋事以譏切之。（程夢星《李義山詩集箋注》引）

02 沈德潛：此借隋東征之役以諷時事。三語言軍令不行，四語言虛報邀賞。五六言人主修德則賢士滿朝，不必藉遠人之服也。（《唐

詩別裁》） ○詠史數十章，得杜陵一體。至云「但須鸑鷟朝阿閣，豈假鴟梟在泮林？」不愧讀書人持論。（《說詩晬語》）

03 屈復：竭中原有數之黃金，欲買戰士之鬥心，號令嚴明，無虛張首虜方可成功。今俱不然，況棄鸑鷟而假鴟鴞，以前朝久置之地，積骸成莽，征戰不休，誠可惜也。 ○鸑鷟比君子，鴟鴞比小人。此首蓋不敢明言時事而借隋煬帝東征為題也。（《玉谿生詩意》）

04 姚培謙：此諷廟算之失也。討逆敵愾，自是武臣本分事，乃日費斗金以買鬥，將愈驕，卒愈惰，邀功倖賞無已，勢所必至也。然此皆廟算無人之故。蓋內無鸑鷟，故外有鴟鴞。誠使一將成功而致枯萬骨，已不忍道，況功未成而先枯萬骨乎？可痛極矣。（《李義山詩集箋注》）

05 馮浩：《舊書紀》及〈裴度傳〉：「敬宗嘆宰執非才，致姦臣悖逆。學士韋處厚力請復用裴度，河北、山東必稟廟算。度自興元入朝，復知政事。及同捷竊弄兵權以求繼襲，度請行誅伐，踰年而同捷誅。」度前後在朝，眾望所尊，惜屢被讒沮，時則以年高多病，懇辭機務矣。故詩有含義焉。（《玉谿生詩詳注》）

005 謝書（文宗大和四年，830）

微意何曾有一毫？空攜筆硯奉龍韜。自蒙半夜傳衣後，不羨王祥得佩刀。

【詩意】

儘管我滿懷感激，想要竭盡棉薄心力來報答恩師的栽培，但是卻只能帶著文房四寶，捧著兵書，隨時服侍在他左右而已，又哪裡真能對他有一絲一毫的幫助呢？自從屢次在半夜蒙受恩師悉心指點寫作駢體章奏的心法與訣竅之後，我就不再羨慕晉朝的王祥因為得到佩刀而身登公卿高位的奇遇了。

【注釋】

① 詩題—謝，感謝之意；本詩殆為感謝令狐楚傳授章奏之學而作。朱鶴齡《李商隱詩集箋注》以為本詩為義山入天平軍節度使令狐楚幕下，擔任巡官時所作；由詩末表現出得到令狐氏駢體章奏真傳而躊躇滿志之心情來看，其說可參。

② 「微意」二句—慚愧身受恩遇，雖欲圖報，竟無絲毫之助益，徒攜筆硯遊於幕下，捧兵書侍於左右而已。龍韜，泛稱兵法；《隋書‧經籍志》著錄有舊題呂望所撰《太公六韜》五卷，分為文韜、武韜、龍韜、虎韜、豹韜、犬韜。

③ 「自蒙」句—半夜，用禪宗五祖弘忍於三更以達摩法寶及所傳袈裟授與六祖慧能之典。傳衣，《傳燈錄》載釋迦佛說法住世四十九年，將金縷僧迦梨衣傳與一祖摩訶迦葉；半夜傳衣，謂恩師令狐楚每於夜晚密授科舉必考之駢體章奏心法；《舊唐書‧文苑傳》：「商隱能為古文，不喜偶對。從事令狐楚幕，楚能章奏，遂以其道授商隱，自是始為今體章奏[1]。」

④ 「不羨」句—不羨佩刀，謂並不歆羨公卿之高位以為遙不可及，蓋已得章奏之秘法，自覺技藝精進而青雲可望。《晉書‧王覽傳》載魏徐州刺史呂虔有佩刀，工匠審視之後，以為必登三公，乃可佩此刀。後呂虔謂王祥曰：「苟非其人，刀或為害；卿有公輔之量，故以相與。」其後王祥拜司空，轉太尉，入晉後拜太保。祥臨終前，又贈其弟王覽，覽之後嗣亦累代賢德，興於江左。

【補註】

01 令狐楚為當時駢文章奏名家，《新唐書・令狐楚傳》謂其所上章奏數為德宗所稱。憲宗時令狐知制誥，尤善於牋奏制令，每一篇成，人皆傳誦。

【評解】

01 程夢星：半夜傳衣之語，則所謂奉龍韜者必非指他幕之節使，其為令狐楚無疑（按：朱彝尊、屈復均以為本詩是辭謝他帥之來招攬敦聘）。義山平生長於箋奏之文，傳之者實為楚也。末有不得佩刀之語，蓋為楚巡官之時，猶未登第，故作自寬之詞，正所以感慨係之也。（《李義山詩集箋注》）

02 張采田：此令狐召赴太原報謝之作（按：葉蔥奇亦有此說）。楚以章奏授義山，而是年應舉，為崔鄲所斥，故有末句。起則追溯天平恩遇，自慨無以報稱也。（《玉谿生年譜會箋》）

006 天平公座中呈令狐令公時蔡京在坐，京曾為僧徒，故有第五句（文宗大和四年，830）

罷執霓旌上醮壇，慢妝嬌樹水晶盤。更深欲訴蛾眉斂，衣薄臨醒玉豔寒。白足禪僧思敗道，青袍御史擬休官。雖然同是將軍客，不敢公然子細看。

【詩意】

她不再高舉畫有雲彩的旗幟作法除妖，也不再登上祭壇祈福消災了，如今她薄施淡妝，有如嬌美的玉樹；姿態輕盈，有如水晶盤上翩翩起舞的趙飛燕。當我們喝酒到更深人靜的時候，她彷彿有無限幽怨要傾訴一般，卻又欲言又止地輕皺著蛾眉……。衣衫單薄，只怕難以抵擋寒意的她，在醉酒將醒之際，看起來肌膚白皙，臉色紅潤，更顯得嫵媚動人，使得座中道行精深的白足禪僧都想一親芳澤，即使破戒也在所不惜；又使得德望崇高的青袍御史打算辭官，以便拜倒在他的石榴裙下。雖然我和他們同樣都是將軍宴請的賓客，但卻不敢公然仔細欣賞她美艷絕倫的丰采。

【注釋】

① 詩旨—寫參加節度使所設宴席時歌舞侑酒之女子美豔絕倫，令人不敢逼視。其人雖曾為女道士，然由「不敢公然仔細看」之語氣推測，其身分殆非官府之歌妓或私人蓄養之舞姬而已，可能為府主姬妾之流，遂使身為幕僚之作者不敢公然放肆，仔細注視。

② 詩題—天平，指天平軍節度使令狐楚而言。公座，指宴樂之座席而言。令公，本為中書令之尊稱。按：令狐楚於憲宗元和十四(819)年七月為中書侍郎、同平章事，卻從未帶中書令銜；據顧學頡考證，「令公」應為「相公」之誤。

③ 題下注—蔡京，邕州（今廣西省邕寧縣）人，令狐楚曾於道場見僧眾中執瓶缽之蔡京，謂其師曰：「此子眉目疏秀，進退不懾，惜其卑幼，可以勸學乎？」師從之，蔡京遂陪學於相國子弟，後以進士上第，尋又學究登科，曾任御史。

④ 「罷執」句—句謂詩中之美人曾為女道士，今則罷執霓旌，不復上醮壇，亦即還俗也。霓旌，畫有雲彩之旗幟，為道士祭祀作法之器物。醮，祭也；醮壇，道士祈禱祭祀所設之祭壇。

⑤ 「慢妝」句—句謂淡妝之美人，如嬌美之玉樹；其輕盈之舞姿，恍如趙飛燕之舞於水晶盤。慢妝，淡妝。嬌樹，極言容態之嬌豔；陳朝江總詠張貴妃、孔嬪妃之容色有「璧月夜夜滿，瓊樹朝朝新」之語。水晶盤，朱鶴齡注引《太真外傳》：「成帝獲飛燕，身輕欲不勝風，恐其飄翥，為造水晶盤，令宮人掌之而歌舞。」

⑥「更深」二句—句謂更深時美人斂眉，似有欲訴之幽怨；醉酒將醒時之際，夜寒衣薄，尤楚楚動人，益增奇豔。臨醒，醉酒將醒未醒之際。玉豔，形容其肌膚白皙而醉顏酡紅之美豔。

⑦「白足」二句—極言其美艷奪人，令有道之僧人幾欲破戒以共效于飛之樂，使有德之御史直擬休官以拜倒石榴裙下。白足禪僧，朱鶴齡注引《法苑珠林》謂魏太武時有沙門曇始者，甚有神異，足不躡履，雖赤足行泥穢中，奮足便淨，色白如面，俗稱之為「白足阿練」。又，馮浩注引《魏書・釋老傳》謂僧人惠始五十餘年未嘗寢臥，雖履泥塵而不汙其足，色愈鮮白，世稱「白腳僧」。敗道，錢鍾書謂僅破戒而未還俗。青袍御史，指座中幕府僚屬帶御史銜者身著青袍，其人名事不詳。

⑧「雖然」二句—暗示其人之身分非己所應平視，與其人之艷麗絕倫，令年輕之詩人靦腆而不敢放肆細看。將軍，指令狐楚。末句用劉楨以失敬罹罪之典透露其人可能為座主姬妾之流；《世說新語》注引《典略》說曹丕於酒酣坐歡之際使夫人甄氏出見眾賓，坐客皆伏，惟劉楨平視，故得罪。

【評解】

01 陸崑曾：前四句，是形容官妓；五六是戲座客；結處是呈令狐令公。言此官妓，以道家妝束來此座中，其嬌態直可作掌上舞也。蛾眉斂，使人憐；玉艷寒，又令人愛。宜座客見之，為之傾倒，覺向時之道心頓退，而今日之官職可輕也。我輩同是將軍之客，而於此有不敢屬目者焉。（《李義山詩解》）

02 屈復：首二句寫妓呈技，先執霓旌而上醮壇，罷乃改裝而歌舞也。及夜深玉寒，故斂眉欲訴，令人徒生敗道休官之想。而體統尊嚴，未敢肆觀也。青袍御史指座客而言，不必義山自謂。（《玉谿生

詩意》）

03 張采田：艷詩中最深婉者，措辭鮮麗而有神味，絕非西崑塗澤所及。（《李義山詩辨正》）

04 劉學鍇：此篇艷而不流於褻，謔而不墮於惡趣。頷聯「鮮麗而有神味」，末聯用典雅切而帶風趣。自藝術角度觀之，固不及後期同類作品深婉圓熟，然寫人物與氣氛，亦有難以企及之處。（《李商隱詩歌集解》）

007 贈宇文中丞（文宗大和五年，831）

欲構中天正急材，自緣煙水戀平臺。人間只有嵇延祖，最望山公啟事來。

【詩意】

儘管朝廷正打算大有作為，急須重用棟樑之材，可是我卻迷戀平臺（按：借喻令狐楚的幕府）的煙水明媚，捨不得離開此地。其實人世間還有一位嵇康的幼子嵇紹（按：借喻宇文鼎的亡友張君之子），最期待接獲山濤美言推薦人才的啟事（按：借喻宇文鼎的推荐提拔）。

【注釋】

① 詩旨—本詩似因宇文中丞曾微露薦引義山之意圖，詩人則因受幕主知遇而無意他就，故以本詩婉謝，並期望宇文轉而施惠於亟須援引之亡友張君之子。

② 詩題—宇文鼎，字周重，河南人，大和六年（832）以御史中丞調任戶部侍郎，判度支；本詩之作應早於此，故仍以「中丞」稱

之。

③「欲構」句—句謂朝廷亟須棟樑之材。中天，此處代指高遠不可及之朝廷而言；《列子・周穆王》載有西極國「善變之化人」朝見周穆王，穆王為之修築宮室，其高千仞，臨於終南山上，號為「中天之臺」。

④「自緣」句—句謂自己受知於府主，故不擬另就他職。平臺，故址在今河南商丘縣東北，漢時梁孝王嘗與鄒陽、枚乘、司馬相如等文士宴遊於平臺之上，故以「平臺」為幕府之代稱。按：義山〈上令狐相公狀〉云：「每水檻花朝，菊亭雪夜，篇什率徵於繼和，盃觴曲賜其盡歡，委曲款言，綢繆顧遇。」表現出此際深受府主知遇而不擬他就之心情，可為本句之說明。

⑤「人間」二句—嵇紹，嵇康之子，字延祖。山公，指山濤，字巨源，與嵇康同為竹林七賢之一，情誼真摯。嵇康因不滿司馬氏陰謀篡位，又為鍾會所譖而受害，臨刑前曾對嵇紹說：「有山公在，汝不孤矣。」後山濤奏嵇紹為秘書郎，稱其平簡溫敏，有文思，曉音律；因此晉武帝說：「如卿所言，乃堪為丞，何但郎也！」嵇紹因此入仕而顯達。啟事，品評與推薦之文書；山濤所奏甄拔人物，往往各有品題，時人稱之為「山公啟事」。按：作者於四句下自注云：「公感嘆亡友張君，故有此句。」

008 贈趙協律晳（文宗大和八年，834）

俱識孫公與謝公，二年歌哭處皆同。已叨鄒馬聲華末，更共劉盧族望通。南省恩深賓館在，東山事往妓樓空。不堪歲暮相逢地，我欲西征君又東。

【詩意】

我和您同樣認識博學多才、官高位顯的孫綽和謝安（按：譬喻令狐楚和崔戎），而且承蒙兩位長官厚愛，讓我們有兩年時間同時在他們的幕府中任職，不論悲喜戚歡，我們都能共同領略，因此感情也就特別融洽。雖然在梁孝王聲譽卓著的文士幕僚如鄒陽、司馬相如之中，我只不過忝居末位，卻仍然感到相當榮幸；何況我們又都是表叔崔戎的姪兒，有如晉朝的劉琨和盧諶是族望相通的親戚一般，所以我們的關係就更加密切了。儘管令狐尚書對我們特別禮遇的賓館依舊如昔，讓人感恩戴德，不敢或忘；但是崔表叔已經不幸仙逝，從前追隨他遊宴的樂事，也成為過往雲煙，令人不勝唏噓。偏偏我們好不容易在年終歲末時在此相逢，我卻即將遠赴西京，準備參加明年春天的科考，而你也接受邀聘，即將前往東邊的宣州，更是令人感到離情深濃，難以承受。

【注釋】

① 詩題—協律，協律郎之簡稱，屬太常寺，正八品上。趙皙，洛陽人，為商隱在令狐幕與崔戎幕之僚友。崔戎卒於大和八年六月，同年底趙皙應聘赴宣歙觀察使王質幕，詩人贈別而有此作。由末句「我欲西征君又東」觀察，二人相逢與離別之地，或即在洛陽。

② 「俱識」句—孫公，指孫綽（314－371），字興公，博學善屬文，曾任永嘉太守、散騎常侍、廷尉卿，為當時文士之冠。謝公，指謝安（320－385），曾任中書監、驃騎將軍、錄尚書事、加侍中、都督諸軍事，進拜太保，卒後，追贈太傅。此以孫、謝分指令狐楚與崔戎。

③ 「二年」句—寫兩人同為令狐與崔氏所知，二年同居幕下，未曾相離，感情融洽，悲喜戚歡與共；歌哭處，《禮記・檀弓》載晉

獻文子新居落成時，張老祝頌曰：「美哉輪焉！美哉奐焉！歌於斯，哭於斯，聚國族於斯。」

④「已叨」句—自謙忝為聲譽卓著之同幕文士之末。叨，忝也，表示慚愧之詞。鄒馬，指鄒陽、司馬相如，皆為梁孝王賓客。聲華，聲譽也；白居易〈晏坐閒吟〉：「昔為京洛聲華客，今作江南潦倒翁。」

⑤「更共」句—謂己與趙皙並為崔戎表姪，猶劉琨與盧諶之族望相通，戚誼甚密。劉盧，指晉朝之劉琨與盧諶，劉既為盧之姨丈，盧妹又為劉弟之妻子；詩人自注此句曰：「愚與趙俱出今吏部相公（按：指令狐楚）門下，又同為故尚書安平公（按：指崔戎）所知，復皆為安平公表姪。」族望，氏族、門望，即很有聲望之宗族。

⑥「南省」句—南省，指位於大明宮南之尚書省，然此處代指曾任翰林學士、中書侍郎同平章事、戶部尚書、吏部尚書等要職之令狐楚。賓館，暗用漢公孫弘為丞相時開東閣以延攬賢士之事，賓館即東閣之異名。賓館在，言令狐楚仍健在，以與下句之「事往成空」表示崔戎已卒者相對比。

⑦「東山」句—謂崔戎已卒，而昔日遊宴之樂，亦已成過往雲煙。東山事，《晉書・謝安列傳》載謝安寓居會稽，放情丘壑，然每遊賞，必以妓女從；雖膺朝廷重任，而隱居東山之志，始終不渝。

⑧「我欲」句—西征，殆指詩人於大和八年冬自洛陽家赴京。君又東，即指趙皙前往宣州而言。

【評解】

01 何焯：和淚寫出之詩。（《李義山詩集輯評》引）

02 姚培謙：章法一片，無跡可尋，而情事表裡本末俱透，此妙惟杜

公有之。(《李義山詩集箋注》)

03 屈復：辭雖淺近，氣味悲涼。(《玉谿生詩意》)

04 紀昀：一往情深，但調少滑耳。滑尤在一結也。(《玉谿生詩說》)

05 張采田：應酬常語，寫來情意真切乃爾。(《李義山詩辨正》)

009 過故崔兗海宅與崔明秀才話舊因寄舊僚杜趙李三掾(文宗大和九年，835)

絳帳恩如昨，烏衣事莫尋。諸生空會葬，舊掾已華簪。共入留賓驛，俱分市駿金。莫憑無鬼論，終負託孤心。

【詩意】

往昔重表叔崔戎傳授道藝、栽培提攜的恩義，仍然歷歷如昨，令我感念不已；從此再也不能參與他為僚友所舉行的詩酒雅集和各種遊宴活動了！儘管曾經接受他教誨的諸生紛紛前來參加葬禮，卻也只能空自悼念感傷，再也喚不回他逝去的魂魄了！而他舊時的部屬，有些人已經平步青雲，入朝為官了。我和趙皙、杜勝、李潘三人，都深深被表叔求才若渴的誠意所感動，住在他招待貴賓的館舍之中備受禮遇，也都分享他禮聘人才時所致贈的豐厚禮金。希望我們都千萬不要像晉朝的阮瞻一樣，有恃無恐地堅持世間並無鬼神報應的論調，以致辜負了他有意託孤的苦心！

【注釋】

① 詩題—崔兗海，指崔戎，為義山從表叔，文宗大和八年(834)曾任兗海(治所在今山東兗州)節度使，對義山憐愛有加，大和

七年曾送義山至南山習業，八年辟義山掌章奏。崔戎於八年六月病逝於兗海任上，詩人曾於次年至崔宅憑弔。崔明秀才，疑為崔戎之子或族子，然難以確指。趙，指趙晳，既同為僚友，又為詩人遠房表親。杜、李，則指杜勝、李潘二人，為詩人兗海幕中之僚友。

② 「絳帳」句──句謂崔戎往昔傳道師育之恩，歷歷如昨，已不止於幕主與僚屬之情誼，亦超越親戚關係。絳帳，喻師生情誼；《後漢書・馬融傳》：「嘗坐高堂，施絳紗帳，前授生徒，後列女樂。」

③ 「烏衣」句──句謂往昔與崔戎家人及僚友之遊宴，已不可復尋矣。烏衣事，馮注引《南史》謂「謝混風格高峻，少所交納，唯與族子靈運、瞻、晦、曜，以文義賞會，居在烏衣巷，故謂之烏衣之遊。」

④ 「諸生」句──句謂往昔受崔戎教誨之諸生皆前來會集參與其葬禮，空自悼念感傷，可見崔戎提攜晚輩、照顧後生之恩義深廣。按：諸生與四句之「舊掾」有別，義山蓋以諸生自居，可見其看重情義之一般。

⑤ 「舊掾」句──舊掾，舊時崔幕之屬官。華簪，借代為朝官。按：兗海幕散後，趙晳就宣州觀察使王質之辟；李潘為李漢之弟，大中初為禮部侍郎；杜勝為宰相杜棨之子，大中時為給事中。可能李、杜等人當時已出任朝官，故云「已華簪」。

⑥ 「共入」句──留賓驛，古代招攬賢士時，安置貴賓請其留宿之驛館。按：腹聯謂己與三人皆感受崔戎禮賢下士之誠意而入幕，備受厚遇。

⑦ 「俱分」句──市駿金，預備購馬千里馬之重金，此處借喻為禮聘人才之金銀珠寶。按：此兼用燕昭王置黃金臺以招攬樂毅等人才，以及千金市駿骨之典[1]。

⑧ 「莫憑」句—謂莫自恃無鬼神報應而悖行妄言；《幽明錄》載：「阮瞻素秉無鬼論，世莫能難，每自謂理足可以辨正幽明。忽有一鬼，通姓名作客詣阮，寒溫畢，即談名理。客甚有才情。末及鬼神事，反覆甚苦，遂屈。乃作色曰：『鬼神，古今聖賢所共傳，君何獨言無耶？僕便是鬼！』於是忽變為異形，須臾消滅。阮默然，意色大惡。後年餘病死。」

⑨ 託孤心—《後漢書・朱暉傳》載張堪嘗於太學見同縣朱暉，對朱相當敬重。張堪嘗把朱暉之臂曰：「欲以妻子託朱生。」暉以堪為先達，舉手未敢對，自後未曾相見。張堪卒，朱暉聞其妻兒子女貧困，親自前往問候探視，並給與豐厚錢財接濟。暉之幼子怪而問曰：「大人不與張堪為友，平生未曾相聞，子孫竊怪之。」暉曰：「張堪嘗有知己託孤之言，吾心許之久矣。」

【補註】

01 《戰國策・燕策一》載：燕昭王即位後，卑身厚幣，以招賢者，欲將以報讎。郭隗先生曰：「臣聞古之君人，有以千金求千里馬者，三年不能得。涓人（按：古代宮中灑掃之役）言於君曰：『請求之。』君遣之。三月得千里馬，馬已死，買其首五百金，反以報君。君大怒。……涓人對曰：『死馬且買之五百金，況生馬乎？天下必以王為能市馬，馬今至矣。』於是不能期年，千里之馬至者三。今王誠欲致士，先從隗始；隗且見事，況賢於隗者乎？豈遠千里哉？」於是昭王為隗築宮而師之。樂毅自魏往，鄒衍自齊往，劇辛自趙往，士爭赴燕。

【評解】

01 劉克莊：末二句有門生故吏之情，可以矯薄俗。（《後村詩話》）

02 錢惕龍：此詩八句，用事精妙，念舊感知，讀之淒然。向秀山陽之笛，羊曇西州之慟，不是過矣。詩之感人如此。（《玉谿生詩箋》）

03 姚培謙：感恩知己，人生豈可多得？豈知生死一分，冷熱頓異。既作負心人，猶憑無鬼論以自解，亦思鬼猶可蔑，心可欺耶？此必有所指而言。（《李義山詩集箋注》）

04 紀昀：立意既正，風骨亦遒。前四句說現在，五六句追述，七八句相勉三掾，即暗結〈崔明秀才話舊〉，亦極清楚有安放，雖非傑構，亦合作也；特用筆微病其直，而五六屑屑於計較，亦淺耳。〇問：「共入」二句，莫合掌否？曰：上句用鄭當時事，其語尤寬，下句則有知己之感矣，二句相生，自有淺深，非合掌也。（《玉谿生詩說》）

05 錢鍾書：「莫憑無鬼論，終負託孤心」，道出「神道設教」之旨，詞人一聯足抵論士百數十言。（《管錐篇》第一冊）

010 宿駱氏亭寄懷崔雍崔袞（文宗大和九年，835）

竹塢無塵水檻清，相思迢遞隔重城。秋陰不散霜飛晚，留得枯荷聽雨聲。

【詩意】

駱家園亭裡，翠竹環抱的船塢一帶，看起來幽深清美，紅塵不染。水榭的軒窗外，池水清澈澄碧，意境寧靜恬謐，讓人頓時領略到塵慮盡消，心曠神怡的自在情趣。身在如此優美雅緻的環境中，不禁使我想起兩位遙隔重城，遠在京師的朋友：如果他們能夠和我同賞清境，暢敘舊誼，就可以排遣旅夜的孤獨寂寥了。這個意念一動，心緒似乎就開始凌波穿林，一路飛向迢遞蒼茫的長安而去……。當意識又折回眼前的池畔時，才發覺到秋空中正凝鬱著灰黯厚重的陰霾，四周瀰漫著雨氣，感覺上，降霜的日子似乎比往年來得晚了。當時水風清涼，雨意正濃，四望迷濛，恰能釀人客愁、觸人旅思，也就覺得更須要知心的朋友來陪我解悶了……。不知何時，耳邊傳來突兀而稀疏的清音脆響，啊！淅淅瀝瀝、滴滴篤篤的聲音，越來越繁密，也越來越急促，像是雨珠跌落在枯槁荷葉上的聲音。乍聽之下，略嫌單調沉悶，蕭瑟衰颯；再聽之餘，頗覺淒清寂寥，惆悵煩躁而難以成眠；久聽之後，發覺這音籟忽遠忽近、忽高忽低、忽輕忽重、忽緩忽疾，似乎別有節奏，另有清韻，使我不覺被它吸引而仔細聆賞起它豐富的情趣……。不知道過了多久，我竟然完全沉浸在參差錯落、似有若無的旋律之中，同時想像著滿池憔悴的枯葉，正搖曳出衰殘凋零的特殊姿韻。漸漸地，我彷彿可以領略到自己的性靈深處，另有一種伴隨著哀愁和憂傷的淒迷美感，正輕輕地撥弄著我的心弦……。

【注釋】

① 詩題—駱氏亭，其地、名、事皆不詳。程夢星以為並非當時名勝，無足深考。馮浩以為可能在京城東南藍溪一帶。崔雍、崔袞，崔戎之子或族子，與作者為從表兄弟。大約二崔當時尚未入仕，且商隱可能年長於彼，故直呼其名。

② 「竹塢」句—竹塢，竹林環繞之船塢。水檻，靠臨湖水之亭榭。駱氏亭可能臨湖而建，故云「無塵」「清」。

③ 「相思」句—相思，此指友情方面之思念。迢遞，高遠貌。迢遞隔重城，即遙隔高遠而又層層疊疊之城鎮之意；此時二崔身在何處，實難確指。

④ 「秋陰」二句—秋陰，謂薄暮時秋雲密佈，似將下雨。霜飛晚，意謂感覺上秋霜似乎比往年飛降得遲些，故猶有枯荷尚未凋落。枯荷雨聲，劉學鍇謂「雨聲蓋虛寫，實為風動殘荷之聲。因秋陰，故夜聞風荷之聲而疑為雨。」可備一說。

【評解】

01 何焯：寄懷之意，全在言外。（《義門讀書記》） ○下二句暗藏永夜不寐，相思可以意得也。（《李義山詩集輯評》引）

02 屈復：一駱氏亭，二寄懷，三見時，四情景，寫「宿」字之神。（《玉谿生詩意》）

03 紀昀：分明自己無聊，卻就枯荷雨聲渲出，極有餘味，若說破雨夜不眠，轉盡於言下矣。「秋陰不散」起「雨聲」，「霜飛晚」起「留得枯荷」，此是小處，然亦見得不苟。（《玉谿生詩說》）

* 編按：筆者早年曾有「枯荷聽雨的審美情調——李義山〈宿駱氏亭寄懷崔雍崔衮〉詩的主題商榷」一文，對詩中情境與詩人性格有詳細論述，請參見《國文天地》15 卷第 11 期。

011 夕陽樓（文宗大和九年，835）

花明柳暗繞天愁，上盡重城更上樓。欲問孤鴻向何處，不知身世自悠悠。

【詩意】

眼前的花朵明麗，柳蔭濃密，我莫名的愁緒卻綿長得可以環繞天宇。儘管爬上高高的城牆之後更登上城樓，依然無法排遣內心的愁悶，反而感到更加惆悵迷惘，失魂落魄。傍晚時，還想要關切地詢問：孤獨的鴻雁，你打算飛向何處呢？當時竟渾然不覺自己的身世也是一樣漂泊無定、茫然無歸……。

【注釋】

① 詩題—夕陽樓，為蕭澣擔任鄭州刺史時所建。按：商隱於大和七年在鄭州與蕭澣結識，得其知遇，並因其薦揚而受崔戎深知；九年秋七月，時任刑部侍郎之蕭澣被貶為遂州（在重慶西北約145公里處之涪江西岸）刺史；八月，再貶為遂州司馬。本詩作於蕭貶遂之後，約當大和九年秋。

② 「上盡」句—重城，高城。樓，指夕陽樓而言。

③ 「為問」二句—孤鴻，借喻蕭澣；《北史・盧思道傳》：「遷武陽太守，位下不得志，為〈孤鴻賦〉以寄情。」又，張九齡〈感遇〉詩亦有「孤鴻海上來，池潢不敢顧。側見雙翠鳥，巢在三珠樹。矯矯珍木巔，得無金丸懼？美服患人指，高明逼神惡……」等語，也是以孤鴻譬喻身受排擠之詩人。悠悠，漂泊不定貌、渺茫無歸貌。

【評解】

01 謝枋得：夕陽不好說，此詩形容不著跡。孤鴻獨飛，必是夕陽時。若只道身世悠悠與孤鴻相似，意思便淺。「欲問」「不知」四字，無限精神。（《疊山詩話》）

02 胡世焱：身世方自悠悠，而問孤鴻所嚮，不幾於悲乎？「自」字宜玩味。我自如此，何問鴻為？感慨深矣。（明周敬編《唐詩選脈箋釋會通評林》引）

03 馮浩：自慨慨蕭，皆在言中，悽惋入神。（《玉谿生詩詳注》）

04 紀昀：借孤鴻對寫，映出自己，吞吐有致；但不免有做作態，覺

不十分深厚耳。（《玉谿生詩說》）

05 張采田：此詩神味自然，絕不見有斧鑿痕。 ○詩語頗有離群作客之感，不似久居故里者。（《李義山詩辨正》）

※柳枝五首 有序（開成元年，836）

柳枝，洛中里孃也。父饒好賈，風波死湖上。其母不念他兒子，獨念柳枝。生十七年，塗妝綰髻，未嘗竟，已復起去，吹葉嚼蕊，調絲擫管，作天海風濤之曲，幽憶怨斷之音。居其旁，與其家接故往來者，聞十年尚相與疑其醉眠夢（物），斷不娉。余從昆讓山，比柳枝居為近。他日春曾陰，讓山下馬柳枝南柳下，詠余〈燕臺詩〉，柳枝驚問：「誰人有此？誰人為是？」讓山謂曰：「此吾里中少年叔耳。」柳枝手斷長帶，結讓山為贈叔乞詩。明日，余比馬出其巷，柳枝丫鬟畢妝，抱立扇下，風鄣一袖，指曰：「若叔是……？後三日，鄰當去濺裙水上，以博山香待，與郎俱過。」余諾之。會所友有偕當詣京師者，戲盜余臥裝以先，不果留。雪中讓山至，且曰：「為東諸侯取去矣。」明年，讓山復東，相背於戲上，因寓詩以墨其故處云。

【文意】

柳枝，是洛陽城里坊中的姑娘，父親是位富有的商人，有一回出門時遭遇大風浪而溺死湖中。她的母親並不很擔心其他的子女，唯獨特別寵愛牽掛著柳枝。柳枝十七歲了，對化粧梳頭盤髮髻這些姑娘家的事總不太當真，往往還沒打扮妥當就起身走到戶外去，捲起花園裡的樹葉吹奏曲子，咀嚼花蕊，吸取花蜜；或是撫弄琴弦簫笛，有時演奏出天風海濤般雄渾壯闊的曲調，有時吹奏出憶念舊情般哀怨幽絕的樂章。據說附近和她家來往長達十年的鄰里中人，提起她時都還懷疑她常說些奇怪的醉言夢語，竟然都沒人去提過親。

我的堂兄讓山當時暫居的住所和柳枝家相當近。有一天，春天的雲層相當濃密，讓山把馬匹繫在柳枝家南邊的柳樹下，隨興吟詠起我的〈燕臺〉四首。柳枝聽到了，吃驚地詢問：「是誰能有這樣的深情？是誰寫出這樣的詩篇？」讓山回答她：「是和我同鄉里的堂弟寫的。」柳枝聽了之後便扯斷自己長長的腰帶，打了個結，請讓山轉贈給堂弟，請求堂弟題詩相贈。

第二天，我和讓山一同騎馬來到柳枝家的巷子口。柳枝梳著待嫁姑娘的雙髻，妝扮得很整齊，雙手抱胸，佇立在門扇邊，我還記得當時春風吹揚起她一邊的衣袖，顯得亭亭玉立。她注視著我說：「這位就是詩人堂弟嗎？三天後，左鄰右舍的人應該都會到洛水邊弄濕衣裙，以求消災解厄，我會點燃博山香爐恭候大駕，希望能進一步深談，請堂兄也一起來吧！」我答應她了。

不巧當時有位親近的朋友和我相約準備一起進京，竟然想和我開玩笑，偷偷先行帶走了我的行李，我也就不方便繼續逗留當地了，只好追趕過去。幾天後，在大雪紛飛中，讓山也趕過來，對我說：「柳枝被關東的顯貴娶走了！」第二年，我和讓山再度回到洛陽來，在戲上（按：地名，在新豐以東二十里戲亭北方）分手後，我頗有感觸，因此寫了幾首詩，記念心中這一段舊情（末句或譯為：題寫在舊日相識的地方）。

【序注】

① 詩題—柳枝，指詩中所思慕之女子，未必為其人之本名，蓋其人既已為東諸侯取去，不得不有所顧忌而姑隱其名，而唐時頗有歌妓以「柳枝」著稱者，故便襲用稱之[1]。

② 「洛中」句—洛中，即洛陽。孃，稱呼少女之用語，亦即姑娘。

③「父饒」句—饒，增益之詞，甚也。饒好賈，為相當富有之商人。

④「其母」句—念，憐愛掛心也。

⑤「塗妝」六句—寫其不重視裝扮，而愛摘葉嚼花及詩歌樂舞，儼然一情懷如詩如夢而又精通音律之少女。吹葉，吹葉為曲；傅玄〈笳賦〉：「吹葉為聲。」嚼蕊，可能只是少女天真嬌憨之小動作。擫，音ㄧㄝˋ，一指按也，蓋指演奏管絃時手指之動作；調絲擫管，撫弄管絃之意。天風海濤，形容曲調之高遠壯闊。幽憶怨斷，形容曲情之深幽哀怨。

⑥「居其旁」五句—此處文意滯澀，疑有脫誤，致各家斷句不一。強解之曰：據說附近和她家有來往長達十年的人，提起她時都還懷疑她常說些奇怪的醉言夢語，竟然沒有人來提過親。接故，有接觸、有交情。聞，應提至五句之首，表示作者聽說。醉眠夢，大概指醉言夢語。按：一本下有「物」字。斷，絕無也。娉，通「聘」字，婚娶之意。

⑦「余從昆」三句—指當時堂兄（可能進京赴考）暫時歇宿之處離柳枝家很近。從昆，堂兄；昆，兄也。比，相鄰；為近，頗近。曾陰，即層陰，層雲密佈之陰天。

⑧「誰人」二句—謂柳枝聞詩驚問：誰人有此深情？誰人為此詩篇？

⑨ 少年叔—即年輕堂弟也。叔，此指兄弟間較年幼者。

⑩「手斷」二句—因身上未有其他可貴之物，且欲義山於衣上題詩相贈，故扯斷腰帶相託以乞贈詩。結，打結也；也可能有結交、結識之寓意。

⑪「比馬」四句—比馬，並轡而騎。丫鬟，指柳枝之頭髮梳成雙髻，為未嫁姑娘之裝扮。畢妝，整齊妝扮。抱立扇下，雙手抱胸，佇立於門扇邊。下，旁也。風障一袖，風吹揚起一邊之衣袖。

⑫「指曰」數句—指，注目。若叔是，這位年輕人就是……？鄰當

去，預料鄰居將會前往水邊而不在附近張望，便於彼此相見長談[2]。濺裙水上，古人有於正月到水邊弄濕衣裙以消災解厄之習俗[3]。博山香待，焚香恭候之意；馮浩《玉谿生詩集詳註》以為暗用〈楊叛兒〉古曲：「歡作沉水香，儂作博山爐」之意，有「約之私歡」之暗示；不過，筆者持保留態度。郎，由下句「余諾之」觀察，應指同行之讓山而言。過，相訪也。

⑬「會所友」句—會，時間副詞，正逢某時也。所友，所親近之友。當，將也；偕當詣京師，約定將一同入京[4]。

⑭「雪中」二句—至，指來到京師。東，泛指關中以東。諸侯，代指唐時藩鎮節度使而言。

⑮「明年」四句—復東，又東歸；東，可能指洛陽一帶。背，別也。戲，水名；戲上，地名，《史記索隱》謂「在新豐東二十里戲亭北」，即今陝西省臨潼縣東北。寓詩，寄情於詩。墨，書寫。故處，指舊日女子所居之處；或指心中之舊情而言。

【補註】

01 相傳白居易對歌妓樊素和舞姬小蠻便稱之為「柳枝」而為之作〈楊柳枝〉，《樂府詩集・卷八十一・近代曲辭三》錄其詩，詩前解題曰：「〈楊柳枝〉，白居易洛中所制也。《本事詩》曰：『白尚書有妓樊素善歌，小蠻善舞。嘗為詩曰：“櫻桃樊素口，楊柳小蠻腰。”年既高邁（按：年已七十），而小蠻方豐豔（按：年方二十餘），乃作〈楊柳枝〉辭以托意。」白氏於晚年風痹時所作〈病中詩十五首〉詩中就有一首是放遣二人之〈別柳枝〉，詩云：「兩枝楊柳小樓中，嫋嫋多年伴醉翁。明日放歸歸去後，世間應不要春風。」其〈對酒有懷寄李十九郎中〉詩亦云：「往年江外拋桃葉，去歲樓中別柳枝。寂寞春來一杯酒，此情唯有李君知。吟君舊句情難忘，風月何時是盡時。」自注云：「樊、素也。」又〈不能忘情吟〉序文中說：「樂天既老，又病風。乃錄家事，會經費，去長物。妓有樊素者，年二十餘，綽綽有歌舞態，善唱〈楊枝〉，人多以曲名名之，由是名聞洛下。」宋代王讜《唐語林・卷六補遺》云：「韓退之有二妾，一曰絳桃，一曰柳枝，皆能歌舞。初使王庭湊，至壽陽驛，絕句云：『風光欲動別長安，春半邊城特地寒。不見園花兼巷柳，馬頭惟有月團團。』蓋有所屬也。柳枝後逾垣遁去，家人追獲。及鎮州初歸，詩曰：『別來楊柳街頭樹，擺弄春風只欲飛。還有小園桃李在，留花不放待郎歸。』自是專寵絳桃矣。」

02 「鄰」字，或謂乃詩中女子自稱，則是出言相邀共赴水邊；然由「博山爐相待」句觀察，似乎不太可能是柳枝濺裙水邊而又手捧香爐，因此還是作鄰居解較為合理。

03 《荊楚歲時記》：「元日至於月晦，並為酺聚飲食。士女泛舟，或臨水宴樂。……《玉燭寶典》曰：『元日至月晦，人並為酺食，度水。士女悉湔裳酹酒于水湄，以為度厄。』今世人唯晦日臨河解除，婦人或湔裙。」

04 義山入京是否為科考，不得而知。如為應舉，則其時大抵為大和七年（833）、九年或開成二年（837）；本詩則應作於其次年。

012 柳枝五首其一（開成元年，836）

花房與蜜脾，蜂雄蛺蝶雌。同時不同類，那復更相思？

【詩意】

雄蜂天生築巢釀蜜，雌蝶擅長採花授粉，彼此各有不同的宿命。儘管在某一個時間內蜂蝶偶然相遇了，但是彼此既然並不同類，相思又有什麼意義呢（按：感慨對方既為東諸侯之姬妾，則彼此身份懸隔，豈能更復相思難斷）？

【注釋】

① 「花房」二句—以雄蜂自喻，以蛺蝶喻柳枝。謂蜜蜂築巢釀蜜，蝴蝶採花授粉，各有天命。蜜脾，指蜂巢中極為密集整齊而相連成片者，蜂即釀蜜於其中，因其形如脾，故稱蜜脾。

② 「同時」二句—感慨對方既為東諸侯之姬妾，則彼此身份懸隔，豈能更復相思難斷？此自嘲自解之詞，意在斬斷情絲。「同時」與「不同類」之主詞，均應承上指蜂與蝶而言，亦即指詩人與柳枝。相，前置代名詞，代指動詞下所省略之受詞；相思，思念柳枝。

013 柳枝五首其二（開成元年，836）

本是丁香樹，春條結始生。玉作彈棊局，中心亦不平。

【詩意】

她和我因為〈燕臺詩〉而初次見面，似乎就心湖蕩漾，情絲暗結，正如丁香在春天開始抽條萌芽時，就已經結聚了層層纍纍的花苞一樣。一塊美玉竟然淪落為中間突起的彈棋之棋盤（而不雕鑿成圭璧般珍奇的瑞寶），想來連美玉的心中也會憤恨不平吧！

【注釋】

①「本是」二句—謂柳枝本是蕙質蘭心之女子，自已亦多情善感之人，雙方因〈燕臺詩〉而初識，似乎一見傾心，兩情相許；正如丁香逢春，開始抽條萌芽時，即已結聚纍纍之花苞。丁香，又名紫丁香、雞舌香、丁子香、百結花等；結，本指丁香之花蕾在未綻開前叢生如結，此處譬喻情竇初開，情絲暗結。

②「玉作」二句—借美玉未能如圭璧等為珍奇之器，貢於朝堂之上，竟只淪為中心突起之彈碁局，來抒發詩人憤慨不平之意。彈碁局，本為石製，今竟以玉為之，於玉而言，可謂用非其材，殊堪憤恨，故借以抒發有才無命之悲。中心亦不平，彈碁局中央高而四方低，如倒蓋之盤，故云[1]。

【補註】

01 彈碁，或作「彈棋」，以木或石為材質。陸游《老學庵筆記》卷十亦言其中心不平之狀曰：「呂進伯作《考古圖》云：『古彈棋狀如香爐』，蓋謂其中隆起也。李義山詩云：『玉作彈棋局，中心亦不平。』今人多不能解，以進伯之說觀之，則粗可見，然恨其藝不傳也。」今高雄市古典詩學會有仿古的木製彈碁局，2008年3月25日曾由理事長簡錦松教授帶領中山大學中文系學生在國立高雄應用科技大學展演過古代的彈碁之戲。

014 柳枝五首其三（開成元年，836）

嘉瓜引蔓長，碧玉冰寒漿。東陵雖五色，不忍值牙香。

【詩意】

（已經進入侯門的）柳枝是年方十六七的妙齡女郎，似乎對我懷有綿長的情意；她就像冰鎮在寒漿中的碧玉嘉瓜一樣冰清玉潔，純真可愛。儘管東陵瓜的色澤繽紛鮮艷，但是我卻不忍心品嚐了（按：借喻其他女子雖然美好，然已仍對柳枝難以忘懷，故未忍動情）。

【注釋】

① 「嘉瓜」二句—謂柳枝正當十六七之妙齡，為清純可愛之小家碧玉，似又對己情意綿長，然已嫁入侯門矣。嘉瓜引蔓長，以美好之瓜果伸展出長長之藤蔓，表示柳枝之美好及對自已綿長之情愫。碧玉，既表示非出身於顯貴之家，故有小家碧玉之說[1]；亦有年方十六之涵義，蓋「瓜」字如中分為二，形如兩個「八」字，故古人以「破瓜」表示十六歲[2]；甚至有嫁入侯門之意[3]。再者，碧玉冰寒漿，謂冰鎮於寒漿之中之碧玉瓜，本為夏日可口的消暑妙品；故曹丕〈與吳質書〉云：「浮甘瓜於清泉，沉朱李於寒水。」然此處可能意在形容柳枝之冰清玉潔、純真可愛。

② 「東陵」二句—謂其他女子雖然美好，然已仍對柳枝難以忘懷，故未忍動情。東陵，《史記・蕭相國世家》載邵平為秦之東陵侯，秦滅之後淪為布衣，家貧，種瓜於長安城東，以其味美，世稱之為「東陵瓜」。五色，形容瓜果之光澤鮮美；阮籍〈詠懷詩八十二首〉之六云：「昔聞東陵瓜，近在青門外。連畛距阡陌，子母相鉤帶。五色曜朝日，嘉賓四面會。」值，接觸也。不忍值牙香，不忍品嚐之意。

【補註】

01 《樂府詩集・卷四十五・清商曲辭二・吳聲歌曲二》錄有〈碧玉歌三首〉，其三曰：「碧玉小家女，不敢貴德攀。感郎意氣重，遂得結金蘭。」

02 前引〈碧玉歌三首〉其一曰：「碧玉破瓜時，郎為情顛倒。芙蓉陵霜榮，秋容故尚好。」即指十六歲。

03 前註《樂府詩集》〈碧玉歌三首〉題解引《樂苑》曰：「〈碧玉歌〉者，宋汝南王所作也。碧玉，汝南王妾名。以寵愛之甚，所以歌之。」《樂府詩集・卷五十・清商曲辭七》錄梁元帝〈採蓮曲〉曰：「碧玉小家女，來嫁汝南王。蓮花亂臉色，荷葉雜衣香。因持薦君子，願襲芙蓉裳。」

015 柳枝五首其四（開成元年，836）

柳枝井上蟠，蓮葉浦中乾。錦鱗與繡羽，水陸有傷殘。

【詩意】

離開故居而身入侯門的她，就像原本種植在橋畔水邊的楊柳，竟然蟠屈在井旁一樣，失去她原有的風韻了；而失去紅粉知己的賞識和情感慰藉的我，就像失去池水滋潤的蓮葉一樣，顯得憔悴枯槁了。水中鱗片光鮮的錦鯉，和樹上羽毛亮麗的鶯鳥，同樣遭遇到命運的摧殘，應該都會有難以撫平的傷痛與遺憾吧！

【注釋】

① 「柳枝」句—謂柳枝已嫁入侯門，離開故居；自己亦失去寄託，

頗為憔悴潦倒。垂柳通常種植於水濱橋邊，而今竟蟠屈於井旁，借喻柳枝已離家遠嫁；至於是否有「種非其所」所代表「所適非人」之意，筆者持保留態度。浦中乾，以失去池水之滋潤，借喻詩人失去寄託；至於所失去者為紅粉知己之賞識、情感上之慰藉或仕途上之依託，則難以斷言。不過就序文內容來看，應該和個人前途無關。馮浩謂「以不得水喻不得交歡」，似乎想像太過，筆者也持保留態度。

② 「錦鱗」二句—詩人揣度雙方都應該感到傷痛與遺憾。錦鱗，可能是由上句之蓮浦聯想而來，乃詩人自喻；繡羽，可能是從「密柳藏鶯」之概念聯想而來，借喻有才華之柳枝。「水」承浦蓮與錦鱗，「陸」承井柳與繡羽，分喻詩人與柳枝。

016 柳枝五首 其五（開成元年，836）

畫屏繡步障，物物自成雙。如何湖上望，只是見鴛鴦？

【詩意】

不論是畫屏上的圖案，或是步障上的刺繡，都是成雙成對的花卉和禽鳥，讓人不禁惆悵起來：為何我在湖邊極力眺望，卻看不見令我魂牽夢縈的柳枝搖曳，只見到雙宿雙棲的鴛鴦呢？

【注釋】

① 「畫屏」二句—謂不論畫屏或步障上所見之圖案，均成雙成對，令人惆悵。步障，富貴之家用以遮蔽風塵或保護隱私之布製屏幕。

② 「如何」二句—以舉目不見柳枝搖曳，唯見鴛鴦相隨，反襯形單

影隻之寂寞失意。

【評解】

01 姚培謙：五首俱效樂府體，皆聊以自解之詞。（首章）此以本無妃偶之事自解。（次章）此以恨無作合之人解。（三章）此以鄰近引嫌自解。（四章）此以兩邊命薄自解。（五章）此以人不如物自解。（《李義山詩集箋注》）

02 屈復：（首章）本非同類，何用相思。（次章）既有一遇，亦不能漠然。（三章）蔓長喻思長，言嘉瓜色如碧玉，冰似寒漿，喻相合也。雖有五色之美，今日不忍更言也。（四章）言彼此俱傷也。（五章）言舉目堪傷也。（《玉谿生詩意》）

017 重有感（文宗開成元年，836）

玉帳牙旗得上游，安危須共主君憂。竇融表已來關右，陶侃軍宜次石頭。豈有蛟龍愁失水？更無鷹隼與高秋。晝號夜哭兼幽顯，早晚星關雪涕收？

【詩意】

昭義節度使劉從諫手握重兵，聲威烜赫，駐守在京師附近，佔有興師勤王的地利之便，在國家動盪、王室危難之際，應該責無旁貸地為主君分憂解危。儘管他在甘露事變發生後，曾經三度上書質問宰相王涯等人究竟因為什麼罪名，竟然遭到宦官滿門屠殺？這才使得以仇士良為首的叛逆集團收斂氣焰，大臣們也才能稍微安心地處理國事；但是他應該更進一步把安定王室的口號化為具體行動，帶著軍隊入京，誅殺宦官以清君側，才算功德圓滿。哪有蛟龍擔心失去水勢而無法展現神通的道理呢（按：此責問文武百官豈有讓文宗為宦官所脅制，失去權勢與自由的道理）？正因為當時竟然沒有猛將在關鍵時刻出來制裁叛逆的宦官（就像蒼鷹高揚於秋空中，隨時撲殺鳥雀一般），維護皇室的尊嚴，才使他們膽大妄為地殘殺朝臣，釀成流血千門、僵屍萬計的慘禍！如今，不論晝夜，我彷彿還可以隨時聽到僥倖存活的人和冤死的鬼魂淒厲的啼哭聲。唉！什麼時候才能收復宮闕，不讓宦官繼續把持朝政，使君臣都能擦乾慘痛悲苦的眼淚呢？

【注釋】

① 詩題—詩人先有〈有感〉二首[1]，抒發唐文宗與李訓等人密謀欲誅殺權勢熏天之宦官竟不幸失敗，導致宦官反撲，屠殺朝臣，挾持文宗之「甘露事變」的深沉感慨；本篇則進而對當時形勢有所感憤，故題曰「重有感」。

② 「玉帳」句—句謂昭義節度使劉從諫為一方雄藩，頗得興師勤王的地利之便。玉帳，征戰時主帥所居之軍帳。牙旗，飾有象牙以顯威風之軍旗。上游，指軍事上形勝之地。按：昭義節度使（治所在今山西省長治縣）轄有澤、潞、邢、洺、磁五州，鄰近京城；當發生甘露事變時，的確佔有興師勤王之地利。

③ 「竇融」句—句謂劉從諫三次上疏質問：宰相王涯以何罪名竟遭宦官誅殺？宦官仇士良凶橫之氣焰始稍為收斂，大臣鄭覃、李石方能粗秉朝政。竇融表來，《後漢書・竇融傳》載隗囂稱帝後，行河西五鎮大將軍事之竇融聽聞光武帝即位，即遣人奉書獻馬以示歸附，後又上疏請示出師討伐隗囂之期；此指劉從諫誓死清君側之奏疏已送抵長安。關右，函谷關之西，即代指長安而言。

④ 「陶侃」句—此言劉從諫應該更進一步勒兵入京勤王。次，進駐。

次石頭，《晉書・陶侃傳》載蘇峻叛亂，京城不保時，陶侃被推為入京勤王之盟主，遂「戎服登舟，與溫嶠、庾亮等俱會石頭（城）」以伐蘇峻，終斬蘇於陣。

⑤「豈有」句—蛟龍，喻君王。水，喻民心、威望與形勢。蛟龍失水，此喻文宗為宦官所脅制，失去權勢與自由。

⑥「更無」句—以反激語氣質問：竟無武將如鷹隼高揚於秋空，撲擊如鳥雀般之宦官，以維護皇室尊嚴？更無，絕無、竟無。鷹隼，喻效忠王室之猛將。與，舉也，振翅高飛之意，此喻舉兵勤王。高秋，古人以立秋後為用兵以行誅伐之適當時節。

⑦「晝號」句—晝號夜哭，謂因宦官屠殺朝臣，流血千門，僵屍萬計，京師已成慘絕人寰之煉獄，隨時都有人鬼淒厲之號哭聲。幽，指被屠戮之宰相王涯等十一族；顯，指僥倖生還者。兼幽顯，即陰間與陽世，死鬼與生人。此句實即〈有感二首〉中之「誰瞑含冤目？寧吞欲絕聲」之意。

⑧「早晚」句—句謂不知何時才能收復宮闕，不讓宦官繼續把持朝政，使君臣都能不再痛苦流淚。早晚，不定之詞，表示不知何時才能遂願之意。星關，古人以星象布列之狀比擬人間京國州郡之形勢，在此喻皇居禁苑。雪涕，有流淚、拭淚二義；《新唐書・宦者傳上・仇士良傳》載文宗受制於仇士良等宦逆，鬱鬱不樂，對直學士周墀嘆曰：「（周）赧（王）、（漢）獻（帝）受制強臣，今朕受制家奴，自以不及遠矣！」因泣下，墀伏地流涕。文宗此後不復視朝。

【補註】

01〈有感〉二首自注云：「乙卯年有感，丙辰年詩成」，亦即文宗大和九年有感，開成元年詩成。

【評解】

01 胡以梅：此云「重有感」者，專為當時藩鎮不能聲罪致討而責之，亦可謂詩史也已。（《唐詩貫珠串釋》）

02 紀昀：豈有、更無，開闔相應。上句言無受制之理，下句解受制之故也。揭出大義，壓伏一切，此等處是真力量！（《玉谿生詩說》）

03 施補華：義山七律，得於少陵者深，故穠麗之中時帶沉鬱，如〈重有感〉〈籌筆驛〉等篇，氣足神完，直登其堂入其室矣；飛卿華而不實，牧之俊而不雄，皆非此公敵手。（施補華《峴傭說詩》）

018 曲江（文宗開成元年，836）

望斷平時翠輦過，空聞子夜鬼悲歌。金輿不返傾城色，玉殿猶分下苑波。死憶華亭聞唳鶴，老憂王室泣銅駝。天荒地變心雖折，若比傷春意未多！

【詩意】

放眼極望，在昇平時期君王乘坐裝飾著翠羽的車駕來遊幸曲江的盛況，是再也看不到了！只聽見死於「甘露事變」的無數冤鬼（按：包括事先毫不知情的宰相王涯、賈餗、舒元輿等十一家被族滅的人）在夜半時淒厲愁慘的悲歌了！金碧輝煌的座車不可能再載著擁有傾城國色的宮妃們陪君王來此遊賞風光了，只有曲江的流水依舊流向玉殿旁邊的御溝裡去……。事變期間，大批朝臣遭到閹豎仇士良等滅門屠戮的慘禍，比起西晉時陸機被宦官陷害而在臨刑前感慨再也聽不到故鄉華亭的鶴鳴聲，真不知道要悽慘幾千倍！事變之後，我相信很多有識之士都像西晉末年的關內侯索靖一樣——他非常憂慮王室即將敗亡，曾經指著洛陽宮門前的兩座銅鑄駱駝悲嘆哭泣著說：「很快就會看到你們倒臥在荊棘之中啊！」——唉！天傾地覆、流血千門的甘露事變，固然令人痛徹心扉，但是比起皇朝盛世的沒落和大唐國運的衰頹，還不算是最可悲痛的啊！

【注釋】

① 詩旨—本詩乃慨歎甘露事變之慘痛；「天荒地變心雖折，若比傷春意未多」兩句，隱然為李唐國運江河日下與昇平一去不返而深憂，為全篇主旨之所在。

② 詩題—曲江，位於長安城東南，又名曲江池，相傳乃秦世之隑州，漢武帝時闢建為遊樂區，名為宜春苑；池中遍植荷花，故隋文帝易名為芙蓉苑。開元年間，唐玄宗大加疏鑿，廣植千花萬柳，修建離宮別館，遂為勝境，時與皇親妃嬪遊樂其中，然安史亂後，漸趨沒落。文宗讀杜甫「江頭宮殿鎖千門，細柳新蒲為誰綠」之句深為嚮往，重加修濬；甘露事變之後，下令罷修。

③ 「望斷」二句—望斷，企望而不可見之意。平時，指發生甘露事變之前。翠輦，帝王以翠羽裝飾之華麗車駕。鬼悲歌，即指甘露事變時毫不知情之宰相王涯、賈餗、舒元輿等十一家被族滅之冤魂在半夜裡淒厲之哭聲。

④ 「金輿」二句—以曲江流水依然流向玉殿旁之御溝，對襯乘坐金輿之后妃已不復遊宴曲江之滄桑悲涼。金輿，代指后妃座車。傾城色[1]，誇飾后妃等絕色佳麗；不返傾城色，實亦寓有昇平一逝不返之感傷。玉殿，皇宮之美稱。下苑，即曲江；因曲江與御溝相通，故云「玉殿猶分下苑波」。

⑤ 「死憶」句—以陸機（261-303）遭宦者所害，譬喻大批朝臣遭

閹豎仇士良等屠戮之慘禍，以回應第二句之「鬼悲歌」。唳，鳴叫聲。華亭，晉人陸機故宅旁山谷名，在今江蘇省松江縣西，有清泉茂林之美，時有鶴鳴之音，陸機兄弟嘗同遊其間十餘年。八王之亂時陸機兵敗被殺，臨刑前嘆曰:「華亭鶴唳，豈可復聞乎？」

⑥ 「老憂」句—銅駝，指漢時所鑄兩座銅駝，原置於洛陽宮門外。泣銅駝，見銅駝而憂心國事，不禁泣下；《晉書・索靖傳》載晉惠帝時關內侯索靖有先識遠量，知天下將亂，指銅駝歎曰：「會見汝在荊棘中耳！」

⑦ 「天荒」二句—天荒地變，極言甘露事變之慘痛。折，摧折、傷痛。傷春，在此特指傷時感亂，亦即為國勢衰頹而憂傷。末聯意謂：甘露事變儘管極可傷痛戒惕，然大唐國運之衰頹不返，才更令詩人憂懼難安。

【補註】

01 《漢書・卷九十七・外戚傳》載李延年嘗對武帝稱其妹（後為武帝之李夫人）之美曰:「北方有佳人，絕世而獨立；一顧傾人城，再顧傾人國。寧不知傾城與傾國，佳人難再得？」

019 病中早訪招國李十將軍遇挈家遊曲江二首 其一（文宗開成二年，837）

十頃平波溢岸清，病來惟夢此中行。相如未是真消渴，猶放沱江過錦城。

【詩意】

來到曲江眺望，只見浩瀚淼茫的水面正好和岸邊平齊，湧向岸邊的盡是清澈的水波（按：可能象徵自己心中洋溢無限清純之情意），風景之清幽美好，真讓人心曠神怡。自從患了相思病之後，魂牽夢縈的都是和她來此遊賞曲江的浪漫憧憬。其實司馬相如不算真正患了消渴之疾，因為他竟然放過沱江，讓它流經錦城而注入長江（按：暗示自己對於傾心屬意的女子渴慕至極，絕不願意錯失意中人和自己的三生良緣）。

【注釋】

① 詩題—本詩可能是為義山曾懇託李十將軍撮合中意之某位李府親戚[1]，並訂下相見之時日，甚或有同遊曲江之說，故云「十頃平波溢岸清，病來惟夢此中行」；然當詩人提早相訪時，適逢李將軍先行攜帶家眷與親屬前往曲江，詩人隨即前往相會，而有此二詩之作。病中，可能指渴求佳偶之相思病而言。早訪，早於雙方預定會面之時即行拜訪之意。招國，亦作「昭國」，為長安里坊名，距曲江非遙。李十將軍，名事不詳，排行第十，故稱「李十」；將軍，為其職銜。遇，由首章次句「此中行」與次章次句「全家羅襪起秋塵」觀察，應是詩人目睹李家出遊曲江之景象，故以「此中行」表示身歷其境。換言之，所謂「遇」，應指詩人前往曲江尋訪而相遇。挈家，攜帶家眷，可能包括義山所屬意之對象及其家人。曲江，見〈曲江〉詩注②。

② 「十頃」二句—謂自從有了屬意對象後，夢中全是與伊人來此遊賞曲江之美好情景。平波溢岸清，謂水面浩淼與岸邊平齊，清澈之水波不停湧向岸邊。病來，謂自從為伊人患相思病以來。夢，乃進一步表示渴慕、渴求之意；亦即夢寐以求、魂牽夢縈。此，代指曲江；「此」字通常為身歷其境之用語，亦即表示彼此曾同遊曲江。

③「相如」二句—謂患糖尿病之司馬相如對水之渴求，遠不如自己對當時曲江倩影之渴慕。蓋相如若真有消渴疾，自當飲盡沱江以止渴，豈能輕放沱江流過錦城；正如自己對伊人渴慕至極，絕不可能錯失與伊人之三生良緣。相如患有消渴之疾，見〈漢宮詞〉詩注④。沱江，又稱外江，自四川灌縣南分岷江之水而東南流，流經包括錦城（今之成都）在內之各郡縣後，至蘆州匯入長江。錦城，見〈籌筆驛〉詩注⑤。

【補註】

01 馮浩謂王茂元之妻為李氏，則李十將軍可能正是王氏娘家中之血親；劉學鍇疑其人為王茂元之女婿，後與李商隱為連襟。據此，則與李十將軍同遊之親戚，而又為義山所屬意的女子，極有可能正是王夫人么女，亦即義山後來之妻子王氏。

【評解】

01 錢鍾書：就現成典故比喻，字面上更生新意，將錯而遽認真，坐實以為鑿空……要以玉溪為最擅此，著墨無多，神韻特遠。如〈天涯〉曰：「鶯啼如有淚，為濕最高花」，認真「啼」字，雙關出「淚濕」也；〈病中游曲江〉曰：「相如未是真消渴，猶放沱江過錦城」，坐實「渴」字，雙關出沱江水竭也。〈春光〉曰：「幾時心緒渾無事，得及游絲百尺長？」執著「緒」字，雙關出百尺長絲也。他若〈交城舊莊感事〉曰：「新蒲似筆思投日」，芳草如茵憶吐時。」亦同此法，特明而未融也。（《談藝錄》）

02 周振甫：「相如未是真消渴，猶放沱江過錦城。」從糖尿病古稱消渴雙關到消除口渴，要喝水，誇大到把沱江水喝乾；再從沱江的流到錦城，說明沱江水沒有被喝乾，反證相如還不是真消渴，

這裡是雙關、曲喻、誇張幾種修辭格的合用。(《詩詞例話·曲喻》)

020 病中早訪招國李十將軍遇挈家遊曲江二首 其二（文宗開成二年，837）

家近紅蕖曲水濱，全家羅襪起秋塵。莫將越客千絲網，網得西施別贈人。

【詩意】

李將軍家很靠近開滿荷花的曲江邊，當他攜帶家眷來此遊賞風光時，倒映在波光中的倩影，讓人產生洛水之神出遊時「凌波微步，羅襪生塵」的聯想（按：婉轉表示屬意的對象貌美如芙蓉，飄逸如洛神，令人驚艷）。我要懇請李將軍玉成美事，切莫把已經被我千萬縷細密纏綿的情絲所網住的意中人，另外介紹給他人啊！

【注釋】

① 「家近」二句—謂李將軍攜帶家眷至附近曲江欣賞初秋荷花，倒映波光中李家女子之倩影，有如「凌波微步，羅襪生塵」之洛神出遊一般，令人不勝愛慕之情。紅蕖，即荷花，又稱芙蕖、芙蓉，因曲江遍植荷花，隋文帝時曾命名為芙蓉池。昭國坊鄰近長安城南之曲江，故曰「家近」。羅襪起秋塵，殆化用〈洛神賦〉「迫而察之，灼若芙蕖出淥波」及「凌波微步，羅襪生塵」之意，稱歎所屬意之對象，貌美如芙蓉，飄逸如洛神，令人驚艷。

② 「莫將」二句—謂自己極端渴慕對方，懇請李將軍玉成美事，切勿再將意中人介紹給他人。越客，以在越國擔任客卿之范蠡自

喻，暗示和西施情緣綿長。千絲網，可能指義山千萬縷細密纏綿之情思，或指請託李將軍轉贈給對方深情款款之詩文而言。西施，借喻意中人。「網得西施」，雖不詳所出，然義山另一首〈和孫朴韋瞻孔雀詠〉中亦有「西施因網得」之語，因此劉學鍇以為此「必當日文士習聞之事」。由「網得西施」來看，可能意謂著伊人已被義山細密情網或深情詩篇所打動。由「莫……別贈人」觀察，除了極力表示自己渴慕之甚以外，可能當時還另有競爭者。

【評解】

01 馮浩：上篇僅從曲江與病中生情。此（次章）乃點明李十孝家往遊，題意方備。結句急求作合而恐他人之我先也。移而正之（案：指將次章移來此處），並非武斷。（《玉谿生詩詳注》）

021 及第東歸次灞上，卻寄同年（文宗開成二年，837）

芳桂當年各一枝，行期未分壓春期。江魚朔雁長相憶，秦樹嵩雲自不知。下苑經過勞想像，東門送餞又差池。灞陵柳色無離恨，莫枉長條贈所思。

【詩意】

原本還想要趁著青春年少，和各位同年長久陶醉在登科及第的興奮和春風得意的快樂之中，卻沒有料到轉眼已經到了春天的尾聲，也是我必須返回河南濟源探視母親的時候了。從此我和仍然留在長安的各位好朋友，被遙遠的山川阻隔，儘管可以憑藉著魚雁往返來傳達書信，溝通情意，但是終究無法隨時相見而及時掌握對方訊息，只能彼此長相憶念而已了。新科進士參與君王所賜曲江盛宴的風光往事，只能留待將來追憶時再想像回味了；反倒是各位在長安東門熱誠地為我設宴餞行、依依話別的情景，讓人深受感動，永生難忘。（由於我回到東邊之後，將可以承歡膝下，陪伴家慈，再加上是衣錦還鄉，心情特別輕鬆愉快，因此）來到灞陵歇宿時，只覺柳色新嫩，春光可愛，並沒有濃得化不開的離愁可言，即使很想念各位，也就不再彎折長條來寄贈給我親愛的朋友了。

【注釋】

① 詩題—及第，指開成二年高鍇知貢舉，因令狐綯（按：李商隱恩師令狐楚之子）雅善高鍇，對商隱獎譽甚力而擢進士第。商隱於開成元年奉母居於河南濟源，故所謂東歸，指於春末返家探視母親。次，歇息、留宿。灞上，亦稱霸上，在長安東三十里處，因位於霸水上，故名霸上，又稱霸頭。卻，回也；卻寄，回寄。同年，指同時考中進士者。

② 「芳桂」句—芳桂一枝，自喻為稀世珍寶，於科舉對策時獨占鰲頭，在此指科舉及第而言；《晉書・郤詵傳》載晉武帝問郤詵：「卿自以為何如？」詵對曰：「臣舉賢良對策，為天下第一，猶桂林之一枝，昆山之片玉。」故後世以折桂喻登科及第。當年，正當少壯之年。

③ 「行期」句—行期，指離京返家之期。古時科舉，考生大抵秋時上路，春末方歸。分，音ㄈㄣˋ，預料。未分，意謂方期與同年長聚，豈料驟爾歸家別友。壓，殿也，因歸期在三月二十七日，已屆春末，故曰壓春期。

④ 「江魚」二句—意謂自已東歸而同年仍留長安，彼此遙隔；雖音信可通，然終究無法立即見面而隨時掌握對方訊息，只能長相憶

念而已。江朔，代指南北而言；魚雁，代指書信而言。秦樹，代指留在長安之同年；嵩雲，代指回到河南之詩人。按：秦樹嵩雲，化用杜甫〈春日憶李白〉云：「渭北春天樹，江東日暮雲」句意，表示情誼綿長，遙相思慕。

⑤「下苑」句—句謂曲江盛宴已成往事，唯供異時追憶之想像回味而已。按：進士及第後，會有皇帝親御紫雲樓賞賜之曲江宴，亦稱杏園宴。宴中新科進士衣著光鮮，享受佳餚美酒，風光異常，王侯公卿、達官顯宦之家亦於此挑選乘龍快婿。下苑，即曲江。

⑥「東門」句—句謂感念同年於東門設宴餞行，依依話別。東門，古時離長安東出之送別地。差池，原謂參差不齊；《詩經・邶風・燕燕》：「燕燕于飛，差池其羽。之子于歸，遠送於野。」此指分離而言。

⑦「灞陵」二句—意謂彼此同科登第，可謂少年得意，而己又是東歸省母（而非離家遠遊），可謂衣錦還鄉，雖兩地遙隔，卻無深重難遣之離恨可言；因此，面對灞陵柳色，頗覺春光可愛，實無須枉折長條以贈所思慕長安之友也。灞陵，漢文帝陵寢；在霸水邊上，故名。枉，彎折也。

022 安定城樓（文宗開成三年，838）

迢遞高城百尺樓，綠楊枝外盡汀洲。賈生年少虛垂涕，王粲春來更遠遊。永憶江湖歸白髮，欲回天地入扁舟。不知腐鼠成滋味，猜忌鵷雛竟未休。

【詩意】

我登上形勢連綿聳峻，高達百尺的安定城樓，向翠綠的楊柳林外那一片連接遠天的水邊洲渚極目眺望，不禁感慨萬千……。年輕而懷有理想的賈誼，儘管憂國傷時，痛哭流涕，卻備受排擠而有志難伸，只能徒喚奈何！遭遇混亂時代的王粲，曾經遠遊荊州，依附劉表，卻只能在春天時登樓作賦，抒發他懷才不遇的憂憤而徒呼負負！我深心期許自己將來能像范蠡一樣，建立旋乾轉坤的奇功之後，乘坐扁舟，飄著白髮，歸隱於五湖四海之間。誰知道對我而言有如腐鼠一般的權勢名位，卻成為像貓頭鷹般的利祿之徒所爭啄搶食的美味，以至於牠們還對雍容華貴的鳳凰猜忌不休，真是既可笑，又可嘆哪！

【注釋】

① 詩題—本詩乃商隱於開成三年應博學宏辭科不中後，轉應涇原節度使王茂元之辟而至涇州（今甘肅省涇川縣北），閒暇時登樓所作。唐之涇原節度治所在涇州，隋唐時均曾以安定郡為名。

② 「迢遞」句—迢遞，就城牆而言，形容其連綿逶迤；就城樓而言，形容其高聳。

③ 「綠楊」句—謂於城樓上遠眺，在視線窮盡處之綠楊林邊，為涇水岸邊平地與水中洲渚。汀，水邊之地。洲，水中之洲渚。

④ 「賈生」句—意謂己如賈誼之憂心國事而不為當權者所用，甚至遭受排擠；此處可能暗指應博學宏辭科不中選之事。賈生，指賈誼（200 B.C. － 168 B.C.），《史記・屈原賈生列傳》載賈生年二十餘，文帝召以為博士，一年超遷太中大夫。由於銳意改革，引起元老重臣反彈，對文帝說：「雒陽之人，年少初學，專欲擅權，紛亂諸事。」文帝不得已而把他外放為長沙王太傅。《漢書・賈誼傳》載賈誼〈陳政事疏〉曰：「臣竊惟事勢可為痛哭者一，可為流涕者二，可為長太息者六。」文帝當時未能採納其議，故

曰「虛垂涕」。

⑤「王粲」句—王粲（177－217），建安七子之冠冕，山東人，獻帝西遷時，徙居長安；後流寓荊州，依附劉表，然不得志。曾於暇日登湖北當陽城樓，頗有感慨而作〈登樓賦〉寫極目所見曰：「華實蔽野，黍稷盈疇。雖信美而非吾土兮，曾何足以少留？」

⑥「永憶」二句—意謂永懷歸隱江湖之志，然必待完成斡旋天地之事功後才散髮扁舟；《史記．貨殖列傳》載春秋時范蠡佐越王勾踐滅吳後，乘扁舟浮於江湖，變名異姓，後適齊為鴟夷子皮。

⑦「不知」二句—意謂不料竟遭爭名逐利之徒猜忌排擠。腐鼠，喻功名利祿；成滋味，成為深切渴望。腐鼠成滋味，諷喻熱中於功名富貴。鵷雛，古代傳說中似鳳凰之禽鳥，此詩人自喻；《莊子．秋水》：「惠子相梁，莊子往見之。或謂惠子曰：『莊子來，欲代子相。』於是惠子恐，搜於國中三日三夜。莊子往見之，曰：『南方有鳥，其名為鵷雛。……發於南海而飛於北海，非梧桐不止，非練實不食，非醴泉不飲。於是鴟得腐鼠，鵷雛過之，仰而視之曰："嚇！"今子欲以子之梁國而嚇我邪？』」

【評解】

01 蔡居厚：王荊公晚年亦喜稱義山詩，以為唐人知學老杜而得其藩籬者，惟義山一人而已；每誦其「雪嶺未歸天外使，松州猶駐殿前軍」「永憶江湖歸白髮，欲回天地入扁舟」「池光不受月，暮氣欲沉山」「江海三年客，乾坤百戰場」之類，雖老杜無以過。（胡仔《苕溪漁隱叢話》引《蔡寬夫詩話》）

02 程夢星：義山博極群書，負經國之志，特以身處卑賤，自噤不言。茲因人妄相猜忌，全不知己，故發憤一傾吐之。然而立言深隱，略無誇大，真得三百詩人風旨，非他手可摹也。（《李義山詩集

箋注》）

03 紀昀：江湖扁舟之興，俱自汀洲生出，故次句非趁韻湊景。五六千錘百鍊而出於自然，杜亦不過如此。世但喜其浮艷雕鐫之作，而義山之真面隱矣。結太露。（《瀛奎律髓刊誤》）

023 回中牡丹為雨所敗二首其一（文宗開成三年，838）

下苑他年未可追，西州今日忽相期。水亭暮雨寒猶在，羅薦春香暖不知。舞蝶殷勤收落蕊，有人惆悵臥遙帷。章臺街裡芳菲伴，且問宮腰損幾枝？

【詩意】

往年牡丹花種植在曲江苑囿的繁華情景，已經無法追尋了！今天忽然在西州的風雨中和她們相逢（按：隱含往日進士及第後在曲江遊賞時得意盡歡的盛況已經難以再重溫舊夢了，今日竟淪落西北，棲身在涇原幕下的感慨之意）。今天傍晚在水亭邊見到風雨中的牡丹，讓我頓時感到悽神寒骨，因為對她們而言，當年在曲江春暖花開時節，用輕軟的綢緞遮護著她們，不讓她們受到風寒侵襲的特殊禮遇，已經恍如隔世，難以再度領略了。風雨中的牡丹儘管已經凋零了，身旁仍然有蝴蝶蹁躚飛舞，似乎想要慇勤地收拾飄落的花蕊；想到自己失意科考，遠離京華，境遇和風雨中的牡丹相仿，卻沒有人能給我溫暖的安慰，這使我不勝感傷而遠離花圃，惆悵失意地回到屋內的窗幃下閒臥，不忍心再目睹風采已失、神情萎頓的牡丹，以免更添愁悶。恍惚之中，我想起當年在長安一起在章臺街遊樂的朋友們，突然很想問問他們：春風得意的你們在宮廷中竭力盡忠職守，如今腰枝又瘦損幾分了呢？

【注釋】

① 詩題—本組詩旨在借回中牡丹為雨所敗寄託今非昔比、身世飄零之感，更有異日處境將益更形艱困之隱憂存焉。回中，地名，一為汧之回中，在今陝西省隴縣西北；一為安定郡之回中，在今甘肅省固原縣。此處之回中，指後者。

② 「下苑」二句—指往昔進士及第後賜宴曲江時春風得意之盛況已不可復見，今日竟淪落安定幕中。下苑，即曲江。他年，過往之年歲。西州，即指安定郡[1]。相期，相遇也。

③ 「水亭」二句—水亭句謂今日在水亭邊、暮雨中又見牡丹，頗覺悽涼。羅薦句謂眼前牡丹，已無當年在曲江時羅薦春暖、花香馥郁之美好光景矣。羅薦，原是用來鋪襯臥榻之輕軟綢緞；《漢武帝內傳》載武帝和西王母相見時，「以紫羅薦地，燔百和之香，張雲錦之帳，然九光之燈……。」本詩中當係置於幄幕內以防牡丹受寒之用。

④ 「舞蜨」二句—謂凋零之牡丹，猶有蝴蝶蹁躚飛舞於其側，似欲收拾飄落之花蕊，狀頗慇勤；然已則失意科考，遠離京華，境遇與風雨中之牡丹無異，竟無人能給予溫暖安慰，遂不勝感傷而悵臥遙帷，不忍再目睹風采已失、神情萎頓之牡丹，以免更惹愁腸。按：舞蜨，或作「無蝶」；有人，或作「佳人」。

⑤ 「章臺」二句—戲言在長安諸友皆春風得意，只恐日日佔盡風情而腰枝瘦損也。章臺，戰國時秦國之宮臺，藺相如曾奉和氏璧至此見秦昭王，漢時為長安宮殿名。又，章臺，亦可指長安城中之章臺街，此地自古為繁華冶遊之區；本詩中代指京城而言。芳菲伴，就人而言，指留在京城之同年或舊識；就花樹而言，殆指宮

柳、御柳而言。

【補註】

01 《後漢書・列傳第五十五・皇甫規傳》載度遼將軍皇甫規為「安定」朝那人，在東漢黨錮之禍時，因素譽不高，未遭宦官陷害，規竟自以為「西州」豪傑，以未遭黨禍為恥。

024 回中牡丹為雨所敗二首其二（文宗開成三年，838）

浪笑榴花不及春，先期零落更愁人。玉盤迸淚傷心數，錦瑟驚絃破夢頻。萬里重陰非舊圃，一年生意屬流塵。前溪舞罷君迴顧，併覺今朝粉態新。

【詩意】

實在不該輕率地取笑石榴花沒能趕上美好的春光及時綻放（按：可能借喻切莫輕易嘲笑時運不濟，未能施展抱負者），因為牡丹比石榴還早憔悴零落的命運，更加令人愁悶難堪（按：此處可能借喻自己雖早得才名，卻不幸在科舉場中橫遭打擊而淪落幕府）。看著有如白玉盤的牡丹花冠上沾帶著晶瑩剔透的雨珠，似乎她也有許多傷心濺淚的往事，使我惆悵不已；看著狂亂的風雨摧殘牡丹的情狀，我彷彿聽見急促地演奏錦瑟時繁亂的聲情，足以使人從美夢中驚醒過來（按：頷聯似亦寓有詩人橫遭挫折打擊而期待落空的傷心往事在內）。仰望長空，只見彤雲密佈，陰霾萬里，和舊日曲江邊適合牡丹花生長的環境已經大不相同了；牡丹也只能把自己一生淒苦的命運，託付給無情的風雨和塵泥，然後隨流水消逝而去了

（按：感慨為令狐楚、崔戎所賞識提拔的美好往事已難以復尋，令人不勝唏噓；而未來前途難料，令人不敢想像，只能交付給命運安排了）。儘管今天牡丹被風雨侵襲的處境堪慮，但是一旦她們像樂府詩〈前溪歌〉所描寫的一樣：不再迎風搖曳而舞了、零落成泥了、隨水而逝了，你再回頭想想她們現在的模樣，將反而覺得雨中牡丹還算粉嫩的姿態，比起化為塵泥、隨水而去的下場，實在是新艷可人得多了（按：詩人擔心將來命運之險惡、形勢之危峻，均將更甚於今日，屆時將反覺今日處境之美好可羨）！

【注釋】

① 「浪笑」二句—浪笑，有空笑、枉笑，或輕率嘲笑、隨意詬笑二義，此處或有莫笑、不該取笑之意。榴花不及春，可能借喻時運不濟，未能施展抱負；《舊唐書・文苑列傳》載：孔紹安於隋時為監察御史，比夏侯端晚歸順唐高祖李淵，故夏侯授三品之秘書監，而孔拜為正五品上階之內史舍人。後孔紹安侍宴，應詔詠石榴詩曰：「祇為來時晚，開花不及春。」時人稱之。先期零落，原指牡丹本不應此時零落，然因為雨所敗而過早憔悴；此處可能借喻自己橫遭打擊而淪落。

② 「玉盤」句—此寫牡丹花冠上沾帶許多雨珠，使詩人聯想起許多傷心濺淚之往事。玉盤，似指白牡丹之花冠形色皆如玉盤。迸淚，喻雨珠噴濺似淚也。數，音ㄕㄨㄛˋ，屢次、不斷之意。

③ 「錦瑟」句—以錦瑟急奏時促柱繁絃之聲情令人驚心動魄，象喻急雨摧殘牡丹之情狀令人心折骨驚；其中似亦寓有詩人橫遭挫折打擊而希望落空之聯想在內。破夢頻，暗寓美好之期待屢屢落空。

④ 「萬里」二句—此聯可能暗喻：為令狐楚、崔戎所賞識提拔之美好往事已難復尋，令人不勝唏噓，而未來之前途如何，又難逆料，

只能任憑命運安排。萬里重陰，謂彤雲密佈，陰霾萬里。舊圃，指曲江之花圃。屬，託付。屬流塵，預料牡丹為急雨摧殘後，終將凋零委地，化為塵泥，隨水流去，令人不勝感慨。

⑤「前溪」二句—就花而言，意謂他日零落成泥之後，若回念此際，將覺今日牡丹雖為雨所摧殘而顯得憔悴，然彼在雨中之粉態比起他日化為塵泥者，將更為新艷可人；就人而言，則是擔心將來命運之險惡、形勢之危峻，均將更甚於今日，屆時將反覺今日處境之美好可羨。前溪，《樂府詩集・清商曲辭》中錄有無名氏所作〈前溪歌〉七首其六云：「黃葛結蒙籠，生在洛溪邊。花落逐水去，何當順流還？還亦不復鮮。」舞罷，婉言凋零，蓋今日猶在枝上隨風雨搖曳而舞也。前溪舞罷，指牡丹零落塵泥之中而言。迴顧，指回思此際牡丹花之容態。併覺，反覺也。

【評解】

01 陸崑曾：（次章）言此牡丹先春零落，較開不及春之榴花更為愁人。玉盤迸淚，花含雨也，故見之者傷心；錦瑟驚絃，雨著花也，故聞之者破夢。非舊圃，照應回中；屬流塵，照應雨敗。（《李義山詩解》）

02 紀昀：純乎唱嘆，何處著一呆筆！　○（首章）第四句對面一襯，對法奇變。結二句忽地推開，深情忽觸，有神無跡，非常靈變之筆。芥舟評曰：第六句妙遠。二首皆不失氣格，兼多神致。（《玉谿生詩說》）

03 汪辟疆：此義山在安定借牡丹以寄慨身世之詩，題意已明，非專詠牡丹也。……（首章）淒惋之中，自然意遠，深情妙緒，觸手紛披。細翫全篇，無一滯筆。最妙在前六句，皆從對面襯出，屬對奇變。　○（次章）言榴花開時本晚，而牡丹先春零落，喻己本遭遇蹭蹬，而讒人復從而排笮之也。浪笑二字，極見用意。三四一聯，正面寫牡丹為雨所敗。「玉盤」句，寫花含雨；「錦瑟」句，寫雨打花。體物精細，故精緊乃爾，亦所以喻己之橫被摧殘，故曰傷心、曰破夢也。淚迸絃斷，悲苦可知。五六則濃陰萬里，障蔽重重，生意一春，流光畹晚。非舊圃，則殊於下苑也；屬流塵，則困於輪蹄也。嗟嘆之間，出以淒惋，不能卒讀矣。結則言今日之零落如此，而他日之零落或更有甚於今日者，必反覺今日雨中粉態，猶為新艷。此進一層寫法，與前篇之羅薦春香暖不知，遙遙相發。（《玉谿詩箋舉例》）

04 筆者：首章是以詩人口吻，寫乍見回中為雨所敗之牡丹時，不堪今昔對比的困窘憔悴之慼。腹聯是以舞蝶欲收落蕊之慇勤，感慨無人能使自己免於風雨摧殘之困境，故悵然遙臥，不忍再觸景傷情。尾聯是懸想長安友人之瘦損，肇因於得意京華、競舞春風，更進一層慨歎自己為風雨摧敗的困頓處境與坎坷運命。次章則可能是以牡丹對知己（義山）訴說心曲的口吻，表達先期零落之可悲，以及今已大不如昔，只怕後更不如今的哀傷感慨。如此說解，則所謂「舞罷君迴顧」之「君」字，乃不覺突兀。「錦瑟驚絃」句，似借珍異之錦瑟，原應輕柔地撫弄出絕美的音符，奈何竟遭粗暴狂亂的對待，直令人驚惶不安，譬喻嬌豔之牡丹，原應擁有羅薦春香的溫暖，奈何竟遭急雨摧殘的厄運，實令人畏懼驚恐。

025 東南（文宗開成三年，838）

東南一望日中烏，欲逐羲和去得無？且向秦樓棠樹下，每朝先覓照羅敷。

【詩意】

破曉時我向東南邊眺望，看見朝陽正緩緩出現，不知不覺就有了癡心妄想：不知道能不能隨著替太陽駕車的羲和一起巡行天下？我每天都要陽光先照亮秦家樓臺前那株漂亮的棠樹，好讓我一大早就能先找到我所思慕的羅敷。

【注釋】

① 詩題—本詩暗用古樂府〈陌上桑〉：「日出東南隅，照我秦氏樓。秦氏有好女，自名為羅敷」之意；然僅取首二字為題，性質近於「無題」詩。

②「東南」二句—意謂望見朝陽，不覺產生隨陽光朗照四方之幻想，希望能及早照見所思慕之人（可能指愛妻王氏）；構想與張若虛〈春江花月夜〉：「此時相望不相聞，願逐月華流照君」相似，皆情深一往，懸想千里之癡念。日中烏，傳說居於日中之神鳥，三足。羲和，傳說為日神之御者。

③「且向」二句—棠樹，程夢星疑為「桑樹」之訛，蓋〈陌上桑〉中之羅敷善蠶桑，如作「棠樹」則與本事不合。而馮浩以為棠樹是用《詩經・召南・何彼襛矣》中形容美人之「何彼襛矣，唐棣之華」，與秦樓之意可以相通。

【評解】

01 姚培謙：此歎遇合之無期，而深致其期望也。（《李義山詩集箋注》）

02 程夢星：此詩蓋借其（按：指〈陌上桑〉）意以自寓也。言我已為王茂元、鄭亞、柳仲郢之幕客，自當忠心自矢，安忍背其知己之恩耶？（《李義山詩集箋注》）

03 馮浩：歎不得近君而且樂室家之樂也。在涇州而望京都，故曰「東南」。（《玉谿生詩詳注》）

026 十一月中旬至扶風界見梅花（文宗開成三年，838）

匝路亭亭豔，非時裛裛香。素娥唯與月，青女不饒霜。贈遠虛盈手，傷離適斷腸！為誰成早秀？不待作年芳。

【詩意】

扶風郡界整路都是高挺而冷艷的梅花，才不過十一月，她們就散發出襲人的香氣來了（按：詩人觸景生情，以為早梅生非其地而開非其時，與己成名雖早而淪落不偶相似）。嫦娥能給予她們的只有清冷的月光，青女則絲毫沒有減少過肆虐她們的霜雪（按：寄託愛之者虛而無益，嫉之者實而有害的感慨）。我採摘了滿手的梅花，想要送給遠方的人，才發覺根本無從寄贈（按：贈遠無人，可能有知音難覓之嘆）；看著離開枝幹的梅花，正好勾起我被迫遠離京華的斷腸傷痛（按：腹聯如轉而寫傷悼亡妻之情，則六句意謂看著離枝的梅花，觸惹起愛妻魂歸離恨的斷腸之痛）。唉！這些梅花究竟是為誰而那麼早就綻放呢？竟然不等到一年中最美好的春光才展現她們高潔而淡雅的芬芳（按：可能兼有作者才名早著而時運不濟之慨，以及天妒紅顏，竟使之香消玉殞之痛）！

【注釋】

① 詩題—扶風，在今陝西省寶雞縣東，唐時有扶風郡，屬關內道鳳

翔府。劉學鍇認同馮浩之說，以為本詩可能是開成三年作者往來涇原時所作；不過，筆者以為從「虛盈手」「適斷腸」二語之沉痛觀察，也有可能是大中五年悼亡後赴東川節度幕時觸景傷情之作，待考。

② 「匝路」二句—謂早梅生非其地而開非其時，先為全篇感傷情懷定調。匝路，滿路、整路。亭亭，高聳挺立貌、高潔貌。非時，梅花應開於冬末春初，今僅十一月，實非綻放時節，故云。裛裛香，香氣襲人貌。

③ 「素娥」二句—謂雖有清冷之月光照臨，然於早梅無益；倒是霜威肆虐，若欲凌虐凋傷。素娥，即指月亮；李周翰注謝莊〈月賦〉曰：「嫦娥竊藥奔月，因以為名；月色白，故云素娥。」青女，職司霜雪之女神；高誘注《淮南子・天文訓》曰：「青女，天神，青妖玉女，主霜雪也。」

④ 「贈遠」二句—贈遠句，謂雖早梅盈手，然竟無人可以寄贈。此處可能暗用《荊州記》所載三國時孫吳之荊州州牧陸凱折梅寄詩范曄：「折梅逢驛使，寄與隴頭人；江南無所有，聊贈一枝春」之典實；作者特加一「虛」字，似有知音難覓之嘆。傷離句，謂梅遭折則離枝，與己之被迫遠離京華相似，故曰適足增斷腸之痛。按：「虛盈手」「適斷腸」二語或亦融入了詩人悼亡之痛。

⑤ 「為誰」二句—感慨早梅易凋，未能於春光爛漫時綻放清麗之姿容；言下似有作者才名早著而時運不濟之慨。秀，開花。年芳，新春之芳菲。

【評解】

01 方回：此謂梅花最宜月，不畏霜耳（按：此說可議）。添用「青女素娥」四字，則謂月若私之而獨憐，霜若挫之而莫屈者，亦奇。

末句似又有所指云。(《瀛奎律髓》卷二十)

02 姚培謙:此傷所遇之非其時也。早秀而不遇知己,正復何益?月冷霜清,孤孑無侶,未堪贈遠,徒足傷離耳。(《李義山詩集箋注》)

03 紀昀:清楚有致,但太薄耳。(《玉谿生詩說》) ○「匝路」是至扶風,「非時」是十一月中旬。三四愛之者虛而無益,妒之者實而有損。結仍不脫十一月中旬。 ○純是自寓,與張曲江同意,而加以婉約。(《瀛奎律髓刊誤》)

04 朱庭珍:作梅花詩宜以清遠沖淡傳其高格逸韻,否則另出新意,以生峭之筆,為活色疏香寫照,不宜矯激。後人一味矯激鳴高,借寓身分,不知其俗已甚,於此花轉無相涉,徒自墮塵劫惡習而已。庾子山之「樹凍懸冰落,枝高出手寒」,唐人錢起之「晚溪寒水照,晴日數峰來」,李商隱之「素娥唯與月,青女不饒霜。贈遠虛盈手,傷離適斷腸」,崔道融之「香中別有韻,清極不知寒」,僧齊己之「前村深雪裡,昨夜一枝開」,皆相傳佳句也。中惟玉谿「素娥」「青女」一聯,謂月愛之而無益,霜忌之而有損,用意稍深,著色稍麗,然下聯即放緩一步,以淡語空際寫情。其餘各聯,均出以雅淡之筆,不肯著力形容,可見梅詩所貴在淡靜有神矣。(《筱園詩話》)

027 馬嵬二首其一(文宗開成三年,838)

冀馬燕犀動地來,自埋紅粉自成灰。君王若道能傾國,玉輦何由過馬嵬?

【詩意】

當安祿山帶領著冀北的驍騎，身披燕地的犀甲，掀天震地而來時，玄宗竟然無奈地任憑左右縊殺楊貴妃，把她草草埋葬在驛道旁，忍心讓雪膚花貌的貴妃在荒郊外枯朽腐壞，化為塵埃！聖明的君王如果當真覺悟到紅顏正是足以亡國的禍水，又怎麼會導致貴妃的車駕隨著他倉皇出奔，以致枉死在馬嵬驛呢？

【注釋】

① 詩題—馬嵬，指馬嵬坡，在今陝西省興平市西北，東距長安約百餘里，為楊貴妃埋骨之處。

② 「冀馬」句—寫安祿山叛亂，攻破潼關。冀馬，河北自古以出產戰馬聞名；《左傳・昭公四年》載「冀北之土，馬之所生。」燕犀，燕地自古以犀甲堅韌知名；鄭玄注《周禮・考工記》曰：「燕近強胡，習作甲冑。」《後漢書・蔡邕列傳》亦云：「幽冀舊壤，鎧馬所出。」冀馬燕犀，形容軍隊裝備精良，驍勇善戰。

③ 「自埋」句—寫賜死楊妃、草葬馬嵬，以及返京後密令改葬而楊妃肌膚已壞之事[1]。

【補註】

01 《舊唐書・列傳第一・后妃上・楊貴妃傳》：「及潼關失守，從幸至馬嵬，禁軍大將陳玄禮密啟太子，誅國忠父子。既而四軍不散，玄宗遣力士宣問，對曰：『賊本尚在』，蓋指貴妃也。力士復奏，帝不獲已，與妃詔，遂縊死於佛室。時年三十八，瘞於驛西道側。上皇自蜀還，令中使祭奠，詔令改葬。禮部侍郎李揆曰：『龍武將士誅國忠，以其負國兆亂。今改葬故妃，恐將士疑懼，葬禮未可行。』乃止。上皇密令中使改葬於他所。初瘞時以紫褥裹之，肌膚已壞，而香囊仍在。內官以獻，上皇視之淒惋，乃令圖其形於別殿，朝夕視之。」

028 馬嵬二首其二（文宗開成三年，838）

海外徒聞更九州，他生未卜此生休。空聞虎旅傳宵柝，無復雞人報曉籌。此日六軍同駐馬，當時七夕笑牽牛。如何四紀為天子，不及盧家有莫愁？

【詩意】

據說玄宗在貴妃死後，由臨邛道士的口中得知貴妃正在海外仙山等候他，仍然堅持要和玄宗生生世世結為夫妻的初衷。但是，玄宗這種自欺欺人的空話又有什麼意義呢？來生再續前緣，結為夫婦的心願能否美滿實現，實在難以逆料；但是今生夫妻的情義，倒是在馬嵬坡上已經斷送在玄宗手裡了！他在出奔的路途上，只能膽顫心驚地聽著禁衛軍巡夜所敲擊的刁斗聲，輾轉反側，難以成眠，再也無法像在長安當太平天子時可以高枕無憂，由專職的雞人敲擊著更籌來為他報曉了。貴妃被他派高力士縊殺的那一天，扈隨他出奔的禁衛軍全都在馬嵬坡駐馬不前，玄宗為了保全自己，表現得多麼薄倖絕情；而當年七夕，他和貴妃在長生殿羨慕牛郎織女堅貞不渝的愛情時，立下過山盟海誓，又是何等親蜜交心！為什麼當了四十幾年皇帝的玄宗，竟然保不住自己的愛妃，遠不如民間的夫妻還能情深義重地長相廝守呢？

【注釋】

① 「海外」句—此化用白居易〈長恨歌〉中「忽聞海外有仙山」之意，加一「徒」字，表示貴妃香魂已杳，玄宗縱然令道士「升天

入地求之遍」去尋訪貴妃仙蹤，終究徒勞無功，蓋兩人早已幽明異路，天人永隔，空留遺恨而已。九州，《史記・孟子荀卿列傳》戰國時陰陽家鄒衍以為中國名為赤縣神州，「中國外如赤縣神州者九，乃所謂九州也。」

② 「他生」句—言來生再續前緣，結為夫婦之心願能否美滿實現，實難逆料，然此生夫婦情緣，則在馬嵬坡上玄宗忍心犧牲貴妃時早已恩斷義絕矣。他生之願，指玄宗與貴妃七夕在長生殿之密誓：「在天願作比翼鳥，在地願為連理枝。」

③ 「空聞」二句—寫玄宗奔蜀途中與駐宿之夕，令玄宗既驚恐又悲愴之情景。虎旅，指跟隨玄宗入蜀之禁衛軍。宵柝，夜裡巡邏警戒所敲擊之木梆子，在此指軍中警夜所用之刁斗。無復，暗指貴妃已死，無復聞破曉報時之聲矣。雞人，皇宮中報時之衛士；《後漢書・百官志》注曰：「不畜宮中雞。汝南出〈雞鳴〉（按：似為歌謠名）；衛士候朱雀門外，專傳〈雞鳴〉於宮中。」籌，計時之具。

④ 「此日」二句—六軍駐馬，指禁衛軍請誅楊氏兄妹之譁變；〈長恨歌〉曰：「六軍不發無奈何，宛轉蛾眉馬前死。」參前詩【補註】。笑，張相以為是羨慕其堅貞恩愛之意。七夕笑牽牛，指長生殿密誓之事。

⑤ 「如何」二句—此以平凡民婦能與夫婿長相廝守之美滿幸福，反諷玄宗竟無法保護貴妃之薄倖荒唐。紀，十二年；四紀，玄宗在位共計四十五年，此舉其成數也。盧家莫愁，指平凡之民婦；參見〈無題〉詩「重帷深下莫愁堂」注。

【評解】

01 范溫：「海外徒聞更九州，他生未卜此生休」，語既親切高雅，故不用愁怨墮淚等字，而聞者為之深悲。「空聞虎旅傳宵柝，無復雞人報曉籌」，如親扈明皇，寫出當時物色意味也。「此日六軍同駐馬，當時七夕笑牽牛」，益奇。義山詩，世人但稱其巧麗，與溫庭筠齊名；蓋俗學只見其皮膚，其高情遠意皆不識也。 〇「海外徒聞更九州」其意則用楊妃在蓬萊山，其語則用鄒子云：「九州之外，更有九州」，如此然後深穩健麗。（《潛溪詩眼》）

02 朱弁：李義山〈題馬嵬〉一聯云：「此日六軍同駐馬，當時七夕笑牽牛。」溫庭筠〈題蘇武廟〉云：「回日樓臺非甲帳，去時冠劍是丁年。」嘗見前輩論詩云：「用事屬對，如此者罕有。」（《風月堂詩話》）

03 方回：六軍、七夕、駐馬、牽牛，巧甚。善能鬥湊，崑體也。（《瀛奎律髓》）

04 查慎行：一起括盡〈長恨歌〉。（《初白庵詩話》）

05 吳喬：（首聯）勢如危峰矗天，當面崛起，唐詩中少有者。（腹聯）敘天下大事，六、七馬牛為對，恰似兒戲，扛鼎之筆也。（《圍爐詩話》）

06 何焯：（次章）：縱橫寬展，亦復諷歎有味。對仗變化生動。起聯才如江海。老杜云；「前輩飛騰人，餘波綺麗為。」義山足窺此秘。五六倒敘奇特。看溫飛卿作，便只是〈長恨歌〉節要，不見些子手眼。落句專責明皇，識見最高，此推本之言也。（《義門讀書記》）

07 沈德潛：溫、李擅長，固在屬對精工，然或工而無意，譬之剪綵為花，全無生韻，弗尚也。義山「此日六軍同駐馬，當時七夕笑牽牛」，飛卿「回日樓臺非甲帳，去時冠劍是丁年」，對句用逆挽法，詩中得此一聯，變化板滯為跳脫。（《說詩晬語》）

08 陸崑曾：（首章）言明皇覺悟不早，致有馬嵬之變。（次章）承上首言，不但從前不悟，及貴妃歿後，仍然未悟也。何也？夫婦之願，他生未卜，而此生先休，已可哀矣。又命方士索之四虛上下，彷彿其神於海外，得不謂之大哀乎！三四沿途中追念貴妃，每至廢寢，然但聞虎旅戒嚴，不聞雞人傳唱，無復在朝之安富尊榮矣。六軍駐馬，應上「此生休」意；七夕牽牛，應上「他生未卜」意。結言身為天子，不能庇一婦人，專責明皇，極有識見。（《李義山詩解》）

09 程夢星：明皇以天子之尊而並不能庇一女子，則其故可知。觀「如何」二句，唐史贊所謂「方其勵精政事，開元之際，幾致太平，何其盛也！及侈心一動，窮天下之欲不足為其樂，而溺其所甚愛，忘其所可戒，至於竄身失國而不悔」，皆檃栝於此二句之中，而又不露其意，深得風人之旨。（《李義山詩集箋注》）

10 馮浩：（首章）兩「自」字淒然，寵之適以害之，語似直而曲。（次章）起句破空而來，最是妙境，況承上首，已點明矣。古人連章之法也。次聯寫事甚警。三聯排宕。結句人多譏其淺近輕薄，不知卻極沉痛。唐人習氣，不嫌纖艷也。《英華》以絕句為第二首，當因先律後絕之故，實則律詩當為次章也。（《玉谿生詩及箋注》）

11 黃侃：（次章）首句言神仙茫昧，次句言輪轉荒唐，以此思哀，哀可知矣。中二聯皆以馬嵬與長安對舉，六句筆力尤矯健，不僅屬對工巧也。由此振出末二句，言當耽溺聲色之時，自以宴安可久；豈悟波瀾反覆，變起寵胡，倉卒西行，又不能保其嬖愛。以視尋常伉儷，偕老山河者，良多愧恧；上校銀潢靈妃，尤不可同年而語矣！諷意至深，用筆至細。胡仔以為淺近，紀昀以為多病者，豈知言者乎？（劉學鍇引《李義山詩偶評》）

029 玉山（文宗開成四年？839？）

玉山高與閬風齊，玉水清流不貯泥。何處更求回日馭？此中兼有上天梯。珠容百斛龍休睡，桐拂千尋鳳要棲。聞道神仙有才子，赤簫吹罷好相攜。

【詩意】

這座玉山，和傳說中神仙所居住的閬風仙境一樣高峻，玉水則清澈見底，完全沒有任何污泥貯藏其中（按：借喻祕書省為清高之要地）。到哪裡還可以找得到像玉山這樣可以使太陽神君的座車迴轉的高山呢？何況這裡還有可以登上天庭的長梯（按：借喻祕書省為君王特別眷顧重視的機構，也是御覽藏書之處，達官顯宦往往由此出身而平步青雲）。如今水中蘊藏有百斛的珍珠，守護名珠的驪龍可不要睡著了啊（按：藉喻朝廷人才濟濟，期望君王英明，勿使賢才失意淪落）！山上矗立著高達千尋的梧桐，所有的鳳凰都想要來此棲息（按：借喻才俊之士皆欲效力於朝廷）。聽說最近具有神仙特質的才子有意模仿吹簫引鳳的蕭史，我期待他吹罷赤簫之後，能和我攜手同遊玉山仙境（按：喻期待某同年成親之後，能和自己砥礪切磋，攜手共進，戮力從公）。

【注釋】

① 詩題—本詩殆為開成四年釋褐為秘書省校書郎時所作。玉山，相傳為西王母所居之地[1]，此處殆喻秘書省為清要之地，可借此青雲得路，故期待時君清明，以使詩人致身廟堂之上。

② 「玉山」二句—喻秘書省之清高。玉山句，極言其崇高。閬風，山名，相傳為仙人所居之地，在崑崙山之頂；見《西王母傳》。

玉水句，極言其清潔；《淮南子・墜形訓》：「水圓折者有珠，方折者有玉；清水有黃金，龍淵有玉英。」

③「何處」二句—極言秘書省為致身青雲之天梯。馭，同「御」。日，喻指君王。迴日馭，借喻君王特別重視眷顧之官署；相傳羲和駕六龍之日車，至虞淵而迴車[2]。上天梯，借喻親近君王之途徑。

④「珠容」句—珠容百斛，喻朝廷人才濟濟。龍休睡，借喻期望君王英明，勿使人才淪落；《莊子・列禦寇》：「夫千金之珠，必在九重之淵而驪龍頷下，子能得珠者，必遭其睡也。」

⑤「桐拂」句—尋，八尺；桐拂千尋，喻廟堂、朝廷之高。鳳，兼喻才俊與自己。鳳棲桐，喻才俊之士效力於朝廷；《詩經・大雅・卷阿》：「鳳凰鳴矣，于彼高岡。梧桐生矣，于彼朝陽。」孔穎達疏曰：「梧桐自是鳳之所棲，……諸書傳之論鳳事，皆云食竹、棲梧。」參見〈安定城樓〉詩注。

⑥「聞道」二句—神仙才子，喻志同道合的高潔之士。赤簫，不詳何典[3]。吹簫，用蕭史與弄玉吹簫引鳳故實[4]；吹簫之「神仙才子」，可能譬喻同年中即將成親者，而「吹罷相攜」，則譬喻完婚後可以相互切磋砥礪，攜手共進，戮力從公。

【補註】

01 《山海經・西山經》：「又西三百五十里曰玉山，是西王母所居也。」注曰：「此山多玉石，因以為名。」《穆天子傳》卷二：「天子北征東還，乃循黑水。癸巳，至於群玉之山，見其阿平無險，四徹中繩，先王之所謂策府（郭璞注：言往古帝王以為藏書策之府）。」

02 《淮南子・天文訓》：「日出於暘谷，浴於咸池，拂於扶桑，是謂晨明。……至於悲泉，爰止其女，爰息其馬，是謂縣車。至於虞淵，是謂黃昏。」高誘注曰：「日乘車駕以六龍，羲和御之，日至此而薄於虞泉，羲和至此而迴六螭。」

03 赤簫，舊注引《晉書・載記二十二・呂纂傳》載張駿墓被盜，發掘出白玉樽、赤玉簫、紫玉笛、珊瑚鞭、馬腦鐘等水陸奇珍，不可勝紀之事，然與本詩似無必然關聯，故不取。

04 《列仙傳・蕭史》：「蕭（或作簫）史者，秦穆公時人也。善吹簫，能致孔雀白鶴於庭。穆公有女，字弄玉，好之，公遂以女妻焉。日教弄玉作鳳鳴，居數年，吹似鳳聲，鳳凰來止其屋。公為作鳳臺，夫婦止其上，不下數年。一旦，皆隨鳳凰飛去。故秦人為作鳳女祠於雍宮中，時有簫聲而已。」

【評解】

01 吳喬：當時權寵未有如綯者，此詩疑為綯作。（首聯）極為歎美。（頷聯）言其炙手。（腹聯）言君相相得。（尾聯）即「擬薦子虛名」之一。（《西崑發微》）

* 編按：如依此說，則本詩當作於大中四年十一月令狐綯拜相之後。然此說之問題，在以「龍」喻令狐綯，究屬不倫，是以不可取。其他類似之評解，亦有相同之問題，後引馮、紀、汪氏諸說，即其例。

02 陸崑曾：「玉山」句，言地位之崇高。「玉水」句，言鑑別之精當。負知人之明，而又處得為之勢，則所謂力可回天，而不難致人霄漢者，捨公其誰屬耶？譬之珠容百斛，探驪龍於九重之淵；桐拂千尋，棲威鳳於高岡之上，物望所歸，又卻之不得者。某在今日，其能無彈冠之慶乎？赤簫吹罷好相攜，即聲應氣求之謂也。（《李義山詩解》）

＊ 此說之問題，在於珠與龍的關係難以界定，畢竟探驪龍於九淵之目的在得珠（喻人才），則「驪龍九淵」與「珠容百斛」該如何解釋，煞費思量。

03 姚培謙：此以汲引望同調也。首句，地望之峻；二句，流品之清。三句，言其方得君；四句，言其能薦達。夫百斛之珠，豈私一龍？千尋之桐，豈私一鳳？幸逢才子而居神仙之地，此非凡俗之勢要者比也，吹簫引接，能無厚望也耶？（《李義山詩集箋注》）

04 紀昀：此望薦之詩也。首二句言其地位清高，三四句言其力可援引。五六句一宕一折：「珠容百斛龍休睡」言毋為小人之所竊弄；「桐拂千尋鳳要棲」」言當知君子之欲進身。末二句乃合到自己明結之。（《玉谿生詩說》）

05 汪辟疆：此當為義山大中二年由荊巴歸洛時，希望於令狐子直之作也。大中二年二月，令狐綯召拜考功郎尋知制誥充翰林學士，……有駸駸嚮用之勢。義山鎩羽而歸，不能不冀其援手。……首句，言其地位高；次句，謂其鑑別審。而玉山策府非翰林學士莫當也。三四一聯則言彼力可回天，故設為問答之詞，以為由此憑藉，可以青雲平步，何必他求。希冀之情，千載如見。五六一聯，「珠容」句，微露警戒之意，意謂地位之愈高者，則小人之包圍必愈甚，勸其勤於職事，以免奸人乘隙，欲自附君子愛人以德之意；回到第二句，尤見周匝矣。「桐拂」句，則直說求進之意，更無須隱飾。結仍歸到急思援手本意。（《玉谿詩箋舉例》）

030 蝃（文宗開成四年，839）

初來小苑中，稍與瑣闈通。遠恐芳塵斷，輕憂豔雪融。只知防灝露，不覺逆尖風。迴首雙飛燕，乘時入綺櫳。

【詩意】

蝴蝶剛剛飛來小小的林園之中，似乎漸漸接近門窗上刻鏤著連瑣圖紋的宮中小門了（按：喻初任秘書省校書郎，稍微得以接近宮廷）。它既擔心通往宮廷內苑的美好旅程被遙隔阻斷，又憂慮艷雪般的蝃粉儘管輕盈綺麗，卻易於消融脫落（按：借喻作者初至秘省時既擔心無法晉身朝廷一展抱負，又憂慮自己獨具珍異之稟賦於案牘中消耗殆盡）。蹁躚在庭園中時，它只知道要小心提防被濃重的露水打濕翅膀，卻完全沒有料到會被一陣突如其來的惡風掃出小苑之外（按：借喻只知謹言慎行，潔身自愛，以免違背官場規矩或迷失於官場陋習之中；未料拂逆某些人的意志而陷入險峻之政治風暴裡，不得不離開祕書省）。當它驚慌地回頭一望時，正好看到一對燕子趁機飛入美麗的窗戶裡去（按：可能指自己遭排擠之後，相互拉抬援引的某些政黨新進得以乘機進入宮苑之中）……。

【注釋】

① 詩旨—蝃，通「蝶」。詩人以蝶自喻，寫初入秘省時患得患失、忐忑不安之心情，及雖知謹防傷害卻終究變生意外而横遭排抑，不得已離京（而前往弘農擔任縣尉）之感觸。原作「蝃三首」，另二首為七絕，首句分別是「長眉畫了繡簾開」「壽陽公主嫁時妝」。就內容而言，兩首七絕與蝃無關，大概是原題脫佚後鈔輯

時誤合為一。

② 「初來」二句—喻初任秘書省校書郎，稍微得以接近宮廷。小苑，借喻秘書省。稍，逐漸。瑣，門窗上所鏤刻的連瑣圖紋；闈，宮中小門。瑣闈，刻有連瑣圖紋之宮中側門；此借喻宮廷、禁苑。

③ 「遠恐」二句—以蜨之既深恐通往宮廷內苑之芳塵遙隔而阻斷，又憂慮艷雪般之蜨粉輕盈而易於消融；可能借喻作者初至秘省時既擔心無法晉身朝廷一展抱負，又憂慮自己獨具珍異之稟賦將於案牘中消耗殆盡之忐忑不安。芳塵，對蝴蝶而言，由小苑至宮廷為一繽紛而芬芳之旅程，借喻晉身朝廷之美好期盼。艷雪，借喻蜨翼上之彩粉，暗指自己珍美之稟賦。

④ 「只知」二句—謂只知潔身自愛，防止迷失於官場陋習，未料身陷險峻之政治風暴中。灝露，濃重之露水；防灝露，可能指謹言慎行，潔身自愛，以免遭受物議，或迷失於官場陋習之中。尖風，形容突如其來而能傷人之風勢；逆尖風，可能指拂逆某些集團之意志而陷入險峻之政治形勢裡。

⑤ 「迴首」二句—可能指自己遭排擠之後，新進者得以乘機進入宮苑之中。雙飛燕，可能借指相互拉抬援引之某黨中人，故特曰「雙」。櫳，窗戶、窗牖；綺櫳，猶云綺窗，此代指宮廷禁苑而言。

【評解】

01 程夢星：言為人排擠也。起二語言初遊長安，文名蔚起，未嘗不與公卿貴人相通。三句言入幕以來，日見疏遠，已恐芳塵斷絕；四句言黨論之後，妄相輕薄，殊憂艷雪銷鎔。五句言事當防禦，亦所自知，然知者不過暗中相傷，如夜行之沾寒露也。六句言人不可逆，亦所自覺，然覺者豈料明言相排，如退翼之遇尖風耶？

七八言其時工逢迎之術者皆為援引，如綺櫳在望，燕子乘時而入矣。（《李義山詩集箋注》）

02 馮浩：自慨之作。起二句喻初為秘省，得與諸曹接近。下言不意被斥，讓他人乘時升進也。似出尉時所賦。（《玉谿生詩詳注》）

031 荊山（文宗開成四年，839）

壓河連華勢孱顏，鳥沒雲歸一望間。楊僕移關三百里，可能全是為荊山？

【詩意】

巍峨的荊山可以居高臨下，俯瞰著北邊的黃河，它雄偉的氣勢，可以和南方聳峻的華山相銜接；不論是飛鳥在遠遠的天邊消失蹤影，或是雲彩在傍晚時飄回山谷中的洞穴，全都可以在荊山上一覽無遺。漢朝的楊僕上書，乞求武帝恩准他派遣家僕把函谷關東移三百里，哪裡只是因為太過鍾愛荊山，希望把它納入關中而已呢？（按：楊樸是因以身為關外之人為恥，因此把舊時函谷關東移三百里之後，自己就可以成為新函谷關以西的「關中之人」而倍感光彩。詩人藉此表示：離京外放為弘農縣尉而不得為畿輔之民，深以為恥；蓋唐朝時以潼關以西為關內，而弘農卻在潼關以東約五十公里處。）

【注釋】

① 詩題—荊山，指唐時虢州湖城縣（今河南省閿鄉縣）之覆釜，相傳為黃帝鑄鼎之處。本篇殆為詩人出任虢州弘農尉時所作，旨在抒發被迫離京外放之羞憤；詩人〈與陶進士書〉雖云：「尋復啟與曹主求尉於虢，實以太夫人年高，樂近地有山水者。」然所謂

樂近山水，殆為強抑心中不平之飾辭爾。

② 「壓河」二句—極言荊山之高峻與氣勢之雄偉。壓河，俯瞰黃河。河，指黃河；閿鄉縣在黃河南岸，故云。連華，謂山脈連綿而廣袤。華，指華山，在閿鄉縣之西約四五十公里處。孱顏，猶「巉巖」，山高峻貌。鳥沒雲回句，以視野之闊大襯托荊山之高峻；意謂不論是飛鳥在遙遠之天際消失蹤影，或雲彩在傍晚時飄回山谷中之洞穴，全都可以在荊山上一覽無遺。

③ 「楊僕」二句—意謂漢朝楊僕上書乞求把函谷關東移三百里，豈能只因為愛惜荊山而欲納之於關中而已？藉以暗示詩人深以離京外放而不得為畿輔之民為恥。按漢武帝時樓船將軍楊僕屢建大功，恥為關外之民，上書乞以家財給其用度，並遣家僮七百人徙關於新安，武帝亦好京輔之地因而廣闊，允之；事見《漢書・武帝紀》顏師古注及《水經・谷水注》。又，唐時以潼關以西之地為關中，今以地圖比例尺換算，弘農正在潼關以東（即關外）約五十公里處。可能，何能、豈能也。

【評解】

01 何焯：此嘆執政蔽賢，使畿赤高資，反為關外之人，沉淪使府也。（《李義山詩集輯評》引）

02 馮浩：借慨己之由京調外也。不直言恥居關外，而故迂其詞，使人尋味。（《玉谿生詩詳注》）

032 任弘農尉獻州刺史乞假歸京（文宗開成四年，839）

黃昏封印點刑徒，愧負荊山入座隅。卻羨卞和雙刖足，一生無復沒階趨。

【詩意】

黃昏時分，我總是得把縣太爺的官印謹慎地封存起來，再到監牢裡一一清點囚犯。考取進士後只做這些令人不堪的例行公事，讓我每當在衙門角落的座位上，看著高峻的荊山，想起和氏璧的故事就感到慚愧：我反而非常羨慕卞和被無知的楚王下令砍斷雙腿的遭遇，因為他這一生再也不必為了迎接長官而急急忙忙地跑下台階，快步上前，卑躬屈膝地行禮了！

【注釋】

① 詩題—唐時弘農縣屬虢州，貞觀八年徙州治至弘農。尉，掌緝捕盜賊。乞假歸京，實即辭官之婉辭；《新唐書·李商隱傳》載作者調補弘農尉，因明查訟事、平反冤情而忤怒觀察使孫簡，擬辭官而去；適逢姚合取代孫簡，諭使詩人還官。

② 「黃昏」句—封印，封存官印。封印與清點刑徒，為府縣主管治安官吏每日散衙前之例行公事；義山〈偶成轉韻七十二句贈四同舍〉亦有相似之牢騷：「手封狴牢屯制囚，直廳印鎖黃昏愁。」。

③ 「愧負」句—詩人入座當值，因見形勢雄峻之荊山而生負疚感愧之心；蓋由荊山之玉受誣與民眾受冤，構成詩人聯想。縣尉職低位卑，僅一微小為民申冤之事皆不能如願，故詩人深感愧疚。

④ 「卻羨」二句—羨慕卞和含冤遭楚王下令砍斷雙腿之遭遇，反襯

拜迎長官時卑屈之可鄙。卞和得荊山玉先後貢於楚厲王、武王，遭誣以欺君之罪而砍斷雙腿；直至文王時沉冤才得到昭雪；事見《韓非子・和氏篇》。沒階，下盡台階；沒階趨，形容拜迎長官時急於跑下台階，奔趨向前行禮之卑屈情狀。按：縣尉職等低於縣令、縣丞與主簿，故常須遵行拜迎長官之禮儀。

033 詠史（文宗開成五年，840）

歷覽前賢國與家，成由勤儉破由奢。何須琥珀方為枕？豈得真珠始是車？運去不逢青海馬，力窮難拔蜀山蛇。幾人曾預南薰曲？終古蒼梧哭翠華。

【詩意】

我們仔細觀察古聖先賢所建立的國家，可以發覺一條不變的定律：國家的興盛總是由於君王能夠勤勉儉約，國家的敗亡則是由於君王縱欲奢侈（按：此處埋下「然文宗竟然勤而無成，故詩人不得不將反常現象歸之於『運去』而徒喚奈何」的線索）。君王的確應該學習宋武帝劉裕清簡寡欲的作為，他把獻給他的琥珀枕磨成金創藥分給將士；也應當學習齊威王的榜樣，他不重視能照亮十二輛車子的珍珠，反而把賢臣視為國家的瑞寶。令人感慨的是：在國運日漸衰頹沒落的情況下，文宗皇帝無法發掘到真正的賢才來協助他（誅除宦官和重振綱紀，反而誤用了像鄭注、李訓這種投機小人），再加上他自己能力有限，難以剷除宦官根深柢固的惡勢力，終於釀成甘露事變而使國家陷入更大的危機之中。唉！有多少人真正了解他想要勵精圖治，安邦富民的偉大心願呢？可是他卻力不從心，含恨以歿，這樣的悲劇，將永遠使憂國傷時的人為之哀慟不已！

【注釋】

① 詩旨—本篇旨在假借詠史為名，感慨唐文宗有儉無奢，當成無敗；奈何運會不濟，心餘力絀，既不能剷除奸凶以恢復君權，復不能挽回頹勢以重現盛世，令詩人油然興悲。

② 「歷覽」二句—此處化用《韓非子・十過》之言：「由余聘於秦，秦穆公問之曰：『……願聞古之明主得國失國何常以？』由余對曰：「臣嘗得聞之矣，常以儉得之，以奢失之。」

③ 「何須」句—意謂君王應以劉裕之清簡寡欲為榜樣[1]；《南史・宋書・武帝紀》載劉裕清簡樸實，「未嘗視珠玉輿馬之飾，後庭無紈綺絲竹之音。……寧州嘗獻虎魄枕，光色甚麗，價盈百金。時將北伐，以虎魄療金創，上大悦，命碎分賜諸將。」

④ 「豈得」句—意謂君王當學習齊威王不以夜明珠為寶物而以賢臣為國之瑞寶；《史記・田敬仲完世家》載齊威王二十四年與魏王會田於郊，「魏王曰：『若寡人國小也，尚有徑寸之珠照車前後各十二乘者十枚，奈何以萬乘之國而無寶乎？』威王曰：『寡人之所以為寶與王異。吾（重用賢臣）……將以照千里，豈特十二乘哉！』」

⑤ 「運去」句—此句感慨國運既衰，故文宗未能發掘真正可以輔佐王業之賢才，反而誤用了像鄭注、李訓這種投機小人而敗壞誅除閹宦以清君側之大事。青海馬，殆指國運昌隆時期所獲之寶馬[2]，此借喻足以安邦定國之賢臣。

⑥ 「力窮」句—此感慨文宗雖有意誅除宦官、重振綱紀，奈何力窮事敗，釀成甘露事變而使國家陷入更大危機之中。當時文宗欲除宦官，反為仇士良挾持，寄身虎口，終羞憤以歿，故云力窮難拔。蜀山蛇，猶言城狐社鼠之難以除盡也，在此借喻宦官之惡勢力；雖典出五丁力士掣蜀山之蛇竟使地陷山崩之事[3]，然亦兼用劉向

〈災異封事〉之言：「用賢則如轉石，去佞則如拔山。」見《漢書・楚元王傳第六》。

⑦ 「幾人」句—感慨幾人曾親聞文宗勵精圖治、安國富民之心願？預，參與、得知、了解之意。南薰曲，指愛民養民之心聲；《禮記・樂記》：「昔者舜作五弦之琴以歌〈南風〉。」鄭玄注：「〈南風〉，長養之風也。」孔穎達疏：「其辭曰：『南風之薰兮，可以解吾民之慍兮；南風之時兮，可以阜吾民之財兮。』」。按：義山開成四年釋褐為秘書省校書郎，固嘗預聞南薰曲矣，故感慨特深。

⑧ 「終古」句—言文宗力不從心、含恨以歿之事，將永令憂國傷時之士哀慟不已。終古，永遠。蒼梧，《禮記・檀弓》：「舜葬於蒼梧之野。」翠華，帝王儀仗中以翠羽裝飾之旗幟，可代指帝王之車駕或帝王。

【補註】

01 舊注引《西京雜記》卷一〈飛燕昭陽贈遺之侈〉條所載趙飛燕冊封為皇后時，其妹送上包括琥珀枕、龜文枕、珊瑚玦等三十五色窮極珍異的大禮之事，恐非作者本意所在。

02 青海馬，雖語出《隋書・列傳第四十八・西域傳》：「青海周回千餘里，中有小山，其俗至冬輒放牝馬於其上，言得龍種。吐谷渾嘗得波斯草馬，放入海，因生驄駒，能日行千里，故時稱青海驄馬。」然似與「運去不逢」無關。就國運昌隆時期獲得寶馬而言，可能是用《漢書・武帝紀》所載元鼎四年：「六月，得寶鼎后土祠旁。秋，馬生渥窪水中。作〈寶鼎〉〈天馬〉之歌」之典。渥窪水，在今甘肅省安西縣境，雖在青海之北，詩人殆即概以青海稱之。

03 《華陽國志・蜀志》載秦惠王知蜀王好色，許嫁五女於蜀，蜀王遣五丁力士迎之。還至梓潼，見一大蛇入穴中，五丁並力掣其尾，欲引之而出，竟使山崩地陷，壓死五丁及五女，山遂分為五嶺。

【評解】

01 朱鶴齡：史稱文宗恭儉性成，衣必三澣，可謂令主矣，迨乎受制家奴，自比周赧、漢獻，故言儉成奢敗，國家常理，帝之儉德，豈有珀枕珠車之事？今乃與亡國同恥，深可嘆也。義山及第於開成，〈南薰〉之曲，固嘗聞之矣，其能已於蒼梧之哭耶？　〇此詩全是故君之悲，玩末二句可見，特不欲顯言，故託其詞於詠史者。（馮浩《玉谿生詩詳注》引）

02 姚培謙：此為文宗發也。使稱帝斥奢崇儉，終身不改，詩中深惜其運值凌夷，特託詠史發之。（《李義山詩集箋注》）

03 程夢星：起二語本由余對穆公之辭而歸重於文宗之恭儉性成。三四因文宗之儉有如史稱衣必三澣者，故凡琥珀之枕、照乘之珠，諸奢華皆絕無之，此則有儉無奢，當成無敗矣。無如運會不逮，心力有窮。凡生平與李訓、鄭注所畫太平之策，一曰復河湟，終未及復；直至大中之時，吐蕃始以原、秦等州歸國，然而及身不逢青海馬矣（按：如參此說，則編年宜往後挪）。一曰除宦官，而宦官終不能除。逮至甘露之後，自憤其受制家奴，遂畢世難拔蜀山蛇矣。是則文宗之難成而幾於敗者，豈不克勤儉之主哉！觀其問周墀何如主，墀以堯舜對，而帝嘆周赧、漢獻尚且不如，然則〈南薰〉之升平無聞，蒼梧之英靈已遠，深為可太息也。義山登第在文宗開成二年，當其時受知之士具在也，故曰「幾人曾預」此遭際，而痛翠華之不返者，當不獨一己也。（《李義山詩集箋注》）

034 無題二首其一（武宗會昌二年，842）

昨夜星辰昨夜風，畫樓西畔桂堂東。身無彩鳳雙飛翼，心有靈犀一點通。隔座送鉤春酒暖，分曹射覆蠟燈紅。嗟余聽鼓應官去，走馬蘭臺類轉蓬。

【詩意】

忘不了昨夜的星空是那麼明燦迷人，也忘不了昨夜的清風是那麼溫和醉人，就在畫樓西畔、桂堂東側之間的一場盛筵中和她邂逅，這將是我心湖裡永遠美麗的漣漪……。雖然我並沒有彩鳳般華麗的翅膀可以飛到她的身旁一親芳澤，但是卻可以感應到她的蘭心蕙質和我的心意是靈犀相通的。在那場冠蓋雲集的歡會裡，儘管我們隔著幾個座位，玩著傳遞玉鉤的遊戲，又被分在不同的組別相互出題猜謎，但是我們兩人似乎有心電感應，總是能夠很快地猜出對方的謎底，這真是令人又驚又喜的神祕經驗啊！在她殷勤勸飲之下，當時的春酒真是又香又暖，如同她的丰采般使人陶醉；蠟燈又紅又豔，映襯著她嫵媚的容顏，更顯得風情萬種，令人迷戀。可惜這通宵達旦的華宴雖然使人留戀，但是聽到京官上朝的鼓聲，我也只好像秋天枯乾的蓬草隨風而轉一般立刻離席起身，趕往蘭臺去上班，不能在歡樂中繼續編織旖旎溫馨的美夢……。

【注釋】

① 詩題—本詩殆為詩人任職秘書省期間，追憶先前參與某顯貴設於庭園間之盛筵，驚艷席間美女的懷想之作。然由詩中情境推敲，此次偶然相識，僅止於留下美好印象，並無證據顯示有何艷情；換言之，本詩係記錄發乎情、止乎禮之美麗邂逅。

② 「昨夜」二句—追憶先前一場美麗邂逅所發生之時間、地點。畫樓，彩繪華麗之樓臺。桂堂，以芳香之木材構築之廳堂。畫樓桂堂，點出富貴宅第。

③ 「身無」句—意謂雙方並未比鄰而坐，絕無肌膚之親，故五句云「隔座」；蓋因行酒令遊戲時二人分在不同組別也。

④ 「心有」句—與第六句呼應，意謂彼此所製作之謎題，對方均能猜中，彷彿心靈相通也。靈犀，古人把有紅白紋路貫通犀牛角兩端者稱為「通天犀」，視為靈異之物[1]，故義山藉此賦予它心靈奇妙感應之形象，從而創造出瑰麗華美而生動傳神之千古名句。

⑤ 「隔座」句—隔座，謂與心儀之女子隔開座位而坐。送鉤，指分組玩藏玉鉤之戲以侑酒助興。相傳漢昭帝之母鉤弋夫人幼時手蜷曲不展，眾人無能擘開；漢武帝巡狩時親觸其手即行展開而掉出玉鉤，故世傳送鉤之戲[2]。

⑥ 「分曹」句—分曹，分組。射，猜度也。射覆，原指漢武帝一時興起將壁虎覆蓋在器物之下命東方朔猜測之遊戲[3]；然此處可泛指酒席間用來助興之各種猜謎遊戲，蓋此類文字遊戲往往隱藏其意旨，令人別有會心以解謎底，有類射覆。

⑦ 「嗟余」句—聽鼓，聽到天明報時之街鼓聲[4]。應官，當官，猶云上班。

⑧ 「走馬」句—走馬，馳馬前去任事。蘭臺，指秘書省[5]。轉蓬，謂己聽晨鼓振響，必須起身離席前去秘書省，猶蓬草秋後乾枯，被風吹離根部，隨風遠颺。

【補註】

01 《漢書・西域傳・贊》：「通犀、翠羽之珍，盈於後宮。」如淳注曰：「通犀，中央色白，通兩頭。」《抱朴子・內篇・卷十七・

登涉・登山佩帶符》：「得真通天犀角三寸以上，刻以為魚，而銜之以入水，水常為人開，方三尺，可得氣息水中。又通天犀角有一赤理如綖，有自本徹末，以角盛米置群雞中，雞欲啄之，未至數寸，即驚卻退。故南人或名通天犀為駭雞犀。以此犀角著穀積上，百鳥不敢集。大霧重露之夜，以置中庭，終不沾濡也。」

02 《荊楚歲時記》曰：「按《漢武故事》云：上巡狩河間，見青光自地屬天，望氣者云：『下有貴子。』上求之，見一女子在空室中，姿色殊絕，兩手皆拳，數百人擘之莫舒。上自披即舒，號拳夫人。善素女術，大有寵，即鉤弋夫人也。《辛氏三秦記》曰：漢昭帝母鉤弋夫人，手拳有國色，世人藏鉤起於此。」

03 《漢書・東方朔傳》：「上嘗使諸數家射覆，置守宮盂下，射之，皆不能中。朔自贊曰：『臣嘗受《易》，請射之。』乃別蓍布卦而對曰：『臣以為龍又無角，謂之為蛇又有足，跂跂脈脈善緣壁，是非守宮即蜥蜴。』上曰：『善。』賜帛十匹。復使射他物，連中，輒賜帛。」

04 《新唐書・百官志・宮門局》：「宮門郎……掌宮門管鑰。凡夜漏盡，擊漏鼓而開；夜漏上水一刻，擊漏鼓而閉。」不過，此乃宮鼓，義山在宮外飲宴，未必聽得清楚；可能他所聽到的是《新唐書・百官志・左右金吾衛》中所載的街鼓聲：「日暮，鼓八百聲而門閉；……五更二點，鼓自內發，諸街鼓承振，坊市門皆啟，鼓三千撾，辨色而止。」

05 《舊唐書・職官志一》：「龍朔二年二月甲子，改……秘書省為蘭臺。……垂拱元年二月，改……秘書省為麟臺。」

【評解】

01 馮舒：妙在首二句。次連襯貼，流麗圓美，西崑一世所效。然義

山高處不在此。（《瀛奎律髓匯評》卷七）（馮浩箋注引）

02 胡以梅：此詩是席上有遇追憶之作。妙在欲言良宵佳會，獨從星辰說起。是言星辰晴煥，昨夜如良夜，而風亦和風也。疊言昨夜，是追思不置，如「鳳兮鳳兮」「潮乎潮乎」，腹轉車輪耳。畫樓西畔而曰桂堂，蓋用「盧家蘭室桂為梁」之堂，畫樓為陪襯，桂堂為賓位。兩句凌空步虛，有繪風之妙。……隱然有一人影在內，不須道破，令人猜想自得；然猶在幽暗之中，得三四鋪雲襯月，頓覺七寶放光，透出上文。身遠心通，儼然相對一堂之中。五之勝情，六之勝境，皆為佳人著色。且隔座分曹，申明三之意；送鉤春暖，方見四之實。蠟燈紅後，恨無主人燭滅留髡之會。聞鼓而起，今朝寂寞，能不重念昨晚之為良時乎？（《唐詩貫珠串釋》卷三十）

03 屈復說：五六承三四言，藏鉤送酒，其如隔座；分曹射覆，惟礙燈紅。（《玉谿生詩意》）

04 徐德泓：一起超忽，尤爭上乘處也。（《李商隱詩歌集解》引）

05 紀昀：觀此首末二句，實是妓席之作，不得以寓意曲解。義山風懷詩，注家皆以寓言君臣為說，殊多穿鑿。（《瀛奎律髓匯評》）

06 黃叔燦：詩意平常，而煉句設色，字字不同。（《唐詩箋注》）

035 無題二首其二（武宗會昌二年，842）

聞道閶門萼綠華，昔年相望抵天涯。豈知一夜秦樓客，偷看吳王苑內花。

【詩意】

從前就聽說過一位有如天仙萼綠華的美女，可惜我和她無緣相會，就像遠隔天涯海角般只能憑空想像而心儀不已；誰料昨夜受邀到一位達官顯宦的家中作客，竟然能從旁欣賞到她像西施般清麗絕俗的神秘風韻，令人喜出望外之餘，深感名不虛傳。

【注釋】

① 「聞道」句—言昔即曾聞此女美如天仙。閶門，傳說中之天門。萼綠華，傳說中道教之女仙名。

② 「昔年」句—相望，謂詩人心儀而懸想對方；相，前置代名詞，代指動詞下所省略之受詞，此處指心儀之對象。抵天涯，極言會面之難，有如天涯海角之阻隔而無緣相見。

③ 「豈知」二句—秦樓客，指受邀為貴戚顯宦家之賓客；舊注以為化用蕭史之事，見商隱〈玉山〉詩【補註】。

④ 「偷看」句—偷看，不敢公然放肆地注視，亦即〈天平公座中呈令狐令公〉詩所謂「不敢公然仔細看」之意。吳王，殆指貴戚顯宦而言，無法確指，亦無須鑿求。苑內花，暗示席間所見之佳麗美如西施，亦即首句之萼綠華其人。

036 賦得雞（武宗會昌二年，842）

稻粱猶足活諸雛，妒敵專場好自娛。可要五更驚穩夢，不辭風雪為陽烏？

【詩意】

有些好鬥成性的公雞，平日所蓄積的五穀雜糧早就足以養活許多雛雞了（案：借喻有些割據世襲的藩鎮，從朝廷得到的利祿與賞賜，以及平日運用各種手段所累積的財富，已足以使子孫錦衣玉食，享樂無窮了），可是牠們仍然滿懷嫉妒之心，想要昂首闊步地獨霸一方，因此便驕矜自滿地享受擊敗對手的樂趣（案：借喻藩鎮爾虞我詐，勾心鬥角，以擴張地盤，獨霸一方為樂）。牠們哪裡願意在風雪嚴寒的五更時分，從安穩的夢鄉中驚醒過來，不辭勞苦地為太陽的升起而勤奮地報曉呢（按：借喻各懷鬼胎的藩鎮豈肯從追逐私利和滿足野心的美夢中驚醒，在艱危的局勢中不辭勞苦地為聖明的君王效命呢）？

【注釋】

① 詩題—賦得，唐人即景賦詩時往往以「賦得」為題，意思相當於「賦詩題詠」。此類作品，特別講究胸有寄託，筆有餘妍，物我交融，情景相生，與詠物詩要求之不即不離，空靈渾成之風格相似。本詩以雞為題，蓋取《戰國策・卷三・秦策一》秦惠王對寒泉子所言：「諸侯不可一（按：指團結一致對抗秦國），猶連雞（按：指綁在一起的雞）之不能俱止於棲之明矣。」作者取此命題，寄託對當時藩鎮割據自雄，或朋黨爭圖私利，不能同心協力為朝廷效命之譏諷。

② 「稻粱」二句—諷刺藩鎮割據世襲，彼等從朝廷獲取之利祿與賞賜，及其所累積之財富，已足可使子孫錦衣玉食，享樂無窮；然猶各懷鬼胎，擴張地盤，勾心鬥角，相互敵視，以獨霸一方為樂，其狼子野心，表露無遺矣。稻粱，喻朝廷豐厚之利祿與賞賜，及其運用各種手段所累積之財富。諸雛，喻藩鎮之子孫。專場，獨霸一方，專擅全場之謂。妒敵專場，喻擴張地盤，勾心鬥角，獨霸一方之野心與舉動。《樂府詩集・卷六十四・雜曲歌辭四》錄劉孝威〈鬥雞篇〉云：「丹雞翠翼張，妒敵得專場。」好自娛，以此為樂而驕傲自滿。

③ 「可要」二句—可要，豈願也。穩夢，美夢；一作「曉夢」。驚穩夢，隱喻從追逐私利與滿足野心之美夢中驚醒，意指幡然悔悟。不辭風雪，不辭萬般辛勞之意。為陽烏，為君王效命也。陽烏，傳說居於日中之神鳥，三足，可代指白日；此喻君王。

037 幽居冬暮（武宗會昌四年？844？）

羽翼摧殘日，郊園寂寞時。曉雞驚樹雪，寒鶩守冰池。急景倏云暮，頹年寖已衰。如何匡國分，不與夙心期？

【詩意】

（原本以為重入秘書省擔任正字官，可以逐漸施展抱負，奈何不久就）因為守母喪而閒居在家，有如羽翼摧殘的大鵬，無法高飛遠翔，只能枯守郊園，想像同輩得意京師而倍覺失意寂寥。破曉時公雞飛上樹梢，卻突然察覺到樹枝完全被白雪覆蓋，感到奇寒徹骨而驚聲啼叫（按：似喻空有奮發之志，奈何時機不利）；冬天的水鴨，也只能瑟縮在結冰的池塘邊，無法下水嬉戲（按：似喻只能枯守寂寥，靜待春臨大地）。眼看越來越短的白晝很快地就又到了日暮時分，就更加感受到自己逐漸衰頹老邁，不容易有甚麼大作為而極為焦慮苦悶。為何我懷有輔佐明君，使國政回歸正途的抱負，卻只能閒居在家，以致我長久以來經世濟民的心願無法實現呢？

【注釋】

① 詩題—幽居，指閒居。武宗會昌二年，作者書判拔萃，得秘書省正字，旋因母喪而居家；會昌四年三月以後，作者移居蒲州之永

樂（今山西省芮城縣，位於潼關與弘農間之黃河邊上），起初尚能恬然自安，除自言「陶然恃琴酒，忘卻在山家」（〈春曉自遣〉），復曾於詩題中自言「渴然有農夫望歲之志」[1]，然日久則愈感寂寥詩意，頗覺辜負平生心願，因有本詩之作。

② 「羽翼」二句—意謂重入秘書省，方欲振翅遠飛，一展壯志，奈何不久即因母喪而居家至今，可謂仕途不順，有如大鵬之羽翼摧殘，不得高飛遠翥。郊園，指永樂之鄉居，無法確指；寂寞，殆因舊游得意京城，遨遊雲霄，而自己僅能枯守郊園而倍覺失意寂寥。

③ 「曉雞」二句—曉雞上樹，卻察覺樹枝為白雪覆蓋，奇寒徹骨而驚啼；冬天之水鴨，只能瑟縮於結冰之池邊，無法下水嬉戲。此寫所見冬日景象，以寄寓寂寥冷落之感。曉雞句，似寓徒有奮發之志，奈何形格勢禁之嘆。寒鶩句，似有枯守寂寞，以待來春之意，與台語「田螺含水過冬」義近。

④ 「急景」二句—景，日光；急景，短促而迅速消失之白晝。倏云暮，轉眼已至黃昏。寖，逐漸。頹年句，詩人此時不過三十三歲，因亟欲有為卻事與願違，只能困居鄉野，蹉跎歲月，故不覺漸有年老體衰、志氣淪喪之感。

⑤ 「如何」二句—意謂閒居在家，報國無門，竟與平生經世濟民之抱負大相違背。匡國分，輔佐國政，使回歸正道之使命。夙心，平素之心願。期，遇合、符合。

【補註】

01 詩題可斷句為「四年冬以退居蒲之永樂，渴然有農夫望歲之志，遂作〈憶雪〉又作〈殘雪〉詩各一百言以寄情于游舊」。

【評解】

01 紀昀：四家評曰：渾圓有味。 ○無句可摘，而自然深至。此火候純熟之後，非可以力強也；強為之，非枯則率矣。（《玉谿生詩說》）

038 春日寄懷（武宗會昌五年，845）

世間榮落重逡巡，我獨丘園坐四春。縱使有花兼有月，可堪無酒又無人？青袍似草年年定，白髮如絲日日新。欲逐風波千萬里，未知何路到龍津？

【詩意】

人生在世，忽榮忽辱、忽起忽落的變化極為迅速，唯獨我閑居永樂即將四年了，始終困窘如故，似乎毫無重返京城的跡象。儘管這裡也有好花可賞、明月可玩，奈何既無酒可以消愁，又無人可以談心，只能虛對美景，辜負良辰了。多少年來，我始終穿著清寒之士和低階官員青草色的服裝，似乎永遠不會改變了；反倒是每天新冒出來銀絲般的白髮，則從來沒有停頓過。也想要追隨風波，遨遊千萬里，卻不知道哪一條才是通往龍津，可以讓我魚躍而起、騰身化龍的路程呢？（按：末聯借喻：空懷報國之壯志，奈何仕進無路、汲引無人）

【注釋】

① 詩旨—本詩與前首〈幽居冬暮〉所抒寫之情懷相似，蓋三年之喪，至會昌四年冬已服闋，而詩人竟遲至五年春仍閒居鄉野，無所事事，故更渴望有人汲引，能重登仕途。

② 「世間」二句—感慨四年之間，世人之忽榮忽落，變化極為迅速，

唯獨自己始終困窘如故。榮落，猶榮枯、榮悴，此以花開與花落比擬人事之通達與困窮。重逡巡，有二解，其一：或榮或落，或起或伏，短期內總有循環往復。如依此解，則重字音ㄔㄨㄥˊ，往復也；逡巡，徘徊貌。其二：張相《詩詞曲語辭匯釋》卷五以為乃變化極為快速之意。如依此解，則重字音ㄓㄨㄥˋ，甚也。逡巡，迅速之意，與普通作「徘徊、遲緩」解者異。丘園，殆指永樂之郊野林園，然難以確指。坐，行將。

③「縱使」二句—謂虛對良辰美景，奈何無酒可以消愁、無人可以談心。可堪，何堪、豈堪。無酒更無人，謂生活清貧而獨居無友。

④「青袍」二句—謂重任京官之日，竟遙遙無期，卻已血氣漸衰矣。青袍，通常為寒士之穿著，或八、九品低階之官服。定，謂不曾改變服色，亦即未能變換官階品第，始終只是最低階之九品。按：商隱丁母憂前為秘書省正字，為正九品下階；在此之前任弘農尉，為從九品上階；再以前初釋褐為秘書省校書郎，則為正九品上階。出仕六七年以來，始終居於九品而著青色官服，故曰「年年定」。

⑤「欲逐」二句—謂空懷報國之壯志，奈何仕進無路、汲引無人。龍津，又稱龍門（今屬山西），此喻朝廷；《太平御覽》卷四十引《辛氏三秦記》：「河津，一名龍門，巨靈跡猶在，去長安九百里。江海大魚洎集門下數千，不得上；上則為龍，故云暴腮龍門。」

039 落花（武宗會昌五年？845？）

高閣客竟去，小園花亂飛。參差連曲陌，迢遞送斜暉。腸斷未忍掃，眼穿仍欲歸。芳心向春盡，所得是沾衣。

【詩意】

他終究還是步下高閣，決絕地離她而去了！只留下珠淚婆娑的她倚著軒窗，傷心欲絕地看著伊人穿過庭園的背影越來越模糊……。她突然意識到：小園中的花朵似乎是在伊人離去時開始繽紛撩亂地漫天飄飛，使她更覺茫然失落而心緒紛亂……。縹緲迷離的落花，有些還多情地飄出院牆之外，追向蜿蜒的阡陌小徑，似乎想要為她追回伊人，只是最終它們還是只能無奈而悲情地靜靜躺在夕陽斜暉中的小徑上……。柔腸寸斷的她失魂落魄地走下樓來，默默無語地徘徊在芳菲零落的花徑上，看著滿園狼藉的殘紅，不禁又觸景傷神，黯然銷魂，也就不忍心去掃除和她同樣失去了生命光華的落花了！即使伊人早已不見蹤影了，她還是情不自禁地走到門口，望眼欲穿地搜尋他熟悉的身影——她仍舊癡心地盼望伊人能夠回心轉意，去而復返！可嘆她纏綿愛戀的心意，終究還是隨著花落春盡而幻滅成空了，正如眼前的落花也在吐盡芬芳的心魂之後，憔悴枯萎而凋零淪落了。哀怨欲絕的她在這一場短暫的春夢之後所得到的究竟是什麼呢？只有沾染一身的盈盈粉淚和片片殘瓣罷了……。

【注釋】

① 詩題—本詩殆為義山代歌伎舞姬而作[1]，內容是寫客去花落之

後，女子愁腸欲斷之傷痛。落花，象徵青春之消逝、愛情之幻滅。前人或編本詩於武宗會昌五年（845），或繫於六年。

② 「高閣」句—高閣，詩中女子所居之閣樓。客，指詩中女子之意中人。竟，有「終究、竟然」兩層涵義。

③ 「參差」二句—描寫落英繽紛，迴風旋舞而飄向曲陌，彷彿有心遠送去客和與暉一般。參差，形容飄墜之花影繽紛撩亂、縹緲迷離之情狀。連，飄飛向某處而去狀。曲陌，指女子所居閣樓院牆外之蜿蜒小徑，亦即男子離去之小徑。迢遞，遙遠貌。

④ 「眼穿」句—歸，一作「稀」。如作「歸」解，是指女子切盼意中人回心轉意，去而復返；如作「稀」解，則是指女子雖有惜花留春之心，奈何殘存枝頭之餘花，仍然不斷凋零而愈見稀疏。

⑤ 「芳心」二句—芳心，兼指吐露芬芳之花蕊、女子憐惜芳菲之心靈及女子眷戀情愛之芳心。向春盡，兼含花蕊隨春而逝、憐惜之心隨花落春盡而黯然，以及女子芳心隨情人遠去而魂銷腸斷三義。沾衣，兼指「拂了一身還滿」之落花與沾溼春衫之粉淚而言。

【補註】

01 義山有些被視為艷情詩、政治詩的無題之作，很可能是詩人在傾聽歌妓心酸的身世和淒哀的戀情之後，以代言的方式為她們泣訴心聲的作品；例如「鳳尾香羅薄幾重」「重幃深下莫愁堂」「颯颯東風細雨來」等無題詩，都可能是這種背景下的作品。

【評解】

01 鍾惺：俗儒謂溫、李作〈落花〉詩，不知如何纖媚，詎意高雅乃爾。（「高閣」句）落花如此起，無謂而有至情。（「腸斷」句）深情苦語。（「所得」句）「所得」二字甚苦。（《唐詩歸》卷

三十三）

02 吳喬：〈落花〉起句奇絕，通篇無實語，與〈蟬〉同，結亦奇。（《圍爐詩話》卷二）

03 沈德潛：題易粘膩，此能掃卻臼科。（《唐詩別裁》卷十二）

04 屈復：人但知賞首句，賞結句者甚少。一二乃倒敘法，故警策；若順之，則平庸矣。首句如彩雲從空而墜，令人茫然不知所為；結句如臘月二十三日夜聽唱「你若無心我便休」，令人心死。（《唐詩成法》卷五）

05 田蘭芳：起超忽，連落花亦看作有情矣。結亦雙關。（馮浩《玉谿生詩詳注》引）

06 楊守智：一結無限深情。（馮浩《玉谿生詩詳注》引）

07 紀昀：歸愚曰：「起法之妙，粘著者不知。」蒙泉評曰：好起結，非人所及。 〇起句亦非人意中所無，但不免放在中間。後面寫寂寞之景耳，得神在倒跌而入。四家評曰：一結無限深情，「得」字意外巧妙。（《玉谿生詩說》卷上）

08 朱庭珍：凡五七律詩，最爭起處。凡起處最宜經營，貴用陡峭之筆，灑然而來，突然湧出，若天外奇峰，壁立千仞，則入手勢便緊健，氣自雄壯，格自高，意自奇，不但取調之響也。起筆得勢，入手即不同人，以下迎刃而解矣。如陳思王之「驚風飄白日，忽然歸西山」，……李玉溪之「高閣客竟去，小園花亂飛」，……皆高格響調，起句之極有力、最得勢者，可為後學法式。（《筱園詩話》卷四）

040 寄令狐郎中（武宗會昌五年，845）

嵩雲秦樹久離居，雙鯉迢迢一紙書。休問梁園舊賓客，茂陵秋雨病相如。

【詩意】

閒居洛陽的我，時常在遙望白雲繚繞的嵩山時，不自覺地遠眺煙樹蒼莽的秦中而神馳故人，感覺上和您離居睽隔的時日已經相當長久了……。今天能收到您從千里迢迢的京城所寄來的問候信，真使我既感念情義綿長，又感慨世事滄桑。請您不要再詢問舊日梁園中的賓客近況如何，我正如臥病茂陵時愁聽秋雨而抑鬱落寞的司馬相如，真是愧對故人的關心了！

【注釋】

① 詩題—本詩大約作於會昌五年秋，令狐綯時任右司郎中。商隱於會昌五年春赴鄭州李舍人褒之招，歸居洛陽之後，骨肉之間，相繼病恙。當時牛黨之令狐綯顧念曾經同窗共硯的舊誼，禮貌性地修書問候，詩人亦感念舊日恩義而寄詩作答[1]。

② 「嵩雲」句—化用杜甫〈春日憶李白〉：「渭北春天樹，江東日暮雲」之句意，表示睽隔兩地而思慕遙深。嵩，原指河南省之中嶽嵩山，此處則代指詩人所居之洛陽。秦，古地名，此代指京城長安而言。

③ 「雙鯉」句—雙鯉，書信之代稱；蓋古人寄送書信，或以尺素結成雙鯉之形以交付使者，或以雕成鯉魚之兩片木匣盛裝，故云。

④ 「休問」句—休問，不必再問。梁園舊賓客，漢景帝時梁孝王劉武在今河南開封東南修築梁園，枚乘、鄒陽、司馬相如等文學游

士居其間數年。按：義山十七八歲即受知於令狐楚，屢在其幕下任職，直至二十六歲仍因令狐父子之獎譽而登進士第，是以心念舊恩，終身不忘而以舊賓客自稱。

⑤「茂陵」句—茂陵，地名，在今陝西省興平市東北，以漢武帝之陵墓而得名。按：梁孝王薨，相如歸蜀。武帝讀其〈子虛賦〉大為嘆賞，後因狗監楊得意之引薦而蒙召進，仕為郎；然相如不慕官爵，後稱病閒居於茂陵。義山頗以相如自居而自負其才，故此處以「病相如」自況其窮愁潦倒，義山在〈上李舍人第二狀〉中曾云：「某自京還洛，常抱憂煎；骨肉之間，病恙相繼。」

【補註】

01 李商隱少年時期即深受牛黨要員令狐楚之愛護與栽培，進士及第後竟成為傾向李黨之王茂元幕僚，甚而成為王之女婿，故牛黨認定商隱係投機取巧、忘恩負義之徒，不齒與之同列；牛黨得勢後，商隱自然仕途坎坷，屢受排擠。他在窮愁潦倒之餘，曾經有寄贈恩師之子令狐綯之詩文，其中一部分流露出陳情哀告、求援望薦之意，被譏為詞卑志苦，搖尾乞憐。然本詩卻只有心念舊恩之情，而無低首下心之態；雖有感慨身世之悲，卻無怨悱不平之氣，因此紀昀以為「一唱三嘆，格韻具高。」（《李義山詩集輯評》）俞陛雲說：「得來書而卻寄以詩，不作乞憐語，亦不涉觖（音ㄐㄩㄝˊ，挑剔、不滿也）望語。鬢絲病榻，猶回首前塵，得詩人溫柔怨悱之旨。」（《詩境淺說續編》）

【評解】

01 周珽：義山才華傾世，初見重於時相，每以梁園賓客自負。後因被斥，所向不如其志，故此托臥病茂陵以致慨，意謂秦、梁修阻，

所憑通信，惟有一書。今已抱病退居若相如矣，雖有書可寄，不必重問昔時之行藏也。（《唐詩選脈會通評林》卷五十八）

02 陸鳴皋：李係令狐楚舊客，故云。冀望之情，寫得雅致。（《李義山詩疏》）

03 楊守智：其詞甚悲，意在修好。（馮浩《玉谿生詩詳注》引）

04 紀昀：一唱三歎，格韻俱高。（《玉谿生詩說》）

041 漢宮詞（武宗會昌五年，845）

青雀西飛竟未迴，君王長在集靈臺。侍臣最有相如渴，不賜金莖露一杯。

【詩意】

西王母的青雀使者飛向西邊而去之後，從此就再也沒有回到漢武帝的身邊過，可是武帝卻執迷不悟，經常癡心妄想地守在集靈臺上求神祝禱。他的侍臣司馬相如患有糖尿病，最迫切須要治療消渴之疾，可是武帝卻從來都不賜給他從金銅仙人承露盤上搜集到的一小杯仙露。

【注釋】

① 詩旨—本詩是借古喻今之作，亦即以漢武帝求仙虛妄之故事諷喻唐武宗，同時寄託詩人賦閒已久，消沉寂寥時渴求仕進之心理。

② 「青雀」句—青雀，傳說中西王母之使者。西飛竟不回，《漢武故事》載西王母曾先遣青鳥探路，當夜即降臨與漢武帝相會；詩人以青鳥不再來訪，暗示君王之愚妄與神仙之不可信、不可期。

③ 「君王」句—諷武宗之執迷不悟。集靈，邀集仙靈也。集靈臺，

又名集仙臺，為天寶元年（742）十月所造以祭神求仙之所在，可代指華清宮中之長生殿；然本詩實為諷武宗而作，故所謂「集靈臺」者，殆指唐武宗敕造之「望仙臺」而言。

④「侍臣」二句—此暗寓自己渴求仕進而無法沾沐雨露之恩。相如渴，謂相如患有糖尿病，古稱消渴之疾；此處暗寓詩人長久閒居之餘，渴求仕進之意。金莖露，漢武帝敕造金銅仙人舒掌承盤以蒐集雲表之仙露，調和玉屑服下以求仙道；此處則暗指君王拔擢賢臣之恩澤。

【評解】

01 朱鶴齡：按史：憲宗服金丹暴崩，穆宗、武宗復循其轍。義山此作，深有託諷，與後〈瑤池〉同旨。（《李義山詩集箋注》）

02 朱彝尊：玩通首，言好渺茫而恩不下逮，非專諷刺學仙也。（《李義山詩集輯評》引）

03 何焯：諷求仙之無稽而賢才不得志也。（《李義山詩集輯評》引）

04 周珽：此刺世主不急禮賢而徒事虛妄無益之事也。彼青雀西飛不返，王母復來之語既已不驗，漢武惑於方士妄言而不悟，猶登臺望仙不已，何愚若是也！（《唐詩選脈會通評林》）

05 姚培謙：微辭婉諷，勝讀一篇〈封禪書〉。（《李義山詩集箋注》）

06 程夢星：長孺之言，以為與〈瑤池〉詩同旨，是也。但謂泛論憲宗、穆宗、武宗之好仙，未歸一是。愚見專為武宗也。考武宗會昌五年正月築望仙臺於南郊，則次句比事屬詞，最為親切也。（《李義山詩集箋注》）

07 田蘭芳：深婉不露，方是諷諫體。（馮浩《玉谿生詩詳注》引）

08 紀昀：筆筆轉折，警動非常，而出之深婉。後二句言果醫得消渴病癒，猶有可以長生之望，何不賜一杯以試之也？折中有折，筆

意絕佳。(《玉谿生詩說》)

042 北齊二首其一(武宗會昌五年,845)

一笑相傾國便亡,何勞荊棘始堪傷?小憐玉體橫陳夜,已報周師入晉陽。

【詩意】

就在美人的嫣然一笑使君王大為傾心的那一瞬間,國家就已經跟著傾倒覆滅了,哪裡須要等到宮殿內外化為廢墟、荊棘密佈之後,才開始覺得悲愴感傷呢?我彷彿可以看見這樣的畫面:當馮小憐白皙如玉的胴體橫臥在北齊昏君高緯的芙蓉帳裡時,就已經傳來北周的軍隊攻入北齊軍事重鎮晉陽的消息了!

【注釋】

① 詩題—北齊,由高歡(496－547)奠定基業,而由文宣帝高洋於梁簡文帝大寶元年(550)所建立之王朝,歷經廢帝高殷、孝昭帝高演、武成帝高湛、後主高緯,而亡於幼主高恆即位之承光元年(577)。本組詩旨在借北齊後主寵女色、好畋獵而敗亡之歷史教訓為借鏡,期能防微杜漸,警惕後來之君王,未必真能一一比附唐武宗之作為。

② 「一笑」句——一笑相傾,意謂美人嫣然一笑,能令君王傾心。

③ 「何勞」句—荊棘,以宮殿化為廢墟,遍生荊棘,來象喻亡國;《吳越春秋・夫差內傳第五》載伍子胥力諫夫差切莫讓句踐復國時據地垂涕說:「於乎哀哉!遭此默默!忠臣掩口,讒夫在側;政敗道壞,諂諛無極!邪說偽辭,以曲為直;舍讒攻忠,將滅吳

國！宗廟既夷，社稷不食；城郭丘墟，殿生荊棘！」

④「小憐」句—小憐，北齊高緯所寵馮淑妃之名，原是大穆后婢女；穆后愛衰，遂進獻小憐冀得高緯之餘歡。高緯愛之，入則同席，出則並馬，願得生死一處。玉體橫陳夜，指進呈馮小憐給高緯之夜。

⑤「已報」句—周師，指北周軍隊。晉陽，舊治在今山西省太原市南，為北齊軍事中心。周師入晉陽，意謂北齊即將覆滅，蓋北齊雖建都於鄴（故址在今河北省安陽市北），然自高歡以後，一向以晉陽為根本；晉陽陷落，北齊之大勢已去。按：馮小憐進御之夜與周師入晉陽並無關聯，詩人不過藉以凸顯荒淫美色即為亡國徵兆之歷史鐵律。

043 北齊二首其二（武宗會昌五年，845）

巧笑知堪敵萬機，傾城最在著戎衣。晉陽已陷休回顧，更請君王獵一圍。

【詩意】

我終於了解到：對君王而言，美女嫵媚迷人的笑容，果真能勝過繁忙軍國事務的重要性！當馮小憐穿上戎裝，顯得英姿颯爽，俊俏非凡時，最能使北齊後主高緯為之神魂顛倒，意亂情迷。高緯在軍情十萬火急的情況下，竟然還同意她的說法：「晉陽城既然已經被攻陷了，那就別急著管它了！臣妾請求君王：我們再痛快地打獵一圍吧！」

【注釋】

① 「巧笑」二句—巧笑，形容馮淑妃風情萬種之美好情態；《詩經．衛風．碩人》：「巧笑倩兮，美目盼兮。」堪敵，可以抵得上。機，亦作「幾」，事物變化前之細微徵兆。萬機，萬事細微變化之徵兆，後借指國家大事。傾城句，謂馮淑妃著戎裝時，更顯得美豔絕倫，令人怦然心動。傾城，極言美豔令人傾心之情狀。

② 「晉陽」二句—晉陽已陷，殆為作者誤記，蓋狩獵時被攻陷之圍城乃晉州之平陽郡；更獵一圍，再盡情打獵一回[1]。

【補註】

01 晉州亟告急時，正狩獵三堆（在晉陽西北的汾水旁），高緯欲班師還救，淑妃請更殺一圍，高緯竟然應允，「及帝至晉州，城已欲沒矣。作地道攻之，城陷十餘步，將士乘勢欲入。帝敕且止，召淑妃共觀之。淑妃妝點，不獲時至。周人以木拒塞，城遂不下。」見《北史．后妃列傳下．齊馮淑妃》。又，《資治通鑑．卷一百七十二．高宗宣皇帝中之上太建八年》載此事曰：「齊主方與馮淑妃獵於天池，晉州告急者，自旦至午，驛馬三至。右丞相高阿那肱曰：『大家正為樂，邊鄙小小交兵，乃是常事，何急奏聞！』至暮，使更至，云『平陽已陷』，乃奏之。齊主將還，淑妃請更殺一圍，齊主從之。」

【評解】

01 錢良擇：（首章第三句）故用極褻昵字，末句接下方有力。（次章三四句）有案無斷，其旨更深。（馮浩《玉谿生詩詳注》引）

02 何焯：上言其一為所惑，禍敗即來；下言轉入轉迷，必將禍至不覺，用意可謂反覆深至矣。首章最警切。又按：上篇嘆其不知不見是圖，下篇笑其至死不悟。（《義門讀書記》）

03 姚培謙：前者是惑溺開場，後者是惑溺下場，沉痛！得〈正月〉詩人遺意。（《李義山詩集箋注》）

04 屈復：不用論斷，具文見意。（《玉谿生詩意》）

05 程夢星：此託北齊以慨武宗才人游獵之荒淫也。（《李義山詩集箋注》）

06 馮浩：（首章）北齊以晉陽為根本地，晉陽破則齊亡矣。詩言淑妃進御之夕，其之亡徵已定，不待事至始知也。（次章）程氏、徐氏以武宗遊獵苑中，王才人必袍騎而從，故假事以諷之。夫武宗豈高緯比，斷非也。寄託未詳，當直作詠史看。（馮浩《玉谿生詩詳注》）

07 紀昀：四家評曰：警快。廉衣評曰：「芥舟云二詩太快，然病只在前二句欠深渾，後二句必如此快寫始妙。」 〇議論以指點出之，神韻自遠。若但議論而乏神韻，則周曇、胡曾之流僅有名論矣。詩固有理足意正而不佳者。（次章）此首尤含蓄有味。風調欲絕，而不佻不纖，所以為詩人之言。（《玉谿生詩說》）

08 林昌彝：唐人詩：「晉陽已陷休回顧，更請君王獵一圍。」……詩但述其事，不溢一詞，而諷諭蘊藉，格律極高。此唐人擅長處。（《射鷹樓詩話》）

09 張采田：前篇首二句語雖樸實而神味極自然。此篇（按：次章）起句亦筆力蒼健，警策異常。（《李義山詩辨》）

044 瑤池（武宗會昌六年，846）

瑤池阿母綺窗開，黃竹歌聲動地哀。八駿日行三萬里，穆王何事不重來？

【詩意】

西王母正在瑤池仙宮中推開雕繪得非常華麗的窗戶，向東方專注地延頸佇望，只聽到震天動地的〈黃竹〉哀歌傳來耳畔……。苦候不至之餘，她不禁在心裡躊躇：周穆王有八匹翻蹄如飛的神駒替他駕車，可以一日奔馳三萬里路，為什麼卻遲至今日還沒有依照約定前來重聚呢？

【注釋】

① 詩題—瑤池，神話傳說中西王母所居之仙境[1]。本詩旨在諷刺帝王迷信神仙、祈求長生之愚妄，學者以為乃追嘆唐武宗駕崩而作，故繫於會昌六年；實則不論明主抑昏君、服藥或煉丹，亦不論是否如晚唐之穆宗、武宗、宣宗皆因服食方士金丹而薨，凡執著於長生術之君主，均入本詩犀利批判之彀中。

② 「瑤池」句—瑤池阿母，又稱玄都阿母、西王母。

③ 「黃竹」句—黃竹，神話傳說中之地名；《穆天子傳》載：穆天子前往黃竹地區，時北風嚴寒，雨雪紛紛，見百姓挨餓受凍，於是憫然作詩三章以哀之。黃竹歌聲，指百姓懷念穆天子而唱之歌謠。動地哀，指調苦聲哀之〈黃竹〉歌謠，驚天動地傳至西王母之瑤池；實即暗示穆王已死。

④ 「八駿」句—八駿，傳說周穆王有八匹駿馬，可日行三萬里；《穆天子傳》載其名為：「赤驥、盜驪、白義、踰輪、山子、渠黃、華騮、綠耳。」晉人王嘉《拾遺記・周穆王》曰：「王馭八龍之駿：一名絕地，足不踐土；二名翻羽，行越飛禽；三名奔霄，夜行萬里；四名超影，逐日而行；五名逾輝，毛色炳耀；六名超光，一形十影；七名騰霧，乘雲而奔；八名挾翼，身有肉翅。遞而駕焉，按轡徐行，以匝天地之域。」

⑤「穆王」句—相傳周穆王曾經作客瑤池，得西王母長生不死之祝福，並期待穆王重返瑤池相聚；穆王與之相約回歸中土，治平萬民，三年內必來再訪。事見《穆天子傳》卷之三。

【補註】

01 《太平廣記・卷五十六・女仙一》載西王母「所居宮闕在龜山春山西那之都，崑崙之圃，閬風之苑。有城千里，玉樓十二，瓊華之闕，光碧之堂，九層玄室，紫翠丹房；左帶瑤池，右環翠水。其山之下，弱水九重，洪濤萬丈，非飆車羽輪，不可到也。」《山海經・西山經》說她住在玉山：「西王母其狀如人，豹尾虎齒而善嘯，蓬髮戴勝（花型髮飾），是司天之厲及五殘。」

【評解】

01 桂天祥：風格散逸，此盛唐絕調中有所不及者，一讀心為之快之。（《批點唐詩正聲》卷二十二）

02 何焯：此首及〈王母祠〉〈王母廟〉兩篇皆刺武宗也。（《義門讀書記》） ○詩云：「將子無死，尚能復來」，不來則死矣，譏求仙之無益也。（《李義山詩集輯評》引）

03 葉矯然：「八駿日行三萬里，穆王何事不重來」之句，皆就古事傳會處翻出新意，令人解頤。（《龍性堂詩話》）

04 賀裳：詩又有以無理而妙者。如李益「早知潮有信，嫁與弄潮兒」，此可以理求乎？然自是妙語。至如義山「八駿日行三萬里，穆王何事不重來」，則又無理之理，更進一層。總之，詩不可以執一而論。（《載酒園詩話》卷一）

05 紀昀：盡言盡意矣，而以詰問之詞吞吐出之，故盡而不盡。（《玉谿生詩說》）

06 程夢星：此追歎武宗之崩也。武宗好仙，又好遊獵，又寵王才人，此詩熔鑄其事而出之，只周穆王一事足概武宗三端，用思最深，措辭最巧。（《李義山詩集箋注》）

045 漢宮（武宗會昌六年，846）

通靈夜醮達清晨，承露盤晞甲帳春。王母不來方朔去，更須重見李夫人。

【詩意】

漢武帝因為思念過世的鉤弋夫人，便在甘泉宮修築了一座通靈臺，經常通宵達旦地求仙祭禱，然而儘管他用來侍奉神仙的甲帳裝飾得金碧輝煌，溫暖如春，奈何承露盤中始終乾乾爽爽，毫無仙露可以讓他延年益壽。後來，西王母也不再來訪，連仙風道骨的東方朔都離他而去，漢武帝只能在九泉之下重新面對以前他的舊寵李夫人而感到慚愧不已了……。

【注釋】

① 詩題—本詩意在假託漢武帝以諷刺唐武宗，既愚妄求仙又沉迷女寵之可笑。

② 「通靈」句—通靈，是武帝悼念鉤弋夫人而在甘泉宮所建之臺名。醮，設壇祭神祈禱。達清晨，側寫其祝禱仙靈之誠摯。

③ 「承露」句—意謂儘管甲帳金碧輝煌，溫暖如春，奈何承露盤中並無仙露；暗示神仙之事終屬虛妄，蓋情緣難斷而空築通靈臺，又豈能冀望成仙？意近於〈華嶽下題西王母廟〉「神仙有分豈關情？八馬虛追落日行」之意。承露盤，見〈漢宮詞〉注④。晞，

乾也。甲帳，《漢武故事》載武帝欲求長生，聽信方士欒大之言，於宮外起神明殿九間，以各式珠玉、象牙、玳瑁、琉璃、流蘇、珊瑚、翡翠等珍寶點綴裝飾得光明洞澈，金碧輝煌；以其尤珍美華貴者為甲帳以居神，稍次者為乙帳而自御。春，暖也。

④「王母」句—暗示武帝求仙之道已絕而不久於人世。王母不來，暗示放棄漢武帝。方朔去，《漢武故事》載西王母向漢武帝透露東方朔是在天庭犯過被斥逐人間之游仙，不久當回天上。《漢武內傳》則載「東方朔一旦乘龍飛去」後，武帝祀禱王母亦不應，數年後武帝駕崩。

⑤「更須」句—李夫人，即貳師將軍李廣利與協律都尉李延年之妹，有傾城傾國之色，早於鉤弋夫人得寵。更須重見，暗示不僅愚妄求仙，終須一死；且諷刺沉迷女色亦終究成空。換言之，武帝正欲傷悼已歿之新歡，終究難免死後愧對早卒之舊寵。

【評解】

01 何焯：拋卻神仙，反求死鬼，諷刺太毒。（《李義山詩集輯評》引）

02 屈復：言武帝不能成仙，只能見鬼耳。深妙。（《玉谿生詩意》）

03 程夢星：此似為武宗諷也。武宗亦英明之主，而外祟劉玄靜，內寵王才人，既欲學仙，又復好色，大惑也。與漢武帝後先一轍，故託言焉。（《李義山詩集箋注》）

04 馮浩：武宗崩後作無疑。首句指道場法籙。下二句言王母不再來，方朔又去，帝求仙之道絕矣。末句以「重見」託出李夫人早卒，運筆殊妙。（《玉谿生詩詳注》）

05 紀昀：不下貶語，而諷刺自切。（《玉谿生詩說》）

046 華嶽下題西王母廟（武宗會昌六年，846）

神仙有分豈關情？八馬虛追落日行。莫恨名姬中夜沒，君王猶自不長生。

【詩意】

能夠修得神仙之道的人，自有他特殊的稟賦和機緣，哪能牽掛情愛、眷戀女色，還妄想成仙呢？即使像周穆王這樣有仁厚之心的君王，駕馭著日行三萬里的八匹駿馬去追逐西沉的落日，也無法重返仙境，再度見到西王母……。其實周穆王根本不須要為他所寵愛的盛姬突然香消玉殞而感到悲痛，因為連得到過西王母接待與祝福的他自己都無法長生不死啊！

【注釋】

① 詩題—華嶽，即華山，在今陝西省華陰縣；相傳山頂水池生千葉蓮花，服之羽化登仙，因以為名。西王母廟，馮浩注引顧亭林《金石文字記》曰：「華嶽唐人題名中有李商隱名。」

② 「神仙」句—謂有仙風道骨者豈能眷戀女色。分，緣分、天賦資稟。關情，牽掛女色、拋不開女寵之意。

③ 「八馬」句—句謂求仙終是虛妄，蓋即使周穆王以日行三萬里之八駿追逐落日向西，亦無法再度見到西王母矣；八馬，見〈瑤池〉詩注④。追落日，《列子・卷三・周穆王》載穆王與西王母於瑤池宴會後曾「觀日之所入，一日行萬里。」

④ 「莫恨」二句—名姬，指周穆王所寵之盛姬。不長生，《史記・周本紀第四》載「穆王即位，春秋已五十矣。……穆王立五十五年，崩。」

【評解】

01 紀昀：全以警快擅長，又是一格。中著一曲，故快而不直，然病處與〈海客〉同。（《李義山詩集箋注》）

02 張采田：看似直瀉無餘，實則沉痛刺骨。此種詩秘，宋以後無人能領會其趣矣。（《李義山詩辨正》）

【辨正】

朱鶴齡注引《唐書》謂本詩寫王才人於武宗崩後自剄之事，恐與詩旨不符。唐武宗因服食長生藥而罹疾早卒與寵溺王才人事，固然是義山類似詩篇的素材，然本詩實另有所指。蓋第三句「莫恨」之主詞顯然為周穆王，故四句之「君王猶自不長生」亦顯然是詩人嘲諷周穆王之言。如依朱說以為本詩第三四句皆指武宗，則武宗豈能於駕崩後為王才人之歿感到憾恨？故詩人所寫者實為穆王與盛姬之事，不得比附為武宗與王才人。

047 華山題王母祠（武宗會昌六年，846）

蓮花峰下鎖雕梁，此去瑤池地共長。好為麻姑到東海，勸栽黃竹莫栽桑。

【詩意】

儘管華山的蓮花峰下有一座修築得畫棟雕樑的祠廟，好像有意把西王母的神靈關鎖其中，來護佑當地百姓；但是這裡距離王母所住的瑤池有天長地遠之遙，她的仙蹤又豈能真正降臨此地？即使她偶然顯靈，又豈能長久駐蹕此地而不駕返瑤池呢？如果西王母真的有靈，就請她為蒼生著想，前往東海和麻姑相見時要敦勸麻姑栽種黃竹，切莫再栽種桑樹：因為桑田隨時有變為東海的可能，對蒼生不僅無益，還可能有害；而栽種黃竹，則能啟發天子哀憫蒼生飽嘗凍餒之苦的仁者襟懷。

【注釋】

① 詩題—見〈華嶽下題西王母廟〉注①；祠，或作「廟」。

② 「蓮花」二句—謂蓮花峰空有雕樑畫棟之祠廟，似欲關鎖西王母之神靈於此以護佑蒼生，然此處距離王母所居之瑤池有天長地遠之遙，仙蹤又豈真能降臨於此？即或偶然顯靈，又豈能常駐於此而不返瑤池？言下有神仙之事渺茫難料之意，而生民修祠築廟、虔誠祭禱之舉，不過一廂情願，自我催眠罷了。雕梁，借代為華麗之祠廟。共，極也，有「超乎想像之外而無窮盡」之無限之意。

③ 「好為」二句—意謂如果王母有靈，請為蒼生前往東海與麻姑相見，勸其栽種黃竹，莫再栽種桑樹；蓋桑田隨時變為東海，於蒼生無益，而黃竹則能啟天子哀憫蒼生窮凍之仁心也。好為，似有懇求、請託傳話之意，為懇切叮囑之詞；然懇託之對象為王母，傳話之對象則為麻姑。黃竹，神話傳說中之地名；見〈瑤池〉詩注③；栽黃竹，取其悲憫民窮之意。莫栽桑，蓋滄海桑田[1]，變化極速，於生民無益而有害，徒增生民感慨耳。

【補註】

01 《神仙傳・卷三・王遠》載麻姑與王遠（字方平）、蔡經相見時麻姑說：「接待以來，已見東海三為桑田。向到蓬萊，水又淺於往昔會時略半也，豈將復還為陵陸乎？」方平笑曰：「聖人皆言，海中行復揚塵也。」

048 過景陵（武宗會昌六年，846）

武皇精魄久仙升，帳殿淒涼煙霧凝。俱是蒼生留不得，鼎湖何異魏西陵？

【詩意】

相傳憲宗皇帝的精魂很久以前就飛昇成仙了，如今我經過他的陵寢前，只覺得荒煙迷霧繚繞的宮殿和帳幔，看起來相當蕭瑟而悽涼。其實，有生命就必然會有死亡，這是天下蒼生共同的命運，沒有人能夠永遠留在人間；那麼，傳說中在鼎湖昇天成仙的黃帝，或是安葬在鄴地西邊岡陵的曹操，他們的結局有什麼不同呢？

【注釋】

① 詩旨—本詩係有感於唐憲宗惑於神仙方術而發，大旨謂人皆有死，黃帝鼎湖仙昇之說實屬無稽之談，終歸與魏武帝死葬西陵同其歸趨。

② 詩題—景陵，唐憲宗陵寢，在今陝西省蒲城縣西北；《舊唐書・憲宗本紀》載憲宗服方士柳泌金丹，喜怒不常，龍體漸衰，數不上朝，於元和十五年正月「崩于大明宮之中和殿，享年四十三。時以暴崩，皆言內官陳弘志弒逆，史氏諱而不書。……群臣上諡曰聖神章武孝皇帝，廟號憲宗。庚申，葬于景陵。」

③「武皇」句—武皇，指憲宗李純，其諡號為「聖神章武孝皇帝」，故云；義山〈韓碑〉詩首句讚之為「元和天子神武姿」。

④「帳殿」句—寫詩人當時所見（或想像中）憲宗陵寢悽涼蕭瑟之景象。帳殿，不詳，或代指陵寢；或實寫陵寢墓道前築有宮殿並施設帷帳。按：若以首句之「武皇」為以漢武帝代指憲宗，則帳

殿可釋為所謂甲帳、乙帳，見〈漢宮〉詩注③。

⑤「俱是」二句—謂不論是昇天成仙之黃帝，或死葬為鬼之曹操，皆與唐憲宗同是生民，亦皆終歸一死，又何異哉？言下有昇天之說荒誕無稽而不足信之意。鼎湖，相傳為黃帝昇天處，此代指黃帝或黃帝之駕崩。西陵，指曹操所葬之高陵，在鄴之西岡，故稱西陵；此代指曹操或曹操之薨。

【評解】

01 何焯：亦是刺學仙之無益。（《義門讀書記》）

02 屈復：鼎湖指憲宗也。言求仙本欲如黃帝之不死，而究無異西陵，何異之有！（《玉谿生詩意》）

03 紀昀：因憲宗求仙，故以黃帝託諷，然擬之曹瞞，究竟非體（按：朱彝尊亦有「以魏武陪黃帝，則殊不倫」之說），義山詩亦有此病也。（《玉谿生詩說》） ○即少陵「孔丘盜跖俱塵埃」之意。（《李義山詩集輯評》）

049 海上（武宗會昌六年，846）

石橋東望海連天，徐福空來不得仙。直遣麻姑與搔背，可能留命待桑田？

【詩意】

據說當年秦始皇在海神協助下搭建了一座矗立在海上的石橋，想到海天相連的最東邊去觀察太陽出來的地方，卻在感謝海神相助的會面時違背約定，暗中偷畫海神的形象，惹惱海神憤而摧毀石橋……。後來他又派遣自稱能找到蓬萊仙島，採得長生不死仙藥的徐福出海，卻終究一無所獲……。其實，即使他能和麻姑相會，讓手爪修長的麻姑願意替他搔背止癢，又哪裡就能讓他永遠留命人間，觀察到滄海桑田的變幻呢？

【注釋】

① 「石橋」句—石橋，相傳秦始皇曾在相貌醜陋之海神協助下搭建石橋以觀東海日出，隨從竟違反約定，暗中圖畫海神形象，致激怒海神而使石橋向東傾塌[1]。本詩主旨與前幾首相似，皆言長生不死之荒誕無稽。

② 「徐福」句—始皇曾命徐福入海求仙未果，事見《史記・秦始皇本紀》[2]。

③ 「直遣」二句—謂即使始皇得遇神仙，為之搔背，亦不能延其壽數。直遣，即使能得、即使能讓也。與，為也。麻姑搔背，《神仙傳》載麻姑手爪甚長，搔背定當止癢[3]。可能，豈能、何能也。桑田，見〈華山題王母祠〉詩【補註】。留命待桑田，實即長生不死之意。

【補註】

01 《藝文類聚・卷七十九・靈異部下》引《三齊略記》曰：「始皇作石橋，欲過海觀日出處，於時有神人，能驅石下海。……石去不速，神人輒鞭之，盡流血，石莫不悉赤，至今猶爾。」又曰：「始皇於海中作石橋，非人功所建，海神為之豎柱。始皇感其惠，通敬其神，求與相見。海神答曰：『我形醜，莫圖我形，當與帝會。』乃從石塘上入海三十餘里相見。左右莫動手，巧人潛以腳畫其狀。神怒曰：『帝負我約，速去！』始皇轉馬還，前腳猶立，後腳隨崩，僅得登岸；畫者溺於海。眾山之石皆住。今猶岌岌，無不東趣。」

02 《史記・秦始皇本紀》曰：「齊人徐市（按：音ㄈㄨˊ，《史記・淮南衡山列傳第五十八》作「徐福」）等上書，言海中有三神山，名曰蓬萊、方丈、瀛洲，仙人居之。請得齋戒，與童男女求之。於是遣徐市發童男女數千人，入海求仙人。……方士徐市等入海求神藥，數歲不得，費多，恐譴，乃詐曰：『蓬萊藥可得，然常為大鮫魚所苦，故不得至，願請善射與俱，見則以連弩射之。』……乃令入海者齎捕巨魚具，而自以連弩候大魚出射之。自琅邪北至榮成山，弗見。」

03 《神仙傳・卷三・王遠》載麻姑降蔡經家後：「……又麻姑手爪不如人爪形，蔡經心中私言：『若背大癢時，得此爪以爬背，當佳也。』方平已知經心中所言，即使人牽經鞭之，曰：『麻姑，神人也，汝何忽謂其爪可以爬背耶？』便見鞭著經背，亦不見有人持鞭者。方平告經曰：『吾鞭不可妄得也。』」

【評解】

01 姚培謙：此又是喚醒癡人透一層意，莫說不遇仙，即遇仙人何益？（《李義山詩集箋注》）

02 馮浩：此兗海痛府主之卒而自傷也。用事皆切東海。徐福求仙，義山自喻；麻姑搔背，喻崔厚愛，其如不能留命而遽卒乎！義山身世，多託仙情艷語出之。不悟此旨，不可讀斯集也。（《玉谿生詩詳注》）

* 編按：此說顯誤。如依此說，則能搔背之麻姑竟死，而妄想借麻姑之爪來搔背之蔡經反獨活耶？後張采田雖改兗海為徐州，替崔戎為盧弘止，然其誤皆同，故不再轉錄。

03 紀昀：用筆頗快，而亦病於直。（《玉谿生詩說》）

050 四皓廟（武宗會昌六年，846）

本為留侯慕赤松，漢廷方識紫芝翁。蕭何只解追韓信，豈得虛當第一功？

【詩意】

只因為當年張良以仰慕赤松子為名，宣稱欲退隱修習神仙之術，不再參與政事，並推薦商山四皓去輔佐極可能被高祖所廢的太子劉盈，才使漢高祖驚嘆太子羽翼已成而回心轉意，岌岌可危的太子才得以反敗為勝，也讓根基尚未穩固的漢朝不會因為繼位之爭而陷入分崩離析的危機。其實蕭何只知道追回抑鬱不得志而離營潛逃的韓信而已，哪裡就能當得起建立漢朝王業第一功臣的名號呢？

【注釋】

① 詩旨—本詩表面稱頌張良推薦商山四皓而定皇儲之爭，使漢室不致因繼位而分崩離析，其功尤勝於蕭何；然作者不無感慨李德裕雖拔石雄、破回鶻、平澤潞，功勳第一，惜終究未能深謀遠慮以定儲[1]，是以君王駕崩後，宦官可以掌控繼位大事，導致宮廷變亂，國祚岌岌可危。

② 詩題—四皓廟，在今陝西省商州市附近的商雒山。四皓，指在秦始皇時因暴政而隱居地肺山之四位耆老：東園公、甪（音ㄌㄨˋ）里先生、綺里季、夏黃公；劉邦數年間屢聘不至，地位極其尊崇。高祖晚年欲廢太子（按：呂后之子劉盈），改立戚夫人之子趙王如意時，呂后用張良之計策，重金禮聘四人以輔佐太子，劉邦以為太子羽翼豐滿而被迫改變心意，劉盈乃得以繼位為惠帝；事見《史記・留侯世家第二十五》。

③ 「本為」二句—謂若非張良以仰慕赤松子為名而不參與政事[2]，並推薦四皓為太子之羽翼，漢廷將撤換太子，使國政大亂而陷入危機矣。赤松，神農時雨師；此代指神仙之道而言[3]。紫芝翁，即商山四皓，相傳作有〈采芝操〉，故稱[4]。

④ 「蕭何」句—韓信在劉邦麾下本不得志，以為劉邦不足以有為，故曾隨諸將一起逃亡。前此，蕭何屢次與之交談，深知韓信非常人，聞訊後未及稟報劉邦，快馬急追韓信，一二日後乃回；力勸盛怒之劉邦，以為諸將易得，至於韓信則國士無雙。劉邦如以稱王漢中自滿，自無須韓信相助；然必欲爭天下，非韓信相助不可。並拜韓信為大將，事見《史記・淮陰侯列傳第三十二》。

⑤ 「豈得」句—第一功，劉邦定天下後，群臣爭功不決，劉邦以為蕭何能籌畫決策，領導群臣，直如獵人之指揮走狗；且安定關中與運補前線之功，亦遠非諸戰將所能及，遂定以為功臣第一，賜帶劍履上殿，入朝不趨，事見《史記・蕭相國世家第二十三》。

【補註】

01 劉學鍇《李商隱詩歌集解》曰：蕭、張各有建樹，本無須強分高下，作者為極讚張良而謂「蕭何唯解追韓信」，則明顯違反史實之論，其為另有託寓皦然。晚唐諸帝多為宦官所立，在位時由於各種原因未能立皇太子，或立而又廢。故舊君去世時，每有宮廷變亂，其時大臣宰執，於立嗣時亦未能有所建言，故四皓定儲之事每為時人議論之題目。……徐、馮二氏，聯繫李德裕雖拔石雄、破回鶻、平澤潞而卒未能定儲之事，以為德裕發，不為無見。茲更補充一證。〈會昌一品集序〉：「（帝）曰：『我將俾爾（指德裕）以大手筆，居第一功。』」此言與高祖稱蕭何第一功頗相似，其時必在士大夫中廣為流傳，故詩中以蕭相國擬德裕。張氏復因詩有「留侯慕赤松」之語，而謂作者惜德裕能為蕭何而不能為留侯，似之。

02 《史記・留侯世家》載張良之言曰：「今以三寸舌為帝者師，封萬戶，位列侯，此布衣之極，於良足矣。願棄人間事，欲從赤松子遊耳。」乃學辟穀之法，導引輕身之術，幾近於退隱狀態。

03 《列仙傳》：「赤松子者，神農時雨師也。服水玉以教神農。能入火自燒。往往至崑崙山上，常止西王母石室中，隨風雨上下。炎帝少女追之，亦得仙俱去。至高辛時，復為雨師，今之雨師本是焉。」

04 《樂府詩集・卷五十八・琴曲歌辭二》錄有相傳為四皓所作的〈采芝操〉曰：「皓天嗟嗟，深谷逶迤。樹木莫莫，高山崔嵬。岩居穴處，以為幄茵。曄曄紫芝，可以療飢。唐虞往矣，吾當安歸？」

【評解】

01 姚培謙：此美留侯定儲之功最大也。（《李義山詩集箋注》）

02 程夢星：此詩非為蕭、張定高下也。意謂安太子一事，蕭何自無法不得不讓留侯此著耳。是極贊留侯之辭。（《李義山詩集箋注》）

03 徐逢源：此詩為李衛公發。衛公舉石雄，破烏介，平澤潞，君臣相得，始終不替，而卒不能早定國儲，使武宗一子不得立，有愧紫芝翁多矣。故假蕭相以譏之。（馮浩《玉谿生詩詳注》引）

04 張采田：非譏衛公，蓋惜其能為蕭何而不能為留侯也。（《玉谿生年譜會箋》）

051 海客（宣宗大中元年，847）

海客乘槎上紫氛，星娥罷織一相聞。只應不憚牽牛妒，聊用支機石贈君。

【詩意】

有一位即將前往遠方海邊的朋友乘著木筏來到天庭之上，織女星便停下紡紗織布的工作和他會面，相互致意（按：前半喻即將遠赴桂海的鄭亞前來相訪及邀聘，自己與之懇談）。只因為她並不忌憚牽牛星的懷疑和忌妒，便暫且拿支撐織布機的石塊送給他（按：後半喻已衡量牛黨得勢的局面後，慨然應允入幕，並表明鼎力相助之意志）。

【注釋】

① 詩題—本詩是以出使西域之張騫，比喻李黨中即將離開朝廷出任桂州廉察使之鄭亞，蓋義山為河南人氏，就心理上而言，桂州遠離京華而鄰近海隅，故稱鄭為海客；又以織女星自喻。按：大中元年宣宗即位，重用牛黨，李黨中人紛紛遭遷謫離京；商隱在心理上傾向李黨，竟不惜辭祕書省職務相隨。

② 「海客」二句—海客，傳說中曾上天庭尋訪牽牛、織女星之張騫；《荊楚歲時記》：「漢武帝令張騫使大夏尋河源，乘槎經月而至一處，見城郭如官府，室內有一女織，又見一丈夫牽牛飲河。騫問曰：『此是何處？』答曰：『可問嚴君平。』織女取搘（按：音義同「支」）機石與騫而還。後至蜀問君平，君平曰：『某年、月、日，客星犯牛、女。』所得搘機石，為東方朔所識。」《博物志》有相似記載[1]。槎，木筏。紫氛，猶紫霄、天庭，此處可

能指秘書省而言。星娥，即織女星，此為作者自喻；罷織，喻已辭秘省之職。相聞，相見、相互致意。

③「只應」二句—只應，只因。牽牛，殆喻牛黨中曾經交好之舊友。支機石，支撐穩住織布機之石；此處可能借喻己之才學。

【補註】

01 《博物志・卷十・雜說下》載：「舊說云天河與海通。近世有人居海濱者，年年八月，有浮槎去來不失期。人有奇志，立飛閣於槎上，多齎糧，乘槎而去。十餘日中，猶觀星月日辰；自後，芒芒忽忽亦不覺晝夜。去十餘日，奄至一處，有城郭狀，屋舍甚嚴。遙望宮中多織婦，見一丈夫牽牛渚次飲之。牽牛人乃驚問曰：『何由至此？』此人具說來意，並問此是何處？答曰：『君還至蜀郡，訪嚴君平則知之。』竟不上岸。因還如期，後至蜀問君平，曰：『某年、月、日，有客星犯牽牛宿。』計年月，正是此人到天河時也。」

【評解】

01 姚培謙：海客乘槎，至誠相感，星娥那有不答之理。豈赴鄭亞聘時作耶？（《李義山詩集箋注》）

02 程夢星：此當為相從鄭亞而作。亞廉察桂州，地近南海，故託之以海客。言亞如海客乘槎，我如織女相見。亞非楊、李之黨，令狐未免惡之。然昔從茂元，已為所惡，亦不自今日矣。只應不憚其惡，是以又復從亞耳。自反無愧，橫逆何計哉！（《李義山詩集箋注》）

03 馮浩：海客比鄭，星娥自比，支機石喻己之文采，牽牛比令狐也。孰知其遙妒之深哉！ ○三句謂不憚他人之妒也。時令狐在吳

輿，未幾亞貶而綯登用，遂重疊陳情而不省矣。（《玉谿生詩詳注》）

052 五松驛（宣宗大中元年，847）

獨下長亭念過秦，五松不見見輿薪。只應既斬斯高後，尋被樵人用斧斤。

【詩意】

我離開行旅休息的五松驛站長亭之後，獨自默誦賈誼所寫的〈過秦論〉，並且思索秦朝敗亡的關鍵錯誤為何；一路上見不到秦始皇當年在泰山下躲避暴雨後所封的五大夫松，卻只見到路邊被砍下來的薪柴成堆。大概是因為儘管終於誅殺了結黨營私、傾軋鬥爭的李斯黨羽和趙高集團之後，秦朝的國勢也元氣大傷，尊榮的五大夫松（按：可以象徵國祚）也很快地就被樵夫的刀斧給砍斷了。

【注釋】

① 詩題—本篇殆為詩人有感於高層黨同伐異，相互傾軋，致政局動盪，元氣大傷，亡國滅族之禍恐將隨之而來[1]。

② 詩題—五松，《史記．秦始皇本紀》載秦始皇二十八年東巡，封泰山，下山時風雨暴至，始皇避於松樹下，因封其樹為五大夫；《漢官儀》亦載其事。驛，《新唐書．百官志》：「凡三十里有驛，驛有長，舉天下四方之所達，為驛千六百三十九；阻險無水草鎮戍者，視路要隙置官馬。水驛有舟。」五松驛，在長安東南，赴襄、鄧途中。

③ 「獨下」二句—長亭，古時驛道上相隔十里設一長亭，五里一短

亭，可供行旅休息，往往也是送別之處。過秦，指賈誼〈過秦論〉，意在指出秦朝敗亡之因；然詩人意在為唐祚遽衰而憂。五松，原指泰山下始皇所封的五大夫松，此處泛稱松樹。輿薪，負薪；可指樵夫及其薪柴。

④ 「只應」二句—只應，只因。斯高，指丞相李斯和宦官趙高。趙高野心勃勃，於始皇駕崩後說服李斯矯詔逼長子扶蘇自殺，立少子胡亥為二世；後又誣殺李斯，並脅迫二世自殺，擁立子嬰；終為子嬰用計殺之，夷其三族，見《史記・秦始皇本紀》《史記・李斯列傳》。按：此處之「斯高」可能喻指牛李黨爭，或亦包括朝臣與宦官之對立而言。用斧斤，以刀斧砍伐五大夫松；就全詩旨趣而言，五大夫松遭砍伐，可能象喻國祚斷絕。

【補註】

01 劉學鍇先生解說得極為精闢：「細推詩意，似是有感於封建統治集團內部黨同伐異，相互傾軋，火併之後，統治力量大為削弱，亡國滅族之禍旋亦隨之而發。秦之末世，用事大臣如斯、高者相互傾軋，先後被誅，秦亦隨之而亡；唐之季氏，朋黨紛爭，南北司勢若水火，致局勢動盪變化不已，長此以往，則距『被樵人用斧斤』之期亦不遠矣。故託秦事以寄憂國之慨，且深著警誡之意。曰『念過秦』，其意則固在唐也。」（《李商隱詩歌集解》）

【評解】

01 朱彝尊：以五松比斯、高之見斬，似淡實奇。（《李義山詩集輯評》引）

02 姚培謙：斯、高之禍，乃波及五松耶？奇絕快絕。（《李義山詩集箋注》）

03 屈復：「斯高」句言秦之亡也。召伯甘棠，勿剪勿伐，秦亡而五松見薪，人惡其暴虐如此，所以念賈生之〈過秦〉也。深妙。（《李義山詩集箋注》）

04 馮浩：此必（甘露事變後，李）訓、（鄭）注誅後，其私人亦削斥也，非僅朋黨之迭為進退者。（《玉谿生詩詳注》）

053 四皓廟（宣宗大中元年，847）

羽翼殊勳棄若遺，皇天有運我無時。廟前便接山門路，不長青松長紫芝。

【詩意】

我們（商山四皓）在建立了定皇儲、安邦國的奇功偉勳之後，竟然被即位登基後的惠帝輕率地遺棄了（按：詩人蓋借此以寓李德裕在武宗朝建立破回鶻、平澤潞等烜赫之功勳，卻在宣宗上任後即遭冷凍甚至罷黜之命運）；只能說皇天自有其難以測度的運數，而我們則沒有一展抱負的時機。如今我們廟前的小路連接向荒寂冷落的空山，路旁也不栽種遒勁挺拔能被封為「五大夫」的青松，只在幽僻的角落長出暗紫色的靈芝。

【注釋】

①「羽翼」二句—謂四皓輔佐太子（後即位為惠帝），建立定皇儲、安邦國之奇功，竟在惠帝登基後即遭遺棄；詩人蓋借此以寓李德裕在武宗朝建立破回鶻、平澤潞等烜赫之功勳，卻在宣宗上任後即遭冷凍甚至罷黜之命運。四皓輔佐惠帝事，見前〈四皓廟〉注②。皇天有運，以柔懦之惠帝竟能得天命之眷顧而繼位登基，暗

寓宣宗李忱乃庶出疏遠之親戚，竟能鴻福齊天而繼承大統。我無時，以四皓不得志之口吻，替李德裕遭貶斥抒發不平之鳴。

② 「廟前」二句—意謂四皓退隱深居於荒寂冷落之空山，而非身居公侯卿相之高位，在長安擘劃經世濟民之要略，享受羽翼奇勳所帶來之榮華富貴。廟前句，形容其功成身退後冷淡寂寞之處境。長青松，意謂成為國家之棟樑。長紫芝，意謂淪落江湖，隱居山野。按：紀昀以為青松暗指五大夫松，則長青松或喻得君王封贈爵祿之勳榮，蓋青松猶有五大夫之封號，四皓竟只能悵吟紫芝之悲歌；參前〈五松驛〉注②。

【評解】

01 何焯：松猶見封，羽翼者顧見遺耶？皆身賤自傷，無聊感憤之詞。（《李義山詩集輯評》引）

* 編按：「身賤自傷」二句，未必符合本詩之旨趣。

02 程夢星：惠帝既立，（史書）不紀於四皓有何恩澤，頗疑為失載耳。如義山此詩，則是如介之推不言祿，祿亦不及，聽之還山矣。義山多見僻書，必有所本，故言外有譏其輕出商山之意。（《李義山詩集箋注》）

* 編按：末句所謂譏商山四皓之輕易出山，值得商榷。

054 送崔珏往西川（宣宗大中元年，847）

年少因何有旅愁？欲為東下更西遊。一條雪浪吼巫峽，千里火雲燒益州。卜肆至今多寂寞，酒壚從古擅風流。浣花牋紙桃花色，好好題詩詠玉鉤。

【詩意】

年紀輕輕的你，為何在即將旅行前還會有滿懷愁緒呢？原來是因為你原本打算順江東下，卻事與願違地必須溯江而上，前往西蜀地區。其實這一段夏季的水上旅程非常值得一遊：你將會看到一條雪白的浪濤在巫峽中像遊龍般動盪起伏，也會聽到它聲勢浩壯的咆哮怒吼；進入四川盆地之後，你可以欣賞到千里夏雲變幻多端的奇觀，它們燠熱得彷彿要把益州點火燃燒一般。還有，成都的卜肆至今仍臥虎藏龍，頗有像嚴君平這樣的世外高人自甘寂寞地隱身其間；而且那裡自古以來就有像司馬相如和卓文君這樣風流文雅的人士經營酒家，很值得你前去品味當地人文薈萃之美妙及醇酒佳釀之芬芳。因此，你應該敞開心胸，把你在當地詩酒風流的雅集中所享受到的美好經驗寫成詩篇，題在由浣花溪水精製而成的桃紅色紙箋上，為自己的青春留下精采的回憶。

【注釋】

① 詩旨—本詩旨在點出西行沿途所經與目的地景物之秀麗壯美、人情之風雅淳美，勉勵崔珏敞開胸懷，快意遨遊。

② 詩題—崔珏，字夢之，大中進士，事跡不詳，有詩一卷。從首句稱之為「年少」觀察，年輩殆晚於義山；義山過世後，有〈哭李商隱二首〉，其一有云：「詞林枝葉三春盡，學海波瀾一夜干。」其二有云：「虛負凌雲萬丈才，一生襟抱未曾開。……良馬足因無主踠，舊交心為絕弦哀。」可見知音自許而深心痛惜。西川，唐代行政區域名，大約相當於今四川省中西部。肅宗至德二年（757）將原本劍南節度使分為劍南東川節度使與劍南西川節度使，簡稱東川、西川，治所分別為梓州、成都。

③「年少」二句—首句勉其無須為遠行而憂慮。次句補寫蓋因事與

願違，身不由己，故崔珏頗有旅愁。

④「一條」句—慰之以夏季水程途中風物之壯美。雪浪，極言巫峽中浪花之白。吼巫峽，極言巫峽波濤洶湧時聲勢之浩壯。

⑤「千里」句—慰之以西川物候之奇麗可觀。火雲，即夏雲，極形夏日之炎熱；蓋四川盆地四面多山，頗為燠熱，故稱「火雲燒」。益州，泛指西川而言。

⑥「卜肆」句—慰之以成都卜肆中藏龍臥虎，自可留心尋訪世外高人；《漢書・王貢兩龔鮑傳》：「（嚴）君平卜筮於成都市，以為：『卜筮者賤業，而可以惠眾人。有邪惡非正之問，則依蓍龜為言利害。與人子言依於孝，與人弟言依於順，與人臣言依於忠，各因勢導之以善，從吾言者，已過半矣。』裁（按：通「才」，僅也）日閱數人，得百錢足自養，則閉肆下簾而授《老子》。博覽亡不通，……楊雄少時從遊學，以而仕京師顯名，數為朝廷在位賢者稱君平德。……君平年九十餘，遂以其業終，蜀人愛敬，至今稱焉。」

⑦「酒壚」句—慰之以西川人文薈萃，風俗淳美，殊堪流連；《史記・司馬相如列傳》載相如琴挑卓文君，文君夜奔相如後，「相如與（文君）俱之臨邛，盡賣其車騎，買一酒舍酤酒，而令文君當壚。相如身自著犢鼻褌，與保庸雜作，滌器於市中。」

⑧「浣花」二句—勉其於西川期間，應快意領略人文風物之淳美，且浣花箋紙甚美，以之宴飲題詩，可謂相得益彰。浣花牋紙，馮浩注引元人《蜀牋譜》謂：「浣花潭水造紙佳，薛濤（768－831）僑止百花潭，躬撰深紅小彩箋，時謂之薛濤箋。」又稱浣花箋。桃花色，相傳薛濤以木芙蓉為原料，取宅旁浣花溪水製紙，並將花瓣撒在紙漿上，使紙箋呈紅色或粉紅色，再加工而成彩箋。玉鉤，見〈無題〉「昨夜星辰昨夜風」注；詠玉鉤，即代指飲宴時

行酒令及吟詩作對等風雅之事。

【評解】

01 趙臣瑗：「年少」二字，言正宜從事四方，胡可怏怏不樂。三四承之，特發「因何」二字之義。除非巫峽波濤之可畏乎？然可以盪滌少年之心胸者正此；除非益州之毒熱難犯乎？然可以磨練少年之筋骸者正此。然則旅愁果因何而有耶？五六進一步慰之，五是賓，六是主，勿作平看，借君平之老成以形出相如之跌宕，言君今此去未必不有奇逢，堪壯少年之行色也。七八一氣接下，即以今日錦囊之佳句作當年錦繡之琴心也可。（《山滿樓箋注唐詩七言律》）

02 陸崑曾：全詩主意，定於起處兩言，下便承此一筆掃去，更無窒礙也。……夫世所詩勝遊，不過覽其山川，稽其人物，聞見所及，記之篇章而已。今所歷之地，有巫峽焉，有益州焉；所傳之人，有君平焉，有卓女焉。憑弔其間，足供吟詠，斯亦盡遊之樂事矣，收拾中四句作結，此詩家大開大闔法也。　○昌黎云：「窮愁之言易工，歡愉之詞難好。」惟義山寫歡愉處亦能異樣出色。　○巫峽一聯，不過寫景，著「吼」字、「燒」字，便不平庸，然又極穩矣。（《李義山詩解》）

03 姚培謙：崔之西遊，必不得已，故詩以慰之。欲東下而更西上，所謂不如意事也。況雪浪一條，火雲千里，正川江水漲，炎暑方盛時乎？然既到彼中，卜肆之異人可訪，當壚之佳麗可懷，浣花牋紙，題詠優游，正少年得意事也，何愁之有？（《李義山詩集箋注》）

055 夢澤（宣宗大中元年，847）

夢澤悲風動白茅，楚王葬盡滿城嬌。未知歌舞能多少，虛減宮廚為細腰。

【詩意】

遼闊無盡的雲夢大澤中，陣陣悲風吹動了蕭蕭白茅，不禁使我想起一段傷痛的歷史：由於楚靈王愛好細腰的緣故，此地埋葬了滿城為了獻媚邀寵而餓死的嬌嬈宮女！雖然不知道她們當年能有多少次在君王面前輕歌曼舞的機會，但是有一點卻是完全可以肯定的：枉費她們為了保持纖細的腰身而減省宮中廚房的膳食，到頭來卻只淪為一堆又一堆荒坵裡的白骨！

【注釋】

① 詩旨—本詩意在指出世人往往逢迎諂媚，希旨邀寵，自貶人格，甚或出賣靈魂，最終陷入自我傷害之悲劇而不自知；語雖嘲諷，意則悲憫。

② 詩題—古代楚地之雲夢澤，為上古廣大之湖域，範圍包括今湖北省南部、湖南省北部一帶低窪之水澤區。按：古時雲、夢原為長江邊上兩大澤藪，南岸稱為夢，北岸稱為雲，後因大半淤沙成為陸地及零星湖泊，才連同兩湖附近沼澤、湖泊一併納入，合稱為雲夢澤。詩題之夢澤，可能指今洞庭湖一帶澤藪地區。

③「夢澤」句—白茅，殆指古代楚國向周天子進貢以供祭祀時濾酒用之包茅；詩人蓋因眼前所見「悲風動白茅」景象，聯想《詩・召南・野有死麕》之名句「白茅純束，有女如玉」與楚國舊事，因有本詩之作。

④「楚王」三句—葬盡滿城嬌，誇言宮女為討君王歡心而餓死之眾；《後漢書・卷二十四・馬援列傳第十四》：「傳曰：『吳王好劍客，百姓多創瘢；楚王好細腰，宮中多餓死。』」虛減宮廚，殆即《墨子・兼愛中》所謂「皆以一飯為節，脇息然後帶（按：縮腹屏息而後束上腰帶），扶牆然後起。」

【評解】

01 姚培謙：普天下揣摩逢世才人，讀此同聲一哭矣。（《李義山詩集箋注》）

02 屈復：此因夢澤宮娃之墳而興嘆當時之歌舞也。制藝取士，何以異此？可嘆！（《玉谿生詩意》）

03 紀昀：繁華易盡，卻從當日希寵者一邊落筆，便不落弔古窠臼。（《玉谿生詩說》）

04 張采田：首二句悲黨局之反復，末二句自解。（《玉谿生年譜會箋》）

056 深樹見一顆櫻桃尚在（宣宗大中元年，847）

高桃留晚實，尋得小庭南。矮墮綠雲髻，欹危紅玉簪。惜堪充鳳食，痛已被鸎含。越鳥誇香荔，齊名亦未甘。

【詩意】

我在小小庭園的南邊，找到一顆比較晚結成果實的櫻桃還留在樹上。那棵綠葉茂密的櫻桃樹，遠遠看起來像一位髮髻濃密的婦女，而那顆生長在高枝上而掩映在綠葉中的紅櫻桃，則像是斜插的髮簪上所鑲嵌的紅色寶玉。令人痛惜的是：櫻桃原本應該作為皇家祭祀寢廟的美食，如今竟淪落在外而為鶯鳥所含食（按：譬喻己之才學堪為廊廟之具，奈何竟寄身幕府而沉淪下僚）。即使百粵地區的鳥雀誇獎它的滋味和當地的荔枝一樣香甜（按：越鳥，借喻南方文士；香荔，借喻南人文采或作品之美），這顆櫻桃應該也不會甘心吧！

【注釋】

① 詩旨—本詩即物寄懷，抒發懷才不遇，沉淪下僚，遠聘南荒的遺珠之憾。

② 「高桃」二句—高桃，一作「高枝」。晚實，此以較晚結實之櫻桃自喻。尋得，寫足詩題中「見」字之意。小庭南，既實指庭園之南，亦雙關南方僻遠之桂幕而言。

③ 「矮墮」句—以婦女濃密之髮髻譬喻櫻桃樹葉之茂密幽深，以寫足題中「深樹」二字。矮墮，或作「倭墮」，髮髻堆覆貌。

④ 「敧危」句—以婦女斜插之髮簪上所鑲嵌之紅玉，譬喻櫻桃生長於高枝之上而斜斜掩映於綠葉叢中。敧，斜也；危，高也。敧危，高而斜出貌。

⑤ 「惜堪」二句—以櫻桃之不得薦於寢廟，而淪落為鶯鳥所含食，譬喻己之才學堪為廊廟之具，奈何竟寄身幕府而沉淪下僚。鳳食，古代皇家於夏季以櫻桃祭祀寢廟；此喻自己為安邦定國之王佐才。鸎，通「鶯」；被鸎含，《呂氏春秋・仲夏紀》：「仲夏之月，羞（按：進獻也）含桃。」注：「含桃，櫻桃也。鸎鳥所含食，故曰含桃。」此殆以為鸎所含，譬喻府主之徵聘。〈百果嘲櫻桃〉中之「含來」二字，義略同於此。

⑥ 「越鳥」句—越鳥，借喻南方之文士；香荔，殆借喻南人文采或作品之美。

【評解】

01 姚培謙：士之抱才遺佚，何以異此！（《李義山詩集箋注》）

02 屈復：櫻桃一顆，又在隱處，非尋不可得也。三四比其色相。五六惜其不遇。（《唐詩成法》）　〇五六言不能事天子而官幕僚。本是鳳食，即與世所貴重者齊名，亦未有甘心，況為小鳥所食！高妙。（《玉谿生詩意》）

057 晚晴（宣宗大中元年，847）

深居俯夾城，春去夏猶清。天意憐幽草，人間重晚晴。併添高閣迥，微注小窗明。越鳥巢乾後，歸飛體更輕。

【詩意】

從幽靜的寓所上俯瞰大小城門間的景致，正是暮春方歸，孟夏初臨，氣溫仍然清和宜人的時候。天意似乎特別憐惜幽暗隱微處的小草，所以既給它們豐沛的雨水滋潤，傍晚時又給它們和煦的晴陽；人間也格外珍惜雨後清爽的空氣，和斜暉中明麗的景色。從高閣上遠眺雨散雲收後的大地，看起來特別遼闊廣袤，使我也心曠神怡起來；當柔和的陽光從小窗流瀉進來時，深邃的閣樓頓時明朗起來，我的心情也隨之溫暖而爽朗起來。此時原本陰濕的窩巢已被烘乾了，於是百越地區的鳥雀盤旋歸飛的體態，也就顯得更輕盈、更矯健了。

【注釋】

① 詩題—本詩旨在書寫初夏天清氣爽之怡悅，及黃昏時雨後放晴之所見所感。

② 「深居」二句—點出欣逢晚晴之地點及時節。深居，居處幽僻。俯夾城，謂居處高閣之上，可俯視城池。夾城，馮浩以為是兩重城牆，中間有通道；劉學鍇以為是甕城，即大城門外之小城，遮擁於大城之外，用以增加城池之防禦縱深。「春去」句謂餘春雖去，初夏方來，氣候仍清和宜人。

③ 「天意」二句—幽草，幽微處之小草。按：久雨不停，將使小草腐爛而死，故詩人以為傍晚時雲開日霽之晴光，既使萬物增添光采，也使小草得以沾沐餘暉，實為天意憐惜幽草之表示；同時也使因久雨而心情鬱悶之詩人，精神為之一振，故曰「人間重晚晴」。

④ 「併添」二句—五句視角由內而外，謂視野更加遼遠；六句視角由外而內，謂斜暉入戶，柔和清明，極為可愛。併，更、益也。高閣，即詩人深居之樓閣。併添高閣迥，殆因雨收雲散之晚晴時分，空氣清新，天宇明淨，所見特別遼遠，憑高覽眺時心情格外爽朗，胸襟亦格外開闊。微注小窗明，柔和之陽光如細流從窗戶注入室內，既為室內帶來光明，亦令人欣喜爽朗，頓覺溫暖可親。

⑤ 「越鳥」二句—寫傍晚晴光使窩巢乾暖，羽翅清爽，因此越地鳥雀歸巢時似乎帶著無限欣喜之心情，姿態便更加輕盈，身形也更為矯捷了。越鳥，桂林屬百越之地，故稱其地之鳥雀為越鳥；詩人此時應在桂林鄭亞幕中。

【評解】

01 賀裳：義山之詩，妙於纖細。如〈全溪作〉：「戰蒲知雁唼，皺月覺魚來。」〈晚晴〉：「併添高閣迥，微注小窗明。」〈細雨〉：

「氣涼先動竹，點細未開萍。」（《載酒園詩話》又編）

02 姚培謙：晚晴，比常時晴色更佳。天上人間，若另換一番光景，在清和時節尤妙。小窗高閣，異樣煥發，而歸燕亦覺體輕，言外有身世之感。（《李義山詩集箋注》）

03 紀昀：輕秀。……末句結「晚晴」，可謂細意熨貼，即無寓意亦自佳也。（《玉谿生詩說》）

04 宋宗元：玉谿詠物，妙能體貼，時有佳句，在可解不可解之間。又曰：（「頷聯」）風人比興之意。純自意匠經營中得來。（《網詩園唐詩箋》）

058 高松（宣宗大中元年，847）

高松出眾木，伴我向天涯。客散初晴後，僧來不語時。有風傳雅韻，無雪試幽姿。上藥終相待，他年訪伏龜。

【詩意】

有一棵高度凌越其他樹木的老松樹，在我來到遙遠的桂林之後就經常陪伴著我。在他身旁避雨的人，總是在天氣放晴之後就離開了；唯有禪修的僧侶會來這裡默默無言地靜坐（按：暗寓幽獨自守之士，雖因形勢移異而為俗客所棄，然自有超脫塵世之外的幽人雅士與之默識心通，靈犀相契）。儘管長風吹來時，陣陣松濤仍然會傳出清雅動聽的音韻，可惜這裡氣候溫暖，無法彰顯出它凌霜傲雪的英姿（按：寄愈雖風節自高，清譽久傳，奈何時運不濟，材大難用）。我期待高松終究能夠成為救人濟世的上好藥材，那麼一定會有神仙前來尋訪，採摘由松脂凝結而成的千年伏龜（按：暗寓雖時運不濟，終不改以經天緯地的宰輔之器深自期許）。

【注釋】

① 詩題—以高松俊拔孤傲之英姿偉韻，寄託儘管懷才不遇，仍自負自許之情懷。

② 「高松」二句—出，凌越、超拔而出。向，來、臨。天涯，指桂林而言。

③ 「客散」二句—客散句，或只作為對襯僧來句之用，以顯高松之幽獨姿韻，難入俗眼；或者暗用始皇封泰山時於五大夫松下避風雨之事，以風歇雨收而晴出之景，象喻形移勢異之變化。僧來句，謂仍有世外之幽人雅士與之默識心通，靈犀相契。

④ 「有風」二句—意謂雖風節自高，清譽久傳，奈何時運不濟，材大難用。雅韻，借松濤之清響喻詩人之清譽。無雪試幽姿，感歎高松本具凌霜雪而彌勁之貞幹資賦，奈何時地俱乖，竟無及鋒而試之良機；蓋嶺南地暖，終年無雪，難以借白雪映襯其蒼翠挺拔之英姿，故云。

⑤ 「上藥」二句—以濟世救人之靈藥伏龜期許高松，暗寓以經天緯地的宰輔之器深自期許。上藥，《抱朴子・內篇卷十一・仙藥》引《神農經》曰：「上藥，令人身安命延，升為天神，遨游上下，役使萬靈，體生毛羽。」待，期望也。他年，來年。伏龜，《初學記・卷二十八・木部・松事》引《嵩山記》曰：「嵩高山有大松樹，或百歲，或千歲。其精變為青牛，為伏龜（按：此似指松脂之形狀而言），採食其實得長生。」上藥與伏龜，均借喻詩人經國濟世之智略而言。訪，暗用周武王討伐商紂王後訪箕子以治平之道而成就偉業之事，期盼明君之禮遇重用。

【評解】

01 何焯：落句自傷流滯也。玩「無雪」句，必在桂林所作（按：徐逢源亦以為然）。（《義門讀書記》） ○落句今雖不試，要有身後之名。我文采猶當結為靈藥也。（《李義山詩集輯評》引）

02 姚培謙：遠客高松，相對居然老友。人但知雅韻優姿，世不多得，孰知其終成度世之善藥也？亦含自寓意。（《李義山詩集箋注》）

03 紀昀：起句極佳，結句亦好。中間四句芥舟以為三四太廓，五六太黏也。（《玉谿生詩說》）

059 端居（宣宗大中元年，847）

遠書歸夢兩悠悠，只有空床敵素秋。階下青苔與紅樹，雨中寥落月中愁。

【詩意】

接到遠從天涯寄來的平安家書，和夜裡擁有一個返回家園團聚的美夢，這兩件事長久以來都邈遠難尋，讓漂泊異鄉的我沒有絲毫心靈的慰藉，總是感到失望落寞，極端苦悶，幾乎不敢再懷有期待了。多少個冷清寂寞的夜晚，只能看著空蕩蕩的眠床獨自對抗越來越寒冷肅殺的秋氣，就覺得它越來越冰涼，讓我簡直無法承受這種淒神寒骨的況味……。看看窗外，臺階旁的青苔和和庭院中被秋霜染紅的樹葉，在迷濛的夜雨或在清明的月色下，有時顯得幽暗寂寥，有時透出淒清冷落，讓終宵難寐的遊子，更是迷失在無邊的悵惘裡而愁上加愁……。

【注釋】

① 端居—平居、閒居；以「端居」為題，似有閒居寂寥之苦悶難以

排遣之意。

② 「遠書」二句—遠書與歸夢相對，則遠書當指家書而言。悠悠，邈遠無盡貌，此處兼有荒疏久遠而難以期待，及希望落空時的惆悵失落之意。敵，用盡全部心力抵擋對抗之意。素秋，蕭瑟冷清之秋意。

③ 「階下」二句—階下，階旁。青苔，寫少與人往來而顯得冷清寂寥。紅樹，如秋天葉片會轉紅之楓、槭、柿等。寥落，寂寥落寞。末句為互文見義句法，意謂不論迷濛夜雨中或清明月色下，其淒清幽寂之色調與氛圍，均令中宵難寐之遊子愁懷難遣。

【評解】

01 姚培謙：寥落窮愁，遠書歸夢，無非妄想糾纏。若斬得斷時，青苔也，紅樹也，空床也，干他甚事？（《李義山詩集箋注》）

02 程夢星：此亦失偶以後作。（《李義山詩集箋注》）

03 馮浩：客中憶家，非悼亡也。（《玉谿生詩詳注》）

060 宋玉（宣宗大中元年，847）

何事荊臺百萬家，惟教宋玉擅才華？楚辭已不饒唐勒，風賦何曾讓景差！落日渚宮供觀閣，開年雲夢送煙花。可憐庾信尋荒徑，猶得三朝託後車。

【詩意】

為何擁有百萬人家的廣大楚國，卻只有宋玉的才華可以獨領風騷、稱霸當時呢？他所寫《楚辭》類的作品和唐勒相比，真是不遑多讓；他的〈風賦〉等名篇，更是不讓景差專美於前。原來，落日餘暉中楚王渚宮的雄奇峻偉，和春臨大地時雲夢煙花的明媚秀麗，都能啟發他的才思，豐富他的文藻，供給他取之不盡、用之不竭的寫作材料。就連後來找到宋玉荒宅來居住的庾信，也因為江山秀麗啟發了他的文思，還能夠在梁、西魏、北周三朝享受榮寵，隨侍在君王的車駕之後，真是令人羨慕不已啊（按：感慨自己雖有綺才豔骨而文采驚人，卻於文宗、武宗、宣宗三朝沉淪使府而流離漂泊也）！

【注釋】

① 詩旨—本詩旨在感慨自己雖擅宋玉獨步當代之才華，竟乏庾信顯達三朝之際遇。

② 詩題—宋玉，戰國楚國鄢（今湖北襄樊宜城）人，相傳為屈原弟子，以辭賦聞名，然其事跡不詳。宋玉之作品，據《漢書・藝文志》所載有 16 篇，然學界相信出自宋玉之手者唯有〈九辯〉一篇；〈招魂〉或謂屈原所作，其餘如〈風賦〉〈高唐賦〉〈神女賦〉〈登徒子好色賦〉〈對楚王問〉等，都可能是後人所偽託。

③「何事」二句—稱歎宋玉才華獨步楚地。何事，因何、為何也。荊臺，殆泛指戰國時楚地而言。百萬家，誇言楚國地廣人眾。擅，獨領風騷。

④「楚辭」二句—唐勒、景差，為與宋玉同時之楚臣，皆以辭賦見稱。楚辭，泛指風格與《楚辭》相似之作品。不饒，即不讓、不下於、不遜於之意。〈風賦〉，辭賦之名篇，相傳宋玉所作。釋道源注引《荊楚故事》曰：「襄王與唐勒、景差、宋玉遊雲夢之臺，王令各賦大言，唐勒、景差皆不如王意。宋玉賦曰：『方地為輿，圓天為蓋，彎弓掛扶桑，長劍倚天外。』王於是喜，賜以雲夢之田。」可見宋玉才高於唐勒與景差。

⑤「落日」二句—言楚地山川壯麗、風物絕美，可供宋玉觀賞而啟文思、富才藻。渚宮，春秋時楚成王所築之別宮，故址在今湖北省江陵城內。開年，新春也，蓋新春為一年之始；沈約〈與徐勉書〉云：「開年以來，病增慮切，當由生靈有限，勞役過差。」雲夢，見〈夢澤〉詩注。供觀閣、送煙花，皆為供觀賞而有助於醞釀啟發才思之意。

⑥「可憐」二句—羨慕庾信不過遁居於宋玉舊宅，即可因江山助其文思而榮寵於梁、西魏、北周三朝[1]，並感慨自己雖有綺才豔骨，文采驚人，卻於文宗、武宗、宣宗三朝沉淪使府而流離漂泊也。可憐，可羨。庾信，字子山，南北朝文學家，歷仕梁、西魏、北周三朝，見《北史・文苑傳》。尋荒徑，謂遁居於宋玉之江陵故宅；庾信晚年所作〈哀江南賦〉自言曾：「誅茅宋玉之宅，穿徑臨江之府。」朱鶴齡注引唐人余知古《渚宮故事》曰：「庾信因侯景之亂，自建康遁歸江陵，居宋玉故宅。」後車，侍從君王之人所乘坐之車輛。託後車，即得君王寵信而隨侍在側之意。

【補註】

01 三朝，馮浩以為「庾信先為東宮抄撰學士，是（梁）武帝時也，後事簡文帝、元帝，則三朝矣。信奔江陵，元帝除御史中丞，故與『尋荒徑』合。乃舊解（按：指朱鶴齡注）以梁、魏、周三朝，身既留北，安得尚尋南土哉？」筆者以為就末聯詩人先提「尋荒徑」而後感慨「猶得」的語意而言，是說庾信先在梁簡文帝時居於宋玉之故宅，才因江山文藻之助而得以文學歷仕梁元帝、西魏、北周；至於梁武帝與簡文帝時，庾信尚未擅離職守，奔赴江陵，尋訪宋玉故宅，其文思亦尚未得壯麗山川之啟發，自不應列入因「尋荒徑」而猶得「託後車」的「三朝」之中。

【評解】

01 何焯：落句澹澹收住，自有無窮感慨。（《義門讀書記》） ○落句以歷事文、武、宣三朝皆不得志也。（《李義山詩集輯評》引）

02 張采田：此詩乃玉谿使南郡時作。江陵有宋玉宅，故以自況。託寓深婉，謂之無盡。（《李義山詩辨正》）

03 黃侃：此首自傷無宋玉之遇，末二句尤顯。「開年」即《楚辭》所云「開春」「獻歲」，猶言新年新春耳。（劉學鍇引《李義山詩偶評》）

04 劉學鍇：言外則己雖才比宋玉，然三朝淪落，寄跡幕府，遇合迥異，可不悲悵也哉！才同而遇異，悲己之生不逢辰，此一篇主旨。「猶得」二字，有深悲焉。（《李商隱詩歌集解》）

061 楚宮（宣宗大中元年，847）

複壁交青瑣，重簾掛紫繩。如何一柱觀，不礙九枝燈？扇薄常規月，釵斜只鏤冰。歌成猶未唱，秦火入夷陵。

【詩意】

楚國有一座極其巍峨雄偉的宮殿，窗上錯雜纏繞著許多鏤刻精美的青色連瑣圖紋，解開紫色的繩索後，可以放下一重又一重美麗的簾幔；它裝潢得非常豪華氣派，很不容易察覺到它有許多秘密的夾層暗道。令人難以置信的是：這座宮殿只由一根粗壯的樑柱建構起來，究竟是如何辦到的呢？又為何竟然完全不會妨礙到體積龐大的九盞華燈架設在其中呢？當年這裡本來應該有許多佳麗手上拿著綾羅綢緞裁製而成的圓月形薄扇，頭上簪著晶瑩剔透如冰雪雕飾而成的玉釵，隨時準備清歌妙舞，娛樂君王。只可惜她們還來不及唱出令人陶醉的歌曲前，秦國的戰火已經燒到既是西邊要塞，又是楚國先王陵寢所在的夷陵來了！

【注釋】

① 詩題—本詩旨在抒發驕奢淫佚足以亡國之歷史教訓。楚宮，殆即指春秋時楚成王所建之渚宮，故址在今湖北江陵城內。本詩約作於大中元年冬奉使江陵時，或大中二年自桂返京途中。

② 「複壁」句—複壁，有夾層之牆壁，中可貯物藏人，通常為宮庭等堂皇之建築才有之暗壁或暗室。交，錯雜纏繞。瑣，宮門上所鏤刻之連瑣圖紋；青瑣，則指塗飾為青色之連瑣圖紋。

③ 「重簾」句—形容裝潢之繁麗奢靡。

④ 「如何」句—如何，表示驚嘆詫異之詞語，意謂多麼神奇。一柱觀，僅由一根樑柱建構而起之樓觀，此極言其宮室建造之奇麗。

⑤ 「不礙」句—不礙，不致妨礙；此言一柱觀之宏敞高大，故容得下體積極為巨大之九枝燈。九枝燈，一幹九枝之華燈；《西京雜記》卷三載高祖初入咸陽宮，「有青玉五枝燈，高七尺五寸，作蟠螭以口銜燈；燈燃，鱗甲皆動，煥炳若列星而盈室焉。」五枝燈已高達七尺五寸，可以想見九枝燈之高大華美。

⑥ 「扇薄」二句—此言後宮佳麗服飾妝扮之美。規，摹仿；扇薄規月，寫綾羅綢緞所製之圓扇極其輕薄而潔白；班婕妤〈怨歌行〉：「裁為合歡扇，團團似明月。」鏤冰，譬喻玉釵晶瑩剔透之美有如清冰所雕飾而成。

⑦ 夷陵—古代楚國西塞之城邑名，有楚先王之陵墓，位於今湖北省

宜昌市；秦火入夷陵，表示楚國即將為秦國所滅。《史記・楚世家》：「二十一年（楚襄王羋橫之紀年），秦將白起遂拔我郢，燒先王墓夷陵。」張守貞索引以為夷陵本為楚國先王之陵墓，後用為縣名。

【評解】

01 姚培謙：上半首，寫其締構之精巧。五六，寫其聲色之嫻麗。上六句，總寫其窮極驕奢，有加無已之想，而以末二句作點化。(《李義山詩集箋注》）

02 程夢星：此結警策無倫，與劉賓客〈蜀先主〉詩「淒涼蜀故妓，來舞魏宮前」，皆懷古之逸響也。（《李義山詩集箋注》）

062 贈劉司戶蕡（宣宗大中二年，848）

江風揚浪動雲根，重碇危檣白日昏。已斷燕鴻初起勢，更驚騷客後歸魂。漢廷急詔誰先入？楚路高歌自欲翻。萬里相逢歡復泣，鳳巢西隔九重門。

【詩意】

淒急的江風，不斷地簸揚起洶湧的波浪，撞擊著黃陵山下巨大的巖石，激盪出的浪濤之高、聲勢之壯，連黃陵山也為之搖撼起來！岸邊的船隻，全部都把繩纜牢牢地綁在石墩上，放下重重的鐵錨，收起高高的帆檣，連白日也顯得昏暗無光。這樣險惡的形勢，早就阻斷了來自河北的鴻雁剛剛想要振翅遠飛的企圖，如今更讓長久貶謫荒邊、遲遲未能返京的遷客騷人，餘悸猶存而驚惶不安。您空有漢朝賈誼的抱負與才學，奈何當君王下達十萬火急的詔書時，是誰先行北返呢？現在您終於離開溼熱的南荒，來到楚國的瀟湘流域了，可以高聲吟誦您遣悶的篇什了。可惜的是，我們遠隔萬里之後，好不容易才擁有短暫的歡聚，很快地卻又得流淚告別，真令人感觸良深；我要特別鄭重地提醒您：重返京城，任職於朝廷的道路，仍然遠在西邊隔著無數重的門戶啊……。

【注釋】

① 詩旨—本詩旨在同情因耿介絕俗、嫉惡如仇而得罪宦官之劉蕡[1]，並提醒對方雖暫離南荒而還調中原，然局勢仍風雲詭譎，前途吉凶難料，須謹慎以對。

② 詩題—劉司戶，即劉蕡，原貶為柳州司戶參軍，此時或已量移為洞庭湖西北處之澧州司戶，故詩人與之相遇於洞庭湖南黃陵山下之水邊。

③ 「江風」二句—以江邊所見之景象，暗寓時局昏亂、形勢險惡之感傷。江，可能指湘江而言；義山作於大中三年之〈哭劉蕡〉七律云：「黃陵別後春濤隔」，〈哭劉司戶蕡〉五律云：「去年相送地，春雪滿黃陵。」其中之黃陵，大約都在今湘江東岸，洞庭湖南方不遠處。雲根，巖石也；動雲根，此處可能是形容當時湘水衝擊黃陵山下巖石時湧起的浪濤之高、聲勢之壯，彷彿可以撼動山巖。碇，繫繩纜以固定舟船之石墩或鐵錨。

④ 「已斷」二句—燕，代指河北；燕鴻，來自北方之鴻雁，借喻劉蕡，蓋劉為河北昌平人。斷燕鴻初起勢，殆指劉蕡賢良策試時為宦官所抵制而落榜，蓋對策為文士進身之始。騷客，指被貶之劉蕡而言。後歸魂，劉蕡於武宗會昌初遭貶柳州司戶參軍，至大中二年春量移，前後長達八年；在此之前，武宗時被貶之五位宰相已於會昌六年八月同日北還，而劉則更遲至一年半之後才放還，

故云後歸。

⑤「漢廷」句—用賈誼謫為長沙王太傅，三四年後重新召回長安之事，表示劉蕡竟遲至八年後才獲放還；既稱譽劉蕡才調之奇、抱負之大，可與漢朝之賈誼相侔，亦表示當時可能已有劉蕡即將被召回長安重用之傳聞，因屬猜測或傳聞，故日後〈哭劉司戶蕡〉詩云：「空聞遷賈誼」。誰先入，表示劉蕡既有賈誼之才調，自應先行召回；奈何竟令眾多謫臣先行北返，而劉蕡獨遲。

⑥「楚路」句—寫劉蕡放還至此，不免感慨系之而吟詩抒懷。楚路，謂湘江一帶本為楚國舊地。高歌，殆因此次遷調漸近長安，故心情自較遠謫柳州時為輕快愉悅。翻，以舊時譜調翻唱新詞，或以新式曲風翻唱舊譜；此處殆為吟唱所作詩篇之意。

⑦「鳳巢」句—寫重返京城、任職朝廷之路仍相當遙遠；似乎暗示形勢雖已轉為對牛黨有利，然劉之前途如何，則未必可以過於樂觀。鳳巢，代指朝廷而言，參見〈隨師東〉注⑥。九重門，形容阻隔之多。

【補註】

01 據新舊《唐書》所載：劉蕡，字去華，昌平（今河北省昌平縣）人，寶曆二年（826）擢進士第。與朋友交，好談王霸大略，耿介嫉惡，言及世務，慨然有澄清之志。然其時宦寺握兵，橫制海內，號稱「北司」，「外脅群臣，內掣侮天子」。文宗即位後，有意翦除宦官勢力，一雪「（憲宗）元和後，權綱馳遷，神策中尉王守澄負弒逆罪，更二帝不能討」之恥辱及帝之廢立率由宦豎之大患。大和二年（828）策試賢良時鼓勵直言極諫；對策者百餘人皆泛言常務，唯劉蕡激憤痛切，以為宦寺專橫，將危及宗廟社稷。考官三人睹蕡之條對，歎服嗟悒，以為漢之鼂錯、董仲舒無以過之，士林亦深受感動。然時宦官當道，考官不敢對抗而忍令珠遺，物論嘩然。守道正人，傳讀其文，至有相對垂泣者；諫官御史，為之扼腕憤發。然執政之臣，為免激怒宦官而自速其禍，亦不敢仗義舉賢。其後令狐楚在興元，牛僧孺鎮襄陽，皆辟為從事，待以師友之禮。

【評解】

01 錢惕龍：「江風揚浪動雲根」者，謂閹宦勢盛也；……「重碇危檣白日昏」者，謂蔽君之明也。蕡以忠言危論，排君門而上聞，如燕鴻之初起而遽斷其勢，雖騷魂可招，驚猶未定也。「漢廷急詔」，求直言也；蕡言不用，則先入者誰乎？迨柳州之貶，南過沅湘，則楚路高歌自欲翻耳。回望君門九重，鳳巢新掃，所以萬里相逢，既歡而復泣，悲夫！《玉谿生詩箋》

02 胡以梅：風浪動雲根，閹人之勢狂橫；重碇危檣比蕡，白日昏言朝廷。三言風狂日昏使飛鳥不能奮翼，已斷其初起之勢；蓋士子初試對策，乃仕進之初起也。結言目前遠謫相逢。歡者，難遇而得遇；泣者，悲其屈抑，而鳳巢遙隔君門耳。(《唐詩貫珠串釋》)

03 陸崑曾：江風吹浪，而山為之動，日為之昏，只十四字，而當日北司專恣，威柄凌夷，已一齊寫出。三句是扼抑其言，使不得上聞；四句是廢斥其身，使不為世用。「急詔」句承燕鴻來，言斷者不可復續也；「高歌」句承騷客來，言哀者難免纍欷也。結言君門萬里，西顧黯然，此所以知已相逢，暫得一笑，而旋復不樂者也。（《李義山詩解》）

04 紀昀：起二句賦而比也。不待次聯承明，已覺冤氣抑塞，此神到之筆。七句合到本位，只「鳳巢西隔九重門」一句竟住，不消更說，絕好收法。（《玉谿生詩說》）

063 北樓（宣宗大中二年，848）

春物豈相干？人生只強歡。花猶曾斂夕，酒竟不知寒！異域東風濕，中華上象寬。此樓堪北望，輕命倚危欄。

【詩意】

這裡芳春的風物雖然美好，但是和思歸情切而意緒寥落的我，又有什麼相干呢？來到此地的生涯裡，我只能苦中作樂，勉強尋歡。想藉著看花來排遣愁悶，奈何南方四季並不分明，沒有北方春臨大地時萬紫千紅、百花怒放那種令人驚喜的景物變化；只有某些花朵還能分辨時辰，懂得早晨綻放，夜晚斂合而已。想藉著飲酒來鼓舞精神吧，奈何南方氣候溫暖，根本無從領略在料峭春寒中喝酒的樂趣，飲酒驅寒的情味也就自然變淡了。這一塊濱海的窮荒之地，連吹來的東風都溫熱而潮濕，令人相當不舒服；這和中原的天宇遼闊，使人心情開朗的景況大不相同。這一座樓臺，可以讓人眺望北邊的家國，宣洩心中的憂憤，所以我不惜冒著性命危險，也要靠著高高的欄杆放縱自己思鄉的眼神。

【注釋】

① 詩題—北樓，不詳，殆即〈桂林〉詩中所謂「西北有高樓」者。本詩前半寫南方氣候與身在異域勉強尋歡之苦悶惆悵，從而引出後半思念中原之望鄉情懷。

② 「春物」二句—謂芳春景物雖好，然實與己無關，蓋久處炎熱潮溼之桂林而思歸不得，故意緒寥落，無心遊賞風光也；而思鄉之情懷難遣，唯有如次聯之勉強對花飲酒以求片刻強歡耳。

③ 「花猶」二句—謂南方四季並不分明，故春天時不見北地姹紫嫣紅相繼綻放之盛況，唯有某些花朵猶有朝開暮合而次日再開之些微變化耳；而在地暖多雨之桂林，強歡飲酒時，亦不若北地料峭春寒之感受，頓覺飲酒之情味轉淡矣。

④ 「異域」二句—異域，指桂林而言。東風溼，謂在北地是宜人之春風，而在桂林則是潮濕之暖風，並不舒爽宜人。中華，指中原而言。上象，指天象；上象寬，天宇遼闊，使人心情開朗。

⑤ 「輕命」句—輕命，冒險也。危欄，高樓上之欄杆。

【評解】

01 朱彝尊：寫旅況深痛至此！（《李義山詩集輯評》引）

02 姚培謙：愁人見好景亦愁，所謂強歡也。花開酒暖，正所謂春物者，其如異域荒涼，中華遠隔。人生至此，真非景物之所得寬解。輕命倚危欄，其詞亦迫蹙矣。（《李義山詩集箋注》）

03 屈復：三承一，四承二，細絕。七八合結五六，望鄉之切，至於輕命。「猶」字輕花一步，「竟」字重酒一步，言花之夕猶斂，若與人共愁者，而酒竟不知，安能強歡乎？（《玉谿生詩意》）

04 楊守智：前四句一氣湧出，結句無限悲涼，不堪多讀。（馮浩《玉谿生詩詳注》引）

05 紀昀：前四句一氣湧出，氣脈流走。五六句格力亦大，但七八句嫌太竭情耳，此等是用意做出，然愈用意病愈大，大為全篇之累也。（《玉谿生詩說》）

064 亂石（宣宗大中二年，848）

虎踞龍蹲縱復橫，星光漸減雨痕生。不須併礙東西路，哭殺廚頭阮步兵。

【詩意】

黃昏後的山路上，凌亂散置著縱橫錯落的大石頭，在暗影幢幢之中，有的像蹲伏的猛虎，有的像盤踞的蛟龍，彷彿隨時會跳起來撲噬行人似的，極為猙獰恐怖。這些隕石墜落人間已久，原有的灼熱和光輝逐漸消散（按：可能借喻盤據要津已久的某些政黨中人，已逐漸喪失其原有的理想、熱誠與良知），瀰漫周圍的雨氣反而越來越陰沉，越來越潮濕了（按：可能借喻某些黨人懷有陰私之心，導致政局昏亂敗壞，如陰雨之將至）。亂石啊！亂石！你們實在無須把朝東向西的道路全部阻斷封死，逼得竹林七賢中的步兵校尉阮籍因為無路可走而放聲痛哭啊！

【注釋】

① 詩題—大中二年，商隱之座主鄭亞貶至循州，詩人只能於三四月間離桂北歸。本詩殆為詩人昏夜時見亂石縱橫，阻礙道路，有感於政治形勢之黑暗與混亂而作。題曰「亂石」，可能比喻抑塞仕途之黑暗政治勢力。

② 「虎踞」句—譬喻夜間所見縱橫錯落、凌亂散置之岩石，於暗影幢幢中，似欲撲噬行人之猛虎蛟龍般猙獰可怖。

③ 「星光」句—星光漸減，古人以為某些人才原是天上星辰降臨人間；而亂石本是天上隕星，墜落之年代久遠，故其天賦之靈性與本有之光熱亦逐漸消失殆盡。雨痕生，隱然帶有即將降雨之濕

意；可能既指彼等懷陰私之心，亦表示詩人憂心政局之昏亂敗壞，如陰雨之將至也。

④ 「哭殺」句—謂己懷有李白〈行路難〉中「多歧路，今安在」之感歎，與阮籍窮途末路之哀痛。殺，甚也；哭殺，痛哭至極。按：阮籍（210－263），竹林七賢之一，雖不認同當時執政而陰謀篡位之司馬氏，然自摯友嵇康被司馬氏所殺之後，更不敢公然對抗，往往飲酒佯狂，並虛與委蛇以避禍；《晉書・阮籍傳》載「籍聞步兵廚營人善釀，有貯酒三百斛，乃求為步兵校尉。……時率意獨駕，不由徑路，車跡所窮，輒慟哭而反。」

【評解】

01 賀裳：〈亂石〉一詩，亦深妙。……「虎踞龍蹲縱復橫」，即柳州所云「怒者虎鬥，企者鳥厲」也。「星光漸滅雨痕生」，乃用星隕地為石兼將雨則礎潤二意。「不須併礙東西路，哭殺廚頭阮步兵」……亂石塞路，有類途窮，此義山寄託之詞，而意味深遠。（《載酒園詩話》卷一）

02 徐健庵：不但窮途之悲，兼有蔽賢之恨。（馮浩注引）

03 馮浩：（鄭）亞坐德裕事而貶，義山緣此廢滯矣。上二句指李黨之據在要地者，一旦光燄忽衰，漸形蕭颯。下二句恐其勢將累我。（《玉谿生詩詳注》）

04 張采田：「虎踞龍蹲縱復橫」，喻牛李二黨，彼此傾軋，「星光」句謂一黨漸衰，而一黨又代起也。結言黨人於我何仇，奈何跬步纔蹈，荊棘已生，使人抱途窮之哭乎？故曰「不須」也。不得專指李黨，馮說未洽。（《李義山詩辨正》）

065 潭州（宣宗大中二年，848）

潭州官舍暮樓空，今古無端入望中。湘淚淺深滋竹色，楚歌重疊怨蘭叢。陶公戰艦空灘雨，賈傅承塵破廟風。目斷故園人不至，松醪一醉與誰同？

【詩意】

傍晚時，我在（湖南觀察使）潭州官署的樓臺上眺望，看不見我所懷想的古今人物，不免感慨系之而倍覺惆悵落寞；許多在潭州發生的古史今事，便不由自主、自然而然地在我的心目中不斷搬演：當年娥皇女英憑弔帝舜時灑在瀟湘竹上的淚痕已經褪色變淡；然而許多悼念君王的新淚，又把綠竹染得更加蒼翠欲滴了。就在屈原怨嘆令尹子蘭、上官大夫靳尚等人亂政誤國的悲涼歌聲中，我彷彿又聽到激烈批判執政者黨同伐異的怨憤曲調。當年陶侃得到刺史劉弘推心置腹的信任，在荊州建立彪炳戰功的遺跡早已蕩然於存，如今只見雨灑空灘而已（按：可能感慨在先皇武宗會昌年間的有功戰將也同樣備受冷落，而今安在）！長沙王太傅賈誼祠廟裡的天花板，早已殘破不堪，承受不起多少風雨了（按：可能喟嘆會昌年間的有功文臣，又何嘗不是橫遭貶斥，前途堪憂）！在這個擁有豐富歷史文化、令人發思古之幽情的潭州，目擊千里，望斷天涯，卻完全無法看見我所牽掛思念的朋友，即使我有潭州特產的松醪美酒，又能與誰共圖一醉呢？

【注釋】

① 詩旨—本詩旨在借古傷今，抒發憂國傷時之慨；因心中棖觸萬端，百感交集，實有難言之隱，故一言以蔽之曰「今古無端」。

② 詩題—潭州，即今湖南省長沙市，唐時屬江南西道。義山在大中二年北返途中於五月抵潭州，時座主李回（按：與李德裕同黨）任湖南觀察使，詩人可能短暫逗留其幕下。

③「潭州」二句—官舍，殆指湖南觀察使之官舍。暮樓空，可能指日暮登樓時不見所懷想古今之人，詳見中二聯。今古，指在潭州發生之古史及在詩人心目中難以釋懷之今事。無端，不由自主、自然而然之意；陸崑曾曰：「言之所及在古，心之所傷在今，故曰『今古無端』。」次句意謂：縱目展眺之當下，古史與今事似乎在心目中不斷重複搬演；成敗興衰，如出一轍，渾然無別，令人感慨萬端。

④「湘淚」句—湘淚，傳說中帝舜駕崩，兩位夫人娥皇與女英淚灑湘竹，見《博物志》。此處可能是以舜妃淚染湘竹之典故，暗寓悼念唐武宗之悲淚，故言「淺深」；淺深，可能是以古今之淚重複暈染後的對比而言。淺者，古帝妃之淚痕；深者，悼念武宗者之新淚。

⑤「楚歌」句—楚歌，兼指屈原〈離騷〉〈九歌〉等作品，與詩人在湘潭地區謳歌的借古傷今之作。重疊，除有屢次、多次之意以外，可能也含有古今史事疊映對照之意；蓋屈原所抒發者為古時之怨，詩人所寄懷者為今日之怨[1]，而今事又如古史之翻版，故云。蘭，在屈原作品中可能是影射當時勸楚懷王入秦而客死異鄉之令尹子蘭而言；蓋〈離騷〉中頗見怨蘭之言[2]。蘭叢，則可能是令尹子蘭以外，再加上上官大夫、靳尚等政敵而言。

⑥「陶公」句—可能藉《晉書．陶侃傳》所載陶侃深受荊州刺史劉弘信賴，雖遭讒謗，劉弘益加委以重任，使陶侃立戰功之事，感慨會昌有功將帥竟遭冷落。空灘雨，謂如今遺跡蕩然，唯有雨灑空灘而已。

⑦ 「賈傅」句—可能藉賈誼遠謫長沙王太傅事，喟嘆會昌有功文臣均遭貶斥。承塵，承接屋宇落塵者，類似今之天花板。賈誼廟，在湖南長沙附近。

⑧ 「目斷」二句—目斷，望而不見。故園，在此可能專指潭州一帶自古即為重要之歷史舞台。人不至，則可能指前兩聯中所提及與暗示之古今人物已遠不可見。松醪，為唐時潭州以松脂所釀之名酒，又稱松膠春，相傳可以去風濕；《本草綱目》謂松葉、松節（按：指松樹枝幹上所長出的瘤節）、松脂，皆可為酒以養身。

【補註】

01 詩人當時所怨嘆之蘭叢，則可能指宣宗即位後，牛黨裡同平章事的白敏中，與召拜考功郎中，尋知制誥、充翰林學士的令狐綯等人；蓋白氏任相之後，極盡黨同伐異之能事，李德裕集團中的重要成員屢遭貶黜，詩人亦遭受波及。

02 〈離騷〉：「蘭芷變而不芳兮，荃蕙化而為茅；何昔日之芳草兮，今直為此蕭艾也！豈其有他故兮，莫好修之害也！」「余既以蘭為可恃兮，羌無實而容長。」「固時俗之流從兮，又孰能無變化？椒蘭其若茲兮，又況揭車與江離！」

【評解】

01 陸崑曾：從來覽古憑弔之什，無不與時會相感發。義山此詩，作於大中之初。因身在潭州，遂借潭往事，以發抒胸臆耳。「湘淚」一聯，言己沉淪使府，不殊放逐，固難免於怨且泣也。而會昌以來，將相名臣，悉皆流落，淒其寂寞之況，因破廟空灘而愈增愴然矣。此景此時，計惟付之一醉，而客中孤獨，誰與為歡？旅思鄉愁，真有兩無可遣者。（《李義山詩解》）

02 姚培謙：此傷客中無可與語也。首句點明興感之由。大凡今人自有今人事，古人自有古人事，千年影現，真屬無端。……因竹色而想到湘淚，因蘭叢而想到楚歌，古人如在眼前也。……因空灘而想到陶公戰艦，因破廟而想到賈傅承塵，古人如在眼前也。此所謂「無端入望中」也。豈知不願見者偏見，願見者偏不見。夫吾所願見者，故園知己，相逢一醉而已，若之何其竟不能到眼前也耶？（《李義山詩集箋注》）

03 程夢星：此傷李德裕之罷相遠貶也。……次句言目中古事與胸中今事相類，無端入望，觸緒可傷也。三四謂武宗已崩，使人有蒼梧之悲；宣宗初立，遂至有屈原之放也。……語語潭州古事，卻語語傷古論今，「今古無端」一句，固明示其意矣。（《李義山詩集箋注》）

04 周振甫：這首詩是有寓意的。寓意在「今古」中透露。詩裡寫的湘淚、楚歌、陶公戰艦、賈傅承塵，都是古，沒有今；但明提「今古」，可見是借古喻今。「今古」又同「淺深」「重疊」相應，或者淚痕有今古，所以分淺深；怨恨有今古，所以稱重疊。寓意又在「無端」中透露。（《李商隱選集》）

066 楚宮（宣宗大中二年，848）

湘波如淚色漻漻，楚厲迷魂逐恨遙。楓樹夜猿愁自斷，女蘿山鬼語相邀。空歸腐敗猶難復，更困腥臊豈易招？但使故鄉三戶在，彩絲誰惜懼長蛟？

【詩意】

波濤起伏的湘江，像是古往今來許多憂國傷時的忠貞之士的眼淚所匯聚而成的，看起來既清澈又深沉；屈原迷途不返的亡魂，長久以來就在其中含著無窮的幽恨，隨著湘水載浮載沉。料想屈原生前與死後在此地的夜裡，應該會看著江邊暗紅色的楓樹而愁腸百結，聽著猿猴淒厲的長嘯而肝腸寸斷吧；也應該會有披著薜荔和女蘿的山精木怪慇勤地邀請他對話吧！人死之後，只是裝進棺木之中與草木一同腐朽，就已經很難招回他的三魂七魄了，何況他被黏膩腥臊的水族圍困在深水中，更是談何容易！可是只要還有三戶人家居住在屈原的家鄉，有誰會吝用彩色的絲繩來綑綁投祭給屈原的肉粽，以便嚇阻掠奪屈原食物的蛟龍呢？

【注釋】

① 詩旨—本詩殆為大中二年五月離桂北歸途經潭州時，因楚鄉祭拜屈原之風俗，有感於忠義之士每遭冤貶而作。

② 「湘波」二句—漻，音ㄌㄧㄠˊ，清深貌。厲，無所依歸之鬼；《左傳・昭公七年》：「鬼有所歸，乃不為厲。」楚厲迷魂，指屈原迷途於江中無所依歸的亡魂。遙，遠也、無窮也；逐恨遙，謂亡魂逐湘波而浮沉，含無窮之憾恨。

③ 「楓樹」二句—楓樹夜猿，遙想屈原生前死後所見所聞，正與此際自己所見聞之情景，同其蕭颯堪悲；宋玉〈招魂〉：「湛湛江水兮上有楓，目擊千里兮傷春心，魂兮歸來哀江南。」屈原〈九歌・山鬼〉：「雷填填兮雨冥冥，猿啾啾兮狖夜鳴，風颯颯兮木蕭蕭。」愁自斷，令人愁腸寸斷。女蘿山鬼，皆屈原作品中之山精木怪；〈九歌・山鬼〉：「若有人兮山之阿，被薜荔兮帶女蘿。」語相邀，遙想女蘿山鬼邀屈原之魂魄共語，彷彿亦慇勤邀自己夜談。

④ 「空歸」二句—空歸腐敗，指棺木入土與草木同腐朽而言。復，

《禮記．檀弓》：「復，盡愛之道也。」注曰：「復，謂招魂。」困腥臊，指葬身江魚腹中；《呂氏春秋．本味》：「夫三群之蟲，水居者腥，肉玃者臊，草食者羶。臭惡猶美，皆有所以。」招，招魂也。

⑤「但使」二句—歌頌屈原忠君愛國之精神不朽，故楚人長祀不忘，相沿成習。三戶，極言人家之少。彩絲句，楚人端午以竹筒貯米，投水以祭屈原，卻苦於為蛟龍所竊；漢光武帝時長沙人歐回自言受屈原之託，教民採楝樹葉塞筒上，以五采絲繩縛之，使蛟龍忌憚；見《藝文類聚．歲時中》錄《續齊諧記》之言。

067 木蘭花（宣宗大中二年，848）

洞庭波冷曉侵雲，日日征帆送遠人。幾度木蘭舟上望，不知元是此花身。

【詩意】

原本平靜冷清的洞庭湖，在破曉時變得水勢浩瀚，波濤洶湧，似乎就要侵入雲天之中；每天都有人在湖邊目送著親友的風帆航向遙遠的天邊而去。我幾度在木蘭舟上遠眺近觀離岸的船隻，不免為大家漂泊的背影感到惆悵；當時竟渾然不覺自己也等於是一艘由木蘭樹雕琢而成的孤舟，在茫茫人海中東飄西盪，不知道何處才是自己靠岸的終航……。

【注釋】

① 詩題—木蘭花，猶木蘭舟。本篇旨在抒發遷客騷人漂泊不定、天涯淪落之感傷，可與〈夕陽樓〉：「花明柳暗繞天愁，望盡重城

更上樓。欲問孤鴻向何處？不知身世自悠悠」一詩參讀。按：本詩原不見於商隱本集中，馮浩采入正集，劉學鍇云：「《詩話總龜》《全唐詩話》亦載此事。今據《萬首絕句》及馮注本補入。」

② 「洞庭」句—曉侵雲，謂清曉時水勢浩瀚，波濤洶湧，直欲上侵雲天。

③ 「日日」三句—謂經常於船上目送征帆遠人浮舟而去，頗為其人感傷，當時竟渾然不覺自己亦等於是由木蘭雕斲而成之孤舟，命運同其漂泊也。

068 楚吟（宣宗大中二年，848）

山上離宮宮上樓，樓前宮畔暮江流。楚天長短黃昏雨，宋玉無愁亦自愁。

【詩意】

高峻的故楚群山之上矗立著雄偉的宮殿，宮殿之上還蓋有華麗的樓臺；傍晚時分，在樓臺之前、宮殿之旁，有時還能聽到長江不斷向東奔流的聲音。這裡無論如何總會在黃昏時籠罩在神秘浪漫而又縹緲朦朧的煙雨中，令人感到迷惘與惆悵，即使宋玉原本並沒有什麼憂愁的情緒，置身在這種景象之中時，自然也會觸緒紛來，感慨系之而愁懷難遣了。

【注釋】

① 詩題—意謂行至古楚之地有所感慨而觸動吟興。本詩與前〈楚宮〉「湘波如淚」大概都是大中二年秋自桂管返京，途經江陵時所作。

② 「山上」二句—泛寫楚山雄峻，宮樓壯偉，江流未央。

③「楚天」句──長短，總之、反正也。黃昏雨，可能暗用〈高唐賦〉中「旦為行雲，暮為行雨」之句意，及〈神女賦〉中襄王夢會神女之事，以渲染楚宮如夢似幻之氛圍，並關合神女夢會之感慨。

④「宋玉」句──宋玉未嘗有其師屈原忠而被謗、信而見疑之憂憤，及遠謫湘潭、葬身魚腹之冤苦，故曰「無愁」；然亦難免見此景象而觸緒紛來，感慨系之矣，故曰「亦自愁」。

【評解】

01 馮浩：吐詞含珠，妙臻神境。令人知其意而不敢指其事以實之。（《玉谿生詩詳注》）

02 張采田：此亦荊楚感遇之作。「楚天長短黃昏雨」，蓋南方五月梅雨時往往有此景象也。（《玉谿生年譜會箋》）

069 贈田叟（宣宗大中二年，848）

荷蓧衰翁似有情，相逢攜手繞村行。燒畬曉映遠山色，伐樹暝傳深谷聲。鷗鳥忘機翻浹洽，交親得路昧平生。撫躬道直誠感激，在野無賢心自驚。

【詩意】

有一位背負著除草工具的衰老農夫，對我似乎情深意濃，不過是萍水相逢，他就熱情地牽著我的手帶著我環繞著村莊參觀。看到此地的農民在耕種前會放火燃燒田野，火光映照著清曉時的遠山，讓我大開眼界；傍晚時從深谷中傳來砍伐林木的聲音，也讓我印象深刻。老人家對我真誠自然，毫無機心的態度，使我感到非常舒坦自在，和樂愉快，反倒是從前親密的朋友在青雲得路之後，變得像是素不相識的陌生人了。我反躬自省，深知自己是依循良心立身處世的人，不免被這位老人家真誠無偽的善意感動，也對世道炎涼感慨良深；聽說當朝權貴向君王道賀說：「已經人盡其才，野無遺賢了！」這番話真是令我驚心不已！

【注釋】

① 「荷蓧」二句—以萍水相逢即熱情攜手之田叟領起全篇，對襯六句青雲得志之舊識反冷漠無情之可慨。荷蓧，背負著除草工具。

② 「燒畬」二句—寫繞村而行所見聞之景物，以見山野之人踏實勤勞之生活實況。畬，音ㄩˊ，開墾二三年之田地；又音ㄕㄜ，火耕也。燒畬，放火燒林野，以其灰燼為肥料以種田；張淏《雲谷雜記・卷四》曰：「沅湘間多山，農家惟植粟，且多在岡阜。每欲布種時，則先伐其林木，縱火焚之，俟其成灰，即布種於其間。如是則所收必倍，蓋史所謂『刀耕火種』也。」

③ 「鷗鳥」句—鷗鳥忘機，喻田叟與詩人真誠自然而無機心之交往；《列子・黃帝》篇：「海上之人有好漚鳥者，每旦之（往也）海上，從漚鳥游，漚鳥之至者百住（按：數以百計）而不止。其父曰：『吾聞漚鳥皆從汝游，汝取來，吾玩之。』明日之海上，漚鳥舞而不下也。」翻，反而。浹洽，融洽和樂。

④ 「交親」句—感慨親近故交之冷漠無情。交親，交情親密之人，此殆指令狐綯輩而言；得路，仕途得意。大中二年二月令狐綯內召為考功員外郎，尋知制誥，充翰林學士，從此平步青雲。

⑤ 「撫躬」句—撫躬，詩人反躬自省。道直，依循良心與正道立身處世；《論語・微子》：「柳下惠為士師，三黜。人曰：『子未可以去乎？』曰：『直道而事人，焉往而不三黜？枉道而事人，何必去父母之邦？』」感激，既指自己對世態炎涼感慨不平，亦

指被田叟之純樸感動。

⑥ 「在野」句—感憤當權者結黨營私，恃寵欺君，蔽賢凌下之驕慢倨傲。「野」字映帶田叟；「賢」字，兼詩人與田叟而言。在野無賢，玄宗時詔選天下藝能之士，李林甫恐士人謗己而上下其手，使無一合格者，竟以野無遺賢為賀，見《新唐書·姦臣上·李林甫》。

【評解】

01 姚培謙：此感交親不如田叟也。人生相與，最可恨是無情，失路則相依，得路則相棄，所謂無情也。荷蓧衰翁，本非舊識，而攜手繞村，歡然相契，但見遠山映燒畬之色，不近城市趨炙之色也；深谷傳伐樹之聲，不聞俗人強聒之聲也。吾於此時，如鷗鳥之忘機，自然浹洽；念交親之得路，頓昧平生。不謂田野之間，猶存直道，撫躬感激，誠以此耳。蚩蚩俗輩，反謂在野無賢，不亦重可怪乎？（《李義山詩集箋注》）

02 程夢星：此詩借忘機之田叟，形排擠之故人。五六一聯，劃然界斷。結用野無遺賢者，天寶中李林甫為相，盡斥上書獻賦者，以野無遺賢為玄宗賀，其蔽賢欺君若此。然則今日之扼塞義山者，亦以為野無遺賢耶？「在野」二字是道田叟，卻是隱隱自寓，故曰「撫躬」，曰「心驚」也。（《李義山詩集箋注》）

03 張采田：義山詩境，先從少陵樸實一派入手，後加色澤，故在晚唐中獨有骨氣，此種乃直露本色處，所以為佳。（《李義山詩辨正》）

070 陸發荊南始至商洛（宣宗大中二年，848）

昔去真無素，今還豈自知？青辭木奴橘，紫見地仙芝。四海秋風闊，千巖暮景遲。向來憂際會，猶有五湖期。

【詩意】

從前雖然得到長官（鄭亞）的賞識，徵辟我擔任桂管觀察支使掌書記，其實我和他原本並非舊識，平素也無交情。如今他又突然被貶往循州，我也只好罷職北返，這樣的變局，哪裡是我當初辭掉祕書省官職時所能預料得到的呢？這趟返京之旅，在告別三國時荊州人李衡種植柑橘的朗州以後（按：隱約寄託著詩人不如李衡善於謀身的感慨），經過荊州、鄧州的長途跋涉，終於到了商山四皓採摘紫芝療飢的商洛地區（按：隱約暗示猶有用世之心，然亦未改隱遁之志）。當陣陣秋風從遼闊的天地間吹來時，千山萬壑間的斜暉似乎也為蕭瑟冷清的景況而感傷徘徊（按：可能暗寓時局艱難，身世落拓的感傷）。長久以來，儘管擔憂不能及時遇合，好讓我施展抱負；我卻仍然懷有范蠡功成身退、徜徉五湖的心願。

【注釋】

① 詩題—陸發，由陸路出發北返。荊南，唐時荊州之通稱，治所即今湖北省江陵縣。自荊南陸行北至襄州、鄧州，乃可前往東、西兩京。商洛，唐時屬於山南西道之商州，從地圖上觀察，在長安東南約 120 公里處。

② 「昔去」二句—謂與鄭亞本無素交，忽承其薦辟，實感念其知遇；今突然罷歸，亦始料所未及。無素，謂並非舊識而無素交。素，

或本作「奈」。

③ 「青辭」二句—為「辭木奴青橘，見地仙紫芝」之倒裝，除點出告別洞庭湖畔之朗州（今湖南常德市）以來，行經荊州、鄧州而至商洛外，亦微寓不擅於謀身之感慨。木奴青橘，用三國時李衡於朗州種柑橘千株以遺後人致富之典[1]。地仙紫芝，用商山四皓之典切「商洛」，見〈四皓廟〉「本為留侯慕赤松」詩注。

④ 「四海」二句—點出時當秋令，而景物蕭颯，暗寓時局艱難，身世落拓之感。

⑤ 「向來」句—言己雖長久以來憂慮未能及時遇合以施展抱負，然仍懷有功成身退之心願，並非一味執迷於追求功名富貴之人。際會，猶言遇合；杜甫〈古柏行〉：「君臣已與時際會，樹木猶為人愛惜。」五湖，眾說紛紜，大抵是指今太湖一帶。五湖期，指退隱江湖之夙願；《史記・貨殖列傳》載春秋時范蠡佐勾踐滅吳後，乘扁舟浮於江湖，變名異姓，後適齊為鴟夷子皮。

【補註】

01 《三國志・吳書三・三嗣主傳》載荊州人李衡深謀遠慮，「每欲治家，妻輒不聽，後密遣客十人於武陵龍陽（今常德市東南約30 公里處）氾洲上作宅，種甘橘千株。臨死，敕兒曰：『汝母惡我治家，故窮如是。然吾州裡有千頭木奴，不責汝衣食，歲上一匹絹，亦可足用耳。』衡亡後二十餘日，兒以白母，母曰：『此當是種甘橘也。』……吳末，衡甘橘成，歲得絹數千匹，家道殷足。晉咸康中，其宅址枯樹猶在。」

071 鈞天（宣宗大中二年，848）

上帝鈞天會眾靈，昔人因夢到青冥。伶倫吹裂孤生竹，卻為知音不得聽。

【詩意】

有一回上帝在天庭的中央正殿邀集眾神仙舉行音樂盛會，人間的趙簡子由於生病而靈魂出竅，竟然在僥倖的機緣之下也來到深遠而色調蒼青的鈞天之上；反倒是黃帝時最偉大的樂師伶倫——他所製作的樂曲高妙到超出最好的竹笛所能吹奏出的腔調之外——卻因為具有審音定律的專長而不能參與這場盛會。

【注釋】

① 詩旨—本詩可能暗諷某些牛黨中昏昧之輩，在宣宗時平步青雲，遨遊九霄；而才幹傑出如己者，反因遭愚庸之顯貴忌妒而遠離京華，沉淪下僚。

② 「上帝」二句—鈞天，天庭之中央正殿；《呂氏春秋・有始覽第一》：「天有九野，地有九州……何謂九野？中央曰鈞天。」眾靈，眾神仙。昔人句，指趙簡子（趙鞅）曾因生病時靈魂出竅得以來到深遠而蒼青之天庭，有幸聽聞天帝招待眾神之鈞天廣樂[1]。因夢到青冥，暗示由於偶然僥倖之機緣而平步青雲，得以親近君王；因夢二字，或亦諷刺其人之愚庸。

③ 「伶倫」句—伶倫，相傳黃帝時之樂師，創制審定五音十二律。吹裂，誇飾其樂音之高妙，已超出竹笛所能吹奏出之腔調；此極言伶倫知音審調的藝能之高。孤生竹，《周禮・春官宗伯》：「孤竹之管。」注：「孤竹，竹特生者。」

④「卻為」句──卻為，反因。句謂伶倫反因知音而不得聆聽鈞天廣樂。按：伶倫不得聽，不知所出，詩人蓋藉以暗寄才調絕倫，奈何竟時運不濟之慨歎。

【補註】

01 《史記・趙世家第十三》：「趙簡子疾，五日不知人，大夫皆懼。醫扁鵲視之，出，董安於問。扁鵲曰：『血脈治也，而何怪！在昔秦繆公嘗如此，七日而寤。……。今主君之疾與之同，不出三日疾必間（按：間，好轉也），間必有言也。』居二日半，簡子寤。語大夫曰：『我之帝所甚樂，與百神遊於鈞天，廣樂九奏萬舞，不類三代之樂，其聲動人心。』」

【評解】

01 何焯：庸才貴仕，皆所謂「因夢到青冥者」也，何嘗知音？偏忽夢到，是真可痛耳。（《義門讀書記》） ○賢者不必遇，遇者不必賢，言下慨然。（《李義山詩集輯評》）

072 杜司勳（宣宗大中三年，849）

高樓風雨感斯文，短翼差池不及群。刻意傷春復傷別，人間惟有杜司勳。

【詩意】

在風雨飄搖（按：可以有時局昏亂動盪的象徵）的時候登上高樓，特別容易被這些別有寄託的詩文所感動，也特別容易懷想這位令人敬重的作家。杜牧和我一樣長期屈居下僚，有如羽翼單薄短小的燕雀，不能和眾鳥展翅高飛，比翼翱翔。當今之世，能在詩文中刻意抒發傷春和傷別的情懷來寄託憂國傷時、懷才不遇之沉痛的，就只有司勳員外郎杜牧了！

【注釋】

① 詩題—杜司勳，即杜牧，字牧之，宰相杜佑之孫，排行十三，京兆萬年人。太和二年（828），擢進士第，復舉賢良方正。長期任觀察使、節度使幕僚後，始擢監察御史，後歷黃、池、睦三州刺史；大中二年（848）三月入為司勳員外郎 [1]。據《新唐書・列傳九十一》所載，牧剛直有奇節，不為齪齪小謹，敢論列大事，指陳病利尤切。其詩情致豪邁，人號為小杜，以別於杜甫。

② 「高樓」句—高樓風雨，既是賦筆實寫詩人所處之時地，又暗用《詩經・鄭風・風雨》：「風雨如晦，雞鳴不已」所抒寫風雨懷人之情，表示對於杜牧之懷想，同時還象徵時局之昏亂動盪，故特別容易為杜牧傷春傷別而另有寄託之詩文所感動。斯文，可以兼指文雅之杜牧及其刻意傷春傷別之詩文而言。

③ 「短翼」句—可兼喻杜牧與自己長期屈居下僚，有如翅短力微之燕雀，不能與眾鳥比翼齊飛，振翅遠翥。差池，不齊貌；《詩經・邶風・燕燕》：「燕燕于飛，差池其羽。」按：本詩作於大中三年春，詩人補選為京兆僚屬，故同期所作〈偶成轉韻〉詩敘當時境況有云：「歸來寂寞靈臺（地名，在長安西南）下，著破藍衫出無馬。天官補吏府中趨，玉骨瘦來無一把」之語，正極潦倒落拓時，可見「短翼差池不及群」亦為詩人本身之寫照。

④ 「刻意」句—有意為之，別有寄託之謂也。傷春，謂杜牧之詩文多憂國傷時之感；義山〈曲江〉詩云：「天荒地變心雖折，若比傷春意未多。」與此義同。傷別，並非單純指尋常離別，實隱含

有懷才不遇、有志難伸之慨歎，亦即前句「短翼差池」之義。

⑤「人間」句—人間惟有，寄寓著知音稀少與詩壇寂寞之感慨。

【補註】

01 《通典》：「司勳郎中，……掌校定勳績、論官、賞勳、官告身（按：古代授官之憑信，類似後世之任命狀）等事。」

【評解】

01 何焯：高樓風雨，短翼差池，玉谿方自傷春傷別，乃彌有感於司勳之文也。（《義門讀書記》）

02 屈復：三即首句「斯文」，言司勳之詩當世第一人也。（《玉谿生詩意》）

03 程夢星：義山於牧之兩為詩，其傾倒於小杜者至矣。然「杜牧司勳字牧之」律詩，專美牧之；此則借牧之以慨己。蓋以牧之之文詞，三歷郡而後內遷，已可感矣，然較之於己短翼雌伏者不猶愈耶？此等傷心，惟杜經歷，差池鎩羽，不及群飛，良可歎也。玩上二語，則傷己意多，而頌杜意少，味之可見。（《李義山詩集箋注》）

04 楊守智：極力推重樊川，乃是自作聲價。（馮浩《玉谿生詩詳注》引）

05 紀昀：起二句義山自道，後二句乃借司勳對面寫照，詩家弄筆法耳。「杜司勳」三字摘出為題，非詠杜也。（《玉谿生詩說》）

06 葉葱奇：首句乃慨歎唐王朝的阽危，次句則悵恨不能致身通顯，然後用第三句來總應上二句，而太息惟有杜司勳對此深切關懷，言外之意實在是說，人海茫茫，惟杜司勳與我同深此感。這完全是借杜來自抒懷抱，賓主交融，傳神空際，最妙遠可味。前人或以為推頌杜，或以為為杜傷，或以為乃贈杜之作，或分前半為自傷，均未能澈悟此詩妙處，惟朱彝尊說「意以自比」，較得其旨。（《李商隱詩集疏注》）

073 贈司勳杜十三員外（宣宗大中三年，849）

杜牧司勳字牧之，清秋一首杜秋詩。前身應是梁江總，名總還曾字總持。心鐵已從干鏌利，鬢絲休歎雪霜垂。漢江遠弔西江水，羊祜韋丹盡有碑。

【詩意】

杜牧司勳員外郎字牧之（按：可能寓有牧民安養之意涵），在文宗大和七年的清秋時節，就寫作了抒發世事無常、升沉不定的〈杜秋娘〉詩，使我非常感佩。您的前世應該是享譽文壇，字總持的梁朝尚書僕射江總（按：可能有期許杜牧能總秉國政之勉勵）。您胸懷韜略，精通軍事，對時局的掌握和戰爭的籌劃，都和干將、莫邪等寶劍一樣犀利精確，而且得到宰相的賞識而加以採用，不論是擊退回鶻的侵略，或是平定澤潞的叛亂，都對國家做出了重大的貢獻；因此，即使霜雪般的鬢絲已經飄垂下來，您也大可不必為了在仕途上不能飛黃騰達而感嘆了。如今您奉詔替擔任江西觀察使時仁恕愛民的韋丹撰寫碑文，我相信您的碑文將會和晉朝襄陽太守杜預所命名的墮淚碑（那是晉朝百姓為了記念羊祜的德政而豎立的石碑）一樣流傳千古。

【注釋】

① 詩旨—本詩旨在肯定杜牧才調高明，必將建功立業，並勉其勿以

一時之窮達為悲喜，故開篇即標舉其〈杜秋娘〉詩以引出遇合之慨；蓋牧之雖已入居京職，然仍多歎老嗟悲、自傷不遇之慨。

② 「杜牧」二句—字牧之，特別標舉杜牧之字，殆寓有稱許彼能「牧民安養」之意涵。杜秋詩，指作於大和七年之〈杜秋娘〉詩。按：金陵女子杜秋娘十五歲為節度使李錡妾，李錡叛滅後有寵於唐憲宗，後輾轉因宮廷鬥爭而黯然出宮。〈杜秋娘〉詩為五十六韻之五古長篇，前半敘杜秋遭遇，後半抒發世事無常，升沉無定之感慨，言外有不能掌握自身命運之意。

③ 「前身」二句—江總（519－594），據《南史・陳書・江總》載：字總持，七歲而孤，依於外氏。幼聰敏，有至性，甚為舅氏蕭勱所鍾愛，嘗謂總曰：『爾操行殊異，神采英拔，後之知名，當出吾右。』及長，篤學有辭采，家傳賜書數千卷，總晝夜尋讀，未嘗輟手。後仕梁，為尚書僕射；入陳，歷官尚書令；隋興，拜上開府。按：特別標舉「總持」二字，可能有將來「總攬朝政」之期勉。

④ 「心鐵」句—意謂杜牧胸懷韜略，精通軍事，對時局之掌握與戰事之籌策，均有獨到之處。按：杜牧曾注《孫子兵法》，為世所稱，又曾作〈守論〉〈戰論〉〈原十六衛〉等論兵議政之文，並上書宰相獻策取回鶻、平澤潞，皆精切中肯，故李德裕素奇其才，事見新、舊《唐書》本傳。心鐵，猶言胸中自有甲兵，亦即胸懷韜略之意。從，共也，如同之意。從干鏌利，鋒利如古代寶劍干將、莫邪[1]。

⑤ 「鬢絲」句—鬢絲霜雪，形容年老遲暮之狀；杜牧〈郡齋獨酌〉云：「前年鬢生雪，今年鬚帶霜。」〈題禪院〉云：「今日鬢絲禪榻畔，茶煙輕颺落花風。」

⑥ 「漢江」句—漢江，晉人杜預曾任襄陽太守，位於漢江之濱，故

以漢江代指杜預；而杜牧又與之同宗，且各有名碑、撰碑之事（詳見下注），故又借代指杜牧而言。西江，即江西，此代指曾任江西觀察使之韋丹。遠弔西江水，實即杜牧為韋丹撰碑之意；按：末句詩人自注曰：「時杜奉詔撰韋碑。」

⑦「羊祜」句—意謂杜牧所撰之韋丹碑將與杜預所命名之墮淚碑千古輝映，同其不朽。《晉書・列傳四・羊祜傳》載羊祜（221－278）鎮守荊襄期間修德安民，政績斐然，甚得民心，卒年五十八。襄陽百姓於峴山羊祜生平遊憩之所建碑立廟，歲時饗祭，望其碑者無不流涕；繼任之杜預因此命名為垂淚碑，又名墮淚碑。《新唐書・循吏傳・韋丹》載韋丹，京兆萬年人，早孤，從外祖顏真卿學，明經擢第。為江南西道觀察使時，計口受俸，還餘糧於官；罷八州冗食者，收其財。仁恕愛民，吏治轉清。又「築堤捍江，長十二里，竇以疏漲。凡為陂塘五百九十八所，灌田萬二千頃。」後「宣宗讀《元和實錄》，見丹政事卓然，他日與宰相語：『元和時治民孰第一？』周墀對：『臣嘗守江西，韋丹有大功，德被八州，歿四十年，老幼思之不忘。』」於是詔杜牧撰碑以旌表其功。

【補註】

01 《吳越春秋・闔閭內傳》：「干將者，吳人也，與歐冶子同師，俱能為劍。……莫耶，干將之妻也。干將作劍，……而金鐵之精不銷淪流，……於是干將妻乃斷髮剪爪，投於爐中，使童女童男三百人鼓橐裝炭，金鐵乃濡。遂以成劍，陽曰干將，陰曰莫耶，陽作龜文，陰作漫理。」

【評解】

01 趙臣瑗：贈司勳者，因見司勳所制〈杜秋〉詩有悲傷遲暮之意，故特稱其所撰〈韋丹碑〉，以為即此便是立言不朽，何故尚有不足？蓋聊以廣其志耳。不知何意，忽然就其名字弄出神通，遂尋一個不期而合之古人來做影子，四句中故意疊用二「牧」字、二「秋」字、三「總」字、二「字」字，拉拉雜雜，寫得如花團錦簇，而句法離奇夭矯，又似游龍舞馬不可搦，真近體中之大觀也。五六二句自是正文。看他尾聯又復疊用二「江」字，與前半之九個複字相照，二人名與前半之三個人名相照，使我並不知其未下筆時如何落想，既落想後如何下筆，文人狡獪一至於此，以視沈（佺期）〈龍池〉、崔（顥）〈黃鶴樓〉，真可謂之愈出愈奇矣。（《山滿樓箋注唐詩七言律》）

02 姚培謙：此以必傳慰杜牧也。……前借〈杜秋〉一詩，而以江總比之；後因撰〈韋碑〉，而以杜預比之。前從名字上比擬，後從姓上比擬，詩格奇絕。總見運命雖不酬，而文章必傳世。義山之傾倒於杜，至矣。（《李義山詩集箋注》）

03 馮浩：通篇自取機勢，別成一格也。牧之奇才偉抱，迴翔郡守，抑鬱不平，此二章深惜之而慰之也。下半言武功之奏，既與有謀畫；文章之傳，又與古爭烈，不朽固自有在矣。（《玉谿生詩詳注》）

04 紀昀：嶔崎磊落，奇趣橫生，筆墨恣逸之甚，所謂不可無一，不可有二。（《玉谿生詩說》）

074 李衛公（宣宗大中三年，849）

絳紗弟子音塵絕，鸞鏡佳人舊會稀。今日致身歌舞地，木棉花暖鷓鴣飛。

【詩意】

曾經得到李衛公提拔栽培的門生故吏，現在大多在風塵之中流離顛沛而音信斷絕了；而昔日才幹出眾、人品高尚、志同道合的政治夥伴，也已經風流雲散，很難再有重逢聚首的機緣了。如今他被貶謫到偏遠的嶺南荒陬，在木棉花暖的春天，將會看到鷓鴣又向更南飛去，恐怕會益增悲戚吧（按：似乎暗示牛黨當權之時，李德裕恐無北歸之指望）！

【注釋】

① 詩題—李衛公，指李德裕（787－850），字文饒，憲宗時宰相李吉甫之子。於文宗大和七年（833）及文宗開成五年（840）兩度拜相，主政期間，重視邊防，削弱藩鎮，鞏固中央，使晚唐內憂外患之局面暫得安定。伐劉稹、平澤潞等五州之叛後，以功加太尉，封衛國公，世稱李衛公；義山曾譽之為「萬古之良相」。德裕為李黨領袖，深獲武宗信任，然會昌六年宣宗即位後，牛（僧孺）黨得勢，先外放為荊南節度使，繼貶潮州司馬，大中二年九月再貶崖州（治所在今海南島三亞市崖城鎮）司戶，大中四年正月卒於貶所，事見《舊唐書・李德裕傳》。本詩可能作於獲悉德裕再貶崖州後。按：李德裕於貶崖期間作〈與姚諫議郃書〉云：「天地窮人，物情所棄，無復音書；平生舊知，無復弔問。……大海之中，無人拯卹，資儲蕩盡，家事一空，百口熬然，往往絕食。」可見當時窮愁困窘之狀。

② 「絳紗」句—絳紗弟子，此指身受提拔、知遇之門生故吏；〈過崔兗海宅〉詩云：「絳帳恩如昨」，義同於此。音塵絕，言流離於風塵之中而音信斷絕。

③ 「鸞鏡」句—鸞鏡佳人，本指後房妻妾，然史稱德裕不喜飲酒，

無後房聲色之娛，則此處應借喻政治上志同道合之人。按〈破鏡〉詩中因鑑別人才不公正而有「秦臺一照山雞後，便是孤鸞罷舞時」之嘆，亦是以孤傲之鸞鳳借喻才高品卓而不願趨時媚俗的有志之士。按：大中二年二月，李德裕同黨中人李回責授湖南觀察使，鄭亞貶循州長史。九月，德裕貶崖州司戶，李回貶賀州刺史。昔日之同志風流雲散，聚會難期，故曰「舊會稀」。

④「今日」句──歌舞地，即歌舞岡，又名越王臺，在今廣州市越秀山上；相傳漢高祖時南越王趙佗曾在此以盛大之歌舞款待漢朝使者陸賈，而後每年三月三日趙佗均遊宴於此，隨行官員亦於臺上越舞，故名。此處似以歌舞地泛指嶺南地區，包括距離廣州市皆相當遙遠之潮州與崖州。

⑤「木棉」句──木棉花暖，木棉於春暖時綻放形如酒杯大小之橘紅色花瓣，自然給人溫暖之暗示。鷓鴣飛，馮注引《禽經》曰：「子規啼必北向，鷓鴣飛必南翥。」此處可能意指由潮州貶至更南之崖州，或亦暗示牛黨當權之時，德裕恐無北歸之指望；是以異鄉風物雖或新奇，然遷謫之人目視耳聞，徒增悲戚耳。

075 流鶯（宣宗大中三年，849）

流鶯漂蕩復參差，渡陌臨流不自持。巧囀豈能無本意？良辰未必有佳期。風朝露夜陰晴裡，萬戶千門開閉時。曾苦傷春不忍聽，鳳城何處有花枝？

【詩意】

流鶯經歷了東飄西蕩、輾轉流浪之後，又忽高忽低、時左時右、忽快忽慢地穿梭徘徊，看起來栖栖惶惶、猶豫不定。牠飛過了遼闊的原野，掠過了清澈的江流，卻不知道自己究竟應該飛向何方——牠看起來似乎身不由己，完全無法掌握自己的命運！在那清脆圓潤、美妙動聽的啼囀之中，難道沒有牠深刻的苦心或寄託嗎？只不過即使是在芳春良辰之日，牠也未必能夠期待得到知音聆賞的美好機緣罷了。儘管牠已經置身在繁華京城裡，但不論是颳風的清晨、降露的夜晚、陰霾的天氣或晴朗的日子裡，牠都無休無止地想要讓世人瞭解牠的苦心；也不論是京城裡的千門萬戶在開啟或關閉的時候，牠都竭力啼唱，想讓世人明白他的本意。我也曾經感傷春光流逝而苦惱不已，實在不忍心再聽牠越來越淒涼哀切的悲啼了；偌大的長安城裡，哪裡才是牠可以暫時棲息的花枝呢？

【注釋】

① 詩題—本詩殆為商隱於大中三年春補選京兆僚屬時期所作，當時詩人頗覺潦倒落拓，故以流鶯為喻，抒發飄蕩無依之苦悶，與深心本意無人理解之悲哀；「良辰未必有佳期」尤透露出近似「冠蓋滿京華，斯人獨憔悴」之寂寞淒涼，令人思之黯然。

② 「流鶯」句—暗喻詩人長期輾轉漂泊於節度使、觀察使幕下。參差，不整齊貌，乃形容流鶯飛翔時栖栖惶惶、徘徊猶豫之情態；可能還兼有〈杜司勳〉詩中「短翼差池不及群」之意涵。

③ 「渡陌」句—渡陌，飛越道路。臨流，橫過水流。不自持，無法自主。

④ 「巧囀」句—以鶯啼自有深情苦衷而竟無人能解，寄託自己長期飄零淪落之深悲；〈蟬〉詩亦云：「五更疏欲斷，一樹碧無情。」

⑤ 「良辰」句—言雖遇良辰，亦未必能有美好之機緣、遭遇。期，希冀、盼望；佳期，此指美夢成真之意。按：對令狐綯等青雲得志之人而言，宣宗朝實為大顯身手之良辰；然對苦無機會入朝為

官之詩人而言，雖值良辰，奈何「未必有佳期」。

⑥「風朝」二句—意謂流鶯雖置身繁華京城，然無論天候，不分早晚，仍得餐風宿露，強忍漂蕩流離之苦而啼囀不已。萬戶千門，漢武帝築建章宮有千門萬戶，見《史記・孝武本紀》《漢書・東方朔傳》；此代指京城而言。

⑦「鳳城」句—鳳城，指京城長安。相傳秦穆公之女弄玉吹簫，鳳降其城，故號丹鳳城，簡稱鳳城；參見〈玉山〉詩注⑥。此言鳳城雖有好花繁枝，然竟無可供流鶯棲息之一枝。按：末句既像是詩人為流鶯請命之關切，又像是詩人從流鶯哀啼中所聽出之涵義，更像是詩人自己幽怨之心聲。

【評解】

01 陸崑曾：此作者自傷飄蕩，無所依歸，特託流鶯以發嘆耳。渡陌臨流，喻己之東川嶺表，身不自由也。三四言巧囀中非無本意，特恐佳期難必，負此良辰耳。風朝夜露，萬戶千門，言隨時隨地，人皆樂聞，而獨不可入於傷春者之耳也。結句從「上林多少樹，不借一枝棲」翻出，彼是有樹不借，此是無枝可依，見會昌以來相識諸公無一在朝矣。（《李義山詩解》）

02 姚培謙：此傷己之飄蕩無所託而以流鶯自寓也，渡陌臨流，全非自主，然聽其巧囀之聲，豈無迫欲自達之意，所恨者佳期之未可卜耳。試看風朝露夜，陰晴不定，萬戶千門，開閉隨時，無日不望佳期，無日得遇佳期，鳳城一枝，不知何時得借，傷春之音，宜我之不忍聽也。（《李義山詩集箋注》）

03 程夢星：此亦借端以自嘆也。起句「漂蕩」字，結句「傷春」字是正義。首句言一身飄蕩無定，次句言去住莫能自主……。（《李義山詩集箋注》）

04 馮浩：頷聯入神，通體悽惋，點點杜鵑血淚矣，亦客中所賦。（《玉谿生詩詳注》）

05 紀昀：前六句將流鶯說做有情，七句打合到自己身上，若合若離，是一是二，絕妙運掉，與〈蟬〉詩同一關捩，但格力不高，聲響覺靡耳。（《玉谿生詩說》）

06 張采田：含思宛轉，獨絕古今。亦寓客中無聊，陳情不省之慨。謂其詞似在京所作，豈大中三年春間耶？此等詩當領其神味，不得呆看，若泥定為何人何事而發，反失詩中妙趣矣。讀《玉溪集》者當於此消息之。（《李義山詩辨正》）

07 汪辟疆：此義山借流鶯寓感也。起二語曰「漂蕩」、曰「參差」，即隱寓身世飄蓬之感。三四喻己屢啟陳情與見之詩文者，自有肺腑之言，而他人未必能共諒，此良辰佳期之所以不至也。五六「風朝」句，言朝局之萬變；「萬戶」句，言黨派之分歧。結二句則歸到自身，詞哀心苦，茫茫人海，無枝可棲，字字血淚矣。（《玉谿詩箋舉例》）

076 柳（宣宗大中三年，849）

為有橋邊拂面香，何曾自敢占流光？後庭玉樹承恩澤，不信年華有斷腸。

【詩意】

儘管生長在橋邊，能夠輕輕地拂過來往行人的顏面，散發淡香，但是何曾膽敢自以為生當其時，可以春風得意，甚至得意忘形呢（按：似喻雖有令才美譽，奈何出身卑微，兼又生不逢時，豈敢恃才傲物、驕矜自滿）？那些生長在皇宮後院的玉樹，可以隨時欣霑雨露，享受恩澤，不會相信在最美好的暖春時節，竟然還有感傷斷腸的花柳（按：喻承寵得意之人渾不知失意之人的悽楚）。

【注釋】

① 詩旨—本詩借橋柳自喻雖有才華而時運不濟，而承受恩寵之人（殆指令狐綯等於大中年間飛黃騰達之輩）豈知皇恩浩蕩之時猶有傷心斷腸之人。

② 「為有」二句—此以柳自喻，意謂雖有令才美譽，奈何出身卑微，兼又生不逢時，因此不敢奢望能春風得意，平步青雲。為有，殆義近於「儘管有、即使有」。柳生橋邊，喻出身寒微，不若宮庭及豪宅之楊柳高貴。拂面香，喻才美而名高，為眾人所知。占流光，謂生逢其時，春風得意，甚而得意忘形也。

③ 「後庭」句—後庭玉樹，喻承寵之人，殆指令狐綯等於大中年間飛黃騰達之輩。玉樹，槐樹之別稱[1]；劉學鍇注曰：「宮中多植槐樹，即所謂後庭玉樹。槐柳相類，故用以對比。」

④ 「不信」句—謂承寵得意之人渾不知彼於欣霑雨露恩澤時，竟尚有失意之人肝腸寸斷矣。不信之主詞為「玉樹」，承上省略；斷腸之主詞則為首句之「橋邊柳」。年華，即暖春芳菲時節。

【補註】

01 《隋唐嘉話下》載：「雲陽縣界多漢離宮故地，有樹似槐而葉細，土人謂之『玉樹』。楊子雲〈甘泉賦〉云『玉樹青蔥』，後左思以雄為假稱珍怪，蓋不詳也。」樂史《太平寰宇記》卷三十一引《雲陽宮記》曰：「甘泉宮北有槐樹，今謂玉樹。根幹盤峙，二三百年木也。耆舊相傳，咸以為此樹即揚雄〈甘泉賦〉所謂『玉樹青蔥』者也。」

【評解】

01 何焯：亦為令狐而作，一榮一悴，兩面對看。（《李義山詩集輯評》引）

02 屈復：得意之人不知失意之悲。（《玉谿生詩意》）

03 程夢星：此亦嘆老嗟卑之詞。後庭玉樹，喻在朝得意如綯者；己則道旁之柳，不占春光，摧折斷腸，無人見信也。（《李義山詩集箋注》）

077 九日（宣宗大中三年，849）

曾共山翁把酒卮，霜天白菊繞堦墀。十年泉下無消息，九日尊前有所思。不學漢臣栽苜蓿，空教楚客詠江蘺。郎君官貴施行馬，東閣無因再得窺。

【詩意】

我曾經在歷任各鎮節度使而又受封為彭陽郡公的令狐相公幕下任職，經常受邀參與盛宴，和他把杯暢飲，因此有幸觀賞到秋天霜冷時節，丞相府中雪白的菊花團團簇簇環繞著臺階的奇觀。十年了！自己竟然因循蹉跎，無以告慰九泉之下恩師對自己的深切期許；因此在重九節的今日，面對菊花喝酒時，不能不陷入回憶與沉思之中而有所感慨。有些鄙陋的人缺乏漢朝使臣把外國品種的苜蓿移植到上林苑栽種的胸襟和見識（按：藉以感慨令狐綯排擠異己，缺乏乃父培植人才的氣度與眼光），平白無故讓遭遇各種讒毀而被疏遠的楚客（按：以屈原自喻，並雙關己為令狐楚之幕客），只能吟詠江蘺等芳草來象徵高潔的人品，宣洩失意的苦悶（按：江蘺，既表示遭罹深重憂患之詩篇，亦雙關彼此關係將越來越疏離）。如今恩師的公子官高位顯，官邸前設有管制人車通行的拒馬，只怕我再也無緣重臨令狐府中延攬與接待賢才的東館了。

【注釋】

① 詩旨—本詩可與次首〈野菊〉合觀，前半因殆因重九飲酒賞菊之習俗，觸發感念及愧對恩師令狐楚之厚遇栽培之意；後半則感慨令狐綯之冷漠疏離，不念舊情，或亦含有令狐綯雖位高權重，惜竟無乃父眼光與氣度之譏刺存焉。

② 「曾共」句—山翁，以晉朝曾榮任征南將軍、出鎮襄陽而以好飲著名之山簡，借比曾歷任節度使之令狐楚。共山翁把酒，借喻自己在令狐幕下常應邀赴宴飲酒，見〈贈宇文中丞〉注③。卮，或作「時」。

③ 「霜天」句—霜天白菊，劉禹錫〈和令狐相公翫白菊〉：「家家菊盡黃，梁國獨如霜。」又劉禹錫〈酬令狐相公庭前白菊花謝偶書所懷見寄〉：「數叢如雪色，一旦冒霜開。」可見令狐楚甚愛白菊。白菊繞堦，既實寫當日情景，亦隱寓依其門牆，受其栽培之意。

④ 「十年」二句—本詩應作於大中三年（849）重陽，上距令狐楚之卒於開成二年（837）冬已將近十二年矣，故舉其成數。無消息，可能指自己一無所成，無以告慰九泉之下令狐楚對自己深切之期許。有所思，所思者殆包含對令狐楚栽培之感恩懷德、長期沉淪不遇而一無所成之羞愧憤懣，以及令狐綯官運之亨通，對自己更怨懟疏離等複雜之情事與感慨。

⑤ 「不學」句—漢臣栽苜蓿，本是為了飼養來自大宛國之天馬；《漢書・西域傳上・大宛》：「（大宛王）蟬封與漢約，歲獻天馬二

匹。漢使采蒲陶、目宿種歸。天子以天馬多，又外國使來眾，益種蒲陶、目宿離宮館旁，極望焉。」此處則有培養人才之寄託[1]。

⑥「空教」句—楚客，本指屈原，此喻失意之自己。江蘺，一作「江離」，可能有幾種涵義：其一，為〈離騷〉中常見植物，故借代指〈離騷〉，用以表示自己遭罹深重之憂患。其二，用以自喻人品芳潔，蓋江離為香草名，古詩詞中常用為人品芳潔之象徵；〈離騷〉：「扈江離與辟芷兮。」其三，似有取其諧音而感慨彼此關係將越來越疏離之意[2]。

⑦「郎君」句—郎君，指令狐綯，殆兼有表達對令狐楚之感念，及暗諷令狐綯不肖其父之意[3]。官貴，大中三年二月，令狐綯拜中書舍人，五月，遷御史中丞，九月，充翰林學士承旨，尋權兵部侍郎知制誥。行馬，古時官府前所設阻攔人馬通行之木架，類似今日之拒馬；程大昌《演繁露・行馬》：「晉、魏以後，官至貴品，其門得施行馬。行馬者，一木橫中，兩木互穿，以成四角，施之於門，以為約禁也。」

⑧「東閣」句—東閣，延攬與培養賢士之館舍；《漢書・公孫弘傳》：「弘……數年至宰相封侯，於是起客館，開東閣以延賢人，與參謀議。」無因再得窺，於感念令狐楚厚遇之中，寓有令狐綯不念舊誼、不重賢才之慨嘆。

【補註】

01 紀昀《玉谿生詩說》側重在苜蓿為「外來品種」，因此認為本句有排擠異己之嘆：「苜蓿，外國草也，漢使者乃採歸種之於離宮；令狐綯以義山異己之故而排擯不用，故曰『不學漢臣栽苜蓿』。」馮浩《玉谿生詩詳注》側重在以「漢臣」比擬令狐楚，因此認為意在譏諷令狐綯無乃父培育人才之氣度：「以樹物比樹人，嘆其不承父志。」張采田《李義山詩辨正》側重在「移植的地點」，認為是怨嘆令狐綯不肯援引入朝：「『苜蓿』句祇取移種上苑之意，言令狐不肯援手，使之沉淪使府，不得復官禁近也。」其實三人之說，並無牴觸，皆有可參之處。

02 劉學鍇以為有譏諷令狐綯之意：「『空教』句似非泛言己之失意怨望，如楚客之賦〈離騷〉。「江離」當有所指，椒蘭尚且變質，何況等而下之之揭車與江離！蓋以「江離」暗指綯也。

03《後漢書．西南夷傳》：「太守巴郡張翕，政化清平，得夷人和。在郡十七年，卒，夷人愛慕，如喪父母。……天子以張翕有遺愛，乃拜其子湍為太守。夷人歡喜，奉迎道路。曰：『郎君儀貌，類我府君。』後湍頗失其心，有欲叛者，諸夷耆老相曉語曰：『當為先府君故。』遂以得安。」據此，再加上腹聯之「不學漢臣栽苜蓿，空教楚客詠江蘺」及末句之「東閣無因再得窺」觀察，則義山「郎君」一詞，殆兼有表達對令狐楚之感念，及暗諷令狐綯不肖其父之意。

078 野菊（宣宗大中三年，849）

苦竹園南椒塢邊，微香冉冉淚涓涓。已悲節物同寒雁，忍委芳心與暮蟬？細路獨來當此夕，清尊相伴省他年。紫雲新苑移花處，不取霜栽近御筵。

【詩意】

在種植苦竹和辣椒（花椒）園林的南邊（暗喻野菊與自己皆託根於辛苦之地），瀰漫著野菊細微的香氣，花葉上晶瑩的露水，看起來像是即將滴落的淚珠。她已經像為季節風物的變化而悲涼感傷的秋雁了，又何忍再拋棄美好的心願、清高的志節，像暮蟬之消沉喑啞、自甘寂寞呢？（按：此聯以寒雁之遠徙，興起遊幕羈旅之悲哀；以暮蟬之嘶啞無聲，興起無處訴苦之哽咽心酸）今天傍晚，我特別沿著小徑來到這裡尋訪她，帶著一壺清酒，淺斟細酌之餘，不覺回想起當年在令狐相府中觀賞「霜天白菊繞階墀」的熱鬧場面（如今卻只能在此冷清地和野菊同病相憐）。聽說最近在神仙的紫霄上修築了新麗的宮苑，種植了各色奇花異草，卻完全沒有要把染過秋霜的野菊移栽進去，好讓她能接近玉帝華貴的宴席之意（按：感慨令狐綯青雲得志，隨侍君側，而己則困頓失意，淪落在外）。

【注釋】

① 詩旨—本詩可與前首〈九日〉合觀，前半因見野菊而興身世之感、淪落之悲；後半則微寓懷想令狐楚恩遇及嗟嘆令狐綯冷淡之感慨。

② 「苦竹」二句—首句以竹之苦、椒之辛，表示野菊與自己皆託根於辛苦之地；屈復《玉谿生詩意》云：「竹身多節，椒性芳烈，此中菊香已非凡品。」可說明詩人取譬之用心。冉冉，形容香氣細微瀰漫；淚涓涓，形容花露晶瑩，彷彿含淚欲滴。

③ 「已悲」二句—以寒雁之遠徙，興起遊幕羈旅之悲哀；以暮蟬之嘶啞無聲，興起無處訴苦之哽咽心酸。委，拋棄。芳心，美好之心願。與，同也。

④ 「細路」二句—寫不勝今昔對比之悲哀。細路，小徑。清尊相伴，兼野菊與詩人自身而言；省，記憶。六句即〈九日〉詩「曾共山翁把酒卮，霜天白菊繞階墀」之義。

⑤ 「紫雲」句—紫雲，取仙人之紫府、紫霄比擬宮苑。新苑移花，《西京雜記．卷一》：「初修上林苑，群臣遠方各獻名果異樹，

亦有製為美名，以摽奇麗者。」此暗喻大中三年二月令狐綯拜中書舍人，五月遷御史中丞，九月充翰林學士承旨，尋權兵部侍郎知制誥等事。雲，一作「薇」；馮浩注謂開元元年，改中書省曰紫薇省，令曰紫薇令，故中書舍人可稱紫薇。

⑥ 霜栽—霜栽，自喻；葉葱奇曰：「菊花多於秋間移植，故稱霜栽。」

【評解】

01 王夫之：有飛雪回風之度，錦瑟集中賴此以傳本色。（《唐詩評選》）

02 錢謙益：此比賢者之遺棄草野，不得進用也。首言菊生竹園塢屋之間，微香冉冉不斷，而浥雨則如淚涓涓，知其意不自得矣。以彼冒霜而開，已悲節物於啣蘆之雁，兼之帶雨而發，忍委芳心於咽露之蟬？乃余細路獨來，偏當此夕，清罇長伴，偶省他年。思以貢之玉堂，而紫雲新苑，正繁花爭艷之處，誰取霜根以近御筵哉？　〇又曰：首句比君子失所，二句比失意。領聯見其操，以下則同心相弔，而傷其逕路之無媒耳。（《唐詩鼓吹評注》）

03 陸崑曾：義山才而不遇，集中多嘆老嗟卑之作，〈野菊〉一篇，最為沉痛。起云「苦竹園南椒塢邊」，竹味苦，椒味辛，言所託根在辛苦之地也。繼云「微香冉冉淚涓涓」，言香微露重，涓涓者，疑花之有淚也。插此「淚」字，便生出下一聯來。言是菊也，敷榮在野，無異寒雁羈棲；不言而芳，等於暮蟬寂默，又何由見知於世乎？下半言細路獨來，惟有今夕；清樽相伴，空省他年。蓋傲霜之姿，本非近御之物，而冀其移栽新苑也，得乎？亦惟槁項黃馘，老死牖下而已矣。（《李義山詩解》）

04 程夢星：此詩與〈九日〉詞旨皆同，但較渾耳。「已悲節物」「忍委芳心」二語，即〈離騷〉「老冉冉其將至，恐修名之不立」意。

蓋日月逝矣，能無慨然？五六二語與「九日尊前有所思」正同。七八二語與「不學漢臣栽苜宿」正同。故知此詩為一情一事。野菊命題，即君子在野之嘆也。（《李義山詩集箋注》）

05 紀昀：中四句佳，結處嫌露骨太甚。（《玉谿生詩說》）

06 黃侃：此詩義山蓋以自喻其身世，末二句與〈崇讓宅紫薇〉意正相類，但彼措詞徑直，此稍婉耳。（劉學鍇引《李義山詩偶評》）

079 哭劉蕡（宣宗大中三年，849）

上帝深宮閉九閽，巫咸不下問銜冤。黃陵別後春濤隔，湓浦書來秋雨翻。只有安仁能作誄，何曾宋玉解招魂？平生風義兼師友，不敢同君哭寢門。

【詩意】

昏庸愚闇的上帝，只知道安居在九重天門緊閉的深宮之中，完全不想派遣（能夠掌握魂魄所在的）巫咸降臨人間，來了解您遠貶南荒，含恨而卒的冤情，真叫人悲憤莫名！去年春雪紛飛時，我們在洞庭湖畔的黃陵分手，從此遠隔波濤洶湧的長江而音訊全無；哪裡料得到如今竟然在秋雨翻盆而下的時候，接到您客死潯陽的噩耗！我只能像潘安仁一樣滿懷悲痛地撰寫哀祭的詩文來憑弔您，但是即使我能寫出像宋玉為他的老師屈原所寫的〈招魂〉那樣悽愴動人的文章，又哪裡真能呼喚回您一去不返的魂魄呢？您生平的道義風範，不僅是砥礪我志節的益友，更是值得我效法的良師，所以我不敢以您的朋友或同輩自居，唯有把您奉為師尊，在您的寢室內痛哭拜祭，才能表達我對您的景仰敬愛之心。

【注釋】

① 詩題—宣宗大中二年，詩人與劉蕡（參見〈贈劉司戶蕡〉【補註】）在黃陵（洞庭湖南湘江畔）相遇後，不久詩人即北返。據劉學鍇考據，劉蕡可能又前往潯陽投靠時任江西刺史的座主楊嗣復，未幾即卒於當地；噩耗傳來時，詩人已返京任職。

② 「上帝」二句—此言君王昏聵而易受矇蔽，無意為賢臣平反，致劉冤死異鄉。九閽，九天宮門，此喻帝王之宮門；〈離騷〉：「吾令帝閽開關兮，倚閶闔而望予。」巫咸，傳說中天帝所派遣能招魂之使者。

③ 「黃陵」二句—言去年黃陵別後，方歷一載；不意秋雨時節，竟從潯陽傳來劉蕡之訃音。黃陵，在洞庭湖南湘江畔；時商隱在長安，與蕡所處之地遙隔大江，故云「春濤隔」。湓浦，代指江州，《廬山記》：「江州有青盆山，故其城曰湓城，浦曰湓浦。」書，指訃聞而言。

④ 「只有」二句—以安仁、宋玉自喻，謂己雖能作詩文哀悼，然無法令劉蕡復生。安仁，古代俊男潘安之字，《晉書・潘岳傳》稱其「辭藻絕麗，尤善為哀誄之文。」誄，累列死者生前功業之文。招魂，原為《楚辭》之一篇，王逸《楚辭章句・序》曰：「〈招魂〉者，宋玉之所作也。……宋玉憐哀屈原，忠而斥棄，愁懣山澤，魂魄放佚，厥命將落。故作〈招魂〉，欲以復其精神，延其年壽……以諷諫懷王，冀其覺悟而還之也。」此指招劉蕡之魂魄。

⑤ 「平生」句—謂以交情而言，劉為心契之友；以風骨氣節而論，則敬劉如師。風義，風骨氣節。

⑥ 「不敢」句—謂欽敬劉之氣節風骨，故不敢視其為同輩之友而哭弔於臥室之外。同君，與劉蕡相等，即以劉蕡為地位相等之友也；不敢同君，即敬劉為師之意。寢，臥室。寢門，指臥室之外；《禮

記・檀弓上》載孔子之言曰：「師，吾哭諸寢；朋友，吾哭諸寢門之外。」

【評解】

01 胡以梅：劉蕡……因直言對策傷中官致禍，所以哭之痛憤，擬同屈平。起用〈離騷〉〈招魂〉之詞，言上帝深居而不遣巫陽下問劉之含冤，以致於死。雖用〈離騷〉，實賦當時之事，比既切當，而上帝亦可雙夾，即指天子；將忠良受屈，昏君無權，全部包舉，闊大典雅，所以為妙。因兩句正意已足，故三四推開，說到未死之前廣（按：應作「黃」）陵相別，隔春濤之浩渺；而湓浦書來，正值秋雨之翻盆，何期從此遂成千古永訣耶？此二句不同尋常格調，是倒插之意，然彌見其疏宕耐味，須補足方顯。五言如此忠賢，須得名人為之作誄，如潘岳云可。亦有兩意，一言只可作誄以傳於死後，何曾真有魂之可招；又言已如宋玉，為屈原弟子，而不能如玉之作〈招魂〉詞也。下有「師友」，亦有申明此句線索。此二句總之有自謙亦自負意。結推尊心折，不敢以平常友誼哭之也。（《唐詩貫珠串釋》）

02 姚培謙：此痛忠直之不容於世也。……首聯直書文宗之受蔽群小，使忠義不能保全。……讀此知義山與劉肝膽相契，豈但欲以浮華自炫者？（《李義山詩集箋注》）

03 紀昀：悲壯淋漓，一氣鼓盪。湓浦書來，謂訃音也。哭蕡詩四首俱佳，故詩亦須擇題。二句與六句是一事，起處就朝廷說，六句就自已說，亦稍有分別；然如此等以不犯為妙，究是一病也。（《玉谿生詩說》）

04 管世銘：不知其人視其友。觀義山〈哭劉蕡〉詩，知非僅工詞賦者。（《讀雪山房唐詩序例》）

080 哭劉司戶蕡（宣宗大中三年，849）

路有論冤謫，言皆在中興。空聞遷賈誼，不待相孫弘。江闊惟回首，天高但撫膺。去年相送地，春雪滿黃陵。

【詩意】

您的噩耗傳出之後，連路上的人都議論紛紛地為您含冤被貶而憤慨不平，說您當年在對策中指摘宦官亂政的讜言正論，全都是為了追求國家的振興改革，因此為您痛惜不已。雖然曾經傳出讓您像漢朝的賈誼逐漸往內地調動，甚至召回朝廷的訊息，但是還沒有實現之前您就已經含恨而逝了，就更不可能像漢朝的公孫弘被罷黜免職之後還有擔任宰相的機會了！如今我和您所在的江州遠隔著山高水遠的長江，只能頻頻回首南望來寄託我的哀痛之情而已；看著高不可測而又對人間冤屈不聞不問的蒼天，除了痛捶心肝之外，又能如何呢？想到去年春天我們在黃陵雪中晤別的景象，我彷彿又看見您在瀰天漫地的雪花中踽踽獨行的身影……。

【注釋】

① 「路有」二句—意謂劉蕡之噩耗傳出後，行道之人追思其當年對策痛陳宦官亂政之弊病，本意均為國家之振興改革而發，誠可謂操心危、慮患深之讜言正論矣；而如此忠藎之士竟遭冤謫楚地，以致沉淪絕世，故皆有所議論嗟嘆，深為痛惜哀悼也。路有論，乃劉蕡卒後之公論、輿論也。在中與，意在為國之再度振興而發也；參見〈贈劉司戶蕡〉【補註】。論，協律當音ㄌㄨㄣˊ。中，協律當音ㄓㄨㄥˋ，再也；中興，再度振興。

② 「空聞」二句—謂雖有升遷甚至召回朝廷之傳聞，然終究未能實現；而今劉已抱恨含冤，客死異鄉，未能如公孫弘遭罷廢而復起用，終於位至宰相矣。遷，升遷；遷賈誼，見〈贈劉司戶蕡〉詩注⑤。公孫弘（200 B. C. －121 B. C. ），字季，少時為獄吏，因罪免。武帝建元元年（140 B. C. ）徵為賢良博士，年已六十矣。嘗出使匈奴，還報，帝怒以為無能，乃移病免歸。元光五年（130 B. C. ），詔徵文學，百餘人中弘居下第，策奏，天子擢弘第一。召入見，狀貌甚麗，拜為博士。至元朔中（128 B. C. －123 B. C. ）拜丞相，封平津侯。

③ 「江闊」二句—意謂與劉蕡之卒地江州遙隔大江，只能頻頻回首南望以寄哀痛之思；而天高難問，君心難測，沉冤難雪，惟能撫膺長慟而已。撫膺，以手擊胸，驚痛至極之狀。

④ 「去年」二句—謂大中二年於黃陵（洞庭湖南湘江畔）晤別，正值春雪飄揚之時。

081 哭劉司戶二首其一（宣宗大中三年，849）

離居星歲易，失望死生分。酒甕凝餘桂，書籤冷舊芸。江風吹雁急，山木帶蟬曛。一叫千迴首，天高不為聞。

【詩意】

和您分手以來，不過一年多而已，沒想到就失去再見面的指望，因為我們的生離竟然變成了死別！我彷彿可以看見：您的酒甕中殘存著逐漸乾凝的桂花酒，不會有人再淺斟細酌了；您攤開的書本中夾著的芸香書籤也已經冷卻，不會有人再去摩娑把玩了。我似乎聽見：鴻雁被淒急的江風吹襲時驚懼的叫聲，也聽見山林中的寒蟬在昏黃的餘暉中低沉嘶啞的哀鳴（按：此聯象喻宦官氣焰之盛、壓迫賢士之急，以及國運之衰頹、時局之昏亂，忠藎之言瘖啞不聞）。儘管牠們每一次驚懼而焦慮地啼叫之後就頻頻回頭張望，似乎有所期盼，但是天庭是那樣高遠，根本聽不見牠們的淒厲而悲苦的心聲（按：象喻儘管有識之士操危慮深，赤忱可感，而且始終忠貞不渝，奈何君王昏聵，不聞不問）。

【注釋】

① 「離居」二句──意謂二人晤別方才年餘，不料生離竟成死別而永無再見之期矣。離居，此指分手後各奔前程而言。星歲易，年歲改變，即過了一年之意。失望，謂失去再見之指望。劉蕡與義山於大中二年春黃陵晤別，三年秋劉蕡卒於江州，故云。

② 「酒甕」二句──想像劉蕡卒於江州，身後蕭條之景況。甕凝餘桂而無人再飲，籤冷舊芸而乏人再閱，物在人亡之感傷，溢於言表。桂，原指桂酒，此處以「桂」字代酒；劉蕡好飲，故有「酒甕」句。芸，指芸香，即七里香，可為書籤以防蠹蟲。按：秘書臺又有芸臺、芸閣、芸局之稱；徐逢源以為，令狐楚、牛僧孺皆曾表奏劉蕡為幕僚，授秘書郎，故詩中有「舊芸」句。

③ 「江風」二句──借想像中劉蕡卒地江州所可見蕭瑟衰颯之秋景，暗抒憂國傷時之感憤。江風急，可能借喻宦官勢力之盛；雁與蟬，皆借喻劉蕡之流。曛，昏暗。山木曛，可能借喻國運之衰頹，時局之昏亂。

④ 「一叫」二句──借孤雁與寒蟬之悲鳴，與始終不放棄而頻頻回首之執著，象喻有識之士忠君愛國、操危慮深之赤忱可感；以「天高不為聞」抒發君王昏聵之憾恨。「叫」字透露出憂心國事之焦

慮與驚懼。千迴首，象喻愛國憂民，始終不渝之忠肝義膽。

082 哭劉司戶二首其二（宣宗大中三年，849）

有美扶皇運，無誰薦直言。已為秦逐客，復作楚冤魂。湓浦應分派，荊江有會源；併將添恨淚，一灑問乾坤。

【詩意】

儘管您擁有美善的才德足以匡輔皇室，使國運否極泰來，奈何由於當年對策時直言不諱地痛陳宦官亂政，以致沒有人敢推薦您。您遭遇宦官排擠，遠離長安，貶為柳州司戶，已經使人感慨不已了；竟然又像屈原一樣含冤客死楚地，更是令人悲憤莫名。雖然我想拿「長江到了湓浦將會分成九道支流」以及「許多水流注入洞庭湖後，又會在荊江口匯入長江」來安慰自己：人生的聚散離合本來就是如此偶然而難以逆料；但是您齎志以歿，含冤而死，卻讓我恨不得把洞庭水和長江水化為悲恨的眼淚，全部灑向乾坤來質問天地何以如此不仁、人間何以如此不公！

【注釋】

① 「有美」二句—意謂劉蕡雖有美善之才德足以匡輔國政，奈何因直言極諫逆忤宦官而無人敢於推薦拔舉。有美，代指劉蕡才德之美。直言，謂劉蕡當年應賢良方正、直言極諫科之策問辭意直切，無所顧忌；參見〈贈劉司戶蕡〉【補註】。

② 「已為」二句—謂貶謫柳州司戶，已使人感慨；竟客死楚地，更令人悲憤。逐客，指秦宗室原本擔心在秦國任職之各國人才大抵

都各為其祖國謀慮，故請秦王嬴政驅逐各國客卿；見《史記・李斯列傳》。楚冤魂，用屈原事。

③ 「湓浦」二句—似以江水之或分流或會合，借喻友朋之聚散離合為人世之常；然己與劉一別竟天人永隔，殊堪悵恨。湓浦，指江州，見〈哭劉蕡〉七律注③。分派，謂長江在潯陽分為九條支流，故當地又有「九江」之稱。荊江會源，謂洞庭湖水與長江會合於荊江口。有，又也。

④ 「併將」二句—尾聯承腹聯而發揮聯想，並暗用李益〈宮怨〉：「似將海水添宮漏，共滴長門一夜長」之構思，表示詩人悲痛難已，憤慨至極，欲將潯陽匯九江之水以及荊江合洞庭湖之水，全化為悲恨之淚灑向乾坤，質問何以天地不仁、人間不公至此！

【評解】

01 何焯：二詩格調甚高，一氣寫成，極似少陵。（《李義山詩集輯評》引）

02 王鳴盛：沉鬱之句，誰能錘鍊到此？惟少陵有之。（《李商隱詩歌集解》引）

03 紀昀：（首章）先渲「江風」二句，末二句倍覺黯然。 ○（次章）此首一氣轉折，沉鬱震蕩，神力尤大。（《玉谿生詩說》）

083 對雪二首其一（宣宗大中三年，849）

寒氣先侵玉女扉，清光旋透省郎闈。梅華大庾嶺頭發，柳絮章臺街裡飛。欲舞定隨曹植馬，有情應濕謝莊衣。龍山萬里無多遠，留待行人二月歸。

【詩意】

雪花即將降落紅塵之前，凜冽的寒氣已經先瀰漫在玉女所居住的仙宮之中了；而當雪花剛剛降臨人間時，她清冷的光華很快地便映照在中央各臺省和各部會官署白色粉牆上。繽紛的雪花，就像大庾嶺上綻放的梅花一樣令人驚豔；而當瑞雪大作時，又像章臺街裡飄飛的柳絮一樣令人讚嘆。我知道當曹植（按：可能是詩人自喻）往來京城、奔波道途時，雪花（按：可能兼喻妻子）一定想要伴隨著他的車馬而迴旋起舞；甚至還多情地想要沾上謝莊（按：可能仍是詩人自喻）的衣衫，和他形影不離。龍山雖然號稱萬里之遙，其實路途並沒有多遠，我想要婉轉地勸雪花（按：可能兼喻妻子）不須要一路依依相送，好留取芳潔的心魂，等待遠行人二月歸來時還能見到她清麗脫俗的美好形象。

【注釋】

① 詩旨—「對雪」二字，已透出將雪擬人化之用心，故兩詩前六句均極力描寫瑞雪繽紛之姿態，同時賦予人格化之精神性情，而後均在末聯特別回應詩題中「對」字之擬人化涵義。換言之，對雪，殆兼有詩人臨行前對妻子深情勸慰，溫言叮嚀之意。

② 詩題—由詩人自注「時欲之東」來看，可能是大中三年冬詩人將往徐州應武寧節度使盧弘止判官之聘任前所作，故〈偶成轉韻〉追述其事云：「臘月大雪過大梁」。

③「寒氣」二句—想像瑞雪將降臨前，寒氣先瀰漫玉女所居之仙宮；繼而描寫飛雪初臨人間時，清光旋即侵透京城。玉女扉，神話傳說中仙女之所居；又《漢書‧郊祀志》載京師近縣有玉女祠，《太平寰宇記》卷三十則謂玉女祠為秦穆公女弄玉鳳臺之地。省郎，指中央各臺省及諸曹之郎官；闈，宮中之旁門，此指牆壁粉白之

官署。

④「梅華」二句──譬喻雪花繽紛之情狀，若大庾嶺頭綻放之梅花；瑞雪大作時，則如章臺街裡柳絮之飄飛。大庾嶺，又名東嶠、梅嶺，為五嶺之一，位於江西、廣東兩省邊境，自古為兩省交通之咽喉。相傳漢武帝時庾姓將軍築城於此而得名；唐張九齡開鑿以通中原時，道旁種植大量梅樹，故名梅嶺。柳絮，用謝道韞詠雪「未若柳絮因風起」之喻，見《世說新語・言語》篇。章臺，長安宮殿及街道名，見〈回中牡丹為雨所敗〉二首其一注⑤。

⑤「欲舞」二句──此以曹植、謝莊自喻，並將雪花擬人化，以為雪花之飄舞、沾衣，一若多情之人，定將遠隨車馬，依依相送。隨曹植馬，殆因曹植〈贈白馬王彪〉詩中有「丈夫志四海，萬里猶比鄰。恩愛苟不虧，在遠分日親」等句，故詩人藉以譬喻即將遠離所親，奔赴徐州之心情；而曹植屢次來往京城，奔波道途，與詩人離家遠遊之景況相似，且因〈洛神賦〉又有「飄颻兮若流風之迴雪」之句而聯想。沾謝莊衣，《宋書・符瑞志下》載：「（宋孝武帝劉駿）大明五年（461）正月戊午元日，花雪降殿庭。時右衛將軍謝莊下殿，雪集衣。還白，上以為瑞。於是公卿並作〈花雪〉詩。」定，推測之詞，蓋詩人當時尚未啟程向東，故作預想之詞。

⑥「龍山」二句──預言自己不久將歸，故慇勤叮囑擬人化之雪花（按：可能兼喻妻子），當留取心魂相守，以期後會之良緣，無須於此際黯然神傷，憔悴瘦損。龍山，殆因鮑照〈學公幹體〉詩：「胡風吹朔雪，千里度龍山」中有「雪」字及遠行而聯想；舊注以為指徐幕而言。留待行人歸，可能是以浪漫之情懷化用《詩經・小雅・采薇》：「今我來思，雨雪霏霏」及范雲、何遜〈范廣州宅聯句〉：「昔去雪如花，今來花如雪」之意，相約歸來時期望

能有漫天雪花繽紛相迎之美，彷彿擔心此際瑞雪過盛，返回時早已消融無蹤，令人感傷惆悵；其心思與〈離亭賦得折楊柳〉二首其二：「含煙惹霧每依依，萬緒千條拂落暉；為報行人休盡折，半留相送半迎歸」相似。

【評解】

01 陸崑曾：題是「對雪」，不是詠雪，前後二篇，極有次序，結處或正或反，皆照應原注「時欲之東」一語。 ○（首章）寒氣先侵，欲雪而未雪也。清光旋透，已見雪矣。玉女扉、省郎闈，不過借以形其色之白耳。庾嶺梅花，以成片者言；章臺柳絮，以作團者而言。曰發，曰飛，言雪之大作也。下半因時欲之東，遂預透一筆，言途中沾衣沒馬，自所不免，然雪中行役，景象未始不佳，正恐往返路遙，二月歸時，不能留以相待耳。 ○引用二事（按：曹植、謝莊），妙在不即不離。（《李義山詩解》）

02 紀昀：二詩獨前一首結句「龍山萬里無多遠，留待行人二月歸」，後一首結句「關河凍合東西路，腸斷斑騅送陸郎」四語從「時欲之東」著筆，有情有致，餘俱夾雜堆垛，殊不足觀。（《玉谿生詩說》

084 對雪二首其二（宣宗大中三年，849）

旋撲珠簾過粉牆，輕於柳絮重於霜。已隨江令誇瓊樹，又入盧家妒玉堂。侵夜可能爭桂魄，忍寒應欲試梅粧。關河凍合東西路，腸斷斑騅送陸郎。

【詩意】

漫天迴旋飛舞的雪花，撲上簾子時就編成晶瑩的珠簾，飄過圍牆時就堆成雪白的粉牆；她的體態比柳絮輕盈，又比秋霜略為沉重。當她灑落園林時，就變幻出粉妝玉琢的瓊枝玉樹，無怪乎南朝的江總早就已經用她們來誇讚美人的艷麗絕俗；當她飄入廳堂時，就又裝飾出古樂府中盧家華貴的白玉堂，瑩潔美好得令人妒煞。入夜之後，映地的雪光，應該足以和月魄爭輝；而耐得住寒氣肆虐的雪花，可能是想要和寒梅競艷。當關塞和津渡都在天寒地凍中關閉而顯得特別冷清寥落時，她還擔心遠行的人馬在險惡的天候和艱難的路途中受困（甚至也擔心將來人馬不欲歸來），不惜想要肝腸寸斷地一路相送相隨……。

【注釋】

① 「旋撲」二句—描寫漫天雪花飄飛時，撲簾則成珠簾，過牆則為粉牆之瑩白景況，並以柳絮與寒霜雙襯其輕盈情態。旋，迴旋翻飛之情狀；劉學鍇謂「旋，漫也。」

② 「已隨」二句—描寫雪花沾樹則為瓊樹，入堂則成玉堂，其如瓊似玉之瑩潔美好，既可誇耀，亦堪妒羨。江令，即江總，見〈贈司勳杜十三員外〉注③。誇瓊樹，《陳書・後主沈皇后張貴妃傳》載陳叔寶常帶領貴妃與江總等文學之士游宴，共賦新詩，以誇美張貴妃、孔貴嬪之容色，其詞略曰：「璧月夜夜滿，瓊樹朝朝新。」盧家玉堂，蓋綰合兩首詩意而成；古樂府〈相逢行〉：「黃金為君門，白玉為君堂。」與梁武帝〈河中之水歌〉：「洛陽女子名莫愁，……十五嫁作盧家婦，十六生兒字阿侯。盧家蘭室桂為梁，中有鬱金蘇合香。」

③ 「侵夜」二句—描寫入夜後，雪光映地，可與月魄爭輝；而雪花之疏影凌空，恍若與寒梅競豔之景況，表現出瑞雪如花似月之

美。侵夜，入夜。「可能」與「應欲」，皆揣想之詞，偏於「應能」之意。魄，形容月亮初出時素淡潔白之影像。桂魄，可代指明月而言；王維〈秋夜曲〉二首其二：「桂魄初生秋露微」。試梅粧，殆指夜裡雪花凌空而飛，恍如枝頭梅花之疏影橫斜；或指白雪覆蓋梅樹，彷彿為梅花上妝而言。

④「關河」二句—此亦懸想之詞，意謂關河冷落，交通艱阻時將獨自由西向東而行，料想雪花之寒影相隨與伊人殷殷相送之際，難免黯然神傷，肝腸欲斷。斑騅，毛色間雜之馬；陸郎，古樂府〈神弦歌・明下童曲〉：「陳孔驕赭白，陸郎乘斑騅；徘徊射堂頭，望門不欲歸。」斑騅陸郎，詩人騎馬之自喻。腸斷，亦可解為雪花與妻子或恐陸郎「望門不欲歸」而柔腸寸斷。

【評解】

01 何焯：此一聯（按：指「侵夜可能爭桂魄，忍寒應欲試梅粧」）不過雪月交光，梅雪爭春兩事，卻借來點化得生動如此。（《義門讀書記》）

02 陸崑曾：首篇形容初下以至大作，此（次章）則言雪既止而積也。曰向之撲簾過牆，或輕或重，是處堆積者，幾於萬頃同縞素矣。然分別觀之，在樹則為瓊樹，在堂則玉堂，真所謂因方成珪，遇圜成璧也。不特此也，入夜則其光如月，試粧則其白如梅，相對之下，彙狀又何止萬千也耶？獨我有事行役，而關河凍合，不能不為之腸斷耳。此事正結「之東」。二詩中四語，皆引用典故，而不嫌過實者，由用字活也。首篇梅花、柳絮一聯，是實說；下聯用「定隨」「應濕」字是虛擬。二篇瓊樹、玉堂一聯，是實說；下聯用「可能」「應欲」字是虛擬。學者熟此，便知能實能虛之法，且知實處皆虛之法。（《李義山詩解》）

03 筆者：「對雪」二字，已透出將雪擬人化的用心，故兩首詩前六句均極力描寫瑞雪繽紛之姿態，同時賦予人格化之精神性情，而後都在末聯特別回應詩題中「對」字的擬人化涵義。前一首末聯應是詩人叮嚀雪花善自珍重，留繽紛之姿影以待行人歸來歡聚。第二首末聯可能是詩人以理解與體貼雪花之多情的口吻，感念雪花擔心關河凍合、道途艱阻而不惜腸斷相送的萬縷柔情。

085 題漢祖廟（宣宗大中四年，850）

乘運應須宅八荒，男兒安在戀池隍？君王自起新豐後，項羽何曾在故鄉！

【詩意】

一個胸懷大志，能把握時運奮起的真英雄，應該以天下為家；男子漢大丈夫豈能一心一意眷戀家園，只想著衣錦還鄉這種小事呢？當劉邦登基不久，便在長安東北邊按照故鄉江蘇省豐縣的原貌，建造一座體制規模完全一樣的新豐鎮（這才是大丈夫以天下為家的典範）之後，不妨再來回頭看看一心想要富貴返鄉的項羽（卻埋骨湖北省谷城縣的異鄉），又何曾真正回到他的故鄉江蘇省宿遷縣西邊呢？

【注釋】

① 詩題—本詩旨在稱讚劉邦以天下為家之胸襟氣度遠勝於一意想衣錦還鄉之項羽，故功業亦有天壤之別。漢高祖廟，位於今江蘇省徐州市東北之沛縣東故泗水亭中，正為高祖任亭長時肇基之所。本詩殆即詩人於大中四年居盧弘止幕下時遊沛地所作；故〈偶

成轉韻〉詩稱：「沛國東風吹大澤，蒲青柳碧春一色。我來不見隆準人，瀝酒空餘廟中客。」

② 「乘運」句—乘運，把握時運而奮起。宅八荒，以天下為家，即一統天下之意。八荒，八方荒遠之地。

③ 「男兒」句—安在，心志豈能只在。池隍，《說文》曰：「隍，城池也。有水曰池，無水曰隍。」此代指故里、故鄉而言。

④ 「君王」句—意謂劉邦在長安依故鄉江蘇省豐縣原貌設置一座極其相似之城鎮，命名為新豐，使太上皇在關中不致因思鄉而憂悶[1]。起，建造。新豐，唐時為昭應縣，後改為新豐鎮，在今陝西省臨潼縣東北。

⑤ 「項羽」句—諷諭只想富貴後衣錦還鄉之項羽終歸失敗。《史記·項羽本紀》載：「項羽引兵西屠咸陽，殺秦降王子嬰，燒秦宮室，火三月不滅；收其貨寶婦女而東。人或說項王曰：『關中阻山河四塞，地肥饒，可都以霸。』項王見秦宮室皆以燒殘破，又心懷思欲東歸，曰：『富貴不歸故鄉，如衣繡夜行，誰知之者？』說者曰：『人言楚人沐猴而冠耳，果然。』項王聞之，烹說者。」按：項羽為下相（今江蘇省宿遷縣西）人，死後以魯公之禮安葬於今湖北省漢水邊上之谷城縣，而非歸葬於故鄉。

【補註】

01 舊注引《三輔舊事》曰：「太上皇不樂關中，思慕鄉邑，高祖徙豐沛酤酒煮餅商人，立為新豐。」《西京雜記》亦載：「太上皇徙長安居深宮，凄愴不樂。高祖竊因左右問其故，以平生所好皆屠販少年，酤酒賣餅，鬥雞蹴踘，以此為歡；今皆無此，故以不樂。高祖乃作新豐，移諸故人實之；太上皇乃悅。……高帝既作新豐，并移舊社，衢巷棟宇，物色惟舊。士女老幼，相攜路首，各知其室；放犬羊雞鴨於通涂，亦競識其家。其匠人吳寬所營也，移者皆悅其似而德之，故競加賞贈，月餘致累百金。」

【評解】

01 何焯：宅八荒者可以自起新豐，戀池隍者終不能故鄉畫錦，相形最妙。（《義門讀書記》）

02 姚培謙：巧在第三句，便不礙過沛一段情思。（《李義山詩集箋注》）

03 屈復：同離故鄉，成敗不同。雖曰天數，不無人事，創論卻是實理。（《玉谿生詩意》）

04 程夢星：試看漢起新豐之後，無論尺土一民皆非項有，即殘骸餘魄亦豈得依戀於彭城下鄉間乎？（《李義山詩集箋注》）

086 蟬（宣宗大中四年，851）

本以高難飽，徒勞恨費聲。五更疏欲斷，一樹碧無情。薄宦梗猶泛，故園蕪已平。煩君最相警，我亦舉家清。

【詩意】

你既然選擇了棲身高枝之上，過著吸風飲露，不食人間煙火的生活，原本就註定了難得飽餐的命運，那麼又何必一再徒勞無益地吐露幽恨，抱葉哀鳴呢？你淒苦地悲吟到五更時分，已經聲嘶力竭，即將腸斷無聲了，可是那一樹的濃蔭卻冷漠無情地只管讓自己更加蒼翠碧綠而已。看著你抱枝棲梗的模樣，不禁讓我感慨自己也因為不肯改變孤高幽潔的本性，以致只能卑微地遊幕各地，有如《戰國策》裡所說的桃梗木偶，在滄海橫流裡身不由己地顛沛漂泊。而你長期藏身的樹下洞穴，已經被一大片雜草掩沒而回不去了；想來我故園的荒草應該也已經茂密得連成一大片了，而我也同樣滯留他鄉，不得賦歸……。勞煩你特別用如此哀厲的心聲來警惕我潔身自愛的人往往陷入困窘窮苦的處境，其實我也和你一樣家世清寒，志節堅貞！

【注釋】

① 詩旨—本詩以蟬之棲高飲露，悲鳴欲絕自喻，寄託其性情之幽潔清貞、孤高自傲，流露出漂泊沉淪、悲憤無告之淒苦心聲。

② 「本以」二句—意謂蟬棲止於高樹而食不果腹，實因品格高潔，不食人間煙火之故；則雖終日哀鳴以寄其悲恨，亦屬徒勞。「高」字雙關，明寫棲止高枝，暗含品格高潔之寓意。難飽，古人誤以為蟬餐風吸露，乃高潔之物，譽之為羽族之隱士，不知蟬實吸食樹汁維生，故《吳越春秋・夫差內傳・十四年》曰：「夫秋蟬登高樹，飲清露，隨風撝撓，長吟悲鳴，自以為安……。」恨費聲，一再地吟唱出幽恨之心聲。費，頻數、屢次、頻頻也，義同於「辭費」之「費」字；恨費，一再地表露幽恨[1]。

③ 「五更」二句—承「恨費聲」而來，謂蟬終日悲吟之後，繼之以徹夜哀鳴，至五更時已聲嘶力竭，稀疏沙啞，即將腸斷無聲，奈何綠樹油然自碧，似對蟬之悲恨漠然無動於衷。五更，古人將一夜分為五更，每過一個時辰則敲更鼓以報時，大約由現今晚上七時起算，每兩小時左右為一更；故五更約為清晨五時左右。一樹句似渾然融入環境冷酷、人情冷暖之感慨。

④ 「薄宦」句—由蟬之寄跡高枝，聯想自己孤高自負，以致遊幕四方，暫棲一枝，與蟬無別，故亦有滿腹牢騷，一腔怨憤，而竟無

人能解也。薄宦，猶微官。梗泛，喻漂流四方；《戰國策・齊策三》載蘇秦以東國之桃梗遇大雨即漂流無所歸為喻，勸孟嘗君勿入虎狼之秦[2]；北周庾信〈和張侍中述懷〉云：「漂流從木梗，風卷隨秋籜。」亦表達出淪落異鄉，思念故園之意。

⑤ 「故園」句—蕪已平，謂故園中之荒草已叢雜凌亂地連接成一大片矣。此句暗用陶潛〈歸去來辭〉「田園將蕪胡不歸」及盧思道〈聽鳴蟬〉篇「故鄉已迢忽，空庭正蕪沒」之意，表示蟬已無法重回荒草掩沒之樹下洞穴中，詩人亦離家甚久，空勞思鄉懷歸之意。

⑥ 「煩君」句—煩君，勞煩你。君，指蟬而言。最，獨、特也。相警，警惕、提醒我。相，前置代名詞，代指動詞下所省略之代名詞。

⑦ 「我亦」句—意謂自己寧可繼續堅持清貞志節，選擇清貧生活。舉家，全家也。清，兼有清白與清貧二義：就清白言，頗有王昌齡〈芙蓉樓送辛漸〉中「一片冰心在玉壺」之自負；就清貧言，則有〈上尚書范陽公啟〉中「去年遠從桂海，來返玉京，無文通半頃之田，乏元亮數間之屋」之悲涼。

【補註】

01 如將「費聲」二字連讀，意謂枉費竭力傳達心聲；則「恨費聲」三字，意謂枉費自己一腔憂憤的心聲，竟無人能解，故悵恨難已。然如此解釋，則「費」字與「徒勞」二字意義重複，似較不妥。

02 《戰國策・齊策三》載：孟嘗君將入秦，止者千數而弗聽。蘇秦欲止之，孟嘗曰：「人事者，吾已盡知之矣；吾所未聞者，獨鬼事耳。」蘇秦曰：「臣之來也，固不敢言人事也，固且以鬼事見君。」孟嘗君見之。謂孟嘗君曰：「今者臣來，過於淄上，有土偶人與桃梗相與語。桃梗謂土偶人曰:『子,西岸之土也,埏(音ㄕㄢ,以水和土揑製也)子以為人,至歲八月,降雨下,淄水至,則汝殘矣。』土偶曰:『不然。吾西岸之土也,吾殘,則復西岸耳。今子,東國之桃梗也,刻削子以為人,降雨下,淄水至,流子而去,則子漂漂者將何如耳?』今秦四塞之國,譬若虎口,而君入之,則臣不知君所出矣。」孟嘗君乃止。又,《戰國策·趙策一》載蘇秦說李兌亦有類似之言。

【評解】

01 鍾惺:起句五字名士贊。「碧無情」三字冷極、幻極。結處自不苟。(《唐詩選脈箋釋會通評林》引)

02 錢良擇:(「一樹」句)神句非復思議可通,所謂不宜釋者也。(《唐音審》體) ○(頷聯)傳神空際,超超元箸(按:玄妙之言也)。(馮浩《玉谿生詩詳注》引)

03 吳喬:絕不描寫用古,誠為傑作。(《圍爐詩話》)

04 何焯:老杜之苗裔。(《李義山詩集輯評》引)

05 施補華:《三百篇》比興為多,唐人猶得此意。同一詠蟬,虞世南「居高聲自遠,端不藉秋風」,是清華人語;駱賓王「露重飛難進,風多響易沉」,是患難人語;李商隱「本以高難飽,徒勞恨費聲」,是牢騷人語,比興不同如此。(《峴傭說詩》)

06 沈德潛:「五更疏欲斷」,取題之神。(《唐詩別裁集》)

07 紀昀:起二句斗入有力,所謂意在筆先。 ○前半寫蟬,即自寓;後半自寫,仍歸到蟬。隱顯分合,章法可玩。(《玉谿生詩說》)

08 宋宗元:(「五更」二句)詠物而揭其神,乃非漫詠。(《網師園唐詩箋》)

09 李因培:(「五更」二句)追魂之筆,對句更可思而不可言。(《唐

詩觀瀾集》）

10 張采田：起四句暗托令狐屢啟陳情不省，有神無跡，真絕唱也，非細心不能味之。（《李義山詩辨正》）

11 俞陛雲：學作詩者，讀駱賓王〈詠蟬〉，當驚為絕調；及見玉谿詩，則異曲同工。可見同此一題，尚有餘義；若以他題詠物，深思善體，不患無著手處也。（《詩境淺說》）

087 青陵臺（宣宗大中五年，851）

青陵臺畔日光斜，萬古貞魂倚暮霞。莫訝韓憑為蛺蝶，等閒飛上別枝花。

【詩意】

傍晚時日光溫柔地斜照著青陵臺，為它灑上絢麗的金黃亮片，滿天的雲霞將永遠陪伴著貞潔烈女何氏的芳魂，為她可歌可泣的生平增添瑰麗的傳奇色彩。我多麼希望韓妻何氏可以不要為韓憑化為蛺蝶之後，輕易地就飛上其它的樹枝上採集花蜜而感到訝異（按：詩人在不知不覺間已將亡妻的芳魂和何氏疊合為一，因此以化蝶之韓憑飛上別枝，自嘲由認同李黨轉而投向牛黨乞援之不堪）。

【注釋】

① 詩旨—本詩旨在以韓憑化蝶為喻，自嘲由認同李黨之作為，轉向牛黨乞援之心酸與不堪，流露出思念亡妻之意。

② 詩題—青陵臺，在今河南省開封市北之封丘，古時為宋國屬地，相傳此地曾有韓憑（或作「韓馮」「韓朋」）夫婦無懼宋康王恃強奪愛，雙雙殉情之貞烈故事[1]。

③「青陵」二句—以斜日暮霞渲染淒美之氛圍，襯托傳說中何氏之義烈而許之為萬古貞魂，並隱含對亡妻王氏之悼念與敬愛之意。

④「莫訝」二句—以化蝶之韓憑自喻[2]，而以「飛上別枝花」自嘲，蓋義山自徐州返京後，窮愁潦倒之餘，曾以文章干謁令狐綯而得補太學博士。訝，或本作「許」，不及「訝」字能傳悽楚心酸之情。等閒，輕易、隨便。別枝，蓋就世人眼光而言，義山甫離李黨之徐幕，旋即轉向牛黨求援，難免忘恩負義、趨炎附勢之譏，故詩人藉此自解，似亦有向亡妻貞魂悽涼自諷之意味。

【補註】

01《搜神記．卷一一》：「宋康王舍人韓憑，娶妻何氏，美。康王奪之。憑怨，王囚之，論為城旦(按：築城苦役)。妻密遺憑書，繆其辭曰:『其雨淫淫，河大水深，日出當心。』既而王得其書，以示左右，左右莫解其意。臣蘇賀對曰：『其雨淫淫，言愁且思也；河大水深，不得往來也；日出當心，心有死志也。』俄而憑乃自殺。其妻乃陰腐其衣。王與之登臺，妻遂自投臺，左右攬之，衣不中手而死。遺書於帶曰:『王利其生，妾利其死。願以屍骨，賜憑合葬。』王怒，弗聽。使里人埋之，塚相望也。王曰：『爾夫婦相愛不已，若能使塚合，則吾弗阻也。』宿昔之間，便有大梓木生於二塚之端，旬日而大盈抱，屈體相就，根交於下，枝錯於上。又有鴛鴦，雌雄各一，恒棲樹上，晨夕不去，交頸悲鳴，音聲感人。宋人哀之，遂號其木曰『相思樹』。相思之名，起於此也。南人謂此禽即韓憑夫婦之精魂。今睢陽有韓憑城，其歌謠至今猶存。」不過文中並未提及「青陵臺」。宋人樂史之《太平寰宇記．河南道十四．濟州．鄆城縣》載有「青陵臺」，並引《郡國志》曰：「宋王納韓憑之妻，使憑運土築青陵臺，至今臺跡依然。」不過，他以為青陵臺所在的鄆城為今山東省屬縣，並非古宋國之舊地，仍有待商榷。

02 韓憑化蝶之事，今所見《搜神記》無此說，敦煌變文中的〈韓朋賦〉亦無此說，不知義山當年何所據。前註《太平寰宇記》中提及韓憑冢時引《搜神記》曰：「宋大夫韓憑取妻美，宋康王奪之，憑怨王，自殺；妻陰腐其衣，與王登臺，自投臺下，左右攬之，著手化為蝶。」既不見其引文中「化蝶」之根據何在，且化蝶者恐怕也是先被暗中弄壞的衣衫而非何氏；即使是指何氏化蝶，仍不見「韓憑為蛺蝶」的原始根據為何。馮浩注引明人彭大翼《山堂肆考》云：「俗傳大蝶必成雙，乃梁山伯祝英臺之魂，又云韓憑夫婦之魂。」仍不知其根據何在。姑存疑以待考。

【評解】

01 馮浩：此詩之眼全在「莫訝」二字，言雖暫上別枝，而貞魂終古不變。蓋自訴將傍他家門戶，而終懷舊恩也。疑為令狐作於將遊江南時矣。若作「莫許」而徒以艷情解之，與上二句意不可貫。《太平御覽》引《郡國志》：「青陵臺在鄆州須昌縣。」與《寰宇記》所引，皆唐時鄆州屬也。疑義山受知令狐，實始鄆幕，故以託寓歟？（《玉谿生詩詳注》）

02 紀昀：此詩亦佳，但微乏神韻，有喫力之態耳。（《玉谿生詩說》）

03 張采田：義山依違黨局，放利偷合，此自辨之詞，意謂初心本不欲如是也。以韓憑貞魄自比，其志亦可哀矣。（《玉谿生年譜會箋》）

088 辛未七夕（宣宗大中五年，851）

恐是仙家好別離，故教迢遞作佳期。由來碧落銀河畔，可要金風玉露時？清漏漸移相望久，微雲未接過來遲。豈能無意酬烏鵲，惟與蜘蛛乞巧絲？

【詩意】

恐怕神仙真的喜歡別離，所以牛郎和織女才會把相會的佳期，約定在遙遠的一年之後。否則，碧藍的天空上和璀璨的銀河邊，自古以來都是重逢聚會的好地方，哪裡非得等到金風送爽、玉露生涼的時節才能相見呢？你看，連一年中只能相見一晚的七夕，他們好像也不太放在心上，還故意讓清水的滴漏滴得特別緩慢，以致遲遲還不到相會的時間，他們卻只是長久地隔著銀河相望；而且夜空中的烏鵲也還沒搭成可以連接銀河兩岸鵲橋，他們似乎也一點都不著急。儘管他們終究還是相會了，可是怎能無意酬謝烏鵲搭橋填河的辛勞，反而把織女的巧絲送給毫無功勞的蜘蛛呢？

【注釋】

① 詩題—辛未，指大中五年，時妻子王氏已亡故，故逢七夕而別增憂戚。

② 「恐是」二句—仙家，指牛郎與織女而言。迢遞，長遠無盡貌，指時間而言。佳期，男女相會之期約；相傳天帝使牛郎織女成親後，兩人竟貪歡而廢耕織，天帝怒而使一年一會於七夕，見任昉（460－508）《述異記》。

③ 「由來」二句—意謂碧落銀河，實為良會之所，牛女應可隨時相聚，豈必待金風送爽、玉露生涼時節才相見？按：此以反問來進

一步闡述首聯「仙家好別離」「迢遞作佳期」之說。由來，從來、自古以來。碧落，常用以代指「天」而言；馮注引《度人經》注云：「東方第一天有碧霞遍滿，是名碧落。」可，豈、那也；可要，豈要、豈必。金風，古人以五行配屬四時，秋屬金，故稱秋風為金風；蕭統〈夷則七月啟〉云：「金風曉振，偏傷征客之心；玉露夜凝，直泫仙人之掌。」

④「清漏」二句—側寫一年僅此一夕之相會，然仙家似亦不甚放在心上。清漏漸移，寫七夕佳期遲遲不至，使詩人備感煎熬。微雲，殆譬喻夜空中之烏鵲；未接，謂烏鵲尚未搭成鵲橋以連接銀河兩岸。相望久、過來遲，寫牛、女隔銀河對望而不急於相會，使詩人既感折磨難耐，亦感大惑不解。

⑤「豈能」二句—謂怎能無意酬謝答烏鵲填河之辛勞，反而將織女之巧絲給予毫無功勞之蜘蛛？與，給與。蜘蛛乞巧絲，《荊楚歲時記》載七夕時「人家婦女結彩縷，穿七孔針。或以金銀瑜石為針，陳几筵酒脯瓜菓於庭中以乞巧，有喜子（按：一種長腳蜘蛛）網於瓜上，則以為符應。」

【評解】

01 賀裳：溫、李俱有〈七夕〉詩，李曰：「清漏漸移相望久，微雲未接過來遲」，溫曰：「蘇小橫塘通桂楫，未應清淺隔牽牛」，皆妙於以荒唐事說得十分真實。（《載酒園詩話》又編）

02 趙臣瑗：詩貴翻案，翻案始能出奇。雙星故事，從來只是貪於會合，此卻疑其歡喜別離。（《山滿樓箋注唐詩七言律》）

* 編按：何焯、陸崑曾、胡以梅等亦以此為翻案詩。

03 紀昀：首四句作問之之辭，後四句即與就事論事，又逼入一層問之。超忽跌宕，不可方物。只是命意高則下筆得勢耳。（《玉谿

生詩說》）

04 黃侃：此篇純以氣勢取勝。首二句作疑詞，三四申言致疑之理。五六句與首句「好」字、次句「故」字相應。七八句言佳會果難，則當酬鵲橋之力，今但與蜘蛛以巧，是知佳期之稀，本緣仙意，仍與首二句相應。用意之高，制格之密，即玉溪集中，亦罕見其比也。（劉學鍇引《李義山詩偶評》）

089 七月二十九日崇讓宅讌作（宣宗大中五年，851）

露如微霰下前池，風過迴塘萬竹悲。浮世本來多聚散，紅蕖何事亦離披？悠揚歸夢惟燈見，濩落生涯獨酒知。豈到白頭長只爾？嵩陽松雪有心期。

【詩意】

當颯颯的寒風，吹過曲折迴繞的池塘邊，搖動了茂密的竹林，發出蕭瑟悲涼的秋聲時，竹林中和荷葉上原本冰冷的露水所凝成的細微霜霰，便紛紛灑落在宴席前的清池中了……。這樣的景象不禁使我感慨起來：飄忽不定的人世裡本來就有許多無可奈何的聚散離合，讓人不勝哀痛，但是迴塘中粉紅的荷花，又是為了如何傷痛之事，竟然也紛紛凋零散落呢？遠赴東川之後，當我的夢魂從千里之外再度悠悠蕩蕩飄回崇讓宅來探望時，將只剩下映照牆壁的孤燈可能會察覺到而已；而這落拓潦倒、一事無成的生涯裡，恐怕也唯有清酒能夠了解我內心的苦悶了（按：正因為妻子已經香消玉殞，故倍覺淒涼孤苦）。難道我直到白頭時，還只能像這樣為了漂泊落拓的際遇而慨歎感傷嗎？嵩山之南的蒼松白雪之中，始終寄藏著我功成名就之後歸隱的心願啊！

【注釋】

① 詩題—崇讓宅，朱鶴齡注引《西谿叢語》曰：「洛陽崇讓坊有河陽節度使王茂元宅。」讌，同「宴」，會飲。按：詩人於大中五年七月由東川節度使柳仲郢聘為節度掌書記，本詩可能是義山回到洛陽岳家安頓子女、處理事務時，王氏兄弟為之餞行所作。其時岳父王茂元早已於會昌三年辭世，妻子也已於本年春夏間過世矣，故觸景傷情，不勝悲淒。

② 「露如」二句—寫崇讓宅秋夜景況：前池露冷，迴塘風寒，竹林傳來蕭瑟悲淒之聲籟。霰，雨點遇冷空氣凝成之小雪珠，多降於下雪之前。露如微霰，謂露冷如霜似霰。迴塘，曲折迴繞之池塘。萬竹，劉學鍇注曰：《西谿叢語》引韋氏《述征記》云「崇讓宅出大竹及桃。」

③ 「浮世」二句—謂人世飄忽不定，本來即有許多無可如何之聚散離合，讓人哀痛不已，而迴塘中之紅蕖，竟為如何傷痛之事而亦凋零散落？紅蕖，粉紅之荷花。離披，零落分散貌。

④ 「悠揚」二句—詩人預料此後再度飄回崇讓宅之夢魂，將只會見到孤燈映壁而倍感悽涼而已；而落拓潦倒，無所成就之半生，亦唯有酒能了解內心之愁苦[1]。悠揚，飄忽不定貌。「惟燈見」「獨酒知」二語，暗示愛妻已魂歸離恨矣。濩落，落魄也，杜詩〈赴奉先詠懷〉詩亦有「居然成濩落」之喟嘆；亦作「瓠落」，空廓無用、大而無當貌，如依此解，則有杜甫「古來材大難為用」之嘆。

⑤ 「豈到」二句—謂豈能到白頭時猶為漂泊濩落之身世而慨歎感傷，他日將一本初衷，歸隱嵩山，長與松雪相伴。只爾，只是如

此。嵩，指河南省登封市北之中嶽嵩山；嵩陽，嵩山南面。松雪，隱士高潔風標之象徵。心期，心中之約定。

【補註】

01 蓋妻子香消玉殞之後，崇讓宅再無知心伴侶可以噓寒問暖，體貼安慰，異日即使自己在夢中歸來，亦只能觸景生情、鉤愁惹恨了。燈與酒，切詩題「讌」字，殆由夜闌人散前席上之燈、酒（或人去樓空後孤燈獨酌）而引發身世飄忽、落拓不遇之感慨。

【評解】

01 陸崑曾：此義山悼亡後，重來茂元舊宅而作也。時當秋夜，露冷月（按：應作「風」）寒，睹此草木變衰，而嘆人生聚散本來如此，非造物者之得私其間也。悠揚歸夢，惟燈見之；濩落生涯，惟酒知之，言形單影隻，而親卿愛卿之人，不可復作也。（《李義山詩解》）

02 趙臣瑗：露下池，是記夜之深也，觀「如霰」可知。風過塘，是記風之烈也，觀「竹悲」可知。竹有何悲？以我之悲心遇之，而如見其悲。華筵既收，嘉賓盡去，觸景傷情，不勝惆悵。浮世之聚散，紅蕖之離披，其理一也。今乃故作低昂之筆，以聚散為固然，離披為意外，何為者乎？此蓋先生托喻以悼王夫人耳。以上四句寫一夕之事，下再總寫平日。歸夢曰悠揚，妙；恍恍忽忽，了無住著也。生涯曰濩落，妙；栖栖皇皇，一無所成也。惟燈見、獨酒知，言更無一人，焉識我此中況味矣！七一頓，八一宕，目今況味雖只爾爾，抑嵩陽松雪，別有心期，其何敢長負歲寒之盟乎？（《山滿樓箋注唐詩七言律》）

090 昨夜（宣宗大中五年，851）

不辭鶗鴂妒年芳，但惜流塵暗燭房。昨夜西池涼露滿，桂花吹斷月中香。

【詩意】

鶗鴃本來就會嫉妒美好年光和芳草佳木，所以在秋分時就悲切地鳴叫，以致年華消逝而眾芳衰歇；這些景況，雖然令人感傷，卻是無法逃避、無可奈何的自然現象，我還能夠忍受。最令人傷痛的是：漂浮流動的塵埃，逐漸落滿昔日夫妻新婚時燈燭輝煌的居室，使它看起來陰沉暗淡，再也無法尋覓伊人倩影和往日歡樂時光了！昨夜涼露盈滿西池，令我滿眼悽涼而倍覺傷痛；在恍惚中我彷佛可以感受到月宮中的桂樹竟被吳剛的利斧斫斷時的痛楚（或：我彷佛從水中倒影看見吳剛砍斷了月宮中的桂樹），以致桂花的清香飄散得越來越淡了……。

【注釋】

① 詩題—昨夜，前此之夜，在此代表對詩人別有意義，讓詩人難忘之不特定時間的某夜，可能和詩人觸境愁生的悼亡之情有關。本詩所流露出的傷痛之情，和〈夜冷〉〈西亭〉都極相似，三首可能是詩人在七月二十九日崇讓宅參加餞別宴之前後，短期留宿於王茂元舊宅中西亭時同期之作[1]。

② 「不辭」二句—謂鶗鴃妒芳草佳木與美好年光而秋鳴，遂使年華消逝、眾芳衰歇，此雖令人感傷，然皆無可如何、無法逃避之自然現象，尚可忍受；所痛惜者，則為昔日燈燭輝煌之居室，今則流塵佈滿，陰暗闃寂，難覓伊人倩影矣。不辭，不避也，亦即尚

可承受之意。鶗鴂，又名子規、杜鵑，《廣韻》曰：「鶗鴂春分鳴則眾芳生，秋分鳴則眾芳歇。」合下文「涼露」「桂花」而觀，此處當取秋分義。流塵，塵埃常漂浮流動，故云。燭房，燈燭輝煌之居室，此處可能指昔日夫妻婚後暫棲於崇讓坊王宅之居室，或許即是所謂「西亭」及其附屬建築物。

③「昨夜」二句—以西池涼露滿盈，渲染悽涼之情；以月桂斫斷，花香飄盡，暗示悼亡之痛。此處可能暗用《酉陽雜俎・卷一・天呎》中「吳剛伐桂」之傳說，並將原本「樹創（隨砍）隨合」之故事，改造成月中仙樹竟會遭利斧斲斷，藉以寄託嬌妻亡故之悲痛；而桂香飄盡，則象徵香魂已杳的悵恨。下一首〈夜冷〉中「西亭翠被餘香薄」之寓意與此相同。

【補註】

01 葉蔥奇：唐人對園亭中不和正房毗連的小閣、小房也稱作「亭」。司空圖〈修史亭〉三首有「地爐生火自溫存」語，足見修史亭就是他的書齋。集中〈宿洛氏亭寄懷崔雍崔袞〉〈宿晉昌亭聞驚禽〉的「亭」，則是駱家、令狐家招待朋友寓宿的小屋。拿〈夜冷〉中的「西亭翠被餘香薄」來看，商隱和他的夫人到王家時，還曾同在茂元宅中的「西亭」住過。茂元宅中更有東亭，〈崇讓宅東亭醉後沔然有作〉結句云「淹臥劇清漳」，可見東亭也是可以寓宿的小屋。（《李商隱詩集疏注》頁 371－372）

【評解】

01 何焯：此言失意之中不堪加以悼亡也。（《李義山詩集輯評》引）
02 姚培謙：「昨夜」二字妙，一夜遂成千古。（《李義山詩集箋注》）
03 紀昀：感逝之作，所嫌露骨。（《李義山詩集箋注》）

091 夜冷（宣宗大中五年，851）

樹繞池寬月影多，村砧塢笛隔風蘿。西亭翠被餘香薄，一夜將愁向敗荷。

【詩意】

愁懷難遣，輾轉難眠的我，在月下環繞著寬闊的池塘散步，只見波光月影一再被濃密的樹木遮掩後又出現，產生忽明忽暗的變化，讓我恍惚中疑惑今晚的月亮看起來似乎特別多。村塢中擣衣的砧杵聲和清亮的笛音，隨著秋風的傳送，穿越懸垂在樹林間的藤蘿而來，讓人別有感觸。回到西亭臥室內，聞著繡有翡翠和鴛鴦圖案的被褥飄出淡淡的餘香，讓我整夜只能滿懷愁悶，孤獨地面對池塘中枯敗暗淡的荷葉，深深領略到芳華難駐和生命無常的遺憾……。

【注釋】

① 詩題─本詩所流露出的悼亡之情，和〈昨夜〉〈西亭〉都極相似，三首可能是詩人在七月二十九日崇讓宅參加餞別之宴後，短期留宿於王茂元舊宅中西亭時同期之作。

② 「樹繞」句─寫詩人愁懷難遣，遂於月下散步，繞池而行，從樹木間隙中所見波光月影搖曳池中之景況。月影多，謂繞行時波光月影被暗影幢幢之樹木遮蔽而有忽明忽暗的變化，遂產生「月影多」之錯覺。

③ 「村砧」句─寫村塢中砧聲沉實，笛音清亮，俱隨秋風傳送，穿越懸垂於樹間之藤蘿而來。首二句是以室外所見所聞清冷蕭瑟之秋景秋聲，逗起文士悲秋之情懷，並暗藏懷人之思。村與塢，皆村落之意。

④ 「西亭」二句—轉寫於室內睹物生悲，觸境生情，致愁腸百轉，難以成眠，只能以多病之身獨對西池敗荷，頓感芳華難駐與生命無常之遺憾而倍覺悽涼矣。西亭，殆即義山所短期借寓之王宅賓館，或即夫妻舊日在岳家之居所。翠被，繡有翡翠、鴛鴦之類圖案之棉被，也許是昔日新婚時所用之舊物，故而睹物生悲。餘香薄，指亡妻所留香澤已轉為淡薄，可見悼亡已有一段時日，而詩人仍有餘哀難忘之傷痛。將，持、拿也。向，對也。將愁向敗荷，意謂滿懷愁緒之人，兼又為多病之身，獨對滿池殘敗之枯荷而悼念愛侶早逝，深感人生無常，真是此情何堪！重之以「一夜」二字，正如元稹〈遣悲懷〉三首其三所謂「惟將終夜長開眼，報答平生未展眉」矣！

092 西亭（宣宗大中五年，851）

此夜西亭月正圓，疏簾相伴宿風煙。梧桐莫更翻清露，孤鶴從來不得眠。

【詩意】

今天晚上西亭的月亮正圓，唯有疏簾和我相伴；難以成眠的我，只好徘徊中庭，佇立於風煙之中，追念往事，望月懷人，倍覺長夜漫漫的淒涼。我要寄語梧桐：不必再讓清澈的露水翻落在寬闊的樹葉上，來警惕孤單的野鶴千萬不要掉以輕心地熟睡，要知道孤鶴（按：自喻也）有好長一段時間以來，都是無法成眠的。

【注釋】

① 詩題—西亭，見〈昨夜〉詩注。本詩所流露出之傷痛情懷，和〈昨

夜〉〈夜冷〉一脈相承，應為同期之作。

② 「此夜」二句—以月圓之夜而唯有疏簾相伴，映襯失偶後隨時觸境生悲之孤子悽涼。疏簾相伴，寫獨宿西亭之冷清，暗藏追憶昔日夫妻同宿之恩愛情深。宿風煙，謂暫宿西亭，思潮起伏，難以成眠，故徘徊中庭，佇立於風煙之中，追念往事，望月懷人，倍覺長夜之漫漫。

③ 「梧桐」二句—此以孤鶴自喻，寫露滴梧桐時單調無聊之清響徹夜不斷，令傷心之人更難成眠。翻清露，謂清露翻落梧桐寬闊之葉面而發出單調之音響。從來，本來；亦可作「某一不特定時間以來」解，含有時間久長之意。孤鶴不眠，《淮南子．說山訓》：「雞知將旦，鶴知夜半。」《藝文類聚．卷九十．鳥部上》引周處《風土記》曰：「鳴鶴戒露。此鳥性警，至八月白露降，流於草上，滴滴有聲，因即高鳴相警，移徙所宿處，慮有變害也。」

【評解】

01 黃生：疏簾相伴，明無人伴也，詩人慣如此反說。好在以孤鶴託興，便於「梧桐」字有情。若云孤客，即墮惡趣矣。（《唐詩摘抄》）

02 何焯：亦是悼亡之作。（《李義山詩集輯評》引）

03 姚培謙：「從來」二字，乞憐得妙。（《李義山詩集箋注》）

04 徐逢源：崇讓宅有東亭、西亭。此與上章（按：指〈夜冷〉）皆悼亡作。（馮浩《玉谿生詩詳注》引）

05 張采田：悼亡所作，情深一往。（《李義山詩辨正》）

093 臨發崇讓宅紫薇（宣宗大中五年，851）

一樹濃姿獨看來，秋庭暮雨類輕埃。不先搖落應為有，已欲別離休更開。桃綬含情依露井，柳綿相憶隔章臺。天涯地角同榮謝，豈要移根上苑栽？

【詩意】

傍晚時空濛的細雨有如漫天飄飛的輕埃灑落下來，我獨自漫步秋庭，觀看一棵仍然盛開得風姿濃媚，可惜卻沒有別人欣賞的紫薇花。她並不在先前零落，應該是為了讓我還能觀賞她的緣故；但是我即將離開此地，紫薇也就不要再寂寞地自開自落了。其實認真想起來，不論是在京城所見綻放得極為繁縟美燦，有如官服上綬帶的桃花，或是記憶中遠在長安輕盈裊娜著的柔弱柳條，他們和遠離京華的紫薇都同樣有花開花謝、繁榮零落的時候，那麼紫薇又何必渴望被移植到京城的上林苑去呢？（按：慨言即將遠赴東川，已無意任職京城矣）

【注釋】

① 詩題—本詩是詩人準備離開洛陽王氏崇讓宅而他往前夕，對紫薇有感而作。臨發，即將離開甲地而前往乙地之謂；發，啟行也。紫薇，《廣群芳譜》曰：「紫薇花，一枝數穎，一穎數花。每微風至，夭嬌顫動，舞燕驚鴻，未足為喻。以手抓其膚，徹頂動搖，故名怕癢花。四五月始花，開謝接續可至八九月，故又名百日紅。省中多植此花，取其耐久且爛漫可愛也。」

② 「一樹」二句—謂於暮雨空濛中，獨自漫步秋庭，觀看猶自盛開，姿韻濃媚，卻別無他人欣賞之紫薇花；詩人孤芳自賞之寂寞心

懷，自在言外。蓋因時當深秋而紫薇猶開，故特別吸引詩人注意。類輕埃，形容暮雨飄灑時散漫空濛之情狀；謝朓〈觀朝雨〉詩：「空濛如薄霧，散漫似輕埃。」

③「不先」二句—謂紫薇不於先前零落，應是為我將會來此觀賞之故，然我即將離此他往，則此後花開又誰人能賞，故叮嚀多情紫薇無須更開矣。此時之紫薇隱然已經化為義山同病相憐之知己同調，故其語氣表現得極為溫柔深情。不先搖落，回應首句「一樹濃姿」。「應為有」之下及「已欲別離」之上所省略者，均是詩人本身。應為有，推測紫薇之所以尚未零落，蓋因深情等待我來此觀賞之故。一作「應有為」，則表示紫薇應別有所待。別離，可能指即將遠赴東川梓幕。

④「桃綬」二句—此聯殆以桃、柳之得地逢時反襯紫薇之落寞無主也。桃綬，謂桃花繁縟美燦，有如官員之綬帶；《初學記・卷二十八・果木部》引《漢官儀》曰：「二千石，綬：青地、桃綬、縹，三彩。」含情，形容綻放及時，得意春風之情韻。依露井，傍隨露天井欄而生。柳綿，柳絮潔白如綿。柳綿相憶，記憶中之柳綿。章臺，代指京師，見〈回中牡丹為雨所敗〉二首其一注⑤；隔章臺，謂遠在長安。桃綬與柳綿，於此皆可代表得意京華之人。

⑤「天涯」二句—隱然以紫薇自喻，表示遠離京華之紫薇，既與飄拂上苑之御柳、依傍露井之桃樹俱有開謝榮落，又何須渴盼移植上苑乎！「豈要」二字，不難領略詩人於自解自嘲中頗含憤激不平之意。天涯地角，隱喻自己即將遠赴異地遙鄉，故吳喬曰：「結語解嘲，疑是遠就辟命之作。」榮謝，花開花落。上苑，即上林苑，乃漢武帝增廣秦之上林舊苑而成，周圍三百餘里，置離宮七十所，地在今陝西長安、盩厔、鄠縣之間。移根上苑，參見〈野菊〉詩注⑤，此喻任職京華；蓋中書省有紫薇省之稱，《群芳譜》

曰：「紫微省，唐開元元年取天文紫微垣之義，改中書省為紫微省，中書令為紫微令。省中種紫薇花，故亦稱紫薇省。」

094 王十二兄與畏之員外相訪，見招小飲，時予以悼亡日近，不去，因寄（宣宗大中五年，851）

謝傅門庭舊末行，今朝歌管屬檀郎。更無人處簾垂地，欲拂塵時簟竟床。嵇氏幼男猶可憫，左家嬌女豈能忘？秋霖腹疾俱難遣，萬里西風夜正長。

【詩意】

我從前經常參與岳家王府的宴會，坐在女婿席次中的末座，有過很多歡樂時光，但是今天（因為悼憶亡妻的關係，完全沒有赴宴飲酒的情緒，因此）所有美妙的歌聲和動聽的音樂，就只能全部歸屬於韓瞻一人獨享了。多少次我在恍惚中尋尋覓覓，始終找不到亡妻的倩影，才發覺到自從喪妻以來珠簾一直垂放下來，未曾收捲過，總讓我悵惘莫名；幾次想要拂拭臥席上的塵埃（卻又遲疑著不忍拭去對亡妻的記憶），才發覺整張床席空蕩蕩的，不禁悲從中來。想來亡妻在九泉之下，應該還是非常疼惜七歲的幼子，當然也放心不下心愛的嬌女，為他們從此沒有母親可以悉心照料而百般不捨，萬分擔心。漫長得令人感到愁悶的秋雨，和我內心的傷痛情懷，都難以排遣，再加上西風從萬里外吹來，更讓我感到愁懷和長夜一樣漫長無盡，更是難以成眠（因為從前游幕四方，還有嬌妻在家提攜子女；此次前往萬里外的東川，則必須牽掛幼男與嬌女不再有亡妻照料，更是愁腸百轉而難以放心）……。

【注釋】

① 詩題—王十二兄，殆為王茂元之子，十二為堂兄弟間之排行。畏之員外，指韓瞻，開元二年與商隱同榜進士，又皆娶王茂元之女而成為連襟，時為尚書省某部員外郎。見，前置代名詞，代指動詞下所省略之第一人稱；見招，招我、邀我之意。悼亡日近，指妻喪後不久。

② 「謝傅」句—句謂自己忝居諸婿行列之末而屢次參與家宴。謝傅，指謝安，卒後贈太傅，此代指岳父王茂元。王氏共有七女，商隱所娶者為最幼女，故以末行自居。舊末行，寄託著對舊日翁婿、夫婦間所有溫馨美好情誼之懷念。

③ 「今朝」句—句謂往昔常參與王家宴飲，然今日則因悼憶亡妻而缺乏赴宴飲酒之情緒，故歌管樂章全歸於韓瞻一人而已，言外不勝悽涼孤孑之感。檀郎，晉朝潘岳小字檀奴，人或稱之為檀郎，後世遂以檀郎稱呼才貌皆美的男子；馮浩注謂唐人慣以檀郎稱女婿，此處代指韓瞻而言。屬檀郎，只屬於韓瞻而不屬於詩人，意謂從此與王氏家宴甚至一切歡會盛宴均絕緣矣。

④ 「更無」句—更無，絕無也。更無人處，暗示恍惚中曾經渾忘妻子早已過世之事實而不自覺地尋尋覓覓，終至於悽愴地發覺唯有門簾垂地而已。簾垂地，謂重簾不捲，早已人去樓空，倩影難尋矣。

⑤ 「欲拂」句—用潘岳〈悼亡〉詩：「輾轉眄枕席，長簟竟床空；床空委清塵，虛室來悲風」之意，寫室虛床空，清塵委積，伊人云亡，嬌妻何在之悲愴。欲拂，寫出欲拂席上之塵而又似乎不忍拭去對亡妻親蜜記憶之複雜心情。簟竟床，謂長席鋪滿空床；竟，

滿也、整也。

⑥「嵇氏」句—嵇氏幼男，嵇康幼子嵇紹，十歲而孤；此指商隱之子，名衮師，會昌六年（846）生，此時僅七歲。嵇康〈與山巨源絕交書〉：「女年十三，男年八歲，未及成人，況復多病，顧此悢悢，如何可言。」「猶可憫」之主詞，兼指作者與亡妻，尤偏重在後者而言。蓋言亡妻九泉之下猶憫幼兒之失恃，既表示對亡妻之悼念，亦流露出自己對幼男之憐憫疼惜。

⑦「左家」句—左家嬌女，左思之女，此指詩人之女兒；左思〈嬌女詩〉：「吾家有嬌女，皎皎頗白晳。小字為紈素，口齒自清歷。」「豈能忘」之主詞，亦兼指作者與亡妻，而尤偏重後者而言。蓋言亡妻之芳魂不忘嬌女之無人可以細心照料，柔情疼惜；既表示對亡妻之悼念，亦流露出自己對嬌女缺乏慈母關愛之不捨與憂心。

⑧「秋霖」二句—秋霖腹疾，深秋雨季漫長而易生腹瀉之疾；《左傳・昭公元年》：「雨淫腹疾。」孔疏：「雨多則腹腸泄注。」腹疾，原指腹瀉之疾，然觀下文「俱難遣」三字，則腹疾殆泛指內心之傷痛而言。萬里西風，蓋詩人於大中五年七八月間已接受柳仲郢東川節度書記之聘，唯未成行耳；故以萬里西風言已即將遠行西南。夜正長，表示愁懷綿長而難以成眠，蓋前此游幕，尚有嬌妻在家提攜子女；此行則必須牽掛幼男與嬌女不復有亡妻照料，更是愁腸百轉而難以釋懷放心也。

【評解】

01 錢良擇：平平寫去，淒斷欲絕，唐以後無此風格矣。（馮浩《玉谿生詩詳注》引）

02 張謙宜：「更無人處簾垂地，欲拂塵時簟竟床。」乍看只似平常，

深思方可傷悼。蓋「簾垂地」，則房門閉鎖可知；「簟竟床」，衾裯收捲可想。悼亡作如此語，真乃血淚如珠。（《覘齋詩談》卷五）

03 何焯：「更無」二句，指悼亡。「嵇氏」二句，兒女滿前，身兼內外之事，欲片時宴飲亦復不可，然則此懷豈能遣也！「萬里」句，「西風」加「萬里」，「夜長」加「正」字，皆極寫鰥鰥不寐之情。（《義門讀書記》）

04 胡以梅：指揮如意，用事措詞不同，妙處在意在言外，所以鬆靈。而五六正用悼亡詩內事，尤妙。（《唐詩貫珠串釋》）

05 趙臣瑗：一二敘己與畏之忝為僚婿，謝庭歌館，昔所共聞，而今則不得不獨讓畏之矣。下乃明言其故。三四是悼亡，五六又悼亡中別有幾端極不堪之苦況也。疏簾不卷，翠簟長空，已可痛矣。幼男覓乳，嬌女牽衣，不重可悲乎？結處與起處對照，言當此長夜，十二兄與畏之方促膝而同聽歌管，我則獨撫遺孤，抱痛而捱驚風冷雨之聲而已，豈不哀哉？嘗讀元微之〈遣悲懷〉云：「惟將終夜長開眼，報得平生未展眉」，以為鏤心刻骨之言，不啻血淚淋漓，然卻不如先生此作，始終相稱，悽惋之中復饒幽艷也。（《山滿樓箋注唐詩七言律》）

06 姚培謙：頷聯，伉儷之永別可悲。中聯，男女之遺累可憫。況又重之以秋霖腹疾時耶？（《李義山詩集箋注》）

07 王鳴盛：聲情哀楚，而一歸於正，聖人不能刪也。（《李商隱詩歌集解》引）

08 張采田：首句言同為王氏姻婭。次言琴瑟之樂，獨讓畏之，「檀郎」指韓而言。「嵇氏」一聯謂其子女，即（上河東公）啟所謂「男小於叔夜之男，女幼於伯喈之女」也。末句「萬里西風」云云，則初承梓幕，又將遠行，意謂愁病相兼，度夜如歲，更何心復赴讌集耶？（《玉谿生年譜會箋》） ○首二句言我昔曾綴謝庭之末，凡有歌管事必與妻同樂，今則獨自一人，更何心復赴宴會耶？故曰「屬檀郎」也。（《李義山詩辨正》）

095 七夕（宣宗大中五年以後）

鸞扇斜分鳳幄開，星橋橫過鵲飛回。爭將世上無期別，換得年年一度來？

【詩意】

天上的雲影逐漸散開了，織女正要走出軟禁她的玉殿，兩旁侍女拿著畫有飛鸞的羽扇紛紛斜向兩側，繡有鳳凰的帷幔也逐漸向兩邊敞開，喜鵲很忙碌地來回奔波，努地搭成可以橫過銀河的鵲橋……。這樣美好的團圓神話，讓我不禁癡心妄想：怎樣才能拿世上沒有再次相會日期的離別（按：亦即人間的死別），和天上的牛郎織女交換一年一度的相會呢？

【注釋】

① 詩旨—本詩與〈辛未七夕〉所寫情懷相仿，唯〈辛未七夕〉以反語顯深情，本詩則以問句見癡心；蓋已與亡妻天人永隔，相見無期，欲求為牛女一年一度之相會而不可得也。

② 「鸞扇」句—寫仰望雲影散開情狀，詩人想像織女走出形同軟禁之玉殿時，兩旁侍女持鸞扇斜分兩側，而繡有鳳凰之帷幔亦逐漸分向兩邊。

③ 星橋—即傳說中橫過銀河之鵲橋。

④ 「爭將」句—爭，怎也、如何之意。將，持、拿也。無期別，謂

無法預訂再度相會日期之別離，乃死別之婉辭。年年一度，指七夕夫妻相會而言。

【評解】

01 張采田：此亦感逝作。無期之別，年年棖觸，情何以堪！讀之使人增伉儷之重。（《李義山詩辨正》） ○詩是悼亡，亦兼慨「兩度填河」之恨，妙處無窮，任人自領。（《玉谿生年譜會箋》）

096 宿晉昌亭聞驚禽（宣宗大中五年，851）

羈緒鰥鰥夜景侵，高窗不掩見驚禽。飛來曲渚煙方合，過盡南塘樹更深。胡馬嘶和榆塞笛，楚猿吟雜橘村砧。失群掛木知何限？遠隔天涯共此心！

【詩意】

儘管來到長安卻不能施展抱負，再加上即將遠赴東川、羈旅西南的低落意緒，使我格外感受到夜幕逼人而來的苦悶，以致愁懷難解而不能成眠。突然我聽到晉昌亭開著的高窗外傳來禽鳥驚慌焦慮的鳴叫聲，我起身後便認真搜尋牠的位置。當鳴叫聲從曲江一帶傳出時，沉沉煙靄正從四面八方合攏過來；當鳴叫聲從慈恩寺前的南池邊傳來時，樹林顯得更加幽暗深密了——不難想像牠孤獨無助的身影和驚慌恐懼的心理……。此情此景，讓我遙想在北方的榆林要塞，征夫吹奏思鄉的笛曲時胡馬唱和悲嘶的畫面；也想起曾經聽過湖南橘村的思婦擣衣的砧杵聲，還夾雜著楚猿淒厲的長嘯聲。啊！普天之下，脫離群體的胡馬、孤枕難眠的征夫思婦，或是棲息樹上的驚禽、寄人籬下的遊子，真不知道有多少啊！即使彼此遠隔天涯海角，大家今夜的心境，應該是同樣悲涼的吧！

【注釋】

① 詩題—晉昌，令狐綯在京城之居第；亭，當是晉昌居第中可讓客人過夜之亭臺樓閣[1]。大中五年義山悼亡後更落魄潦倒，曾以文章干令狐綯而補太學博士；七月，柳仲郢任東川節度使，辟之為節度書記。詩當作於悼亡後遠赴東川前，張采田謂陳情之感、悼亡之痛、遠行之恨，觸緒紛集，可謂深會騷心之言。

② 「羈緒」二句—羈緒，羈旅長安卻不得施展抱負之低落意緒，以及可能即將遠赴東川，長期羈旅西南之愁緒。鰥鰥，愁懷難解而不能成眠貌；《釋名・卷二・釋親屬第十一》：「無妻曰鰥。鰥，昆也；昆，明也。愁悒不能寐，目常鰥鰥然也；故其字從魚，魚目恆不閉者也。」。夜景侵，夜幕逼人而來，即夜間漸長之意。高窗不掩，可知約為初秋時分。見，聽見；蓋由次聯所寫煙霧夜合、樹影幽暗之景象觀察，詩人能否見到禽鳥蹤跡，頗為可疑。

③ 「飛來」二句—曲渚，即曲江池；南塘，即慈恩寺前之南池。曲渚與南塘，均臨近晉昌坊。煙方合，寫暮靄沉沉，夜色四合。樹更深，寫樹林更顯幽暗深密；加上「過盡」二字，則有驚禽繞樹三匝，不敢棲息的惶懼之情。陸崑曾《李義山詩解》以為「煙方合」「樹更深」，言不見而但聞其聲也。

④ 榆塞—又稱榆林塞、榆中，是《漢書・韓安國列傳》所載蒙恬遠征匈奴後「累石為城，樹榆為塞」，使匈奴不敢飲馬於河之重要據點，位於今內蒙古自治區鄂爾多斯黃河北岸。

⑤ 橘村—橘洲之村落，三國時李衡在其地種橘以蔭後人，約在今湖南省漢壽縣西北一帶；見〈陸發荊南始至商洛〉詩注③。

⑥ 「失群」二句—失群掛木，兼指驚禽、胡馬、楚猿而言。知何限，

可知有多少？遠隔天涯共此心，則又在驚禽、胡馬、楚猿之外，再加上征夫、思婦與詩人而言。

【補註】

01 葉葱奇注：「晉昌里住戶極少，環境清幽，再南為通善坊，即唐進士遊宴勝地杏園所在，再南為通濟坊，即到了京城的最南端，令狐楚的家廟即在此坊。楚於靠近家廟的風景區，設置別墅，這很可能。再從這首詩敘說的情景來體味，顯然也是『宿』在一座幽靜的別墅內，而不是住在達官的第宅中。」

【評解】

01 賀裳：始以「羈緒」而感「驚禽」，又因「驚禽」而思及「塞馬」「楚猿」之失偶傷離者，雖則情深，徑路何紆折也！（《載酒園詩話》卷一）

02 陸崑曾：羈人入夜，愁悒不眠，因見窗以外之禽，群動既息，驚而復起，因感窗以內之人。起二語，無數轉折，而出之若不經意，所謂曲而有直體者也。飛來曲渚，過盡南塘，言被驚而去其漸遠也。曰「煙方合」，曰「樹更深」，言不見而但聞其聲也。下半言胡馬失群，楚猿掛木，雖天涯遠隔，而同是此心，其足感人聽聞者，亦復何限！五六一比，結處雙承，轉合極佳，香山最熟此法。（《李義山詩解》）

03 趙臣瑗：夜色已侵，高窗不掩，其中乃有一人焉。羈緒鰥鰥，此豈堪復見驚禽也乎？而忽然見之，則其有感於心為何如者？兩句中已伏得末句「此心」二字。三四承之，狀禽之驚也如此。夫「煙方合」，「樹更深」，無可驚也，而在驚禽之心，則若有不敢即安焉者。此皆從羈緒鰥鰥人心頭曲盡而出之。後半推開一層，言天下之不堪聞者，有不獨驚禽而已也。天下之不堪聞所不堪聞者，又不獨晉昌亭上一鰥夫而已也。夫所謂不堪聞何也？失群之嘶馬，掛木之吟猿也。所謂不堪聞所不堪聞者何也？橫吹之征人，擣衣之思婦也。此二句只因一「和」字、一「雜」字用得奇妙。人只知是舉四件可驚之物，而不知其非然也。蓋「和」也者，我方吹笛，而馬適鳴之；謂爾「雜」也者，言我方擣衣，而猿適吟之謂爾。七即收五六二句之上三字，八即收五六之下三字，而「共此心」者，以晉昌亭上一鰥夫之心，體貼天下無數鰥夫並一切征人思婦之心也。如其仁！如其仁！（《山滿樓箋注唐詩七言律》）

04 程夢星：此去國懷鄉之作也。起曰羈緒鰥鰥，結曰遠隔天涯，其語甚明。五六「胡馬」「楚猿」二句，從驚禽推廣言之。蓋夜靜無聊，心思百出，偶因切近，憶及遐方。北則胡馬悲嘶，怨起征夫之笛；南則楚猿哀嘯，傷連思婦之砧。故七句緊以失群承馬，掛木承猿，而八句即點出遠隔天涯，以為有此心者固不獨驚禽也。羈緒如此，其為鰥鰥不寐者更何如耶？(《李義山詩集箋注》)

05 馮浩：田（蘭芳）曰「一詩之情，生於首四字。三四寫夜，亦見可驚之地正自無限。下半見失意者更有猿馬，人世苦境只禽也耶？卻放自己在外，更慘。」　〇田評真解頤矣。首四字兼悼亡言之，末二句敘別深妙。（《玉谿生詩詳注》）

06 紀昀：末句「共此心」三字頂五六句作收，實一筆貫到第一句，先著「羈緒」一句，便通首有情。（《李義山詩集輯評》引）

07 張采田：陳情之慼、悼亡之痛、遠行之恨，觸緒紛集。……「失群」比喪偶，「掛木」比依人。「遠隔天涯」，將赴東川也。（《李義山詩辨正》）

097 井絡（宣宗大中六年，852）

井絡天彭一掌中，漫誇天設劍為峰。陣圖東聚夔江石，邊柝西懸雪嶺松。堪嘆故君成杜宇，可能先主是真龍？將來為報姦雄輩，莫向金牛訪舊蹤。

【詩意】

由岷山和天彭山等崇巒疊嶂所環繞而成的四川盆地，相對於整個中國來說，其實狹隘迫促得就像人的手掌心一樣，根本不是可以割據稱雄的地方，那就不要再誇耀上天特別在這裡把寶劍插成高聳入雲的山峰，說這裡的形勢極為險峻，足以自立為王了！儘管在東川的夔江邊上有諸葛亮精心佈置用來防範東吳入侵的八陣圖石堆，在西川的雪嶺松樹上也懸掛著巡邏警戒，可以緊急通報吐蕃來襲的器械（似乎可以閉關自守，高枕無憂了），但是，連幾代世襲君位，而且深受蜀地百姓愛戴的望帝，也難逃失去政權的命運，只能在死後化身為悲啼的杜鵑來寄託他的遺恨，令人不勝感慨；即使是身為帝王後裔，又有諸葛亮全心輔佐的劉備，又豈是統一中原的真命天子呢？種種歷史教訓都可以拿來敬告並警惕那些懷有野心想要據蜀自立的奸雄，千萬別想要尋訪金牛道的舊蹤來蜀地自立為王，而一再重蹈敗亡的覆轍了！

【注釋】

① 詩題—井，指天上之井宿，又稱東井或天井。絡，網絡，引申為範圍之意。井絡，即井宿照耀所及之範圍，可以泛指蜀地；至於首句之「井絡」二字，則專指岷山。本詩旨在論述蜀中雖險阻，然對比天下之大，實如同指掌之不足恃，妄圖竊據之姦雄必敗無

疑。

② 「井絡」句—井絡，此處專指岷山。天彭，指天彭山，在今四川省灌縣，位於成都西北約五十公里處；相傳秦李冰守蜀地時見天彭山兩峰如闕，因名天彭門，亦稱天彭闕。又，四川彭縣彭門山亦稱天彭闕或天彭門。一掌中，極言其地之迫促狹隘。

③ 「漫誇」句—漫誇，休誇、莫誇也。天設劍為峰，指大小劍山為天險。按：劍山，在今四川劍閣縣，因群峰聳立如劍而名；古時於大小劍山間鑿石架閣而成之棧道稱為劍閣，為古代四川和陝西間之主要通道。此地形勢峻拔險要，易守難攻，史上不乏據地自雄之人，然終究敗亡而不足以王天下，故曰「漫誇」。

④ 「陣圖」句—此寫東川防衛之嚴密。陣圖，指諸葛亮為了阻拒吳軍而發明八種作戰部署之陣勢：天、地、風、雲、飛龍、翔鳥、虎翼、蛇盤等陣式。相傳諸葛亮於四處堆壘細石，排列成四組陣式大小不一之八陣圖，其中於夔州布下六十四座石堆之方陣，故址在夔州西南永安宮前平沙上，即今四川省奉節縣西南長江邊上。

⑤ 「邊柝」句—此寫西川形勢之險峻。柝，巡夜所用之梆子；邊柝，邊境巡夜警戒所敲擊之器械。雪嶺，泛稱大雪山山脈，綿亙於唐時西蜀邊境之松、茂、維、保諸州，為唐與吐蕃邊境。因春夏間常有積雪，故名；今名岷山。

⑥ 「堪嘆」句—句謂據蜀稱王之望帝終究失國身死，託寄恨魂於杜鵑，令人感嘆。故君成杜宇，見〈錦瑟〉詩注⑤。

⑦ 「可能」句—句謂即使才略如劉備者，又豈能據蜀而一統中原，成為君臨天下之真龍？可能，豈能、難道之意。先主，指劉備；真龍，真能順應天命民心而得天下之人。

⑧ 「將來」句—將來，拿（以上歷史教訓）來。為報，敬告、警惕。

姦雄，原指玩弄謀略、竊取權勢之姦賊，此指有割據野心之藩鎮。

⑨「莫向」句—句謂無須再有據蜀自立之野心，蓋連世代襲位之杜宇與貴為帝王後裔之劉備都無法成功，何況藩鎮？金牛，指金牛道，又稱石牛道，為古代由秦入蜀之重要通道[1]。訪舊蹤，有意步上奸雄之後塵而據蜀自雄之意。

【補註】

01 《華陽國志・蜀志》載：「周顯王之世，蜀王有褒、漢之地。因獵谷中，與秦惠王遇，惠王以金一笥遺蜀王。王報珍玩之物，物化為土。惠王怒。群臣賀曰：『天承我矣，王將得蜀土地』。惠王喜。乃作石牛五頭，朝瀉金其後，曰:『牛便金』。有養卒百人。蜀人悅之，使使請石牛，惠王許之。乃遣五丁迎石牛。既不便金。怒遣還之。乃嘲秦人曰：『東方牧犢兒』，秦人笑之，曰：『吾雖牧犢，當得蜀也。』……周慎王五年秋，秦大夫張儀、司馬錯、都尉墨等從石牛道伐蜀，……開明氏遂亡，凡王蜀十二世。」

【評解】

01 金聖嘆：此先生深憂巴蜀之國，江山險峻，或有草竊據為要害，而特深著嚴切之辭，以為預戒也。言此井絡天彭，拔地插天，飛棧千里，界山為門，自古稱為險絕之區者，以今日朝廷視之，不過在我一掌之中焉已耳。……雖復陣圖在東，雪嶺在西，天設劍關以為雄塞，據我論之，固曾不得而謾誇也。前解寫全蜀之險，更不足恃；後解寫起蜀之人，皆未必成也。言前如望帝，佐以鱉靈；後如昭烈，輔之諸葛，然而曾不轉眼，盡成異物，又況區區草芥之子乃欲何所覬覦於其間也哉！（《貫華堂選批唐才子書》）

02 何焯：第一句便破盡全蜀，第二是門戶。第三是東川，第四是西川。四句中包括後人數紙。三四一聯若不點出東西二字，只是成都詩耳。「堪嘆」一聯言已世守因餘，猶歸於泯滅，況么麼（按：微不足道之輩）草竊耶？喝起落句有力。（《義門讀書記》）

03 胡以梅：通首誡蜀人之詞，故其意輕視蜀險在言外。首言井絡天彭極小……次言蜀之最險為劍閣，亦不足恃。於是東雖陣圖示武，西雖邊柝偵防，方其內變，則為杜宇之失國；若來外敵，則先主之不能成王業，二傳即亡。將來不逞之徒，休訪金牛險道之舊蹤而思割據，亦仿張孟陽〈劍閣銘〉之意也。（《唐詩貫珠串釋》）

04 姚培謙：此詠蜀中形勝也。井絡天彭，指掌可盡；劍門重阻，恃險而亡。東則夔江陣圖，古人於此禦敵；西則雪嶺傳柝，今時於此防邊。此籌時者所當審慮也。若乃姦雄竊發，叛服不常，不知亡國則有故君如杜宇，英略則非先主之真龍，則亦徒自送死而已矣。縱恃五丁之神力，欲訪金牛之舊蹤，何益？唐自肅、代後，蜀中屢屢叛亂，故有是詩。（《李義山詩集箋注》）

05 屈復：以山川之險、武侯之才、昭烈之主，尚不能一統天下，而況其他哉！所以深誡後來也。（《玉谿生詩意》）

06 田蘭芳：足褫姦雄之魄，而冷其覬覦之心。（馮浩《玉谿生詩詳注》引）

07 馮浩：蜀地恃險，自古多乘時竊據，憲宗時尚有劉闢之亂。詩特戒之，言先主尚不免與杜宇同悲，況么麼輩乎？（《玉谿生詩詳注》）

08 紀昀：立論正大，詩格自高，五六唱嘆指點，用事精切。三四轉折太硬，意雖可通，究費疏解。七句尤率，非完美之篇。（《玉谿生詩說》）

09 張采田：音節高亮，如鏗鯨鐘。三四寫景精切，結尤深警，無所

謂費解也。（《李義山詩辨正》）

10 黃侃：此詩與張載〈劍閣銘〉同意，皆以懲割據也。首句言其地之狹小，次句言地險之不足恃。三四承首句之意，言其疆域迫蹙也；五六言伯（按：指一方之霸）主偏隅，終殊中縣之君（按：指中央之帝王）也，詞特深婉；末句正寫警戒之意。（劉學鍇引《李義山詩偶評》）

098 杜工部蜀中離席（宣宗大中六年，852）

人生何處不離群？世路干戈惜暫分。雪嶺未歸天外使，松州猶駐殿前軍。座中醉客延醒客，江上晴雲雜雨雲。美酒成都堪送老，當壚仍是卓文君。

【詩意】

人生在世，不論身在何處，哪有不會面臨和朋友離別而孤身獨往的情境呢？這本來是司空見慣而應該處之泰然的場面而已，但是由於世路坎坷，戰亂頻仍，所以才使得我和朋友在短暫的別離時，仍然籠罩在前途未卜、吉凶難料的陰霾裡而感到痛惜不捨。在遙遠的雪嶺那邊，和吐蕃及党項交涉邊境事務、處理紛爭的朝廷特使，還遭到扣留，尚未平安歸來；而在松州一帶和吐蕃毗鄰的地區，也由於形勢詭譎，隨時有劍拔弩張的局面，所以還有精銳的殿前軍駐紮鎮守。儘管如此，宴席中似乎仍然有昧於形勢，能夠開懷暢飲到醺然欲醉的人，不斷舉杯邀請頭腦清醒的人痛快地乾杯；遠處的江面上，明朗的晴雲夾雜著陰沉的雨雲，隱隱然有山雨欲來之勢，不禁讓人憂心忡忡。唉！成都的美酒本來就既可以排遣愁懷，又能夠怡情養老，何況當壚賣酒的更是像卓文君這樣風姿綽約的美女，難怪有人會心滿意足地在這裡恣意沉醉了！

【注釋】

① 詩題—本詩殆為模擬客居蜀地多年之老杜詩風而以「蜀中離席」為題之作，馮浩注以為「或藉以自譽己之詩才，未可定也。」本詩大約是大中六年春自西川推獄歸東川時餞別之作，主旨在感慨邊境形勢風雲詭譎，不容樂觀；然猶有醉生夢死之輩貪圖表象之太平逸樂，故詩人藉此抒發憂國傷時之意。

② 「人生」二句—謂人生離別乃慣常之事，然值此世路坎坷、干戈不斷之時，即使短暫分手，亦令人倍覺痛惜。離群，指離開師友；《禮記・檀弓》載子夏喪其子而喪其明，曾子責其違孝道而背師恩，子夏自愧曰：「吾離群而索居，亦已久矣。」惜，痛惜也。

③ 「雪嶺」句—雪嶺，見〈井絡〉詩注⑤。天外使，指唐朝往來吐蕃之使者。未歸天外使，指與吐蕃及党項交涉之朝廷使者遭扣留，暗示邊境形勢緊張。

④ 「松州」句—松州，唐設松州都督府，屬劍南道，轄區甚廣，治所在今四川省阿壩藏族自治州內；因西鄰吐蕃國，為唐朝西南邊塞，故長有軍隊駐守。殿前軍，泛指宿衛京師之御林軍或禁衛軍，此處借指戍守西南邊陲之精銳部隊。猶駐殿前軍，表示西部邊境始終未曾平靖，形勢並不樂觀；與「未歸天外使」皆呼應「世路干戈」而來。

⑤ 「座中」句—似暗用《楚辭・漁父》所謂「舉世皆濁而我獨清，眾人皆醉而我獨醒」之意，暗示西川節度幕中不乏行樂盡歡，甚至醉生夢死之輩，然自己憂國傷時之念，無時或忘，難以開懷暢飲。延，邀人飲酒。

⑥ 「江上」句—晴雲，殆指溼度低而輕淡明亮之白雲；雨雲，殆指

溼度高而濃厚陰暗之烏雲。晴雲雜雨雲，象喻局勢波詭雲譎，變幻莫測，隱隱然有山雨欲來之勢，令詩人憂心忡忡。按：此句與世路干戈、雪嶺松州數句相鉤連。

⑦「美酒」二句—美酒成都，李肇《國史補》曰：「酒則有……劍南之燒春。」義山〈碧瓦〉詩亦云：「酒是蜀城燒」。堪送老，足可排遣愁懷兼怡情養老。壚，用泥團圍繞酒缸所砌成之賣酒台，為古代之吧台；當壚，負責賣酒；《史記‧司馬相如列傳》：「相如與文君俱之臨邛，盡賣車騎，買酒舍酤酒，而令文君當壚。相如自著犢鼻褌，與保庸雜作，滌器於市中。」仍，更也。仍是卓文君，謂再加上有風姿綽約之賣酒女郎，當然更令人對「美酒成都堪送老」之處境感到心滿意足而恣意沉醉了，言外似有譏刺之意。

【評解】

01 張謙宜：（「雪嶺」一聯）分明是老杜化身。回鶻之驕、吐蕃之橫，至今可想，豈止徒作壯語？（《絸齋詩談》卷五）

02 何焯：起句尤似杜。鮑令暉詩：「人生誰不別？恨君早從戎」，發端奪胎於此。一則干戈滿路，一則人麗酒濃，兩路夾寫出惜別，如此結構，真老杜正嫡也。詩至此，一切起承轉合之法，何足繩之？然「離席」起，「蜀中」結，仍是一絲不走也。此等詩須合全體觀之，不可以一字一句求其工拙。荊公只賞他次聯，猶是皮相。（《義門讀書記》）

03 紀昀：起二句大開大合，極龍跳虎臥之觀。頷聯頂次句，頸聯正寫離席。（《玉谿生詩說》）

04 管世銘：善學少陵七言律者，終唐之世，惟李義山一人；胎息在神骨之間，不在形貌。〈蜀中離席〉一篇，轉非其至也。義山當朋黨傾危之際，獨能乃心王室，便是作詩根源。其〈哭劉蕡〉〈重有感〉〈曲江〉等詩，不減老杜憂時之作。組織太工，或為撏撦家藉口。然意理完足，神韻悠長，異時西崑諸公，未有能學而至者也。（《讀雪山房唐詩鈔序例》）

099 北禽（宣宗大中六年，852）

為戀巴江暖，無辭瘴霧蒸。縱能朝杜宇，可得值蒼鷹？石小虛填海，蘆銛未破矰。知來有乾鵲，何不向雕陵？

【詩意】

因為迷戀巴江地區溫暖的氣候，北方的鴻雁竟然不辭惡毒的瘴癘之氣蒸騰逼人，反而飛到南方來（按：以北禽自喻，意謂由於感念柳仲郢雪中送炭的情誼，因此不辭辛勞地西來梓幕）。儘管到這裡來，可以朝見古代蜀王所化身而成的杜宇，怎奈還是得遭遇蒼鷹的襲擊（按：喻雖為柳氏之幕僚，得其特殊禮遇，奈何仍遭到牛黨之人的嫉恨與排擠）。儘管牠也有精衛填海的意願，然而所能啣到的石子實在太小了，難免徒勞無功；儘管牠也知道要保護自己而叼著蘆葦飛行，奈何卻還是不夠鋒利，割不斷綁在箭上的絲繩（按：喻雖胸懷大志，然官小位卑，心餘力絀，終屬枉然；雖知善加防範，仍未能全身遠禍）。北禽啊！北禽！你知道乾鵲擁有預知未來的本事，何不向莊周學習在雕陵地區所領悟到的避禍遠害之智慧呢？（按：末句喻應學習審時知機的本事，尤應學習遠利避害之道。）

【注釋】

① 詩題—本詩殆作於東川幕下。詩人來自北方，故以北禽自喻；詩中感慨黨爭令形勢險峻，非唯有志難伸，避禍遠害亦屬不易。

② 巴江—泛指巴地之江，可代指東川。《通典・卷一百七十五》引譙周《三巴記》曰：「閬、白二水東南流，曲折三回如巴字，故謂三巴。」

③ 瘴霧—即瘴癘之氣，是指中國西南方潮濕炎熱之深山密林中，常有由動植物腐爛遺骸所化生而鬱蒸升騰之惡氣，相傳能使人中毒生病，甚至致人於死。

④「縱能」二句—喻縱能得柳氏之徵辟禮遇，奈何仍難免牛黨之排擠壓迫。朝杜宇，以北禽自喻，而以杜宇喻柳仲郢，亦即成為柳仲郢之僚屬。可，何也，奈何、怎奈。得，須也、要也，有避不開之意。可得，奈何還得。值，遭遇。蒼鷹，喻嚴酷兇殘之人；《史記・酷吏列傳・郅都》載漢景帝時郅都屯衛京師，執法嚴酷而不避貴戚，列侯宗室見到郅都均側目而視，稱之為「蒼鷹」。

⑤「石小」句—喻己雖有精衛填海之志，奈何心餘力絀；典出《山海經・北山經》。

⑥「蘆銛」句—喻己雖善加防範，仍未能全身遠禍。蘆，指葉片鋒利之蘆葦，相傳鴻雁北飛時會銜著鋒利之蘆葦，用以劃斷綁在箭上之絲繩[1]。銛，鋒利。矰，繫有絲繩以射鳥之箭；未破矰，喻難以防備外來之傷害。

⑦「知來」句—此喻當如知來鳥之審時知機。知來，預知未來之事。乾鵲，即山鵲，傳說此鳥能知未來之事，故又名知來鳥[2]。

⑧「何不」句—謂當向遊於雕陵地區之莊周學習遠利避害之道。向，向慕，有崇仰學習之意。雕陵，借代指莊周；《莊子・山木》載莊周遊於雕陵見螳螂捕蟬，黃雀在後而頓悟遠利避害之道[3]。

【補註】

01 《淮南子・修務訓》：「夫鴈順風以愛氣力，銜蘆而翔，以備矰弋。」高誘注：「銜蘆所以令繳不得截其翼也。」崔豹《古今注・鳥獸》：「雁自河北渡江南，瘠瘦能高飛，不畏繒繳。江南沃饒，每至還河北，體肥不能高飛，恐為虞人所獲，嘗銜蘆長數寸，以防繒繳焉。」

02 《淮南子・氾論訓》：「猩猩知往而不知來，乾鵲知來而不知往，此修短之分也。」高誘注：「乾鵲，鵲也。人將有來事憂喜之徵，則鳴，此知來也。知歲多風，多巢於木枝，人皆探其卵，故曰不知往也。」

03 《莊子・山木》載莊周遊於雕陵，「睹一異鵲自南方來者。……執彈而留之（按：欲伺其隙而擊之）。睹一蟬，方得美蔭而忘其身。螳螂執翳而搏之，見得而忘形；異鵲從而利之，見利而忘其真（按：鵲亦忘其形之暴露）。莊周怵然曰：『噫！物固相累，二類相召也。』捐彈而反走。」

【評解】

01 姚培謙：此以北禽自況也。雁自北而南，故曰「北禽」。三四言雖貞心自信，而猜忌何堪？五六，傷其有志無力。雖號隨陽，恨不能如乾鵲之知時也。應是東川幕府中作。（《李義山詩集箋注》）

02 田蘭芳：意深，情苦，語厚，大異晚唐人。（馮浩《玉谿生詩詳注》引）

03 紀昀：起二句言為依賢主而未去。三四言雖見知於主人，而無奈困於讒口。五句言竭誠而無補於事，六句言善防而不能自全。七八以知機遠去結之。（《李義山詩集輯評》引）

100 壬申閏七夕題贈烏鵲（宣宗大中六年，852）

繞樹無依月正高，鄴城新淚濺雲袍。幾年始得逢秋閏，兩度填河莫告勞。

【詩意】

明月高照的時候，看見幾隻烏鵲忙亂地繞著樹木盤旋，卻找不到可以棲息的地方，不禁使新近喪妻而客居鄴都的我（按：借喻身在柳仲郢東川幕下有如建安七子在曹操幕下），流下濺濕官袍的眼淚。烏鵲啊！你們可知道要多少年才能遇到閏七月的秋季嗎？就請你們不要感嘆一年兩度搭建鵲橋太過辛勞了吧！

【注釋】

① 詩旨—本詩寫於妻子過世之次年，儘管詩人喪偶之後，夫妻已無望於七夕之會，然猶為人間聚少離多之夫妻請命，祈求烏鵲於閏七月時兩度填河，與老杜「安得廣廈千萬間，大庇天下寒士盡歡顏，吾廬獨破受凍死亦足」之胸懷同其悲憫敦厚。

② 「繞樹」句—用曹操〈短歌行〉：「月明星稀，烏鵲南飛；繞樹三匝，何枝可依」之意，表示見烏鵲驚飛不定，引起詩人之感慨，蓋今日既是七夕，睹烏鵲而神傷，蓋再無與亡妻重會之期矣，故有次句新淚濺袍之痛。

③ 「鄴城」句—鄴城，為魏王曹操之都城，故址在今河北省臨漳縣西。由於商隱時居東川柳仲郢幕下，有如王粲等建安七子同為曹操鄴都中之幕客，且又與首句用曹操之詩意相呼應，故以「鄴城」表明客居柳幕之意。新淚，指悼亡未久，蓋妻子去年夏天才過世。雲袍，官服上有彩雲圖案，故云。

④「幾年」二句—秋閏，專指閏七月而言。民俗說法為「十九年七閏」，然僅止於閏月，並非專指閏七月而言。如以西元紀年觀察，1919、1938、1949、1968、2006 年均為閏七月，可知閏七月之計算並無固定之規律可循。因壬申年有閏七月，故云烏鵲有兩次填河之勞。

101 二月二日（宣宗大中七年，853）

二月二日江上行，東風日暖聞吹笙。花鬚柳眼各無賴，紫蝶黃蜂俱有情。萬里憶歸元亮井，三年從事亞夫營。新灘莫悟遊人意，更作風簷夜雨聲。

【詩意】

二月二日正是龍王抬頭而雨水逐漸增多的日子，也是百蟲復甦，春光越來越美好的時節，所以我們去江邊踏青；當時東風柔和，陽光溫暖，笙簫演奏的樂曲也就顯得特別清揚而動聽了。有些盛開的花朵，已經綻放出長鬚般的雄蕊，而剛抽出絨芽的柳葉，則像是許多半開半閉的惺忪睡眼；它們展現出活潑的生命力，簡直可愛得令人惱恨。而飛舞的紫蝶和忙碌的黃蜂，彷彿也都有意以它們鮮麗的色彩來轉移我思鄉的愁懷……。三年來我追隨柳仲郢來到東川節度使幕下任職，經常想起遠在萬里之外的家園，恨不得能早日歸去；奈何春水上漲所形成的淺灘卻無法了解我的心情，竟然偏偏發出像家園夜間屋簷上的風雨聲，更讓人滿腔鬱悶，不知如何排遣才好……。

【注釋】

① 詩題—本詩旨在借賞心悅目之佳節風物，抒發羈旅之鄉愁。二月二日，古俗稱為「龍抬頭」，乃主管雲雨之龍王抬頭之日，此後雨水增多，初春百蟲如蜈蚣、蠍子等亦紛然復甦。馮浩注引《全蜀藝文志》曰：「成都以二月二日為踏青節。」並推測謂唐時二月二日梓州當為踏青節。

② 「東風」句—劉學鍇謂笙簧畏潮濕，天寒吹久則聲澀而不揚，須以微火香料溫暖笙簧。東風日暖，笙自然也簧暖而聲清了。

③ 「花鬚」句—花鬚，指花心之雄蕊。柳眼，指早春時柳條上還包覆著外皮之花苞，形似人之睡眼初開，故云。無賴，本指撒賴、刁蠻，此處含有挑逗、惱人、使人愛賞之意；杜甫〈送路六侍御入朝〉：「劍南春色還無賴，觸忤愁人到酒邊。」〈奉陪駙馬韋曲〉：「韋曲花無賴，家家惱殺人。」徐凝〈憶揚州〉：「天下三分明月夜，二分無賴是揚州。」皆同此意。

④ 「萬里」二句—寫久幕思歸之情。元亮井，陶潛〈歸園田居〉：「井竈有遺處，桑竹殘朽株。」三年，由大中五年至七年。從事，追隨而任事；亞夫營，指柳仲郢之幕府。《漢書・周亞夫傳》載亞夫為將軍，屯駐於細柳營(約在今陝西省臨潼縣東北三十里)；此處有以亞夫切府主之「柳」姓之意。

⑤ 「新灘」二句—意謂詩人正欲藉踏青賞花以散愁遣悶，奈何新灘不能理解此意，竟發出有如家園裡風簷夜雨之聲，令人驅愁無地，更添鄉愁。新灘，春水新生處之淺灘。悟，真心理解。作，兼有動詞「發出」及準繫詞「如、似」之意。

【評解】

01 何焯：兩路相形，夾寫出憶歸精神。合通首反覆咀詠之，其情味自出。〈隋宮〉〈籌筆驛〉〈重有感〉〈隨師東〉諸篇得老杜之髓矣。如此篇與〈蜀中離席〉，尤是莊子所云「善者機」。前半逼出憶歸，如此濃至，卻使人不覺，所謂「國風好色而不淫」也。其神似老杜處，在作用不在氣調。……「新灘」二句，同一江上行也，耳目所接，萬物皆爽，不免引動歸思；及憶歸不得，則江上灘聲有淒淒風雨之意。筆墨至此，字字化工。杜荀鶴詩云：「此時情景愁於雨，是處鶯聲苦似蟬。」落句當以此意求之。（《義門讀書記》）

02 陸崑曾：身羈使府，偶然出行，而風日晴暖，遊人已有吹笙為樂者。且目之所接，萬物皆春，不來江上，幾不知花柳蜂蝶如此濃至也。於是因聞見而歸思萌焉。曰萬里，則為路甚遠；曰三年，則為時甚久。而寄人廡下，知有無可奈何者，故猶是灘聲也，一時聽之，便有淒淒風雨之意，覺與初到時迥然不同。（《李義山詩解》）

03 姚培謙：此義山在東川時懷歸之作。大凡人生境界無常，只心頭不樂，好境都成惡境。此詩前四句，乍讀之豈不是春遊佳況？細玩一「各」字，一「俱」字，始覺無賴者自無賴，有情者自有情，於我總無與也。蓋萬里憶歸，三年從事，誠非花柳蜂蝶所能與知；乃新灘水響，更作風雨蕭條之聲，聒入愁人之耳，猶似妒我此遊也者，然則此遊真屬可已也。（《李義山詩集箋注》）

102 初起（宣宗大中七年，853）

想像咸池日欲光，五更鐘後更迴腸。三年苦霧巴江水，不為離人照屋梁。

【詩意】

清晨初醒時，天色猶暗，窗外依舊濃霧瀰漫，讓人頓覺悵惘無憀，不禁遙想太陽正在傳說中的咸池沐浴，也許日光可以越洗越明亮，那麼可能就會有一個亮麗的晴天……。五更鐘響之後，我看看陰霾慘淡的天色，原本消沉苦悶的心情變得更灰暗，愁腸也彷彿更加曲折而沉重了。唉！我被濃密得難以消散的雲霧圍困了三年之久，多麼期盼能夠好好享受陽光，然而太陽竟然始終吝於為離家萬里的我照亮屋樑！

【注釋】

① 詩題—初起，蓋指清晨初起時濃霧瀰漫，戚然有感。本詩雖為賦筆實寫，然詩人意緒之悵惘寥落，心境之消沉苦悶，以及坐困愁城，期盼霧開日出、否極泰來之情亦不難想像。

② 「想像」句—想像，遙想；由次句「五更鐘後更迴腸」觀察，詩人似乎早已醒轉或難再入眠而遙想傳說中日浴之處，期盼多霧之巴江地區能有日光出現。咸池，相傳日神沐浴之處；《淮南子・天文訓》：「日出於暘谷，浴於咸池，拂於扶桑，是謂晨明。」

③ 「三年」二句—苦霧，濃霧難散而令人苦惱；詩人另有〈為崔從事福寄尚書彭城公啟〉云：「潼水千波，巴山萬嶂，接漏天之霧雨，隔嶓冢（按：嶓塚山，又名漢王山，位於陝西省漢中市甯強縣境內）之煙霜。」「不為」二字，主詞為日光；日照屋梁，語出宋玉〈神女賦〉：「耀乎若白日初出照屋梁。」按：「不為離人照屋樑」句似可聯想「春風不度玉門關」，寄託在有無之間。

【評解】

01 姚培謙：此寓見棄於時之意。日喻君恩，苦霧喻排擯者。（《李義山詩集箋注》）

02 屈復：五更即望日出，乃日出而不照屋梁三年於茲矣。（《玉谿生詩意》）

03 程夢星：此在東川幕中感嘆流滯之作。幕官多有人為朝士者，而義山寂處三年，故借日光以比君上，而慨其沉埋苦霧不為照臨也。玩起語「想像咸池」四字，則寄情遙遠可知，非專為蜀中漏天之諺也。（《李義山詩集箋注》）

04 張采田：在東川迴想京師之作。「咸池日光」暗指令狐。結語慨陳情之不省也。「三年苦霧」，其大中七年作乎？「離人」謂遠客，不必泥看。（《李義山詩辨正》）

05 劉學鍇：詩作於大中七年居梓幕時。「三年苦霧巴江水」，明為長期留滯蜀中而發……。題為「初起」，蓋晨起又對濃霧而有所感觸。妙處在賦實中微寓比興象徵，既見包圍詩人之環境陰霾昏暗，亦透出詩人意緒之苦悶無憀，心境之壓抑窒息，而企盼霧開日出，復見光明之情亦溢於言表。日、霧未必有所寓指，虛解之似更有味。按：義山〈為崔從事福寄尚書彭城公啟〉云：「潼水千波，巴山萬嶂，接漏天之霧雨，隔嶓冢之煙霜。」可與本篇參證。（《李商隱詩歌集解》）

103 寫意（宣宗大中七年，853）

燕雁迢迢隔上林，高秋望斷正長吟。人間路有潼江險，天外山惟玉壘深。日向花間留返照，雲從城上結層陰。三年已制思鄉淚，更入新年恐不禁。

【詩意】

春天的燕子和秋天的鴻雁，似乎全都遙遠地被隔絕在長安的上林苑裡，無法為我帶來可以返回京國的訊息；我佇立在秋高氣爽的閣樓上，望斷天涯，始終看不見它們的身影，不禁長久地沉思細想，以致思潮起伏，心事重重。坐困愁城的我，對於梓潼水陸行程的險峻難行，餘悸猶存；而在雲遮霧掩的西北邊境，就屬高聳天外的玉壘山一帶，最為深窅難測。此地雲霧深厚，陽光稀少，唯有在夕陽西下時殘餘的日光才能短暫地斜照進花叢之間；抬起頭來，似乎隨時隨地都會看到灰雲在城垣上空凝結了無數層厚重的陰霾……。三年以來，我勉強壓抑住思鄉的淚水，只怕一旦新的一年來臨，我就再也無法克制自己了。

【注釋】

① 詩題—寫意，抒懷也，而所抒之懷即寄寓於景物之中，包括時局詭譎險峻、世路崎嶇坎坷、長期滯留巴蜀以及年衰齒暮之苦悶，均見於言外，固不僅思鄉之情而已。

② 「燕雁」句—燕雁，表示時序由春至秋；上林，即上林苑，此代指京城長安。燕雁隔上林，作為次句「望斷」之受詞，表示毫無音訊。此處暗用蘇武事以寄寓思歸京國而不得之情，《漢書·李廣蘇建傳》載：昭帝時，匈奴與漢和親，漢使要求放還被扣押之蘇武等人，匈奴詐稱蘇武已死。後漢使復來，遭別囚之常惠賄賂衛士以見漢使，教使者詭稱「天子射獵於上林，得雁，足有繫帛書者，言武等在某澤中。」使者大喜，依言詢問單于；單于大驚，乃釋放蘇武等生還者九人。

③ 「高秋」句—望斷，謂望向長安，思歸京國，終因毫無機會而感到失望。長吟，長時間沉吟細想，思潮起伏，心情頗為複雜凝重；以下各句所寫即長吟之內容。

④ 「人間」二句—寫蜀中山高水險，詩人滯留異鄉，坐困愁城，兼

有世路艱險之感，與鄉愁迢遞，難以排遣之慨。潼江，在梓潼，又名梓潼水，下游注入涪江。玉壘，山名，在今四川汶川至灌縣以西，距成都約六十公里；舊注杜詩「玉壘浮雲變古今」引《名勝志》曰：「玉壘山在灌縣西，眾峰叢擁，遠望無形，唯雲表崔嵬稍露。」

⑤「日向」二句—五句似暗寓遲暮之感傷，六句似象喻國勢、時局、世事之昏暗，並暗寓詩人心情之沉重。留晚照，巴蜀多陰雲深厚之時，少有亮麗晴光，故自古有「蜀犬吠日」之說，日光往往於返照時乃得見。層陰，深厚昏暗之陰霾。

⑥「三年」二句—大中五年赴蜀，至大中七年，首尾達三年，故云。制與禁，皆強忍之意。新年，指明年、來年。

【評解】

01 朱彝尊：（「日向」二句）不言而神傷。（《李義山詩集輯評》引）

02 錢良擇：此等詩氣韻沉雄，言有盡而意無窮，少陵後一人而已。（馮浩《箋注》引）

03 馮浩：黯然神傷，情味獨絕。（《玉谿生詩詳注》）

104 夜雨寄北（梓幕作，未編年）

君問歸期未有期，巴山夜雨漲秋池。何當共剪西窗燭，卻話巴山夜雨時？

【詩意】

您來信詢問我何時能夠北返長安？唉！北歸的日期實在是難以

預料啊！此時，巴山地區夜雨淒其，綿密如網，連秋池都漲滿了——有如我羈旅異地，不能北返的鬱悶愁煩也漲滿胸臆一般。何時我才能重回京城，和您在向西的窗邊挑燈長談，歡聚如舊呢？那時再向您細說今夜在巴山捧讀來函、愁聽秋雨時，我悵觸百端的心情吧！

【注釋】

① 詩題—商隱於大中五年十月至東川節度使柳仲郢幕下，九年十一月隨柳氏返京；本詩即作於梓州遊幕期間。當時交通不便，訊息傳遞困難，而友人書信能順利寄達，料想詩人至梓州已頗有些時日了；對方既會有歸期之問，詩人又有遙遙無期之嘆，則詩人來此可能已有一年以上，故推測本詩可能係大中六七年後所作[1]。

② 「巴山」句—巴山，今四川、陝西、湖北交界處有大巴山脈，而今湖北巴東縣南、宜昌市西南處亦有稱巴山者；然唐人詩中之巴山大多泛指四川境內之群山而言，未必具體指大巴山脈或巴東縣之巴山。義山〈初起〉詩云：「三年苦霧巴江水，不為離人照屋梁」，可知詩人此時心境之鬱苦。

③ 「何當」二句—剪燭，挑去燃燒過之燭芯而使燭光較為明亮，義近於「挑燈」。剪燭西窗，表示久未謀面之親友徹夜談心。卻，再、才也。卻話，再細說、再回味。

【補註】

01 現存多種義山詩集中，惟明人姜道生之刻本作「夜雨寄『內』」，餘皆作本題「夜雨寄北」。岑仲勉已考定本詩應是在東川節度使柳仲郢幕（大中五年底至大中九年十一月，851－855）期間所作，而李妻又已於五年春夏間亡故，因此本詩應屬酬寄京華友人之作，詩題自以作「寄北」為宜。

【評解】

01 范晞文：唐人絕句，有意相襲者，有句相襲者。……賈島〈渡桑乾〉云：「客舍并州已十霜，歸心日夜憶咸陽。無端更渡桑乾水，卻望并州是故鄉。」李商隱〈夜雨寄人〉云：「君問歸期未有期，……。」此皆襲其句而意別者。若定優劣、品高下，則亦昭然矣。（《對床夜語》）

* 編按：「客舍并州」一詩似應為劉皂所作〈旅次朔方〉。

02 李夢陽：唐詩如貴介公子，風流閒雅，觀此信然。（《唐詩選脈會通評林》引）

03 周珽：以今夜雨中愁思，冀為他日相逢話頭，意調俱新。第三句應轉首句，次句生下落句，有情思。蓋歸未有期，復為夜雨所苦，則此夕之寂寞，惟自知之耳。得與共話此苦於剪燭之下，始一腔幽衷，或可相慰也。「何當」「卻話」四字妙，犁犁雲樹之思可想。（《唐詩選脈會通評林》引）

04 何焯：水精如意玉連環，荊公屢仿此。（《李義山詩集輯評》引）

* 編按：陳永正謂王安石的〈封舒國公〉：「桐鄉山遠復川長，紫翠連城碧滿隍。今日桐鄉誰愛我，當時我自愛桐鄉。」即仿此。

05 姚培謙：「料得家中夜深坐，多應說著遠行人」，是魂飛到家裡去；此詩則又預飛歸家後也，奇絕。（《李義山詩集箋注》）

06 屈復：即景見情，清空微妙，玉溪集中第一流也。（《玉谿生詩意》）

07 桂馥：眼前景反作後日懷想，此意更深。（《札樸》）

08 徐德泓：翻從他日而話今宵，則此際羈情不寫而自深矣。（《李商隱詩歌集解》引）

09 紀昀：探過一步作結，不言當下云何而當下意境可想。作不盡語，每不免有做作態。此詩含蓄不露，卻只似一氣說完，故為高唱。

（《玉谿生詩說》）

10 宋顧樂：婉轉纏綿，盪漾生姿。（《萬首唐人絕句選評》）

11 黃叔燦說：「滯跡巴山，又當夜雨，卻思剪燭西窗，將此夜之愁細訴，更覺愁緒纏綿，倍為沉摯。」（《唐詩箋注》）

12 俞陛雲評曰：清空如話，一氣循環，絕句中最為擅勝。詩本寄友人，如聞娓娓清談，深情彌見。（《詩境淺說續編》）

13 傅庚生：（後半）虛實顛倒，明縱而暗收。蓋遙企於西窗剪燭之樂，正以見巴山夜雨之苦；若微波之漣漪，往復生姿也。（《中國文學欣賞舉隅》）

14 郝世峰：在一句中寫了巴山、夜、雨、秋、池等六種物象，而用一個動詞「漲」聯絡、貫通於其間，為它們灌注靈魂，構成一幅生動的圖畫；這幅圖畫充溢著迷濛的愁悶氣氛，於表現環境特徵的同時，映現著詩人淹沒於愁情的心境。……這裡的「巴山夜雨漲秋池」，使愁懷借景物而顯現，即可視為感情的外在形態。……詩人因不耐今夜的寂寞而嚮往異日的快慰，而這嚮往中的莫大快慰就是回味今夕的寂寞。這一曲折入微的嚮往，感情是複雜微妙的，它雖然浸潤著追求的興奮與滿足，卻也融匯著對現實空虛落寞的感受；在給人以快慰的形式中，使人更深刻地感受詩人的今夕苦況，即「巴山夜雨漲秋池」的寂寞。（〈李商隱夜雨寄北賞析〉）

105 即日（梓幕作，未編年）

一歲林花即日休，江間亭下悵淹留。重吟細把真無奈，已落猶開未放愁。山色正來銜小苑，春陰只欲傍高樓。金鞍忽散銀壺漏，更醉誰家白玉鉤？

【詩意】

一年裡最燦爛鮮麗的春林繁花，就要在今天全部（或：紛紛）凋零了，我在江邊和亭臺間的園林裡望著凋殘的春花，無限惆悵地流連徘徊，久久不忍離去。我小心翼翼地檢拾起落花來仔細地審視，又反復低吟著傷春的詩句，心中真是充滿了無計留春、無力護花的萬般無奈。花朵雖然已經零落塵泥之中，卻仍然綻開花瓣，應該是因為它們心中仍然有未曾完全消釋的愁恨吧（也可以解為：不論是已經凋零的花瓣，或是殘留在枝頭開放的，都使人惆悵感傷，難以釋懷）！山巒的陰影正在擴大蔓延，眼看著即將吞沒芳林小苑了；春天傍晚的雲靄，也越來越濃，就快要籠罩著整座高樓了。突然之間，太陽神的龍駒所放射出來的燦爛金光，完全消散了，夜間計時的銀壺就要開始漏出水滴了……。唉！春光是如此短暫！一日又是如此迫促！現在又能到誰家參與盛會，在歡樂的藏鉤遊戲中忘掉憂傷，在酣醉的酒香中化去春愁呢？

【注釋】

① 詩旨—本詩旨在痛惜年光易窮、春花易逝、一日易盡，而遲暮無成之感自見於言外。

② 「一歲」句—即日，此日、今日也。休，停止綻放，亦即紛紛凋零；亦可誇言全部凋零。

③ 「江間」句—江間亭下，由詩人可能同期所作之〈江亭散席循柳路吟歸官舍〉詩題來看，疑指當時筵席所在之江邊與亭閣間之園林而言。淹留，流連徘徊而不忍離去。

④ 「已落」句—就全部凋零而言，意謂雖已零落塵泥之中，而猶綻開花瓣，應是其心中仍有未曾完全消釋放盡之愁恨。就紛紛凋零而言，意謂不論已落之瓣或猶開之花，均使人惆悵憂傷，難以釋

懷。

⑤「山色」二句—山陰漸長，暮靄漸濃，正逐步移來，即將籠罩小苑高樓。山銜小苑，時將暮矣；陰傍高樓，時益暮矣。

⑥「金鞍」句—金鞍，殆因詩人想像傳說中為太陽神駕車之六匹龍駒配有黃金雕鞍，故以金鞍代指陽光。金鞍忽散，疑指夕陽忽然隱沒山後，故其金黃燦爛之光芒頓時消散[1]。銀壺漏，謂壺漏開始計時，時已入夜矣。

⑦「更醉」句—言當此春愁黯黯之時，非醉無以遣懷，然又能至何處借酒澆愁乎？此寫其無以遣愁散悶之無憀況味。白玉鉤，殆指酒席間藏鉤之戲，見〈無題〉「昨夜星辰」詩注⑤。

【補註】

01 如果本詩的寫作背景和〈江亭散席循柳路吟歸官舍〉一詩相同，則金鞍也可能是指與會諸人中達官顯宦之鞍馬而言。金鞍忽散，則指夜晚來臨，酒闌人散的淒清之感。

【評解】

01 何焯：一歲之花遽休，一日之光遽暮，真所謂刻意傷春者也。金鞍忽散，惆悵獨歸，泥醉無從，排悶不得，其強裁此詩，真有歌與泣俱者矣。　〇觀「江間」之文，疑亦在東川時作。（《義門讀書記》）

02 胡以梅：因落花而悵恨留連於花間亭下，把玩重吟，真出無奈。落者落，開者尚開，愁愈難放。此聯實寫而曲折，故佳。五六言天色已晚，陰雲黯淡，皆為落花愁緒，銜日將落，而一半在屋也。結承晚來無可遣懷之處。第八句是商酌之辭。散，散於江亭。（《唐詩貫珠串釋》）

03 陸崑曾：此因春事將闌，對林花而悵然有作也。言江間亭下，有此已落猶開之花，得以重吟細把，則我之淹留於此，似可不恨，而無奈其即日休也。是倒裝法（按：此說可議）。五六又跌進一層，言不特一歲之花易休，即一日之景亦難駐。觀山銜小苑，而時將暮矣；觀陰旁高樓，而時益暮矣。且頃之銀壺漏盡而金鞍散矣，當斯時也，非醉無以遣懷，然使我更醉誰家乎？無聊況味，非久於客中者不知。（《李義山詩解》）

106 柳（梓幕作，未編年）

曾逐東風拂舞筵，樂遊春苑斷腸天。如何肯到清秋日，已帶斜陽又帶蟬？

【詩意】

楊柳柔嫩的長條，曾經在東風裡嬉戲相逐，姿態何等裊娜；也曾經輕盈地飄拂在清歌妙舞的華筵之間，身段何等撩人。啊！當時正是樂遊原上最使人魂為之銷，骨為之酥，心為之蕩，神為之搖的芳春時節，是何等風流瀟灑，何等得意快活啊！為何竟然甘心淪落到在冷清蕭瑟的秋天裡，既籠罩在斜陽的殘暉中，又伴隨著寒蟬的悲吟，只能忍受著無盡的淒涼呢？

【注釋】

① 詩旨—本詩與下一首同題之作可以合觀，旨在借柳為喻，感慨昔赫今涼、先榮後悴，而去國懷京之思、仕途坎坷之嘆、落魄失意之悲，自在言外。

② 「曾逐」句—追憶往日曾春風得意，榮耀一時。逐，隨也。東風，

借喻芳春正茂之良辰佳時。拂舞筵，喻繁華榮盛之際遇。按：此可能追憶進士及第後賜宴曲江及參與貴家盛會之種種美好光景。

③ 「樂遊」句—樂遊，指長安東南之遊覽名勝樂遊原，參見〈樂遊原〉「向晚意不適」詩注。斷腸，猶云銷魂，見張相《詩詞曲語辭匯釋》，包括情靈搖蕩、陶然沉醉、神魂顛倒等令人癡迷眷戀之豐富義涵。

④ 肯—會也、甘心也。

⑤ 「已帶」句—以蕭條冷落之情狀，象徵失意淪落之苦況。

【評解】

01 楊慎：宋廬陵陳模《詩話》云：「前日春風舞筵，何其富盛；今日斜陽蟬聲，何其淒涼，不如望秋先零也。」形容先榮後悴之意。（《升庵詩話》）

02 姚培謙：得意人到失意時苦況如是。「肯到」二字妙，卻由不得你不肯也。（《李義山詩集箋注》）

03 屈復：春時纏綿極矣，似終身無改。如何肯到秋日，乃斜陽暮蟬混亂至此耶？　〇晚節交疏，有托而言，非徒詠柳也。（《玉谿生詩意》）

04 程夢星：所謂先榮後悴者，乃謂人，非自謂。玩「如何肯到」一語，則極形其知進而不知退者為可笑也。（《李義山詩集箋注》）

05 馮浩：初承東川命，假物寓姓而言哀也，意最深婉。上痛不得久官京師，下慨又欲遠行。東川之辟在七月，正清秋時。斜陽喻遲暮，蟬喻高吟，言沉淪遲暮，豈肯尚為人書記耶？尋乃改判上軍。若僅以先榮後悴解之，淺矣。此種入神之作，既以事徵，尤以情會，妙不可窮也。（《玉谿生詩詳注》）

06 張采田：末句亦兼悼亡而言，悽惋入神。（《玉谿生年譜會箋》）

◯含思宛轉，筆力藏鋒不露。……遲暮之傷，沉淪之痛，觸物皆悲，故措詞沉著如許。有神無跡，任人領會，真高唱也。集中〈蟬〉詩、〈流鶯〉詩，均是此格，其深處洵未易測也。（《李義山詩辨正》）

07 俞陛雲：此詠柳兼賦興之體也。當其裊筵前之舞態，拂原上之游人，曾在春風得意而來；乃一入清秋，而枝抱殘蟬，影低斜日，光影頓殊。作者以柳自喻，發悲秋之嘆耶？（《詩境淺說續編》）

107 柳（梓幕作，未編年）

柳映江潭底有情，望中頻遣客心驚。巴雷隱隱千山外，更作章臺走馬聲。

【詩意】

幾次看見楊柳搖曳的身影正倒映在江潭之中，顯得多麼依戀情深，不僅讓羈旅天涯的我感到長久漂泊四方的辛苦而心弦驚痛，也讓我想起昔日在長安章臺街裡舞弄春風的楊柳是那麼輕盈、那麼飄逸、那麼嫵媚、那麼溫柔……。當我還在回味京華煙雲的恍神狀態時，巴蜀地區隱隱的打雷聲從千山之外傳進耳中，聽起來就更像是當年在章臺街春風得意時的車馬聲了！

【注釋】

① 「柳映」句—寫即今所見之楊柳搖曳，似於江潭有情而倒影其中。柳映江潭，庾信〈枯樹賦〉：「昔年移柳，依依漢南；今看搖落，悽愴江潭。樹猶如此，人何以堪？」底，何也；底有情，何其有情。此句似已有將柳擬人化之情味，故末句「章臺走馬」亦不妨

含有於風月場合尋花問柳之暗示。

② 「望中」句—謂目睹江潭楊柳之清陰，使羈旅天涯之遊子頓覺漂泊之久而頻感心驚。按：此反用庾信之意，蓋〈枯樹賦〉是寫見江潭邊上憔悴零落之柳，頓感人亦漂泊憔悴已久；而此時詩人所見者則是依依有情之柳，似與昔年在京城所見者無別，故倍覺驚心而頓生去國懷鄉之思。

③ 「巴雷」二句—更作，又像、又如。章臺，見〈回中牡丹為雨所敗〉二首其一注；本詩中的章臺既可走馬，應指長安中之章臺街。雷似車馬聲，司馬相如〈長門賦〉：「雷隱隱而響起兮，聲象君之車音。」

【評解】

01 何焯：此亦思北歸而不得也。（《李義山詩集輯評》引）

02 姚培謙：此春去夏來之景。巴雷隱隱，非復章臺走馬之時，悲在「更作」二字。（《李義山詩集箋注》）

03 程夢星：此東川道中偶有所見而作。章臺走馬，冶遊之事也。今在客途，徒然悵望而已。柳枝之掩映有情，客子之驚心何極！巴山重疊，豈是章臺？隱隱雷聲，偏同走馬，此際欲嘆奈何矣。（《李義山詩集箋注》）

04 馮浩：走馬章臺，乃官於京師者也。今雷在巴山，聲偏相類，益驚遠客之心矣。意曲而摯。

05 紀昀：深情忽觸，不復在跡象之間。（《玉谿生詩說》）

108 憶梅（梓幕作，未編年）

定定住天涯，依依向物華。寒梅最堪恨，長作去年花。

【詩意】

原本以為遊幕梓州只是短暫棲身而已，誰料到一住就是好幾年，彷彿是被牢牢釘住在天涯一樣；滿腹辛酸與憂憤，卻又無可奈何之餘，只能刻意留戀眼前美好的春色，藉著尋訪奼紫嫣紅的繽紛來排遣心中的愁悶。但是，當我看到寒梅零落的花瓣時，又不禁勾起我無窮的悵恨：為什麼它們總是在去年寒冬就先吐露清芬，一到隔年春天就香消花殘而散落在塵泥之中呢？

【注釋】

① 詩旨—本詩旨在以寒梅之先春而發，春前而謝，觸發詩人非時而早秀之感及淪落不遇之悲。

② 「定定」句—定定，牢牢地、一動也不動之意。住，久居之意。天涯，此指梓州，與長安之直線距離為五百餘公里。遠羈天涯，已堪悲哀，復加之以「定定」，可謂愁慘至極矣。

③ 「依依」句—依依，形容面對美好事物時親近流連之意緒。向，向慕、追尋、賞愛之意。物華，指繁華美盛之春光而言；杜甫〈曲江陪鄭八丈南史飲〉詩：「自知白髮非春事，且盡花樽戀物華。」

④ 「寒梅」二句—寒梅，指早梅，多於嚴冬開放，至暖春時花期已過，故詩題曰「憶梅」，而恨其「長作去年花」。〈十一月中旬至扶風界見梅花〉結語所云「為誰成早秀，不待作年芳」二語，與此處同其悵恨。恨，悵恨，遺憾；所憾恨者，造化弄人、際遇

坎坷也。

【評解】

01 何焯：得名最早，卻不值榮進之期，此比體也。……「可恨」在首句生來。（《李義山詩集輯評》引）

02 紀昀：末二句用意曲折可味。（《玉谿生詩說》）

03 錢鍾書：「寒梅最堪恨，常作去年花。」人之非去年人，即在言外，含蓄耐味。（《管錐編》）

109 天涯（梓幕作，未編年）

春日在天涯，天涯日又斜。鶯啼如有淚，為濕最高花。

【詩意】

在美好的春天裡，我還困居在遠離長安的天涯，懷著滿腔難以排遣的愁緒，偏偏每天都看著天邊的紅日轉眼間就向西邊沉落，無形中更增添了韶光易逝、青春難駐的悵惘之情。啼聲哀切的黃鶯呀，如果你還有深情的清淚，請為我灑向最高的枝椏上那朵鮮花吧——她是春光最後也最美的容顏，更須要淚水溫情的呵護與滋潤，……而我，早已淚盡腸斷！

【注釋】

① 「春日」二句—上句謂值此春日，竟遠離京洛而居於天涯地角；兼含傷時之感與漂泊之嘆。下句謂天際紅日又已西斜，唯有殘陽餘暉晚照林間；沉淪之痛與遲暮之悲亦隱然可見。

② 「鶯啼」二句—謂啼鶯亦因春殘日暮而悲啼，如其猶有傷痛之淚，請沾溼最高之花；蓋既欲使最高花略得滋潤以吐盡芳蕊，點綴殘春，亦痛惜日暮花殘、春意闌珊之無可如何也。最高花，姚培謙注謂絕頂枝上之花，花開至此而盡，故可象徵殘春。

【評解】

01 田蘭芳：一氣渾成，如是即佳。（馮浩《玉谿生詩詳注》引）

02 楊守智：意極悲，語極艷，不可多得。（馮浩《玉谿生詩詳注》引）

03 屈復：不必有所指，不必無所指，言外只覺有一種深情。（《玉谿生詩意》）

110 梓州罷吟寄同舍（宣宗大中九年，855）

不揀花朝與雪朝，五年從事霍嫖姚。君緣接座交珠履，我為分行近翠翹。楚雨含情皆有託，漳濱臥病竟無憀。長吟遠下燕臺去，惟有衣香染未銷。

【詩意】

不論是是晴暖花香的春天，或是風雪嚴寒的冬季，我們長達五年追隨河東公柳仲郢，任職於東川節度使幕下。在參與華筵時，各位的坐席和河東公相連，因而結交了連鞋履都珠光寶氣的貴賓；我則因為觀賞歌舞分組表演的關係，只能就近觀賞戴著翠翹髮簪的官妓了。這段日子裡，很高興我們都得到府主的恩遇，而有了棲身之處；遺憾的是我體弱多病，經常像劉楨一樣臥病在床，既無法排遣寂寥苦悶，也未能多奉陪各位，向各位請益。如今幕府解散，我即將遠離各位，回返京城，儘管途中可以吟詠詩歌來沖淡對各位的思念之情，但是各位的美德薰染在我衣衫上的芬馨，將永遠難以消散。

【注釋】

① 詩題—梓州罷，指大中九年柳仲郢由東川節度使內徵為吏部侍郎而罷幕，商隱隨之返京，故吟詩留贈幕中僚友。

② 「不揀」二句—謂無論寒暑陰晴，長達五年在柳仲郢幕下任職。不揀，不論。花朝與雪朝，即芳春與嚴冬，此舉冬春以概四季。從事，追隨而任事。嫖姚，音ㄆㄧㄠ ㄧㄠˊ，原為矯健勁疾貌，後為漢朝將軍之職稱，字或作「票姚」「剽姚」「驃姚」。霍嫖姚，原指曾任嫖姚校尉之漢代名將霍去病，因唐朝節度使掌管一道或數州之軍民要政，權勢甚大，故以之借喻東川節度使柳仲郢。

③ 「君緣」二句—以互文句法表示彼此均受幕主之禮遇而得以結交貴賓，並參與華筵，觀賞歌舞。接座，座席相連也，表示得府主之禮遇，可見賓主關係之親近。交，結識。珠履，指上等貴客；《史記·春申君列傳》載楚國春申君之上等賓客皆躡珠履以見趙之來使。分行，指歌舞筵席中之舞蹈分組；行，行列、隊伍、組別。翠翹，形似翡翠長尾之頭飾、髮簪等，此借指官妓。

④ 「楚雨」二句—謂彼此均得府主恩遇，故欣然俱有託身之處，奈何自己體弱多病，常臥病無聊，未能多奉陪諸君，以盡僚友之歡遊。楚雨含情，用〈高唐賦〉典故，見〈楚吟〉詩注③，表示僚友欣霑府主之恩遇。彰濱臥病，用劉楨〈贈五官中郎將〉：「余嬰沉痼疾，竄身清彰濱」之句意，以體弱多病為憾。無憀，無所依托，無以自遣。

⑤ 「長吟」二句—言今將散府返京，與諸僚友從此相別，惟有府公之恩德難忘與諸友之情誼可感，或可稍釋遠別之感傷於萬一。燕

臺，代指柳仲郢幕；用燕昭王築黃金臺以招攬樂毅等賢能之事。衣香染未銷，指深受諸友美德之薰染，難以忘懷；用荀彧之坐席留香三日之典[1]。

【補註】

01 《襄陽耆舊記・卷五・牧守》載劉弘（字和季）「性愛香，上廁常置香爐。主簿張坦曰：『人名公作俗人，真不虛也。』和季曰：『荀令君至人家，坐席三日香。我何如令君？君何惡我愛好也。』坦曰：『古有好婦人，患而捧心嚬眉，見者皆以為好；其鄰醜婦法之，見者便走。公欲使下官退走耶？』」

【評解】

01 陸崑曾：言我與君同事五年，花朝雪朝，總在河東公所，相依不為不久矣。君為上客，獲交珠履，公所尊也；我屬末行，得近翠翹，公所親也。計五年來，何所不有，或為有託之詞，情如宋玉；或作無憀之臥，病等劉楨。客中況味，知我惟君。……而同舍相知，將自此遠別矣。衣香未銷，令人思荀令不置也。（《李義山詩解》）

02 姚培謙：此因罷職歸去，而訴知心者之難也。前半首作一氣讀，言五年從事以來，無日不接席分行於珠履翠翹間也。首聯是倒裝法，次聯是互文法。相聚既久，吟詠自多，雖有流連風景之作，無異〈離騷〉美人之思。自今以後，則老病侵尋，惟有歸臥彰濱而已。長吟遠別，衣香未銷。五年間朋遊曲宴，恍如一夢，竟成何事！（《李義山詩集箋注》）

111 蜀桐（宣宗大中九年，855）

玉壘高桐拂玉繩，上含霏霧下含冰。枉教紫鳳無棲處，斲作秋琴彈壞陵。

【詩意】

玉壘山上有一棵高聳得可以摩娑星空的梧桐樹，它的上方有濃密的雲霧繚繞著，下方則有冰雪環擁著。儘管把它砍伐雕琢成上好的琴瑟，可以彈奏伯牙所作的那曲高妙無比的〈壞陵操〉，但是卻讓罕見的紫色鳳凰從此無處棲身了（按：可能寄寓著柳仲郢內徵為吏部侍郎，反而使自己失去棲身之處的感慨）！

【注釋】

① 詩題—蜀桐，原指最宜製作樂器之蜀地梧桐，然就詩意觀察，蜀可能代指東川，而桐為鳳凰所棲息之佳木；故以「蜀桐」命題，似暗喻原任東川節度使之柳仲郢。蓋柳於大中九年十一月內徵，梓幕隨之而散，詩人之處境無異於鸞鳳失去所棲宿的高桐。

② 「玉壘」句—玉壘，見〈寫意〉詩注④。玉繩，星名，可泛指群星或星空。按：北斗七星第五星為玉衡，玉衡之北二星為玉繩。拂玉繩，極言其高聳。

③ 「上含」句—極言蜀桐生長之高大，故上有雲霧環繞，下有冰雪覆擁。

④ 「枉教」二句—紫鳳，喻賢才如己者。壞陵，相傳為伯牙所作之高妙曲調；朱注引相傳蔡邕所作之《琴操》曰：「十二曰〈壞陵操〉，伯牙所作。」此殆以壞陵喻指高明之人才。斲作秋琴，殆喻柳氏內徵為吏部侍郎；彈壞陵，殆喻柳氏職司拔擢人才。

112 籌筆驛（宣宗大中九年，855）

猿鳥猶疑畏簡書，風雲長為護儲胥。徒令上將揮神筆，終見降王走傳車。管樂有才真不忝，關張無命欲何如？他年錦里經祠廟，梁父吟成恨有餘。

【詩意】

在籌筆驛一帶的山猿和飛鳥，至今依然敬畏諸葛亮生前森嚴的軍令和教誡而小心地藏形斂跡，不敢在此地從容出沒，隨意造次；放眼望去，這裡隨時風屯雲集，彷彿要永久遮蔽護衛著座落在其中的壁壘和營寨。令人感嘆的是：枉費武侯在此料敵如神、胸有成竹地籌劃軍事，後主終究還是不免在投降之後，坐著驛車被遣送向洛陽而去！儘管武侯的確不愧是管仲、樂毅那樣才智超群的政治家和軍事家，奈何關羽和張飛卻有才無命，英年早逝，使諸葛失去輔翼的虎將，他又能有什麼辦法獨撐危局，扭轉乾坤呢？當年我到成都的錦里去瞻仰武侯的祠廟，即使曾經吟成弔古傷今的詩篇〈武侯廟古柏〉來抒寫懷抱，仍然感到餘恨難盡；今日親臨他籌劃軍務的遺跡所在，更是感慨良深而餘恨悠悠啊……。

【注釋】

① 詩題—籌筆驛，舊址在今四川省廣元市城北約四五十公里處嘉陵江東岸，相傳諸葛亮出師嘗駐軍於此。本篇弔古傷今，當為詩人隨柳仲郢返京時經過其地有感而發，主旨在深慨志士能人雖有雄才大略，然受限於種種客觀情勢（既逢庸主，又失輔翼），終無以扶危定傾，力挽狂瀾。

② 「猿鳥」二句—言籌筆驛一帶，山勢高峻，至今猿鳥藏形斂跡，

似仍敬畏武侯森嚴之軍令而不敢造次；且風雲屯集，似有感於武侯之忠義而長護其壁壘，使之堅固如昔。此二句寫武侯之忠義足可感天動地，驚神泣鬼。猿鳥、風雲，可指詩人當時所實際聞見者，亦可能代指當年陣亡將士之英靈；《藝文類聚》卷九十引晉葛洪《抱朴子》：「周穆王南征，一軍盡化，君子為猿為鶴，小人為蟲為沙。」後因以「猿鶴沙蟲」指陣亡將士或死於戰亂之人民。簡書，古人在竹簡上寫字，稱為簡書，此指諸葛亮軍中之命令文書。儲胥，設置於軍營外圍之藩籬壁壘；顏師古注揚雄〈長楊賦〉曰：「儲，峙也。胥，須也。以木擁槍及纍繩連結以為儲胥，言有儲蓄以待所須也。」

③「徒令」二句—惋惜雖武侯善於運籌帷幄，料敵如神，奈何劉禪終為亡國之人。上將，猶主將，指諸葛亮。揮神筆，揮筆籌劃，有如神助。降王，指降魏之後主劉禪。傳車，古時驛站備用之運載車輛，謂之傳車；後單置馬而不再用車，謂之驛馬。走傳車，謂被遣送魏都洛陽。

④「管樂」二句—言武侯誠無愧於出將入相之自許，奈何天命既移，又失其虎將，英雄孤掌難鳴，亦僅能徒呼奈何；《三國志・蜀書・諸葛亮傳》：「諸葛亮自比於管仲、樂毅，時人莫之許也。」不忝，無愧、不遜色。無命，沒有成就偉業之運命而中途敗亡殞落。《三國志》本傳載關羽雖戰功彪炳，威震華夏，然攻打曹仁不勝後，退守荊州，遭孫權遣將逆襲而亡；張飛雖勇武過人，於先主伐吳為關羽報仇時，亦被屬下張達、范彊謀害，持其首級順流而奔孫權。

⑤「他年」二句—謂大中五年冬曾至西川推獄而謁武侯廟於成都，雖寫成弔古傷今之詩篇，猶感餘恨悠悠；言下之意，殆謂今日親臨其籌劃軍務之遺跡所在，感慨更深，益覺餘恨難盡。他年，當

年、往年。錦里，即錦城、錦官城，為成都之別名。祠廟，指在先主廟側從祀之武侯祠，位於今成都市南郊公園內。梁父吟，本屬古樂府中之挽歌，情調悲涼慷慨，然相傳為諸葛亮所作之內容則為齊景公「二桃殺三士」之事，借以寄託深沉之政治感慨；此處則以〈梁父吟〉代指自己所作〈武侯廟古柏〉詩。恨有餘，謂當年詩雖成而餘恨未盡，今日登臨古跡更是餘恨難窮。

【評解】

01 范溫：文章貴衆中傑出，如同賦一事，工拙尤易見。余行蜀道，過籌筆驛，如石曼卿詩云：「意中流水遠，愁外舊山青」，膾炙天下矣，然有山水便可用，不必籌筆驛也。殷潛之（按：杜牧同時之人）與小杜詩甚健麗，亦無高意。惟義山詩云：「魚鳥猶疑畏簡書，風雲長為護儲胥」，簡書，蓋軍中法令約束，言號令嚴明，雖千百年之後，魚鳥猶畏之也。儲胥，蓋軍中藩籬，言忠誼貫神明，風雲猶為護其壁壘也。誦此二句，使人凜然復見孔明風烈。至於「管樂有才真不忝，關張無命欲何如」，屬對親切，又自有議論，他人亦不及也。（郭紹虞《宋詩話輯佚》）

02 方回：起句十四字壯哉！五六句痛恨至矣！（《瀛奎律髓匯評》卷三）

03 周珽：此追憶武侯而深致感傷之意。謂其法度忠誠，本足感天人，垂後世；然籌畫雖工，而漢祚難移，蓋才高而命不在也。他年（按：實為先前詩人自己）而經武侯祠廟，而恨功之徒勞，與武侯賦〈梁父吟〉所以恨三良更有餘也。（《唐詩選脈會通評林》）

04 黃周星：少陵之嘆武侯「諸葛大名」一首，正可與此詩相表裡。（《唐詩快》）

05 沈德潛：瓣香在老杜，故能神完氣足，邊幅不窘。（《唐詩別裁》）

06 胡以梅：起得凌空突兀。……猿鳥無知，用「疑」；風雲神物，直用「長為」矣，有分寸。「徒令」與「神」字皆承上文，而轉出題面，下則發議論。五申明三四，六則言第四。……（《唐詩貫珠串釋》）

07 趙臣瑗：魚鳥風雲，寫得武侯奕奕有生氣。「徒令」一轉，不禁使人嗒焉欲喪。鄭莊公有云：「天而既厭周德矣，吾其能與許爭乎？」由此言之，漢祚之衰，固非武侯之力所可得而挽回也。自古英雄有才無命，關、張虎臣，先後凋落，即大事可知矣。然武侯之志未申，武侯之心不死，後（按：實為先前詩人自己）之過其地而弔之者，其能無餘恨耶？此詩一二擒題，三四感事。五承一二，六承三四，七八總收，以致其惓惓之意焉。（《山滿樓箋注唐詩七言律》）

08 錢謙益：此追憶武侯之事而傷之也。首言武侯曾駐師於此，其軍法嚴明，至今魚鳥猶敬畏之。且忠感天地，故風雲長護其壁壘而不毀也。所惜者武侯籌畫籌策，指揮若神，而終見後主壁櫬詣降之事，則當日出師之事，亦屬徒勞而已也。夫亮以管、樂自比，固無所忝；而關、張無命，漢祚終移，其奈之何！今於此驛既不能無所感，若他年經成都而拜祠廟，讀〈梁父〉之吟，以先生之惜三人者惜武侯，悲傷又寧有既哉！（《唐詩鼓吹評注》）

09 何焯：議論固高，尤當觀其抑揚頓挫處，使人一唱三歎，轉有餘味。……破題來勢極重，妙在次聯接得矯健，不覺其板。（《義門讀書記》）　〇起二句本意已盡，下而無可措手矣；三、四忽作開筆，五、六收轉，而兩意相承，字字頓挫；七、八振開作結。與少陵「丞相祠堂」作不可妄置優劣也。起二句即目所見，覺武侯英靈奕奕如在。通首用意沉鬱頓挫，絕似少陵。（《李義山詩集輯評》引）

10 陸崑曾：直是一篇史論，而於「籌筆驛」三字又未嘗抛荒。從來作此題者，摹寫風景，多涉游移，鋪敘事功，苦無生氣，惟此最稱傑出。首云「簡書」，指「籌筆」也；次云「儲胥」，指「驛」也。妙在襯貼猿鳥、風雲等字，又妙在虛下「猶疑」「長為」等字，見得當時約束嚴明，藩籬堅固，至今照耀耳目也。國家得將才如此，何功不成？而生前之畫地濡毫，不能禁身後之銜壁輿櫬，豈非有臣無君，而大廈之傾，一木莫支耶？觀於關、張無命，而知蜀之不振，天實為之，非公才之有忝管、樂也。過祠廟而吟〈梁父〉，為公抱餘恨者，不獨今日為然矣。（《李義山詩解》）

11 屈復：一二壯麗稱題，意亦超脱。下四句是武侯論，非籌筆驛詩。七八猶有餘意。（《玉谿生詩意》）

12 楊守智：沉鬱頓挫，絕似少陵。（馮浩《玉谿生詩詳注》引）

13 紀昀：起二句斗然抬起，三四句斗然抹倒，然後以五句解首聯，六句解次聯，此真殺活在手之本領，筆筆有龍跳虎臥之勢。〇他年乃當年之謂，言他時經過其祠，恨尚有餘，況今日親見行兵之地乎？亦加一倍法，通篇無一鈍置語。（《瀛奎律髓刊誤》）〇起手抬得甚高，三四忽然駁倒，四句之中幾於自相矛盾，蓋由意中先有五六一解，故敢下此離奇之筆，見是橫絕，其實穩絕。前六句夭矯奇絕，不可方物，就勢直結，必為強弩之末，故提筆掉轉前日之經祠廟吟〈梁父〉而恨有餘，則今日撫其故跡，恨可知矣。一篇淋漓盡致，結處猶能作掉開不盡之筆，圓滿之極。……香泉曰：「議論固高，猶難其抑揚頓挫處一唱三嘆，轉有餘味。」此最是詩家三昧語，若但取議論而無抑揚頓挫之妙，則胡曾之詠史矣。須知神韻筋節皆自抑揚頓挫中來。（《玉谿生詩說》）

14 施補華《峴傭說詩》曰：「義山七律得於少陵者深，故穠麗之中，時帶沉鬱，如〈重有感〉〈籌筆驛〉等篇，氣足神完，直登其堂、入其室矣。」

15 許印芳：沉鬱頓挫，意境寬然有餘。義山學杜，此真得其骨髓矣。（《瀛奎律髓匯評》）

16 方東樹：義山此等詩，語意浩然，作用神魄，真不愧杜公。前人推為一大家，豈虛也哉！（《昭昧詹言》卷十九）

113 重過聖女祠（宣宗大中十年，856）

白石巖扉碧蘚滋，上清淪謫得歸遲。一春夢雨常飄瓦，盡日靈風不滿旗。萼綠華來無定所，杜蘭香去未移時。玉郎會此通仙籍，憶向天階問紫芝。

【詩意】

遠遠眺望傳說中位於崖壁上的聖女祠，那兩片像門扉的白色巖石，應該早就長滿碧綠的青苔了吧？據說當年聖女從神仙居住的最高天界（上清）遭到貶謫而淪落人間，直到今日仍然遲遲未能回歸天庭……。在她所居住的祠宇裡，（應該）隨時會有迷濛細微如絲，而又浪漫溫柔如夢的春雨飄灑在瓦片之上（按：象喻她可能也有少女懷春時縹緲如幻夢、如絲雨般的憧憬與期盼），也（應該）整天都會有空靈而又飄逸的仙風盤旋在上空，只是風勢還不能把她的神旗全部吹揚展開吧（按：可能暗示聖女懷有春夢難圓的遺憾，也可能表示其勢不足以使聖女乘風歸去，故長久駐留於人間的崖壁之上）。想來聖女應該會非常羨慕能夠來去自如的萼綠華不必困守一處，動彈不得；也應該非常羨慕杜蘭香，降臨人間沒有幾年就又能回到天庭上去……。我誠摯地祝福聖女：掌管仙籍名冊的玉郎，能夠早日翩然降臨與聖女在此相會，幫助聖女重登仙籍；好讓渴望回歸天庭的聖女能重溫在仙境採擷靈芝的樂趣。（尾聯也許可以如此理解：如今我因緣際會追隨即將擔任吏部侍郎負責官員之任免考核遷調的柳仲郢返回長安，可能有機會重登朝籍；我非常嚮往紫芝翁安邦定國的奇功偉業，盼望自己也能有經天緯地的事功而留名青史。）

【注釋】

① 詩旨—本詩於同情聖女原本位居仙班，竟長期淪謫人間，不得回歸天庭之孤寂中，似亦暗寓作者曾入籍朝官，校書秘省，然竟長期淪落幕府，不得回任京官之苦悶。

② 詩題—聖女祠，不詳。聖女，舊注引《水經注・卷二十・漾水》曰：「故道水又西南，入秦岡山，……懸崖之側，列壁之上，有神象若圖，指狀婦人之容。其形上赤下白，世名之曰聖女神，至於福應愆違，方俗是祈。」葉蔥奇注聖女「祠」為陳倉、大散關間之地名，劉學鍇注聖女「崖」位於陳倉縣（今陝西省寶雞縣東）與大散關之間。按：義山另有兩首〈聖女祠〉之作，故本詩曰「重過」。

③「白石」句—白石巖扉，聖女祠之門扉；然筆者懷疑這只是出於詩人望向岩壁上傳說為聖女圖像時之想像，是否真有一座人工修建之聖女祠讓詩人實際入內參謁，待考[1]。碧蘚滋，想像聖女祠年代久遠，或無人前來拜謁，故青苔密佈白石巖扉之上。

④「上清」句—謂聖女淪謫人間，滯久未歸。上清，道教傳說中神仙居住之天界。舊注謂道教有所謂「三清」境者：玉清、上清、太清，亦名三天；又謂三清之間，各有正位：聖登玉清，真登上清，仙登太清。

⑤「一春」句──殆暗用宋玉〈高唐賦〉中巫山神女化為朝雲暮雨，與楚懷王同席共枕之典故，藉以想像聖女似有縹緲如幻夢、如絲雨之愛情期待，或想像聖女所居之仙祠，當有浪漫縹緲之夢雨飄瓦。夢雨，王若虛《滹南詩話》引蕭閑語曰：「蓋雨之至細若有若無者，謂之夢。」

⑥「盡日」句──意謂想像中聖女所居之庭宇，當有靈風盡日輕拂，惟未能令神旗全部吹揚展開；既可能暗示聖女對愛情之憧憬，懷有好夢難圓之遺憾，亦可能表示其勢不足以使聖女乘風歸去，故長久駐留於人間崖壁。靈風，既可指搖動靈旗之風，亦可指令人懷有浪漫期待之好風；曹植〈七哀詩〉：「願為西南風，長逝入君懷。」義山〈無題〉：「斑騅只繫垂楊岸，何處西南待好風？」

⑦「萼綠」句──萼綠華，道教傳說中之女仙名，見七絕〈無題〉「聞道閶門萼綠華」注①。來無定所，表示來去自如，不必如聖女之困守一處。

⑧「杜蘭」句──杜蘭香，道教傳說中女仙名，相傳時因過謫至人間，為漁夫所撫養，十餘歲即升天離去，嘗與漢朝張碩成婚。未移時，不久之意。按腹聯兩句，用以襯托出聖女困居崖壁，滯久未歸之苦況。

⑨「玉郎」句──就對聖女之慰藉而言：意謂祝福早日能有掌管仙籍簿冊之玉郎翩然降臨與聖女相會於此，使聖女重登仙籍。如就詩人本身際遇而言：玉郎，可能是詩人自喻。會此，適逢此次因緣際會得以隨即將出任吏部侍郎之柳仲郢返京。通仙籍，可能暗指詩人早年曾名登金榜，入籍朝官，校書於祕省；而今或有重任京官之指望，蓋吏部侍郎掌管文官任免考核遷調之事[2]。

⑩「憶向」句──就慰藉聖女而言，設想聖女亦渴望、嚮往返回天庭，重溫昔日採擷紫芝之樂趣。憶，思也，係想望之意（劉學鍇說）；

向，嚮往也。天階，天帝宮殿前之臺階。問，尋覓也。如就詩人而言，表示自己盼望、嚮往重登朝籍，入京為官，建立奇功偉業。天階，可能代指朝廷或吏部，蓋吏部古稱天官。問紫芝，可能借喻追求商山四皓安邦定國之偉業，詳見〈四皓廟〉詩注。

【補註】

01 胡以梅就以為：「起因其形在石壁而言，……三四本言其風雨飄零。」似乎也以為詩人所見的只是山壁上的圖像；姚培謙也說：「按《水經注》，聖女以形似得名，非果有其神也。」則詩人是否當真進入所謂的「聖女祠」中，實令人起疑。

02 劉學鍇別解曰：「仙籍，仙官簿籍。仙之有籍，猶之朝官之有『朝籍』也。玉郎，掌學仙簿錄，疑影指內徵為吏部侍郎之柳仲郢。」又曰：「憶，此言盼望、期望。」

【評解】

01 呂本中：東萊公深愛義山「一春夢雨常飄瓦，盡日靈風不滿旗」之句，以為有不盡之意。（《紫薇詩話》）

02 胡以梅：起因其形在石壁而言，……三四本言其風雨飄零，……五六以二仙女比擬之，……若使九天玉郎來會此，以通仙籍，將必思向天階去問紫芝矣；言追隨之而去也。「憶紫芝」是代為飾詞，「通籍」猶通譜，還說得蘊蓄，然以仙女而會玉郎，知非莊語。（《唐詩貫珠串釋》）

03 趙臣瑗：此藉題以發抒己意也。……「得歸遲」三字是通篇眼目。首句上四字喻己操行潔白，下三字喻被人點污。次句實之，言所以淪謫歸遲者職此之由。（《山滿樓箋注唐詩七言律》）

* 編按：趙說可參考者僅此而已，以下各句之串解，皆屬憑空臆測而乏根據，故從略。

04 賀裳：長吉、義山皆擅作鬼神語，〈神絃曲〉有幽陰之氣，〈聖女祠〉多縹緲之思，如「無質易迷三里霧，不寒長著五銖衣」，真令人可望而不可親，有是耶非耶之致。至「一春夢雨常飄瓦，盡日靈風不滿旗」，又似可親而不可望。如曹植所云「神光離合，乍陰乍陽」也。（《載酒園詩話》又編）

05 張謙宜：「一春夢雨常飄瓦，盡日靈風不滿旗」，思入微妙。……恍惚縹緲，使人可想而不可即。鬼神文字如此做，真是不可思議。（《絸齋詩談》卷五）

06 何焯：此自喻也。名不掛朝籍，同於聖女淪謫不字（按：未出嫁也）。萼華、蘭香，則夢得所謂「沉舟側畔千帆過，病樹前頭萬木春」者耳。「無定所」，則非淪謫；「未移時」，則異歸遲。以巖扉碧蘚滋，知淪謫已久。夢雨，言事之虛幻；不滿旗，言全無憑據，日漸荒涼困頓，一無聊賴也。杜蘭香，以比當時之得意者，來去無以，相遇相炫，以攪我心，更無可以相語耳。玉郎曾通仙籍，紫芝得仙所由，……看來只借聖女以自喻，文亦飄忽。（《李義山詩集輯評》引）

07 姚培謙：詩特點出「淪謫」二字，發自己憤懣。巖扉碧蘚，久滯此間；夢雨靈風，淒涼無託。然既有神靈精爽往來，必非凡偶。回想未淪謫時，天階紫芝，必曾親摘，豈無真仙眷屬如玉郎者，會此同登上界乎耶？義山登第後，仕路偃蹇，未免以汲引望人，故其詞如此。（《李義山詩集箋注》）

08 屈復：前過此祠，松篁蕙香，今則碧蘚已滋者。淪謫未歸。故神女夢雨，一春飄瓦；山鬼靈風，日不滿旗，猶留此不去也。萼綠

華來，杜蘭香去，雖有伴侶，來去無常。唯有玉郎可通仙籍，追憶日前曾向天階問紫芝也。（《玉谿生詩意》）

09 汪辟疆：此義山借聖女以寄慨身世之詩也。前半寫聖女祠，後半寫重過。……次句淪謫得歸遲即為全篇寄慨主旨，亦明說自傷身世之意。然首句言巖扉碧蘚滋，則淪謫久矣。三四寄慨半生壯志，全付夢中，蹭蹬功名，終難美滿，而常飄不滿，即見其意。至於僕僕道途，數更府主，則來去無定，所由致嘆於仙蹤之飄忽也。亦緊扣重過。結則回憶開成二年經過其地，正令狐綯助己登第之年。當時自謂平步青雲，上清同證；今則全付夢中，寧堪回首乎？全篇皆以仙真語出之，空靈幽渺，寄託遙深。而結二句打開說，與上文之上清淪謫，春夢靈風，混茫承接，精細無倫。大家換筆之妙，一至於此。（《玉谿詩箋舉例》）

114 韓冬郎即席為詩相送，一座盡驚。他日余方追吟「連宵侍坐徘徊久」之句，有老成之風，因成二絕寄酬兼呈畏之員外二首其一（宣宗大中十年，856）

十歲裁詩走馬成，冷灰殘燭動離情。桐花萬里丹山路，雛鳳清於老鳳聲。

【詩意】

十歲的韓冬郎才思敏捷，簡直可以在騎馬奔馳之際就完成詩歌的創作；（當年）他在餞別之夜即席描寫酒闌人散時蠟炬灰冷、殘燭影搖的送別詩，讓悼亡後心境早已消沉黯淡的我都不由得離情滿懷。想來在桐花盛開萬里的丹山路上，這匹雛鳳的啼音要比大鳳老練的鳴聲來得清亮高昂得多（按：以想像中的形象譬喻這一對父子前程遠大，都是廊廟之材，必將先後任職臺閣，而且冬郎的成就將更在韓瞻之上）。

【注釋】

① 詩題—韓冬郎，指韓偓，字致光，小名冬郎，為李商隱連襟韓瞻之子，昭宗李曄時曾為翰林學士，遷中書舍人、兵部侍郎，進承旨；著有《翰林集》一卷及《香奩集》三卷傳世。即席為詩相贈，指大中五年（851）李商隱將赴梓州柳幕，離別長安時，韓瞻父子為之餞行，偓曾作詩相送，詩中有「連宵」等句。他日追吟，劉學鍇以為指遲至大中十年，商隱隨柳仲郢回長安，因作此二首絕句追答。「連宵侍坐徘徊久」原詩已佚，僅存此殘句。老成，指冬郎雖年少，然詩風老練成熟；杜甫〈敬贈鄭諫議十韻〉：「毫髮無遺憾，波瀾獨老成。」畏之，韓瞻之字。

② 「十歲」句—十歲，指大中五年，韓偓十歲。裁詩，作詩。走馬成，極言其詩才敏捷，馳馬之間即可成章；《世說新語》載袁宏奉命倚馬撰寫捷報文書時一揮而就，文采可觀[1]；李白〈與韓荊州書〉云：「雖日試萬言，倚馬可待。」

③ 「冷灰」句—表示冬郎之詩感情豐富，能勾起離情別緒。冷灰殘燭，既可能為當年餞別夜酒闌人散前之實景，亦可能為當年冬郎詩中場景，復可能象喻詩人當時悼亡後黯淡消沉之心境。

④ 「桐花」二句—象喻韓瞻父子前程遠大，皆為廊廟之具，必將先後任職臺閣，且韓偓之成就必將更勝韓瞻。梧桐，往往與鳳凰同時出現在古典詩文中；《詩・大雅・卷阿》：「鳳皇鳴矣，于彼高崗。梧桐生矣，于彼朝陽。」而世傳鳳凰非梧桐不棲，見《莊子・秋水》；丹山，相傳為鳳凰棲息地[2]；且魏晉以來中書省又

有鳳池之稱[3]，故詩人由此生出奇想，營造出「桐花萬里丹山路」之特殊情境，借喻韓氏父子將先後位居要津，前程似錦。雛鳳，借喻韓偓；《晉書・陸雲傳》：「陸雲幼時，吳尚書廣陵閔鴻見而奇之，曰：『此兒若非龍駒，當是鳳雛。』」此處雖盛讚韓偓詩作之清新，實亦暗喻韓瞻詩作之老練。

【補註】

01 《世說新語・文學》：「桓宣武（桓溫，312－373）北征，袁虎（字彥伯，小字虎，328－376）時從，被責免官。會須露布文（按：書於帛制旗幟上以傳遞軍事捷報之文字、征討之檄文或公開之軍用文書），喚袁倚馬前令作。手不輟筆，俄得七紙，殊可觀。東亭（指受封為東亭侯之王珣，349－400）在側，極歎其才。」

02 《山海經・南山經》：「丹穴之山……丹水出焉……有鳥焉，其狀如雞，五采而文，名曰鳳凰。」南朝陳張正見〈賦得威鳳棲梧桐〉詩亦云：「丹山下威鳳，來集帝梧桐。」

03 杜佑《通典・卷二十一・職官三》：「魏晉以來，中書監令掌贊詔令，記會時事，典作文書，以其地在樞近，多承寵任，是以人因其位，謂之『鳳凰池』焉。」又《晉書・卷三十九・荀勖列傳》載久守中書監而專管機要之荀勖榮升尚書令，意頗悵惘，同僚往賀時，勖之反應竟然是：「奪我鳳凰池，諸君賀我邪？」

115 韓冬郎即席為詩相送，一座盡驚。他日余方追吟「連宵侍坐徘徊久」之句，有老成之風，因成二絕寄酬兼呈畏之員外二首 其二（宣宗大中十年， 856）

劍棧風檣各苦辛，別時冰雪到時春。為憑何遜休聯句，瘦盡東陽姓沈人。

【詩意】

往返於京城和梓州之間時，不論是經過劍閣險峻的棧道，或是頂著淒緊的江風行船，同樣備嘗辛苦；都是在冰雪寒凍中啟程告別，捱到第二年春天才抵達目的地。我要懇請擅長聯句成詩的何遜（按：喻冬郎）不要再寫聯吟酬答的詩篇來，因為讀了他上次的送別之作以後，東陽郡的沈約（按：喻商隱）已經憔悴瘦損到不行了（按：可能兼指絞盡腦汁酬答，以及當年因悼亡未久而觸動痛腸）！

【注釋】

① 「劍棧」句—寫往返長安與梓州之間，除了陸程艱險之外，仍須忍受乘船渡漢水、嘉陵江、涪江之辛苦。劍棧，劍閣中之棧道，為唐時由長安入蜀必經之道。風檣，指於江風中行船；各苦辛，指往返長安與梓州之間，不論陸行或水程皆備極辛苦。

② 「別時」句—詩人於大中五年冬離京赴梓州，以及九年冬隨柳仲郢還京，皆於次年春抵達，故云。

③ 「為憑」句—憑，請也；為憑，欲請也。何遜（？－518），南朝梁詩人，能詩文，著有《何水部集》；此處代指冬郎而言。聯句，何遜曾與范雲有〈范廣州宅聯句〉詩[1]。

④ 「瘦盡」句—瘦盡，用沈約腰肢瘦損之典；《南史・沈約傳》載沈約欲求外放而不許，因「與徐勉素善，遂以書陳情於勉，言已老病，『百日數旬，革帶常應移孔；以手握臂，率計月小半分』。」姓沈人，指沈約（441－513），嘗為東陽（在今浙江省東陽市）太守；此則借喻商隱。案：「瘦盡」二字，似亦有因冬郎之詩句

而觸動悼亡之痛腸以致瘦損至極之意。

【補註】

01 劉學鍇注引〈范廣州宅聯句〉：「洛陽城東西，卻作經年別。昔去雪如花，今來花如雪。」並謂其詩意似與商隱之「別時冰雪到時春」相近，故有「休聯句」之說；一說此四句為范雲所作。

116 正月崇讓宅（宣宗大中十一年，857）

密鎖重關掩綠苔，廊深閣迥此徘徊。先知風起月含暈，尚自露寒花未開。蝙拂簾旌終輾轉，鼠翻窗網小驚猜。背燈獨共餘香語，不覺猶歌起夜來。

【詩意】

離開多年之後，我才又回到崇讓宅來，看看舊日夫妻居住的地方，只見重重門戶被緊密地關鎖著，庭院中的走道上、台階邊都還看得出被青苔覆蓋的痕跡；迴廊和閣樓之間顯得特別空廓幽深，不禁讓我長久徘徊其中，追念往事，沉浸在親故凋零的哀傷中……。臨睡前，我走出戶外，看見月亮的邊緣圍繞著一圈朦朧的光暈，可以預料明天就要吹來淒清的涼風了；儘管已經是正月了，許多花朵都還畏怯寒冷的露水而尚未綻放。回到臥室之中，聽到蝙蝠掠過門簾的聲音，讓我一時間疑誤是嬌妻掀開門簾而來……；聽到老鼠窸窸窣窣地翻啃窗網的聲響時，又讓我在恍惚中驚猜是愛妻起身為我關窗……。好不容易終於讓自己不再胡思亂想，可以掩燈而臥了，卻又聞到枕被上愛妻的香澤猶存，讓我情不自禁對她傾訴別後的淒獨憂苦……，就在渾然忘記今夕何夕時，我竟然還不自覺地吟誦起古人哀怨的相思曲調——〈起夜來〉！

【注釋】

① 詩題—義山妻王氏卒於大中五年春夏間，同年底詩人赴東川，至大中十年春始隨柳仲郢回到京城。由詩中悼亡之情甚苦來看，大概是十年或十一年春重臨洛陽岳家時見景況蕭條荒涼有感而作。

② 「密鎖」二句—寫崇讓宅中夫妻舊日居處荒廢不用久矣。密鎖重關，謂初來時重重門戶緊密關鎖，見久無人居；掩綠苔，猶處處可見綠苔掩蓋之跡，示久無人來。廊深閣迥，謂宅曠人稀；殆因岳父逝世已有十三四年，妻子過世前後亦已六年，王氏兄弟或已多不居於此地，故重門密鎖之外，廊閣間似乎也顯得特別空廓深遠。「此」字，兼有此時、此地之義，也隱含無可如何、僅能如此之感慨；此徘徊，長時間徘徊舊地，追思往事，不勝物換星移、親故凋零之感傷。

③ 「先知」二句—寫徘徊室外所見令人觸景生愁之黯淡景象；蓋月暈風起，露寒花怯，總是一派迷茫冷清，令人頓生淒涼之感。月含暈，指月輪外圍有一圈光暈，表示即將起風；蘇洵〈辨姦論〉：「月暈而風，礎潤而雨。」

④ 「蝙拂」二句—轉寫室內令人聞見驚心而輾轉難眠之景況。謂蝙蝠拂掠簾旌而過，疑誤是王氏掀簾而來；聽聞老鼠翻嚙窗網，驚猜是王氏起身關窗。簾旌，指上方縫製有布帛之門簾。窗網，朱鶴齡注謂古人為護鳥雀、防蛇鼠而張於窗簷間之網狀物。展轉與驚猜，互文見意。

⑤ 「背燈」二句—寫掩燈而臥時，聞衾枕間之餘香，恍若亡妻尚存而對之獨語，竟至因思妻情切而不覺低吟樂府〈起夜來〉，借訴相思之苦。背燈，掩燈而臥。獨共，獨與。餘香，指餘香猶存之

衾枕被褥，亦可代指亡妻。不覺猶歌，謂不自覺地吟誦。起夜來，表示思慕情切之歌詞；《樂府詩集・卷七十五・雜曲歌辭》錄梁朝柳惲〈起夜來〉，結句云：「颯颯秋桂響，非君起夜來。」又錄唐人施肩吾之作，結句曰：「懶臥相思枕，愁吟〈起夜來〉。」《樂府解題》曰：「〈起夜來〉，其辭意猶念疇昔，思君之來也。」

【評解】

01 何焯：此自悼亡之詩，情深一往。（《義門讀書記》）

02 陸崑曾：此詩與〈七月二十九日〉一篇，皆悼亡後作也。宅無人居，故重關密鎖。廊深閣迥此徘徊，即潘黃門「入室想所歷」之意。三四從室外寫，仰以望月，月既含暈；俯而看花，花又未開，總是一派淒涼景況。五六從室內寫，蝙拂簾旌，是所見；鼠翻窗網，是所聞。明知二蟲所為，而不能不展轉驚猜者，以心懷疑慮故也。至背燈自語，起臥不常，而獨夜情懷有愈不可言者矣。（《李義山詩解》）

03 姚培謙：此宿外家故宅而生感悼也。重關久鎖，虛室徘徊。見月則如見其人，將風含暈，月之黯慘也；見花如見其人，露寒未開，花之嬌怯也。於是明知蝙拂簾旌，而終夜為之展轉；明知鼠翻窗網，而伏枕為之驚猜。至於背燈閉目，而髣髴餘香，朦朧私語，夜起重歌，竟忘其已作過去之人也，哀哉！（《李義山詩集箋注》）

04 屈復：一二崇讓宅之荒涼，二聯風露花月不堪愁對。（《玉谿生詩意》）

05 馮浩：昔年自徐還京，冬即赴梓；則此〈正月崇讓宅〉，必東川歸後也。（《玉谿生詩詳注》）

06 紀昀：通首境地悄然，煞有情致。然云高格則未也。首句亦趁韻，正月豈有綠苔哉？（《玉谿生詩說》）

07 張采田：悼亡詩最佳者，情深一往，讀之增伉儷之重，潘黃門後絕唱也。（《李義山詩辨正》）

117 南朝（宣宗大中十一年，857）

地險悠悠天險長，金陵王氣應瑤光。休誇此地分天下，只得徐妃半面妝。

【詩意】

這裡背後倚靠著綿亙數百里，形勢龍蟠虎踞的鍾山，前面環抱著深廣難度，可以阻截西北的長江天塹，自古以來就是地勢險峻，氣象雄偉的重要位置，而且還傳說金陵城裡所蘊藏的王者之氣，和北斗七星相互輝映，的確是帝王宅京、王朝正統的所在。然而我要寄語南朝所有的君王：千萬不要誇耀此地可以平分天下，而想要高枕無憂地偏安一隅，可知道有這種想法的梁元帝蕭繹，到頭來只淪落為被徐妃以半面妝羞辱的孤家寡人而已，何嘗擁有所謂的半壁江山呢？

【注釋】

① 詩題—南朝，指由劉裕代晉建宋（420）起算，歷經齊、梁至陳後主禎明三年（589）為隋所滅之四個朝代，前後計 170 年而言。明言南朝，可見所諷非一朝一君，而是感慨南朝諸帝毫無作為，相繼敗亡，揭示出意圖苟安，不思進取，為其敗亡之根本原因，同時也可能含有批判晚唐諸帝姑息藩鎮、劃地自限、苟安貪歡之深刻用心。由詩中「此地」二字判斷，本詩殆為義山於大中十一年任鹽鐵推官遊江東時所作。

② 「地險」二句—言此地山川雄偉，形勢險峻，自古以來即為帝王宅京的龍興之地。地險，指金陵地區擁有諸葛亮駐馬於石頭山（今名清涼山）時所稱「鍾阜龍蟠，石頭虎踞，真乃帝王宅也」之地理形勢；天險，指長江而言。悠悠，時間久遠貌；長，空間長遠貌。「悠悠」與「長」為互文用法。

③ 「金陵」句—言金陵（南朝時稱建康，今名南京）有帝王宅之雄偉氣勢，且又上應天象，為王朝正統之所在。王氣，戰國時楚威王滅越，以為其地有帝王氣象，恐將禍延子孫，故於西元前333年在今獅子山北邊江畔（古稱「龍灣」）埋金以鎮之，並於今清涼山上修築城邑，名為金陵。瑤光，北斗七星第七星之名；應瑤光，謂上應天象，為正朔之所在。按：古人以為帝王之興起，上應天象，而北斗星又為帝王之象徵。金陵舊屬吳地之丹陽郡，正為斗星分野所在，故曰應瑤光。

④ 「只得」句—謂只淪落為蒙羞受辱之孤家寡人而已，何曾真能分天下而治？徐妃，指梁元帝蕭繹（508－554；梁武帝蕭衍第七子，在位僅二年餘，後兵敗被殺）之妃子徐昭佩，《南史・卷十二・梁元帝徐妃傳》：「妃無容質，不見禮。帝二三年一入房，妃以帝眇一目，每知帝將至，必為半面妝以俟，帝見則大怒而出。」

【評解】

01 屈復：以如此之形勝，如此之王氣，而僅足以偏安，非英雄也。借一事而統論南朝，非耑指徐妃。（《玉谿生詩意》）

02 程夢星：唐人詠南朝者甚眾，大都慨歎其興亡耳。李山甫（〈上元懷古〉）「總是戰爭收拾得，卻因歌舞破除休」二語最為有識，眾論推之。而義山更出其上，以為六代君臣，偏安江左，曾無混一之志，坐視神州陸沉，其興其亡，蓋皆不足道矣。余謂此詩真

可空前絕後，今人徒賞義山豔麗，而不知其識見之高，豈可輕學步哉！（《李義山詩集箋注》）

03 劉學鍇：徐妃半面妝事，僅反映帝妃之不和，缺乏社會意義，作者將其與「分天下」聯繫，不特使事靈妙，妙語解頤，且亦於尖刻之諷刺中寓深刻思想：自誇擁有半壁江山者，不過得「半面妝」之孤家寡人耳。　○晚唐君主，於藩鎮割據、疆土日蹙情勢下，多但求苟安，不務進取。義山此詩，蓋有感而發。（《李商隱詩歌集解》）

118 南朝（宣宗大中十一年，857）

玄武湖中玉漏催，雞鳴埭口繡襦迴。誰言瓊樹朝朝見，不及金蓮步步來。敵國軍營漂木柹，前朝神廟鎖煙煤。滿宮學士皆蓮色，江令當年只費才。

【詩意】

當玄武湖畔雕有玉龍吐水的滴漏，還在點點滴滴催促著暗夜儘早消逝時，在雞鳴埭口那邊，南朝的君王早已經帶著大批衣衫華麗的宮妃又來繼續遊讌玩樂了！誰說每天都迷失在瓊枝玉葉的脂粉陣中飲酒作樂的陳朝後主叔寶，就比不上雕鑿金蓮花讓潘玉奴行走其上的齊朝東昏侯蕭寶卷那麼荒淫無度呢？當隋文帝準備東下江南時，還故意讓打造大型戰船的木屑順流漂來以示警訊，奈何陳叔寶自以為是天命所歸，全然不放在心上，繼續縱情聲色；而且他還不去祭拜陳國前朝的君王，竟然任由神廟被長期燻燒香火的煙塵油垢厚厚地覆蓋著。他的後宮全都是如花似玉的絕色美女，還把有文采學養的宮人袁大舍等封為學士，天天帶著一批號稱「狎客」的達官顯宦嬉戲玩樂，讓尚書令江總等輔政之重臣，為了歌詠嬪妃的嬌媚艷麗而耗費心神、用盡才情！

【注釋】

① 詩題—本詩殆為大中十一年義山任鹽鐵推官時，遊覽江東古蹟，親臨南朝故都，有感於南朝末君大多荒淫相繼，唯務浮華享樂而不恤國事，以致不斷重蹈敗亡之覆轍，因有此作。

② 「玄武」二句—寫南朝君王晝夜行樂之荒唐。謂宮中玉漏猶催，玄武湖畔之雞鳴埭口，繡襦宮人又隨君王前來遊讌矣；亦即先已通宵達旦行樂之不足，未及雞鳴清曉，又再度前往玄武湖尋歡矣。玄武湖，在今江蘇省南京市內，舊有桑泊、秣陵湖、後湖、北湖等名，相傳因宋文帝（407－453）時湖中有黑龍出沒，更名為玄武湖；除供遊讌外，兼為南朝訓練水軍之用。玉漏，形容用以計時之滴漏之珍貴，有玉雕之虬龍以吐水，或玉壺、玉管以行水。埭，音ㄉㄞˋ，攔水之土堤；雞鳴埭，《南史・后妃傳・武穆裴皇后傳》載齊武帝（440－493）蕭賾「車駕數幸瑯琊城，宮人常從。早發，至湖北埭，雞始鳴，故呼為雞鳴埭。」繡襦，代指衣著華麗之宮人。迴，重來、又來之意。

③ 「誰言」二句—借陳後主叔寶（553－604）與齊東昏侯蕭寶卷（483－501）之比較，概言南朝君王荒淫相繼，甚至變本加厲。瓊樹事，概言陳叔寶之荒淫享樂，《陳書・後主沈皇后張貴妃傳》：「後主每引賓客對貴妃等游宴，則使諸貴人及女學士與狎客共賦新詩，互相贈答，采其尤豔麗者以為曲詞，被以新聲⋯⋯其曲有〈玉樹後庭花〉〈臨春樂〉等，大指所歸，皆美張貴妃、孔貴嬪之容色也。其略曰：『璧月夜夜滿，瓊樹朝朝新。』」金蓮事，概言蕭寶卷之窮奢極侈，《南史・廢帝東昏侯紀》載蕭寶卷「鑿

金為蓮華以貼地，令潘妃行其上，曰：『此步步生蓮華也。』」

④「敵國」句—謂隋軍壓境前隋文帝（楊堅，581年稱帝）特意以造戰艦之木片投江示警，後主仍驕縱自大，以為天命在己而沉湎享樂，毫無警惕戒備[1]。柹，音ㄈㄟˋ，碎木片。

⑤「前朝」句—古人以祭祀為施政首務，故以不敬祖先、不祭太廟，表示後主不親政務，唯務聲色犬馬之娛，終將亡國。前朝，指陳後主前之陳朝君主。鎖，覆蓋遮蔽。鎖煙煤，謂子孫不肖，竟使神廟裡布滿厚厚之煙塵煤灰[2]。

⑥「滿宮」二句—謂陳後主以美豔之後宮嬪妃為學士，極盡荒淫享樂之能事，使江總等狎客為歌詠其容色而費盡才華，隱然寓有國勢較宋、齊、梁艱危，而君臣荒淫竟更勝前朝，焉得不亡之感慨。滿宮學士，極言女寵之眾多與綱紀之敗壞。蓮色，指容色美如蓮花；一作「顏色」。只，空也；只費才，儘管費盡才思，卻只為了荒淫享樂，取悅美人，對國計民生毫無益處[3]。

【補註】

01 《南史・陳本紀下第十・陳後主紀》載隋文帝準備順流而下伐陳時「命大作戰船。人請密之，隋文帝曰：『吾將顯行天誅，何密之有！使投柹於江。若彼能改，吾又何求？』……及聞隋軍臨江，後主曰：『王氣在此，齊兵三度來，周兵再度至，無不摧沒。虜今來者必自敗。』孔範（按：時任都官尚書）亦言無渡江理。但奏伎縱酒，作詩不輟。」

02 《資治通鑑・卷一百七十六・長城公下》載陳叔寶至德三年（585）傅縡於獄中上書曰：「陛下頃來酒色過度，不虔郊廟大神，專媚淫昏之鬼。……神怒民怨，眾叛親離。臣恐東南王氣自斯而盡。」又載後主禎明元年（587），大市令章華上書極諫：「陛下即位，於今五年，不思先帝之艱難，不知天命之可畏；溺於嬖寵，惑於酒色。祠七廟而不出，拜三妃而臨軒。……今疆埸日蹙，隋軍壓境，陛下如不改弦易張，臣見麋鹿復游於姑蘇矣！」竟激怒後主，即日被斬。

03 《陳書・列傳第一・後主沈皇后張貴妃傳》：「後主自居臨春閣，張貴妃居結綺閣，龔、孔二貴嬪居望仙閣，並複道交相往來。又有王、李二美人、張、薛二淑媛、袁昭儀、何婕妤、江修容等七人，並有寵，遞代以遊其上。以宮人有文學者袁大舍等為女學士。後主每引賓客對貴妃等游宴，則使諸貴人及女學士與狎客共賦新詩，互相贈答，采其尤豔麗者以為曲詞，被以新聲……。」《陳書・列傳二十一・江總傳》：「後主之世，總當權宰，不持政務，但日與後主遊宴後庭，共陳暄（按：曾任後主東宮學士，後遷散騎常侍）、孔範（按：曾任都官尚書、宰相）、王瑳（按：時任散騎常侍）等十餘人，當時謂之『狎客』。由是國政日頹，綱紀不立，有言之者，輒以罪斥之，君臣昏亂，以至於滅。」

【評解】

01 何焯：南朝偏安江左，不思勵精圖治以保其國，乃徒事荒淫；宋不戒而為齊，齊不戒而為梁，陳因梁亂而篡取之，國事視前此尤促。乃復不戒，甘蹈東昏之覆轍如恐不及，且寇警天戒，儼然不知，安得不滅於隋乎？不特此也，前此宋齊不過主昏於上，江左猶為有人，故命雖革，而猶能南北分王。至陳則君荒臣惑，一國俱在醉夢之中，長江天塹，誰復守之？落句深嘆南朝由此終，無一豪傑能代興者，非特痛惜陳亡也。……「誰言」「不及」，吐屬殊絞而婉，敘致亦錯綜善變。（「敵國」一聯）蓋所謂天地人皆以告，而王不知戒也。　〇此等詩須細味其高情遠意，起聯便

是南朝國勢必為北并，況又加之以陳叔寶乎？二十八字中敘四代興亡，全不費力，又其餘事也。（《義門讀書記》）

＊ 編按：前人評解中屢有所謂「天戒」「天災」之意，殆因以為「前朝神廟鎖煙煤」句是指《南史．陳本紀下》所載後主於「郭內大皇佛寺起七層塔，未畢，火從中起，飛至石頭（城），燒死者甚眾」之事，又見《資治通鑑．陳紀十．長城公下．禎明元年》：「（後主）於建康造大皇寺，起七級浮圖；未畢，火從中起而焚之。」

02 沈德潛：題概說南朝而主意在陳後主。玄武湖、雞鳴埭雖前朝事，而玉漏催、繡襦迴已言後主遊幸無明無夜也。三四誰言後主不及東昏，見盛於東昏也。五六見不防敵患，不畏天災，欲國之不亡，其可得乎？（《唐詩別裁》）

03 胡以梅：此舉南朝荒亡之事，齊、陳兼有，而陳不畏外患，不知天戒，放蕩無極，所以失國。起二句謂齊武帝射雉起早，宮人皆從，先起其端，故東昏又溺於潘妃，然陳後主瓊樹之寵亦不減於金蓮也。將齊武之繡襦，引起其後人之金蓮，而以陳事插之。下半首獨承第三句以盡其事，而深責輔臣之邪僻，「才」字似揚而實抑之也。然此格既拗，其意又無一稜角，俱在言外，若欲效之，而無事實相襯，恐墮入晦暗之中，則畫虎不成矣。（《唐詩貫珠串釋》）

04 趙臣瑗：一二平起，玉漏未停，繡襦已到，其耽於宴樂，真是不分晝夜。三四趁手翻跌，「誰言」「不及」，不是借金蓮以形瓊樹，乃是言後主之荒淫未嘗少讓東昏也。五人心已去，六天戒昭然，宜乎稍知恐懼矣，此頓筆也。七八仍收到前半，然而宮人也，則稱學士；宰臣也，但為狎客。……風流天子，愈出愈奇，夫如是奚而不喪？（《山滿樓箋注唐詩七言律》）

05 陸崑曾：此譏南朝皆以荒淫覆國，而嘆陳之後主為尤甚也。起二語敘宋、齊事，隨寫隨撇。三四用反語轉出陳來，句法最為跌宕。曰「誰言」、曰「不及」，是殆有加焉之意。下半言咎不獨在君也，當日江漂木柹，敵勢已張；火烈石城，天災可畏。主既不悟，而江令身為宰輔，亦毫無戒心，日與妃嬪女學士等侍宴賦詩為樂，君臣皆在醉夢中，安得不蹈宋、齊覆轍而見滅於隋乎？（《李義山詩解》）

06 姚培謙：題曰「南朝」，詩實注意陳朝事。玄武湖、雞鳴埭，皆宋、齊以來遊幸之地。玉漏催、繡襦迴，言其無明無夜。至瓊樹朝朝，視金蓮步步，真不翅也。當此之時，敵國則投柹江流，神廟則煙煤空鎖，天人交警，而彼昏不知。學士滿宮，而狎客作相，所貴於才華者，乃祇為覆亡之具也乎？讀此詩知義山亦不但欲以文人自命者矣。（《李義山詩集箋注》）

07 程夢星：南朝偏安江左，歷代皆事荒淫，宋、齊、梁、陳，如出一轍。起二句言宋文帝、齊武帝盛時已開游幸之端，貽謀不臧，下有甚焉者矣。三四言齊、陳之攻綺語而作色荒。五六言梁、陳之弛武備而事祠禱。結二句總論其謀國無人，以致淪喪。江總歷事梁、陳，始終誤人家國；然則保國之道尤在任賢也。首舉宋、齊，則梁、陳可知；末舉梁、陳，則宋、齊概見，此行文參錯交互之法也。（《李義山詩集箋注》）

08 馮浩：南朝始於吳，終於陳。劉賓客〈西塞山懷古〉上半重敘吳亡，所謂獨探驪珠也。許丁卯〈金陵懷古〉則以「玉樹歌殘王氣終」追括六代，義山此章與許同法。……首二句志舊地而紀新遊，三四跌重陳朝；下半純是陳事，案而不斷，荒淫敗亡一一畢露，真善於措詞矣。人以堆垛繁瑣譏之，何哉？此為遊江東懷古之作，無他寓意。（《玉谿生詩詳注》）

09 王壽昌：弔古之詩，須褒貶森嚴，具有春秋之義，使善者足以動後人之景仰，惡者足以垂千秋之炯戒。……李義山……〈南朝〉……諸作，其悽惻既足以動人，其抑揚復足以懲勸。……至於「敵國軍營」二句，令人凜然知憂來之無方，禍至之無日，而思患預防之心不可不日加惕也。（《小清華園詩談》）

119 齊宮詞（宣宗大中十一年，857）

永壽兵來夜不扃，金蓮無復印中庭。梁臺歌管三更罷，猶自風搖九子鈴。

【詩意】

由於叛將王國珍等人作為內應的關係，使得原本禁衛森嚴的齊朝宮廷門戶洞開，蕭衍（後來的梁武帝）的軍隊便如入無人之境，順利地斬殺了齊廢帝蕭寶卷之後，從此再也看不到潘妃在黃金蓮花上凌波微步的曼妙身影了……。當梁朝宮庭歡樂的歌舞遊宴終於在三更結束時，被蕭寶卷從莊嚴寺搜括而來裝飾在潘妃宮殿上的九子鈴，仍然在風中搖蕩出清亮的叮噹聲……（按：暗示儘管演員有朝代之別，然而都不斷在歷史舞台中反復搬演荒淫亡國的醜劇而不避覆轍也）。

【注釋】

① 詩題—本詩是以象徵手法諷諭南朝之齊、梁君主荒淫相繼，自亦不斷搬演敗亡之鬧劇。

② 「永壽」句—寫蕭寶卷荒淫無度，沉湎宴樂，終至眾叛親離而被殺。永壽，潘妃所居宮殿名，此泛指齊宮。扃，從外閉合之門閂，

此作動詞，關閉、警戒之意。兵來夜不扃，謂蕭寶卷屢次誅殺功臣，以致蕭衍提兵而來時，近臣王珍國、張稷為之內應，夜開雲龍門，引衍軍入殿；蕭寶卷時在含德殿，吹笙歌作〈女兒子〉，後遭斬首送蕭衍。

③ 「金蓮」句—金蓮事，見〈南朝〉七律注③。

④ 「梁臺」二句—以梁宮夜歌而風搖鈴響，象徵荒淫相續，終將敗亡。梁臺，泛稱蕭梁宮禁之地；洪邁《容齋續筆・卷五・臺城少城》云：「晉、宋間，謂朝廷禁省為臺，故稱禁城為臺城。」猶自，仍然、依舊。九子鈴，原為東昏侯搜刮自莊嚴寺以取悅潘妃之遺物，而梁朝君王竟沿用不諱，因此有亡國鈴之象徵意義。

【評解】

01 姚培謙：荊棘銅駝，妙在從熱鬧中寫出。（《李義山詩集箋注》）

02 屈復：不見金蓮之跡，猶聞玉鈴之音；不聞於梁臺歌管之時，而在既罷之後。荒淫亡國，安能一一寫盡？只就微物點出，令人思而得之。（《玉谿生詩意》）

03 沈德潛：此篇不著議論，「可憐夜半虛前席」竟著議論，異體而各極其致。（《唐詩別裁》）

04 紀昀：意只尋常，妙從小物寄慨，倍覺唱歎有情。（《李義山詩集輯評》）

120 景陽井（宣宗大中十一年，857）

景陽宮井剩堪悲，不盡龍鸞誓死期。腸斷吳王宮外水，濁泥猶得葬西施。

【詩意】

景陽宮中的胭脂井真是最可悲也最令人同情的，因為陳叔寶和張麗華在隋朝大將韓擒虎攻入宮中時，妄圖僥倖地躲進井裡，完全沒有要信守同生共死的誓約而殉情的意願。最令胭脂井感傷斷腸的是：吳王宮外的江水真是何其榮幸啊！只因西施葬身在她汙濁的泥水中而使她可以和西施同享美名，流芳百世；自己卻因為後主與張麗華貪生怕死的藏匿而蒙上「辱井」的惡名，只能遺臭萬年了！

【注釋】

① 詩題—景陽井，指陳叔寶聞隋兵將至，攜寵妃張麗華（559－589）、孔貴嬪藏匿其中之胭脂井，事見《南史・陳本紀下第十》；井在今南京玄武湖畔，又名辱井。

② 「景陽」二句—以擬人手法表示同情景陽宮中之胭脂井。意謂胭脂井誠可悲嘆，蓋後主與張麗華雖誓同生死，卻僅共入其中藏匿以求苟活；且張麗華出井後未久即遭斬，後主則遣送至隋都偷生貪歡，竟無意實踐生死與共之約定也。剩，真也；劉學鍇注本詩引岑參〈送張秘書〉詩：「鱸鱠剩堪憶，蓴羹殊可餐。」並謂「剩堪即真堪」。不盡，未能貫徹。龍鸞，借喻帝王與后妃，此指後主與張麗華、孔貴嬪。誓死期，生死與共之約定。

③ 「腸斷」二句—仍以擬人手法為胭脂井抱屈。意謂吳王宮外之濁泥何其榮幸，猶得以水葬西施而享美名；而胭脂井竟因後主與張麗華之貪生藏匿，遂蒙「辱井」可羞之惡名，既令胭脂井憤慨不平，亦令胭脂井思之斷腸。腸斷，感慨至極而傷心斷腸之謂；「腸斷」之主詞，應為景陽井；蓋如指吳王宮外水腸斷，則與下文「猶得」所表現之深感榮幸之意相牴觸。水葬西施[1]，《墨子・親士》曰：「是故比干之殪，其抗也；孟賁之殺，其勇也；西施之沉，

其美也；吳起之裂，其事也。故彼人者，寡不死其所長。」

【補註】

01 自古即有水葬西施以報伍子胥之說，楊慎（1488－1559）力主此說，其《太史升庵全集‧卷六十八‧范蠡西施》云：「世傳西施隨范蠡去，不見所出，只因杜牧『西子下姑蘇，一舸逐鴟夷』之句而附會也。予竊疑之，未有可證以析其是非。一日讀《墨子》，曰：『吳起之裂，其功也；西施之沉，其美也。』喜曰：此吳亡之後西施亦死於水、不從范蠡去之一證。墨子去吳越之世甚近，所書得其真。然猶恐牧之別有見。後檢《修文御覽》，見引《吳越春秋逸篇》云：『吳王敗，越浮西施於江，令隨鴟夷以終。』乃笑曰：此事正與《墨子》合。杜牧未精審，一時趁筆之過也。蓋吳既滅，即沉西施於江。浮，沉也，反言耳。『隨鴟夷』者，子胥之譖死，西施有力焉，胥死盛以鴟夷，今沉西施，所以報子胥之忠，故云『隨鴟夷以終』。范蠡去越亦號鴟夷子，杜牧遂以子胥鴟夷為范蠡之鴟夷，乃影撰此事，以墮後人於疑網也。既又自笑曰：范蠡不幸遇杜牧，受誣千載；又何幸遇予而雪之，亦一快哉。」其意又見《升庵詩話‧卷三‧皮日休館娃宮懷古》、《升庵詩話‧卷五‧李義山景陽井》。

121 詠史（宣宗大中十一年，857）

北湖南埭水漫漫，一片降旗百尺竿。三百年間同曉夢，鍾山何處有龍盤？

【詩意】

玄武湖、雞鳴埭一帶，原本舸艦迷津、笙樂翻天的盛況，早已遠去了，如今只見湖水浩淼，一片闃寂……。我彷彿還可以看見南朝的末代君王，在歷史的舞台上一個緊接著另一個高舉著代表恥辱的白色降旗，無限卑屈地走出石頭城的悽慘景象……。三百多年間六朝的興衰成敗、滄桑變幻，就像是短暫的清曉殘夢一般，早已成為煙雲往事，不復可尋了；傳說中鍾山擁有「龍蟠虎踞，帝王之宅」的氣象，究竟是在哪裡呢？

【注釋】

① 詩旨—本詩旨在慨歎所謂龍蟠虎踞之險阻山川，皆不足以捍衛腐敗之政權。

② 「北湖」句—謂昔日君王、宮妃乘龍舟遊宴，及訓練水軍時戰艦嚴整之繁華景況，皆已不復存在，只餘浩淼煙波供人憑弔感慨耳。北湖，即玄武湖；南埭，即雞鳴埭，見〈南朝〉七律詩注②。北湖南埭，統指玄武湖。漫漫，廣闊無際貌。

③ 「一片」句—謂由東吳孫皓向晉龍驤將軍王濬請降（265）至南朝滅亡（589），江東偏安政權之更迭遞嬗，如一齣又一齣舉旗請降之鬧劇，直令人眼花撩亂。一片，誇言朝代興衰成敗間降旗之頻繁，可連成一大片矣。百尺竿，極言其降旗之高舉，似惟恐敵軍之不見，以嘲諷亡國降君貪生怕死、恬不知恥之醜態。

④ 「三百」二句—指出憑藉天塹地險而苟且偷安之南朝，其興衰成敗之變幻倏忽，直如曉夢之短暫與荒誕，令人不勝沉痛之感。三百年，可指東晉至陳亡共272年（東晉103年、宋59年、齊23年、梁55年、陳32年）歷史，亦可再加上東吳58年歷史而概取其約數。鍾山，今南京之紫金山。龍蟠，形容山脈屏障之形勢極為雄峻險固，有如巨龍盤踞守護著；馮浩注引張勃《吳錄》曰：

「劉備曾使諸葛亮至京，因睹秣陵山阜，乃歎曰：『鍾山龍盤，石頭虎踞，帝王之宅也。』」

【評解】

01 何焯：四句中氣脈何等闊遠。 ○今人都不了首句為風刺。 ○盤遊不戒，則形勝難憑，空令敗亡洊至，寫得曲折蘊藉。（《義門讀書記》）

02 屈復：國之存亡，在人傑，不在地靈，足破勘輿之惑。（《玉谿生詩意》）

03 馮浩：首句隱言王氣消沉，次句專指孫皓降晉，三句統言五代。音節高壯，如鏗鯨鐘。（《玉谿生詩詳注》）

04 紀昀：香泉評曰「北湖南埭，皆盤游之地，言以佚樂致亡也，寫來不覺。」（《玉谿生詩說》）

122 吳宮（宣宗大中十一年，857）

龍檻沉沉水殿清，禁門深掩斷人聲。吳王宴罷滿宮醉，日暮水漂花出城。

【詩意】

由雕刻著神龍的欄杆所環繞著的宮苑，看起來深沉而寂靜，池水邊的殿堂，也顯得格外冷冷清清；禁衛森嚴的宮廷大門，正緊緊地關閉著，整座宮廷內內外外，竟然完全沒有任何人發出聲音……。原來，吳王狂歡極樂的盛宴剛剛結束，滿宮的王侯、嬪妃和權貴全都醉得不醒人事了；只見幾片落花，隨著黃昏時御溝的潺潺流水聲，緩緩地飄出城外……。

【注釋】

① 詩旨—本詩旨在以反常之沉寂凸顯前此之恣意狂歡，並以「流水漂花」象徵政權正暗中轉移，而荒淫者猶自醉生夢死也。

② 「龍檻」二句—寫宮苑之深沉寂靜，斷無人聲。龍檻，宮苑中刻有龍形圖紋之欄杆。沉沉，深沉寂靜貌。水殿，池液旁亭臺樓閣之類建築。清，兼有清澈與冷清二義。禁門深掩，形容宮禁森嚴，庭苑深深，外人難窺究竟。

③ 「吳王」二句—寫君王與嬪妃晝夜尋歡之荒淫無度。宴罷方日暮，暗示白晝時早已華筵盛開，狂歡極樂，則君王之醉生夢死、不問國事可知矣。日暮水漂花出城，以御溝中潺潺流水聲清晰可聞，反襯狂歡後之寂靜；以水漂花出城之畫面，象徵皇室之腐敗、國運之陵夷，竟無人關心，以及繁華之一去莫追、天命之悄然移轉，竟無人警覺。

【評解】

01 姚培謙：花開花落，便是興亡氣象。二十八字，總從「吳宮秋，吳王愁」六字脫出。（《李義山詩集箋注》）

02 屈復：寫其醉生夢死，荒淫亡國，借古慨今也。（《玉谿生詩意》）

03 紀昀：末七字含多少荒淫在內，而渾然不覺，此之謂蘊藉。（《玉谿生詩說》）

123 隋宮（宣宗大中十一年，857）

乘輿南遊不戒嚴，九重誰省諫書函？春風舉國裁宮錦，半作障泥半作帆。

【詩意】

不過是乘著一時的遊興大發，隋煬帝完全不顧慮當時天下的抗暴起義正風起雲湧地展開，的確有嚴加戒備防護的必要，就率性地決定要第三度南遊揚州了。高居九重雲天之上的他完全不理會群臣的勸諫，還狂暴地誅殺了幾位極力阻止他的官員；這樣一來，還有誰敢再冒險上呈諫諍的書函呢？就在春風宜人的時候，全國百姓無不荒廢本業，竭盡心力地趕著裁製華貴的宮廷錦緞，因為這些錦緞一半要鋪在（南遊時岸上）數萬騎兵的馬鞍下，用來遮蔽塵泥，另一半則要作為綿延二百餘里的龍舟上的船帆之用啊！

【注釋】

① 詩題—隋宮，泛指隋煬帝楊廣為遊江南所建造數十座奢華行宮[1]。本詩與同題之七律，皆為大中十一年（857）商隱任鹽鐵推官游江東時作，旨在揭出煬帝肆意享樂，不恤民力之昏庸與暴虐。

② 「乘興」句—謂隋煬帝驕橫狂妄，自恃擁有天下而隨興南遊，不加警戒。乘興，只因一時興起。南遊，煬帝曾三遊江都：大業元年（605）八月、六年三月及十二年七月；最後一次長住江都至十四年三月為宇文化及所殺。此外，又曾數度盤游各地，總計在位十四年中，居京時日不及一年。戒嚴，為維護帝王出巡之安全所採取特別嚴密之警戒措施。不戒嚴，意謂不顧形勢之嚴峻而慎密戒備。

③ 「九重」句—謂煬帝剛愎殘暴，不僅不聽勸阻，又怒殺敢諫者[2]。九重，喻皇帝居住之深宮，此代指煬帝而言。省，理會、省視、省察。諫書函，以書函密封之諫書。

④ 「春風」二句—寫煬帝南遊船隊及護衛之壯麗，以見其窮奢極慾、勞民傷財之一斑。舉國，全國。宮錦，按照宮廷制定之規格與式

樣而織造，由各地進貢以供皇家使用之高級錦緞。障泥，又稱馬韉，為墊在馬鞍下垂落至馬身兩旁以擋蔽馬蹄揚起塵泥之織物；《晉書・王濟傳》載王濟「善解馬性。嘗乘一馬，著連乾障泥，前有水，終不肯渡。濟云：『此必是惜障泥。』使人解去，便渡。」詩人暗用此典，表示連馬皆知珍惜物品而不肯玷污，以反顯煬帝之不恤民力、暴殄天物。

【補註】

01 隋煬帝大業元年（605）開鑿了通濟渠段的大運河之後，由洛陽的西苑可以乘船直下江都（今江蘇省揚州市），沿岸修築離宮四十餘所，江都宮尤其壯麗，宮內有五大建築，即朝堂、寢殿、成象殿、水精殿和流珠堂，宮外還有所謂「蜀崗十宮」，極盡奢華；見《太平御覽・卷173・居處部一》引《壽春圖經》曰：「十宮，在縣北五里長阜苑內，依林傍澗，疏迴跨屺（ㄑㄧˇ），隨地形置焉。並隋煬帝立也；曰歸雁宮、回流宮、九里宮、松林宮、楓林宮、大雷宮、小雷宮、春草宮、九華宮、光汾宮，是曰十宮。」

02 《資治通鑑・卷183・煬皇帝大業十二年》載：「江都新作龍舟成，送東都；宇文述勸幸江都，帝從之。右候衛大將軍酒泉趙才諫曰：『今百姓疲勞，府藏空竭，盜賊蜂起，禁令不行，願陛下還京師，安兆庶。』帝大怒，……意甚堅，無敢諫者。建節尉任宗上書極諫，即日於朝堂杖殺之。……奉信郎崔民象以盜賊充斥，於建國門上表諫；帝大怒，先解其頤，然後斬之。……至汜水，奉信郎王愛仁復上表請還西京，帝斬之而行。至梁郡，郡人邀車駕上書曰：『陛下若遂幸江都，天下非陛下之有！』又斬之。」

【評解】

01 何焯：「春風」二句，借錦帆事點化，得水陸繹騷、民不堪命之狀如在目前。(《義門讀書記》) ○極狀其奢淫盤遊之無度。(《李義山詩集輯評》引)

02 姚培謙：用意在「舉國」二字，半作障泥半作帆，寸絲不掛者可勝道耶？(《李義山詩集箋注》)

03 劉拜山《唐人絕句評注》說：「不惜傾天下國家，以供一己之淫慾；獨夫行徑，刻劃無餘，抵得許多議論。」

04 屈復：寫舉國皆狂，煬帝不說自見。(《玉谿生詩意》)

05 紀昀：後二句微有風調，前二句詞直意盡。(《玉谿生詩說》)

06 陳衍：仁先論詩，極有獨到處，……云「春風舉國裁宮錦，半作障泥半作帆」，何等恢麗。首句以「不戒嚴」三字起之，嚴重之至；又承以「誰省諫書函」五字，樸質之至。(《石遺室詩話》)

124 隋宮（宣宗大中十一年，857）

紫泉宮殿鎖煙霞，欲取蕪城作帝家。玉璽不緣歸日角，錦帆應是到天涯。於今腐草無螢火，終古垂楊有暮鴉。地下若逢陳後主，豈宜重問後庭花？

【詩意】

隋煬帝閒置長安紫泉水南邊的宮殿，讓它們深鎖在縹緲的煙霞之中，另外在洛陽修築了繁華富麗的離宮；到了晚年，更打算遷都到風光明媚的揚州，頗有偏安東南的意圖。如果不是因為傳國的玉璽落入額角寬廣、天庭飽滿有如太陽的李淵手中，想必他還要從揚州乘坐著華麗的大龍舟，掛滿由錦緞所製成的風帆，玩遍天涯海角吧！如今，巍峨的隋朝宮殿早已被衰颯腐爛的叢草所湮沒，再也沒有盈千累萬的螢火蟲可以替他把山谷照耀得如同白晝的盛況了；從此以後，隋堤綠影千里的垂楊岸邊，永遠都只會有烏鴉在黃昏時地聒噪著哀傷淒涼的腔調了（再也不可能有錦帆成林、香聞十里的盛況了）！隋煬帝如果遊覽到九泉之下，遇到和他同樣荒淫亡國的陳後主時，哪裡還合適請張麗華表演曼妙醉人的〈玉樹後庭花〉舞曲呢？

【注釋】

① 「紫泉」二句—謂煬帝竟欲放棄自古帝王宅京之金城長安，反欲長駐於兵災不斷之揚州而大起宮殿。紫泉，原名紫淵，乃長安北邊水名，因避唐高祖李淵之名諱而改稱；此處代指隋朝京都長安之宮殿。鎖煙霞，籠罩在朝煙暮霞之中，乃狀其冷清寂落；蓋煬帝在位十四年中僅有一年左右時間待在長安，故云「鎖煙霞」。蕪城，即隋之江都（今江蘇省揚州市）。江都舊名廣陵，因鮑照以〈蕪城賦〉哀悼廣陵故城在烽火之餘殘破荒涼之景象，故後人以「蕪城」代指廣陵。作帝家，作為國都以居之。

② 「玉璽」句—意謂所幸政權為唐高祖所得，否則難以想像其勞民傷財之佚遊將伊於胡底。玉璽，代表帝王政權之印璽。緣，因也；不緣，不因、若不是由於。日角，指人之額骨隆起飽滿如日狀，舊時謂有帝王之相；此以日角代指李淵；《舊唐書．高祖紀》載隋恭帝義寧二年（618）遜位，遣使持節奉皇帝璽綬於高祖。

③ 「錦帆」句—錦帆，朱鶴齡注引《開河記》曰：「煬帝御龍舟幸江都，舳艫相繼，自大堤至淮口，聯綿不絕；錦帆過處，香聞十里。」到天涯，雖出於作者揣測，然亦有其根據[1]。

④ 「於今」句—謂原本金碧輝煌之隋宮，久已殘破，惟餘荒園腐草，不復見閃爍明滅之螢火[2]。按：《隋書．煬帝紀》載大業十二年

壬午，「上於景華宮徵求螢火，得數斛，夜出遊山，放之，光遍巖谷。」舊注引《廣陵志》載揚州舊城七八里外有煬帝放螢苑，今揚州古跡亦有隋螢苑之名。

⑤ 「終古」句—謂早已冷落之隋堤，亦惟聞棲息柳蔭之暮鴉聒噪，不再有當年錦帆成林、旌旗蔽空之氣派矣。終古，永久、永遠。垂楊，煬帝繼位前曾久任揚州總管，長期駐紮江都，非常嚮往六朝繁華，故即位後便徵調百萬餘民夫開鑿長達二千里之運河；其中河面寬四十步，兩岸築成大道，栽以楊樹、柳樹[3]之一段，號曰隋堤。

⑥ 「地下」二句—以想像之畫面申述煬帝終將有地府之遊，並譏諷楊廣為太子時假意鄙夷陳後主之荒淫享樂，為帝王後反欲一睹張麗華〈玉樹後庭花〉舞姿之曼妙[4]，實非所宜。陳後主、後庭花，俱見〈南朝〉七律詩注。

【補註】

01 蓋大業元年煬帝詔令營造東都洛陽時，即下令開鑿大運河。首先是通濟渠，由洛陽的西苑東至淮河邊上之山陽（今江蘇淮安），溝通了洛水、黃河、淮河；又接通夫差所開通的邗溝，通向長江。大業四年（608），大運河向北延伸，開永濟渠，引沁水南到黃河，北至涿郡（今北京一帶）；六年，又向南延伸，由京口（今江蘇省鎮江市）引江水到餘杭（今浙江省杭州市）八百里，寬十餘丈，有南遊會稽（今浙江省紹興市）之志，只是未及實現壯遊心願而已。

02 螢火蟲產卵於水濱草根，幼蟲伏於土中，翌年春蛹化為成蟲而熠耀發光，古人卻誤以為乃腐草所化，故《禮記．月令》曰：「腐草為螢。」

03 高步瀛注引《開河記》曰：「時恐盛暑，翰林學士虞世基獻計，請用垂柳栽於汴渠兩堤上。一則樹根四散，鞠護河堤；二乃牽舟之人護其陰；三則牽舟之羊食其葉。上大喜，詔民間有柳一株，賞一縑。百姓競獻之。又令親種，帝自種一株，群臣次第種，方及百姓。時有謠言曰：『天子先栽（按：取其諧音「災」）。』栽畢，帝御筆寫賜垂柳姓楊，曰『楊柳』也。」

04 舊注引《隋遺錄》曰：「煬帝在江都，昏湎滋深。嘗遊吳公宅雞臺，（睡夢）恍惚間與陳後主相遇，尚喚帝為殿下（按：後主死前楊廣尚為太子，故以殿下稱呼）。後主舞女數十許，羅侍左右，中一女迥美。帝屢目之，後主云：『殿下不識此人耶？即麗華也。』俄以綠文測海蠡（按：酒杯名）酌紅粱新釀勸帝，帝飲之甚歡。因請麗華舞〈玉樹後庭花〉。麗華……乃徐起，終一曲。後主問帝：『蕭妃（按：疑指煬帝之蕭皇后）何如此人？』帝曰：『春蘭秋菊，各一時之秀也。』……後主問帝：『龍舟之遊樂乎？始謂殿下致治在堯舜之上，今日復此逸遊。大抵人生各圖快樂，曩時何見罪之深邪？』帝忽悟（按：醒轉），叱之云：『何今日尚目（按：稱呼）我為殿下，復以往事譏我邪？』隨叱聲，恍然不見。」

【評解】

01 范晞文：詩家病使事太多，蓋皆取其與題合者類之，如此乃編事，雖工何益？……〈隋宮〉詩云：「玉璽不緣歸日角，錦帆應是到天涯。」又〈籌筆驛〉云：「管樂有才真不忝，關張無命欲何如。」則融化斡旋，如自己出，精粗頓異也。（《對床夜語》）

02 吳師道：日角、錦帆、螢火、垂楊是實事，卻以他字面交蹉對之，融化自稱，亦其用意深處，真佳句也。（《吳禮部詩話》）

03 周秉倫：通篇以虛意挑剔譏意，即結語不曰難面陰靈於文帝，而曰豈宜問淫曲於後主，見殷鑒不遠，致覆成業於前車，可笑可哭之甚，殊有深思。（《唐詩選脈箋釋會通評林》）

04 陸次雲：五六是他人結語，用在詩腹，別以新奇之意作結，機杼另出，義山當日所以獨步於開成、會昌之間。（《唐詩善鳴集》）

05 胡以梅：按詩情乃憑弔淒涼之事，而用事取物卻一片華潤。本來西崑出筆不宜淡薄，加以煬帝始終以風流淫蕩滅亡，非關時危運盡之故，即以誚之耳，最為稱題。（《唐詩貫珠串釋》）

06 沈德潛：言天命若不歸唐，游幸豈止江都而已？用筆靈活。後人只鋪敘故實，所以板滯也。末言亡國之禍，甚於後主，他時魂魄相遇，豈應重以〈後庭花〉為問乎？（《唐詩別裁》）

07 楊逢春：此詩全以議論驅駕事實，而復出以嵌空玲瓏之筆，運以縱橫排宕之氣，無一筆呆寫，無一句實砌，斯為詠史懷古之極。（《唐詩繹》）

08 查慎行：前四句中轉折如意。三四有議論，但「錦帆」事實，「玉璽」事湊。（《瀛奎律髓彙評》引）

09 趙臣瑗：寫淫暴之主，縱心敗度，至於無有窮極，真不費半點筆墨。「不緣」「應是」，當句呼應，起伏自然，迥非恒調。「日角」「天涯」，對法尤奇。五六節舉二事，言繁華過去，單剩悽涼，為古今煬帝一輩人痛下針砭。末聯運實於虛，一半譏彈，一半嘲笑。（《山滿樓箋注唐詩七言律》）

10 何焯：無句不佳，三四尤得杜家骨髓。前半拓展得開，後半發揮得足，真大手筆。發端先言其虛關中以授他人，便已呼起第三句。（《義門讀書記》卷五十七）　〇著此一聯，直說出狂王抵死不悟，方見江都之禍，非出於偶然不幸，後半諷刺更覺有力。（《義門讀書記》）

11 陸崑曾：與〈南朝〉一篇，同刺荒淫覆國。彼用諧語（按：指「只得徐妃半面妝」），讀者或易忽略；此則莊以出之，自能令人驚心動魄，怵然知戒也。（《李義山詩解》）

12 姚培謙：……獨怪其吳公臺遇鬼之時，猶以〈後庭花〉為問，是不惟欲到天涯，且欲窮地下矣。痴人無心肝至是哉！（《李義山詩集箋注》）

13 紀昀：純用襯貼活變之筆，一氣流走，無復排偶之跡。首二句一起一落，上句頓，下句轉，緊呼三四句。「不緣」「應是」四字，跌宕生動之極。無限逸遊，如何鋪敘？三四句只做推算語，便連未有之事，一併託出，不但包括十三年中事也，此非常敏妙之筆。（《玉谿生詩說》）

14 方南堂：所謂「語不驚人死不休」者，非奇顯怪誕之謂也，或至理名言，或真情實景，應手稱心，得未曾有，便可震驚一世。……李商隱之「於今腐草無螢火，終古垂楊有暮鴉」，不過寫景句耳，而生前侈縱，死後荒涼，一一托出，又復光彩動人，非驚人語乎？（《方南堂先生輟鍛錄》）

15 黃叔燦：五十六字中以議論運實事，翻空排宕，與〈南朝〉詩同一筆意。（《唐詩箋注》卷六）

16 張采田：結以冷刺作收，含蓄不盡，僉覺味美於回。律詩寓比興之意，玉谿慣法也。（《李義山詩辨正》）

125 風雨（宣宗大中十一年，857）

淒涼寶劍篇，羈泊欲窮年。黃葉仍風雨，青樓自管絃。新知遭薄俗，舊好隔良緣。心斷新豐酒，消愁斗幾千？

【詩意】

我也有本朝前期名將郭震在未蒙識拔前高詠〈寶劍篇〉的奇文異采和雄心壯志，奈何卻沒有他時來運轉，終於得到明君召問而施展抱負的際遇，只能年復一年地寄跡幕府，無休無止地羈旅漂泊，飽嚐悽涼心酸的滋味；如今，我已經陷入日暮途窮、潦倒落拓的窘境了！回首生平，猶如枝頭枯槁的黃葉隨時都會飄墜一般，已經夠令人思之黯然了，何況又遭到風雨無情的摧殘，就更令人念之神傷了。因此只能在青樓酒館中自顧聽歌買醉，消散牢愁，以求一時的逃避和短暫的解脫！多年來，新交的知己，遭受到澆薄世俗惡意地詆毀，我也因而備受排擠和打壓；而舊時的好友，良緣早已阻隔，情誼早已斷絕，使我更是進退狼狽，左右為難。太宗時期，馬周曾經落拓失志，獨自在新豐旅舍悠然獨酌美酒，後來也蒙受召見和垂詢的恩寵而青雲得志；可是我遠離京華，只能斷絕這種破格拔擢的癡心妄想了！（喂！掌櫃的！）能夠澆平我鬱積的塊壘、撫慰我內心傷痛的美酒，一斗要索價幾千呢？儘管拿來吧！

【注釋】

① 詩題—本詩殆為義山羈泊異鄉，偶登酒樓，正值淒風苦雨之時，不覺回首前塵，感慨萬千，遂以「風雨」象徵飄搖之時勢、坎壈之際遇、偃蹇之仕途、冷酷之宦海及悲苦之生平，述志抒懷，藉宣鬱憤之作。張采田《玉谿生年譜會箋》繫本詩於大中十一年，亦即詩人四十六歲擔任鹽鐵推官之時，距詩人辭世僅一年耳。

② 「淒涼」二句—以郭震（656-713，字元振）蒙內召而拔擢之事，反襯自已平生失路漂泊，懷才不遇之心酸淒涼。「淒涼」二字，並非修飾〈寶劍篇〉之定語，而是全詩主旨所在，籠罩全篇，直貫末句。〈寶劍篇〉，初唐郭震落拓未遇時曾以龍泉寶劍自比而

作詠物抒懷之古詩，詩末云：「非直結交遊俠子，亦曾親近英雄人。何言中路遭棄捐？零落飄淪古獄邊。雖復塵埋無所用，猶能夜夜氣沖天。」顯然是借古劍之沉埋，寄寓英雄失路、志士沉淪之悲憤與孤傲之氣，在慷慨激宕之悲歌中展現出積極用世之熱情。按：郭震十八歲擢進士第，授梓州通泉尉。後則天聞其名，於驛站召見，上〈古劍篇〉，武后嘉嘆之餘，又令抄寫數十本，遍賜學士李嶠、閻朝隱等，郭震因而青雲得路，遂展平生志負；其事跡參見《新唐書・列傳第四十七》。羈泊，羈縻於幕職之薄宦而漂泊四方；庾信〈哀江南賦〉：「下亭飄泊，高橋羈旅。」欲，即將。窮年，終其一生。

③「黃葉」二句—見黃葉更遭風雨摧殘而觸物興感，遂慨歎身世飄零，淪落不偶，兼又多遭打擊，屢逢不幸，只好獨登青樓，飲酒聽歌，冀能銷憂強歡。黃葉，象喻飄零之身世及衰朽之殘生。仍，更兼也；仍風雨，更兼命途多舛，際遇坎坷。青樓，常借指富貴人家，然此處殆指青旗招展之酒樓。自，自顧也，有沉湎不反之意。管絃，指徵歌選聲，尋歡作樂而言。自管弦，獨自聆曲聽歌以散愁遣悶。

④「新知」二句—謂新近相識者，頗遭澆薄世俗之詆毀；而舊日友好者，又良緣阻隔而日漸疏遠。新知，難以確指，時恩公令狐楚與岳父王茂元均已過世；由「新」字及「遭薄俗」一語觀察，可能指宣宗即位後，因朋黨傾軋而失勢之諸友而言。

⑤「心斷」句—謂長年遠離京華而飄零沉淪，已然絕望於馬周窮而後達之機緣矣，故僅能登臨酒樓買醉消愁而不吝於酒價之昂貴也。心斷，灰心絕望也，有心中渴望而事與願違，不得不斬斷念頭之無奈與悲哀。新豐，在今陝西省臨潼縣東北，以產美酒而著名。按：此處暗用馬周（601－648）典故，《舊唐書・列傳二十

四·馬周傳》載馬周客遊時屢不得志，乃前往長安，宿於新豐逆旅，主人唯供諸商販而不招待周，遂命酒一斗八升，悠然獨酌，主人深異之。至京師，舍於中郎將常何（586－653）家。貞觀五年，太宗令百僚上書言得失，周乃為何陳二十餘事以奏，太宗即日召周，相談甚悅，令直門下省。六年，授監察御史。太宗嘗曰：「我於馬周，暫不見則便思之。」後人常以馬周之事為窮而後達之顯例。消愁斗幾千，謂但能消愁，不惜其酒價幾何也。

【評解】

01 姚培謙：淒涼羈泊，以得意人相形，愈益難堪。風雨自風雨，管絃自管弦，宜愁人之腸斷也。夫新知既日薄，而舊好且終睽，此時雖十千買酒，也消此愁不得，遑論新豐價值哉！（《李義山詩集箋注》）

02 屈復：當淒涼羈泊時，風雨之夕，聽青樓管絃，因感新知舊好，而思斗酒銷愁，情甚難堪。（《玉谿生詩意》）

03 紀昀：神力完足。「仍」字、「自」字多少悲涼。（《玉谿生詩說》）

04 薛雪：老杜善用「自」字。……李義山「青樓自管絃」「秋池不自冷」「不識寒郊自轉蓬」之類，未始非無窮感慨之情，所以直登老杜之堂，亦有由矣。（《一瓢詩話》）

05 張采田：不能久居京師，翻使羈泊窮年。自斷此生已無郭振、馬周之奇遇，詩之所以嘆也。味其意致，似在遊江東時矣。《玉谿生年譜會箋》

126 錦瑟（宣宗大中十二年，858）

錦瑟無端五十絃，一絃一柱思華年。莊生曉夢迷蝴蝶，望帝春心託杜鵑。滄海月明珠有淚，藍田日暖玉生煙。此情可待成追憶，只是當時已惘然。

【詩意】

尋常的瑟音已經足以撩人情懷，使人惆悵不已了，這把珍美無比的錦瑟（按：既可以借喻作者沉博絕麗的詩魂，也可以象喻詩人珍美罕有的稟賦）為何還要負荷繁重的五十根琴絃（按：可能借喻詩人身世飄零、仕途坎坷、志業無成之種種挫折打擊），以至於註定要撥弄出更悽涼、更深沉的幽音怨調，因而讓人心緒百感、悵觸萬端呢？我輕輕地撫摸著每一根琴絃、每一支絃柱（按：既可以借喻作者在每一首詩中寄興遙深的騷心，也可以象喻詩人生命歷程中每一個不同的階段），彷彿可以傾聽出它幽微窈眇的心聲，不禁回想起自己似水年華中的點點前塵、片片舊夢……。曾經讓我耽溺沉湎的美好往事，早已杳如雲煙，令人思之黯然，正如莊周在清曉前短暫的夢境中化為翩翩飛舞的蝴蝶一般，儘管美麗絢爛，卻那麼容易驚醒，讓人迷惘它是幻是真？而曾經讓我眷戀執著的深情蜜愛，也早已恍如隔世；但是我仍然願意像望帝一般，把心魂化為啼聲淒苦的杜鵑，寧可生生世世、年年歲歲，無怨無悔地啼唱繾綣的幽情……。多少個傷心寂寥的夜晚，我只能像是滄海上的鮫人在明月的清輝下泣淚成珠一般，嘔心瀝血地把懷才不遇的悲嘆飲泣，孕育成珍珠般晶瑩璀璨的詩句；而我窈眇隱微的深心，正像蘊藏在藍田山中的美玉，儘管無人發掘賞識，仍然在和煦的晴陽之下，蒸騰出溫潤芳潔的煙靄與靈氣……。所有煙塵往事中，令人留戀迷醉、使人感傷心碎的夢幻情懷，和令人失意沮喪、憂憤莫名的坎坷際遇，哪裡須要等到今日對著詩篇沉吟追憶時才使人黯然魂銷，悽愴欲絕呢？即使是當年身歷其境時，也早就深陷悲愁迷惘之中而惆悵不已啊！

【注釋】

① 詩旨—本篇殆為義山編輯詩集時檢視生平、回首前塵與傷嘆往事之「自剖詩」；就用心而言，亦可視為作者為詩集中朦朧縹緲而又瑰麗幽峭之情境所寫之「自序詩」，藉以闡釋詩人寄興遙深之騷心與清潤瑩澈之詩魂。

② 「錦瑟」句—錦瑟，《周禮‧樂器圖》：「雅瑟二十三絃，頌瑟二十五絃；飾以寶玉者曰寶瑟，繪文如錦者曰錦瑟。」然在本詩中可能象喻作者絕麗之詩魂與珍異之稟賦。無端，沒由來地、無緣無故，含有「非人力所能為、竟然如此、無可奈何」等涵義揉合而成之驚訝與嗟嘆之意。五十絃，《史記‧五帝本紀》云：「泰帝使素女鼓五十弦瑟，悲，帝禁不止，故破其瑟為二十五弦。」然在此可能借指詩人幽深複雜之心靈與沉重之生命負荷。

③ 「一絃」句—柱，用來架起絃索，可以前後移動以調音之支柱；按：琴與瑟都由兩根支柱架起一根絃。一絃一柱，可實指絃柱間所奏出之繁富音節，亦可象喻詩人每一首寄興遙深之詩篇，或每一生命階段中之遭遇與歷練。華年，美好之青春歲月。

④ 「莊生」句—意謂曾讓詩人耽溺沉湎之美好往事，儘管如夢似幻，卻早已杳如雲煙，令人思之黯然。《莊子‧齊物論》：「昔者莊周夢為蝴蝶，栩栩然蝴蝶也，自喻適志與，不知周也；俄然覺，則蘧蘧然周也。不知周之夢為蝴蝶與？蝴蝶之夢為周與？周與蝴蝶則必有分矣，此之謂物化。」後常以「莊周夢蝶」象喻生命之

虛幻、命運之無常。曉夢，破曉前之殘夢。

⑤「望帝」句—意謂曾讓詩人眷戀執著之深情蜜愛，亦早已恍如隔世；然作者仍願如望帝將心魂化為淒苦之杜鵑，生生世世、年年歲歲，無怨無悔地啼唱纏綣之幽情。望帝，據《蜀王本紀》記載，杜宇自天而降，自立為蜀王，號曰望帝。命丞相鱉靈鑿玉壘山治水時，私通其妻。後杜宇自慚德薄能鮮，遂傳位鱉靈遠去。去時，子歸鳴，故蜀人悲子歸鳴而思望帝。而《華陽國志》則謂周朝綱紀不振，蜀侯蠶叢稱王。傳至杜宇時教民務農，進號望帝。後禪位於治水有功之丞相開明；時適二月，子鵑鳥鳴，故蜀人聞之而悲。又《成都紀》載望帝死後，魂化為鳥，名為杜鵑，又名子規。春心，芳春時節感物而動之美好心緒，通常指悅慕歡愛之芳心。

⑥「滄海」句—意謂無數傷心寂寥之夜晚，詩人如滄海鮫人在明月清輝下泣淚成珠般[1]，嘔心瀝血地將懷才不遇之悲嘆飲泣孕育成珍珠般晶瑩璀璨之詩句。滄海月明，古人以為月滿則珠全，月虧則珠缺[2]，故以月明時之珍珠格外圓美晶瑩，表示自己在深夜創作許多珠圓玉潤之佳句名篇。珠有淚，一則表示詩中凝聚許多辛酸悲淚；再則或亦表示詩人頗有滄海遺珠之憾淚[3]。

⑦「藍田」句—意謂作者窈眇隱微之心靈與詩魂，正如蘊藏在藍田山中之美玉，儘管無人發掘賞識，仍在和煦晴陽之下蒸騰出溫潤芳潔之煙靄與靈氣。藍田，山名，在今陝西省藍田縣東南，為著名藍田玉之產地，又名玉山。暖玉生煙，相傳在晴暖陽光映射下，蘊藏山中之玉氣即蒸騰為溫潤迷濛之煙靄而冉冉上升，遠觀如在，近察則無；陸機〈文賦〉：「石韞玉而山輝，水懷珠而川媚。」王應麟《困學紀聞・評詩》載唐司空圖在〈與極浦談詩〉中曾引戴叔倫之語云：「詩家之景，如藍田日暖，良玉生煙，可望而不可置於眉睫之前也。」

⑧「此情」二句—此情，泛指中間兩聯所涵括種種淒婉深美之情事。可，通「何」字。可待，豈待、哪待，何須等到某時之意。只是，正是、就是；與作者〈樂遊原〉詩：「夕陽無限好，只是近黃昏」之用法相通，均為針對某一個特定時刻或時期而言。當時，指身歷其境之當下。

【補註】

01 《呂氏春秋・季秋紀第九・精通》云:「月也者，群陰之本也。月望則蚌蛤實，群陰盈；月晦則蚌蛤虛，群陰虧。」《大戴禮記・易本命》：「蜯、蛤、龜珠，與月盛虛。」左思《吳都賦》：「蚌蛤珠胎，與月虧全。」又朱鶴齡注引《文選注》曰：「月滿則珠全，月虧則珠闕。」

02 張華《博物志・異人》云：「南海外有鮫人，水居如魚，不廢織績，其眼能泣珠。」左思《吳都賦》曰：「泉室潛織而卷綃，淵客慷慨而泣珠。」注曰：「俗傳鮫人從水中出，曾寄寓人家，積日賣綃，……鮫人臨去，從主人索器，泣而出珠滿盤，以與主人。」朱鶴齡注引郭憲《別國洞冥記》曰：「味勒國在日南，其人乘象入海底取寶，宿於鮫人之宮，得淚珠；則鮫人所泣之珠也，亦曰泣珠。」

03 《新唐書・狄仁傑傳》載：「（狄仁傑）舉明經，調汴州參軍，為吏誣訴。黜陟使閻立本召訊，異其才，謝曰：『仲尼稱觀過知仁，君可謂滄海遺珠矣。』」

【後記】

元好問〈論詩絕句〉說：「望帝春心託杜鵑，佳人〈錦瑟〉怨華年。詩家總愛西崑好，獨恨無人作鄭《箋》。」這說明了義山的篇什，雖然古今驚豔，卻又鮮有達詁的窘況。王士禎〈戲仿元遺山論詩絕句〉也說：「獺祭曾經博奧殫，一篇〈錦瑟〉解人難。」除了嘆服義山驚人的博學強識之外，同樣為本詩的晦澀艱深感到困惑不已。正由於詩人常用象徵、暗示、隱喻等含蓄委婉的手法，營造出許多瑰麗豐美而又交互疊映的意象，形成迷離惝怳而又意識流宕的特殊風格，所以使他的許多詩篇，全都蒙上了縹緲飄忽的神祕霧紗，有如海外仙山之遠望如在，使人心神嚮往而情靈搖蕩，卻終究難以循蹤躡跡地去窺其堂奧而探驪得珠。尤其是本詩，不僅使歷來的箋注、評賞之作出現大量歧異的見解，黃子雲的《野鴻詩的》甚至還惡意地攻擊說：「詩固有引類以自喻者，物與我自有相通之義。若『錦瑟無端五十絃，一絃一柱思華年』，物我均無是理；『莊生曉夢』四語，更又不知何所指。必當日獺祭之時，偶因屬對工麗，遂強題之曰『錦瑟無端』；原其意亦不自解，而反弁之卷首者，欲以欺後世之人：『知我之篇章興寄，未易度量也。』子瞻亦墮其術中，猶斤斤解之以『適、怨、清、和』，惑矣！」筆者以為這種先揣測詩人有意故弄玄虛、欺人惑世的讀詩與解詩態度，頗有以小人之心度君子之腹的味道，很不值得取法，因為即使我們未必能夠完全掌握騷心，了悟詩趣，至少也應該有梁啟超在〈中國韻文內所表現的情感〉一文中的坦率與虛心：「義山的〈錦瑟〉〈碧城〉〈聖女祠〉等詩，講的什麼事，我理會不著；拆開一句一句叫我解釋，我連文義也解不出來。但我覺得它美，讀起來令我精神上得一種新鮮的愉快。須知美是多方面的，美是含有神秘性的。我們若還承認美的價值，對於此種文字，便不容輕輕抹去。」畢竟對於文學藝術的解讀，儘管難免有賞析難公而毫釐易失的缺憾，但也不能由於它穠麗瑰奇、詭譎晦澀，就因噎廢食，甚至出現以詩廢人或以人廢詩的詆毀之論。

王應奎《柳南隨筆》卷三云：「何義門以為此義山自題其詩以開集首者。首聯云云，言平時述作，遽以成集；而一言一諾，俱足追憶生平也。次聯云云，言集中諸詩，或自傷其出處，或託諷於君親；蓋作詩之旨趣，盡於此也。中聯云云，言清詞麗句，珠輝玉潤；而語多激映，又有根柢，則又自明其匠巧也。末聯云云，言詩之所陳，雖不堪追憶，庶幾後之讀者，知其人而論其世，猶可得其大凡耳。」筆者以為此說雖未盡然，實則已經為〈錦瑟〉拼圖的浩大工程，指出了正確方向，完成了主體圖案。

錢鍾書《談藝錄》補訂本也說：「〈錦瑟〉之冠全集，倘非偶然，則略比自序之開宗明義。……『錦瑟』喻詩，猶『玉琴』喻詩，如杜少陵〈西閣〉第一首：『朱紱猶紗帽，新詩近玉琴。』……首兩句（略）言景光雖逝，篇什猶留，畢生心力、平生歡戚，『清和適怨』，開卷歷歷。……三、四句（略）言作詩之法也。心之所思，情之所感，寓言假物，譬喻擬象；如莊生逸興之見形於飛蝶，望帝沉哀之結體為啼鵑，均詞出比方，無取質言。舉事寄意，故曰『託』；深文隱旨，故曰『迷』。……五、六（略）言詩成之風格或境界，猶司空表聖之形容詩品也……。七、八句（略）乃與首二句呼應作結，言前塵回首，悵觸萬端，顧當年行樂之時，即已覺世事無常，摶沙轉燭，黯然於好夢易醒，盛筵必散。登場而預有下場之感，熱鬧中早含蕭索矣。」按：原文甚長，僅摘要節錄如上，詳見該書頁435至438。筆者除大致依其說解讀本詩之外，也頗受葉嘉瑩教授〈從比較現代的觀點看幾首中國舊詩〉一文的啟發，詳見《迦陵談詩》頁270至277。

【評解】

01 元好問：望帝春心託杜鵑，佳人錦瑟怨華年；詩家總愛西崑好，

獨恨無人作鄭箋。（〈論詩絕句〉）

02 王世貞：李義山〈錦瑟〉中二聯是麗語，作「適、怨、清、和」解甚通。然不解則涉無謂，既解則意味都盡，以此知詩之難也。（《藝苑卮言》卷四）

03 陸次雲：義山晚唐佳手，佳莫佳於此矣。意致迷離，在可解不可解之間，於初盛諸家中得未曾有。三楚精神，筆端獨得。（《唐詩善鳴集》卷上）

04 何焯：此悼亡之詩也。首特借素女鼓五十絃之瑟而悲，泰帝禁不可止以發端，言悲思之情有不可得而止者。次聯則悲其遽化為異物。腹聯又悲其不能復起之九原也。曰「思華年」，曰「追憶」，指趣曉然，何事紛紛附會乎？……亡友程湘衡謂此義山自題其詩以開集首者，次聯言作詩之旨趣，中聯又自明其匠巧也。余初亦頗喜其說之新，然《義山詩》三卷出於後人掇拾者，非自定，則程說故無據也。（《義門讀書記》卷五十七）

05 何焯：此篇乃自傷之詞，騷人所謂美人遲暮也。「莊生」句言付之夢寐；「望帝」句言待之來世；「滄海」「藍田」，言埋而不得自見；「月明」「日暖」，則清時而獨為不遇之人，尤可悲也。〇《義山集》三卷，猶是宋本相傳舊次，始之以〈錦瑟〉，終之以〈井泥〉。合二詩觀之，則吾謂自傷者更無可疑矣。　〇感華年之易邁，借錦瑟以發端。「思華年」三字，一篇之骨。三四賦「思」也，五六賦「華年」也，末仍結歸「思」字。　〇「莊生」句，言其情歷亂；「望帝」句，訴其情哀苦。「珠淚」「玉煙」，以自喻其文采。（《李義山詩集輯評》引朱筆批；然與何氏《讀書記》之說法不同，疑非何氏所評）

06 錢良擇：義山詩獨有千古，以其力之厚、思之深、氣之雄、神之遠、情之摯；若其句之鍊、色之艷，乃餘事也。西崑以堆金砌玉

做義山，是畫花繡花，豈復有真花香色？梨園撏撦之誚，未足以盡之也。（以上《李義山詩集箋注》眉批）

07 錢良擇：此悼亡詩也。〈房中曲〉云：「歸來已不見，錦瑟長於人。」即以義山詩注義山詩，豈非明證？錦瑟當是亡者平日所御，故睹物思人，因而託物起興也。集中悼亡詩甚多，所悼者疑即王茂元女。舊解紛紛，殊無意義。（以上《李義山詩集箋注》題下批）

08 查慎行：此詩借題寓感，解者必從錦瑟著題，遂苦苦牽合。讀到結句，如何通得去？（《初白庵詩評》）

09 傅庚生：此詩首兩句言見錦瑟之絃與柱而觸動年華似水，追惟往事之情，第三句云浮生若夢，第四句云宿怨無窮。五六兩句意較晦，藍田之玉似以自況，滄海之珠似詠所懷，亦謂彼我之同戚戚耳。七八兩句則意甚顯，云此情不必待今日追憶時始痛人腸，在當時固已令人惘然悲憫矣。如此只覺其頸聯之意少難捉摸耳。（《中國文學欣賞舉隅》）

三、未編年詩選

127 無題二首其一（未編年）

鳳尾香羅薄幾重？碧文圓頂夜深縫。扇裁月魄羞難掩，車走雷聲語未通。曾是寂寥金燼暗，斷無消息石榴紅。斑騅只繫垂楊岸，何處西南待好風？

【詩意】

織有鳳尾花紋，散發著芳香的輕薄羅帳，已經完成多少重了呢？（思潮起伏的我已經算不清了！）我在夜深人靜的時候，還一針一線地為它縫上繡有碧綠花紋的圓形帳頂；（眼看著我的嫁妝就快要完成了，不禁思前想後，百感交集，前塵往事又紛亂地在心中糾葛起來……。短暫地整理好自己的心情之後，我有些心底的話必須向你表白，希望我不得已的苦衷，能夠得到你的諒解：）白天和你不期而遇的時候，我雖然拿雪白的圓扇遮住自己羞怯的表情，卻掩飾不了內心對你的愧疚之感；在車輪滾動有如奔雷聲中，我們匆匆錯身而過，只能彼此驚詫地注目，卻沒有機會向你剖明我的心事……。你可知道，你最後一次離我而去以來，我已經獨自忍受了多少孤寂無眠之夜的煎熬，心酸地枯守著夜闌燭殘時黯淡的空閨？捱到一年又一年過去了，還滿懷熱情地期盼著石榴花開的季節能夠和你歡聚廝守；誰知道依舊得不到你的任何音訊……我等到的只是青春的虛度和相思苦憶的絕望！何況這些日子以來，你的坐騎又不知道浪遊到哪一處花柳濃媚的岸邊，也不知道你究竟在哪一座燈紅酒綠的舞榭歌臺尋歡，即使我能乘著西南好風前去尋訪你，又叫我到何處才能和你相會呢？

【注釋】

① 詩旨—本組詩應屬聯章之作，首章以即將出嫁女子之口吻，借心靈獨白方式，對無緣結合之舊情郎說明嫁與他人之苦衷；次章則是女子猶有未能盡吐衷腸之憾，故於夜深人靜時回首坎坷際遇，剖示曾經鍾愛竟只能終身抱憾之心曲。

② 「鳳尾」二句—鳳尾香羅，繡有鳳尾花紋而散發薰香之羅帳，為女子親手縫製之嫁妝。幾重，指女子夜縫羅帳時因心有所感而思緒凌亂，以致計算不清已縫製多少重該有之層疊以利摺疊收納，故而感到遲疑困惑[1]。碧文圓頂，繡有碧綠花紋之圓頂帳子。

③ 「扇裁」二句—月魄，原指月輪中未遭太陽映照之陰暗部份，此用以形容扇子之圓且白，與月亮表面陰影無關。車，指詩中女子所坐者。走雷聲，形容車輪滾動時有如奔雷震響。

④ 「曾是」二句—曾是，已是。金燼暗，謂銅製燭臺上之燈芯餘火黯淡，暗示孤枕難眠。石榴紅，原指石榴花五月所綻放之紅蕊，在此暗示一別經年或數年，芳春已逝。

⑤ 「斑騅」二句—斑騅，毛色間雜之馬，此處代指舊情人之坐騎；《爾雅》謂蒼白雜毛曰騅，《說文》則謂蒼黑雜毛為騅。垂楊岸，殆指煙水明媚之花街柳巷、歌樓酒館。古樂府〈神弦歌・明下童曲〉：「陳孔驕赭白，陸郎乘斑騅；徘徊射堂頭，望門不欲歸。」作者殆只摘取其二、四句之義，側重抒發盼望情郎前來卻不能如願之焦慮感。西南好風，曹植〈七哀〉詩云：「君若清路塵，妾若濁水泥；浮沉各異勢，會合何時諧？願為西南風，長逝入君懷；君懷良不開，賤妾當何依？」此處詩人之意可能是：女子猜想情

郎別後，常流連於風月場所，因此詩中女子縱然有心前去尋訪，奈何卻不知對方究竟浪遊何方。

【補註】

01 舊註多引〈孔雀東南飛〉中劉蘭芝自述所留下的新婚之物有「紅羅複斗帳，四角垂香囊。」與《白氏六帖》：「鳳文、蟬翼，並羅名。」及程泰之《演繁露》載「唐人婚禮多用百子帳，特貴其名與婚宜。……捲柳為圈，以相連鎖，百張百闔；為其圈之多也，故以百子總之，亦非真有百圈也。其施張既成，大抵如今尖頂圓亭子，而以青氈通貫四方上下，便於移置耳。」來解釋，馮浩以為就是古代北方迎拜新娘所用之「青廬」，唯以羅取代氈而已；以上諸說，是否精確無誤，仍值得推敲。

【別裁】

筆者以為，這首詩如果獨立來看，也不妨視為義山在開成二年（837）中進士後，至開成三年赴王茂元涇原幕期間，已對王女心好感，然尚未成親之前，藉以傾訴愛慕、剖明心志的情詩：

「鳳尾香羅薄幾重，碧文圓頂夜深縫」是詩人遙想王女今夜正在為日後出閣縫製嫁妝的情景，頗見詩人心神飛馳、情靈搖蕩的懷想之狀。

「扇裁月魄羞難掩，車走雷聲語未通」是追憶日前和王女匆匆邂逅，難忘其絹扇掩面時嬌羞動人的情態；詩人雖未能及時傾訴衷腸，然早已意亂情迷，是以魂牽夢縈，難以忘懷。

「曾是寂寥金燼暗，斷無消息石榴紅」意謂別後芳訊杳然，刻骨相思，自春徂夏，煎熬難捱。

「斑騅只繫垂楊岸」七字，表示自己對於伊人情有獨鍾，別無他想，意在打動伊人芳心；「何處西南待好風」則表明期待相會，甚至希望有幸締結婚姻的心願。

至於寫作本詩時，兩人是否已有婚約，則不得而知。如果有婚約，則首聯的懸想示現是出自於旖旎浪漫的甜蜜心理，帶有無限纏綿繾綣的情思。如果尚無婚約，則首聯刻意描寫縫製嫁妝的情景，可能有兩層用意：一方面是略帶酸楚心理，試探對方是否早已另有婚約，自己是否有機會贏得佳人芳心？另一方面，雙方如已目成心許，則是以促狹玩笑的口吻，戲謔對方急於出嫁的心理，具有挑逗情思、催促婚姻的暗示在內[1]。

換言之，本詩很可能是當時詩人主動出擊、直叩芳心的努力，希望能夠及早促成好事。義山另有一首〈無題〉云：「白道縈迴入暮霞，斑騅嘶斷七香車。春風自共何人笑？枉破陽城十萬家。」內容是寫和一位女子的香車錯身而過，見其嫣然一笑實有傾城之美，嘆息無人能得其「春風面」的垂青而暗自悵惘，故曰「枉」。也許正是這一段「扇裁月魄羞難掩，車走雷聲語未通」的初次邂逅，種下了相思的情緣，讓詩人有了締婚王氏之想，而後才有本詩之作。

【補註】

01 義山曾作〈寄惱韓同年詩二首〉，其二云：「龍山晴雪鳳樓霞，洞裡迷人有幾家？我為傷春心自醉，不勞君勸石榴花。」按：李商隱和韓瞻不僅同科登第，又後先為王茂元的女婿；開元二年韓已成婚而暫居岳家，詩中的「洞裡」就是把王府比喻為神仙洞府的意思。「傷春」二字，就是未能得到婚約的感傷之意。換言之，詩人藉此詩表示對於韓能「近水樓台先得月」的際遇歆羨不已，流露出希望能與王女及早完婚，以便一探神仙洞府的迷人之處的心聲。

【評解】

01 徐德泓：二首皆慨不遇而托喻於閨情也。首言製成帷幔之屬以待偶。且扇裁合歡，羞不自掩，而人卒罔聞之，似雷聲塞耳也。五六句乃音問杳然之意。燈花暗，則無喜信可知。石榴紅，言徒有此美酒之供耳。結聯言彼合者常合，而此無得朋之慶也。《易》曰：「西南得朋。」四「西南」二字亦非漫下者。（《李商隱詩歌集解》引）

02 胡以梅：（首章）此詩是遇合不諧，皆寓怨之微意。……詳前三句，必有文章干謁，世事周旋，而當塗莫應；四與六七竟棄之如遺。八雖此心未歇而亦怨之意。意者謂令狐耶？詩中大抵採集樂府，用其篇中之意居多，須讀樂府原文，則大意盡貫通矣。（《唐詩貫珠串釋》卷三十）

03 陸崑曾：按本傳（指《舊唐書・卷一百九十下・列傳第一百四十下・文苑下》）：「令狐綯作相，商隱屢啟陳情，綯不之省。」二詩疑為綯發，因不便明言，而託為男女之詞，此《風》《騷》遺意也。 〇首篇言文人之以筆墨干謁，猶女子之以紉補事人。「鳳尾香羅」二句，是比體，即傳所云屢啟陳情也。曰：「羞難掩」，是欲強顏見之也。曰「語未通」，是不得與之言也。五曰自朝至暮，唯有寂寥。六言自春徂夏，略無消息。結言所以若是者，豈真道之云遠哉？亦莫我肯顧也。集中有〈留贈畏之〉一絕云：「瀟湘浪上有煙景，安得好風吹汝來？」與此結同意。石榴紅，諸家引樂府石榴裙作解，然玩其語意，言時序再更，指榴花，覺更直截。（《李義山詩解》）

04 馮浩：將赴東川，往別令狐，留宿而有悲歌之作也。首作起二句衾帳之具。三句自慚，四句令狐乍歸，尚未相見。五六喻心跡不明而歡會絕望。七八言將遠行，「垂楊岸」寓柳姓，「西南」指

蜀地。（《玉谿生詩詳注》）

05 張采田：首章起聯寫留宿時景物。三句自慚形穢，四句未暇深談。「曾是」二句，相思已灰，好音絕望。七八言將遠行（《李義山詩辨正》）

128 無題二首其二（未編年）

重幃深下莫愁堂，臥後清宵細細長。神女生涯元是夢，小姑居處本無郎。風波不信菱枝弱，月露誰教桂葉香？直道相思了無益，未妨惆悵是清狂。

【詩意】

重重帷幕低垂的臥室裡，心緒難寧的我只能在輾轉反側的清宵中，無可奈何地傾聽並計算著寂寂長夜裡時間之流越來越緩慢，越來越細長的聲音……，許多前塵往事自然而然地又一幕幕在眼前重演，讓人悲喜交加，感慨良多。昔日曾經深心相許的旖旎情愛，終究只像是巫山神女所經歷的一場縹緲而短暫的春夢，空留惆悵；但是請相信我，我仍然像清溪小姑一樣純潔堅貞，並非又另結新歡才捨你而嫁。我本是柔弱的紅菱，偏偏遭遇了風波無情的摧殘而莖折葉破，又怎能不向命運低頭而任憑它擺佈呢？我本是清香內蘊的桂葉，奈何卻沒有誰能夠在我最脆弱、最需要安慰的時候給我月露般的滋潤而使我繼續散發出清芳的馨香……。（永別了，我的戀人，請你珍重！）即使明知道相思的痛苦對於陰錯陽差的結局沒有任何助益，我也甘心承受；何妨讓我永遠為這一段情緣惆悵到老，癡迷一生！

【注釋】

① 詩旨—本詩係繼前章剖示心跡之後，仍覺詩短情長、意猶未盡，故於輾轉反側後所作之續篇。

② 「重幃」二句—寫女子心思不寧而夜深難寐，輾轉反側。重幃深下，層層窗簾與蚊帳等織物低垂下來，表明意欲就寢。莫愁，代指詩中第一人稱之歌妓而言；梁武帝〈河中之水歌〉：「河中之水向東流，洛陽女子名莫愁。莫愁十三能織綺，十四采桑南陌頭；十五嫁作盧家婦，十六生兒字阿侯。盧家蘭室桂為梁，中有鬱金蘇合香。」臥後，雖臥而未成眠也。細細長，細數時間流逝之緩慢而倍覺長夜難捱。

③ 「神女」二句—意謂回憶舊愛，遇合如夢，別後幽居，並無新歡；蓋欲藉此自剖心跡，盼得對方諒解。神女句，宋玉〈高唐賦〉描寫巫山神女與楚懷王在夢中歡會之後曾說：「妾在巫山之陽，高丘之阻，旦為朝雲，暮為行雨，朝朝暮暮，陽臺之下。」從此神女便開始漫長無盡之等待。又，〈神女賦〉描寫神女雖曾愛上楚襄王，卻終究必須保持自身之高貴與貞潔，無法追求真正之戀愛，頂多只能算是一場短暫之春夢而已，故云「神女生涯原是夢」[1]。小姑句，化自樂府〈神弦歌・清溪小姑曲〉：「開門白水，側近橋樑，小姑所居，獨處無郎。」

④ 「風波」二句—以借喻手法，傾訴自己本柔弱無依，怎堪命運播弄而偏遭風波摧折，亦即表明另適他人，情非得已；又喻自己如芬芳內蘊之桂葉，奈何竟無誰人肯給予月露般之滋養而使清香飄溢於外。不信，明知其柔弱，偏偏故意橫加摧殘。菱枝，借喻柔弱之女子，然菱本無枝，但有根、莖、葉及柄耳；此代指紅菱而言。月露，借喻溫暖而必要之安慰與支持。誰教，反詰語氣，即無人肯使之意；言下頗有怨嗟之意。桂葉，指桂花（華）而言；

殆為協律而以仄聲之「葉」字代平聲之「花（華）」字。

⑤「直道」二句—謂（即將抱憾出嫁，深感愧對男方，故）明知相思無益於舊情之延續，亦無助於愧疚之彌補，然將終身感念對方曾給予自己之關愛呵護，並癡情一生，無怨無悔。直道，即使說、就算說。了，全然、盡然也。清狂，心神恍惚、舉止若狂，然又理智清醒，並非真達心神狂亂之程度；此形容癡情無悔、悵惘一生之心態[2]。

【補註】

01 吳均《續齊諧記》亦有神女之說，略云：會稽人趙文韶於宋元嘉間任東宮扶侍，曾在清溪（地名）中橋側思歸夜歌，有容色絕妙女子聞聲拜訪，並取箜篌鼓唱，相談甚歡，遂留連燕寢。四更別去前，女子脫金簪贈文韶，文韶答以銀碗、白琉璃匕各一枚。明日文韶偶歇於清溪廟中，見已所贈之物，乃知昨夜所見者為清溪神女。

02 清狂，《漢書・昌邑哀王傳》有「清狂不惠」之說，顏師古注引蘇林曰：「凡狂者，陰陽脈盡濁。今此人不狂似狂者，故曰清狂也。或曰：『色理清徐而心不慧曰清狂。』清狂，如今白痴也。」然筆者以為與商隱所用之義不同。

【別裁】

本詩和前一章都採用「情書式」的心靈獨白來敘述曲折幽密的心事，希望得到對方的諒解。差異在於：前一章比較趨近於以賦筆實寫的手法，追述一段偶然邂逅卻未通心愫的情節；本章則側重在以比興手法虛傳身世之感慨。換言之，如果由共通點來領會，可以說它們是聯章之作；如果由差異性來理解，也不妨說它們可以各自獨立。

如果從比興手法的涵蓋面較廣、概括性較大的角度來看，本詩還可以視為商隱本人在某一個難寐的夜晚，撫今追昔的感嘆。不過，必須先行說明的是：由於現有的文獻仍然無法證明本詩是馮浩所謂「將赴東川，往別令狐，留宿而有悲歌之作」，因此只能把本詩視為義山感昔慨今的抒懷之作，至於寫作的時地則不詳。茲串解可能的詩意如下：

「重幃深下莫愁堂，臥後清宵細細長」兩句，只是藉佳人於清宵長夜中愁懷不寐之情景，帶出思前想後的種種心事。

義山屢次上書令狐綯乞求奧援的盼望之情，不妨譬喻為枕席自薦而又佇盼楚王的神女；而又始終未能獲得有效的協助以出任中樞要職，因此不免在失意之餘慨歎「神女生涯原是夢」。儘管義山無端捲入黨爭的漩渦中，使他備嚐遊幕諸節度之苦，但是事實上他卻既不想阿附牛黨，也不想朋比李黨，故曰「小姑居處本無郎」。

義山十歲喪父以後既孤且貧，當他把父親的靈櫬由浙江運回河南時的淒涼景況是「內無強親，外無因依」「四海無可歸之地，九族無可依之親」（〈祭徐氏姊文〉），再加上從此傭書販舂的貧苦生活，以及登科及第後無端的黨爭之禍竟然如蛆附身，揮之不去，因此不免感慨自己命途多舛，竟然橫遭打壓而吟出「風波不信菱枝弱」的沉痛心聲了！

至於「月露誰教桂葉香」則是感念師恩，背景是：義山少年時期是由堂叔親授古文與書法，雖然他因為刻苦力學而功力深厚，但是對於當時官場所通行與考場所要求的駢文，則並不在行。他在十六歲投贈詩賦文章給名公巨卿之後，得到令狐楚的賞識，不僅「置之華館，待以嘉賓」，還命二子令狐緒及令狐綯與之交往，並親自指導他駢文的技法，因此義山視令狐楚為傳授衣缽的恩師，曾經寫下〈謝書〉一詩來表達他的感念之意：「自蒙半夜傳衣後，不羨王祥得佩刀。」令狐楚又曾多次資助義山行裝和旅費，令他赴京應舉；在大和七年、九年兩度落第後，又得到令狐父子極力獎掖推許，才得以在開成二年進士及第。因此義山對於能得到令狐家的「月露」滋潤而讓自己桂華飄香的恩情，感到無以回報，所以他曾經在〈上令狐相公文〉中銘感五內地說：「自卵而翼，皆出於生成；碎首糜軀，莫知其報效。」

義山明知道自己早已被令狐綯視為背恩負義而詭薄無行的小人，不論自己如何心念舊恩，卻再也不可能一廂情願地指望能夠得到令狐氏的提攜了，因此說「直道相思了無益」。儘管如此，詩人依然無所怨悔，永遠感念栽培造就之恩義，因此以「未妨惆悵是清狂」來清楚地自剖心跡。

【評解】

01 吳喬：「神女」二句，此時大悟。「風波」句，通顯不管流落之苦。「月露」句，翻恨天之與己美才，詩人大無賴也。《傳》云：「恃才詭激」，此語見之。「直道」句，道破。「未妨」句，聊自嘲。（《西崑發微》卷上）

02 何焯：義山〈無題〉數詩，不過自傷不逢，無聊怨題，此篇乃直露本意。（《李義山詩集輯評》引）

03 徐德泓：此承上意而言。前四句，言閉帷獨宿，而深悟相思無用矣，然豈終漂泊無依者乎？而孰使之得遂也？故又以「風波」「月露」二句轉接。末聯總括，謂明知無益，而到底不能忘情耳。（《李商隱詩歌集解》引）

04 陸崑曾：此篇言相思無益，不若且置，而自適其嘯志歌懷之得也。

重幃深下，長夜無眠，因思古來所傳，若巫山神女，清溪小姑，固舉世豔羨之人也，然神女本夢中之事，小姑有無郎之謠，自昔已如斯矣。強以求合，庸有濟乎？夫風波不為菱枝之弱而息，月露豈因桂葉之香而施？此殆有不期然而然者，吾乃今而知相思之了無益也。既知無益，又何必自甘束縛，而失我清狂之故態耶？（《李義山詩解》）

05 馮浩：上半言不寐凝思，惟有寂寞之況，往事難尋，空齋無侶。五謂菱枝本弱，那禁風波屢吹，慨今也；六謂桂枝之香，誰從月露折贈，溯舊也。惟其懷此深恩，故雖相思無益，終抱癡情耳。此種真沉淪悲憤，一字一淚之篇，乃不解者引入歧途，粗解者未披重霧，可慨久矣。（《玉谿生詩詳注》）

06 張采田：「神女」句，言從前顛倒，都若空煙；「小姑」句，言此後因依，更無門館。五謂菱枝本弱，何堪屢受風波，慨黨局也。六謂桂葉已香，誰遣重添月露，嘆文采也。……（《玉谿生年譜會箋》）

07 張采田：「神女」句，前當日婚於王氏，遂致令狐之怒，今已悼亡，思之渾如一夢耳。「小姑」句言已雖暫依李黨，不過聊謀祿仕，並非為所深知，如小姑居處，久已無郎，奈何子直（按：令狐綯之字）藉此為口實哉！（《李義山詩辨正》）

129 無題（未編年）

相見時難別亦難，東風無力百花殘。春蠶到死絲方盡，蠟炬成灰淚始乾。曉鏡但愁雲鬢改，夜吟應覺月光寒。蓬山此去無多路，青鳥殷勤為探看。

【詩意】

要排除多少障礙、克服多少困難、費盡多少苦心，才能短暫相見，淺嚐片刻的溫馨甜美，稍微撫慰相思之苦，因此在不得不分手時，自然就更加眷戀難捨而傷痛不已了！又是暮春時節，東風已經無力再呵護春花，只能任由韶光流逝，黯然地看著百花凋殘零落了（被命運折磨而心力交瘁的我們，也已經無法再維繫我們珍愛的情感，不讓它受到傷害了）。儘管如此，我對你千迴百轉的相思，就像春蠶吐絲般纏綿不已，至死方休；對你刻骨銘心的愛慕，就像蠟炬燃燒一樣，即使熬盡心血、流盡清淚，直到化為灰燼為止，我也無怨無悔！每當終夜輾轉反側之後的清晨，我在對鏡梳妝時，只擔心原本烏雲的鬢髮中已經暗添白絲；想來你應該和我一樣，在中宵難眠而吟詩遣懷時，也會感受到月光特別淒神寒骨吧（所以要請你特別珍重）。所幸你居住的蓬山距離此地還不算太遙遠，我會懇請青鳥慇勤地去探訪你，為我傳達綿長不盡的思念之意……。

【注釋】

① 詩旨—本詩仍是採代言手法，寫一位癡心女子被迫與情人分離後，向對方訴說割捨不斷之綿長思慕及深情無悔、生死不渝之堅貞情操，透露出期盼重逢相聚之心願[1]。

② 「相見」句—由於相見極為不易，因此倍覺離別之難以割捨。前「難」字，難得、不易也；後「難」字，難以割捨、痛苦難忍也[2]。

③ 「東風」句—點出暮春離別，又以衰殘之景象渲染愁慘之離情，並象徵無力珍護芳華之悲哀。

④ 「春蠶」二句—以淒美之形象，既借喻情貞愛固，至死方休之承諾，同時也傳達出思念之綿長難解，別恨之悠悠不盡。絲方盡，

借喻情絲之綿長不絕；《樂府詩集・西曲歌・作蠶絲》：「春蠶不應(按：顧惜也)老，晝夜常懷絲。何惜微軀盡，纏綿自有時。」淚始乾，象喻別恨之無窮；杜牧〈贈別〉：「蠟燭有心還惜別，替人垂淚到天明。」義山〈獨居有懷〉：「蠟花長遞淚，箏柱鎮移心。」

⑤「曉鏡」二句—以女子口吻表示，晨起梳妝，只愁雲鬢添霜，蓋已終宵不寐矣；又料想男子亦別恨難解而吟詩遣悶，應覺月光清寒，故請對方善自珍攝。曉鏡，晨起攬鏡梳妝；鏡，轉品為動詞。但愁，唯恐、只擔憂；此為女子自述心事。雲鬢，形容年輕女子濃密之鬢髮；雲鬢改，以烏雲般之秀髮失去光澤或竟生白髮，表示青春年華之消逝。夜吟句，懸想對方亦愁腸百轉而徘徊於庭園廊軒中，吟詩遣懷的活動與感受。應覺，懸想對方之用語；商隱〈春雨〉：「遠路應悲春晼晚」及〈月夕〉：「兔寒蟾冷桂花白，此夜姮娥應斷腸」之用法同此。

⑥「蓬山」二句—意謂對方所居非遙，可憑青鳥傳遞書信，為雙方殷勤探望問候；然此實為故作寬慰之詞，蓋若所居非遙，則相聚非難，自無須有「別亦難」之傷痛及「春蠶到死」之山盟海誓矣。蓬山，傳說中之蓬萊仙山，參見〈海上〉詩補註；又，《列子・湯問》:「渤海之東不知幾億萬里，有大壑焉，……名曰歸墟。……其中有五山焉：一曰岱輿，二曰員嶠，三曰方壺，四曰瀛洲，五曰蓬萊。」此代指意中人所居之處。青鳥，傳說中西王母之神鳥使者，見〈漢宮詞〉詩注②，此代指傳遞書信之人。看，音ㄎㄢ，嘗試之辭；白居易〈松下贈秦客〉詩：「偶因群動息，試撥一聲看」及〈眼病〉詩：「人間方藥應無益，爭得金篦試刮看」之「看」字，義皆同此。

【補註】

01 筆者擬測本詩的內容為：一對身心相許卻無法結合的戀人，在分手之後一方寫給另一方的情詩。由於詩中的口吻極其溫柔婉轉，表現出的心思極其細膩體貼，而且「曉鏡但愁雲鬢改」七字像是女子自述的口吻，「青鳥」又是西王母的使者，因此便以女子為第一人稱來解讀詩意。當然，以義山之浪漫深情與細膩過人而言，以男子為第一人稱亦無不可，只不過要把第五句解讀為「擔心女方在清曉照鏡時會驚見白髮暗生而深自憂愁」；筆者甚至以為將本詩的內容，比擬為〈孔雀東南飛〉中劉蘭芝與焦仲卿在硬被拆散後，用來表達之死靡它的意志，似乎也若合符契。

02 曹丕〈燕歌行〉：「別日何易會日難。」曹植〈當來日大難〉：「今日同堂，出門異鄉；別易會難，各盡杯觴。」宋武帝〈丁都護歌〉：「別易會難得。」《顏氏家訓》亦有「別易會難，古人所重」之語，皆以「別易」為言，義山則化用其意而加以翻疊，遂有推陳出新之效果，詩情特別曲折而深沉。

【評解】

01 馮舒：第二句畢世接不出。次聯猶之「彩鳳」「靈犀」之句，入妙未入神。（《瀛奎律髓匯評》卷七）

02 馮班：妙在首聯，三四亦楊、劉語耳。（《瀛奎律髓匯評》卷七）

* 編按：「楊、劉語」是指華詞麗藻的「西崑體」而言，頗有貶抑之意。

03 何焯：（「東風」句）言光陰難駐，我生行休也。（《義門讀書記》） ○東風無力，上無明主也；百花殘，己且老至也。落句其屈子遠遊之思乎？末路不作絕望語，愈悲。（《李義山詩集輯評》引）

* 編按：如已有「我生行休」之意（按：陸崑曾亦有此說），則第

五句「曉鏡但愁雲鬢改」便屬無謂；蓋生命既已即將結束，何暇顧及鬢髮之衰？詩人明言「百花殘」，何以見得是以「百花」自喻？如係自喻，則「花殘」足矣，何以須加之以「百」字？吳喬、汪辟疆之說解亦有此弊，是以不取。

04 徐德泓：此詩應是釋褐後，外調弘農尉而作，純乎比體。首句喻登進之難而去亦難。「東風」句，承「別」字來，風為花之主，猶君為臣之主，今曰「無力」，已失所倚庇，而不得不離矣。然此情不死，故接以「春蠶」兩句。五六又愁去後君老而寂寥也。末言使人探問，見情總難忘也。弘農離京不遠，故曰「無多路」，惓惓到底，風人緒音。（《李商隱詩歌集解》引）

＊ 編按：詩人釋褐後任秘書省校書郎及調任為弘農尉均為文宗開成四年（839）之事，時唐文宗李昂（809－840）不過 31 歲，烏有所謂「愁去後君老而寂寥也」之可能？何況，在義山的作品中幾乎完全看不到與詩人與君王有任何互動，故於詩中如此「惓惓到底」，實令人懷疑（胡以梅即以為對象並非君王說：「細測其旨，蓋有求於當路而不得耶？……蓬山無多路，故知其非『九重』，而為當路」之說）。陸鳴皋亦有類似說法，是以不取。

05 趙臣瑗：泛讀首句，疑是未別時語，及玩通首，皆是別後追思語，乃知此句是倒文，言往常別時每每不易分手者，只緣相見之實難也。接句尤奇，若曰當斯時也，風亦為我輿盡不敢復顛，花亦為我傷神不敢復艷，情之所鍾至於如此。三四承之，言我其如春蠶耶，一日未死，一日之絲不能斷也；我其如蠟炬耶，一刻未灰，一刻之淚不能制也。嗚呼！言情至此，真可以驚天地而泣鬼神，《玉臺》《香奩》其猶糞土哉！下半不過是補寫其起之早，眠之遲，念茲釋茲，不遑假寐。然人既不可得而近，信豈不可得而通耶？青鳥一結，自不可少。 ○（「春蠶」二句）鏤心刻骨之言。

（《山滿樓箋注唐詩七言律》）

06 陸崑曾：八句之中，真是千回萬轉。（《李義山詩解》）

07 姚培謙：人情易合者必易離，惟相見難，則別亦難，情人之不同薄倖也。「東風」句，極摹消魂之意。然不但此際之消魂，春蠶蠟炬，到死成灰，此情終不可斷。中聯，鏡中愁鬢，月下憐寒，又言但須善保容顏，不患相逢無日。惟蓬山萬里，呼吸可通，但不知誰為青鳥，能為我一達殷勤耳。　〇此等詩，似寄情男女，而世間君臣朋友之間，若無此意，便泛泛然與陌路相似，此非粗心人所知。（《李義山詩集箋注》）

08 紀昀：感遇之作，易為激語；此云「蓬山此去無多路，青鳥殷勤為探看」，不為絕望之詞，固詩人忠厚之旨也。但三四太纖近鄙，不足存耳。（玉谿生詩說）

09 葉矯然：李義山慧業高人，敖陶孫謂其詩「綺密瑰妍，要非適用」，此皮相也。義山〈無題〉云：「春蠶到死絲方盡，蠟炬成灰淚始乾。」又：「神女生涯原是夢，小姑居處本無郎。」其指點情癡處，拈花棒喝，殆兼有之。（《龍性堂詩話初集》）

130 無題四首其一（未編年）

來是空言去絕蹤，月斜樓上五更鐘。夢為遠別啼難喚，書被催成墨未濃。蠟照半籠金翡翠，麝熏微度繡芙蓉。劉郎已恨蓬山遠，更隔蓬山一萬重！

【詩意】

想要以「你的確已經前來和我相會了」來安慰自己的相思之苦，卻知道那畢竟只是自欺欺人的空話罷了；反倒是你離開我的夢境而去之後，就絕無蹤影可尋，實在令我悵惘不已！夢醒時分，只見明月已經越過閣樓，向西偏斜，遠方也隱約傳來五更時的鐘聲，情境顯得迷離恍惚，縹緲如夢……。在方才短暫的夢會裡，當你要離我遠去時，儘管我傷心欲絕地哭泣，依然喚不回妳越來越模糊的身影……。傷痛之餘，我就在夢中立即提筆向你訴說衷情，直到寫完後才驚覺到：被淒苦的離情摧痛肝腸時所寫的書信，字跡早就被淚痕暈染得越來越淡……。遙想此際（按：指醒來之後無法再睡），你的深閨之中，殘燭昏暗的餘光，應該正朦朧地映照著繡有蹙金雙翡翠的帷帳；此刻，我彷彿還可以聞到從你的芙蓉被上正微微飄散出麝香熏過的芬馨……。啊！這令我意亂情迷的場景，使我多麼向想要立即飛到你的身邊啊！只是，漢朝的劉晨回到人間之後，想要再重返幻境，尋訪仙侶時，已經悵恨蓬山仙境遙不可及了；而我想要再度進入可以和你相會的夢境之中，卻發覺更是遠隔千重萬重的蓬山！

【注釋】

① 詩題—細味本詩內容，應是藉夢境之迷離朦朧，表現出戀愛中人患得患失之心理，可以視為一首記夢抒懷之情詩。按：本組〈無題〉，係由二首七律，一首五律，與一首七古組成，體裁既雜，內容亦無必然關聯，應非一時一地專詠一人一事之作；然何以編為一組，則不得而知。

② 「來是」二句—謂寒枕夢迴時，惟聞曉鐘縹緲，只見皓月西斜，全不見所思之人。追憶之餘，乃知所思之人雖曾入夢相會，然終究並非真實相聚，故曰「空言」；反倒是所思一旦離夢而去，當真芳蹤杳然難尋，故曰「絕蹤」。來，指現實中對方前來相會；空言，謂夢中情境，空留悵恨耳。去，謂伊人離夢而去。月斜句，

點明夢醒時所見所聞。

③「夢為」二句—兩句皆追憶夢中情事之悲苦，謂所思之人渾不顧念詩人聲聲哀告，句句淒苦之呼喚，竟未曾有任何交代即行遠離而去；詩人傷痛之餘，急於修書一訴衷情，直至書信揮就，方才驚覺信箋上墨痕早已被淚水染淡而一片模糊矣。為，成、當也；夢為，「夢境依稀為、夢中情景是」之意。書，信也。被催成，被焦慮急切之心所催促而寫成。催，亦可通「摧」，則「被催成」指被夢中淒苦離情摧痛肝腸而寫成書信。墨未濃，淚滴墨痕而暈開，以致模糊漫漶，難以辨識。

④「蠟照」句—遙想此際（五更月斜鐘動之時）所思之人香閨景況，應是殘燭餘光朦朧地映照著繡有蹙金雙翡翠之帷帳。蠟照，此處指五更蠟燭將殘時之黯淡餘光。籠，光影籠罩；半籠，既因帷帳上端較高，為低處之蠟照所難及，又因殘燭昏暗之輝光未能照透帷帳而顯得朦朧隱約，故曰「半」。翡翠，鳥名；赤而雄曰翡，青而雌曰翠。金翡翠，以金線壓繡在帷帳、燈罩、衾被、屏風上之（蹙金）雙翡翠。

⑤「麝熏」句—寫心馳神往所思之深閨時，彷彿聞到對方衾被上傳來淡淡芬馨之氣。麝，又名香獐，其體內分泌物可製成香料；麝熏，以麝香熏染過留存之芳香。微度，淡淡地飄散芬馨之氣。繡芙蓉，繡有並蒂荷花之簾箔、帷幔、衾被之屬；此處殆指被褥而言。

⑥「劉郎」二句—意謂東漢時劉晨已恨關山迢遙，難以重返仙境，而今吾欲重返夢境以求短暫之溫存聚首，竟更遠隔千萬重蓬山，則此恨當何如哉！劉郎，指劉晨；《幽明錄》載東漢明帝永平年間（58－75），剡縣人劉晨、阮肇同入天臺山採藥，迷不得返，飢餓欲死之際，巧遇溪邊二女，恍如舊識，邀之還家。居半年，

其地草木氣候常如春時。及還家，見邑屋改異，問訊，則親舊零落已盡，僅得七世孫。後欲重返仙境，已不可復至矣。蓬山，原指仙境，見〈海上〉詩【補註】，此處借喻重返無路之夢境，或所思之居室。

【後記】

經過反復推敲各家的箋注，並參考各家的評解之後，筆者以為要理解「無題」諸作的旨趣，必須要掌握兩個觀念：

首先，應該打破義山是輕薄放蕩的狂蜂浪蝶的印象，還給他情深意摯、語艷心苦的本來面貌；否則，在缺乏實際證據下就指控他偷窺尊長的姬妾、意淫別人的閨女，或是與公主、女冠有不可告人的淫媟之行，都是詆毀前賢、含血噴人的惡劣作為罷了。

其次，應該揚棄義山是放利偷合、寡廉鮮恥的無品文人之成見，拋開他經常以詩文向令狐綯干謁陳情、搖尾乞憐的形象，還給詩人起碼的人格尊重；否則一味地以勾稽史料的方式，把義山的愛情詩盡數附會為仰人鼻息、奉承哀告的書啟，不僅糟蹋了詩篇，更厚誣了古人。

因為前一種印象，將會把義山嘔心瀝血的佳作，誤解成不堪入耳的褻語；後一種成見，則會把義山刻骨銘心的詩篇，扭曲為醜態百出的穢史。換言之，當我們過於重視外緣資料的蒐集，並且加以牽強捏合時，就極可能會忽視文學藝術的審美本質而誤入繁瑣考據的歧途之中。尤其是當我們過於講究知人論世的考察，卻又在缺乏令人信服的證據時，便貿然地以為篇篇皆有寄託，句句不離艷情，如果不是流於穿鑿附會，就是淪為捕風捉影；結果反而置詩人苦心經營的興象情意之美於不顧，當然就難免買櫝還珠之譏了。筆者在賞讀義山錦心繡口的詩作時，常為清人那種刻舟求劍、膠柱鼓瑟的解讀方式深深感到惋惜與遺憾，因此聊綴數語於此，代鳴不平之冤。

【別裁】

筆者以為也可以將本詩視為悼念亡妻之作：首句是寫亡妻幽魂入夢之飄忽不定，以及出夢後詩人難覓芳蹤之惆悵迷惘；次句是寫幽魂出夢後詩人醒來的時刻與情景。三句倒敘幽魂出夢前詩人之眷戀不捨，四句直述醒後之傷痛難當，故裁書寫作悼亡詩文。五、六句表明醒來知覺身在昔日鶼鰈情深的臥室中，倍感觸景增悲；而亡妻之遺澤尚存，更令人黯然魂銷。七、八句感嘆幽明永隔，黃泉路遙，夫妻再欲夢中相會（甚至是死後重逢，再續良緣）較劉晨重入仙境要困難千萬倍以上。如依此解，則末句之「蓬山」象喻人鬼異途、陰陽隔絕的無形障礙，充分表達出詩人難以超越困境，而又無力對抗冥府勢力的無奈。

【評解】

01 胡以梅：此詩內意，起言君臣無際會之時，或指當路只有空言之約。二三四是日夕想念之情。五六言其寂寥。七八言隔絕無路可尋。若以外象言之，乃是所歡一去，芳蹤便絕，再來卻付之空言矣。五更有夢，驚遠別而猶啼；訊問欲通，徒情濃而墨淡。為想蠟照金屏，香薰繡箔，仙娥靜處，比劉郎之恨蓬山更遠也。（《唐詩貫珠串釋》）

02 趙臣瑗：只首句七字便寫盡幽期雖在，良會難成種種情事，真有不覺其望之切而怨之深者。（《山滿樓箋注唐詩七言律》）

03 錢謙益：此有幽期不至，故言來是空言而去已絕跡。待久不至，又當此月斜鐘盡之時矣。惟其空言，所以夢為遠別，啼喚難醒，而裁書作答，催成墨淡也。想君此時，蠟燭猶籠，麝馨微度，而

我不得相親，比之劉郎之恨，不更甚哉！（《唐詩鼓吹評注》）

04 黃侃：「啼難喚」者，言悲思之深；「墨未濃」者，言草書之促。五六句指所憶之地。（劉學鍇引《李義山詩偶評》）

05 汪辟疆：前四句寫夢中，後四句寫夢覺。來去既不常，故言曰空言，蹤曰絕蹤，已非醒眼時境界。從古詩「既來不須臾，又不處重帷」脫化而出也。次句點時地，入夢之時地也。三四夢中情事，極恍惚迷離之境，絕非果有其事。……五六則為夢醒時之景況，故曰「半籠」，云「微度」，即夢醒時在枕上重理夢境之感覺。七八則歎蓬山本遠而加以夢中障隔，較之醒時之蓬山更遠也。○「來是空言」一首，前人所箋或以艷情，或以為令狐綯來見，其說之不可信……惟解為夢中夢覺兩層，則通體圓融，詩味深遠。（《玉谿詩箋舉例》）

131 無題四首其二（未編年）

颯颯東風細雨來，芙蓉塘外有輕雷。金蟾齧鏁燒香入，玉虎牽絲汲井迴。賈氏窺簾韓掾少，宓妃留枕魏王才。春心莫共花爭發，一寸相思一寸灰！

【詩意】

當颯颯東風飄灑著濛濛細雨而來的時候，萬物都得到滋潤而萌芽生長；少女靈敏的心思也會感應到和融融的春意，產生了微妙的變化。當芙蓉塘邊遠遠地傳來隱隱的輕雷聲時，動物和植物都從蟄伏沉睡中甦醒過來；少女的春心也會感應到神祕的陽氣，因而孕育了浪漫的期待。儘管被撩撥起來而萌生的春心，可能還徘徊在深閨幽房之中，但是燃燒著青春烈焰的心靈，是無法被鎮壓抑制得住的；

正如被點燃的香爐上，即使鑄有金蟾鼻鈕，但是氤氳昇騰的香氣仍然可以自由地穿透進出一般。而且少女深藏的春心，一旦盪漾出浪漫的漣漪，千迴百轉的纏綿情絲，便會從中汲引出讓人迷戀沉醉的柔情蜜愛；就像清泉雖然深藏在井底，但是井欄上的玉虎轆轤，仍然可以牽引著細細的繩索，隨時進入井中汲水而出一般。這就是為什麼晉朝權貴賈充的幼女賈午，會愛慕年輕俊美的幕僚韓壽，而有躲在簾後偷窺其人舉止，然後安排私下幽會來暗通款曲，進而偷取御賜異香相贈的大膽行徑；同樣的原因，也使得魏朝時甄逸的女兒宓妃，特別傾心才高八斗的陳王曹植，甚至在去世之後，還會有進入曹植的夢中留枕薦蓆的深情作為（可見少女的春心一旦被點燃之後，都極為狂熱熾烈，癡迷執著，她們為了愛情，甚至可以超脫生死）！但是，歷盡滄桑、飽嘗失戀之苦的我，可要鄭重地寄語世間癡情的女子：渴慕愛情滋潤的春心，切莫隨著爛漫的春光、溫暖的陽氣之來而想要和花卉爭榮競發，因為每一寸的纏綿相思，都會燃燒完你的青春，熬乾你的心血，終究只幻滅成一寸一寸的灰燼罷了！

【注釋】

① 詩旨—本詩是採代言體的方式，以第一人稱的口吻，表達出一位遭受愛情傷害而瀕於絕望之女子慘痛之心聲。

② 「颯颯」句—以和暖之東風徐來時，柔潤之細雨飄灑大地之景象，寓藏萬物復甦而萌芽生長之契機，並象徵少女似乎感應到融和之春意，心靈開始產生微妙變化之情狀。颯颯，形容風聲。東風細雨，似暗用雲雨巫山之典，渲染出迷濛色調，象徵女子懷有愛情憧憬時難以名狀之惆悵與苦悶；與義山〈重過聖女祠〉：「一春夢雨常飄瓦，盡日靈風不滿旗」之義蘊近似。換言之，「東風細雨」四字，殆暗示女子心靈易為陽氣感動而情靈搖蕩，有如草木

得東風春雨之霑被而油然萌生。

③「芙蓉」句──以蓮池塘外傳來隱隱春雷聲，寓藏動植物皆由蟄伏沉睡中甦醒之生機，並象徵少女春心似乎感應到神祕之陽氣而孕育了浪漫之期待。芙蓉，蓮花、荷花之別稱。芙蓉塘，在南朝樂府中代表男女悅慕懷思之地[1]。輕雷，暗用司馬相如〈長門賦〉：「雷隱隱而響起兮，聲象君之車音」及傅玄〈雜詩〉：「雷隱隱，感妾心，側耳傾聽非車聲」之意象，表示少女懷春而若有所期待之意。

④「金蟾」二句──以香爐上雖鑄有金蟾含鎖而密閉非常，然添加香料燃燒時，氤氳之香氣仍可穿透鼻紐而進出，以及清泉雖深藏井底，然轆轤牽繩仍然可以汲水而出之景象，象徵女子儘管幽居獨處，與外界隔絕，然其芳心卻仍然可能因種種景象（如東風細雨、塘外輕雷、氣通蟾蜍、絲牽玉虎等）而牽動情絲，觸發聯想，產生奇妙之變化與神祕之期待，不可能長久禁閉深藏而無動於衷。金蟾，古人以為蟾蜍擅於閉氣，又有招財進寶之靈異，故常將香爐打造成蟾蜍模樣，謂之金蟾；或亦指香爐蓋上鑄有金蟾，而以其鼻孔或口腔為閉氣、通氣之孔道者。齧，咬合也。鏁，通「鎖」，指香爐蓋上之活動鼻鈕，可以開啟而填入香料。燒香，謂爐內燃燒香料。入，與對句「迴」字互文，表示進出、來回之意。玉虎，以玉石雕飾為虎形之轆轤（按：指井架上用以絞繩汲水之器具，類似今之滑輪）。絲，井繩；牽絲，絞動井繩。按：「牽絲」二字，亦取其牽惹情絲之雙關涵義，「絲」字又和前句「香」字結合而諧音雙關「相思」之意，從而逗引出後半四句所寫相思之情；詩人之巧思，值得細品。

⑤「賈氏」句──由三句「香」字聯想而來，以賈女偷香示愛之典，表現女子悅愛少俊之熱情難熄；《世說新語・惑溺》載：晉人韓

壽（？－300）相貌俊美，風度翩翩，司空賈充（217－282）辟以為掾屬。每當賈充聚會，其幼女賈午則於窗格中窺視韓壽而深心悅慕，常吟詠以抒其情。後婢女為通音問，壽遂踰牆相會而有私情。其後，賈充見其女悅暢異常，且勤自妝飾而起疑心，又於聚會諸吏時聞韓壽有御賜西域進貢之奇香（按：此香著人衣則歷月不銷，武帝賜予賈充，充女竟私與壽），乃拷問婢女而得實情。為隱密其事，遂以女妻之。掾，古時諸侯有權私自徵辟之幕僚屬員。少，年輕英俊。

⑥「宓妃」句—由四句「絲」字聯想而來，以宓妃留枕示愛之典，表示女子傾慕才子之情絲難斷。宓妃，相傳為伏羲氏之女，溺水於洛水而為神；此代指曹丕之甄后而言。留枕，相傳曹植因甄后攜枕入夢相歡而作〈洛神賦〉[2]。魏王，指曾封為東阿王、陳王之曹植而言，紀昀謂借用「魏」字以協平仄。才，才調卓絕也[3]；南朝劉宋無名氏《釋常談・卷中・八斗之才》載謝靈運（385－433）嘗謂：「天下才有一石，曹子建獨占八斗，我得一斗，天下共分一斗。」

⑦「春心」二句—此總結詩中女主人公沉痛之心聲，意謂不論是愛少俊而窺簾偷香之賈女，或慕才華而留枕薦席之宓妃，其追求愛情之熾熱情懷均如春花之萌發而不可遏抑，然其纏綿相思之情，亦終將如春花之凋零，如香燒之成灰，徒然換得傷心絕望耳，故誡之以「莫共」。春心，女子思慕歡愛之心，常隨春陽而生，故云。共，與、和也。莫共花爭發，謂切勿與春花爭榮競豔，以免空留遺恨。按：「相思成灰」既為全詩眼目，又總收前三聯相思情意；「灰」字亦由「燒香」意象得來，針線極為綿密。

【補註】

01 南朝樂府〈西洲曲〉：「……開門郎不至，出門採紅蓮。採蓮南塘秋，蓮花過人頭。低頭弄蓮子，蓮子清如水。置蓮懷袖中，蓮心徹底紅。憶郎郎不至，仰首望飛鴻。鴻飛滿西洲，望郎上青樓。……」即寫蓮塘懷人之情。

02 李善注曹植〈洛神賦〉曰：「魏東阿王（曹植），漢末求甄逸女，既不遂。太祖回與五官中郎將（曹丕）。植殊不平，晝思夜想，廢寢與食。黃初中入朝，帝示植甄后玉鏤金帶枕，植見之，不覺泣。時（甄后）已為郭后讒死。帝……以枕賚植。植還，……將息洛水上，思甄后。忽見女來，自云：『我本託心君王，其心不遂。此枕是我在家時從嫁，前與五官中郎將，今與君王。』遂用薦枕席，懽情交集。……遂不復見所在。……王……悲喜不能自勝，遂作〈感甄賦〉。後明帝（曹睿）見之，改為〈洛神賦〉。」

03 曹植才華之高，見諸正史，《三國志‧魏志‧任城陳蕭王傳》載：「陳思王植字子建。年十歲餘，誦讀《詩》《論》及辭賦數十萬言，善屬文。太祖嘗視其文，謂植曰：『汝倩人邪？』植跪曰：『言出為論，下筆成章；顧當面試，奈何倩人？』時鄴銅爵臺新成，太祖悉將諸子登臺，使各為賦。植援筆立成，可觀，太祖甚異之。……每進見難問，應聲而對，特見寵愛。……植既以才見異，……幾為太子者數矣。」

【評解】

01 朱鶴齡：窺簾留枕，春心之搖蕩極矣。迨乎香銷夢斷，絲盡淚乾，情焰熾然，終歸灰滅。不至此，不知有情之皆幻也。（《李義山詩集箋注》）

02 紀昀：起二句妙有遠神，不可理解而可以意喻。「魏王」字合是「陳王」，為平仄所牽耳。賈氏窺簾，以韓掾之少；宓妃留枕，

以魏王之才。自顧生平，豈復有分及此？故曰「春心莫共花爭發，一寸相思一寸灰」。（《玉谿生詩說》）

03 錢鍾書：「金蟾句當與義山〈和友人戲贈〉第一首：「殷勤莫使清香透，牢合金魚鎖桂叢」，又〈魏侯第東北樓堂郢叔言別〉：「鎖香金屈戌」合觀，蓋謂防閑雖嚴，而消息終通，願欲或遂，無須憂蟾之鎖門或爐（參觀陸友仁《硯北雜志》卷上），畏虎之鎮井也。……古希臘詩人有句：「誘惑美人，如煙之透窗入戶。」《玉照新志》卷一載張生〈雨中花慢〉：「入戶不如飛絮，傍懷爭及爐煙！」莎士比亞詩：「美人雖遭禁錮，愛情終能開鎖。」莫不包舉此七字中矣！」（周振甫《李商隱選集》頁 203 引）

132 無題四首其四（未編年）

何處哀箏隨急管？櫻花永巷垂楊岸。東家老女嫁不售，白日當天三月半。溧陽公主年十四，清明暖後同牆看。歸來輾轉到五更，梁間燕子聞長歎。

【詩意】

咦——？從哪兒傳來伴隨著清亮悅耳之竹箏聲的繁絃急管呢？哦——！原來是從櫻花盛開的長巷、垂楊飄柔的水岸邊。發現音樂動聽而春光仍然好時，東家那位稍微有些年紀卻還未出嫁的美女便在麗日當空的暮春三月下旬，循聲來到了熱鬧非凡的濱水街道上。就在她忙著欣賞春光，聆聽妙曲的時候，她看見了年僅十四歲的溧陽公主，在逐漸暖和的清明之後，正好和夫婿在圍牆後面高高的閣樓上欣賞熱鬧的風光，看起來多麼幸福甜蜜……。這個景象使東家女深有感觸，回家後便輾轉反側，難以入睡，直到五更時分，屋樑上的燕子還聽到她長長的歎息聲……。

【注釋】

① 詩題—本詩以第三人稱敘述之口吻，對比出貧家美女年長未婚與貴家少婦夫妻恩愛之場面，可能寓有權貴青雲得志而寒士落拓不遇寄託。

② 「何處」二句—寫婚嫁失時之女子，獨居寂寥，忽聞繁絃急管之音而意飛神馳，按聲循蹤，順勢帶出櫻花盛開之長巷、垂楊飄搖之河邊，作為際遇對比之場景。哀，形容聲音清亮悅耳；古樂府〈子夜四時歌〉：「春林花多媚，春鳥意多哀；春風復多情，吹我羅裳開。」與曹丕〈與朝歌令吳質書〉：「高談娛心，哀箏順耳。」中之「哀」字皆同此義。隨，伴隨、伴和。急管，音聲繁亂之管樂。櫻花，點出暮春時節。永巷，深巷，可能指瀕臨水邊、繁華熱鬧之街坊巷道。

③ 「東家」二句—寫容華絕世而婚嫁失時之女子於麗日當空，春光將闌時觸景驚心之感受。東家，暗用宋玉〈登徒子好色賦〉之意以形容其美艷[1]。售，成也，實現之意。老女嫁不售，謂踰時而未能成婚嫁；《戰國策・燕策一・燕王謂蘇代》：「周之俗，不自為取妻（按：自為婚嫁也）。且夫處女無媒，老且不嫁；舍媒而自炫，弊而不售（按：困在家裡嫁不出去）。」白日當天，謂春光明媚，麗日高照。三月半，殆指農曆，點出暮春時節，以見其內心之焦慮。

④ 「溧陽」二句—以年輕貌美之公主有駙馬陪伴同賞春景作為對比，以見失時未婚之可悲。溧陽公主，代指權貴家之少婦；《南史・梁本紀下第八・簡文帝》載梁武帝孫女、簡文帝蕭綱之女溧陽公主有美色，侯景強納之；然「年十四」者，未見於史文，不

詳何據，當是詩人設想以作對比耳。清明，通常為國曆四月四、五日，約當農曆三月半左右。同牆看，指夫妻恩愛，同賞春光。

⑤ 「歸來」二句—以不解風情之梁間燕夜聞東家女之嘆息，點出無人理解與同情其內心之淒苦作結。

【補註】

01 宋玉〈登徒子好色賦〉:「天下之佳人，莫若楚國；楚國之麗者，莫若臣里；臣里之美者，莫若臣東家之子。東家之子，增之一分則太長，減之一分則太短，著粉則太白，施朱則太赤。眉如翠羽，肌如白雪，腰如束素，齒如含貝。嫣然一笑，惑陽城，迷下蔡……。」

【評解】

01 徐德泓：此又以老女傷春為比。……三月半，則春垂盡。「溧陽」二句，喻年少逢時者，而與之相形，尤不得不歸而歎矣。結得黯然淒絕，古樂府之遺也。（《李商隱詩歌集解》引）

02 姚培謙：前四句，寓遲暮不遇之嘆。「溧陽」二句，以逢時得志者相形。「歸來」二句，恐知己之終無其人也。讀至此首，前三章之寄託可知。　〇按義山自述云：「夙聞妙喻，常在道場。至於南國妖姬，叢臺妙妓，雖有涉於篇什，實不接於風流。……可使國人盡保展禽，酒肆無疑阮籍。」觀此四章，託興幽深，寄詞微婉，方知斯言之非欺我。（《李義山詩集箋注》）

03 程夢星：此四首則已入茂元幕府時感嘆之作。……第四章乃歸後索居之怨。起二句言嬌絲脆竹，花明柳暗，春光爛漫，何處無之。三四言己如不售之女，空老流光矣。五六是回思得意立朝者，有若年少女郎，儘堪遲嫁；豈知易售，一一乘時，不啻溧陽公主，十四已婚。七八歸歎一身羈棲遠地，感嘆之情不但無可語者，亦

并無人聞之，其聞者唯梁間燕子耳。（《李義山詩集箋注》）

04 薛雪：此是一副不遇血淚，雙手掬出，何嘗是豔作？（《一瓢詩話》）

133 有感（未編年）

非關宋玉有微辭，卻是襄王夢覺遲。一自高唐賦成後，楚天雲雨盡堪疑。

【詩意】

並不是宋玉喜歡故弄玄虛地使用委婉隱約的言詞來寄託諷諫之意，其實關鍵是因為楚襄王這一類的人沉迷於香豔的幻夢之中，遲遲無法從雲雨巫山的夢境中覺醒過來。無奈自從他深有寄託的〈高唐賦〉完成之後，凡是抒寫男女之情的作品，也全都被懷疑是別有寄託諷喻的詩篇了。

【注釋】

① 詩旨—本詩殆以宋玉為喻，自道其詩歌創作中，實有寄託者蓋有不得不微言婉諷之苦衷；然某些似有寓託而實不然之愛情詩篇，則無須穿鑿附會，捕風捉影，致求深反謬，迷而不返。

② 「非關」二句—謂並非宋玉好以微言婉諷故弄玄虛，乃因襄王沉迷於豔夢，故不得不以婉轉含蓄之〈高唐賦〉加以諷刺。宋玉，詩人自喻。微辭，委婉含蓄而託諷幽深之言辭。卻是，正是、正因。襄王，殆指解讀其詩之人，或亦可能指詩人託古諷今與借古鑑今所欲嘲諷之時君而言。夢覺遲，遲遲不能省悟雲雨巫山之夢實為別有寄託之寓言，竟執著於追求豔夢而沉迷不返。

③ 「一自」二句—謂自從宋玉以微婉文辭寫成〈高唐賦〉後，凡是涉及男女之情之詩篇，皆都被懷疑為別有託寓之作。高唐，相傳宋玉所作賦篇名，此則借喻詩人確有寄託之作；義山婉辭府主柳仲郢有意賜贈歌妓張懿仙之〈上河東公啟〉云：「至於南國妖姬，叢臺[1]妙妓，雖有涉於篇什，實不接於風流。」即屬此類詩作。楚天雲雨，為〈高唐賦〉中情境，此則借喻凡涉及愛情之詩篇而言。

【補註】

01 叢臺，戰國時趙、楚二國所築之臺。趙所築者，在河北邯鄲城內，數臺相連，故名，雖經歷代整修，至今猶存，為中國百家名園之一。楚所築者，位於今河南商水縣；宋樂史《太平寰宇記・河南道十・陳州・商水縣》：「叢臺，在縣北二十五里。……此臺蓋襄王所築也，非趙之叢臺，名同事異。按郎蔚之《陳州舊圖》云：『楚王游觀弋釣地，或稅駕於此，往往有嘉禾叢生，因以為名也。』」

【評解】

01 姚培謙：非為宋玉解嘲，為色荒者諷也。（《李義山詩集箋注》）
02 屈復：玉谿〈無題〉諸作，即微詞也。當時必有議者，故此詩寄慨。（《玉谿生詩意》）
03 楊守智：此為〈無題〉作解。（馮浩《玉谿生詩詳注》引）
04 馮浩：屢啟不省，故曰「夢覺遲」，猶云喚他不醒也。不得已而托為〈無題〉，人必疑其好色，豈知皆苦衷血淚乎？千載而下，紛紛箋釋，猶半在夢境中，玉谿有知，猶當悲吒矣。此與「中路因循」之章，一前一後，皆為生平大端，自後乃真絕望，〈無題〉

之篇少矣。《北夢瑣言》有「宰相怙權」一條，專詆令狐綯，言其尤忌勝己者，以商隱、溫岐、羅隱三才子之怨望，即知綯之遺賢也。是則綯不第怒義山之背恩耳。（《玉谿生詩詳注》）

05 紀昀：詳詩語是以文詞招怨之作，故題曰「有感」，乃為似有寓託而實不然者作解，非解「無題」也。（《玉谿生詩說》） ○玉谿深於諷刺，必有以詩賈怨者，故有此辨。（《李義山詩集輯評》引）

134 謝先輩防記念拙詩甚多，異日偶有此寄（未編年）

曉用雲添句，寒將雪命篇。良辰多自感，作者豈皆然！

熟寢初同鶴，含嘶欲並蟬。題時長不展，得處定應偏。

南浦無窮樹，西樓不住煙。改成人寂寂，寄與路綿綿。

星勢寒垂地，河聲曉上天。夫君自有恨，聊借此中傳。

【詩意】

我的詩歌中，雖然頗有些是以早晨的雲霞入詠，或是以寒冬的風雪命名，卻並非只是無病呻吟的雕章琢句之作，而是面對良辰好景時，敏銳的心靈有了深刻的感觸，才借景抒懷的；但是世間的作者哪裡都像我一樣，是因為心靈深受刺激與真誠感動之後，才以詩歌吟詠性情的呢？

在構思的過程中，有時我會冥神兀坐，宛如熟睡之鶴；有時則會含悲苦吟，如同悲嘶之蟬。在創作的過程裡，我即使已經搜索枯腸，絞盡腦汁了，還是常常陷入未能盡情盡興表達出情感思想的困境中；因為我總是要求自己要能得心應手地營造出別出心裁的獨特意象才肯罷休。

詩篇的內容，有些是在南浦送別時，看著岸邊的樹木向遠方無窮無盡地延伸，因而觸動衷腸的作品；有些則是在西樓懷人時，望著縹緲迷茫的煙霧，不免牽惹愁懷的吟詠。在我把新作寄給遠方情誼綿長的朋友指教之前，還要經過一再斟酌修改，定稿的時候，往往已經是夜深人靜或東方漸白之時了。

新詩改成時，如果是在深夜，時常可以看見星空中明滅閃爍的寒芒幽光，正冷冷地照臨著空曠的大地；如果是在破曉時，則隱約可以看見長河遠遠流向天際，似乎還可以聽到洶湧的河聲正響徹穹蒼（按：此二句似有以謫仙或魁星自許之意，故既言其星光寒芒可以照耀大地，又言其騷心詩魂可以上達天聽）。由於謝先輩心中自有其幽愁暗恨，便姑且藉著吟詠我的詩篇來宣洩他的一腔悲憤，所以才能記誦許多我的詩篇（按：詩人稱許謝為知音，故既能吟詠作者寄懷託諷之作而產生共鳴，又能藉以抒發一己之怨憤）。

【注釋】

① 詩旨—本詩乃義山自述詩歌創作之真誠及甘苦，並感謝知音相賞。就結構言，本詩等於四首仄起五絕組成之一首排律，故除末聯外，每一聯皆自成對偶。

② 詩題—謝防，生平不詳；疑即文集〈與陶進士書〉中「又得謝生

於雲臺觀，暮留止宿，旦相與去（謂同去華山遊覽）」之謝生。先輩，唐時科舉考試同時登進士第者互稱先輩；李肇《國史補》卷下云：「進士為時尚久矣，……互相推敬，謂之先輩。」記念，記誦也。

③「曉用」四句—謂己之詩篇雖多以雲霞風雪入詠或名篇，卻並非徒務雕章琢句、遊賞風光之作，而係面對良辰佳景時心生感觸，故移情入景，借景抒懷；然世之作者豈皆觸物興感而後發為吟詠乎？既表現出對純粹吟詠風花雪月，刻意雕飾麗辭之作不以為然之態度，亦流露出世乏知音之感傷，同時還表達對謝防記誦其詩之多的感念之意。曉、寒二字，點出不論陰晴寒暑，雲朝雪夜，詩人細膩敏銳之心靈往往深有感觸。

④「熟寢」二句—謂創作構思時，有時冥思，宛如熟睡之鶴；有時苦吟，幾同悲嘶之蟬，乃得佳妙警句。初，本來、原本。欲，幾乎、即將。同、並，均為喻詞，如、似也。熟寢，形容寂然兀坐，閉目冥想。含嘶，含悲情而苦吟。

⑤「題時」二句—謂創作時往往搜索枯腸，仍感辭不達意，未能盡興傾訴衷懷，宣洩情感；唯有當靈感湧現、情景渾融為一時，乃能獨入精微奧妙詩境，而有別出心裁之佳作。題，題詩、作詩之意。不展，未能展布情懷，暢所欲言。得，謂意到筆隨、得心應手，即「文章本天成，妙手偶得之」中「得」字之義。偏，獨也、專也、特也，即造詣獨到、心裁別出之謂。定應偏，謂必定要有獨特感受，營造出獨到而精妙之意象才肯罷休，意即必定要獨出機杼、自鑄偉辭，近似於老杜〈江上值水如海勢聊短述〉中「為人性僻耽佳句，語不驚人死不休」之意。

⑥「南浦」二句—謂詩篇內容頗多傷別懷人之作。南浦，古典詩詞中常見送別之地；《楚辭・九歌》：「送美人兮南浦。」江淹〈別

賦〉：「送君南浦，傷如之何！」無窮，言其多。樹，殆暗用宋之問〈送杜審言〉：「河橋不相送，江樹遠含情」之意。西樓，古典詩詞中往往有懷人之意；韋應物〈寄李儋元錫〉：「聞道欲來相問訊，西樓望月幾時圓。」李後主〈相見歡〉：「無言獨上西樓，月如鉤，寂寞梧桐深院鎖清秋。」李清照〈一翦梅〉：「雲中誰寄錦書來？雁字回時，月滿西樓。」不住，既有無盡之意，又含縹緲氤氳之感。煙，借以渲染懷人氣氛。

⑦ 「改成」二句—改成句，意謂「新詩改罷自長吟」時，往往已是蘇軾〈卜算子〉：「缺月挂疏桐，漏斷人初靜」之深夜，或李賀〈酒罷張大徹索贈詩〉：「吟詩一夜東方白」之破曉矣。寄與句，意謂寄與遠方知己或好友。路綿綿，既表示路途遙遠，又兼有情意深長之意；古詩〈飲馬長城窟行〉：「青青河畔草，綿綿思遠道。」

⑧ 「星勢」二句—承上「改成」二句，寫新詩改成後之所見所聞：天宇遼闊，只見寒星幽光，冷冷照臨著空曠平野；破曉之前，隱約可見長河遙入天際，彷佛洶湧河聲正響徹穹蒼。此二句似有以謫仙或魁星自許之意，故既言其星光寒芒可以照耀大地，又言其騷心詩魂可以上達天聽。

⑨ 「夫君」二句—謂謝防自有幽愁暗恨，故藉吟詠義山詩篇以宣洩一腔悲憤，乃能記誦許多義山之作品。換言之，詩人稱許謝為知音，故既能於吟詠時對詩中所深藏之幽愁暗恨產生共鳴，又能藉以抒發一己之怨憤。夫君，指謝防而言。

【評解】

01 胡震亨：興寄視他篇自超，惜重「寒」「曉」二字，為全璧之玷。（《唐音戊籤》）

02 何焯：「寒」「曉」乃呼應，非重複。「曉用」句含「恨」字。「南浦」句，送別。「西樓」句，懷人。（《李義山詩集輯評》引）

03 楊守智：〈無題〉本旨，全在此詩傳出，相讀自見，結語更分明。（《玉谿生詩詳注》引）

04 錢良擇：首二句自言作詩之勤，三四言非無為而作。五六自言其吟之苦。八忽得好句，不知其所自來，曰「偏」者，謙詞也。九十與謝相去甚遠，二句即下所謂「路綿綿」也。十三自上瞰下以比謝，十四自下徹上以自比，末言謝心有感，我詩適觸其所感，故記念以傳其心耳。（《唐音審體》）

05 姚培謙：言詩中命意，非知心人莫可相訴。「星勢」「河聲」二語奇險，猶云天知地知也。此意豈堪為俗人告哉！（《李義山詩集箋注》）

06 屈復：一段，風雲雪月，皆非無為而作。二段，承「多感」兩句，同鶴，不成寢也；並蟬，長吟也。方吟時長若不展，及吟成自覺得意也。三段，寄謝先輩。四段，日夜自有所恨，聊借詩以傳耳。（《玉谿生詩意》）

07 馮浩：「南浦」二句，言多送別懷人之作，不指與謝相去。「星勢」二句，言聲光在此而感發在彼，方吸起謝自有恨，借我詩傳之，故記念甚多也。楊氏謂結語辨〈無題〉本旨者，誤。（《玉谿生詩詳注》）

08 張采田：「南浦」句謂多傷別之篇，即所謂「感念離群」也；「西樓」句謂多陳情之什，即所謂「流連薄宦」也。（《李義山詩辨正》）

135 驪山有感（未編年）

驪岫飛泉泛暖香，九龍呵護玉蓮房。平明每幸長生殿，不從金輿惟壽王。

【詩意】

驪山上華清宮的溫泉池裡，蒸騰出一陣陣芬芳的暖氣，池中（安祿山所進獻的）高貴的白玉龍正環擁呵護著華麗的玉蓮花。每當玄宗和貴妃在天光將亮時率領皇親國戚到驪山上的長生殿遊玩時，唯有玄宗的第十八子壽王李瑁沒有伴隨著玄宗的金輿前來……。

【注釋】

① 詩題—本詩與〈龍池〉之詩旨相似，皆諷刺唐玄宗寵幸楊貴妃之悖亂倫常。驪山，在今陝西省臨潼縣，上有華清宮及溫泉池（天寶六載改名華清池），玄宗常與楊妃臨幸此地。

② 「驪岫」句—形容華清宮中溫泉池畔之溫馨與和樂。驪岫，即驪山。暖香，可能指池畔及池中所灑之花瓣為溫泉所蒸騰而氤氳出溫暖芬芳之氣息。

③ 「九龍」句—實寫溫湯建造之華麗，又象徵玄宗對貴妃百般呵護之情狀。《明皇雜錄》卷上載：「玄宗幸華清宮，新廣湯池，制作宏麗。安祿山於范陽以白玉石為魚龍鳧雁，仍為石梁及石蓮花以獻，雕鐫巧妙，殆非人功。上大悅，命陳於湯中，又以石梁橫亙湯上，而蓮花纔出於水際。上因幸華清宮，至其所，解衣將入，而魚龍鳧雁皆若奮鱗舉翼，狀欲飛動。」可知此處之九龍與玉蓮房，均是湯中之物，又可分別象徵至尊之玄宗與嬌豔之貴妃。

④ 「平明」二句—謂每當玄宗清早即率皇親國戚遊幸驪山時，唯有

壽王未嘗隨行前往；至於何故，則隱而不發，留給讀者想像。平明，天將亮之時。長生殿，原為長安宮禁中之寢殿，然由「平明每幸」四字觀察，此處實指驪山上華清宮的長生殿而言[1]。金輿，帝王的坐車。壽王，為玄宗第十八子李瑁，武惠妃所生。開元十三（725）年三月封為壽王，二十三年，玄宗冊封楊玉環為壽王李瑁妃[2]。

【補註】

01 蓋若指宮禁中之寢宮，則詩人不可能說玄宗常在清晨造訪自己所寢居的宮殿，故《唐會要・卷三十・華清宮》云：「天寶元年十月造長生殿，名曰集靈臺，以祀神。」朱注引《長安志》曰：「天寶六載，改溫泉為華清宮，殿曰九龍，以待上浴；曰飛霜，以奉御寢；曰長生，以備齋祀。」鄭嵎〈津陽門詩〉注亦曰：「有長生殿，乃齋殿也。有事於朝元閣，即御長生殿以沐浴也。」陳寅恪《元白詩箋證稿》也說：「唐代宮中長生殿雖為寢殿，獨華清宮之長生殿為祀神之齋宮。」

02 開元二十四年，玄宗所寵之武惠妃薨，後宮無當玄宗意者；或言玉環資質天挺，宜充掖廷，遂召納禁中。為掩人耳目，先令玉環自請出家為女道士，住太真宮，改名太真；更為壽王另娶武昭訓之女，然後才令太真還俗入宮。天寶四載（745）冊封為「貴妃」。事見《新唐書・列傳第一・后妃上》。陳寅恪《元白詩箋證稿》以為楊氏於開元二十三（735）年十二月冊封為壽王妃，度為女道士則在開元二十八（740）年十月，其時楊氏當久已親迎同牢而為壽王妃矣。

【評解】

01 何焯：末句太露。（《義門讀書記》）

02 姚培謙：刺得嚴冷。（《李義山詩集箋注》）

03 屈復：此詩可以不作，即作亦宜渾涵不露。看少陵每於天寶時是何等語意，則義山之陋不辨自明矣。（《玉谿生詩意》）

04 程夢星：唐人詠太真事多無諱忌，然不過著明皇色荒已耳。義山獨數舉壽王，刺其無道之至，浮於〈新臺〉，豈復可以君人。義山辭極綺麗，而持義卻極正大，往往如此，今人都不覺也。（《李義山詩集箋注》）

＊ 《詩經・邶風・新臺》是譏諷衛宣公強佔兒媳的詩篇。

136 龍池（未編年）

龍池賜酒敞雲屏，羯鼓聲高眾樂停。夜半宴歸宮漏永，薛王沉醉壽王醒。

【詩意】

玄宗皇帝在興慶宮的龍池邊，擺開了一座又一座華貴無比的雲母屏風，賞賜給皇親國戚豐盛的酒宴，那場面真是熱鬧極了。當玄宗興致高昂、意氣風發地把他最喜歡的羯鼓演奏得聲音越來越高亢、越來越急促時，原本還在演奏的所有樂器全都停止下來，讓他酣暢淋漓地表演下去……。到了半夜，終於酒闌人散，大家各自回到自己的寢室歇息去了。夜晚越來越寧靜了，正當玄宗的姪兒薛王李瑁在黑甜的美夢中沉睡時，玄宗的兒子壽王（原本是楊玉環的夫君）卻正清醒地聽著宮廷中的滴漏聲變得越來越緩慢，夜晚似乎也越來越永無止盡的漫長了……。

【注釋】

① 詩題—本詩與前一首〈驪山有感〉之旨趣相仿，唯進一步以對比手法寓犀利之批判於無形，故譏刺益顯深刻沉痛。龍池，在皇城東南角玄宗為諸王時所居住之隆慶坊中；相傳原為舊井，一日忽湧溢為池而日以滋廣，常有雲氣蒸騰，或見黃龍出其中。中宗景龍年間（707－709），潛龍復出水，後遂鑿寬浚深，以坊名池曰隆慶池，又名五王子池；開元二年（714）改建隆慶坊為興慶宮，池亦易名曰龍池。今西安市興慶公園內有其舊址。

② 「龍池」二句—寫玄宗於龍池賞賜盛宴，獨奏羯鼓時興高采烈之情景。雲屏，雲母屏風。羯鼓，玄宗所鍾愛樂器之一[1]，以其出羯中，故號羯鼓，又稱兩杖鼓。羯鼓聲高，側寫玄宗意興遄飛之情狀。眾樂停，側寫玄宗獨斷專制，旁若無人，及眾人希旨承歡之情狀。

③ 「薛王」句—薛王，原指睿宗之第五子、玄宗之兄弟李業，睿宗即位後封薛王，開元二十二年薨；其子李瑁（ㄒㄩㄢˋ）於天寶三載冊封為嗣薛王，即本詩所指稱者。壽王，玄宗第十八子，見〈驪山有感〉詩注。

【補註】

01 唐人南卓所撰《羯鼓錄》云：「羯鼓……擊用兩杖，其聲焦殺鳴烈，尤宜促曲急破，作戰杖連碎之聲，又宜高樓晚景，明月清風，破空透遠，特異眾樂。……上洞曉音律，由之天縱，……尤愛羯鼓玉笛，常云八音之領袖，諸樂不可為比。……曾聽彈琴，正弄未及畢，叱琴者出曰：『待詔出去！』謂內官曰：『速召花奴（按：當時最著名之歌姬），將羯鼓來，為我解穢！』」

【評解】

01 洪邁：唐人歌詩，其於先世及當時事，直辭詠寄，略無避隱。至宮禁嬖昵，非外間所應知者，皆反復極言，而上之人亦不以為罪。如白樂天〈長恨歌〉諷諫諸章，元微之〈連昌宮詞〉，始末皆為明皇而發。杜子美尤多，……李義山〈華清宮〉〈馬嵬〉〈驪山〉〈龍池〉諸詩亦然。今之詩人不敢爾也。（《容齋續筆》卷二）

02 羅大經：詞微而顯，得風人之旨。（《鶴林玉露》）

03 胡應麟：「夜半宴歸宮漏永，薛王沉醉壽王醒。」句意愈精，筋骨愈露。然此但假藉立言耳。泥者謂二王迥不同時，則癡人說夢，難以口舌爭矣。（《詩藪》）

04 吳喬：詩貴有含蓄不盡之意，尤以不著意見聲色、故事、議論者為上，義山刺楊妃事之「夜半宴歸宮漏永，薛王沉醉壽王醒」是也。……宋楊誠齋〈題武惠妃傳〉之「壽王不忍金宮冷」，「獨獻君王一玉環」，辭雖工，意未婉；惟義山之「薛王沉醉壽王醒」，其詞微而意顯，得風人之體。（《圍爐詩話》）

05 沈德潛：詩有當時盛稱而品不貴者。……張祜之「淡掃蛾眉朝至尊」，李商隱之「薛王沉醉壽王醒」，此輕薄派也。（《說詩晬語》）

06 張謙宜：諷而不露，所謂蘊藉也。（《絸齋詩談》卷五）

07 姚培謙：與〈驪山有感〉一首同，此較含蓄。（《李義山詩集箋注》）

08 吳騫：昔人論詩，有用巧不如用拙之語。然詩有用巧而見工，亦有用拙而愈勝者。同一詠楊妃事，玉谿云：「夜半宴歸宮漏永，薛王沉醉壽王醒。」此用巧而見工也；馬君輝曰：「養子早知能背國，宮中不賜洗兒錢。」此用拙而愈勝也。然皆得言外不傳之妙。（《拜經樓詩話》）

137 賈生（未編年）

宣室求賢訪逐臣，賈生才調更無倫。可憐夜半虛前席，不問蒼生問鬼神。

【詩意】

原先被貶謫到長沙去的賈誼終於奉命回到長安了！求賢若渴的漢文帝鄭重地在未央宮前的正殿裡召見他。經過竭誠請教、殷切垂詢之後，漢文帝不禁驚嘆賈誼的才情高妙，格調超群，的確無人能及！可惜的是：在這一場君主英明而良臣賢能的夜半懇談裡，文帝雖然被賈誼的言談深深吸引，以致身體一再不自覺地向坐席的前沿挪動，也流露出無比專注與欽佩的神態，卻終究只是枉然！原來他關心的並非天下蒼生，而是熱中於詢問鬼神之道！

【注釋】

① 詩旨—本詩明諷明漢文帝詢賢才以鬼神之道，實即暗刺時君之昏憒而不能識用賢良。

② 詩題—賈生，指賈誼（200 B. C. －168 B. C. ）。生，先生一詞的省稱；自漢以來，對儒者皆可敬稱曰某生。文帝即位之初，廷尉吳公推薦年甫弱冠的賈誼為博士，深得文帝器重，未久即拔擢為太中大夫，賈誼提出改正朔、易服色、制法度、興禮樂、重農抑商、鞏固邊防、削弱王侯等一連串改革主張。文帝因初即位未久，不便悉更秦法，遂未採行；又因權貴讒毀，不得已而謫為長沙王太傅。四年後召還，再遷為梁懷王太傅。賈誼因懷才難展，意頗悲憤，又遇梁懷王墮馬而死，自責為傅無狀，遂憂傷抑鬱而卒，年僅三十三。

③「宣室」二句—宣室，漢朝未央宮前之正室，為帝王之寢宮，此處代指漢文帝而言。訪，垂詢、請教。逐臣，指賈誼。才調，才器、才幹、才情也。無倫，無人能與之並美也。

④「可憐」二句—可憐，可歎、可痛惜也。虛，枉費、徒然也。前席，古人席地而坐，談話投機而傾聽入神時，常會出現不自覺移身向座席前沿之舉動；此處描寫漢文帝為賈誼言談所吸引而專注傾聽之神態。問鬼神，《史記・屈原賈生列傳》：「後歲餘（按：指賈誼貶至長沙第三年），賈生徵見。孝文帝方受釐（按：釐，音ㄒㄧ，是祭神之胙肉；受釐，指祭祀之後接受鬼神賜福之食物以得其祐助之禮節），坐宣室。上因感鬼神事，而問鬼神之本。賈生因具道所以然之狀。至夜半，文帝前席。既罷，曰：『吾久不見賈生，自以為過之，今不及也。』居頃之，拜賈生為梁懷王太傅。」按：賈生才調既絕類離倫，而文帝竟只虛前席以問鬼神，實無異以巫祝視之；則所謂訪求賢才之舉，不過虛有其名耳。

【評解】

01 胡仔：古今詩人以詩名世者，或只一句，或只一聯，或只一篇。雖其餘別有好詩，不專在此，然播傳於後世、膾炙於人口者，終不足此矣，豈在多哉！……「宣室求賢訪逐臣……」，此李商隱也。……凡此皆以一篇名世者。（《苕溪漁隱叢話・後集》）

02 嚴有翼：文人用故事，有直用其事者，有反其意而用之者。（王）元之〈謫守黃岡謝表〉云：「宣室鬼神之問，豈望生還？茂陵封禪之書，惟期死後。」此一聯每為人所稱道。然皆直用賈誼、相如之事耳。李義山詩：「可憐夜半虛前席，不問蒼生問鬼神。」雖說賈誼，然反其意而用之矣。林和靖詩：「茂陵他日求遺稿，猶喜曾無封禪書。」雖說相如，亦反其意而用之矣。直用其事，

人皆能之，反其意而用之，非識學素高，超越尋常拘攣之見，不規規然蹈襲前人陳跡者，何以臻此！（《藝苑雌黃》）

03 周珽：以賈生而遇文帝，可謂獲主矣。然所問不如其所策，信乎才難，而用才尤難。此後二句詩而史斷也。（《唐詩選脈箋釋會通評林》）

04 錢若水：措意如此，後人何以企及？（尤袤《全唐詩話》引）

05 屈復：前席之虛，今古盛典。文帝之賢，所問如此，亦有賈生遇而不遇之意歟？（《玉谿生詩意》）

06 陸次雲：詩忌議論，憎其一發無餘耳。此詩議論之外，正多餘味。（《五朝詩善鳴集》）

07 紀昀：純用議論矣，卻以唱歎出之，不見議論之跡。（《玉谿生詩說》）

08 宋顧樂：議論風格俱峻。（《萬首唐人絕句選評》）

09 楊逢春：詞鋒便覺光芒四射，乃知意論警策，不再辭費也。（《唐詩偶評》）

10 姜炳章、郝世峰：絕大議論，得未曾有！言外為求神仙者諷。（姜炳章選釋、郝世峰補輯的《選玉溪生補說》）

12 劉永濟：責其「不問蒼生」，則不止好仙為不當，且不恤國事，不重民生，尤非求賢之意，義更正大！（《唐人絕句精華》）

13 俞陛雲：玉谿絕句，屬辭蘊藉；詠史諸作，則持正論，如〈官妓〉及〈涉洛川〉〈龍池〉〈北齊〉與此詩，皆是也。漢文、賈生，可謂明良遇合，乃召對青蒲，不求讜論，而涉想虛無，則孱主庸臣又何責耶？（《詩境淺說續編》）

138 王昭君（未編年）

毛延壽畫欲通神，忍為黃金不為人。馬上琵琶行萬里，漢宮長有隔生春。

【詩意】

毛延壽的人像畫神韻如生，精妙無雙，可惜卻忍心不為宮女的幸福著想，反而違背良知，貪圖黃金，造成昭君只能在馬背上彈奏哀怨的琵琶曲調，借以排遣和番萬里的悲痛之情……。最終留在漢朝宮殿中的，只是王昭君生前被醜化過的寫真圖像而已！

【注釋】

① 詩題—王昭君（約 52 B.C. －約 19 B.C.），字嬙，西漢南郡秭歸（今湖北省秭歸縣，一說興山縣）人；晉時為避太祖司馬昭之名而改「昭君」為「明君」，後人又稱之為明妃。王昭君與西施、貂蟬、楊玉環合稱為中國古代四大美女。漢元帝（76 B.C. － 33 B.C.）時以「良家子」選入宮中，惜無緣蒙受寵幸。元帝竟寧元年（33 B.C.），自願遠嫁前來和親之漠北匈奴首領呼韓邪單于，被封為寧胡閼氏，生下一子二女；卒後葬於今內蒙古自治區呼和浩特市南郊大黑河之沖積平原上。

② 「毛延壽」二句—《西京雜記》卷二〈畫工棄世〉則：「元帝後宮既多，不得常見，乃使畫工圖形，按圖召幸之。諸宮人皆賂畫工，多者十萬，少者亦不減五萬。獨王嬙不肯，遂不得見。匈奴入朝求美人為閼氏，於是上按圖，以昭君行。及去，召見，貌為後宮第一，善應對，舉止閑雅。帝悔之，而名籍已定，帝重信於外國，故不復更人。乃窮按其事，畫工皆棄市，籍其家，資皆巨

萬。畫工有杜陵毛延壽，……安陵陳敞，新豐劉白、龔寬，……下杜陽望……樊育……同日棄市。京師畫工，於是差稀。」

③ 「馬上」句—《昭明文選》卷二十七錄石崇〈王明君詞序〉云：「昔公主（按：指漢武帝時江都公主劉細君）嫁烏孫，令琵琶馬上作樂，以慰其道路之思；其送明君，亦必爾也。其造新曲，多哀怨之聲，故敘之於紙云爾。」

④ 「漢宮」句—謂漢朝失去後宮第一美女，只保有王昭君生前寫真圖像而已。隔生，即生前之意。春，代指寫真圖像；杜甫〈詠懷古跡五首其三〉云：「畫圖省識春風面」。

【評解】

01 何焯：忽而梓潼，忽焉昭潭，義山亦萬里明妃也。（《李義山詩集輯評》引）

02 屈復：即斬畫工，何救於萬里之行！蔽賢者猶是也。「長有」二字可玩。（《李義山詩解》）

03 程夢星：此亦致慨於排擠之人也。（《李義山詩集箋注》）

04 馮浩：借慨為人所擯，語意顯然。（《玉谿生詩詳注》）

139 牡丹（未編年）

錦幃初卷衛夫人，繡被猶堆越鄂君。垂手亂翻雕玉佩，折腰爭舞鬱金裙。石家蠟燭何曾剪？荀令香爐可待熏？我是夢中傳彩筆，欲書花葉寄朝雲。

【詩意】

牡丹花剛剛綻放開來時顯現出豔冠群芳的氣派，讓人遙想當年孔子隔著才剛捲起的錦繡幃幔，看見珠圍翠繞、華麗貴氣的衛國夫人時，似乎有點意亂情迷。由許多綠葉簇擁著的牡丹，也令人聯想楚國風流倜儻的鄂君展開長袖、舉起翠綠的繡被，把越國嬌媚的船家女子擁入懷中的畫面，的確惹人遐思。當牡丹園裡的枝葉隨風搖擺時，有如許多雕飾精美的玉珮正隨著美人表演「垂手」舞蹈時蹁躚的身影而翻轉，讓人目眩神搖；而爭奇鬥艷的叢開牡丹在春風中紛然搖曳的情狀，就像許多舞孃跳著「折腰」舞曲時長裙飄揚那麼輕盈曼妙，撩人情懷。牡丹花的光艷照人，有如晉朝石崇家從不剪短燭芯因而蠟淚光艷欲滴的紅燭；牡丹花的香氣濃郁，只要在庭園中稍微流連徘徊，薰香成癖的荀彧哪裡還須要再使用香爐來薰染衣物呢？面對著如此雍容華貴、國色天香的牡丹，讓我想用在夢中所得到（晉朝郭璞曾經借給江淹）的五色彩筆，把它的花葉之美描摹下來，寄贈給像巫山上神秘的雲彩那麼令人朝思慕想、魂牽夢縈的女子。

【注釋】

① 詩旨—本詩似有極力描寫華貴艷麗、色態芳馥之牡丹以遙寄情思之用心。

② 「錦幃」句—以錦幃初捲衛夫人時容光之美，譬喻牡丹初放時之令人驚艷。衛夫人，指衛靈公之夫人南子，相傳姿容美艷，風華絕代；《史記·孔子世家》載孔子拜見南子時「夫人在絺帷中……環珮玉聲璆然。」然馮浩注引《典略》所載孔子見南子時夫人在「錦幃」中。

③ 「繡被」句—以越人所愛慕之鄂君以繡被裹擁船家女之情狀，譬喻綠葉簇擁著紅花之嬌豔華麗。堆，擁也。「越」鄂君，當為越女所愛慕之「楚」鄂君之誤；《說苑·卷十一·善說》載楚王之

母弟鄂君子晳泛舟於新波之中時，越國船家女子擁楫而歌以示愛慕之意[1]，於是鄂君子晳乃展開長袖擁之入懷，並舉繡被而覆之，相與交歡。

④ 「垂手」句──以雕飾精美之玉珮隨舞者蹁躚起舞時之身形而翻動，譬喻牡丹枝葉隨風搖擺之情狀。垂手，舞姿之一；《樂府雜錄》：「有大垂手、小垂手，或如驚鴻，或如飛燕。」

⑤ 「折腰」句──以舞者長裙飄揚之輕盈姿態，譬喻叢開牡丹於春風中爭奇鬥艷之撩人情態。折腰，舞蹈名；《西京雜記・戚夫人歌舞》載漢高祖戚夫人善為翹袖折腰之舞；《後漢書・梁統列傳》載梁冀之妻孫壽色美而善折腰步。鬱金裙，色澤華美而散發香氣之長裙；舊題張泌《妝樓記》載：「鬱金，芳草也，染婦人衣最鮮明，然不耐日炙。染成，衣則微有鬱金之氣。」

⑥ 「石家」句──以燭芯不剪則蠟淚流紅欲滴，譬喻牡丹花之光艷照人；《世說新語・汰侈》載：「石季倫用蠟燭作炊。」

⑦ 「荀令」句──以無須香爐薰染衣物，反托牡丹香氣之濃郁。荀令，指荀彧（163－212），《後漢書・荀彧傳》載荀彧有王佐才，為侍中，曾守尚書令，曹操出征在外，軍國之事皆與之籌劃，稱荀令君。《襄陽耆舊記・卷五・牧守》載劉弘性愛香，上廁常置香爐，主簿張坦諷弘為俗人，劉應之以「荀令君薰香成癖，坐席三日餘香未散。」張坦復以東施效顰嘲之。可待，何待、豈待；可待香，謂荀令君如於牡丹園中走過，自可衣袂飄香，何勞再以香爐薰衣？

⑧ 「我是」句──夢傳彩筆，自負有靈思妙筆；《南史・江淹傳》：「淹（444－505）少以文章顯，晚節才思微退……嘗宿於冶亭，夢一丈夫自稱郭璞（276－324），謂淹曰：『吾有筆在卿處多年，可以見還。』淹乃探懷中得五色筆一以授之。爾後為詩絕無美句，

時人謂之才盡。」

⑨「欲書」句—謂欲寫牡丹花葉之美以遙寄佳人，聊表相思。朝雲，用巫山神女事以代指所思慕之人。

【補註】

01 越女之歌詞曰：「今夕何夕兮？搴舟中洲流。今日何日兮？得與王子同舟。蒙羞被好兮，不訾詬恥。心幾頑而不絕兮，知得王子。山有木兮木有枝，心說君兮君不知。」

【評解】

01 何焯：飛卿作乃詠花，此篇亦無題之流也。起聯生氣湧出，無復用事之跡。（《義門讀書記》）　〇非牡丹不足以當之。（《李義山詩集輯評》引）

02 胡以梅：通身脫盡皮毛，全用比體，登峰造極之作。起一聯用排偶，氣便渾厚，原是平寫花如錦繡麗人。初卷，乍見也。猶堆，未離繡被也。然亦可析而言之，幃是花幄，初卷起而見艷色如衛夫人，夫人之外，猶有越鄂君擁繡被焉。是一堆繁艷，高下皆賦矣。語渾而活，可以雙解。句奇突，妙處全在「卷」字「堆」字，有花之蹊徑。三四言其臨風翻舞。玉佩謂其白，鬱金謂其黃。五謂其深紅欲滴，六謂其香氣奪人。玉而曰雕，有花瓣之狀；且曰佩，有飄垂之態，方與「翻」字相通，正是意匠經營善處。「招」字或欲作「細」則死而不活；或欲作「折」字，則失卻風流。……妙處正在「垂」字、「招」字，有風之動靜意。……蠟燭不剪，勢必流紅。石崇代炊之燭，非一枝兩枝可盡。花下焚香為殺風景事，苟令有愛香之癖，宜無處不薰香矣。對此異香之花可更薰乎？……結言對此錦色繁香，須用彩筆書之花葉，寄與朝雲，則成為雲葉，竟是一朵彩雲矣。朝雲亦有神女之輕盈，可與花為伍。夢中之筆，書寄入夢之朝雲，其言縹緲，皆以烏有先生為二麗人作陪客耳。錦心靈氣，讀者細味自知。（《唐詩貫珠串釋》）

03 錢謙益：首言牡丹之容如錦幃初卷而出衛夫人之艷，繡被夜擁而見越鄂君之姿。而且玲瓏疑玉佩之亂翻，搖蕩比金裙之爭舞。其殷紅欲滴，無假照於絳燭之高燒；國色多香，曾何待於奇香之暗惹。當此名花相賞之時，不有彩筆，何申圖詠？唯我亦擅江令之才，思裁好句，以貽神女，則唯朝雲亦有如斯之雅艷耳。（《唐詩鼓吹評注》）

04 陸崑曾：牡丹名作，唐人不下數十百篇，而無出義山右者，惟氣盛故也。昌黎論文云：「水大而物之大小畢浮。」余謂詩亦有之。此篇生氣湧出，自首至尾，毫無用事之跡，而又能細膩熨貼。詩至此，纖悉無遺憾矣。起二句，形花之初放，而睡態未足也。三四以花之搖動言。五六以花之色香言。其必用雕玉佩，鬱金裙、石家蠟燭、荀令香爐等字為之襯貼者，以不如是則不能盡牡丹之大觀，且不能極牡丹之身分耳。結處謂此花富貴，非彩筆弗稱。必如我作，方可謂之傳神，蓋躊躇滿志之語也。（《李義山詩解》）

05 姚培謙：此借牡丹以結心賞也。首聯寫其艷，次聯寫其態。「石家」句寫其光，「荀令」句寫其香。如此絕代容華，豈塵世中人所能賞識？我今對此，不啻神女之在高唐，幸有夢中彩筆，頗解生花，借花瓣作飛箋，或不至嫌我唐突云爾。（《李義山詩集箋注》）

06 程夢星：此艷詩也。以其人為國色，故以牡丹喻之。結二語情致宛轉，分明洩漏。若以為實賦牡丹，不惟第八句花葉二字非詠物渾融之體，且通首堆砌全不生動，可謂「燕昭無靈氣，漢武非仙才」矣。（《李義山詩集箋注》）

07 紀昀：八句八事，卻一氣鼓盪，不見用事之跡，絕大神力。所惡乎〈碧瓦〉諸作，為其雕琢支湊，無復神味，非以用事也。如此詩，神完氣足，豈復以纖靡繁碎為病哉！「折腰爭舞」句形容出富貴風流之致。（《玉谿生詩說》）

140 離亭賦得折楊柳二首其一（未編年）

暫憑樽酒送無憀，莫損愁眉與細腰。人世死前惟有別，春風爭擬惜長條？

【詩意】

男：暫且就藉著這杯水酒來沖淡即將離別時的憂傷吧！可不要太過悲苦而繼續折損楊柳含愁的眉葉與纖細的腰枝啊（也請好好為我珍重，不要再損傷你的愁眉和細腰，讓自己更加憔悴瘦損了）！

女：人世間除了死亡以外，最令人魂銷腸斷的情況就只有黯然的離別了！多情的春風又怎麼會吝惜修長柔韌的柳條，不讓我盡情攀折來挽留你呢（我又怎麼會在乎因為此刻離情深濃和日後相思情切而憔悴瘦損呢）？

【注釋】

① 詩題—本組詩應是記錄（或僅是為了創作而設想）男女送別時纏綿難捨之情話。離亭，古人送別之長亭。賦得，見〈賦得雞〉注①。折楊柳，古〈鼓角橫吹十五曲〉之一，《古今樂錄》謂漢李延年根據張騫傳自西域之曲調所造，後失傳。唐人所寫〈折楊柳〉往往僅採用舊題，自作新詞，不再侷限於胡人橫吹之古風，故《樂府詩集》錄本詩二首入〈近代曲辭三〉，題為「楊柳枝」。

② 「暫憑」句──暫憑，姑且藉著。送，遣散、消釋也。無憀，指因離別在即而出現消沉頹喪之意緒。按：前二句為遠行男子叮嚀送行女子之詞。

③ 「莫損」句──愁眉與細腰，雙關楊柳與女子而言；蓋自古有柳葉眉、楊柳腰之說。損，就楊柳而言，是賦予楊柳人格，表示不忍對方為贈別而損傷楊柳枝葉；就女子而言，則是男子心疼對方，請女子無須因離別而憔悴瘦損。

④ 「人世」二句──為女子表明心跡之詞。惟有別，謂惟有別離最苦。春風，既暗點時令，亦雙關女子容顏之美，故杜甫〈詠懷古跡〉云：「畫圖省識春風面」。爭，怎也。擬，打定主意、有意也。爭擬惜長條，就春風與柳條而言，表示為了慰藉離情，春風不惜染綠更多柳條讓人折損；就人而言，表明不惜為離情與相思而憔悴瘦損。

【評解】

01 何焯：（「人世」句）驚心動魄，一字千金。（《義門讀書記》）

02 錢惕龍：戒以莫折，答以不得不折。詩中自為應對。（《玉谿生詩箋》）

03 馮浩：就詩論詩，已妙入神矣。深窺之，必為艷體傷別之作。

04 紀昀：此首竭情。（《玉谿生詩說》）

05 吳仰賢：詩貴含蓄，亦有不嫌說盡者。文通〈別賦〉惟曰「銷魂」，而義山詩云：「人世死前惟有別」，又云：「遠別長於死」，言別者無以加矣。（《小匏庵詩話》）

141 離亭賦得折楊柳二首其二（未編年）

含煙惹霧每依依，萬緒千條拂落暉。為報行人休盡折，半留相送半迎歸。

【詩意】

男：微含輕煙、牽惹薄霧的柳條，看起來特別纏綿溫柔，楚楚動人（正如你纏綿悱惻的情意，使你眉目之間飽滿的離愁即將溢為珠淚，實在讓我心疼而捨不得），千絲萬縷的柳條在斜暉中輕輕地搖曳，似乎想要以她們的溫柔多情留住夕陽（正如你千頭萬緒的愁懷和千迴百轉的愁腸，似乎也恨不得能繫住落日、挽留夕陽）。（親愛的，別再繼續攀折柳條了吧！）就為了回報即將遠行的我對你的深心愛惜與魂牽夢縈，請不要折盡柳條吧！留一半給將來在此依依送別的人，另一半用來迎接不久之後將從遠方歸來的我吧。

【注釋】

① 「含煙」二句—本首全為男子口吻，蓋心疼女子戀戀難捨之依依離情。含煙惹霧，實寫煙纏霧繞之楊柳，顯得楚楚動人，亦可能雙關女子纏綿悱惻之情意，惹人心疼。依依，纏綿溫柔之情狀。萬緒千條拂落暉，既實寫送別時柳條在夕陽中搖曳款擺之情狀，亦可能雙關女子送別時愁懷千頭萬緒、愁腸千迴百轉，恨不能把握稍縱即逝之黃昏，多相處片刻。

② 「為報」二句—仍是男子叮嚀女子之言。行人，如指即將遠行之男子，則「為報行人」意謂：為了回報即將遠行之男子對詩中女子之深愛與牽掛。如「行人」指將來在此分手而遠行之人，則「為報行人」意謂：為了讓每一位遠行人都能感受到有人折柳贈別之

溫暖與安慰。半留相送，留給後來在此送別之人，因為她們一樣有纏綿悱惻之離情。半迎歸，兼指自己與將來在此離去之遠行人而言。迎歸，意在安慰對方不久將歸，無須為此次之別而魂銷腸斷。

【評解】

01 錢惕龍：以「休盡折」繳足前首意。（《玉谿生詩箋》）

02 紀昀：情致自深，翻題殊妙。此詩亦二首相生，然可以刪取。（《玉谿生詩說》）

03 沈祖棻：第一首先是用暗喻的方式教人莫折，然後轉到明明白白地說出非折不可，把話說得斬釘截鐵，充滿悲觀情調。但第二首又再來一個大翻騰，認為要折也只能折一半，把話說得宛轉纏綿，富有樂觀氣息。於文為針鋒相對，於情為絕處逢生。情之曲折深刻，文之騰挪變化，真使人驚歎。而這種兩首詩用意一正一反，一悲一樂互相針對的寫法，實從贈答體演化而來。（《唐人七絕詩淺釋》）

142 關門柳（未編年）

永定河邊一行柳，依依長發故年春。東來西去人情薄，不為清陰減路塵。

【詩意】

永定河邊有一行柳樹，枝條輕柔，依依飄拂，總是多情地展現出去年青翠的春色（似乎她們有意藉此把自己戀舊惜別的深情傳遞給往來匆匆的遊子）；奈何行人總是僕僕風塵，東奔西走，對柳條的好意顯得冷漠淡薄，不僅完全沒有駐足停觀或稍作歇息沉思的打算，反而更讓瀰漫道路上的塵埃覆蓋在清幽的柳蔭上。

【注釋】

① 詩旨—本詩設想柳於行人似有情，而行人反於柳無情，不僅視若無睹，反將路塵蒙蓋清陰之上；細味詩意，或有感於異鄉遊子奔波道途之辛苦。

② 詩題—關門，疑為潼關附近之地名[1]。

③ 永定河—劉學鍇注謂：「永定河，無考[2]。題內『關門』，視『東來西去』及『路塵』語，似東西交通要道如潼關者，然附近無永定河，存疑待考。」

④ 「依依」句—依依，賦予楊柳溫柔多情之性格。故年春，去年之春色。

⑤ 「不為」句—清陰，指楊柳形成之美陰。減路塵，謂停止奔波往來。

【補註】

01 《新唐書・食貨志三》載開元二十九年（741）長安令韋堅代陝郡太守兼水陸運使：「（韋）堅治漢、隋運渠，起關門，抵長安，通山東租賦。」《新唐書・韋堅傳》亦有類似記載；《新唐書・地理志》：「華陰，……有潼關、有渭溼關、有漕渠。」所謂「關門」，疑近此地。

02 葉葱奇注謂：「永定河，新、舊《唐書》中未見。按唐京有永安渠，在城西，北注於渭。……又有漕渠，不知『永定河』是否漕渠的另一名稱。」

【評解】

01 屈復：行人攀折，不為柳色之清陰而稍減路塵。人情之薄如此，正見別離之多也。（《玉谿生詩意》）

02 程夢星：此託柳以感歎跋涉者也。（《李義山詩集箋注》）

143 李花（未編年）

李徑獨來數，愁情相與懸。自明無月夜，強笑欲風天。減粉與園籜，分香沾渚蓮。徐妃久已嫁，猶自玉為鈿。

【詩意】

我屢次獨自來到李花綻放的小徑，大概是因為同病相憐的關係吧？我總是愁懷長懸，對她特別牽掛。在沒有月色可以輝映她的暗夜裡，她獨自展現出潔白明淨的本色；而在風勢逐漸增強的天候裡，她依然自負地綻放（按：寄寓雖時運不濟，形勢艱難，仍潔身自負，為所當為）。她既能勻出一些白粉給園中新生的嫩竹，又能把幽香分一些給池裡初開的蓮花（按：借喻詩人之學養與才德足以分潤幕中的少俊，沾溉府中的賢達）。她鍾情於白，始終如一的特質，就像喜愛白色的徐妃昭珮一樣：出嫁當天雪霰紛飛，瀰天漫地，嫁娶車隊的帷簾都覆蓋著皚皚白雪；即使已經出嫁多年之後，仍然堅持選擇潔白的玉石裝飾她的首飾（按：借喻自己雖寄幕多年，始終不改清白的志節）。

【注釋】

① 詩旨—此詩借李花寄託時運不濟，懷才不遇之慨，以及修潔自愛，始終如一之自負。

② 「李徑」二句—數，頻也。愁情相與懸，謂愁懷長懸，似與李花同病相憐。

③ 「自明」二句—上句既寫其暗夜獨明之特質，又嘆其寂寞無賞之運命；下句既傷其開不逢時之可悲，又嘆其堅持本色之可敬。無月夜、欲風天，就寓意而言，殆皆喻昏亂之時局。笑，綻放也；駱賓王〈蕩子從軍賦〉：「花有情而獨笑，鳥無事而恆啼。」義山〈早起〉：「鶯花啼又笑，畢竟是誰春？」用法相同。唐劉知幾《史通・雜說上》亦曰：「今俗文士謂鳥鳴為啼，花開為笑。」

④ 「減粉」二句—以李花似能減其粉白，給與園中新竹，分其幽香，給與渚中白蓮，譬喻己之才學足以分潤幕中之少俊，沾溉府中之德慧。籜，原指筍皮，此代指新竹，蓋新竹表面有白色粉狀之物，故云「減粉與園籜」。渚蓮，指幕僚中之賢達君子；《南史・庾杲之傳》載王儉選用俊美之庾杲之為侍衛，安陸侯蕭緬與王儉書曰：「盛府元僚，實難其選。庾景行泛淥水，依芙蓉，何其麗也。」可知時人以王儉幕府為蓮花池，故渚蓮即借喻幕僚中之賢達君子。

⑤ 「徐妃」二句—此以徐妃比擬李花，謂李花正如久嫁之徐妃，依舊偏愛以白色玉鈿妝飾；寄寓自己雖久歷幕職，仍潔身自好，矜莊自負，始終如一。徐妃事，《南史・列傳二・后妃下》載梁元帝蕭繹之后妃徐昭珮出嫁之夕，「車至西州，而疾風大起，發屋折木。無何，雪霰交下，帷簾皆白。」詩人據此推斷徐妃鍾情於白，始終如一，故借喻自己始終不改清白志節。久已嫁，借喻久歷幕職。鈿，以金片作成花葉狀之首飾。玉為鈿，借喻己之潔身自愛，矜莊自負。按：徐妃猶以玉為鈿，則不知所出，待考。

【評解】

01 姚培謙：用意在「獨來」二字，見相賞者之寡也。白而有光，故月暗猶明；花繁而細，故迎風強笑。色香如此，園籜渚蓮，猶堪沾溉，畢竟不能與紅紫爭寵（按：此與似與詩意無關），此所以見之而生愁也。（《李義山詩集箋注》）

02 張燮承：「自明無月夜，強笑欲風天」……離形得似，象外傳神，賦物之作若此，方可免俗。（劉學鍇引《小滄浪詩話》）

144 百果嘲櫻桃（未編年）

珠實雖先熟，瓊莩縱早開。流鶯猶故在，爭得諱含來？

【詩意】

百果嘲笑櫻桃：縱然你瓊玉般的花瓣很早就綻開（按：喻成名極早），你珍珠般渾圓的果實也比我們都成熟得快（按：喻及第授官得早），可是你被流鶯含而食之的往事都還被清清楚楚記錄下來啊，你怎能避諱得了無法長久出任朝官，施展抱負的事實呢？（按：喻僅僅羈旅幕府，寄人籬下，而未能於朝廷春風得意，鴻圖大展。）

【注釋】

① 詩題—此與下一首〈櫻桃答〉應為聯章之作，詳玩詩意，似為商隱與幕府同僚酒後相互戲謔之詰答。蓋僚友熟知商隱曾作〈深樹見一顆櫻桃尚在〉詩以自喻沉淪記室之慨，故雙方於酒酣耳熱之餘，不拘尊卑長幼，而有此戲言戲作。

② 「珠實」句—可能借喻詩人進士及第與出任朝官之早，蓋僚友可能少有此經歷者。珠實，指櫻桃而言；庾信〈步虛詞〉有「鳳林

採珠實」之語。先熟，《禮記・月令第六》：「仲夏之月，……天子乃以雛嘗黍，羞以含桃。」鄭玄注：「含桃，櫻桃也。」孔穎達疏：「〈月令〉諸月無薦果之文，此獨羞含桃者，以此果先成，異於餘物，故特記之。」後梁宣帝蕭詧〈櫻桃賦〉亦云：「惟櫻桃之為樹，先百果而含榮。」

③ 「瓊莩」句—可能借喻詩人十五歲即以古文〈才論〉〈聖論〉聞名於士大夫，十八歲即入天平軍節度使令狐楚之幕為巡官。莩，葉葱奇謂借指花瓣外之附萼；劉學鍇謂通「孚」字，指種子外皮；瓊莩早開，似指櫻桃早已灌漿，脹破外層薄膜。

④ 「流鶯」二句—流鶯，喻指賞識商隱之達官顯宦如令狐楚、王茂元、崔戎、盧弘止、鄭亞等人。猶故在，謂往事歷歷猶在。爭，怎也。含來，謂曾為鶯鳥所含食也，殆借喻僅得府主之徵聘而寄人籬下，未能入朝大展鴻圖；見〈深樹見一顆櫻桃尚在〉注⑤。來，表示動作發生或完成之語助詞。

【評解】

01 張采田：此二首皆狹邪戲謔之作，當有本事，不過借百果、櫻桃寄意耳。（《李義山詩辨正》）

02 筆者：詳玩詩意，似為商隱與幕府同僚酒後相互戲謔之詰答。蓋僚友熟知商隱曾作〈深樹見一顆櫻桃尚在〉詩以自喻沉淪記室之慨，故雙方於酒酣耳熱之餘，不拘尊卑長幼，而有此戲言戲作。前章「珠實先熟」二句，可能是年輕的僚友酒後戲嘲商隱雖文才早著，亦早登科及第而釋褐，似較同僚為高明之前輩矣；「流鶯」則喻指賞識商隱的達官顯宦如令狐楚、王茂元、崔戎、盧弘止、鄭亞等人；「含來」，喻指禮聘入幕而沉淪至今。

145 櫻桃答（未編年）

眾果莫相誚，天生名品高。何因古樂府，惟有鄭櫻桃？

【詩意】

櫻桃回應：你們這些卑賤的果子不要譏笑嘲諷我，我乃天地精華所孕育而生，自然擁有你們遠遠不及的高貴特質；否則，為何自古流傳的樂府詩裡，只有〈鄭櫻桃〉這樣的篇章，卻沒有什麼歌詠你們這些「趙荔枝」啦、「錢香蕉」啦、「孫鳳梨」啦，或是「賴芭樂」的詩篇呢？（按：後二句可能是以後世的眼光而言，預言己之詩文終將獨步當代而流芳百世。）

【注釋】

① 詩旨—本章似為商隱酒後不以為忤而戲答之言，表現出聰明之機鋒與自信之傲氣；當時與同僚相處之和樂，亦可概見。

② 「眾果」二句—眾果，喻同僚中之年輕後進。誚，譏刺嘲諷也。名品高，自負稟賦優異，為天地之精華所蘊孕而成，自有天然高貴之資質。

③ 「何因」二句—以反詰語氣自詡：後代之人歷數前代詩壇重鎮，唯有自己之詩篇足以獨領風騷，名高千古。古樂府，是以後代之眼光看待古人之詩篇而言。鄭櫻桃，借喻作者之詩篇[1]。

【補註】

01 儘管《樂府詩集·雜歌謠辭三·歌辭三》錄有李頎〈鄭櫻桃歌〉，解題並謂鄭櫻桃為後趙武帝石虎之寵妾，嘗妒殺石虎之妻郭氏與妾清河崔氏；然詩人之取義並不在妒殺之事。

【後記】

次章似為商隱酒後不以為忤而戲答的話，表現出聰明的機鋒。「眾果」，喻年輕後進的同僚；「天生名品高」三句，以孤芳與傲骨自詡，表示雖沉淪一時，然己之詩文終將獨步當代而流芳百世。「何因古樂府，唯有鄭櫻桃」，可能是以後世的眼光而言，謂將來歷數詩壇重鎮，唯有李商隱之詩文足以獨領風騷，名高千古；「鄭櫻桃」即借喻詩人之作品而言。

146 嘲櫻桃（未編年）

朱實鳥含盡，青樓人未歸。南園無限樹，獨自葉如幃。

【詩意】

長年以來，遊宦幕府，漂泊淪落，未能回任京官，只能以華麗的文采為人作嫁，無怪乎同僚把我譬喻成被流鶯相繼含在嘴中的紅櫻桃，的確也有幾分道理。每當想起妻子獨守空閨，盼望不到我回家團圓，就令我特別感傷。南方的庭園裡如今桃李成林，繁花滿眼，爭榮競豔，唯有這棵櫻桃樹已經綠葉繁密得像幃幔般逐漸低垂了（按：似乎意在以僚友的芳華正茂對比詩人的遲暮之悲）。

【注釋】

① 詩題—本詩似與〈百果嘲櫻桃〉〈櫻桃答〉相關。筆者推測可能是夜闌人散之後（或異日）回想僚友間彼此戲謔問答之餘，覺僚

友以櫻桃為喻之嘲謔頗為貼切，不免感慨係之而有此作。櫻桃，為詩人自喻[1]。

② 「朱實」二句—謂長年遊宦幕府、漂泊沉淪，僅以文采事人，未能回任京官或返鄉安居久矣。朱實，可能借喻詩人綺麗之文采。鳥含盡，譬喻長年遊歷遠幕，屢換府主。青樓，可能代指故鄉家園之樓閣，亦可代指其上之閨婦而言。未歸之人，則為詩人自喻。

③ 「南園」二句—以僚友之芳華正茂對比詩人遲暮之悲。南園，可能代指當時所在之南方幕府而言。無限樹，謂桃李成林，芳春正好，亦即濟濟多士之意。葉如幃，殆以花期已過，綠葉成蔭，如幃幔般漸漸下垂，表達遲暮之悲。似暗用《世說新語．言語》所載桓溫（312－373）北征時見柳樹之感慨：「木猶如此，人何以堪？」以抒發流光不居、年華易衰之感慨。

【補註】

01 劉學鍇《李商隱詩歌集解》以為本詩乃豔情而雜以嘲戲之作：「起二句謂其風光已老而所思者未歸。三四嘲其年衰而空房獨守也。櫻桃早實，故亦先自綠葉成蔭。『葉如幃』，正暗透其寂處空幃之狀。」雖似可通，然筆者總以為嘲諷青樓女子年衰而獨守空閨，即使只是戲言，仍嫌粗魯無禮而過於殘忍，是以不取。

147 櫻桃花下（未編年）

流鶯舞蝶兩相欺，不取花芳正結時。他日未開今日謝，嘉辰長短是參差。

【詩意】

我來到櫻桃樹下時，流鶯和舞蝶都輕蔑地嘲諷我，牠們笑我不選擇花朵正當盛開而芬芳的時候前來：「以前你來的時候，花朵尚未開放；今日你再來，偏偏它們又已經紛紛凋零了。總之，你這個人啊！就是趕不上良辰吉時，怨不得別人哪！」

【注釋】

① 詩旨—本詩旨在感慨際遇坎坷，遭逢不偶，頗有〈流鶯〉詩「良辰未必有佳期」之喟嘆。

② 相欺—欺我。相，前置代名詞，代指動詞下所省略之受詞。

③ 長短—總之、反正；見張相《詩詞曲語辭匯釋》。

【評解】

01 程夢星：自傷與時齟齬，偶於櫻桃發之。良辰美景，原貴及時，無奈參差，竟難自必，唯有捷足者先得之矣。是看流鶯舞蝶，雅善欺人，佔斷春光，不前不後，何其巧也！若我之尋春，早或未開，遲或又落，則是左右長短計之，總不能適值良辰也。按古人看花後時之嘆，往往而有；義山兼舉其先時之參差，更為刻至。（《李義山詩集箋注》）

148 高花（未編年）

花將人共笑，籬外露繁枝。宋玉臨江宅，牆低不擬窺。

【詩意】

在一座豪邸的閣樓上，有一位女子凝睇含笑，她的容光艷麗明媚，和伸出籬落外繁盛的高花一樣燦爛迷人；儘管宋玉很有才華，但是他臨江舊宅的圍牆實在太低了（按：表示家世身分太過低微），這女子完全沒放在眼裡，根本就無意窺視。

【注釋】

① 詩題—本詩殆因偶有所見而一時戲詠，或亦寓有身世卑微、人情冷暖之慨。設有寓意，則高花喻身分與眼界俱高之女子；宋玉乃貧寒之詩人自喻。

② 「花將」二句—謂某豪邸院落之閣樓或門邊，有女子凝睇含笑，其容光與伸出籬外之高花同其燦爛明媚；此似有暗用嚴可均輯《全隋文》所錄梁、陳時人江總〈南越木槿賦〉：「啼妝梁冀婦，紅妝蕩子家；若持花並笑，宜笑不勝花」之句而翻案以為人花併美之意。將，與也。笑，兼指人之笑容可掬與花之綻放盛開，參見〈李花〉詩注③。

③ 「宋玉」二句—宋玉之臨江舊宅，在今湖北省江陵縣。不擬窺，寫出美豔女子眼界甚高，對貧士不屑一顧之驕傲神態，故以「高花」擬之而以「牆低」自嘲。牆低，凸顯身分之卑微。不擬窺，暗用宋玉〈登徒子好色賦〉中東家之美女窺視宋玉三年之事[1]。或本作「不礙窺」，則是無礙於女子之窺視；然如依此解，則「高」字似無所取義而情味頓減。

【補註】

01 宋玉〈登徒子好色賦〉自辯不好色曰：「天下之佳人，莫若楚國；楚國之麗者，莫若臣里；臣里之美者，莫若臣東家之子。東家之子，增之一分則太長，減之一分則太短，著粉則太白，施朱則太赤。眉如翠羽，肌如白雪，腰如束素，齒如含貝。嫣然一笑，惑陽城，迷下蔡，然此女登牆闚臣三年，至今未許也。」

【評解】

01 何焯：下二句刻畫「高」字，死事活用。（《李義山詩集輯評》引）

02 馮浩：宋玉以自比。牆低固不礙窺，然作「不擬」，謂笑顏常露，偏於易窺者，而意不我屬也，故較有味。（《玉谿生詩詳注》）

149 和張秀才落花有感（未編年）

晴暖感餘芳，紅苞雜絳房。落時猶自舞，掃後更聞香。夢罷收羅薦，仙歸敕玉箱。迴腸九迴後，猶自剩迴腸。

【詩意】

溫暖的晴陽，使得仍然在枝頭上的花朵都感受到氣候的美好，於是尚未完全綻放的紅色花苞，就趕著要追上已經盛開的花房，把庭園妝點得熱鬧繽紛、燦爛明豔極了！漸漸地，花朵紛紛凋零了，儘管她們的姿態，仍然像美人翩翩起舞般輕盈曼妙，令人一時陶醉；而清掃過落花的庭園，更是餘香裊裊，也讓人難以忘懷。但是，花朵凋落，春光歸去，都讓人有如美夢忽然中斷，只好無奈地收捲羅薦時的心神恍惚；又彷彿遙望神仙的車駕渺茫雲霄九天之外時，令人惆悵迷惘而倍覺傷感。你不妨看看為花落而神傷的人，在他們的愁腸九次曲折地迴轉之後，還有些甚麼呢？——依然是千迴百折的愁腸啊！

【注釋】

① 詩題—張秀才原唱似已失傳。或謂以花落比擬香消玉殞，或謂乃落第之喻；筆者以為移此二說以通讀全篇，頗感窒礙扞格，是以不取。

② 「晴暖」二句—感，使役動詞，使餘芳感受到晴暖氣候之美好。餘芳，仍在枝頭上之花朵。紅苞，尚未全部綻放之花苞。絳房，已經盛開之花房。

③ 「落時」二句—前句擬落花飄飛如美人蹁躚而舞，後句極言花香之濃郁芬馨。

④ 「夢罷」二句—似寫花落春歸，令人惘然若失：直如好夢忽斷，收捲羅薦時之心神恍惚；復如仙駕終邈，遙望雲天時之惆悵迷惘。羅薦，用來鋪襯臥榻之輕軟綢緞。敕，整飭。玉箱，形容華麗之車駕；《晉書・卷三十一・列傳第一》載左芬（左思之妹）所作〈元楊皇后誄〉曰：「其輿伊何？金根玉箱。」

⑤ 「迴腸」二句—極言因落花而腸迴神傷。

【評解】

01 劉克莊：「將飛更作迴風舞，已落猶成半面妝」，宋景文〈落花〉詩也，為世所稱，然義山固已云：「落時猶自舞，掃後更聞香」，下句更妙。（《後村詩話》）

02 姚培謙：此作落後追想之詞。花已落矣，迴思欲落之時，乍落之後，已如夢斷仙歸，猶自迴腸不已。人生業想，真是無可奈何。（《李義山詩集箋注》）

03 張采田：細意妥帖，雖無奇想，自見筆力。（《李義山詩辨正》）

150 破鏡（未編年）

玉匣清光不復持，菱花散亂月輪虧。秦臺一照山雞後，便是孤鸞罷舞時。

【詩意】

美玉裝飾的鏡匣，已經不再能保持清澈明亮的光輝了（按：似喻負責為國舉才的官員，已經不再能堅持公正的制度與衡量人才的標準了），當陽光映照時，它的光影分散凌亂有如菱花，而它原本有如滿月的輪廓，也變得殘破而不完整了（按：似喻選才之官員私心作祟，以致理想淪喪，眼光渙散，標準紊亂而衡鑑不公）。一旦秦朝咸陽宮中珍異的鏡臺竟然被用來映照山雞之後，從此孤傲的鸞鳳便不肯再對著明鏡起舞了（按：似喻選才的官員拔擢庸才之後，才高志大的賢人便不願意再參加科舉考試來展現自己的才學了）！

【注釋】

① 詩題—本詩旨在譏斥衡鑑選才之不公。破，言其失去作用，意即有所不公；鏡，喻衡量選拔人才之制度及負責之長官。

② 「玉匣」句—玉匣，玉飾之鏡匣，譬喻為國舉材之官員。清光，清澄明亮之光輝，喻選拔人才時公正之標準。

③ 「菱花」句—菱花，古時以銅為鏡，對日則光影映射散開有如菱花；庾信〈鏡賦〉：「臨水則池中月出，照日則牆上菱生。」菱花散亂，借喻選才之官員私心作祟，以致眼光渙散，標準紊亂而衡鑑不公。月輪，明鏡狀如圓月，故云。

④ 「秦臺」句—秦臺，相傳秦咸陽宮中原有對之能映照出五臟六腑之珍異鏡臺[1]；此喻選才官吏之眼光。山雞，此喻才學不足以服

人者；鏡照山雞，見劉敬叔《異苑》[2]。

⑤「便是」句—孤鸞，喻才高自負之人，亦為作者自喻；罷舞，喻不欲參與科考而自炫其才，或不願依附政黨而龍蛇雜處。孤鸞鏡舞，見范泰〈鸞鳥詩序〉[3]。

【補註】

01 《西京雜記》卷三〈咸陽宮異物〉載：「高祖初入咸陽宮，周行庫府，……有方鏡，廣四尺，高五尺九寸，表裡有明，人直來照之，影則倒見。以手捫心而來，則見腸胃五臟，歷然無礙。人有疾病在內，則掩心而照之，則知病之所在。又女子有邪心，則膽張心動。秦始皇常以照宮人，膽張心動者則殺之。高祖悉封閉以待項羽，羽並將以東，後不知所在。」

02 《藝文類聚・卷九十一・鳥部中・山雞》引宋人劉敬叔《異苑》曰：「山雞愛其毛羽，映水則舞。魏武時，南方獻之，帝欲其鳴舞而無由。公子倉舒（按：指曹操之子曹沖，能測象之體重，有神童之譽）令置大鏡其前，雞鑑形而舞，不知止，遂乏死。」

03 南朝時宋人范泰〈鸞鳥詩序〉：「昔罽賓（按：漢時西域國名，即今喀什米爾一帶）王結罝峻祁之山，獲一鸞鳥。王甚愛之，欲其鳴而不能致也。乃飾以金樊，饗以珍羞，對之愈戚，三年不鳴。其夫人曰：『嘗聞鳥見其類而後鳴，何不懸鏡以映之。』王從其言。鸞睹形感契，慨然悲鳴，哀響中霄，一奮而絕。」

【評解】

01 胡震亨：似悼亡詩。　○姚培謙：追想到乍破之時，傷心欲絕。○屈復：亦是悼亡之作。寫「破」字無痕，玉谿之最靈妙者。　○程夢星：此當是失偶之時所作。　○紀昀：悼亡之作，了無佳處。

〇葉葱奇：首句說鏡已不再可用，次句說它已破碎。下二句即閨中良伴永逝之日，也是此身喪亡之時的意思。這是王氏歿後，詩人在極端懊喪的心情下自傷的作品，措語非常悲痛，自覺身雖未死，精神已隨著她同逝了。（按：以上輯錄以為悼亡諸說）

02 馮浩：以衡鑑言選才，古今通例也。詩謂鏡光散亂，照山雞而頓棄孤鸞，必為間之於座主者寄慨。……余初疑為令狐，細玩必非。或以為悼亡，更誤。（《玉谿生詩詳注》）

03 張采田：此初登進士第，應宏博不中選之寓言也。結言豈料一登上第，便從此報罷乎？（按：此說有誤）破鏡喻衡鑑不中之意。通體淒惋欲絕矣。（《李義山詩辨正》） 〇馮氏謂以衡鑑言選才，是也。此慨一登第後，秘閣不能久居，從此沉淪放廢也（按：此說及以下皆可議）。「菱花散亂月輪虧」，喻黨局之累，語尤顯然，豈僅致慨座主哉！（《玉谿生年譜會箋》）

151 鸞鳳（未編年）

舊鏡鸞何處？衰桐鳳不棲。金錢饒孔雀，錦段落山雞。王子調清管，天人降紫泥。豈無雲路分？相望不應迷。

【詩意】

老舊的銅鏡已經失去光澤了，原本它還能映照出英姿絕俗的鸞鳳，可是如今鸞鳳都到哪裡去了呢？（按：可能譬喻君王受群小矇蔽而不辨忠奸正邪、是非善惡，因此李黨中人迭遭貶謫，早已風流雲散矣！）原本高大的梧桐也已經衰老了，鳳凰也都不願再棲息其上了（按：似喻朝廷已為權臣把持，正直的君子都不願側身朝列了）。

鸞鳳寧可讓孔雀去盡情展現牠有如金幣那麼耀眼的五彩花紋，即使俗人認為牠不如山雞擁有像錦繡那麼華麗的羽毛，牠也並不在意。有朝一日，王子喬應該會演奏清亮的笙簫來招引鸞鳳，天上的神仙也應該會頒下用紫泥密封的詔書來召喚鸞鳳才是。難道我就沒有平步青雲、實踐理想的運命嗎？我相信自己還是有飛黃騰達、施展抱負的機會，不應該永遠希望落空而一生迷惘惆悵吧！

【注釋】

① 詩題──鸞鳳，似借喻橫遭貶謫之李黨及詩人自身而言。

② 「舊鏡」二句──舊鏡，似以舊鏡之失去光澤，不能照見鸞鳳絕俗之英姿，譬喻君王受群小矇蔽而不辨正邪忠奸。鸞何處，似喻李黨中人迭遭貶謫，早已風流雲散矣。鸞鏡之事，見〈破鏡〉詩注⑤。衰桐，似喻朝廷已為權臣把持。鳳不棲，喻有抱負有原則之正人君子皆不願側身朝列。

③ 「金錢」二句──金錢，指孔雀由背部至尾部之羽毛均有形如錢幣相互環繞之五彩花紋，極為華貴珍美。饒，讓也。錦段，如錦繡綢緞般華麗之羽毛。落，下也；落山雞，落於山雞之後，即不如山雞之意。

④ 「王子」二句──王子、天人，皆指仙人，此喻君王。調清管意在引鳳，降紫泥意在求賢，兩句義同。王子，《列仙傳》載周靈王太子晉好吹笙，作鳳鳴；游伊、洛之間，後隨道人學仙乘白鶴而去。紫泥，古代詔書以紫泥封口，上蓋印璽，故以紫泥代指帝王之詔命。

⑤ 「豈無」二句──雲路，即平步青雲之路，喻仕途顯達。分，命運中之定數。相望，期待也；相，前置代名詞，代指雲路分而言。不應迷，不應希望落空而迷惘惆悵。

【評解】

01 馮浩：上半喻己之不得所依，讓不如我者之得意也。下半喻得為清資之官，可望高躋雲路。王子，義山自謂；天人，注擬之官也。玩其情味，必從江鄉還京，拔萃重入秘省時作無疑也。（《玉谿生詩詳注》）

＊ 編按：降紫泥之天人，非君王莫屬，故此說非；張采田之說所誤亦同。

02 紀昀：感遇之作，意露而體亦不高。連用四鳥，亦一病也。（《玉谿生詩說》）

03 張采田：此選尉時寓言也。「舊鏡」句謂秘省清資，不能復入。「衰桐」句謂兩次為尉，非心所甘。「王子」一聯，謂京尹留假參軍，管章奏。義山本宗室，故曰「王子」。天人以喻京尹。「金錢」句讓人才華自炫，「錦段」句嘆己文采漸衰。義山以箋奏馳名，乃不能掌誥內廷，翻使屈身記室，故反言之。結則望從此或致顯達耳。（《玉谿生年譜會箋》）

＊ 編按：此說太過拘泥，頗似穿鑿。

152 微雨（未編年）

初隨林靄動，稍共夜涼分。窗迴侵燈冷，庭虛近水聞。

【詩意】

白天的微雨在即將飄灑下來之前，起初是隨著林間的雲靄似有若無地氤氳蒸騰，飄移浮動，簡直和雲煙渾然融合，難以分辨；漸漸地，她會讓你微微感覺到肌膚生涼，慢慢地才能逐漸察覺到她和夜間的涼氣襲人似乎又有些許分別。入夜之後，當你遠離窗邊而坐時，可以感覺到涼氣仍然侵襲進屋子裡來，使黯淡的孤燈在明滅閃爍間搖曳出陣陣的寒意。走出戶外察看，只見庭院空曠寂靜，似乎並未下雨；直到接近水邊時，才能隱約感覺到水面上似乎響起極其細微的窸窣聲……。

【注釋】

① 「初隨」二句—首句從視覺寫微雨籠罩樹林而與煙靄融成一片，微微浮動，難以分辨。靄，煙雲之氣。稍共，漸與。次句表示一段時間之後才能稍微察覺出與夜間之涼氣有些區隔；而此時或由首句之黃昏轉入夜晚矣。

② 「窗迥」句—迥，遠也；窗迥，謂感受到涼意而遠離窗邊，在空闊之屋內近燈而坐。侵燈冷，側寫斜風飄灑微雨入窗而襲向孤燈時寒涼之感。

③ 「庭虛」句—聞，聽見；有「聞」字，可知並非夜間涼氣，而是微雨觸水之聲。

【評解】

01 何焯：雖無遠指，寫「微」字自得神。（《李義山詩集輯評》引）

02 姚培謙：窗迥而侵燈覺冷，庭虛故近水遙聞，寫「微」字靜細。（《李義山詩集箋注》）

153 細雨（未編年）

瀟灑傍迴汀，依微過短亭。氣涼先動竹，點細未開萍。稍促高高燕，微疎的的螢。故園煙草色，仍近五門青。

【詩意】

放眼望去時，似乎可以看到遠方有一陣迷濛的雨霧，先是隨風飄灑過曲曲折折的水岸邊，然後依稀隱約又掠過送別的短亭而去。仔細體察後，可以發覺到細帶著涼氣，讓竹林輕輕搖曳起來了；而牛毛般纖細輕柔的雨絲，還盪不開水面的浮萍。白天細密的雨絲，逐漸促使高空的燕子低低斜斜地掠過地面；而入夜後的細雨，也使得原本明滅閃爍的螢光，顯得稀疏而微弱。見到被雨水滋潤得青翠欲滴的春草，讓我更加想念故園籠罩著芳煙的碧草，仍然連接向京城青綠的草色⋯⋯。

【注釋】

① 「瀟灑」二句—瀟灑，形容遠處細雨飄灑之情狀及詩人心中淒清之感受。迴汀，曲折之水岸邊。依微，依稀隱約貌。短亭，古時驛道上相隔五里設一短亭，以供行旅休息，兼為送別之處。按：「短亭」二字已伏下末聯故園之思。

② 「氣涼」二句—謂空氣中瀰漫之涼氣，使竹林微微搖曳起來；而輕柔細微之雨絲，仍盪不開水面浮萍。

③ 「稍促」句—寫細密雨絲逐漸促使高空燕子為之穿梭斜掠，時而貼地低飛。

④ 「微疎」句—寫細密雨勢使明滅閃爍之螢光顯得稀疏而微弱。的

的，明亮貌。

⑤「故園」二句—因見青草而興羈旅懷鄉之感，且猶有出任朝官以施展抱負之想。故園，故鄉之家園，此遙應次句之短亭而寓鄉愁。五門，鄭玄注《禮記·明堂位》曰：「天子五門，皋、雉、庫、應、路也。」此處代指京城而言；仍近五門，意即仍嚮往出任京官之意。

【評解】

01 錢良擇：刻意描題，雖無奇思，自見筆力。（馮浩《玉谿生詩詳注》引）

02 田蘭芳：「氣涼」句最佳。（馮浩《玉谿生詩詳注》引）

03 何焯：寫「細」字得神。（《李義山詩集輯評》引）

04 屈復：八句皆寫雨景，俱寫「細」字，而層次井然。雖無杜之沉鬱頓挫，雄渾悲壯，其雅靜亦自可誦。（《玉谿生詩意》）

05 紀昀：前六句刻畫家數，一結若近若遠，不粘不脫，確是細雨中思鄉，作尋常思鄉不得，作大雨亦不得。（《玉谿生詩說》） ○細膩熨貼。（《李義山詩集輯評》引）

154 細雨（未編年）

帷飄白玉堂，簟捲碧牙床。楚女當時意，蕭蕭髮彩涼。

【詩意】

當細雨飄灑而下時，有如玲瓏透明的珠簾或窗帷飄搖於華麗的廳堂之前；她所帶來的涼意，會使人自然而然地想要收捲起碧牙床上的竹蓆。漫天揮灑的雨絲，似乎是楚地多情的神女在沐浴之後，正意態悠閒地讓好風吹揚起她披散的髮絲，也把她烏亮而有光澤的秀髮間清涼的水珠灑向人間而來……（按：後半亦可理解為：看著細雨瀟瀟而下，讓我想起像巫山神女那麼浪漫多情的她當時曾經在沐浴之後，隨興地讓烏黑亮麗的秀髮在風中飄揚開來，清涼的水珠也隨之飛灑開來的畫面）。

【注釋】

① 「帷飄」二句—首句由視覺印象寫細雨如簾帷飄搖於華堂前，次句由觸覺感受寫秋雨寒涼所引起之人情物理之變化。白玉堂、碧牙床，均取其華貴之意，未必實指。

② 「楚女」二句—楚女，用楚地巫山神女朝雲暮雨之事，以興起對一段美好情緣之追憶，並引發浪漫之聯想。蕭蕭，形容長髮飄揚風中之情狀。髮彩，秀髮上潤澤之光彩。按：此二句可能暗用《楚辭．九歌．少司命》中神女沐浴後散髮乘涼之事：「與女沐兮咸池，晞女髮於陽之阿。」

【評解】

01 屈復：細雨如髮，因帳飄簟卷而懷當時之處女，意自有托也。（《玉谿生詩意》）

02 紀昀：對照下筆，小詩之極有致者。（《玉谿生詩說》） ○佳在渾成。（《玉谿生詩集輯評》引）

155 霜月（未編年）

初聞征雁已無蟬，百尺樓臺水接天。青女素娥俱耐冷，月中霜裡鬥嬋娟。

【詩意】

白天聽見南遷的鴻雁群發出嘹唳的鳴叫聲時，我才驀然驚覺寒蟬已經銷聲匿跡，秋意已經相當深濃了。夜裡我登上百尺高樓，仰望明淨的秋空，俯瞰寧靜的大地，感覺月華如水，霜清似玉，恍如置身在玲瓏的水晶宮中，別有情韻。原來月娥和霜女越冷就越顯精神，也越會使出渾身解數來爭妍鬥美；於是霜月交輝的秋夜也就更具幽冷而空靈的詩情畫意了。

【注釋】

① 詩題—本詩屬於寫景詠物之小品，特點在於不對景物作靜態之細膩描畫，而側重於捕捉景物所引起高寒寥落之感受與美好浪漫之聯想。由於善用擬人手法，選字用詞精切傳神，意境亦幽峭動人，因而格外富有韻致而耐人尋味。

② 「初聞」句—聞征雁而無蟬，點出節令已屆仲秋；據《禮記・月令》所載：「孟秋之月寒蟬鳴，仲秋之月鴻雁來，季秋之月霜始降。」可知雁唳長空時，寒蟬已銷聲匿跡，故陶淵明〈己酉歲九月九日〉云：「哀蟬無留響，征雁鳴雲宵。」征雁，遷徙途中之鴻雁。

③ 「百尺」句—點出詩人位於高樓，先聞秋雁橫空之唳叫聲，而後仰觀俯瞰，感覺月華如水、霜清似玉，此時霜月交輝之清光，灑落樓宇窗檻之間，恍如置身澄澈明淨之水晶宮中，感到陣陣寒

意。水，殆借喻月華與清霜交映之光輝；水接天，寫月色皎潔、霜華皓白，天上地下，輝映成趣。臺，一作「高」，一作「南」。

④「青女」二句—寫詩人感到寒意襲人時仰望秋空之想像：彷彿月娥與霜女正因秋空寒霄而精神抖擻起來，於是相互使盡渾身解數以逞威風、鬥神韻，秋夜也因其爭奇炫能而更引人入勝了。青女、素娥，分別代表霜與月，見〈十一月中旬至扶風界見梅花〉注③。耐，宜也、稱也，見張相《詩詞曲語辭匯釋》。耐冷，宜於冷寒之時，亦即越冷越顯精神，越富魅力。嬋娟，明潔高雅貌，左思〈吳都賦〉：「檀欒嬋娟，玉潤碧鮮。」呂向注：「檀欒、嬋娟皆美貌。」李商隱〈秋月〉亦云：「姮娥無粉黛，只是逞嬋娟。」鬥嬋娟，即暗中較勁，各自表現出空靈淡雅、玉潔冰清之神韻。

【評解】

01 何焯：第二句先虛寫霜月之光，最接得妙。下二句常語也。（《李義山詩集輯評》引）

02 屈復：一，歲已云暮；二，履高視遠。三四，霜月中猶鬥嬋娟，何其耐冷如此？吾每見世亂國危，而小人猶爭權不已，意在斯乎？（《玉谿生詩意》）

03 紀昀：首二句極寫搖落高寒之意，則人不耐寒冷可知。卻不說破，只以青女、素娥對照之，筆意深曲。（《玉谿生詩說》）

156 月（未編年）

過水穿樓觸處明，藏人帶樹遠含清。初生欲缺虛惆悵，未必圓時即有情。

【詩意】

月亮的光華，掠過水面，穿樓進出，所到之處，一片清朗明澈。傳說月輪中有嫦娥深居在廣寒宮裡，還有玉桂飄香，雖然遠離人間，但是蘊含無限清光，因此總是特別撩人遐思。由於人間對於團圞滿月充滿浪漫的期待與幻想，因此在新月初現和滿月欲缺時，便空自惆悵不已了；其實即使月圓之夜，她也亦未必對人懷有特別的情意呀！

【注釋】

① 「過水」句—謂其光華掠水而過，穿樓進出，所到之處，瞬間轉為清朗明澈。觸處，猶言遍地、所到之處；岑參〈江上春歎〉：「春風觸處到，憶得故園時。」

② 「藏人」句—謂傳說其中有嫦娥深居，玉桂飄香，雖遠離人間，然蘊含無限清光，彷佛別有天地而引人遐思，以為月娥對人懷有特殊情意。清，指清光，亦隱然有情意疏淡之義蘊。

③ 「初生」二句—謂人間每對團圞滿月充滿浪漫之期待與幻想，遂於新月初現、滿月欲缺時空自惆悵不已，殊不知即使月圓之時，彼亦未必對人有情也。

【後記】

世人總是希望月圓而嘆惜月虧，因而常在明月初生或圓月欲缺之時，為之惆悵感傷，詩人卻說這種情懷其實只是自作多情，因為她的陰晴圓缺自有定數，即使月圓之時，也未必表示明月對人有情；何況月圓終究不是常態，月圓之後又必然又有月缺的循環。引申而言，世人往往會對自己際遇的失意與挫折感到缺憾，自然會寄望於美好的未來；詩人卻指出「未必圓時即有情」，甚至可能還有更深一層的暗示：即使來日美好的期待實現時，仍然難以避免另一次或另一種形式的失意與挫折。往小處說，也許詩人感慨自己長期沉淪幕僚，希望在朝政氣象一新之時能有施展抱負的機會，然而期待終究落空；往大處說，則可能感慨希望往往幻滅成空，人生也終究無法避免缺憾。

157 城外（未編年）

露寒風定不無情，臨水當山又隔城。未必明時勝蚌蛤，一生長共月虧盈。

【詩意】

信步城外時，感受到清露雖然寒冷，淒緊的秋風則已經停止了，而且還有明月相照，似乎並非對我無情。可是不久之後，月華逐漸轉移：起初是臨水自照，進而依偎山巒，然後遙隔重城，終於遠遠地離我而去了！這樣的景象，不禁令我有所感觸：我半生遠離京華，漂泊無依，始終時運不濟，窮愁潦倒。即使到了清明的時代，都還缺乏否極泰來的機緣，未必就勝得過蚌蛤的際遇；因為蚌蛤的一生，總是伴隨著明月由虧缺轉向圓滿而變化，始終都有成長得越來越盈實飽滿的指望。

【注釋】

① 詩題—本詩殆為義山信步城外時望月有感之作。題曰「城外」，即寓有遠離京華或權力核心而漂泊在外之意；詩人所欲表達者在於清寂幽冷之情境所引起之遠隔心態與沉淪之悲。

② 「露寒」二句—寫信步城外時，清露雖寒而秋風已停，明月且來

相照，似非於己無情；然詩人又察覺到月華逐漸轉移，先是臨水依山，既而遙隔重城，終而遠向天涯海角而去，於是產生遠隔京華的淪落之感，進而引起後兩句之悲歎。

③「未必」二句—以蚌蛤猶能期待月圓之時，隨之盈實飽滿；對比自己漂泊無依、窮愁潦倒，始終缺乏否極泰來之機緣，遂益覺可悲[1]。古人有蚌蛤與月盈虛之說，故《呂氏春秋・季秋紀・精通》云:「月也者，群陰之本也。月望則蚌蛤實，群陰盈；月晦則蚌蛤虛，群陰虧。」左思〈吳都賦〉亦曰:「蚌蛤珠胎，與月虧全。」

【補註】

01「未必勝蚌蛤」，可有二義：其一是「不如蚌蛤」，解如前注；其二是「與蚌蛤無異」，則詩人意在感慨己身之際遇總是隨他人之盛衰而起伏，與隨月盈虧之蚌蛤同樣身不由己。然由「臨水當山又隔城」及詩題「城外」所表現之遠隔意象觀察，應以作「不如」解者能與前半兩句意脈相連而義長。

【評解】

01 姚培謙：傷有心之不見諒也。月既隔城，城外似照不及，故以「城外」命題。（《李義山詩集箋注》）

02 紀昀：前二句不甚成語，後二句淺而晦。……通首是詠月也。 ○末二句言已諸事缺陷，不能於月明之時如蚌蛤之隨月而虧者復隨之而盈也。然殊費解，費解者必非好詩也。（《玉谿生詩說》）

158 淚（未編年）

永巷長年怨綺羅，離情終日思風波。湘江竹上痕無限，峴首碑前灑幾多？人去紫臺秋入塞，兵殘楚帳夜聞歌。朝來灞水橋邊問，未抵青袍送玉珂。

【詩意】

被幽禁在永巷中的可憐女子，怨嘆自己因為在宮中身穿華麗的綾羅綢緞，以致遭人忌恨而命途多舛，只能長年累月地在冷宮中暗彈珠淚。離情依依的送行人，往往終日思慕逐風波而去的遠行人而牽掛不安，只能淚滴江畔。帝舜駕崩之後，娥皇和女英立即千里奔喪，她們哀悼亡夫而淚痕遍染湘竹的傷痛，實在使人為之鼻酸。晉朝時，襄陽百姓追念良吏羊祜的恩德而為他立了淚墮碑，直到如今，人們在碑前所流下的眼淚，真是何其多啊！當年王昭君辭別漢宮，遠赴異域，正逢秋風吹入塞內的時節，無怪乎她會絕望地淚灑黃沙，實在令人黯然神傷。霸王項羽在四面楚歌的夜晚不得不訣別虞姬，他心有未甘地流下英雄末路的悲憤之淚，也的確令人同情感慨。儘管歷史上有如此多的傷痛珠淚，但是清晨時你不妨到灞橋邊上去問問灞水，他一定會告訴你：「連我的浩蕩奔騰，都遠遠不及身穿青袍的寒士在恭送達官顯宦時所吞嚥下的心酸珠淚那麼滂沱、那麼洶湧啊！」

【注釋】

① 詩題—本詩採用江淹〈別賦〉〈恨賦〉之作法，借著堆疊出六種傷嘆落淚之典實（選詞時又刻意避開「淚」字），凸顯出自己沉淪下僚之際，仍須對達官顯宦強顏歡笑、送往迎來之無奈與感慨。

② 「永巷」二句──謂被幽禁於永巷中之深宮怨女，只能長年愁恨怨嘆遍身綺羅而招來冤辱；離情依依之人，往往終日思慕逐風波而去之人而牽腸掛肚，淚灑江畔。《三輔黃圖》卷六載：「永巷，永，長也；宮中長巷，幽閉宮女之有罪者。漢武帝時改為掖庭，置獄焉。《列女傳》：周宣王姜后，脫簪珥，待罪永巷。」《史記・呂太后本紀第九》：「呂后最怨戚夫人及其子趙王，乃令永巷囚戚夫人。」怨綺羅，怨嗟因身著綺羅而遭人忌恨，遂招來永巷長年之幽閉。

③ 「湘江」句──寫帝舜之孀婦娥皇與女英千里奔喪，哀悼亡夫而淚染湘竹之傷痛；參見〈潭州〉詩注③。

④ 「峴首」句──寫襄陽百姓追念良吏羊祜之恩德而淚墮碑前之感懷；參見〈贈司勳杜十三員外〉詩注⑥。

⑤ 「人去」句──寫昭君辭別漢宮，遠赴異域而淚灑黃沙之絕望；事見〈王昭君〉詩注。江淹〈別賦〉云：「明妃去時，仰天太息；紫臺稍遠，關山無極。望君王兮何期？終蕪絕兮異域。」杜甫《詠懷古跡五首其三》亦云：「一去紫臺連朔漠，獨留青塚向黃昏。」紫臺，又名紫宮、紫禁，乃帝王所居；蓋古人以為天象下應人事，而紫微星垣正對應皇家之城垣，故云。

⑥ 「兵殘」句──寫英雄末路之霸王在四面楚歌時，不得不訣別虞姬之悲憤不甘[1]。

⑦ 「朝來」二句──寫寒士與卑官恭送貴宦時強顏諂笑、卑躬屈膝之際所吞嚥之心酸珠淚，連奔流之灞水亦不及其滂沱，故其椎心刺骨之傷痛又遠勝於前此六項珠淚所流露之情感矣；蓋當場只能含羞忍辱，吞聲飲恨，卻不能揮淚灞橋，一抒怨憤。灞水橋，又稱灞橋，在長安市東灞水上，為出入長安要路之一，唐人常以此為餞行之地。青袍，通常為寒士或低階文官之服色；見〈春日寄懷〉

詩注③。珂，馬鞍上玉石類之飾物[2]；《玉篇》：「珂，石次玉也，亦瑪瑙潔白如玉者。」玉珂，可代指達官貴人。

【補註】

01 《史記・項羽本紀第七》：「項王軍壁（按：駐紮也）垓下，兵少食盡。漢軍及諸侯兵圍之數重。夜聞漢軍四面皆楚歌，乃大驚曰：『漢皆已得楚乎？是何楚人之多也！』項王則夜起，飲帳中。有美人名虞，常幸從；駿馬名騅，常騎之。於是項王乃悲歌慷慨，自為詩曰：『力拔山兮氣蓋世，時不利兮騅不逝！騅不逝兮可奈何？虞兮虞兮奈若何？』歌數闋，美人和之。項王泣數行下。左右皆泣，莫能仰視。」

02 《西京雜記》卷二載漢武帝馬飾之盛云：「武帝時身毒國（按：即今印度之古國名）獻連環羈，皆以白玉作之，瑪瑙石為勒，白光琉璃為鞍。鞍在闇室中，常照十餘丈如晝日。自是長安始盛飾鞍馬，競加雕鏤，或一馬之飾直百金，皆以南海白蜃為珂，紫金為蕚，以飾其上。」

【後記】

本詩是借深宮失寵的怨曠之淚、閨中念遠的牽掛之淚、孀婦憶夫的哀痛之淚、追念舊德的感懷之淚、遠赴異域的幽怨之淚、英雄末路的悲恨之淚，來烘托與起青袍寒士恭送玉珂貴宦時的心酸與鬱悶。蓋貴賤相形、判若雲泥，已令人難以為懷，有時還必須卑躬屈膝、看人臉色，甚至逢迎諂媚、搖尾乞憐，實更令人不堪，然又不能形之於色；換言之，不能流出之珠淚遠比流出者更加淒楚，亦更加沉痛！

【評解】

01 陳帆：首言深宮望幸，次言羈客離家。湘江、峴首，則生死之傷也。出塞、楚歌，又絕域之悲、天亡之痛也。凡此皆傷心之事，然自我言之，豈灞水橋邊以青袍寒士而送玉珂貴客，窮途飲恨，尤極可悲而可涕乎？前皆假事為詞，落句方結出本旨。（程夢星《李義山詩集箋注》引）

02 胡以梅：「怨綺羅」三字精，言人終身幽閉，不識君王之面，不如荊布之有琴瑟之樂，則何取乎綺羅？惟其著此，纔致淒涼受苦，無人生之樂，所以怨之。語有曲折，靈氣溢紙。既有離情，又慮風波之險，更非尋常離情矣，深入一層。三四已將「痕」「灑」二字點清。五六則意在言外，連上讀去，自然有淚在內，止覺骨肉停勻，其法最老。作者手眼，全在此類。第五更妙，「秋入塞」三字，真有仙氣，且一「去」一「入」，呼吸靈活。蓋是言昭君出塞時，正逢秋風起，秋可入塞，我獨北征，真堪腸斷之際。……長安，送別之所；青袍，士未遇之服；玉珂，達者出京之騎；得失之境懸絕也。（《唐詩貫珠串釋》）

03 趙臣瑗：一二先虛寫，一是宮娥，二是思婦，此二種人也，最善於淚，故用以發端。中二聯皆淚之典故，然各有不同。三四是為人而淚者，五六是為己而淚者。送終、感恩、悲窮、嘆遇盡於此矣。七八再虛寫天下之淚無有多於送別，而送別之淚無有多於灞橋，故用以收煞。「未抵」云者，言水之淺深猶有可量，淚則終無盡期也。（《山滿樓箋注唐詩七言綠》）

04 陸崑曾：以詩論，則由虛而實；以情論，則由淺而深。結言凡此皆可悲可涕之處，然終不若灞水橋邊，以青袍寒士而送玉珂貴客，抱窮途之恨為尤甚也。（《李義山詩解》）

05 程夢星：此篇全用興體，至結處一點正義便住。不知者以為詠物，則通章賦體，失作者之苦心矣。八句凡七種淚，止結句一淚為切膚之痛。首句長門宮怨之淚，次句黯然送別之淚。三句自傷孀獨之淚，四句有懷舊德之淚。五句身陷異域之淚，六句國破強兵之淚。淚至於此，可謂至矣、及矣，無以加矣。然而坎坷失職之傷心，較之更有甚焉。故欲問之灞水橋邊，凡落拓青袍者餞送顯達，其刺心刺骨之淚，竟非以上六等之淚所可抵敵也。（《李義山詩集箋注》）

06 紀昀：卑俗之至，命題尤俗。 〇問：此詩亦有風致，那得云俗？曰：此所謂倚門之妝，風致處正其俗處也。（《玉谿生詩說》）〇六句六事，皆非正意，只於結處一點，運格絕奇，但體太卑耳。（《李義山詩集輯評》引）

159 嫦娥（未編年）

雲母屏風燭影深，長河漸落曉星沉。嫦娥應悔偷靈藥，碧海青天夜夜心。

【詩意】

在廣寒宮裡，搖曳的燭光映照在華麗的雲母屏風上，拉長的燭影使得深邃的廣寒宮看起來更加空曠寥廓，也顯得更為沉寂冷清了……。廣寒宮外，原本璀璨的銀河正緩緩地向西邊傾斜滑落，終於即將消逝在遙遠的天邊；而東邊的啟明星的寒芒也越來越微弱，就要隱沒在破曉的穹蒼之中了……。我料想被囚禁在廣寒宮中的嫦娥，應該會深自悔恨偷取了后羿的不死仙藥，以至於即使她年復一年、夜復一夜地俯瞰著碧海，也看不到有情的人間；仰望著青天，也找不到溫暖的慰藉。她只能讓自己無限悽涼寂寞的心靈，永生永世迷失在廣漠無垠的宇宙之中……。

【注釋】

① 詩題—本詩可能兼有詠嫦娥、懷女冠與傷境遇三種情懷在內，蓋此三者實皆自有其高潔之理想與追求，且又同陷於孤寂落寞之處境，故而均深切感受到現實與理想之矛盾衝突而備受煎熬與折磨。嫦娥，古代神話中偷竊后羿不死之藥而飛昇月宮之仙女。

② 「雲母」句—想像嫦娥獨居清幽深邃之月宮中，唯有燭影與屏風相伴。雲母，礦物名，有各種顏色，且帶有珍珠光澤，可切割成薄片作為窗戶或屏風之裝飾。雲母屏風，嵌飾雲母石之屏風，乃極為華貴之室內陳設品；《西京雜記》卷一〈飛燕昭陽贈遺之侈〉條載趙飛燕冊封為皇后時，其妹趙合德時為昭儀，特別送上三十五色窮極珍異之大禮，其中包括一幅雲母屏風。燭影深，燭光將殘，輝影搖曳狀。

③ 「長河」句—想像嫦娥只能悵望銀河逐漸西斜，稀疏之晨星亦逐漸轉淡而即將隱沒，她終於又熬過另一個孤棲無眠之漫漫長夜了。長河，即銀河，又有天河、河漢、雲漢等異稱。漸落，逐漸西移而沉落。曉星沉，東方之晨星或啟明星逐漸變得黯淡。

④ 「嫦娥」句—《淮南子・卷六・覽冥訓》：「羿請不死之藥於西王母，姮娥竊以奔月。」高誘注：「姮娥，羿妻。羿……未及服之，姮娥盜食之，得仙，奔入月中為月精也。」姮娥，即嫦娥，因漢文帝名恆，漢人為避其名諱而改稱嫦娥。

⑤ 「碧海」句—想像嫦娥夜夜回望人間，卻只見碧海青天而不見塵寰人世，其幽居孑處時心中之愁苦寂寞，將永無休止之日。

【後記】

李商隱有些蘊藉深婉而又情韻綿邈的詩篇，往往像瑰麗絢爛的萬花筒一般，可以隨意任取不同的角度來觀賞，都會有千變萬化的驚喜。因此，從賞讀詩歌的角度來看（而不從縝密的考據角度來看），說本詩是實寫孤棲廣寒的嫦娥也可，說是同情寂寞苦悶的女道士（煉丹學仙即所謂「偷靈藥」）也可；說是悔婚王氏（其妻王氏及其家族實力即所謂「靈藥」）以至於斬斷令狐氏之恩情也可，說是感慨天賦異稟，才調絕倫（此即所謂「靈藥」）反致流落不遇也可；說是悵嘆執著愛情（此即所謂「靈藥」）而作繭自縛也可，甚至說自己孤高自負，修潔此心（此即所謂「靈藥」），不肯從俗阿附，反遭黨爭傾軋之苦，又何嘗不可呢？只要我們能拋開成見，純粹以作者精心結撰的美學意象作為觸發性靈、撥動心弦的媒介，就可以更貼近詩人的藝術匠心，傾聽到作者深情的悲啼，並且在文學鑑賞的再創造過程中，以自己獨有的生命體悟，賦予作品更豐富深美的意涵。

【評解】

01 鍾惺：語想俱刻，「夜夜心」三字卻下得深渾。（《唐詩歸》）

02 胡次焱：羿妻竊藥奔月中，自視夢出塵世之表，而入海昇天，夜夜奔馳，曾無片暇時，然而何取乎深居月宮哉？此所以悔也。按商隱擢進士第，久中拔萃科，亦既得靈藥入宮矣。繼而以忤旨罷（按：此不詳所指），以牛李黨斥，令狐綯以忘恩謝不通，偃蹇蹭蹬，河落星沉，夜夜此心，寧無悔耶？此詩蓋自道也。上二句紀發思之時，下二句志凝想之意。（《唐詩選脈箋釋會通評林》）

03 何焯：自比有才調，翻致流落不遇也。（《李義山詩集輯評》引）

04 沈德潛：孤寂之況，以「夜夜心」三字盡之。士有爭先得路而自悔者，亦作如是觀。（《唐詩別裁》）

05 宋顧樂：借嫦娥抒孤高不遇之感。筆舌之妙，字不可及。（《萬首唐人絕句評選》）

06 程夢星：此亦刺女道士。首句言其洞房曲室之景，次句言其夜會曉離之情。下二句言其不為女冠，盡堪求偶，無端入道，何日上昇也。蓋孤處既所不能，而放誕又恐獲謗，然則心如懸旌，未免悔恨於天長海闊矣。（《李義山詩集箋注》）

07 姚培謙：此非詠嫦娥也。從來美人名士，最難持者末路。末二語警醒不少。（《李義山詩集箋注》）

08 馮浩：或為入道而不耐孤孑者致誚也。（《玉谿生詩集詳註》）

09 張采田：義山依違黨局，放利偷合，此自懺之詞，作他解者非。（《玉谿生年譜會箋》） ○寫永夜不眠，悵望無聊之景況，亦託意遇合之作。嫦娥偷藥比一婚王氏，結怨於人，空使我一生懸望，好合無期耳，所謂「悔」也。蓋亦為子直陳情不省而發。（《李義山詩辨正》）

160 春雨（未編年）

悵臥新春白袷衣，白門寥落意多違。紅樓隔雨相望冷，珠箔飄燈獨自歸。遠路應悲春晼晚，殘宵猶得夢依稀。玉璫緘札何由達？萬里雲羅一雁飛。

【詩意】

穿著素淨的白夾衫，我在新春時惆悵地和衣而臥；這座昔日曾經歡愛繾綣的城市，如今顯得特別寂寥冷清，使我觸景傷情，滿懷失意的苦悶。我曾經幾度隔著迷濛的煙雨，遙望你所居住過的紅樓，卻不僅尋覓不到溫馨的舊夢，反而更感到悽涼落寞；總是在不知道佇立多久之後，才提著一盞寒燈，看著雨絲在燈前飄搖有如翻飛的珠簾，黯然地獨自歸來……。時常想起遠在天邊的妳，應該也會在春天蒼茫的暮色裡有所感觸而含悲帶愁吧？而我往往是在輾轉難眠後的殘宵裡，才能在依稀迷離的短夢中和你片時相會，就讓我無限感激而眷戀不已……。我已經寫了許多相思情切的書信，附上定情的信物，卻不知道如何才能送達你的手中？仰望長空，覺得自己有如一隻孤飛的鴻雁，要如何才能衝破有如千重網羅的黯淡雲層，向萬里之外的你傾訴我綿長不盡的思慕之情呢？

【注釋】

① 詩題—本詩寫因春雨而有所感懷，蓋春雨迷濛，恰似詩人重臨舊地尋覓伊人而不可見，而又不知其所往，以致音書難通時惆悵迷惘之意緒。

② 「悵臥」二句—寫新春閒居悵臥，頗覺冷清寥落，意緒難平。袷，音ㄐㄧㄚˊ，指雙層無絮之衣物；又音ㄐㄧㄝˊ，則指古代交叉式之衣領。白袷衣，蓋為唐人出仕前之服色，亦為閒居時之便服。白門，可能兼指京城與男女郊遊歡會之地[1]；古樂府〈楊叛兒〉：「暫出白門前，楊柳可藏烏；歡作沉水香，儂作博山爐。」寥落，寂寥冷落。違，不平順；意多違，心中滿是難以撫平之失意愁緒。

③ 「紅樓」二句—寫重臨舊地，早已人去樓空，雨中佇立悵望，倍感淒清；獨歸之時，細雨飄灑燈前，彷彿珠簾飄颺，使人滿眼迷茫，倍覺惆悵。紅樓，殆指伊人曾居住過之閣樓，隱然透露其貴家之身分；李白〈陌上贈美人〉云：「白馬驕行踏落花，垂鞭直拂五雲車。美人一笑搴珠箔，遙指紅樓是妾家。」白居易〈秦中吟・議婚〉云：「紅樓富家女，金縷繡羅襦。」相望冷，暗示已人去樓空而滿眼悲涼。珠箔，本指珠簾，此處借喻燈前飄搖之雨絲，有如斜飛之珠簾；義山〈細雨〉詩云：「帷飄白玉堂，簟卷碧牙床」及〈燕臺四首・夏〉云：「前閣雨簾愁不捲，後堂芳樹

陰陰見」之構思與此相似。

④「遠路」二句──設想遠去之伊人值此春晚日暮之時，亦當觸惹傷春念遠之情懷；自己則孤鶴難眠，唯有在清曉前短暫殘夢中依稀與之相會。遠路，代指所思慕之伊人而言。畹，音ㄨㄢˇ，日偏西也。畹晚，薄暮蒼茫之狀；宋玉〈九辯〉云：「白日畹晚其將入兮。」殘宵，破曉前殘存之暗夜。猶得，還能擁有，流露出欣慰之情。夢依稀，夢境迷離惝恍。

⑤「玉璫」句──謂前程黯淡，音問難通，感到心餘力絀而希望渺茫。玉璫，鑲玉之耳飾，古時常用為男女定情之信物[2]。緘札，古人有時以玉璫作為寄信時附贈之禮物或信物，謂之「侑緘」，故義山〈夜思〉云：「記恨一尺素，含情雙玉璫。」〈燕臺四首・秋〉云：「雙璫丁丁聯尺素，內記湘川相識處。」雲羅，謂陰暗之愁雲密佈，有如千萬重難以穿越之網羅。萬里雲羅一雁飛，殆即景所見，借以兼喻書信難通及難以突破重重障礙時心餘力絀、希望渺茫之感。

【補註】

01 白門，其地有數說：黃侃以為指終南山的支峰白閣，因可近瞰長安，故可代指京師。一說南朝宋都建康的宣陽門又名白門，故可代指建康，亦即金陵、南京。一說乃金陵西門之別稱，蓋西方於五行配金，而金氣色白，故名白門。葉蔥奇以為指呂布自任徐州刺使時與麾下所登臨的白門樓，故可代指徐州。

02 《樂府詩集・卷七十六・雜曲歌辭十六》載漢朝繁欽〈定情詩〉云：「何以致區區？耳中雙明珠。」《樂府解題》曰：「〈定情詩〉，漢繁欽所作也。言婦人不能以禮從人，而自相悅媚，乃解衣服玩好致之，以結綢繆之志……。」

【評解】

01 陸崑曾：此懷人之作也。上半言悵臥新春，不如意事，十常八九。況伊人既去，紅樓珠箔之間，闃其無人，不且倍增寥落耶？「遠路」句，言在途者之感別而傷春也；「殘宵」句，言獨居者之相思而託夢也。結言愛而不見，庶幾音問時通，乃一雁孤飛，雲羅萬里，雖有明璫之贈，尺素之投，又何由得達也？（《李義山詩解》）

02 紀昀：宛轉有味。平山箋以為此有寓意，亦屬有見；然如此詩，即無寓意，亦自佳。景州李露園嘗曰：「詩令人解得寓意見其佳，即不解所寓意亦見其佳，乃是好詩。蓋必如是乃蘊藉渾厚耳。」（《玉谿生詩說》）

161 鴛鴦（未編年）

雌去雄飛萬里天，雲羅滿眼淚潸然。不須長結風波願，鎖向金籠始兩全。

【詩意】

情人被迫分離，就像雌雄鴛鴦被拆散開來後，從此天各一方，遠隔萬里；只能看著滿眼密佈的陰雲，有如張開的千萬重網羅，根本無法突破困境，自然使人黯然神傷，潸然落淚。寄語世間恩愛的鴛鴦：與其許下永遠恩愛情深、雙雙戲水於煙波之中的美好誓願（亦可譯為：與其分離之後，在風波詭譎、世路險惡之中，還永遠懷著將來還能歡聚重逢的渺茫心願）；倒不如雙雙關鎖在金籠之中，儘管失去自由，卻還可以成雙成對，形影不離，而且可以避開世路風波的凶險，保全性命。

【注釋】

① 詩題—本詩是以鴛鴦為喻，抒寫離別時黯然銷魂之情，從而寄寓著詩人纏綿悱惻、幽密入微之淒苦心願，透露出詩人深藏內心之悲劇意識。

② 「雌去」二句—謂情人被迫分離而遙隔萬里，難以突破困境而黯然心傷，潸然落淚。雲羅滿眼，陰雲密佈如層層網羅，難以突破穿越。蓋別離之後，天各一方，兼之世路坎坷、風波難料，因此對於能否重逢而恩愛如昔，實一無把握，故不禁黯然落淚。

③ 「不須」二句—結，許願；長結，許願能永遠如何如何。風波願，就句法而言，「風波」二字應為修飾「願」字之定語，則此願當屬美好之事，故「長結風波願」五字，可以解為：許下能永遠形影不離，雙雙嬉遊於池水煙波中之美好心願[1]。換言之，此二句寄寓著：即使如膠似漆，恩愛異常，依舊難免遭遇突如其來之變故而必須被迫仳離，是以斷然不敢奢望如此美滿幸福，而寧可長鎖金籠之中，雖從此失去自由，猶可長保朝夕相隨之小確幸也。

【後記】

所謂「結風波願」，亦可指許下浮沉於險惡風波之中猶能重逢歡聚之心願。則後半兩句意謂：與其一旦分離之後，於風波詭譎、世路險惡之中，猶懷抱著重逢之渺茫心願，實屬虛幻；故寧可雙雙鎖向金籠之中，儘管從此失去自由，猶可形影相隨，遠害全身，而無仳離之患與風波之憂也。

【評解】

01 姚培謙：意謂除非鎖向金籠，否則人間處處有風波耳。（《李義山詩集箋注》）

02 屈復：鎖向金籠本所不願，然與其結怨於風波之中，不如兩全金籠耳。無可奈何之詞。（《玉谿生詩意》）

03 程夢星：此失偶後復出之作，追悔其平生之不恆處也。（《李義山詩集箋注》）

162 寄遠（未編年）

常娥擣藥無時已，玉女投壺未肯休。何日桑田俱變了，不教伊水更東流。

【詩意】

嫦娥在月宮的生活非常單調無聊，每天只是不斷地搗藥煉丹。她也不知道該如何排遣寂寞和苦悶，所以一有空閒的時候，就玩起投壺的遊戲而不肯停下來。有一天她在投壺的時候突發奇想：不知道哪一天才能來一個天翻地覆的大變化：讓桑田完全化為滄海，讓伊水不必再向東流；這麼一來，她綿綿不盡的似水柔情也才可以完全斷絕，再也不必繼續對東邊那個人無休無止的相思下去……。

【注釋】

① 詩題—寄遠，寄情於遠方所思之人，由詩中人之搗藥投壺之作為推敲，其人或許為女冠。

② 「常娥」句—常娥，即嫦娥；此殆借喻女冠而言。擣藥，原為玉兔之事，此謂嫦娥擣藥，殆暗指其女冠之身分；蓋相傳古代道士、女冠有煉丹之術。擣藥無已時，意謂其生活單調無聊已極。

③ 「玉女」句—投壺，古代宴會時之禮儀遊戲。賓主依次投矢於特製壺中，中多者為勝，少者罰酒，並行禮如儀；詳見《禮記·投

壺》。玉女投壺，舊題東方朔撰之《神異經・東荒經》載「東荒山中有大石室，東王公居焉。長一丈，頭髮皓白，人形鳥面而虎尾。載一黑熊，左右顧望。恆與一玉女投壺。每投千二百矯（或作「梟」，殆為投壺所用之矢），……矯出而脫誤不接者，天為之笑。」此殆以「玉女投壺」，暗示女冠之心緒苦悶，難以排遣，故曰「未肯休」；蓋一旦投壺之戲歇止，則將不知如何排遣其寂寞無聊也。

④ 「何日」二句—意謂何時桑田俱化為滄海，則伊水不必再東流，而其悠悠之情思乃可斷然中絕；似化用漢代樂府民歌〈上邪〉之意：「上邪，我欲與君相知，長命無絕衰。山無陵，江水為竭，冬雷震震，夏雨雪，天地合，乃敢與君絕。」惟本詩並無〈上邪〉前半天荒地老，此情不渝之誓言，僅藉神話故事改造後半情節，以凸顯女冠難耐相思寂寞之苦，是以寧遭天地間之鉅變以求斬斷情絲；然其情思斷無斬絕之可能，亦與〈上邪〉以反語表現如出一轍。桑田，見〈華山題王母祠〉詩【補註】。伊水，殆即今河南省之伊河；此處可能以「東流」，暗示彼女冠之所思在東方，故其情思悠悠，皆向東而去。更，或作「向」。

【評解】

01 姚培謙：只恐情思不斷耳。（《李義山詩集箋注》）

02 田蘭芳：結頗深曲。（馮浩《玉谿生詩詳注》引）

03 馮浩：上二句皆女仙，下二句謂何日得免別離也。淺言之則為艷情，如古體〈子夜〉〈讀曲〉之類，多以隱語寄慨。伊水，借言伊人也。深言之則為令狐而作，首句喻我之誠求，次句喻彼之冷笑，三四則「欲就麻姑買滄海」之意也。二說中以寓令狐較警。（《李義山詩集箋注》）

＊ 編按：令狐之說，實穿鑿不可信，尤以前二句之說解為然。

04 紀昀：言安得天地消沉，使情根一淨也；情思殊深，而吐屬間直而乏韻。（《玉谿生詩說》）

163 暮秋獨遊曲江（未編年）

荷葉生時春恨生，荷葉枯時秋恨成。深知身在情長在，悵望江頭江水聲。

【詩意】

那年，在荷花生出嫩葉的春天，便種下了相思的恨根；後來，在荷葉枯萎的秋涼時節，不幸又結成悼傷念逝的恨果。我深知只要此身存在，此情就永遠存在，（傷痛也就永遠存在）；因此在舊地重遊時，惆悵地望著曲江的源頭，恍惚間似乎聽到（那段愛情、那段生命都隨著）江水不斷流逝而去的聲音，讓我更深深陷入迷惘與茫然之中……。

【注釋】

① 詩題—「獨遊」之「獨」字，特須著意體會，蓋暗示往日曾有伊人同遊，故撫今追昔，沉痛異常；以此觀之，本詩殆為悼傷念逝之作[1]。

② 「荷葉」二句—追憶種下相思恨根與結成傷逝恨果之時節，由此可以揣測詩人與意中人邂逅於春暖之際，而伊人云逝於秋涼時節。

③ 「悵望」句—「江頭」處與「江水聲」而統之以「悵望」二字，傳寫出詩人舊地重遊時悵然若有所失落，卻又茫然無處可以尋

覓，以致失魂落魄、眼神呆滯、精神渙散之迷惘情狀，以及恍惚間如聞生命與愛情亦隨悠悠江水而逝之聲，卻又無可如何的悽楚傷痛之情。

【後記】

若非詩題「獨遊」二字的提示作用，筆者以為不妨視本詩為義山對生命倏起忽滅，以及凡人皆難以豁達超脫的沉痛省思；由此可見義山的人生體認帶有濃厚的悲觀意識。

【評解】

01 屈復：江郎曰「僕本恨人」，青蓮云「古之傷心人」，與此同意。（《玉谿生詩意》）

* 編按：江淹之語出自〈恨賦〉，李白之語出自〈春滯沅湘有懷山中〉詩。

02 程夢星：「身在情長在」一語最為悽惋，蓋謂此身一日不死，則此情一日不斷也。曲江之地，釋褐舊遊，轉徙幕僚，君門萬里；今雖復重遊其地，寧有援引朝列者耶？此題之書「獨遊」，而詩之所以嘆「悵望」也。（《李義山詩集箋注》）

* 編按：此說難以解釋「春恨生」「秋恨成」的義蘊；尤其進士及第與釋褐入仕皆為大喜之事，何恨之有？

03 馮浩：調古情深。　○前有〈荷花〉〈贈荷花〉二詩，蓋意中人也。此則傷其已逝矣。（《玉谿生詩詳注》）

04 紀昀：不淺不深，恰到好處。（《玉谿生詩說》）

05 張采田：此亦追悼之作，與〈贈荷花〉等篇不同，作艷情者誤。（《玉谿生年譜會箋》）　○措語生峭可喜，亦復宛轉有味，巧思拙致，異於甜熟一流，所謂「恰到好處」者也。　○亦是感逝而作，集中〈曲江〉〈曲池〉題頗多，疑義山在京曾攜家寓此也，然詩意多不細符；若此篇則悼亡之意顯然，謂艷情者恐誤也。(《李義山詩辨正》)

164 代贈二首其一（未編年）

樓上黃昏欲望休，玉梯橫絕月如鉤。芭蕉不展丁香結，同向春風各自愁。

【詩意】

離別前夕的黃昏時分，她在高樓之上徘徊躊躇良久，原本她似乎還想要眺望景物來散愁遣悶，卻終究因為心緒消沉黯淡而作罷。過了今夜之後，玉梯形同虛設，意中人再也無法登樓來此相會了，從此雙方只能遠隔天涯海角，仰望新月如鉤而遙相思慕了。庭園中的芭蕉葉片仍然尚未展開，丁香的花蕾也密密實實地叢聚成難以解開的糾結，它們雖然同樣面對著春風宜人的夜晚，卻似乎各自懷有無法紓解的鬱結和難以舒展的愁懷……。

【注釋】

① 詩題—代贈，應是代人贈別之作。如為代女方贈男方，意在流露女方之傷離情懷；如為代男方贈女方，則意在充分體現男子對女子之遙相思慕與心疼不捨，情懷與歐陽修〈踏莎行〉中「寸寸柔腸，盈盈粉淚，樓高莫近危闌倚。平蕪盡處是春山，行人更在春山外」之殷勤叮嚀相似。

② 「樓上」句—寫今日心緒之消沉。欲望休，謂雖欲遠望賞景以散愁遣悶，然因心緒消沉而罷休。欲望，《才調集》作「望欲」。

③「玉梯」句—補寫所以欲望還休之故，及預想別後之淒苦：過了今夜之後，玉梯形同虛設；蓋情郎從此遠去，再也無法登樓來此相會，彼此只能異地遠隔，仰望鉤愁惹恨之新月而遙相思慕耳。玉梯，當指女子所居樓閣之階梯。橫絕，橫隔而阻絕兩人之相會，亦即情郎遠離之後，玉梯形同虛設之意；江淹〈倡婦自悲賦〉：「青苔積兮銀閣澀，網羅生兮玉梯虛」，所寫別後孤棲獨居之愁怨，與此句相仿。月如鉤，除有勾惹愁懷之聯想外，可能還暗示無法團圓。

④「芭蕉」二句—謂今夜雙方儘管面對同樣宜人之春風，然心中各有難解之鬱結而愁懷難展。芭蕉不展，藉芭蕉葉片捲而不展，譬喻愁懷難以舒展；張說〈戲題草樹〉：「戲問芭蕉葉，何愁心不開？」丁香，又名紫丁香、雞舌香、丁子香、百結花等；丁香結，本指丁香之花蕾在未綻開前叢生如結，此則譬喻固結不解之愁緒。向，面對。

【評解】

01 楊萬里：五七字絕句，最少而最難工，雖作者亦難得四句全好者。晚唐人與介甫最工於此。如李義山……「芭蕉不展丁香結，同向春風各自愁。」（《誠齋詩話》）

02 許學夷：商隱七言絕如〈代贈〉云：「芭蕉不展丁香愁，同向春風各自愁。」〈鴛鴦〉云：「不須長結風波願，鎖向金籠始兩全。」〈春日〉云：「蝶銜花蕊蜂銜粉，共助青樓一日忙。」全篇較古律艷情尤勝。（《詩源辯體》）

03 朱彝尊：（首章）妙在「同」，又妙在「各」；他人千言不能盡者，以此七字盡之。（周振甫《李商隱選集》引）

165 代贈二首其二（未編年）

東南日出照高樓，樓上離人唱石州。總把春山掃眉黛，不知供得幾多愁？

【詩意】

分手的那一天，太陽從東南邊出現，映照著高樓上姣好而憔悴的容顏；徘徊樓上的她，只能黯然神傷地反復低唱著閨婦思君的〈石洲曲〉。即使她能把春山蒼翠的顏色拿來描畫出最動人的眉彎，藉以掩飾住她的愁容，也給情人留下最美好的印象；但是她細弱的眉彎，又能隱藏得住多少幽愁呢？

【注釋】

① 「東南」二句—寫翌晨分別情景、女子容顏之美艷與離情之愁苦。日出句，化用古樂府詩〈陌上桑〉：「日出東南隅，照我秦氏樓。秦氏有好女，自名為羅敷。」〈石州〉，抒寫戍婦思夫之詩篇；《樂府詩集・卷七十九・近代曲辭一》：「自從君去遠巡邊，終日羅幃獨自眠。看花情轉切，攬鏡淚如泉。一自離君後，啼多雙臉穿。何時狂虜滅？免得更留連。」

② 「總把」二句—意謂即使憑藉春山之蒼翠，描畫出最美好之眉彎來掩飾愁容，也給情人留下最美好之印象，然而眉彎細弱，又能藏得住多少愁緒呢？總把，縱使拿、即使用。供得，承受得起、隱藏得了之意。

【評解】

01 姚培謙：不知心大小，容得許多愁。一寸眉尖，乃載得爾許愁起。遏雲繞樑，不足言矣。（《李義山詩集箋注》）

02 紀昀：艷詩之有情致者，第二首更勝。（《玉谿生詩說》）

166 東阿王（未編年）

國事分明屬灌均，西陵魂斷夜來人。君王不得為天子，半為當時賦洛神。

【詩意】

（曹丕登基後，嚴密防備諸王兄弟威脅自己的地位，因此）曹植即使貴為王侯，國家大事卻分明掌控在曹丕派遣來監視曹植的灌均手中。想來埋葬在西陵的曹操之亡魂暗夜歸來時，應該會為曹丕屢次藉故迫害曹植而悔恨立曹丕為太子，甚至感到傷心斷腸吧！推究曹植不能登基成為天子，多半是因為寫作〈洛神賦〉觸怒了曹丕的緣故（按：詩人殆自嘲政治上之失意，多半是因為某些詩篇遭到時人誤解、忌恨之故）。

【注釋】

① 詩題—東阿王，曹植之王爵，《三國志・魏志・任城陳蕭王傳》載曹植於魏明帝太和三年（229）徙封東阿王。本詩特意將曹植在政治上之失意歸咎於作〈洛神賦〉而觸犯忌諱，顯然與史實不符[1]；蓋曹丕於建安二十二年（217）立為魏王太子，二十五年繼任魏王兼丞相，而〈洛神賦〉則作於曹丕登基為魏帝後之黃初三年（222）。詩人殆藉以託寓自己才命相妨之際遇，實肇因於某些詩篇遭誤解，以致坎壈失意、沉淪漂泊。

② 「國事」句—曹植雖貴為王侯，然國事卻掌控在曹丕派遣來監視曹植之灌均手中。屬，託付。灌均，《三國志・魏志・任城陳蕭王傳》：「黃初二年（221），監國謁者灌均希旨奏『植醉酒悖慢，劫脅使者。』有司請治罪，帝以太后故，貶爵安鄉侯。其年改封鄄城侯。」據此，黃初二年仍未寫作〈洛神賦〉。

③ 「西陵」句—謂設若曹操亡魂暗夜歸來，當為曹植屢遭迫害之際遇及其艱危之處境而感慨悔恨，甚至傷心斷腸。西陵，指曹操所葬之高陵，在鄴都之西岡，故稱西陵。夜來人，即指曹操之亡魂。

④ 「君王」二句—借曹植不得登基即位為天子，多半是因為寫作〈洛神賦〉觸怒曹操與曹丕之故，來自嘲在政治上之失意，多半是因為詩篇遭時人誤解、忌恨之故。君王，指曹植。〈洛神賦〉之事，見〈無題四首〉之二「颯颯東風」詩注⑥。

【補註】

01 根據《三國志・魏志・任城陳蕭王傳》所載，曹植之所以失去曹操寵信而無法立為太子，殆因縱酒任性而無權謀：「植任性而行，不自彫勵，飲酒不節。文帝御之以術，矯情自飾，宮人左右，并為之說，故遂定為嗣。……植嘗乘車行馳道中，開司馬門出。太祖大怒，公車令坐死。由是重諸侯科禁，而植寵日衰。」

【評解】

01 吳喬：後二語似有悔婚王氏之意。夫婦不及十年，甥舅不滿一年（按：此說實誤），而竟致一生顛躓。此種情事，出於口則薄德，而意中不無輾轉，故以不倫之語誌之乎？若論故實，丕為世子，在建安一十二年（207），子建賦〈洛神〉，在黃初三年（222），相去十五年也。唐人作詩，意自有在，或論故實，或不論故實。

宋人不解詩，便以薛王、壽王同用譏刺義山，何異農夫以菽麥眼辨朱章紫芝乎？（《西崑發微》）

02 姚培謙：王之被廢，固以讒人媒孽，然如〈感甄〉一賦，筆墨不檢，亦有以致之。此首當與〈涉洛川〉一首參看。（《李義山詩集箋注》）

03 屈復：東阿被灌均之讒，魏武泉下應悔不立子建也。後二句言多才之累遂至此耳。（《玉谿生詩意》）

04 程夢星：此詩必非無為而作。稽之時事，又與當世之諸王無關。以意逆之，仍自喻耳。己善屬詞，陳思亦善屬詞；己好為無題之詩，陳思王亦曾為〈洛神〉之賦，故借端以寫本懷。唐人如元微之、白香山嘗為艷冶之語，杜牧之尚且病其淫哇（按：指淫蕩之歌曲），以為恨在下位，不能治之以法。然則義山之近於淫哇者殆有甚焉，當世豈無謗之者耶？考唐末李涪著《刊誤》一書，中有〈釋怪〉一篇專譏義山，以為無一言經國，無纖意獎善。即此觀之，必多詬詈，官之不進，當由於此。故以陳思之受讒於灌均，猶己之被讒於時流；陳思之不能為嗣，或由於〈洛神〉一賦，猶己之不得服官，或根於無題諸詩，乃此篇之微旨也。與前詩（按：指〈涉洛川〉）「不為君王殺灌均」同也。或曰：以洛神為比者，自喻其娶王茂元之女，以見惡於黨人。其說亦有思致。（《李義山詩集箋注》）

167 涉洛川（未編年）

通谷陽林不見人，我來遺恨古時春。宓妃漫結無窮恨，不為君王殺灌均。

【詩意】

我來到當年曹植的車馬所經過的通谷、陽林一帶，看不到曹植與洛水女神的蹤影，只對他們浪漫淒美、哀豔動人的邂逅感到遺恨難消。儘管宓妃心中懷有不能和曹植締結良緣的無窮憾恨，卻也只是空自哀怨罷了，因為她並不在得寵時誅殺讒害曹植的灌均，才使曹植備受迫害而陷入艱險萬分的處境中。

【注釋】

① 詩旨—本詩屬於弔古傷今之作，旨在抒寫奸邪讒譖之可恨。

② 詩題—涉洛川，即渡洛水而懷想曹植與〈洛神賦〉等相關故實之意。按：〈洛神賦序〉曰：「黃初三年，余朝京師，還濟洛川。古人有言，斯水之神，名曰宓妃。感宋玉對楚王說神女之事，遂作斯賦。」

③「通谷」二句—謂行經當年曹植所到之處而不見曹植與宓妃，對古代這一段哀艷動人之邂逅頗有感恨。通谷，舊注〈洛神賦〉引《洛陽記》謂通谷為洛陽城南五十里處之大山谷；陽林，一作「楊林」，李善注《文選》謂因多生楊而名。春，泛稱愛情。

④「宓妃」二句—設想宓妃空懷無窮憾恨，實於事無補；蓋因得寵時不殺讒害曹植之灌均，致使曹植屢遭迫害，處境艱險萬分。漫，空、枉、徒也。無窮恨，〈洛神賦〉中記宓妃之言曰：「恨人神之道殊兮，怨盛年之莫當。」蓋以芳華正茂時未能相愛為恨；然本詩之恨，則專指未殺灌均而言。灌均，見〈東阿王〉詩注②；此指讒諂害人之輩。

【評解】

01 姚培謙：甄以讒死，植以讒廢，故云。（《李義山詩集箋注》）

02 屈復：自寫被讒之恨也。（《玉谿生詩意》）

03 程夢星：此亦為自己身世而發。當時見憾於綯，必有萋菲之徒使之，故以灌均為喻。玩「我來遺恨」四字可見。（《李義山詩集箋注》）

* 編按：萋菲之徒，喻讒諂害人者。萋菲，原作「萋斐」，花紋錯雜的樣子；《詩經・小雅・巷伯》：「萋兮斐兮，成是貝錦。彼譖人者，亦已大甚。」鄭玄箋曰：「喻讒人集作己過以成於罪，猶女工之集采色以成錦文。」按：貝錦，織有貝殼花紋的彩錦。

04 馮浩：蓋義山自有艷情誣恨，而重疊託意之作。……曰「我來遺恨古時春」，是重經洛中，追恨舊事也。「灌均」必指府中用事之人而被其指摘者。陳思王則以才華自比，〈可嘆〉篇云：「宓妃愁坐芝田館，用盡陳王八斗才」，可以取證也。（《玉谿生詩詳注》）

05 紀昀：傷讒之作。第二句露骨，遂并後二句亦微病於直。（《李義山詩集輯評》引）

168 日射（未編年）

日射紗窗風撼扉，香羅拭手春事違。迴廊四合掩寂寞，碧鸚鵡對紅薔薇。

【詩意】

陽光穿透紗窗射入屋內，暖風一陣一陣搖撼著門扉（按：這表示夏天已經來了）。儘管她對愛情也有浪漫的憧憬，奈何至今仍是小姑獨處，事與願違，只能百無聊賴地拿著芳香的羅帕擦拭著纖纖細手上的微汗，看起來心事重重……。走出戶外散心時，她在回環曲折的廊軒中踟躕徘徊，見到院門深鎖，讓她更加感到鬱結難解，寂寞惆悵。迴廊邊碧綠的鸚鵡雖然會學人說話，卻不了解她的心事；庭院中艷麗的紅薔薇也開了，她更加感傷了……（按：薔薇表示夏天真的來了，春天是真的回不來了）。

【注釋】

① 詩題—本詩旨在抒寫閨怨，性質近於以首二字名篇之無題詩。

② 「日射」二句—寫朱門深閨中之女子，閉鎖於日艷風暖之庭院中，心境既空虛又寂寞時之所見所聞與所思所感。射、撼二字力道之強，凸顯出與春天之「日麗風和」截然不同之感受，暗示夏季已至。香羅拭手，暗示初夏之悶熱微汗，並以描寫細節動作透露其百無聊賴之心緒。春事，美好遇合之期待；春事違，對愛情充滿浪漫憧憬，偏又事與願違。

③ 「迴廊」二句—以碧鸚鵡能作人語而不解心事，與紅薔薇雖嬌豔卻無心欣賞，襯托出錯過愛情之女子關鎖於朱門深院中之寂寞無聊。按：薔薇於春末夏初開花，故古典詩詞中常以薔薇暗示春已遠去；黃庭堅〈清平樂〉：「春歸何處？寂寞無行路。若有人知春去處，喚取歸來同住。春無蹤跡誰知？除非問取黃鸝。百囀無人能解，因風飛過薔薇。」

【評解】

01 姚培謙：末句妙，不能強無情作有情也。（《李義山詩集箋注》）

02 屈復：一二寂寞景況，三四愈覺寂寞。「春事違」三字有意，次句袖手空過一春也。（《李義山詩解》）

03 程夢星：此為思婦詠也。獨居寂寞，怨而不怒，頗有貞靜自守之意。與他艷語不同，蓋亦以之自喻也。（《李義山詩集箋注》）

04 陸鳴皋：此閨詞也。花鳥相對間，有傷情人在內。（馮浩《玉谿生詩詳注》引）

05 紀昀：佳在竟住，情景可思。（《玉谿生詩說》）

169 為有（未編年）

為有雲屏無限嬌，鳳城寒盡怕春宵。無端嫁得金龜婿，辜負香衾事早朝。

【詩意】

（有一位達官顯宦告訴我說：）儘管他家臥室裡擺設有由雲母石片鑲嵌裝飾的華麗屏風，又有無限嬌麗美艷、無限溫柔嫵媚的妻子讓人眷戀難捨，他卻在京城寒冬將盡之時最怕可以兩情繾綣、恩愛甜蜜的春夜良宵，因為他那位柔媚嬌豔的年輕妻子呀，經常會半怒全嗔地對他埋怨說：「真是好沒道理呀！我幹嘛要嫁給一個顯貴的夫婿呀！這種春宵一刻值千金的緊要關頭，竟然忍心辜負活色生香的我，捨得離開又香又暖的鴛鴦被、芙蓉帳，連忙穿戴起金龜佩飾就匆匆上朝而去！……甚麼跟甚麼嘛！」

【注釋】

① 詩旨—本詩可能是記錄一位朝廷要員向年輕僚友炫耀嬌妻美妾對自己百般眷戀愛慕，藉以誇示雄風之戲作；以首二字名篇，性質亦近於無題。

② 「為有」句—為有，殆義近於「儘管有、即使有」。雲屏，以雲母為裝飾之華貴屏風。

③ 鳳城—代指長安，見〈流鶯〉詩注⑥。

④ 「無端」句—無端，不料、沒來由、好沒道理；此為女子嬌嗔之語，佯有悔不當初之怨。金龜婿，官服上佩飾金龜袋之丈夫，亦即高官；《舊唐書・輿服志》：「高祖武德元年九月，改銀菟符為銀魚符。……天授元年九月，改內外所佩魚並作龜。久視元年十月，職事三品以上龜袋，宜用金飾，四品用銀飾，五品用銅飾。」

【後記】

本詩乃風趣清雋之戲作，讀來彷彿見到一隻參加同學會之孔雀，驕傲地展現牠華麗之尾屏，令人莞爾。由詩中調笑意味觀察，詩人猶有年輕愛玩之興致；故推測本詩當係商隱初入仕未久，聽聞某前輩夸夸之言而觸發靈感，遂以第一人稱口吻所記之戲作。由該大員虛情假意地訴說心中苦惱，及模仿嬌妻嗔怨之口吻，均反映出其人春風得意、躊躇滿志、沾沾自喜之心理；讀來頗覺唱作俱佳，聲口如聞，趣味盎然，足可解頤。

【評解】

01 何焯：此與「悔教夫婿覓封侯」同意，而用意較尖刻。（《李義山詩集輯評》引）

02 姚培謙：此作細意體貼之詞。「無端」二字下得妙，其不言之意應如此。（《李義山詩集箋注》）

03 屈復：玉谿以絕世香艷之才，終老幕職，晨入昏出，簿書無暇，與嫁貴婿、負香衾者何異？其怨宜也。（《玉谿生詩意》）

* 編按：此說邏輯有誤，蓋若詩人以怨婦自居，則府主為貴婿；事早朝者必為貴婿而非怨婦（詩人），則辜負香衾者亦為貴婿而非怨婦（詩人），其理甚明。

04 紀昀：弄筆戲作，不足為佳。（《玉谿生詩說》卷下）

170 宮妓（未編年）

珠箔輕明拂玉墀，披香新殿鬥腰支。不須看盡魚龍戲，終遣君王怒偃師。

【詩意】

輕薄透明的珠簾垂放下來，輕輕地拂過玉石砌成的臺階；在漢武帝新建的披香殿裡，許多歌舞女郎正在爭妍鬥媚，競舞細腰，使盡渾身解數要來取悅君王。我要寄語這些舞姿靈妙善變、使人意亂情迷的宮妓：「當年周穆王終究無須看盡傀儡所能表演的各種出神入化、炫奇詭異的技藝，就已經懷疑操控傀儡去對穆王之愛姬眉目傳情、勾引挑逗的偃師包藏禍心、別有陰謀，因而勃然大怒地想要殺他了（按：意在警惕擅於耍弄權術而躲在幕後操控之奸佞邪惡之輩，終將引火自焚，自速其禍）！」

【注釋】

① 詩題—宮妓，在教坊習藝而在宮廷中表演之歌舞伎。本詩旨在警惕逞機變、炫奇巧於君王之前，而玩手段、弄權謀於幕後之奸慝，終將玩火自焚。

② 「珠箔」句—謂華麗之皇宮中，輕薄透明之珠簾正隨風搖擺，輕輕拂過玉石砌成之台階。珠箔，即珠簾。玉墀，玉石砌成之台階，或台階之美稱。

③ 「披香」句—謂富麗堂皇之後宮中，歌妓舞姬競相擺動曼妙腰肢以博取君王歡心。披香新殿，漢武帝後宮八殿之一；唐高祖亦曾修建同名宮殿，還被誤以為過於奢華靡麗，當微隋煬帝所造[1]。

④ 「不須」二句—警惕耍弄權術而躲在幕後操控之奸佞，終將自速

其禍，蓋君王無須看盡各種爭奇鬥巧之伎倆，即將識破其陰謀而震怒矣。魚龍戲，又稱黃龍變，殆由人穿上巨魚、巨龍等道具裝，先裝扮成西域珍獸「舍利」而舞於庭，既而入水為魚，終而躍出水面化龍遨戲於庭；再加上煙霧瀰漫、光影閃現等效果所表演之魔幻舞蹈[2]。「魚龍戲」承次句「鬥腰支」而來，表面上是說各種炫奇競巧之技藝或舞姿，實際上則是借喻各種機變奇詭之手段。終遣，終將使。怒偃師，《列子・湯問》篇載偃師為古代能工巧匠，曾帶著自己製作之人偶拜見周穆王；人偶能歌善舞，穆王與寵姬驚嘆不置。然人偶後來竟眉目傳情以勾引穆王左右侍妾，穆王怒而欲殺偃師，偃師遂拆解由各種木皮膠漆等材料合成之人偶以消穆王之怒，更令穆王驚詫其巧奪造化、鬼技神工。此則以偃師借喻逞機變、炫奇巧於君王之前，而玩手段、弄權謀於幕後之奸佞。

【補註】

01 《三輔黃圖・卷三・未央宮》：「武帝時，後宮八區，有昭陽、飛翔、增成、合歡、蘭林、披香、鳳凰、鴛鴦等殿。」又，《舊唐書・列傳二十五・蘇世長傳》：「高祖嘗引之於披香殿，世長酒酣，奏曰：『此殿隋煬帝所作耶？是何雕麗之若此也？』高祖曰：『卿好諫似真，其心實詐。豈不知此殿是吾所造，何須設詭疑而言煬帝乎？』對曰：『臣實不知。但見傾宮鹿台琉璃之瓦，並非受命帝王愛民節用之所為也。若是陛下作此，誠非所宜。……』高祖深然之。」

02 《漢書・西域傳第六十六・贊》載經過文景之治的休生養息之後，漢朝國力鼎盛，京師繁華，武帝時「設酒池肉林以饗四夷之客，作巴俞都盧（按：歌舞名）、海中碭極（按：歌舞名）、漫衍魚龍、角抵之戲以觀視之。」顏師古注曰：「魚龍者，為舍利之獸，先戲於庭極，畢乃入殿前激水，化成比目魚，跳躍漱水，作霧障日，畢，化成黃龍八丈，出水敖戲於庭，炫耀日光。」

【評解】

01 唐汝詢：此以女寵之難長，為仕宦者戒也。居綺麗之宮，競纖腰之態，自謂得意矣。然歡不敝席（按：為歡不久之意），嘗起君王偃師之怒。噫！駑馬戀棧豆，止足者幾人？鮮有能舍魚龍之戲而去者，此黃犬之所以興悲，唳鶴所以發歎也。（《唐詩解》）

＊ 編按：黃犬興悲與鶴唳發嘆，用李斯與陸機臨極刑而悔不當初之意。

02 屈復：小人之伎倆，終至於敗，不過暫時戲弄耳。（《玉谿生詩意》）

03 馮浩：此諷宮禁近者不須日逞機變，至九重悟而罪之也，託意微婉。（《李義山詩集箋注》）

04 紀昀：託諷甚深，妙於蘊藉。（《玉谿生詩說》）

05 張采田：〈宮辭〉與〈宮妓〉詩意同。唐自中葉，漸開朋黨傾軋之風，而義山實身受其害。此等詩或者為若輩效忠告歟？千載讀之，有餘喟焉。（《玉谿生年譜會箋》）

171 宮辭（未編年）

君恩如水向東流，得寵憂移失寵愁。莫向尊前奏花落，涼風只在殿西頭。

【詩意】

儘管君王的恩寵就像流水能夠滋潤萬物，但也終究會浩蕩東流，而且一逝不返；因此得寵的人，往往憂慮愛衰寵移而必須隨時擔驚害怕，失寵的人則愁腸欲斷，以至於原本艷麗如花的容光，便迅速黯淡憔悴下來了……。寄語陪侍君王酒筵前的得寵者：「切勿志得意滿，甚至幸災樂禍地演奏〈梅花落〉啊！因為涼風正從宮殿的西邊直逼而來啦——只怕你這朵嬌豔的鮮花，也即將凋零而被無情地吹落了啊！」

【注釋】

① 詩旨—本詩除諷喻後宮爭寵之無常外，或亦微寓朋黨傾軋之可悲。

② 「君恩」二句—言君恩如水之無常，遂使宮中佳麗人人自危，得寵者憂慮寵移愛衰，而擔驚害怕，失寵者則滿腹愁怨，蓋君恩已如水之一去不回矣。

③ 「莫向」二句—以失寵者或旁觀者口吻諷勸得寵者切勿志得意滿，曲意逢迎，甚至幸災樂禍、恃寵而驕地演奏〈梅花落〉；蓋涼風不遠，彼如花之容顏亦即將凋零矣。花落，笛曲名[1]；尊前奏花落，含義雙關，既摹寫得寵者於君王前妙舞清歌，獻媚邀寵之情狀，又暗示其意氣自得、幸災樂禍之心態。涼風，象喻寵衰而冷落之運命；江淹〈雜體詩三十首・班婕妤詠扇〉：「竊愁涼風至，吹我玉階樹。君子恩未畢，零落在中路。」只在殿西頭，謂近在眼前，即將襲來也。

【補註】

01 段安節《樂府雜錄・笛》：「笛，羌樂也。古有〈落梅花〉曲。開元中有李謩，獨步於當時。」《樂府詩集・卷二十四・橫吹曲辭四》錄鮑照及唐人多首〈梅花落〉詩。

【評解】

01 吳喬：有警絢意。（《西崑發微》）

02 何焯：用意最深，人人可解，故妙。（《李義山詩集輯評》引）

03 徐增：夫女子以色事君，能得幾時？君稍不得意，便入長門。春風在君處，涼風亦在君處，只於頃刻間轉換。得寵甚難，失寵甚易，寵豈可恃者哉？（《而庵說唐詩》）

04 姚培謙：慨榮寵之無常也。「昨日芙蓉花，今朝斷腸草」，不足歎矣。（《李義山詩集箋注》）

* 編按：李白〈妾薄命〉：「昔日芙蓉花，今成斷根草。以色事他人，能得幾時好？」

05 屈復：恩情中道絕如此之速，被寵者自當猛省。（《玉谿生詩意》）

06 程夢星：詩語水易東流，風偏西殿，花開花落，寵盛寵衰，等閒得失，此女子之憂愁也。雖然，女子辭家而適人，人臣出身而事主，寧二致哉！蓋亦自寓之辭也。（《李義山詩集箋注》）

07 紀昀：怨之至矣，而不失優柔之意，一唱三嘆，餘音未寂，後二句彷彿「黃河遠上」一章也。　○廉衣曰：「末二句妙矣，緣『西』字與首句『東』字相應，轉成纖仄。」此論入微。又曰「次句欠雅」，亦是。（《玉谿生詩說》）

08 張采田：與〈宮妓〉詩意同。唐自中葉，漸開朋黨傾軋之風，而義山實身受其害。此等詩或為若輩效忠告歟？千載讀之，有餘喟焉。（《玉谿生年譜會箋》）

172 北青蘿（未編年）

殘陽西入崦，茅屋訪孤僧。落葉人何在，寒雲路幾層？獨敲初夜磬，閒倚一枝藤。世界微塵裡，吾寧愛與憎？

【詩意】

當夕陽的餘暉即將沒入西山之後時，我來到北山上青蘿纏繞的一座茅屋前，想要拜訪一位獨來獨往的僧人，可惜仍然緣慳一面。回首向落葉紛飛的山林極目四望，卻不知道他的行蹤何在？只見一條幽僻的山路，蜿蜒地沒入層層寒雲瀰漫封鎖的秋山之中……。當夜幕初臨時，我獨坐在他的青燈小几前敲磬誦經，聽著清空而悠揚的銅磬聲，心靈在不知不覺間變得澄澈明淨，了無俗慮。誦完一卷經文之後，我悠閒地拄著他的藤杖，隨興地在茅屋前後散步，覺得真是寧靜恬淡，舒適自在極了。突然間，我彷彿可以領悟到佛經所開示的妙理：功名利祿、富貴貧賤、窮通得失、榮枯毀譽……，所有的世間萬相，都不過是宇宙中虛浮而微小的塵埃而已，終將如夢幻泡影、電光石火般轉頭成空，又何必在恩怨情仇、貪嗔痴妄的執著中迷亂自己的本心呢？

【注釋】

① 詩題—北青蘿，舊注謂在河南濟源縣王屋山中，蓋義山早年曾在王屋山之分支玉陽山學道。本詩係拜訪孤僧不遇，遂自行盤桓僧廬，獨誦佛經後，別有所悟的清遠之作。

② 「殘陽」句—崦，音ㄧㄢ，山也，此泛稱西方之山巒；亦可代指崦嵫，則是《山海經．大荒南經》所載日沒之處。

③「寒雲」句──寫僧廬位於小徑紆遠、寒雲繚繞之高山上。

④「獨敲」句──敲之主詞為義山，可見僧人不在。初夜，夜幕方垂之時。磬，僧人誦經時所用銅製法器，其音清亮而悠揚，使人聞而靜心澄慮。

⑤「世界」二句──謂在無邊佛法裡，三千大千世界全如在一粒微塵中；而人在世間，當更渺小於微塵，又何必陷溺於愛憎之情緒中而自擾其心？寧，豈也，反詰之詞。

【後記】

義山慣於以深情綺思為素材，華辭麗藻和濃彩重墨為佐料，烹調出滿漢全席的詩宴以饗讀者，使人有齒頰留香，心神迷醉之感；本詩卻只如山葵野薺、青菜豆腐般清爽可口，因此使人在飽嚐龍肝鳳髓、象鼻駝峰之餘，品嚐如此清淡的小菜，反而有口舌生津，風味尤佳之感。

【評解】

01 何焯：「獨敲初夜磬」，寫「孤」字。「初夜」頂「殘陽」來，而「路幾層」亦透落句，不惟回顧「孤」字，兼使初夜深山迷離如睹。（《義門讀書記》卷五十八）

02 姚培謙：結茅西崦，在落葉寒雲之外，可謂孤絕矣。清磬深宵，老藤方丈，靜中是何等境界。而一微塵中，吾猶以愛憎自擾耶？（《李義山詩集箋注》）

173 憶匡一師（未編年）

無事經年別遠公，帝城鐘曉憶西峰。鑪煙消盡寒燈晦，童子開門雪滿松。

【詩意】

辭別匡一師之後，經年漂泊，一事無成；如今遠遊長安，在繁華擾攘的紅塵中忽然聽到清亮宏遠的曉鐘聲，不禁想起遠在西峰潛修的高僧，真是不勝惆悵嚮往之至。遙想此際，西峰僧舍裡的鑪煙應該已經消散殆盡，寒燈微弱而昏暗，正是童子開門，看見皚皚白雪蓋滿青翠古松的時候了……。

【注釋】

① 詩題—匡一師，或作「住一師」名事不詳；馮浩謂疑即《北夢瑣言》中「王屋匡一上人」「王屋山僧匡一」其人。

② 「無事」二句—謂無端辭別西峰之高僧，經年漂泊，而今遠遊長安，於紫陌紅塵中忽聞曉鐘，實不勝悵惘向慕之思。無事，謂無端也，暗透羈旅漂泊，一事無成的落寞之情。經年，經過一年或若干年，亦可形容時日之久遠。遠公，原指東晉高僧慧遠[1]，此處則指匡一師。帝城句，因帝城曉鐘之聲而憶西峰之梵唱晨鐘，遂不勝遙慕之情。

③ 「鑪煙」二句—懸想此際西峰之鑪煙消盡，寒燈昏晦，應是童子開門，雪滿青松之時；其景致之清幽與環境之寧靜，均令人悠然神往，則詩人經年之漂泊落拓，亦不難意會。

【補註】

01 慧遠（334－416），本姓賈，并州雁門樓煩縣（今山西寧武附近）人，居廬山三十年，組織蓮社，弘揚淨土，首倡念佛，被尊為淨土宗初祖，見慧皎《高僧傳・卷六》。

【評解】

01 紀昀：格韻俱高。　〇香泉曰：只寫住師所處之境清絕如此，而其人亦可思矣。所憶之情，言外縹緲。（《玉谿生詩說》）

174 樂遊原（未編年）

向晚意不適，驅車登古原。夕陽無限好，只是近黃昏。

【詩意】

傍晚時，我覺得心緒低落消沉，便驅車出遊，登上有九百年歷史的樂遊原上眺望風光，借以排遣我內心的鬱悶。當時輝映大地的夕陽，讓眼前展現出無限美好的風情；就在夕陽紅豔的容光照耀得蔚藍的穹蒼變幻為橙紅而轉為昏黃的一剎那，更是燦爛瑰麗而又神祕極了，既讓人心神搖蕩，渾然忘我，也令人驚豔迷醉，樂遊忘返……。

【注釋】

① 詩題—樂遊原，長安東南之遊覽名勝，漢宣帝神爵三年（59 B. C.）所築，居京城之制高點，四望寬敞，禁城之內，如指諸掌；又有樂遊苑、樂遊園等名。它包括了荷花滿塘、菰米環池之曲江，以及池東之芙蓉園，西邊之杏園、大慈恩寺等風景區；每當中和（二

月初一)、上巳(三月初三)、重陽三節，文人雅士、淑女名媛、達官顯貴、富商巨賈，皆登臨遊宴。時則帷幄雲布、車馬填塞，虹彩映日，馨香滿路；詞人墨客賦詩吟詠之作，翌日即傳遍朝市，可見繁華熱鬧之景況。

② 意不適—意緒寥落，心境苦悶。

③「夕陽」二句—只是，正是、就是在某一特定時間點之意；與「此情可待成追憶，只是當時已惘然」之用法相同。近黃昏，指夕陽所輝映之雲霞與大地之美，就在由輝煌之黃金色調逐變幻融和為橘紅橙黃青綠蒼黛時，最為絢麗燦爛，也最令人目眩神迷[1]。

【補註】

01 對於「只是」二字的注釋，筆者採取周汝昌先生的說法。周先生謂此二句之意為：「這無邊無際、燦爛輝煌、把大地照耀得如同黃金世界的斜陽，才是真正偉大的美，而這種美，是以將近黃昏這一時刻尤為令人驚嘆和陶醉。」余光中先生在《聽聽那冷雨・山盟》中描寫的西天彩霞之美，有助於理解「近黃昏」的動態景象：「日輪半陷在半紅的灰燼裡，越沉越深。山口外，猶有殿後的霞光在抗拒四周的夜色，橫陳在地平線上的，依次是驚紅駭黃悵青惘綠和深不可泳的詭藍漸漸沉溺於蒼黛。怔望中，反托在空際的林影全黑了下來。」

【後記】

有些詩評家以為本詩頗有諷諭時事的寄託，筆者以為相當值得商榷，茲舉例如下，並略加析論：

楊萬里：此詩憂唐祚將衰也。(《誠齋詩話》)

朱彝尊：言值唐家衰晚也。(《李義山詩集輯評》)

何焯：嘆時無宣帝可致中興，唐祚將淪也。（《李義山詩集輯評》）

程夢星：此詩當作於會昌四、五年間……蓋為武宗憂也。武宗英敏特達，略似漢宣；其任德裕、克澤潞、取太原，在唐季世，可謂有為，故曰「夕陽無限好」也；內寵王才人，外築望仙臺，封道士劉玄靜為學士，用其術以致身病不復自惜。識者知其不永，故義山憂之，以為「近黃昏」也。（《李義山詩集箋注》）

李鍈：以末句收足「向晚意」，言外有身世、遲暮之感。（《詩法易簡錄》）

施補華：嘆老之意極矣。然只說夕陽，並不說自己，所以為妙。（《峴傭說詩》）

以上種種說法，都暴露出一個難以自圓其說的困境：「無限好」三字，可以用來形容國勢衰頹、黨爭傾軋、藩帥跋扈、身世淒涼、命途多舛、殘生迫促等艱危的、殘酷的、混亂的、黯淡的、坎坷的……種種令人不快的人事現象嗎？不論是憂國傷時、嘆老嗟卑的情懷，有哪一樣是可以用「好」字來表達感受的？甚至還要加上「無限」來強化修飾而流露出衷心讚嘆、無盡嚮往之情呢？義山的確有不少詩篇關涉到這些傷痛，但是其中何嘗有過類似「無限好」三字所流露出的迷戀與沉醉之情呢？尤其是憂念唐室之衰的說法最不可取，因為當時的亂象豈是可以用「無限好」三字來描述形容的？再說，義山又豈敢大逆不道地詛咒李唐國運已經是日薄西山的「夕陽」殘照呢？

同樣的道理，前人對本詩有所謂「遲暮之感、沉淪之痛，觸緒紛來，悲涼無限」「時事、遇合，俱在個中」「百感茫茫，一時交集」等理解，也都有所偏差；因為這些感傷同樣都不可能以「無限好」三字來修飾。

【評解】

01 許顗：洪覺范在潭州水西小南台寺。覺範作《冷齋夜話》，有曰：「詩至李義山，為文章一厄。」僕讀至此，蹙額無語。渠再三窮詰，僕不得已曰：「夕陽無限好，只是近黃昏。」覺範曰：「我解子意矣。」即時刪去。（《彥周詩話》）

02 魏慶之：誠齋之論五七字絕句，最少而難工。雖作者亦難得四句全好者。晚唐人與介甫最工於此。如李義山憂唐之衰，云：「夕陽無限好，其奈近黃昏。」……皆佳句也。（《詩人玉屑》卷十二）

03 楊守智：遲暮之感，沉淪之痛，觸緒紛來。（馮浩《玉谿生詩詳注》引）

04 姚培謙：銷魂之語，不堪多誦。（《李義山詩集箋注》）

05 屈復：時事遇合，俱在箇中，抑揚盡致。（《玉谿生詩意》）

06 紀昀：百感茫然，一時交集，謂之悲身世可，謂之憂時事亦可。（《玉谿生詩說》）

07 管世銘：李義山〈樂游原〉詩，消息甚大，為絕句中所未有。（《讀雪山房唐詩序例》）

08 施補華：戴叔倫〈三閭廟〉：「沅湘流不盡，屈子怨何深！日暮秋風起，蕭蕭楓樹林。」並不用意，而言外自有一種悲涼感慨之氣，五絕中此格最高。義山「向晚意不適，驅車登古原；夕陽無限好，只是近黃昏」，歎老之意極矣，然只說夕陽，並不說自己，所以為妙。五絕、七絕，均須如此，此亦比興也。（《峴傭說詩》）

175 樂遊原（未編年）

萬樹鳴蟬隔斷虹，樂遊原上有西風。羲和自趁虞泉宿，不放斜陽更向東。

【詩意】

當千萬棵樹上嘈雜而響亮的蟬鳴聲還一齊從四面八方洶湧而來時，樂遊原上已經開始吹來一陣又一陣淒涼衰颯的西風，我看著遠隔在丘陵山林之後殘缺的彩虹，不禁產生莫名的感觸：羲和替太陽駕了一整天的車輛後，便急著替自己尋找西邊的虞淵歇宿去了，他不可能再放夕陽出來東邊多停留片刻的了……。

【注釋】

① 詩旨—本詩旨在抒發季節暗換時白日易盡、時不再來之惆悵。
② 斷虹—雨後放晴時殘缺不全之彩虹。或本作「岸紅」「岸虹」。
③ 「羲和」句—《廣雅》：「日御謂之羲和。」趁，尋也，見王鍈《詩詞曲語詞例釋》。虞泉，本名虞淵，為避唐高祖李淵之名，故改稱「虞泉」。

【評解】

01 屈復：時不再來之嘆。（《玉谿生詩意》）
02 紀昀：遲暮自感之作，格韻殊不脫晚唐習氣。（《玉谿生詩說》）
03 周汝昌：細味「萬樹鳴蟬隔斷虹」，既有斷虹見於碧樹鳴蟬之外，則當是雨霽新晴的景色。玉谿固曾有言曰：「天意憐幽草，人間重晚晴。」大約此二語乃玉谿一生心境之寫照，故屢於登高懷遠之際，情見乎詞。那另一次在樂游原上感而賦詩，指羲和日御而表達了感逝波，惜景光，綠鬢不居，朱顏難再之情——這正是詩人的一腔熱愛生活、執著人間、堅持理想而心光不滅的一種深情苦志。若將這種情懷意緒，只簡單地理解為是他一味嗟老傷窮、殘光末路的作品，未知其果能獲玉谿之詩心句意乎？（《唐詩新賞》第十四輯）

176 謁山（未編年）

從來繫日乏長繩，水去雲迴恨不勝。欲就麻姑買滄海，一杯春露冷如冰。

【詩意】

自古以來，就有許多人想要挽留白日的時光，卻始終找不到可以繫住太陽的長繩。我登上高山，佇立山頂，遙望水流遠遠逝去，以及雲霞歸返山林的景象，更加感受到時光消逝之迅速與無法繫留白日之悵恨，實在沉重得令人難以承受……。後來我突然異想天開，想要前往東海去向麻姑買下滄海（以便白日之升沉，完全在我的掌握之中，流水之歸宿，也到我這裡可以完全停止。如此一來，不僅可以永遠消除時光易逝難留的遺憾，也可以永遠斷絕世事滄桑的變幻）；然而，浩蕩無垠的滄海竟然在頃刻間已經變成一杯冰冷的春露了（按：末句極言滄桑世變之速，意謂滄海不僅化為遼闊的桑田，更幻化為一小杯冰冷的春露，令人不知所措而更加悵惘莫名，則買滄海而駐流光之舉，顯然也無濟於事啊）！

【注釋】

① 詩題—謁山，拜謁名山，意即登高遠眺而心有所感之意。本詩指

在抒發流光不居、歲月難駐之感慨。

② 「從來」句—謂登山展眺，見白日西斜，無法挽留，頗有感慨；化自傅玄〈九曲歌〉：「歲暮景邁群光絕，安得長繩繫白日？」按：義山〈樂遊原〉：「羲和自趁虞泉宿，不放斜陽更向東」二句表達出流光易逝，人力難回之惆悵，與此意略同。

③ 「水去」句—謂佇立山巔，見水去雲歸之景象，更加感受到流光消逝之快速與無法繫留之悵恨。水去，流水奔逝不反。迴，回歸也。雲迴，雲霞回歸山中，古人以為雲晝出於山而夜歸於谷；故陶潛〈歸去來辭〉曰：「雲無心以出岫，鳥倦飛而知返。」

④ 「欲就」二句—謂欲前往東海向麻姑買下滄海，忽見浩淼之滄海頃刻間已變為一杯冰冷之春露矣；此極言滄海桑田變幻之速，以顯示時間斷然無法留駐之意。就，主動前往也；就麻姑買滄海，蓋原以為滄海為麻姑所有，買下滄海，則白日之升沉，全由我掌控，流水之歸宿，盡為我所有，不僅可永除時光易逝難駐之悵恨，亦可永絕世事滄桑之變幻。一杯春露句，極言滄桑事變之速，意謂滄海不僅化為遼闊之桑田，令人感慨而已，甚至更幻化為一小杯冰冷之春露，令人驚駭不置、不知所措而頓感茫然迷惘；則買滄海而制流光之舉，顯亦無濟於事而可以斷念矣。按：此構思可能化自李賀〈夢天〉：「遙望齊州九點煙，一泓海水杯中瀉。」

177 贈勾芒神（未編年）

佳期不定春期賒，春物夭閼興咨嗟。願得勾芒索青女，不教容易損年華。

【詩意】

人生中美好機緣的佳期實在難以逆料，也難以把握；而自然界美好的春期，又匆匆消逝，太過短暫！因此每當見到芳春景物受到摧折阻遏而中斷，往往令人發出吁嗟慨歎，感傷良久。我真心希望春神向青霜女神求婚，順利地迎娶她而去，這樣一來，霜雪的威稜就可以遠離人間，人的容貌就不會衰老，三春芳華也不會再摧折受損了。

【注釋】

① 詩旨—本詩以別開生面之奇想，籲請春神迎娶青霜女神，使霜威從此遠離人間；傳達出祈求青春永駐、紅顏不老之美好願望。

② 詩題—勾，或作「句」；勾芒神，神話中具有創生能力之木神與春神。據《禮記・月令》所載，勾芒為三春之神，孔穎達《正義》曰：「句芒者，生木之官；木初生之時，句屈而有芒角，故云句芒。」

③ 「佳期」二句—謂人間美好機緣之佳期實難以逆料，而自然之春期則太過短暫，因此每當見芳春景物夭折或受阻，往往慨歎感傷。佳期，泛指美好機緣之期會，難以確指。賒，短也。夭，折也；閼，音ㄜˋ，通「遏」字，止也。夭閼，受阻折而中斷也。興，引出也。

④ 「願得」二句—謂誠願春神求娶霜神而去，庶幾霜威遠離人間，則青春可以永駐，芳華不致受損。索，求娶也；《三國志・魏書七・呂布傳》載袁術打算拉攏呂布以為奧援，「乃為子索布女，布許之。」青女，主霜雪之神，見〈十一月中旬至扶風界見梅花〉詩注③。易，改變；容易，容顏變衰也。

【評解】

01 紀昀：題纖而詩淺，此種題皆有小說氣，其去燕剪鶯梳、花魂鳥夢無幾也，大雅君子，當知所別裁焉。（《玉谿生詩意》）

02 張采田：寓意令狐，託為贈答，亦無題之類。詳味詩意，與「莫遣佳期更後期」正同，情趣則尤酸楚也。（《李義山詩辨正》）〇此類詩總是牢落之嘆，空看尤佳。（《玉谿生年譜會箋》）

03 張相：春期賒，猶云春期短也。勾芒主春，青女主霜。詩意言春物夭閼，正因春期短促，故願句芒索青女，使之不降霜雪，不致夭閼，不促春期，不損年華也，意欲將春期放長也。……「索女」字與「佳期」相應也。（《詩詞曲語辭匯釋》）

178 涼思（未編年）

客去波平檻，蟬休露滿枝。永懷當此節，倚立自移時。北斗兼春遠，南陵寓使遲。天涯占夢數，疑誤有新知。

【詩意】

送信的朋友浮舟而去之後，我獨自目送他的歸帆漸行漸遠……；不知何時起，水波已經漲高到渡口的平臺邊了，我的心中頓時也瀰漫著濃得化不開的思歸之情。此時原本淒切的蟬鳴聲逐漸衰歇而岑寂下來，我才察覺到岸邊的樹枝上已經綴滿了初秋的露珠，心中突然莫名感傷起來……。就在這已涼未寒的清秋黃昏，我憑欄而立，完全沉浸在思念家園的綿長情愫裡，渾然不覺時間暗自流逝……。自從春天離家以來，京城的家園就像天邊的北斗星那麼遙遠，令我思之黯然；而出使南陵之後又遲遲無法託人傳送家書，也常使我懸念難安。難怪遠在天涯的愛妻會在信上說：她在魂牵夢縈、一籌莫展之餘，只能頻頻藉著夢中的情境來預卜吉凶禍福，甚至還屢次在夢中驚疑地誤會我有了新歡而遺忘她，所以才滯留不歸……。

【注釋】

① 詩題—涼思，秋涼時節思妻憶家之意。本詩大約是義山收到遠在長安之妻室來函，似有猜疑或調侃詩人另結新歡致遲遲未歸，並久無家書之怨；詩人理解此乃戲言，故即修書託人送返京城。詩人於水邊送別信使之後，一時悵觸萬端而賦吟此事；換言之，本詩係修書後追加補記之「寄內」之作。

② 「客去」二句—客，殆指妻子王氏所派來傳遞訊息之信使，詩人可能也請託他帶信回去。檻，水邊亭、閣、臺、榭等建築之平臺、窗臺或欄軒之泛稱。波平檻，指秋水上漲到與渡頭之平臺部分相齊。蟬休，既暗示秋風漸涼，也表示時值黃昏，故蟬唱衰歇。露滿枝，點出清秋涼露綴滿枝頭之景象，補足「秋涼」之意。

③ 「永懷」二句—永，長也；永懷，悠長之思念情懷。當此節，面對此清秋黃昏時節。倚立，憑倚水邊欄軒而立。自移時，渾然不覺時間暗自流逝之久。此聯扣準詩題「思」字。

④ 「北斗」二句—謂離家至今，歷時甚久，覺長安與春天同其遙不可及。北斗，既表示夜幕已臨，亦代表京城長安；此時詩人可能家居長安。兼，復也、共也、與也；兼春遠，與春天同其遙遠，表示離家之久與距離之遙。

⑤ 「南陵」句—謂出使南陵以來，家書又遲遲無法託人送達。南陵，唐時屬宣州（今安徽省南陵縣）。寓，託付也。寓使遲，可能指遲遲無法託人傳送家書；或雖已託人，卻始終未曾送達而使嬌妻有所誤解與猜疑；也可能指奉命出使以來，遲遲無法返家團圓。

⑥ 「天涯」二句—天涯，指遠在長安之愛妻而言；由地圖上推算，南陵與長安相隔達九百公里，以古代交通狀況及雙方之心理而言，兩地實無異於天涯。占，卜問吉凶；占夢，以夢境預卜心中所想之事是吉是凶也。數，音ㄕㄨㄛˋ，頻頻、屢次也。疑誤，因猜疑而誤會。有新知，另結新歡而遺棄髮妻也。

【後記】

何焯《義門讀書記》說：「起聯寫水亭秋『夜』，讀之亦覺涼氣侵肌。」筆者以為值得商榷。蓋首聯明寫秋「涼」而暗藏「思」念情意，此時尚未入夜；頷聯「永懷當此節，倚立自移時」則進一步明寫「思」念之綿長與惆悵之濃重，並以「此節」二字暗藏「涼」意。經過「倚立」和「移時」之流程後，時間大概已經從黃昏轉為暮色漸濃，直到提出「北斗」二字，才算是秋夜所見。

【評解】

01 何焯：起聯寫水亭秋夜（按：筆者以為當是黃昏送別，蓋腹聯的「北斗」才是入夜景象），讀之亦覺涼氣侵肌。（《義門讀書記》）〇（「倚立」句）「思」字入神。　〇落句襯出「思」字意足。（《李義山詩集輯評》引）

02 紀昀：前四句一氣湧出，氣格殊高。五句在可解不可解之間，然其妙可思。　〇結句承「寓使遲」來，言家在天涯，不知留滯之故，幾疑別有新知也。（《李義山詩集輯評》引）

03 馮浩：或宣州別有機緣，故寓使而希遇合也。當與〈懷求古翁〉同參。（《玉谿生詩詳注》）

179 曉坐（未編年）

後閣罷朝眠，前墀思黯然。梅應未假雪，柳自不勝煙。淚續淺深綆，腸危高下弦。紅顏無定所，得失在當年。

【詩意】

在庭院後方的樓閣裡，輾轉難眠，直到天快亮時才勉強有些睡意，卻又難以安枕熟睡，索性披衣起身；來到樓前臺階坐下後，不免尋思往事而心緒黯然：梅花天生就有冷艷的姿韻，應該未嘗藉助於冰雪的寒凜之氣；柳條的本質原來就相當柔弱，實在不勝煙霧的纏繞遮掩（按：此殆以梅柳自喻而感慨身世：似謂昔日才名自高，並非藉助於貴戚顯宦之提攜；而今仕途多艱，實不堪厄運之糾纏與摧折）。有好長一段日子裡，經常黯然落淚，有如汲井的長繩，相續而下；長久以來，愁腸危苦，有如被催逼得緊繃而飆出高音的琴絃，隨時都可能斷絕一般。自己才高命蹇而輾轉寄跡幕府，無異於紅顏薄命而漂泊不定，都是因為當年沒有仔細衡量利弊得失所造成的。

【注釋】

① 詩旨—本篇寫詩人清曉獨坐，自傷身世，自嘲半生漂泊失意，寄跡幕府，皆由於未曾考量利弊得失而趨炎附勢之故。

② 「後閣」二句—後閣，位於庭院後方之樓閣。罷朝眠，暗示終宵難眠，直至天明時才勉強入睡，而又難以安枕，故索性披衣起身。前墀，樓前之臺階。

③ 「梅應」二句—梅花姿韻冷艷，當由於天賦異稟，未嘗藉助於冰

雪之寒凜；柳條質性柔弱，實不勝煙嵐之纏繞遮覆。此以梅柳自喻而黯然感慨身世：似謂才名自高，並非藉助於貴戚顯宦之提攜，而仕途多艱，孤危寡與，誠不堪厄運之糾纏；義近於〈無題〉詩中「風波不信菱枝弱，月露誰教桂葉香」之嘆。柳自不勝煙，亦近於〈十一月中旬扶風界見梅花〉之「青女不饒霜」之慨。

④「淚續」二句—謂淚水常流，有如汲井之長索，相續而下；愁腸危苦，有如繃緊之琴絃，催逼欲斷。綆，井索。淺深，偏義複詞，僅取深而長之義。淺深綆，形容珠淚成行，如汲井之長綆，相續而下。高下，亦為偏義複詞，僅取高而急之義，蓋琴絃緊繃則容易斷絕，故曰「危」。高下絃，形容愁腸危苦，有如絞緊急撥之琴絃，早已催逼欲斷。

⑤「紅顏」二句—紅顏，借喻年輕歲月與沉博絕麗之才學。無定所，泛指長久以來寄身幕府，流離漂泊而言。當年，指過去歲月。得失在當年，謂皆因當年未能仔細衡量得失而趨炎附勢所致；殆兼指當年不肯逢迎長官而辭弘農縣尉，與不願依附政黨而遭受排擠。

【評解】

01 程夢星：此嘆老嗟卑之感。玩結二語，通體明豁。應茂元之辟，致令狐之怨，莫保紅顏，有自來矣。（《李義山詩集箋注》）

02 張采田：義山初為令狐所知，及婚於王氏，子直遷怒，遂終於李黨。其後鄭亞、李回迭貶，莫肯援手，始轉向令狐告哀，詩所謂「紅顏無定所，得失在當年」也。此篇蓋感傷遇合之作，其情亦可悲已！（《李義山詩辨正》）

180 池邊（未編年）

玉管葭灰細細吹，流鶯上下燕參差。日西千繞池邊樹，憶把枯條撼雪時。

【詩意】

當大地春回時，塞在玉管裡用來測候地氣上升的蒹葭灰粉，便被陽春的氣息細細地吹散，同時流鶯開始忍不住高下歡唱，燕子也興奮地參差飛翔了（按：此二句可能是以春臨人間，鶯燕飛翔，借喻人生順適之境遇）。夕陽西下時，我千百遍環繞池邊，看著樹木呈現出勃發的生機，不覺追憶起嚴冬時曾經手抓枯枝，把覆蓋的白雪搖撼下來的景象（按：末句可能借喻不忘困境中曾有的掙扎與奮鬥，當更加珍惜順境）。

【注釋】

① 詩旨—本詩殆抒寫飽嚐嚴冬困境之煎熬與掙扎後，方知春初鶯飛燕翔之光景彌足珍惜，故於斜陽中千繞池樹，流連難捨。

② 「玉管」二句—殆以宜人之春光，借喻人生順適之境遇。意謂：陽氣發動，大地春回時，塞在玉管裡用來測候地氣上升的葭灰，便被陽春之氣息細細吹散[1]；此時流鶯上下歡唱，燕子亦參差飛翔，一派爛漫春光。

③ 「日西」二句—日西猶千繞池邊樹，暗示珍惜美好春光。把枯條撼雪，可能借喻困頓境遇中極力扭轉形勢、改變命運之掙扎與奮鬥。

【補註】

01《後漢書·律曆志》：「候氣之法，為室三重，戶閉，塗釁必周，密佈緹縵。室中以木為案，每律各一，內庳外高，從其方位，加律其上，以葭莩灰抑其內端，按曆而候之。氣至者灰動。其為氣所動者其灰散，人及風所動者其灰聚。殿中候，用玉律十二。」

【評解】

01 錢良擇：無限低徊，於「千繞」二字傳出。（馮箋引）

02 姚培謙：從得意時追想未得意時，莫草草看得容易。（《李義山詩集箋注》）

03 田蘭芳：感嘆流光，出言蘊藉。（馮箋引）

04 紀昀：感嘆時光，多從眼下繁華逆憂零落，或就眼前零落追感繁華，此偏於春光駘宕之時轉折，從過去一層見意，運掉甚別，但格韻不高耳。（《玉谿生詩說》） ○此寫流光迅速之感。起二句俗，後二句小有意。（《李義山詩集輯評》引）

181 春風（未編年）

春風雖自好，春物太昌昌。若教春有意，惟遣一枝芳。我意殊春意，先春已斷腸。

【詩意】

吹拂萬物的春風雖然美好，但是卻讓萬物同時爭奇鬥艷，顯得太過繁盛暢旺（當然也就令人擔心它們會同時衰殘凋零，令人不勝感慨了）。如果春天對人間萬物真有情意，就請她每次都只讓一種花木欣欣向榮地展現芳華就好（如此一來，春芳就能依序綻放，春光也能常駐人間了）。奈何我的期盼和春天的心意並不相同，因此往往在春天還未降臨人間之前，就已經預先擔憂終將眾芳蕪穢，滿眼淒然而感傷腸斷了。

【注釋】

① 詩旨—本詩以祈願春芳依序綻放之新奇意想，極寫惜春心理之無奈。

② 「春物」二句—謂春風和煦，轉眼之間，能使萬芳爭艷，奼紫嫣紅；然如此景致固極繁盛美好，詩人卻深恐眾芳終將同時蕪穢，令人不勝感慨。昌昌，繁盛暢旺貌。

③ 「若教」二句—詩人意想出奇，期待春神細心安排，唯遣一枝盛開，以便花族群芳能依序綻放，使滿眼春光，常駐人間；意蘊近似於杜甫〈江畔獨步尋花七絕句〉之「繁枝容易紛紛落，嫩蕊商量細細開。」

④ 「我意」二句—然春意畢竟不因詩人之心意而改變，故詩人不免於春回大地前即憂慮眾芳之凋零蕪穢而預為之斷腸矣。殊，相異於。

【評解】

01 馮班：只恐愛博而情不專也。（《李義山詩集輯評》錄何焯所引）〇姚培謙：此喻仕途相傾軋也。（《李義山詩集箋注》） 〇馮浩：滿目繁華，我獨懷恨，不待春來，腸先斷矣。寓意未詳。（《玉谿生詩詳註》） 〇張采田：詩意寓盛滿之戒，不詳指何人也。（《玉谿生年譜會箋》）

* 編按：以上諸說，皆頗偏執，且將商隱之器度窄化到極點，令人難以認同；姑存於此，聊備一格，以省讀者翻撿之勞。

182 春日（未編年）

欲入盧家白玉堂，新春催破舞衣裳。蝶銜紅蕊蜂銜粉，共助青樓一日忙。

【詩意】

有位青樓歌女想要進入盧家的白玉廳堂內表演才藝（按：可能譬喻某顯貴或節度使有意進入京城，供職朝廷），因此催促須得趕快在新春時期完成舞衣的縫製（按：可能譬喻對方要求自己儘早完成入京或上朝所須之章奏表疏），連蝴蝶都銜著紅色的花蕊來裝飾舞衣，蜜蜂也銜來花粉灑在舞衣上，大家全都為了幫助青樓歌女如願以償而忙亂了一整天（按：可能譬喻所有的幕僚人員全都為此忙得人仰馬翻）。

【注釋】

① 詩旨—劉學鍇以為商隱詩中屢見「入盧家」之詩意，可能都含有投身幕府之意，故判斷本詩似喻入幕文士「苦於奔忙」，為他人作嫁衣裳之心理狀態。筆者以為其說可參，然亦不妨以「盧家白玉堂」譬喻金碧輝煌之朝廷，「欲入盧家」之青樓歌女喻節度使或達官顯宦；詩人自喻為替人裁製舞衣之工匠，而舞衣則喻詩人所擅長之章奏表疏，蜂蝶喻其他幕僚。

② 「欲入」句—譬喻某節度使或達官顯宦即將入京任職。盧家白玉堂，喻堂皇華貴之朝廷；殆合用古樂府〈相逢行〉：「黃金為君門，白玉為君堂。」與梁武帝〈河中之水歌〉：「十五嫁作盧家婦，十六生兒字阿侯。盧家蘭室桂為梁，中有鬱金蘇合香」之意，而將「欲入」之主詞，設定為某節度使或達官顯宦，蓋古人常以

女子之事人喻男子之事君。

③「新春」句—催破舞衣裳，借喻催促盡快完成該有之章奏等幕僚作業。張相《詩詞曲語辭匯釋》：「破，安排也。言促其從速安排舞衣也。」按：破，亦有終竟、完成之意。

④「蝶銜」二句—喻府中幕僚紛紛為節度使或顯宦入京而忙亂異常。

【評解】

01 姚培謙：主恩所向，羶附隨之，自然如此。（《李義山詩集箋注》）

＊ 編按：此似以蜂蝶喻鑽營攀附者。

02 程夢星：此近於艷詞而非者，大抵將入幕府供職牋奏，苦於奔忙之寓言也。（《李義山詩集箋注》）

03 馮浩：首句借喻玉堂，蜂蝶共助，比代為詩啟也。（《玉谿生詩詳注》）

04 紀昀：此似刺急於邀求新寵之人，非艷詞也。（《李義山詩集輯評》引）

05 張采田：午橋謂將入幕府供職牋奏，苦於奔忙之寓言，所解近之。蓋義山為人憑倩作文，當未入幕之先，必先代作表狀，集中頗多，此詩所詠是也。「盧家玉堂」，其暗點徐幕歟？惟寫景與奏辟之時不符。（《玉谿生年譜會箋》）

183 春光（未編年）

日日春光鬥日光，山城斜路杏花香。幾時心緒渾無事，得及遊絲百尺長？

【詩意】

爛漫繽紛的春光，每天都想和麗日的光華爭妍鬥艷，因此便使盡渾身解數來妝點山城，曲折的山路兩旁因而開滿了杏花，飄來陣陣花香。（這樣的情景原本應該讓人神清氣爽，心懷舒暢；可是）不知道什麼時候我才能真正完全沒有牽掛，沒有任何鬱結煩悶，讓心緒恬和寧靜得就像飄揚在風中長達百尺的遊絲那麼光滑平順，悠閒自在呢？

【注釋】

① 詩題—本詩是寫春光帶給詩人繽紛熱鬧之美好感受，並透露出對於心緒悠閒無事之期盼。春日，各本多作「日日」。

② 「日日」二句—寫爛漫之春光，欲與當空之麗日爭妍鬥艷，故極力妝點山城，遂使曲折山路兩旁之杏花飄香；此情此景本應令人氣清神怡，心懷舒爽，奈何詩人猶有愁懷難解。鬥，雖極寫其熱鬧繽紛之美，亦隱約透露詩人心緒之不寧，並逗出三句「渾無事」之期盼。

③ 「幾時」句—幾時無事，見出此時頗有心事而意緒不寧。渾，全也。

④ 「得及」句—及，如同也。遊絲，昆蟲類所吐而在風中飄揚之絲。百尺長，以遊絲之光滑平順而無雜亂糾纏，形容心緒之恬和寧靜而無鬱結煩悶。

【評解】

01 何焯：（首句）驚心動魄之句。（《義門讀書記》）

02 田蘭芳：不知佳在何處，卻不得以言語易之。（馮浩《玉谿生詩詳注》引）

184 滯雨（未編年）

滯雨長安夜，殘燈獨客愁。故鄉雲水地，歸夢不宜秋。

【詩意】

被雨勢滯留在長安的夜晚，只能聽著連綿不斷的雨聲，真使人悵惘不已；獨坐斗室之中，對著即將燃燒殆盡的孤燈，更覺滿耳蕭颯，一室寂寥，怎能不令異鄉遊子淹沒在滿懷愁緒之中呢？我的故鄉，是在水光明亮，可以映照出滿天雲彩的美麗地方……歸鄉的夢魂，並不適宜在這秋雨霪霪的冷清夜晚渡水而去啊！（按：可能暗示一夜難眠，故無歸鄉之夢）。

【注釋】

① 詩題—滯雨，為雨所阻，羈留異鄉之意；李賀有〈崇義里滯雨〉詩云:「落莫誰家子？來感長安秋。壯年抱羈恨，夢泣生白頭……家山遠千里，雲腳天東頭……。」本詩可能係義山登第前羈旅長安，滯雨思歸之作。

② 「故鄉」句—故鄉，殆指鄭州。雲水地，雲水縈迴，風景優美之地；與孟浩然〈早寒江上有懷〉：「我家襄水曲，遙隔楚雲端」所描寫之思鄉情懷，同其優美動人。

【評解】

01 姚培謙：大抵說愁雨，皆在不寐時，此偏愁到夢裡去。（《李義山詩集箋注》）

02 紀昀：反筆甚曲。（《玉谿生詩說》） ○運思甚曲，而出以自

然，故為高調。（《李義山詩集輯評》引）

185 花下醉（未編年）

尋芳不覺醉流霞，倚樹沉眠日已斜。客散酒醒深夜後，更持紅燭賞殘花。

【詩意】

參與花間宴會時，我獨自離座，想要好好尋訪園林芳菲之美；誰知啜飲著瓊漿玉液，流連嘆賞名花之際，竟然不知不覺中陶然沉醉，倚著花樹沉沉入睡……（似乎就在花香濃郁的美夢中，我和仙人暢飲醇酒，欣賞著夕陽西斜時令人驚豔的雲霞之美……）。從酣睡中醒來時，已經是客人散盡，園林寂靜的深夜了，（儘管情境與白晝的熱鬧頗為不同，這座園林反而別有一番清幽靜謐的情韻，因此）我仍然手持紅燭徘徊其中，仔細欣賞即將凋謝的殘花所綻放出的最後、也最艷麗的風華。

【注釋】

① 詩題—本詩抒寫尋芳、對花、賞花之流連陶醉；由「倚樹沉眠」及深夜客散後詩人猶能流連不去、持燭賞花觀察，殆為參與岳父王茂元家宴後所作，當時詩人可能與妻子寄居於崇讓坊王宅中。

② 「尋芳」句—流霞，本是傳說中之仙酒名，飲之不知飢渴[1]，然此處「流霞」二字，似亦有花光明麗，如雲霞流艷之意；故「醉流霞」三字，涵義雙關，既明指為甘醇美酒所陶醉，又暗喻為豔麗春花所迷醉。

【補註】

01 《論衡・道虛》篇：「曼都好道學仙，委家亡去，三年而返。家問其狀，曼都曰：『去時不能自知，忽見若臥形，有仙人數人，將我上天，離月數里而止。見月上下幽冥，幽冥不知東西。居月之旁，其寒悽愴。口飢欲食，仙人輒飲我以流霞一杯，每飲一杯，數月不飢。不知去幾何年月，不知以何為過。忽然若臥，復下至此。』」《抱朴子・祛惑》篇：「河東蒲阪有項曼都者，與一子入山學仙，十年而歸家，家人問其故，曼都曰：『在山中三年精思，有仙人來迎我，共乘龍而升天。良久，低頭視地，窈窈冥冥，上未有所至，而去地已絕遠。龍行甚疾，頭昂尾低，令人在其脊上，危怖險峨。及到天上，先過紫府，金床玉几，晃晃星星，真貴處也。仙人但以流霞一杯與我，飲之輒不飢渴。忽然思家，到天帝前，謁拜失儀，見斥來還，令當更自修積，乃可得更復矣。昔淮南王劉安升天見上帝，而箕坐大言，自稱寡人，遂見謫守天廁三年，吾何人哉！』河東因號曼都為斥仙人。」

【評解】

01 何焯：（客散）二句，別有深情。（《李義山詩集輯評》引）

02 姚培謙：方是愛花極致。（《李義山詩集箋注》）

03 馮浩：最有韻，亦復最無聊。（《玉谿生詩詳注》）

04 馬位：李義山詩「客散酒醒深夜後，更持紅燭賞殘花 」，有雅人深致；蘇子瞻「只恐夜深花睡去，高燒銀燭照紅妝」』，有富貴氣象。二子愛花興復不淺。（《秋窗隨筆》）

05 林昌彝：天下多愛才慕色之人，而真能愛才慕色者實無其人。譬之於花，愛花者多，而可稱花之知己者則少矣。義山〈花下醉〉云：……此方是愛花極致，能從寂寞中識之也。天下愛才慕色者

果能如是耶？（《射鷹樓詩話》）

06 張采田：含思婉轉，措語沉著，晚唐七絕，少有媲者，真集中佳唱也。（《李義山詩辨正》）

186 一片（未編年）

一片瓊英價動天，連城十二昔虛傳。良工巧費真為累，楮葉成來不直錢。

【詩意】

有一大片身價非凡的紅色璞玉，曾經驚動天庭，於是它價值連城的虛名，很久以前便流傳開來了（按：可能暗喻自己之才學昔日曾經驚動公卿，甚至上達聖聽，虛傳連城璧玉之美名）。奈何這塊美玉又經過良工巧匠苦心孤詣地加以雕鑿琢磨，成為幾可亂真的楮樹葉片之後，世人竟把它當成一般樹葉看待，認為它毫不值錢（按：此處可能兼指美才又經令狐楚之悉心栽培與己之慘澹經營、善加琢磨之後，宜成大器，奈何竟不為當世俗眼所重視）。

【注釋】

① 詩旨—本詩取首二字名篇，借抒有才無命，沉淪不遇之悲憤，性質近於無題。

② 「一片」二句—謂己之才學昔曾驚動公卿，上達聖聽，虛傳連城璧玉之美名。片，大塊也。瓊，赤玉也。瓊英，如紅玉之美石，此處喻己文采之美。價動天，殆指年少時即以〈才論〉〈聖論〉等文章名動公卿，後又進士及第、宏博中選而為天子所聞知。連城十二，極言其為無價之寶。十二，朱鶴齡以為當做十五；蓋據

《史記・廉頗藺相如列傳》所載，「趙惠文王（趙何）時得楚和氏璧，秦昭王（嬴稷）聞之，使人遺趙王書，願以十五城請易璧。」昔虛傳，慨歎昔日空有美名，而今日猶蹭蹬失意。

③「良工」二句—謂連城美玉又經良工巧匠之雕琢，竟被世人視同樹葉而不知珍愛；此處可能兼指己之美才經令狐楚之悉心栽培與己之慘澹經營、善加琢磨之後，宜成大器，堪當大任，奈何竟然蹭蹬失意，不為當世重用。良工巧費，即良工心苦，慘淡經營之意。真為累，謂徒勞無功，枉費苦心孤詣。楮，桑科楮屬之落葉灌木，樹皮可為造紙原料，故往往以楮為紙之代稱；然此處之楮葉成，係以美玉雕鑿成幾可亂真之楮葉，譬喻己之美才終成大器，與紙無關；《韓非・喻老》：「宋人有為其君以象（按：指象牙）為楮葉者，三年而成。豐殺莖柯，毫芒繁澤（按：豐殺，指葉片之肥瘦；莖柯，指葉柄。毫芒，指葉沿之細毛；繁澤，指葉片之光澤），亂之楮葉之中而不可別也。此人遂以功食祿於宋邦。」直，通「值」。

【評解】

01 朱彝尊：言薄物倖售，尺璧非寶，而攻苦揣摩，皆無所用。（《李商隱詩歌集解》引）

02 何焯：本是連城光價，況又良工雕鑿，乃偏不直錢，豈能無慨於中耶？（《義門讀書記》）

03 姚培謙：瓊英得價，豈但連城，乃楮葉既成，誰識良工心苦？士之不遇，何以異此！（《李義山詩集箋注》）

04 屈復：絕世奇文，不能見重於時，言識者之難也。（《玉谿生詩意》）

05 程夢星：歎其書記翩翩，枉拋心力也。（《李義山詩集箋注》）

187 一片（未編年）

一片非煙隔九枝，蓬巒仙仗儼雲旗。天泉水暖龍吟細，露畹春多鳳舞遲。榆莢散來星斗轉，桂華尋去月輪移。人間桑海朝朝變，莫遣佳期更後期。

【詩意】

在蓬萊仙境裡，一大片祥瑞的雲氣，正繚繞著一幹九枝的華麗燈柱，儀仗隊伍整齊地佈置開來，畫有雲霞圖案的旗幟，也繽紛地飄揚於天庭之中，場面看起來極為氣派莊嚴（按：首聯可能借喻宮廷堂皇而華貴的氣派，頗有中興盛世的氣象）。天庭上的泉水浮泛出溫暖的香氣，傳來低細悠長的龍吟；露水滋潤的園林裡，顯得春意盎然，鳳凰正舒徐曼妙地起舞（按：頷聯可能借喻君臣在絲竹管弦、輕歌曼舞的宴會裡賦詩唱和的景況，以見君臣際會、濟濟多士的盛況）。很快地，羅列在天上有如榆莢散佈的星斗，不知不覺間轉移了方位；想要尋找廣寒宮中的桂花時，月輪也早已改變了她的位置（按：腹聯譬喻物換星移，流光易逝，令人憂心青春虛度，歲月蹉跎）。人間滄海桑田的幻化，天天都在迅速地改變；真希望能擁有及時而又美好的遇合，切莫一再延宕佳期，錯失良緣。

【注釋】

① 詩旨—本詩取首二字名篇，性質近於無題。就內容而言，前半似是追憶某一段政治清明、朝廷有為之時期，以引起後半物換星移、人事全非之感慨，流露出希冀躬逢盛世，能有所作為之心聲。或係武宗會昌年間，詩人重官祕書省，因母憂而家居時追憶京華之作。

② 「一片」句—借蓬萊仙境中，雲旗儼然，仙仗整齊，一片祥雲瑞氣，繚繞著九枝華燈，譬喻宮廷氣派之華貴繁盛。非煙，指祥雲之瑞氣；《史記・卷二十七・天官書第五》：「若煙非煙，若雲非雲，郁郁紛紛，蕭索輪囷（按：輪囷，屈曲貌），是謂卿雲。卿雲見，喜氣也。」九枝，一幹九枝之華燈，見五律〈楚宮〉「複壁交青瑣」注⑤。蓬巒，蓬萊仙島。儼，整齊也。仙仗儼雲旗，借仙境儼整之旗仗，喻朝廷華貴莊嚴之氣派。

③ 「天泉」二句—以仙境春多水暖時管絃飄蕩、輕歌曼舞之盛況，借喻君臣賦詩，朝廷中濟濟多士之情況。天泉，天上星宿名，《史記・天官書》：「以十一月與氐、房、心晨出，曰天泉。」亦可指皇宮中之園池；《晉書・卷二十一・禮志下》載懷帝司馬熾於三月三日赴天泉池，會飲群臣，修禊賦詩。龍吟，指簫笛之音清亮悠揚，馬融〈長笛賦〉：「龍鳴水中不見已，截竹吹之聲相似。」亦可借喻帝王吟詩，如前引《晉書》；故頷聯兩句，可能指君臣在宮中池閣賦詩。畹，有田十二畝（王逸）、二十畝（許慎）、三十畝（班固）三說；露畹，殆指宮中之苑囿。鳳舞，殆喻群臣唱和御詩時之拜舞，或宮中之歌舞。遲，形容舞蹈舒徐曼妙。

④ 「榆莢」二句—謂物換星移，流光易逝。榆莢，又名榆錢，此則謂天上群星羅列如榆莢散佈；古樂府〈隴西行〉云：「天上何所有？歷歷種白榆。」桂華，桂花，殆指月中桂樹而言。

⑤ 「人間」二句—謂世事滄桑變幻，極為迅速難料，期望能有及時之遇合，切莫一再錯失良緣佳期。桑海，見〈華山題王母祠〉詩【補註】。佳期，殆指政治上美好之遇合或施政良機。

【評解】

01 王夫之：愴時託賦，哀寄不言，既富詩情，亦有英雄之淚。（《唐

詩評選》）

02 陸鳴皋：首二句，寫夜來華屋氣象。三四句，言歌舞也。五六句，只在「星」「月」兩字，乃夜闌將曉之意，故接以「朝朝」句。言事境日遷，不可不及早為歡也。此行樂之詞，而諷意在言外。（《李義山詩疏》）

* 編按：朱彝尊、屈復之說解與此相似。

03 姚培謙：此恐遭逢遲暮也。蓬島煙雲，仙真所託。龍吟鳳舞，俯仰優游，以喻君臣際會之樂，誠非倖致。然遇合雖有時，而遲暮亦不可不慮，況斗轉星移，榆飄桂謝，世事之滄桑屢改，人生之壽命難期，日復一日，豈不虛度一生也耶？《楚辭》云：「恐鶗鴂之先鳴兮，使夫百草為之不芳。」義山之所感深矣。（《李義山詩集箋注》）

04 馮浩：總望令狐身居內職，日侍龍光，而肯垂念故知，急為援手，皆屢啟陳情之時。（《玉谿生詩詳注》）

* 編按：胡震亨、何焯、陸崑曾諸人均以為詩有乞援之意。

05 張采田：此為當軸者效忠告也。前半寫其得君，後半預憂盛滿，而戒其早自為所，非感士不遇也。謂指令狐，恐未確。陳帆云：「非煙、仙仗、龍吟、鳳舞，皆序行樂之事。榆莢二句，言當星移月落時也。末語似勸而實諷，意謂深長。」此解得之。（《玉谿生年譜會箋》）

188 有感（未編年）

中路因循我所長，古來才命兩相妨。勸君莫強安蛇足，一盞芳醪不得嘗。

【詩意】

半途而廢，得過且過，長期沉淪幕僚，不思長進，本來就是我最擅長的伎倆；因為我深知自古以來有才德的人，往往時運不濟，命途多舛，只好就這麼因循下去了。我要奉勸大家：千萬別想要頑強地違反自然，對抗天命，因為畫蛇添足的結果是連原本屬於你的美酒都喝不到了（按：意謂當順其自然，切勿弄巧成拙，導致連本來可以擁有的美好機緣都喪失了）！

【注釋】

① 詩旨—細味詩旨，當是自負有連城美才之詩人曾經嘗試扭轉命運，卻終遭挫敗，不得不承認「才命相妨」之理，而以「中路因循我所長」自嘲[1]；儘管語氣似乎恬淡曠達，然懷才不遇、有志難伸之憤激與牢騷，實不難體會。

② 「中路」句—由自嘲之角度而言，中路，指追求某種理想而尚未完成之半途；因循，得過且過，不思長進之意，為貶義詞。中路因循，可能是指進士及第後，長久屈居幕府，沉淪下僚，不能獨當一面，施展抱負。我所長，本是我所擅長之伎倆。

③ 「古來」句—句謂深知自古以來才德之士，往往時運不濟、命途多舛；此當是詩人飽嚐落拓漂泊、困頓失意後之心酸與牢騷。杜甫〈古柏行〉亦云：「古來材大難為用。」妨，乖忤不順也。

④ 「勸君」二句—借《戰國策‧齊策二》中畫蛇添足之典故警惕自己，亦奉勸世人：當順應命運之安排，切勿畫蛇添足，弄巧成拙，反而錯失美好之機緣。強安蛇足，難以具體確指其意涵，可能包括不向命運低頭、竭力與外在環境或形勢抗爭，試圖扭轉並掌握自身命運之種種作為，甚或包括聯婚王氏。芳醪，芬芳之美酒；芳醪不得嘗，所喻之事物亦難以具體確指，由自嘲之角度言，或

指不能享有青雲得志、仕途騰達之機緣而言[2]。

【補註】

01 如由自傲之角度解讀，句謂遵循中道，不忮不求，悠遊自在，順其自然，為詩人最自豪之優點。中路，指中正平和、無所偏倚之路，可能含有不依附牛黨或李黨之意。因循，悠遊閒散，順其自然，不欲爭名奪利之意，屬於褒義詞；《史記‧太史公自序》：「道家……以虛無為本，以因循為用。」張守節《正義》：「任自然也。」

02 如由自豪自傲之角度言，所謂「芳醪不得嘗」可能包括一旦強安蛇足去依附政黨或趨炎附勢，將失去立身處世之原則、心靈之自由、德義之清貞、人品之芬芳等。

【評解】

01 吳喬：「中路」句，自嘲自解之辭。因循，似謂受茂元之辟。既交令狐，畫蛇成矣，又婚茂元，乃蛇足也。（《西崑發微》）

02 姚培謙：憤激之詞。從來真色人，必為打乖者所笑。（《李義山詩集箋注》）

03 屈復：有才無命，遂至於終路無歸。自咎其強安蛇足，以致如此，無聊之極思也。

04 程夢星：此詩既明明以才自許，何得蛇足以自比？意者自咎其屢啟陳情之誤耶？起句言因循為我之所長，次句言才與命違，古來皆然，亦不獨我一人。三句則悔陳情之非。四句乃歎利祿之不及矣。（《李義山詩集箋注》）

189 復京（未編年）

虜騎胡兵一戰摧，萬靈回首賀軒臺。天教李令心如日，可要昭陵石馬來？

【詩意】

李晟副元帥一舉摧毀朱泚的叛軍，並逼退李懷光的胡兵，使天下億萬生靈都為了終於平定叛亂、收復京師而歡欣鼓舞地慶賀。上天生下赤膽精忠，心如天日而又神勇無匹的李晟副元帥來輔佐王室，率領義師，必定能一舉殲滅叛軍，哪裡還須要唐太宗的天兵神馬前來助戰呢！

【注釋】

① 詩旨—本詩與〈渾河中〉分詠唐德宗時李晟、渾瑊二名將，意在表揚其收復京城、捍衛王室之殊勳偉業，足以震古鑠今，及其赤膽精忠，昭若日月。然撫今追昔之中，或亦隱含時無英雄、國運將頹之慨嘆。

② 詩題—指唐德宗興元元年（784）李晟（722－793）領軍屢次擊敗叛變之朱泚（742－784），五月收復京師長安而言[1]。

③ 「虜騎」句—虜騎，指朱泚之叛軍；胡兵，指李懷光之叛軍，蓋懷光本渤海靺鞨（ㄇㄛˋ　ㄏㄜˊ）人，故稱其部眾為胡兵。一戰摧，一舉摧毀朱泚，並逼退李懷光。

④ 「萬靈」句—謂天下蒼生皆為平定叛亂、收復京師而慶賀。萬靈，天下蒼生、億萬生靈。軒臺，高大樓臺，此代指京城、皇宮而言。

⑤ 「天教」句—謂李晟赤膽精忠，心如天日，必能一舉殲滅叛軍，豈須天兵神馬前來助戰？李令，指李晟，復京後拜司徒，兼中書

令。天教李令，即天生李晟之意；《新唐書・列傳七十九・李晟傳》載當收復京師捷報傳抵德宗所在之興元府（興元元年以梁州為興元府）時，「帝曰：『天生晟，為社稷萬人，豈獨朕哉！』」心如日，形容心志忠貞，如青天白日。

⑥ 「可要」句—可要，豈要、豈須之意。昭陵，唐太宗之陵寢，在今陝西省醴泉縣西北六十里之九嵕山。石馬，《唐會要・卷二十》載唐太宗營造其陵寢畢，特意將常年所乘破敵之六匹戰馬刻石立於昭陵闕下[2]。據唐人姚汝能《安祿山事蹟》卷下載：唐軍於潼關之戰敗績時，忽見黃旗軍數百隊，與安祿山部將崔乾祐之白旗軍酣鬥鏖戰後不知所在，後昭陵（官）上奏言該日昭陵之石人馬皆汗流。此處引昭陵石馬，除借喻天兵神馬之外，並暗示連昭陵石馬都無法克制安祿山之叛亂，李晟竟能僅憑人力即敗朱泚而復京師，其功偉矣。

【補註】

01 德宗建中四年（783）十月，涇源節度使姚令言叛變，進犯京師，德宗避難於奉天（今陝西省乾縣），前鳳翔、隴右節度使、太尉朱泚乘機反。次年正月改元興元，二月，由朔方來援之太尉李懷光（729－785）又反叛，德宗避於梁州（今陝西省漢中縣）。四月甲辰，李晟為京畿、渭北、商華兵馬副元帥。五月，李晟敗朱泚於宮苑北。戊戌，又敗之於白華殿，收復京師。六月，姚令言伏誅。甲辰，朱泚伏誅。

02 此六馬世稱「昭陵六駿」，係原置於唐太宗昭陵北麓祭壇兩側廡廊之六幅浮雕石刻。六駿，指唐太宗在統一中國戰爭中騎乘作戰之六匹駿馬，其名分別為：「特勒驃、青騅、什伐赤、颯露紫、拳毛騧（ㄍㄨㄚ）、白蹄烏」。唐太宗營建昭陵時，詔令立昭陵六駿之用意，除炫耀一生戰功外，也是記念這些曾經相依為命之戰馬，並告誡後世子孫創業之艱難。其中颯露紫和拳毛騧兩駿，於 1914 年被盜賣給美國文化商人畢士博（一說 1920 年運到美國），現存費城賓夕法尼亞大學博物館，其餘四幅真品，於 1918 年再次盜賣時被發現制止，現存於西安碑林博物館。

190 渾河中（未編年）

九廟無塵八馬回，奉天城壘長春苔。咸陽原上英雄骨，半向君家養馬來。

【詩意】

敉平朱泚等人的叛亂後，君王的九座宗廟便不再蒙塵，德宗的車駕終於得以重返京城而去。昔日渾瑊將軍帶領家人子弟從長安趕到奉天來捍衛德宗的城壘，如今則早已恢復寧靜，長滿青苔了。長眠在咸陽原野上的英雄豪傑們，多半曾經在琿瑊家裡飼養過馬匹；由於得到將軍的栽培提攜，後來才能建立彪炳戰功而流芳青史（按：以渾瑊家的童奴因力戰有功而封渤海郡王之事，襯托渾瑊的身分之尊貴、氣概之雄豪及勳業之崇高）。

【注釋】

① 詩題—渾河中，對渾瑊（736－799）之尊稱。渾瑊（ㄓㄣ）本名進，皋蘭州（今寧夏青銅峽南，一說寧夏銀南黃河河曲兩岸）人，本鐵勒族九姓部落之渾部；因渾瑊鎮守河中長達十六年，故世稱「渾河中[1]」。按：奉天之難，李晟討叛伐逆以復京，渾瑊勤王衛帝以免難，雖攻守有異，然勳蹟皆足以震古鑠今，故《國史補》

卷上載「德宗初復宮闕，所賜勳臣第宅妓樂，李令為首，渾侍中次之。」

② 「九廟」句—謂叛亂敉平，宗廟不再蒙塵；長安已經收復，德宗重返京城。九廟，泛指帝王之宗廟；九廟無塵，謂不再受叛軍騷擾。八馬，相傳周穆王巡行天下時有八駿，故可代指帝王之車駕。

③ 「奉天」句—謂昔日德宗蒙難時出奔至奉天城壘，曾發生過激烈之保衛戰，如今則早已恢復平靜而長滿青苔；蓋以寧靜和平之景色反襯當年慘烈之戰鬥。

④ 「半向」句—養馬，殆借胡人金日磾（ㄉㄧ）以養馬廝役得漢武帝親信而貴顯之事，比擬渾瑊之童奴黃芩也能憑戰功封王[2]，來襯托渾瑊身分之尊貴、氣概之雄豪及勳業之崇高。

【補註】

01 《舊唐書・列傳第八十四・渾瑊傳》載德宗幸奉天時瑊率家人子弟自京城來護衛，乃署為行在都虞候、檢校兵部尚書、京畿渭北節度觀察使。興元元年三月，加左僕射同中書門下平章事、奉天行營兵馬副元帥。六月，加侍中；七月，德宗還京，以瑊守本官兼河中（今山西省永濟縣）尹、河中絳、慈、隰節度使，改封咸寧郡王。貞元十五年十二月薨於鎮。

02 黃芩，一作黃苓，後更名高固，《舊唐書・列傳第一百二・高固傳》：「（固）生微賤，為叔父所賣，輾轉為渾瑊家奴，號曰黃芩。性敏惠，有膂力，善騎射，好讀《左氏春秋》。瑊大愛之，養如己子……。少隨瑊從戎於朔方，德宗幸奉天，固猶在瑊麾下。……以功封渤海郡王。」

191 韓碑（未編年）

元和天子神武姿，彼何人哉軒與義。誓將上雪列聖恥，坐法宮中朝四夷。

淮西有賊五十載，封狼生貙貙生羆。不據山河據平地，長戈利矛日可麾。

帝得聖相相曰度，賊斫不死神扶持。腰懸相印作都統，陰風慘澹天王旗。愬武古通作牙爪，儀曹外郎載筆隨。行軍司馬智且勇，十四萬眾猶虎貔。入蔡縛賊獻太廟，功無與讓恩不訾。

帝曰汝度功第一，汝從事愈宜為辭。愈拜稽首蹈且舞：金石刻畫臣能為。古者世稱大手筆，此事不繫於職司。當仁自古有不讓，言訖屢頷天子頤。

公退齋戒坐小閤，濡染大筆何淋漓；點竄堯典舜典字，塗改清廟生民詩。文成破體書在紙，清晨再拜鋪丹墀。表曰臣愈昧死上，詠神聖功書之碑。

碑高三丈字如斗，負以靈鼇蟠以螭。句奇語重喻者少，讒之天子言其私。長繩百尺拽碑倒，麤砂大石相磨治。公子斯文若元氣，先時已入人肝脾。湯盤孔鼎有述作，今無其器存其辭。

嗚呼聖王及聖相，相與烜赫流淳熙。公之斯文不示後，曷與三五相攀追？願書萬本頌萬過，口角流沫右手胝。傳之七十有二代，以為封禪玉檢明堂基！

【詩意】

年號元和的天子有著神聖威武的稟賦，他期望自已是何許人呢？要像軒轅黃帝和伏羲氏那麼英明偉大！他立誓要洗刷列祖列宗以來藩鎮割據的恥辱，並且端坐在莊嚴的正殿之中，讓四方蠻夷都來朝拜覲見。

淮西地區被亂臣賊子割據了五十年之久，他們像巨狼生下了大貙，大貙又生下了熊羆一樣，一代比一代還要殘暴，一個比一個還要猖獗；他們不去盤踞在荒山野水之間，反而盤據著百姓居住的平地。他們兵強馬壯，以為只要揮舞著長戈利矛，連太陽都得聽他們的吆喝指揮！

所幸君王得到了名臣裴度的輔助，儘管叛賊派刺客去暗殺裴相公，但他憑藉著神明的保佑而大難不死。君王認為這是上天的旨意，於是讓他佩帶相印，兼任征討叛軍的統領元帥；當大軍由通化門出征時，森嚴肅穆的強風吹得天子的旗幟獵獵作響。李愬、韓公武、李道古和李文通，全都是聽從裴元帥調度的猛將；禮部員外郎李宗閔擔任判官書記，也攜帶筆墨從軍遠征。再加上機智勇敢的行軍司馬韓愈，以及像老虎、貔貅那麼驍勇善戰的十四萬大軍，便一舉攻下蔡州，生擒賊酋吳元濟，把他押解到太廟去祭拜列祖列宗。裴度的功勳無人能及，天子給他的賞賜也難以估計。

天子說：「裴愛卿！你的功勞第一；你的部屬韓愈應該撰文述功，以便勒石立碑。」韓愈連連叩首拜舞之後，恭謹地稟告：「撰述記功的碑文，微臣可以勝任。古時記載軍國大事的傳世之作，都會特別鄭重，並不交付給文學侍從之臣去處理。當仁不讓，古有明訓；微臣敬謹接受使命。」天子聽了他的話之後，連連點頭表示稱許。

韓公退朝之後，就開始齋戒沐浴，然後端坐在小室之中，揮灑著飽蘸墨汁的如椽大筆；敘事的部分模仿〈堯典〉〈舜典〉古雅的筆法，頌讚的部分又有〈清廟〉〈生民〉詩篇的風格。碑文是用破除駢偶體裁的古文寫好在大紙上，清晨上朝時再三跪拜之後，鋪在殿前的紅色臺階上讓君王御覽。他在進呈碑文的奏表上說：「微臣韓愈恭謹地呈上這篇歌頌聖朝功業的碑文。」

豎立起來的石碑高達三丈，字大如斗；碑下有靈鼇馱負著，碑上則有螭龍盤繞著。由於文句奇特，語法典重，能理解碑文深意的人很少，因此有人在天子面前進讒言，說韓愈撰碑文時頗有私心。於是天子下令用百尺長繩把石碑拉倒，又用粗糙的砂石把碑上的文字磨掉。但是韓公的碑文正如天地間浩大的元氣，早已浸透了人們的肝脾；就像湯盤和孔鼎上有古代聖賢著述的文字一樣，儘管寶器早已失傳，但是銘文卻會萬古流傳。

啊！聖明的君王和宰相，他們顯赫的功業可以相互輝映，他們淳厚的德澤和恩惠早已流佈於天下。韓公的碑文如果不流傳給後人拜讀，聖朝的功業又怎能和三皇五帝相媲美呢？我願意把〈韓碑〉抄寫一萬卷，朗讀一萬遍，哪怕口角流出涎沫，右手長出厚繭也不在乎。我要讓韓愈的碑文成為第七十三代封禪書的玉檢，並作為天子宣明政教的明堂屹立萬代而不移的基石！

【注釋】

① 詩題—本詩旨在肯定韓愈奉詔所作之〈平淮西碑[1]〉稱揚宰相裴

度居首功之識見卓偉，並推崇韓〈碑〉堂廡正大，氣勢渾灝，足可光照日月，驚動鬼神，護持國基而昭炯來茲。

② 「元和」二句—謂憲宗立志追慕軒轅與伏羲之功業。元和，唐憲宗李純之年號（806-820）。彼何人哉，隱含仰慕效法之意；《孟子・滕文公》：「舜何？人也；予何？人也。有為者亦若是。」軒，指軒轅氏，相傳姓公孫，係中原民族之共同始祖，號為黃帝。羲，指伏羲氏，又名庖犧氏，風姓，傳說中教民漁獵畜牧之領袖，以其德象日月之明，又稱太昊。此處以軒與羲代指三皇五帝而言。

③ 「誓將」二句—列聖恥，指玄宗、肅宗、代宗，德宗、順宗歷任君王因藩鎮之禍而出奔蒙塵之事；如安史之亂而玄宗出奔成都，朱泚之亂而德宗蒙塵奉天，以及多次平叛戰役之失利等。雪恥，殆謂憲宗即位後，平定劉闢、李錡、吳元濟等叛亂事。法宮，古代君王處理政事之正殿，如大明宮之宣政殿；《資治通鑑・宣宗大中二年》：「今陛下深拱法宮，萬神擁衛。」朝四夷，使四方邊遠之族皆來朝覲。〈平淮西碑〉云：「既定淮蔡，四夷畢來；遂開明堂，坐以治之。」

④ 「淮西」二句—由肅宗寶應元年（762）李忠臣鎮蔡州（今河南省汝南縣）起，中經李希烈、陳仙奇、吳少誠、吳少陽等，皆僭越中央職權而自繼節度使，至吳元濟止，共盤據五十餘年（故〈平淮西碑〉云：「蔡帥之不廷授，於今五十年。」）；且歷任藩鎮節度使之殘暴，代代相傳，甚且愈加猖獗。淮西，今河南東南部一帶；唐置彰義軍節度使轄申、光、蔡三州。封，大也；封狼，大狼也。貙，音ㄔㄨ，或謂似狸而大，能捕獸；或謂五趾之虎也。羆，音ㄆㄧˊ，似熊而長頭高腳，猛憨多力，黃白紋；柳宗元〈羆說〉：「鹿畏貙，貙畏虎，虎畏羆。」

⑤ 「不據」二句—謂藩鎮自恃兵力強盛，驕悍跋扈，無所顧忌，敢

與朝廷對抗，進而反叛作亂。麾，通「揮」；《淮南子・覽冥訓》：「魯陽公與韓構難。戰酣，日暮；援戈而揮之，日為之反三舍。」

⑥「帝得」二句—裴度，字中立，河東聞喜（今山西屬縣）人，貞元進士，時任御史中丞，力主削平藩鎮。當時成德、淄青兩陣節度使王承宗、李師道請赦吳元濟，又派人刺殺力主用兵之宰相武元衡，並襲擊裴度；裴身中三刀。跌入溝中，傷骨未死；刺客以為已卒而亡去。憲宗怒曰：「度得全，天也。」三日後拜裴度為中書侍郎平章事；時為元和十年六月。

⑦「懸腰」二句—前句謂元和十二年七月，裴度請求親赴淮西督戰，故以宰相之職兼彰義軍節度使、淮西宣慰處置使，實行督統（元帥）之事[2]。陰風慘澹，形容出征時肅穆森嚴之氣氛。按：裴度於八月三日赴淮，時當仲秋，曆法上謂之陰中，故其風曰陰風；而秋主肅殺之氣，故曰慘澹。天王旗，指天子旗幟；《新唐書・裴度傳》：「及行，（帝）御通化門臨道，賜通天御帶，發神策騎三百為衛。」

⑧「愬武」二句—愬，指李愬，元和十一年十二月任唐、鄧、隨節度使，帥兵討吳元濟。武，指韓弘之子韓公武，以兵萬三千會於蔡州外。古，指李道古，元和十一年任鄂、岳觀察使；通，指李文通，元和十年二月為壽州團練使。牙爪，喻輔助之武將。儀曹，魏、晉以後祠部所屬有儀曹之官，掌吉凶禮制，後世因稱禮部郎官為儀曹；當時由禮部員外郎李宗閔兼侍御（按：為判官書記），從軍出征。

⑨「行軍」二句—當時韓愈以太子右庶子兼御史中丞，充行軍司馬（按：掌輔弼戎政，參與軍事計畫）。此役前，韓愈先行至汴州遊說韓翃協力出兵，又曾向裴度建議自提五千兵由小路偷襲蔡州，度未許；後李愬用其計略而破文城入蔡，三軍為韓嘆恨，故

曰「智且勇」。虎貔，喻勇猛之將士；貔，音ㄆㄧˊ，傳說中之猛獸，又名貔貅；一說似虎。一說似熊，一說即獅子。

⑩「入蔡」二句—前句謂元和十二年十月十五日，李愬用所得之賊將，雪夜進襲蔡州；十七日擒吳元濟，送回長安。憲宗於興安門受俘後，獻於太廟，而後斬首。太廟，皇家之祠堂，國有大事則祭告太廟。次句謂裴度運籌帷幄、整肅軍紀、提振士氣、指揮調度、主持大事等功勳，無與倫比，故於元和十三年二月，以平淮西之功，加金紫光祿大夫、弘文館大學士，賜勳上柱國，封晉國公。訾，通「貲」，估量也；恩不訾，謂所得之榮寵恩典，難以估算也。

⑪「帝曰」二句—以《尚書》之語法提示憲宗嘉許裴度應居首功，並命韓愈作碑文之事，以見韓愈撰文述功，乃奉承帝命，絕無私心，並暗示後來推碑磨文之錯誤。何焯曰：「二語勾清平淮西功，引起作碑，是全篇關鍵。」從事，漢時州郡長官皆自舉僚屬，多以從事為名；韓愈之任行軍司馬，乃由裴度奏請提名，故云。

⑫「愈拜」二句—稽首，古人九拜禮中之最敬禮，乃跪拜叩首時前額貼地片時之後乃起身之行禮方式。蹈且舞，形容拜謝時之儀節。金石刻畫，原指在鐘鼎碑碣上鐫刻文字，記述功德；此指撰〈平淮西碑〉文以歌功頌德。

⑬「古者」二句—謂自古以來記述國家大事之宏文偉構，往往並非由文學侍從之臣擔綱。大手筆，指朝廷詔令文書而言；《晉書・卷 65・王珣傳》：「珣夢人以大筆如椽與之，既覺，語人云：『此當有大手筆事。』俄而帝崩，哀冊謚議，皆珣所草。」《陳書・徐陵傳》：「世祖、高宗之世，國家有大手筆，皆陵草之。」後常以大手筆稱人筆力雄健，或用以美稱著名作家。繫，關聯牽涉。職司，指專司撰述的文學侍從之臣，如翰林學士[3]。

⑭「當仁」二句—前句謂韓愈以撰碑文為神聖之使命而樂於承命。當仁，以行仁之事為己任也；《論語·衛靈公》：「當仁不讓於師。」頷頤，點頭稱善也。頷，下巴；頤，鼻子下面腮頰部分。頷頤，點頭之意。

＊ 編按：以上八句實為本篇之波瀾頓挫處，以見韓愈之撰碑實上奉帝命而為，乃名正言順之大手筆，何能以為私心而毀文仆碑？

⑮「公退」二句—齋戒，謂素食沐浴，清心潔身，以示莊敬。閤，通「閣」，小樓、小室。濡染，以筆蘸墨也。何淋漓，謂筆墨酣暢，文氣充盛，盡情揮灑。

⑯「點竄」二句—謂〈韓碑〉追摹經籍中〈典〉〈誥〉〈雅〉〈頌〉之體，以歌頌君臣建功立業之美，而其文體之典雅，態度之莊重，可見一斑；由此暗示〈韓碑〉之不可妄改[4]。點，減少。竄，增添。點竄，修改潤飾以求脫化原有之面貌也。〈堯典〉〈舜典〉，《尚書》之篇名。〈清廟〉〈生民〉，《詩經》之篇名，分屬〈周頌〉及〈大雅〉。

⑰「文成」二句—破體，變易當時為文之體式，蓋當時講究駢儷四六之文，如段文昌所撰之〈平淮西碑〉文；而韓愈則取古文筆法為之，時人不解其意，故下文云「句奇語重喻者少」。後句謂寫成之文卷鋪在殿前紅色台階上以便御覽，故拜而又拜，以示隆重。丹墀，紅色台階。

⑱「表曰」二句—昧死，冒死也；古時臣下上書多用此語以表敬畏，如韓愈〈進撰平淮西碑表〉云：「強顏為之，以塞詔責，罪當誅死。」次句謂此篇歌詠聖朝功業之文，可勒石立碑以傳久遠。

⑲「碑高」二句—三丈，或本作「二丈」。如斗，或作「如手」，皆指字之粗大。靈鼇，神龜，又名贔屭（音ㄅㄧˋ ㄒㄧˋ），古時常將碑下之石座雕成贔屭，取其通靈而力大，能馱負重物

也。螭，音ㄔ，傳說中無角之龍；蟠以螭，謂背上有螭龍蟠繞之雕飾。

⑳「句奇」二句—前句意謂句法奇特，語氣鄭重而涵義深刻，故明白文義之人有限。喻，理解、明白。讒之者，指李愬之妻（德宗孫女、憲宗表妹）能出入宮禁而訴〈韓碑〉之不公。

㉑「長繩」二句—拽，音ㄓㄨㄞˋ，用力拉。磨治，磨平碑文。

㉒「公之」二句—斯文，指〈韓碑〉而言。若元氣，言其淳正浩大而不可磨滅。入人肝脾，謂其觀點早已深獲人心之認同。

㉓「湯盤」二句—謂韓碑雖毀，然其文章深入人心，千載不滅。湯盤，相傳為商湯沐浴之盤，上有銘文曰：「苟日新，日日新，又日新。」孔鼎，《左傳・昭公十年》載有孔子祖先正考父之鼎銘。

㉔「相與」句—烜赫，形容名聲或威勢很盛；相與烜赫，謂君相之功德可以相互輝映。淳熙，正大光明貌；流淳熙，謂流佈其淳厚之德澤及盛大之恩惠。

㉕「曷與」句—曷，通「何」。三五，謂三皇五帝。追攀，追隨而並美。

㉖「願書」二句—書，寫也。過，一遍或十遍皆可謂之過。胝，厚繭。

㉗「傳之」句—《史記・封禪書》云：「古者封泰山、禪梁父者七十二家。」此處曰七十三，是合韓愈此文作為封禪之用言之，則可以流傳後世不朽之鉅製計得七十三，故云。三代，或作「二代」，不及三代為佳。

㉘「以為」句—謂韓碑可以作為承載封禪玉牒之用[5]，並可以作為天子明堂之奠基石；亦即言其碑之正大淳厚，可以敬告神明、祭祀天地祖先而昭示後世，萬代流傳。封禪，古時君王易姓即位時，為宣揚德業，必有封禪之祭儀。封，謂登泰山築土為壇以祭天。

禪，位於泰山下之梁父山闢基除地以祭地。封禪時必有祭告天地之文書曰封禪書。玉檢，盛裝封禪書之玉製封套。明堂，古時天子宣明政教之處，凡朝會、祭祀、慶賀、選士、養老、教學等大典均於其中舉行。又，泰山下亦建有明堂，乃周天子東巡狩時諸侯朝見之所。

【補註】

01 憲宗元和十二年（817），命宰相裴度為淮西宣慰處置使、彰義軍節度使，討伐淮西節度使吳元濟之叛軍。由於大將李愬善於審度形勢，撫養士卒，選擇接戰時機，又對降將李祐等推誠相待，遂能用其謀而於隆冬雪夜潛師偷襲，破蔡州而擒吳元濟，解送京師斬首示眾。次年韓愈奉詔撰〈平淮西碑〉文以記其功。由於韓愈在文中推崇裴度見識卓偉，調度有方，指揮若定之功，並未刻意凸顯李愬應居首功的貢獻，引起李愬之妻（德宗之孫女、憲宗之表妹）不滿，遂向憲宗陳訴碑辭不實，憲宗乃命推倒此碑，磨去碑文，並令翰林學士段文昌重撰碑文，以李愬首功而勒之於石。義山此作，顯然既贊同韓愈凸出宰相決策統帥首功之觀點，又有意淡化李愬之貢獻，因此只把李愬列為麾下四將之一。這種作法，如在裴度、李愬生前，恐怕更將引起李妻之抗議，因為韓愈文中並未抹煞李愬之功，反而凸顯其智勇之事跡，遠在其他諸將之上；如將李愬與諸將平列，必然引起軒然大波。

02 當時已有韓弘領淮西行營都統之職，而憲宗初任裴度為「淮西宣慰招討處置使」，裴乃辭「招討」之名，只稱宣慰處置使，然仍為實際上之元帥。

03 當時段文昌任翰林學士，撰碑正其職事，故義山殆有意暗示段文昌之改撰不及韓之原文；又韓愈〈近撰平淮西碑文表〉云：「茲事至大，不可以輕屬人。」義山正用其意。

04 韓作中之碑文乃散體，似《尚書》；銘文乃韻體，似《詩經》。韓愈能襲其風格而詞必己出，故有此二句。

05 封禪書刻於玉板之上，曰玉牒；又以玉製函套作為護藏之用，稱為玉檢。《後漢書・祭祀志》：「牒厚五寸，長尺三寸，廣五寸；有玉檢，檢用金縷五周，以水銀和金為泥。」

四、詩藝評價

01 蔡啟：王荊公晚年亦喜稱義山詩，以為唐人知學老杜而得其藩籬者，惟義山一人而已；每誦其「雪嶺未歸天外使，松州猶駐殿前軍」「永憶江湖歸白髮，欲回天地入扁舟」「池光不受月，暮氣欲沉山」「江海三年客，乾坤百戰場」之類，雖老杜無以過。（胡仔《苕溪漁隱叢話》引《蔡寬夫詩話》）

02 蔡啟：義山詩合處，信有過人；若其用事深僻，語工而意不足，自是其短。世人反以為奇而效之，故崑體之弊，適重其失，義山本不至是。（胡仔《苕溪漁隱叢話》引《蔡寬夫詩話》）

03 許顗：李義山詩，字字鍛煉，用事婉約，仍多近體；唯有〈韓碑〉一首是古體。（《彥周詩話》）

04 許顗：熟讀義山詩與山谷詩而深思焉，可去淺易鄙陋之氣。（《彥周詩話》）

05 范溫：義山詩，世人但稱其巧麗，與溫庭筠齊名；蓋俗學只見其皮膚，其高情遠意皆不識也。（《潛溪詩眼》）

06 葛立方：楊文公……嘗論義山詩以「包蘊密緻，演繹平暢，味無窮而炙愈出，鑽彌堅而酌不竭；使學者少窺其一斑，若滌腸而浣骨。」。（葛立方《韻語陽秋》）

* 編按：宋人江少虞《皇宋事實類苑》所記則略有不同：味有窮而炙愈出，鑽彌堅而酌不竭；曲盡萬變之態，精索難言之要，使學者少窺其一斑，略得其餘光，若滌腸而換骨矣。

07 葉夢得：唐人學老杜，惟商隱一人而已，雖未盡造其妙，然精密華麗，自亦得其彷彿。（《石林詩話》）

08 葉夢得：王荊公亦嘗為蔡天啟言，學詩者未可遽學老杜，當先學商隱；未有不能為商隱而能為老杜者。（《石林詩話》）

09 朱弁：詩學李義山詞氣雍容，不蹈其險怪奇澀之弊。（《宋史・朱弁傳》）

10 朱弁：李義山擬老杜詩云：「歲月行如此，江湖坐渺然」，真是老杜語也。其他句：「蒼梧應露下，白閣自雲深」「天意憐幽草，人間重晚晴」之類，置杜集中亦無媿矣；然未似老杜沉涵汪洋，筆力有餘也。義山亦自覺，故別立門戶成一家；後人挹其餘波，號「西崑體」，句律太嚴，無自然氣度。黃魯直深悟此理，乃獨用崑體工夫而造老杜渾成之地，今之詩人少有及者。（《風月堂詩話》）

11 張戒：李義山、劉夢得、杜牧三人，筆力不能相上下，大抵工律詩而不工古詩，七言尤工，五言微弱。……義山多奇趣，夢得有高韻，牧之專事華藻，此其優劣耳。（《歲寒堂詩話》）

12 張戒：義山……詠物似瑣屑，用事似僻，而意則甚遠；世但見其詩喜說婦人，而不知為世鑑戒。（《歲寒堂詩話》）

13 敖陶孫：李義山如百寶流蘇，千絲鐵網，綺密瑰妍，要非適用。（《臞翁詩評》）

14 范梈：李商隱家數微密閒豔，學者不察，失於細碎。（《木天禁語》）

15 方回：義山詩感興託諷，運意深曲，佳處往往逼杜，非飛卿可比肩。（《瀛奎律髓》）

16 辛文房：商隱工詩，為文瑰邁奇古，辭難事隱；即從（令狐）楚學儷偶長短，而繁縟過之。每屬綴多檢閱書冊，左右鱗次，號「獺魚祭」，而旨能感人，人謂其橫絕前後。（《唐才子傳》）

17 高棅：元和後，律體屢變，其間有卓然成家者，皆自鳴所長。若李商隱之長於詠史，……其造意幽深，律切精密，有出常情之外者。（《唐詩品彙》）

18 高棅：李商隱正派，詠物最縝密。（《唐詩品彙》）

19 陸時雍：李商隱七言律，氣韻香甘；唐季得此，所謂枇杷晚翠。（《詩鏡總論》）

20 陸時雍：李商隱麗色閒情，雅道雖漓（按：風雅之道雖嫌淺薄），亦一時之勝。（《詩鏡總論》）

21 王夫之：義山詩寓意俱遠，以麗句影出，實自《楚辭》來。宋初諸人，得其衣被，遂使「西崑」與「香奩」並目。（《唐詩評選》）

22 錢謙益：義山當南北水火（按：南司指執政之朝臣，北司指宦官而言），中外箝結，若喑而欲言也，若魘而求寤也，不得不紆曲其指，誕謾其詞，婉孌托寄，讔謎連比，此亦風人之遐思，〈小雅〉之寄位也。（〈注李義山詩集序〉）

23 何焯：義山五言出於庾開府，七言出於杜工部；不深究本源，未易領略其佳處也。七言句法兼學夢得。（《義門讀書記》）

24 何焯：牧之與義山俱學子美，然牧之豪健跌宕，而不免過於放；……不如義山頓挫曲折，有聲有色，有情有味所得為多。（《義門讀書記》）

25 何焯：馮定遠謂熟觀義山詩，自見江西之病；余謂熟觀義山詩，兼悟西崑之失。西崑只是雕飾字句，無論義山之高情遠識；即文從字順，猶有間也。（《義門讀書記》）

26 吳喬：義山始雖取法少陵，而晚能規模屈、宋；優柔敦厚，為此道瑤草琪花。凡諸篇什，莫不深遠幽折，不易淺窺。（〈西崑發微序〉）

27 吳喬：於李、杜、韓後能別開生路自成一家者，惟李義山一人。既欲自立，勢不得不行其心之所喜深奧之路；義山思路既自深奧，而其造句也，又不必使人知其意，故其詩七百年來知之者尚鮮也！（《圍爐詩話》）

28 吳喬：劉夢得、李義山之七絕，那得讓開元、天寶。（《圍爐詩話》）

29 錢良擇：義山詩獨有千古，以其力之厚、思之深、氣之雄、神之遠、情之摯；若其句之練、色之豔，乃餘事也。西崑以堆金砌玉做義山，是畫花繡花，豈復有真花香色？梨園撏撦（按：多方摘取、摭拾；多指剽竊詞句或割裂文義）之誚，未足以盡之也。（《唐音審體・錦瑟詩眉批》）

＊ 編按：宋・劉攽《貢父詩話》：「賜宴，優人有為義山者，衣服敗敝，告人曰：『吾為諸館職撏撦至此。』」

30 田雯：義山七律，逐首擅場，特須鄭箋耳。義山諸體之工，唐人實無出其右者，不獨七律也，又不獨香奩也。（《古歡堂集雜著》）

31 田雯：義山（七絕）佳處，不可思議，為唐人之冠；一唱三弄，餘音裊裊，絕句之神境也。（《古歡堂集雜著》）

32 毛先舒：義山七絕，使事尖新，設色濃至，亦是能手。間作議論處，似胡曾詠史之類，開宋惡道。（《詩辯坻》）

33 李因培：玉谿詠物，妙能體貼，時有佳句，在可解不可解之間。（《唐詩觀瀾集》）

34 朱鶴齡：唐至太和以後，閹人暴横，黨禍蔓延；義山阨塞當涂，沉淪記室。其身危，則顯言不可而曲言之；其思苦，則莊語不可而謾語之。計莫若瑤臺璚宇、歌筵舞榭之間，言之者可無罪，而聞之者足以動。其〈梓州吟〉曰：「楚雨含情皆有託」，早已自下箋解矣！吾故為之說曰：義山之詩，乃風人之緒音，屈、宋之遺響，蓋得子美之深而變出之者也；豈徒以徵事奧博，擷采妍華，與飛卿、柯古爭霸一時哉！（〈箋注李義山詩集序〉）

＊ 編按：「楚雨含情皆有託」七字，是指自己僚友皆得以棲身於柳仲郢幕下，與其詩是否有寄托，其實無關。柯古，段成式之字。

35 宋長白：李義山、陸渭南皆祖少陵者。李之蘊藉、陸之排奡（按：奔放、矯健之意），皆能寓變化於規矩之中；李去其靡，陸去其粗。（《柳亭詩話》）

36 沈德潛：義山近體，襞績（按：又作襞積，本指衣服皺摺處，亦可指詩文的縫綴、修飾）重重，長於諷諭，中有頓挫沉著，可接武少陵者，故應為一大家。後人以溫、李並稱，只取其穠麗相似，其實風骨各殊也。（《唐詩別裁》）

37 沈德潛：義山長於諷諭，工於徵引，唐人中另開一境；顧其中譏刺太深，往往失於輕薄。（《唐詩別裁》）

38 沈德潛：義山……長於諷諭，中多借題攄抱；遭時之變，不得不隱也。詠史十數章，得杜陵一體。至云「但須鸑鷟巢阿閣，豈假鴟鴞在泮林」，不愧讀書人持論。（《說詩晬語》）

39 黃子雲：人皆謂少陵歿後，義山可為肖子。吁！何弗思之甚耶？彼渾厚在氣，此之渾厚在填事；彼之諷諭必指實，此之諷諭動涉虛；彼則意無不正，此則思無不邪；風馬之形，大相逕庭，奚待一一量校，而後知其偽哉！（《野鴻詩的》）

＊ 編按：此說雖極具偏見，亦姑錄之以聊備一格。

40 牟願相：李商隱詩明暗參半，然欲取一人備晚唐之數，定在此君。（《小澥草堂雜論詩》）

41 姚培謙：唐自元和以後，五七言古體，靡然不振，即義山亦非所長。至其七言律體，瓣香少陵，獨標秘朗，晚唐人罕有其敵；讀者無僅與牧之、飛卿諸公同類而並觀之也。（〈李商隱七律會意例言〉）

42 姚培謙：少陵七律格法精深，而取勢最多奇變，此秘唯義山得之；其脫胎得髓處，開出後賢多少門戶。（〈李商隱七律會意例言〉）

43 馮浩：晚唐以李義山為巨擘。余取而誦之，愛其設采繁豔，吐韻鏗鏘，結體森密；而旨趣之遙深者未窺焉。（《玉谿生詩集詳註・序》按：「詳註」二字或本作「箋注」，同書而異名）

44 馮浩：義山不幸而生於黨人傾軋、宦豎橫行之日，且學優奧博，性愛風流，往往有正言之不可，而迷離煩亂、掩抑紆迴寄其恨而晦其跡者。（《玉谿生詩集詳註・發凡》）

45 范大士：玉谿詩綺密瑰妍，然首首生動，絕無板重之嫌，故令讀者不厭。（《歷代詩發》）

46 永瑢、紀昀：商隱詩與溫庭筠齊名，詞皆縟麗；然庭筠多綺羅脂粉之詞，商隱感時傷事，尚頗得風人之旨。（《四庫全書總目提要・卷一五一》）

47 姚鼐：玉谿生雖晚出，而才力實為卓絕，七律佳者，幾欲遠追拾遺（按：指曾任拾遺之杜甫）；其次者，猶足近掩劉、白。第以矯弊滑易，用思太過，而僻晦之弊又生；要不可不謂之詩中豪傑士矣。（《五七言今體詩鈔》）

48 葉燮：七言絕句，古今推李白、王昌齡；李俊爽，王含蓄，兩人辭、調、意俱不同，各有至處。李商隱七絕寄托深而措辭婉，實可空百代無其匹也。……宋人七絕，大概學杜甫者十（之）六七，學李商隱者十（之）三四。（《原詩》）

49 翁方綱：玉谿五律，多是絕妙古樂府，蓋玉谿風流蘊藉，尤在五律也。（《石洲詩話》）

50 翁方綱：微婉頓挫，使人蕩氣迴腸者，李義山也；自劉隨州（按：指曾任隨州刺史之劉長卿）而後，漸就平坦，無從睹此丰韻。七律則遠合杜陵；五律、七絕之妙，更深探樂府。晚唐自小杜而外，唯有玉谿耳；溫岐、韓偓，何足比哉！（《石洲詩話》）

51 管世銘：善學少陵七言律，終唐之世，唯義山一人；胎息在神骨之間，不在形貌。……其〈哭劉蕡〉〈重有感〉〈曲江〉等詩，不減老杜憂時之作。組織太工，或為詩家藉口，然意理完足，神韻悠長，異時西崑諸公，未有能學而至者也。（《讀雪山房唐詩・序例》）

52 管世銘：李義山（七絕）用意深微，使事穩愜，直欲於前賢之外，另闢一奇；絕句秘藏，至是盡洩，後人更無可以展拓處也。（《讀雪山房唐詩・序例》）

53 管世銘：七言（古）音節，昌黎而後，頓爾銷亡；知之者惟長吉、義山數人。（《讀雪山房唐詩・序例》）

54 管世銘：李樊南集中（五律）沉著之作，自命亦復不淺。（《讀雪山房唐詩・序例》）

55 林昌彝：余極愛義山詩，非愛其用事繁縟，蓋其詩外有詩，寓意深而托興遠；其隱奧幽豔，於詩家別開一洞天，非時賢所能摸索也。（《射鷹樓詩話》）

56 胡壽芝：玉谿專攻近體，清峭中含感愴；用事婉約，學少陵得其藩籬著。後人近體必先從之入手。五言長律，亦以溫麗芊綿勝。（《東目館詩見》）

57 劉熙載：詩有借色而無真色，雖藻績，實死灰耳；李義山卻是絢中有素。（《藝概・詩概》）

58 施補華：義山七律，得於少陵者深，故穠麗之中時帶沉鬱，如〈重有感〉〈籌筆驛〉等篇，氣足神完，直登其堂入其室矣；飛卿華而不實，牧之俊而不雄，皆非此公敵手。（《峴傭說詩》）

59 施補華：義山七絕，以議論驅駕書卷，而神韻不乏，卓然有以自立；此體於詠史最宜。（《峴傭說詩》）

60 馮班：義山自謂杜詩韓文。王荊公言學杜當自義山入。余初得荊公此論，心謂不然；後讀山谷集，粗硬槎牙，殊不耐看，始知荊公此言正所以救江西之病也。若從義山入，便都無此病。（《才調集》）

61 馮班：李玉溪全法杜，文字血脈，卻與齊、梁人相接。（《鈍吟老人雜錄》）

62 錢龍惕：義山成名於文宗開成之年，仕於武、宣之際。其時南北水火，牛李恩怨，義山浮沉下僚，而實被鉤黨之禍，故其詩抑揚怨誹，呼憤抑塞；然要歸於尊朝廷而叱奄豎，近君子而遠小人。其詞迂曲讔謎，使非考據黨事之離合、人品之邪正，洞若觀火，則其言論、出處之大，有未易可知者。（《大兗集》）

63 錢龍惕：義山〈無題〉諸什，掇宮體、《玉臺》之菁英，加以聲勢律切，令讀者咀吟不倦，誠千古之絕調。然楊眉庵（按：明人楊基字孟載號眉庵）以為雖極其穠豔，皆託於臣不忘君之意，而深惜乎才之不遇，則其詞有難於顯言者。況裙裾脂粉之詞，閨房謔浪之事，僅可以意逆志，毋庸刻舟求劍。（《大兗集》）

64 錢龍惕：其弘深精切，上薄《風》《騷》，下該沈、宋，升少陵之堂而入其室。（《大兗集》）

65 錢龍惕：高庭禮、李空同（按：明人李夢陽號空同子）之流，欲為杜詩而黜義山為晚唐卑近，是登山而不繇徑，泛海而斷之港也。然其用意高遠，運辭精奧，讀者未必易曉。（〈玉谿生詩箋敘〉）

66 賀裳：正人不宜作豔詩。……至元稹、杜牧、李商隱、韓偓，而上宮之迎，垝垣之望，不惟極意形容，兼亦直認無諱，真桑、濮耳孫也。（《載酒園詩話》）

＊ 編按：賀說屬道德批判，與詩藝無關，置之可也。「上宮」「垝垣」皆《詩經》中描寫男女戀情之地點；「耳孫」，八代孫、遠孫之意。

67 賀裳：元、白、溫、李，皆稱豔手，然樂天「來如春夢幾多時，去似朝雲無覓處」一篇為難堪，餘猶〈國風〉之愛色。……李義山「書被催成墨未濃」「車走雷聲語未通」，始真是浪子宰相、清狂從事。（《載酒園詩話》）

68 宋犖：晚唐李義山刻意學杜，亦是精麗。（《漫堂說詩》）

69 宋犖：世之稱詩者易言律，尤易言七言律。……平心而論，初唐如花初苞，英華未鬯；盛唐王維、李頎、岑參諸公，聲調氣格，種種超越，允為正宗。中、晚之錢、劉、李、劉（滄）亦悠揚婉麗，渢渢乎雅人之致；義山造意幽邃，感人尤深。（《漫堂說詩》）

70 薛雪：有唐一代詩人，惟李玉溪直入浣花之室；溫飛卿、段柯古諸君，雖與並名，不能歷其藩翰。後人以「獺祭」毀之，何其愚也！試觀獺祭者能作得半句玉溪否？（《一瓢詩話》）

71 薛雪：李玉溪無疵可議。要知前有少陵，後有玉溪，更無有他人可任鼓吹；有唐惟此二公而已。（《一瓢詩話》）

72 馬位：玉溪筆墨照千古，豈因覺範一語減色耶？況李詩妙處何只斯二句？如〈韓碑〉，直與昌黎〈平淮西文〉並峙不朽；即〈石鼓歌〉，無以加焉。尚有〈詠蟬〉：「五更疏欲斷，一樹碧無情」，常人能道隻字否？世徒摘其綺辭麗句而雌黃義山，不亦妄乎？謂其深學老杜，信然。（《秋窗隨筆》）

＊ 編按：「覺範」是指作《冷齋夜話》的僧人釋惠洪。許顗《彥周詩話》載：「洪覺範《冷齋夜話》有曰：『詩至李義山，為文章一厄。』僕至此蹙額無語。渠再三窮詰，僕不得已曰：『夕陽無

限好，只是近黃昏。』」覺範曰：『我解子意矣。』即時削去。今印本猶存者，蓋已傳出者。」

73 方南堂：晚唐自應首推（小）李、杜。義山之沉鬱、樊川之縱橫傲岸，求之全唐中亦不多見；而氣體不如大曆諸公者，時代限之也。（《輟鍛錄》）

74 李調元：學杜而處處規撫，此笨伯也，終身不得升其堂，況入其室？唐人升堂，惟李義山一人而已。……蓋義山自立門戶，絕去依傍，乃能成家。黃山谷名為學杜，實從義山入手，故猶隔一層；然戛戛獨造，亦成江西一派。此古人脫胎換骨，不似今人依樣葫蘆也。（《雨村詩話》）

75 法式善：覃溪先生告余曰：「山谷學杜所以必用逆法者，正因本領不能敵古人，故不得已而用逆也；若李義山學杜，則不必用逆，又在山谷之上矣。」此皆詩家秘妙真訣也。（《陶廬雜錄》）

76 方東樹：先君云：「七律中以文言敘俗情入妙者，劉賓客也；次則義山，義山滋之以藻飾。」（《昭昧詹言》） ○七律除杜公、輞川兩正宗外，大曆十才子、劉文房及白傅亦足稱宗，尚皆不及義山；義山別為一派，不可不精擇明辨。（《續昭昧詹言》）

77 喬億：不觀楊、劉唱和詩，不知義山筆力高不可及。（《劍溪說詩》）

78 丁繁滋：七律到十分滿者，杜陵外只有義山一人。（《臨水莊詩話》）

79 梁章鉅：唐詩自李、杜、韓、白四大家外，尚有李義山、杜樊川兩集亦須熟看，當時亦以李、杜並稱。（《退庵隨筆》）

80 李慈銘：義山七律，有逼似少陵者，七絕尤為晚唐以後第一人；五律亦工，古體則全無筆力。（《越縵堂日記》）

81 張佩綸：溫飛卿與玉谿生並稱，格致不逮遠甚。其〈西陵道士茶歌〉結句云：「疏香皓齒有餘味，更覺鶴心通杳冥」；李之所以勝溫者，以有餘味而心通杳冥耳。善品詩者，必能辨之。（《澗于日記》）

82 張佩綸：《隨園詩話》載王樓村先生詩學「三山」，謂香山、義山、遺山。……余亦有「三山」，則義山、半山、眉山耳。香山與義山太不類，遺山亦不足學。由半山以溯昌黎，由眉山以規李、杜，此學詩之津梁。通唐、宋之界而上，無晚唐詖靡之音，下斷江西粗直之派，則亦詩之中流也。（《澗于日記》）

83 陸崑曾：義山古詩，自魏、晉至六朝，無體不有。……意在規撫老杜，但得其質樸，而氣格韻致終遜之。即五言律詩，亦稍薄弱；惟七律直可與杜齊驅，其變化處乃神似，非形似也。（《李義山詩解・凡例》）

84 陸崑曾：義山五律，亦法少陵，至斷句尤為晚唐獨步。……然用意率皆清峭刻露。（《李義山詩解・凡例》）

85 陸崑曾：不讀全唐各家詩，不知義山措詞之妙；不讀一題同賦詩，不知義山用意之高。（《李義山詩解・凡例》）

86 黃叔琳：以吾觀唐人李義山之詩，抑何寓意深而託興遠也！往往一篇之中，猝求其指歸所在而不得；奧隱幽豔，於詩家別開一洞天。（姚培謙《李義山詩集箋注》黃叔琳序）

87 程夢星：昔先君子好唐賢詩，尤酷喜玉谿生所作一編，冰雪往往自攜。嘗……曰：「有唐詩人，要以子美、退之為極則。然終唐之世，無學杜者，獨玉谿之詩胚胎於杜；亦無學韓者，而玉谿詠〈韓碑〉即效其體。蓋其取法崇深，以成自詣。至於歌行，得長吉之幽微，而險怪務去；近體匹飛卿之明豔，而穩重過之。中、晚以來，諸家罕有敵者。」（《李義山詩集箋注》汪增寧序）

88 程夢星：詩須有為而作也。義山於風雲月露之外，大有事在，故其於本朝之治忽理亂，往往三致意焉。（《李義山詩集箋注‧凡例》）

89 程夢星：集中有學漢、魏者，有學齊、梁者，有學韓者，有學李長吉者，此格調之詭譎善幻也。（《李義山詩集箋注‧凡例》）

90 傅庚生：杜工部〈江上短述〉詩句云：「為人性僻耽佳句，語不驚人死不休。」蓋意主於奇，辭求其鍊也。韓退之、李義山皆嘗宗杜為篇什矣；韓搜其奇而不返，李守其鍊而不舒。「忽忽乎余未知生之為樂也，願脫去而無因」，退之竟以奇而創以文入詩之格。……「滄海月明珠有淚，藍田日暖玉生煙」，義山終以鍊而滋難覓解人之苦。……至兩家之所善，則均難躋攀也。（《中國文學欣賞舉隅》）

文學研究叢書•古典詩學叢刊 0804019

滄海月明珠有淚——驚豔李商隱

作　　者　李昌年
責任編輯　楊家瑜

發 行 人　陳滿銘
總 經 理　梁錦興
總 編 輯　陳滿銘
副總編輯　張晏瑞
編 輯 所　萬卷樓圖書股份有限公司
印　　刷　森藍印刷事業有限公司
封面題字　吳信漢
封面設計　斐類設計工作室

發　　行　萬卷樓圖書股份有限公司
臺北市羅斯福路二段 41 號 6 樓之 3
電話 (02)23216565
傳真 (02)23218698
電郵 SERVICE@WANJUAN.COM.TW
香港經銷　香港聯合書刊物流有限公司
電話 (852)21502100
傳真 (852)23560735

如何購買本書：
1. 劃撥購書，請透過以下郵政劃撥帳號：
帳號：15624015
戶名：萬卷樓圖書股份有限公司
2. 轉帳購書，請透過以下帳戶
合作金庫銀行　古亭分行
戶名：萬卷樓圖書股份有限公司
帳號：0877717092596
3. 網路購書，請透過萬卷樓網站
網址 WWW.WANJUAN.COM.TW
大量購書，請直接聯繫我們，將有專人為您服務。客服：(02)23216565 分機 610

如有缺頁、破損或裝訂錯誤，請寄回更換

ISBN 978-986-478-217-8
2019 年 3 月初版二刷
2018 年 11 月初版一刷
定價：新臺幣 620 元

國家圖書館出版品預行編目資料
滄海月明珠有淚——驚豔李商隱 /
李昌年作. -- 初版. -- 臺北市 : 萬卷樓,
2018.11
面 ;　公分
ISBN 978-986-478-217-8(平裝)
1.(唐)李商隱 2.唐詩 3.詩評
851.4418　107016799